btb

Aus Freude am Lesen

Marcel Prousts »Auf der Suche nach der verlorenen Zeit« gehört zu den großen Werken des 20. Jahrhunderts, die man sich ein Leben lang noch zu lesen vornimmt. Jochen Schmidt hat es getan: Zwanzig Seiten hat er jeden Tag gelesen und mit seinen Lektüreerfahrungen und seinem eigenen Leben abgeglichen. Herausgekommen ist ein geistreiches, freches und höchst unterhaltendes Buch. Und ein erfrischend neuer Blick auf ein Stück Weltliteratur: »Proust ist kein Aphrodisiakum, sondern ein Führer durch die Höllen der Eifersucht. Zum Glück ist er daneben auch ein völlig unterschätzter Ironiker.«

Jochen Schmidt lebt in Berlin. Er tritt jeden Donnerstag bei der Lesebühne Chaussee der Enthusiasten auf, die er 1999 mitgegründet hat. Er debütierte 2000 mit dem Band »Triumphgemüse«. Neben »Schmidt liest Proust« erschienen zuletzt »Meine wichtigsten Körperfunktionen« und »Weltall. Erde. Mensch«. Weitere Informationen zum Autor unter: www.enthusiasten.de.

Jochen Schmidt

Schmidt liest Proust

Quadratur der Krise

btb

MIX
Papier aus verantwortungsvollen Quellen
FSC® C014496

Verlagsgruppe Random House FSC-DEU-0100
Das für diese Buch verwendete
FSC-zertifizierte Papier *Super Snowbright*
liefert Hellefoss AS, Hokksund, Norwegen.

2. Auflage
Genehmigte Taschenbuchausgabe November 2010,
btb Verlag in der Verlagsgruppe Random House GmbH, München

Lektorat: Stephan Ditschke
Umschlaggestaltung: semper smile, München
Umschlagillustration: iStockphoto / Ivar Teunissen
Druck und Einband: GGP Media GmbH, Pößneck
UB · Herstellung: SK
Printed in Germany
ISBN 978-3-442-74073-4

www.btb-verlag.de

Inhalt

»Ein Schriftsteller kann sich ohne Furcht an eine lange Arbeit begeben. Der Verstand kann ruhig sein Werk beginnen, auf seinem Wege werden ihm genügend Leiden begegnen, die seine Vollendung bewirken.«

Marcel Proust »Die wiedergefundene Zeit«

»Quidquid bene dictum est ab ullo meum est.«

Seneca

Vorwort

Ich hatte geplant, ein halbes Jahr lang jeden Tag zwanzig Seiten Proust zu lesen, ich hatte nicht geplant, ein weiteres halbes Jahr dafür zu opfern, aus meinem Lektüreblog »Schmidt liest Proust« ein Buch zu machen. Die Arbeit war nötig, denn man versteht sein Leben mit zwei Jahren Abstand natürlich viel besser. Man ist ja in der Regel geistig gar nicht auf seinem eigenen Niveau, sondern befangen in der »Stullizität des Unmittelbaren« (Jürgen Kuttner). Zwei Jahre später fällt mir endlich das richtige Wort ein. Außerdem mußte ich nicht mehr so viel Rücksicht nehmen und konnte Zensiertes entschleiern und Verzichtbares kürzen. Am Blog gefiel mir das Spielerische, die Selbstverpflichtung, erbarmungslos jeden Tag zu veröffentlichen, unabhängig von der eigenen Verfassung. Diszipliniert die eigene Disziplinlosigkeit zu dokumentieren, das Nebensächliche aufzuschreiben ohne geschwätzig zu werden. Es gibt Texte, an denen man bis zu seinem Tod feilen sollte, und es gibt Texte, die das kaputtmachen würde. An alten Fotos ist meistens das interessant, was nur zufällig ins Bild geraten ist. Was auf einem Foto zu sehen ist, ändert sich ja mit der Zeit. Auf dem Haus am Alex stand also »Chemie-Erzeugnisse aus der DDR«? Nie hätte ich das bewußt fotografiert, es war mir ja gar nicht aufgefallen, als es noch dort stand. Aber jetzt ist es für mich die Hauptattraktion des Fotos. Solches Material wollte ich für die Zukunft sammeln, Ruinen von morgen, Details, die die Gewohnheit unsichtbar werden läßt. Die Idee schien mir zu Proust zu passen. Im übrigen ist mein Text immer besser geworden, je schlechter es mir ging. Insofern sagt er eigentlich überhaupt nichts über mich aus. Dazu müßte ich ein Buch darüber schreiben, wie ich ein Buch über Proust geschrieben habe. An zwei Tagen mußten mir sogar Kolleginnen aushelfen, weil eine heftige Liebeserkrankung – an der ich Proust die Schuld gebe – mich aus der Bahn zu werfen drohte. Ich danke Kathrin Passig und Annett Gröschner.

Ich habe mir nie angemaßt, etwas Relevantes zu Proust zu sagen zu haben, ich wollte nur meine Begeisterung mitteilen und andere zur Lektüre verführen. Ich habe die »Recherche« bewußt naiv gelesen und mich nicht weitergehend informiert, sie sollte als Buch funktionieren. Im Lauf der Lektüre habe ich ein paar Kategorien eingeführt, um die Materialmasse zu ordnen, sozusagen kleine Stapel, wie es sie in meiner Wohnung gibt. Unter

»Unklares Inventar« bilde ich beispielsweise den Stand meines Unwissens ab, in dem Wissen, daß ich mich damit lächerlich mache. Ich wüßte nicht, was »Gallé-Gläser« sind, hat sich meine Familie entsetzt, dabei hatten wir eine Gallé-Vase zu Hause! Dafür kennen sie Bruce Lee nicht ... Es gibt eben keinen Bildungskanon mehr. Niemand ist verpflichtet, etwas zu wissen, aber jeder ist verpflichtet, sein Unwissen zu beseitigen.

Es ist eine stolze Lebensleistung, die »Recherche« geschafft zu haben, nicht weil sie so lang ist, sondern weil man, um sie zu lesen, seine Seele stimmen muß wie ein Instrument. Man könnte sagen, daß man nicht sterben sollte, ohne Proust gelesen zu haben. Aber in Wirklichkeit ist man dann noch gar nicht geboren.

Berlin, September 2008

1. Buch

In Swanns Welt

1. Di, 18.7.06, Berlin

Lange Zeit bin ich früh laufen gegangen. Die Sonne scheint, es werden 35 Grad. Ich wiege 75 Kilo und war schon ziemlich lange nicht mehr beim Friseur. Ich würde gerne verreisen, kann mich aber für kein Ziel entscheiden. Außerdem ist am Donnerstag meine Latein-Klausur, auf die ich mich freue, weil ich bei der Gelegenheit mal unter Menschen komme. Wir werden uns zwar nicht unterhalten, aber ich werde die jungen Leute leise atmen hören und mich fühlen, als seien wir eine Familie. Jedenfalls ist der Sommer schon halb vorbei und man hat noch nichts erlebt, was sich später mit ihm verbinden wird, höchstens meine den ganzen Tag zugezogenen IKEA-Vorhänge, die ein Fehlkauf waren, weil das Grau mir nicht gefällt und weil sie auf dem mitgelieferten Draht nicht richtig gleiten. Man kann sie nicht optimistisch auf- oder, befriedigt von den am Tag erbrachten Leistungen, zuziehen, man zerrt nur immer unwürdig daran herum.

Ideale Voraussetzungen, um endlich »Auf der Suche nach der verlorenen Zeit« anzufangen, vorher kann man ja gar nicht mitreden, danach allerdings auch nicht, weil man keinen mehr findet, der einen noch versteht. Man wird dann bei jedem Thema sagen: »Hast du nicht Proust gelesen?« Man hat ja schon manche dicke Bücher geschafft, aber Prousts Roman hat sieben Bände mit mehr als 3 900 Seiten. Wenn ich täglich zwanzig Seiten lese, bin ich in hundertachtzig Tagen durch, also Mitte Januar. Und vielleicht wird am Ende gar nicht verraten, wer der Mörder war. Sind die Stellen, die ich nicht anstreiche, eigentlich überflüssig? Oder braucht man sie als Hintergrund für die bemerkenswerten Sätze? Eigentlich will ich ja nur endlich Becketts Proust-Essay verstehen, an dem ich immer gescheitert bin. Aber selbst, wenn es nicht reicht, Proust zu lesen, um Becketts Proust-Essay zu verstehen, wird man zumindest wissen, was Proust geschrieben hat, sicher das Minimalziel einer Proust-Lektüre.

Ich bin leider zu faul, den Text im Original zu lesen, das würde mindestens drei Jahre dauern. Welche Übersetzung liest man also, die alte von Eva Rechel-Mertens oder eine neue? Man könnte natürlich auch eine eigene machen. Ich habe vor ungefähr fünfzehn Jahren mal einen Zeitungsartikel ausgeschnitten, in dem eine neuere Übersetzung mit der alten verglichen wurde. Aber jetzt, wo ich ihn brauche, finde ich ihn natürlich nicht mehr. Meine Wohnung funktioniert nach dem Prinzip der mémoire involontaire, sie erlaubt mir nur zufällige Wiederentdeckungen.

Die pastellfarbenen Bände der DDR-Ausgabe (Rütten & Loening, Berlin 1974) standen, seit ich denken kann, im Bücherschrank meiner Eltern. Lange dachte ich dabei an einen sowjetischen Kinderfilm aus dem Ferienprogramm, in dem den Menschen die Zeit gestohlen wird. Wie immer ein verstörendes Werk mit unangenehm aufdringlichen Fabelwesen, die sich aus dem Wald in die sozialistische Wirklichkeit vorwagen. Jedenfalls dachte ich, die Bände im Bücherschrank meiner Eltern seien die Vorlage zum Film und wunderte mich, daß es so viele waren. Auch ohne sie gelesen zu haben, sind viele Bücher Teil meines Lebens, weil ich mich aus der Kindheit an die Einbände erinnere. »Bildnis einer Dame« stand immer in Augenhöhe und klang interessant. »Der Idiot«, wie konnte ein Buch so heißen? Man ahnt ja gar nicht, was Kinder alles mitbekommen. Ich hatte nie das Bedürfnis, die Bücher meiner Eltern zu lesen, aber sie gehörten zu unserer Wohnung wie die durchgesessenen Stühle.

In Swanns Welt, S. 1–21

Der Erzähler beschreibt, wie man sich fühlt, wenn man aufwacht, nicht weiß, wo man ist, und das Gehirn zu rekonstruieren versucht, wo man sich befindet und dabei verschiedene Zimmer durchgeht, in denen man einmal gewohnt hat. Am Ende ist er »*überzeugt von der Feindseligkeit der violetten Vorhänge und der anmaßenden Gleichgültigkeit der Pendüle, die ganz laut vor sich hin schwatzte, als sei ich gar nicht da*«.

2. Mi, 19.7., Berlin

In Swanns Welt, S. 22–43

Schon am zweiten Tag Zweifel am Unternehmen. Der Anachronismus, solche Textmassen zu bewältigen. Draußen 37 Grad, und man kann es sich nicht schönreden, daß man nicht wie die anderen Kinder spielt, statt hier zu hocken und zu lesen, was ein anderer über die Sommer seiner Kindheit schreibt. Außerdem kommt das Ganze schwer in Gang. Tanten und Großtanten beim Mokka-Pistazie-Eis, man weiß noch nicht, ob es sich lohnt, sich ihre Namen zu merken. Die Tanten kommen nicht gut weg: »*Ihre innere Anteilnahme an allem, was mehr oder weniger dem Weltleben verhaftet blieb, war so gering, daß ihr Gehörsinn – als er schließlich seine vorübergehende Entbehrlichkeit begriffen hatte, sobald nämlich bei Tisch die Unterhaltung in einen frivolen oder auch nur banalen Ton verfiel, ohne daß es den beiden alten Damen gelungen wäre, sie wieder auf Gegenstände zu lenken, die ihnen am Herzen lagen – seine Aufnahmeorgane abstellte und sie geradezu einer beginnenden Atropie überließ.*« Ich werde in Zukunft auch meine Aufnahmeorgane abstellen, wenn das Gespräch am Tisch unter mein Niveau sinkt. Die Frage ist, ob ich das überhaupt beurteilen kann.

Leise sagt der Vater zur Mutter: »*Wie heißt doch der Vers, den ich von dir gelernt habe und der mir in solchen Augenblicken immer eine so große Erleichterung verschafft?*« Dafür heiratet man, damit einem jemand solche Fragen beantwortet.

Marcel ist »*nervös*« und beschließt, wach zu bleiben, um seiner Mutter einen Gute-Nacht-Kuß abzutrotzen, die Strafe könnte darin bestehen, vom Vater in ein Internat gesteckt zu werden. Für ihn sicher ein Todesurteil.

3. Do, 20.7., Berlin

In Swanns Welt, S. 44–65

Als Proust sich eine Seite nimmt, um das Aussehen der getrockneten Lindenblüten zu beschreiben, die seine Tante sich zum Tee aufzugießen pflegt, überlege ich zum ersten Mal, ob ich ein paar Zeilen überspringe. Aber das geht nicht, es ist möglicherweise das letzte Mal in meinem Leben, daß ich »Auf der Suche nach der verlorenen Zeit« lese, da muß ich es auch richtig tun. Ich habe auch die drei Seiten über den Klang durchgestanden, den die Stimme seiner Mutter beim Vorlesen hatte. Bei der Tour de France kann man auch nicht einfach ein Teilstück auslassen. Seine Mutter pflegte also Liebesszenen heimlich zu überspringen. Woher weiß er das? Sollte man seine alten Kinderbücher noch einmal lesen, um zu prüfen, ob einem die Eltern beim Vorlesen frivole Stellen unterschlagen haben?

Die dicken, ovalen Sandtörtchen, die man »Petites Madeleines« nennt, haben ihren Auftritt. Mit dem Geschmack des Lindenblütentees sorgen sie dafür, daß Marcel spürt, wie etwas in ihm »*in großer Tiefe den Anker gelichtet hat*«. Diesem so intensiven wie flüchtigen Erinnerungsschock forscht er in seinem Bewußtsein nach und fördert vermutlich das ganze nächste Kapitel zutage, wenn nicht sogar die restlichen sieben Bände. Wenn die Menschen tot sind, werden »*Geruch und Geschmack noch lange wie irrende Seelen ihr Leben weiterführen, sich erinnern, warten, hoffen, auf den Trümmern alles übrigen und in einem beinahe unwirklich winzigen Tröpfchen das unermeßliche Gebäude der Erinnerung unfehlbar in sich tragen*«.

Mit der Madeleine ist es allerdings wie mit der Mona Lisa, weil man so viel darüber gehört hat, enttäuscht sie einen fast zwangsläufig.

Erfrischend dagegen die kleinen Taktlosigkeiten, etwa, wenn es von der Tante heißt: »*Sie sprach immer nur gedämpft, denn sie glaubte in ihrem Kopf etwas Zerbrochenes und Gelockertes zu verschieben, wenn sie die Stimme zu sehr erhob.*«

4. Fr, 21.7., Alt-Lipchen

In Swanns Welt, S. 65–85

»*Wie liebte ich diese Kirche und wie deutlich sehe ich sie noch vor mir!*« Hätte ich die folgenden zehn Seiten gewissenhaft gelesen, würde ich das vielleicht auch tun. Und das nach der Erfindung der Fotografie! Wenn ich die Energie hätte, würde ich die Konsum-Kaufhalle in Berlin-Buch genauso ausführlich beschreiben, aber ich bezweifle, daß sich dafür ein Verlag fände.

Der Glockenturm von Saint-Hilaire, die zweite Madeleine, überall begegnet er Marcel wieder. Wenn er in einer Provinzstadt oder in Paris nach dem Weg fragt und jemand zur Orientierung auf irgendeinen Turm in der Ferne weist, so wird er »*mit Staunen bemerken, wie ich in völligem Vergessen des geplanten Spaziergangs, der dringenden Besorgung stundenlang unbeweglich im Bemühen des Erinnerns vor dem Glockenturm stehe, da ich auf dem tiefsten Grund meines Innern wiedereroberte Gebiete spüre, deren Untergrund schon trocken wird und zum Wiederaufbau bereit; sicherlich suche ich dann, viel eifriger als eben noch, da ich ihn um Auskunft bat, meinen Weg, ich biege in eine Straße ein ... aber ... in meinem Herzen*«.

Die hypochondrische Tante wird mir immer sympathischer. Sie verabscheut zwei Sorten Menschen, die einen, die »*die umstürzlerische Meinung vertraten, daß ein kleiner Spaziergang in der Sonne oder ein englisches Beefsteak (wo doch schon zwei armselige Schluck Vichywasser sie vierzehn Stunden lang im Magen drückten) ihr sehr viel besser tun würden als das Liegen im Bett und die Medizin*«. Noch schlimmer sind aber die anderen, »*die so aussahen, als hielten sie sie für weit ernstlicher krank, als sie selber meinte, nämlich so krank, wie sie zu sein behauptete*«. Es ist sicher schwer, es sich mit Hypochondern nicht zu verderben: »*Meine Tante verlangte gleichzeitig, daß man ihre Lebensweise guthieß, daß man sie um ihrer Leiden willen beklagte und sie dennoch völlig beruhigt in die Zukunft blicken ließ.*« Eine Aufgabe für Mütter.

Man könnte eine Liste von Tätigkeiten anlegen, die der Roman archiviert und die aus der Mode gekommen sind: »Verlorene Praxis«.

- Als Dorf-Faktotum von Zeit zu Zeit die Wäsche des Pfarrers ausbessern.

– Als Kutscher den Kammerdiener die Herrschaft fragen lassen, zu welcher Stunde angespannt werden sollte.

5. Sa, 22.7., Alt-Lipchen

Nach langem Zögern nun doch ein Wochenende aufs Dorf gefahren. Meine heutige Madeleine war der Benzingeruch einer alten MZ. Sofort waren einem wieder die heißen Leiber dieser Fahrzeuge präsent, mit denen Vertreter der Dorfjugend von Zeit zu Zeit auf dem Hügel über der Badestelle erschienen, um wie Indianerhäuptlinge zu prüfen, ob die Fremden dort gelagert hatten, und ohne ein Wort wieder wegzuknattern, ein Mysterium für alle nicht in diesen Kult Eingeweihten. Es war paradox, sie brauchten schnelle Fahrzeuge, weil sie nichts mit sich anzufangen wußten. Um ihre Zeit totzuschlagen, nahmen sie Geschwindigkeit auf.

In Swanns Welt, S. 85–105

Marcel zieht sich zum Lesen von Abenteuerromanen zurück. Der Reiz des Stubenhockens: »*Die dunkle Kühle meines Zimmers […] schenkte mir in der Phantasie das volle Schauspiel des Sommers, von dem meine Sinne auf einem Spaziergang zum Beispiel nur jeweils Teilaspekte hätten genießen können; dadurch paßte sie so gut zu meiner Art von Ruhe, die (dank den in meinen Büchern erzählten, mich im Innern bewegenden Abenteuern) wie eine Hand, die man regungslos in fließendes Wasser hält, den tobenden Anprall eines Stromes von lebhafter Handlung aushielt.*«

Die verschiedenen Bewußtseinsschichten während der Lektüre, bis hin zum »*Behagen, angenehm zu sitzen*«. Letztlich wecke Literatur eher als die Wirklichkeit Mitgefühl mit den Menschen.

Bewußtseinserweiterndes Bild:

- Wenn Giottos »Caritas« »*Gott ihr Herz in Flammen darbietet, so reicht sie es ihm eigentlich in der Weise heraus, wie eine Köchin einen Korkenzieher aus dem Kellerfenster jemandem hinhält, der, am Parterrefenster stehend, ihn von ihr haben will*«.

Verlorene Praxis:

- Als Kokotte »*in das rauhe, immer etwas plump gebliebene Leben der Männer etwas wie kostbare Edelsteine einlassen*«.
- Jemandem ein »*bleu*« schicken.

6. So, 23.7., Alt-Lipchen

Heute habe ich einen Brief gelesen, den die erste Besitzerin des Hauses, in dem ich zur Zeit bin, 1917 geschrieben hat (zwei Jahre bevor Band 2 der »Recherche« erscheint). Sie schildert einem Onkel ihre Pläne für den Garten und das Haus, das sie erst noch bauen muß. Sie wolle Arbeit und Leben verbinden, schreibt sie (sie hatte als einziger weiblicher Lehrling in einer Baumschule gelernt). Der Garten unterteilt sich in Nutz-, Muße- und Natursphären. Das Haus ist so geschickt gebaut, daß man immer eine kühle Ecke findet, und jeder Gegenstand steht seit mindestens achtzig Jahren am selben Platz (das ist eigentlich auch der einzige Zweck, den Gegenstände haben). Man müßte hören können, was die Menschen auf den Fotos aus der Zwischenkriegszeit reden, die man hier in den Alben findet. Unmöglich, sich in sie hineinzuversetzen. Von uns wird es in achtzig Jahren unendlich viel Videomaterial geben, was bedeutet das für die Literatur?

In Swanns Welt, S. 105–126

Mehr über Bloch, der einmal, als er regennaß eintrifft, auf die Frage von Marcels Vater, wie das Wetter sei, antwortet: »*Ich kann Ihnen absolut nicht sagen, Monsieur, ob es geregnet hat. Ich lebe so entschieden außerhalb all dieser physischen Bedingungen, daß meine Sinne sich nicht mehr die Mühe machen, sie auch nur zu registrieren.*« Aber kaum betritt so ein interessanter Mensch den Roman, wird ihm wegen einer kleinen Indiskretion von Marcels Eltern für immer die Tür gewiesen. Man kann froh sein, daß die großen Romane nicht von den Eltern der Autoren geschrieben wurden.

Ein Schriftsteller namens »Bergotte« fasziniert Marcel. Als Marcel hört, daß Monsieur Swanns Tochter mit Bergotte »*gemeinsam alte Städte, Kirchen und Schlösser aufsucht*«, verliebt er sich in Mademoiselle Swann, ohne sie je gesehen zu haben. »*Unser Glaube, daß ein Wesen an einem unbekannten Leben teilhat, in das seine Liebe uns mit hineintragen würde, ist unter allem, was die Liebe zu ihrer Entstehung braucht, das Bedeutungsvollste, dem gegenüber alles andere nur noch wenig ins Gewicht fallen kann.*«

Der Pfarrer besucht die Tante und langweilt uns mit seinen Kenntnissen der lokalen Kirchengeschichte. Er erörtert die Vorteile der Aussicht vom Glockenturm von Saint-Hilaire gegenüber dem von Jouy-le-Vicomte und schließt: »*Das beste wäre, man könnte gleichzeitig auf dem Turm von Saint-Hilaire und in Jouy-le-Vicomte sein.*«

7. Mo, 24.7. Alt-Lipchen

Mit Proust ist es wie mit dem eigenen Leben, es scheint eigentlich nichts los zu sein, aber hinterher gibt es doch mehr aufzuschreiben, als man in der verbleibenden Zeit schaffen kann. Ich muß noch einen Kompromiß finden zwischen der Versuchung, das ganze Buch abzutippen und der Minimallösung, alles in einem Satz zusammenzufassen.

In Swanns Welt, S. 126–146

Monsieur Vinteuil ist so höflich, daß er Angst hat zu langweilen: »*Er hatte das Gespräch gerade deshalb auf andere Dinge gelenkt, weil diese ihn weniger interessierten.*« Oh, wie oft ist man in dieser Lage! Und noch schlimmer, wenn die anderen ihr Gespräch höflicherweise auf einen Gegenstand lenken, der einen interessiert, aber da man ja weiß, daß er sie nicht interessiert, fühlt man sich schuldig.

Der hypochondrischen Tante Léonie wird ein wahrhaft langer Satz gewidmet, eigentlich ein Absatz. Wenn man so etwas abschreibt, hat man fast das Gefühl, auch ein wenig der Autor zu sein. Ich weiß nicht, ob das der Lehrmeinung entspricht, aber ich finde, Prousts wahres Talent liegt im Komischen: »*Sie liebte uns wirklich und wahrhaftig, es hätte ihr Genuß bereitet, uns innig zu beweinen; die etwa in einem Augenblick, da sie sich wohl fühlte und nicht an Schweißausbrüchen litt, eintreffende Nachricht, daß das Haus einer Feuersbrunst zum Opfer gefallen und die ganze Familie dabei umgekommen sei, daß bald kein Stein mehr davon stehen werde, wobei ihr aber noch Zeit bliebe, sich ohne Eile in Sicherheit zu bringen, wofern sie auf der Stelle aufstände, hat sicher als Möglichkeit in ihren Hoffnungen eine Rolle gespielt, besonders da sich hier zu dem nicht ganz so ins Gewicht fallenden Vorteil, ihre ganze Liebe zu uns in langer Wehmut auszukosten und zum grenzenlosen Staunen des ganzen Dorfes hinter unseren Särgen herzuschreiten – mutig, wenn auch tiefgebeugt, todgeweiht, aber ungebrochen –, noch jener weit verlockendere gesellt hätte, daß sie dann gerade im richtigen Augenblick ohne enervierendes Zaudern den Sommer auf ihrem hübschen Landsitz Mirougrain hätte verbringen können, wo es einen Wasserfall gab.*«

Schauspielern empfiehlt der Erzähler, wenn sie für ein Stück das Gebaren des Sonnenkönigs studieren wollten, statt historische Korrespondenzen zu wälzen, die Launen alter Damen in der Provinz zu beobachten. Das ist eine genauso überraschende Einsicht, wie Kapuścińskis Aussage, er würde, um das Verhalten von Diktatoren zu studieren, Bücher zur Kinderpsychologie lesen.

Schließlich ein ausführliches Lob der Farbe des Spargels, dessen zarte Nuancen von Blau jene kostbare Substanz verrieten, die wie in einer Posse aus Shakespeares Feenkomödien »*sogar noch mein Nachtgeschirr in ein Duftgefäß umschufen*«.

8. Di, 25.7., Berlin

Der Ort, an dem man ein Buch liest, verändert den Eindruck, so wie man an einem Sommerabend auf einer Strandpromenade anders verliebt ist, als eingeklemmt zwischen Mülleimer und schwitzende Fremde in einem Zugabteil auf dem Weg von Oradea nach Copşa mică. Heute stütze ich meine Füße an die von der Sonne noch warme Balkonwand, unten auf dem Platz schreien sich heisere Betrunkene an, am Horizont »*entfalten sich des Abends für Augenblicke himmlische Blumengebinde in Rosa und in Blau, die ganz unvergleichlich sind und oft Stunden brauchen, um endlich zu verwelken*«. Die Zwangsvorstellung, vom Balkon zu springen. Mal sieht man sich sitzend wie im Schwimmbad von der Kante plumpsen, mal wie beim Hochsprung elegant über die Brüstung rollen.

In Swanns Welt, S. 146–167

Marcel betrachtet sehr konzentriert einen Weißdornbusch. Sein Großvater schenkt ihm »*die Freude, die wir empfinden, wenn wir auf ein Werk unseres Lieblingsmalers stoßen, das von den uns bekannten ganz verschieden ist*«, indem er ihn auf ein paar rosa Blüten hinweist. Denn es gibt auch in der Natur eine Hierarchie von Erlesenheit, wie bei der Pâtisserie von Camus, wo die mit rosa Guß teurer ist.

Durch die Hecke sieht er ein Mädchen mit einer Gartenschaufel in der Hand, in dessen azurblaue Augen er sich sofort verliebt, gerade weil sie in Wirklichkeit schwarz sind. Aber er versteht es »*damals sowenig wie später einen starken Eindruck in seine einzelnen Elemente zu zerlegen*«, weshalb er sich die Augenfarbe in der Erinnerung dazudenken muß, und so sind ihre Augen eben in seinen Augen blau.

»*Ich fand sie so schön, daß ich gern noch einmal umgekehrt wäre und ihr achselzuckend zugerufen hätte: ›Ich finde dich häßlich, furchtbar komisch, und es graust mir vor dir!‹*«

Erfahrungsgemäß führt solches Raffinement bei den wenigsten Frauen zum Erfolg.

Unklares Inventar:
- Pâtisserie von Camus.

Verlorene Praxis:
- Die Frau beleidigen und ihr Böses zufügen, um ihr die Erinnerung an einen aufzuzwingen.

9. Mi, 26.7., Berlin

Der Tag war heiß. Im Sportzeug zum Kindergarten und dann direkt ins Stadion. 50-Runden-Lauf nach der Hälfte abgebrochen. Bei H&M Schlüpfer und Hemden, ein neues Leben in bunt. Eine echte Levi's. Beim Friseur lasse ich die ältere Dame machen, und nach fast fünfundzwanzig Jahren fällt mir auf, daß mir etwas längere Haare besser stehen als Façon. Am Nachmittag auf dem Spielplatz. M. kommt uns besuchen, mit Motorrad. Sie hat mit allen Affairen Schluß gemacht, weil sie sechs Scheine machen muß.

Curtius schreibt in seinem Proust-Essay: »*Das Leben Marcel Prousts repräsentiert den seltenen Fall einer restlosen Übertragung der Energie von der Praxis in die Poiesis. […] Es ist nicht etwa nur so, daß das Schaffen ihm keine Energie mehr für das Handeln übrigließ; es verhält sich vielmehr so, daß das Handeln und überhaupt das Wollen in der praktischen Sphäre jenes reine Schauen getrübt und eingeengt hätte, das die Voraussetzung seiner Kunst ist.*« Mein reines Schauen wurde heute davon getrübt und eingeengt, daß ich einem kleinen Mädchen den Hintern abwischen mußte.

Übermorgen nach Odessa zum Russischkurs. Vor allem, weil der Name so märchenhaft klingt. Nachdem ich geduldig zwanzig Seiten Proust gelesen habe, geht es mir wie Proust: »*Mein so lange zur Unbeweglichkeit verurteilter Körper, der sich mit Unruhe und gestautem Bewegungsdrang aufgeladen hatte, empfand das Bedürfnis, wie ein Kreisel, der endlich aufgesetzt wird, nach allen Seiten zu schnurren.*« Dann will ich mal zum Reisebüro schnurren.

In Swanns Welt, S. 167–190

Marcel geht allein durch den Wald und erwartet von seinem Schicksal, daß es in jedem Moment ein ländliches Mädchen auftauchen und ihn in die Arme schließen läßt, wobei er betont, daß jene hypothetische Vorübergehende »*für mich nicht nur ein beliebiges Exemplar des Gattungsbegriffs ›Frau‹ war, sondern ein notwendiges und natürliches Produkt dieses speziellen Bodens*«. In Paris würde ihm dieselbe nämlich fade vorkommen, die Frau muß eine lokale Spezialität sein.

Weil sich aber auch für einen Proust allein durch Willenskraft keine Frau aus der Landschaft hervorzaubern läßt, schlägt er aus Wut auf die Bäume ein.

Unklares Inventar:
– Camaïeumalereien.

Bewußtseinserweiterndes Bild:
– »*Manchmal zog durch den Nachmittagshimmel schon der noch nebelweiße, heimliche, glanzlose Mond wie eine Schauspielerin, die erst später auftritt und vom Zuschauerraum aus in Straßentoilette einen Augenblick ihren Kollegen zuschaut in dem Bestreben, selbst im Hintergrund zu bleiben und nicht beachtet zu werden.*«

10. Do, 27.7., Berlin

Lächle auf dem Fahrrad, wegen der Sonne und meiner trotz allem guten Situation. Hannah über einen Bauarbeiter: »Der Mann buddelt mit dem Bagger.« Mein Pflaster fällt ihr sofort auf. Packen, Proust, Mails beantworten. Mit den grünen, kurzen Cargo-Hosen zur »Chaussee«. Die Tasche voller Dübel, von wann sind die? Lese was aus dem Proust-Blog vor. Ein Zuschauer meint, man hätte vorher sagen müssen, wer Proust war. Kurz nach Mitternacht auf dem Fahrrad in der lauen Luft nach Hause.

In Swanns Welt, S. 190–211

Soll ich diesen Absatz zitieren, um zu zeigen, was ich hier leiste? Bin ich ein plumper Mensch, weil ich Stunden brauche, um mir das alles vorzustellen?

Wasser mit gewöhnlichem, tiefgrünen Untergrund
ins Violette spielendes Blau
sich erdbeerengleich röten
scharlachrote Herzen
zu reinem Weiß übergehen
bleichere Blüten
das saubere Weiß und Rosa von Sommerlevkojen
blaue, erstarrte Schmetterlingsflügel
Himmel von erlesenerer und eindrucksvollerer Färbung als Blumen
rosenroter Sonnenuntergang
mit beständigeren Farben getönte Blumenblätter
sehr waldige Ufer
Bäume
erdbeerengleiche Nymphäenblüte
dahinter dichter beieinander stehende, bleichere, weniger glatte, körnigere, faltigere, zu anmutigen Gewinden angeordnete Blüten
gelöste Moosrosengirlanden
Sommerlevkojen
wie ein schwimmendes Blumenbeet angeordnete Gartenstiefmütterchen
Seerosen

tiefe Schatten von Bäumen
heitere Abendstunden nach einem gewittrigen Nachmittag
trügerisch durchsichtige Wasserfläche
Verträumtheit von Sonnenuntergang
Am Abend in der Stunde liegendes Tiefstes, Flüchtigstes, Geheimnisvollstes, Unendliches
Im Himmel zu erblühen scheinende Blumenblätter

Ich weiß nicht, ob Proust einen Lektor hatte, aber viel Einfluß scheint er nicht auf ihn gehabt zu haben. Sind solche Satzperioden wirklich auf sein Asthma zurückzuführen, wie Benjamin behauptet?

Marcels Enttäuschung über das Gefühl der Ohnmacht, »*von dem ich immer befallen worden war, wenn ich nach einem philosophischen Gegenstand für ein großes literarisches Werk gesucht hatte*«. (Vielleicht könnte man für »philosophischer Gegenstand« heute auch »Plot« sagen.) »*Aber sobald ich mich danach fragte und versuchte, einen Gegenstand zu finden, dem ich eine allumfassende philosophische Ausdeutung geben könnte, hörte mein Geist zu arbeiten auf, ich fand mich einer Art von Leere gegenüber, ich fühlte, daß ich kein Genie besaß, oder hatte die Vorstellung, daß vielleicht eine Krankheit meins Gehirns es nicht aufkommen ließ.*« So geht es mir immer, wenn ich Krimis sehe, angesichts der Frage, wer der Mörder ist und des Aufwands, den der Drehbuchautor unternommen hat, den Erkenntnisprozeß des Kommissars auf neunzig Minuten zu strecken.

Marcel tröstet sich über seine Talentlosigkeit, indem er beliebige Gegenstände so lange und intensiv betrachtet, bis er mit seinem Denken »*über das Bild noch hinausgelangt*«. Zum ersten Mal erlebt er, wie solche Konzentration auf ein Bild zur Sprache wird, als er vom Wagen aus die Kirchtürme von Martinville sieht. Es wird wohl bedeutungsvoll sein, daß es dazu kommt, während er sich nicht selbst bewegt, sondern gefahren wird, der Körper muß schweben, um Proust nicht beim Proust-Sein zu behindern.

Unklares Inventar:
– Architekten aus der Schule von Viollet-le-Duc.

11. Fr, 28.7.

Wecken um sechs. Kaffee auf dem Balkon, die Stadt schläft noch. Erinnerungen an frühere Forschungsreisen, die sich im Geist ablagern wie Hausmüll am Boden einer Siedlungsstätte. Reisegesten tauchen wieder auf, nur im Flugzeug schüttelt man eine Tüte Coffee-Creamer vor dem Öffnen, um den Inhalt in einer Ecke zu sammeln. Was für ein gewaltiger Apparat nötig ist, um unsere Körper in eine andere Welt zu hieven, wo man sich nur ins Bett legen müßte, um diese Aufgabe dem Geist zu überlassen. Ein Magazin mit den Fotos von einigen der hundert »wichtigsten Köpfe der Zukunft« aus dem Deutschen Historischen Museum, darunter mehrere junge Kollegen, die ich für unwichtiger halte als mich. Hugo Chávez hat Lukaschenko besucht, einen »neuen Freund«. »Die Gebisse des Imperialismus und der Hegemonie schweben über Weißrußland, weshalb beide Länder ihre Hände am Schwert halten müssen.« Artikel über Wagemut von Mäusen. Mit dreißig Jahre altem Wolga in die Innenstadt. Verspiegelte Armatur. Der belgische Mitbewohner ist Polizist. Über die Hinterhöfe hier sagt er: »On dirait Grozny après le pillage des forces russes.« Die breiten Straßen mit Platanen. Nur noch Städte erobern und das mit den Frauen lassen.

In Swanns Welt, S. 211–233

Marcel erlebt nun also auf dem Kutschbock die erlösende Macht der Literatur, weil seine Zeilen über die ihn aus unbekanntem Grund faszinierenden Kirchtürme, »*mich so vollkommen von diesen Kirchtürmen und von dem, was sich hinter ihnen verbarg zu befreien vermocht hatten, daß ich, als sei ich selber ein Huhn, das ein Ei gelegt hat, mit schriller Stimme zu singen begann*«. Vielleicht kommt später noch zur Sprache, was für ein gefährliches Spiel sich hier andeutet. Denn wenn man sich, indem man über die Dinge schreibt, von ihnen befreit, bleibt am Ende ja nichts mehr, was einen fesselt. Man müßte sich also hüten, über eine Geliebte zu schreiben, auch wenn einen nichts stärker reizt.

Wie funktioniert Marcels Gefühlshaushalt? Er ist abhängig von der Erinnerung, insbesondere an seine Kindheit. »*Weil ich an Dinge und Wesen noch geglaubt, während ich jene Gegenden durchschritt, sind die Dinge und Wesen, die ich in ihnen kennenlernte, die einzigen, die ich heute noch ernst nehmen kann und die mir Freude schenken.«* Und so ist man eben dazu verurteilt, sich immer wieder mit der DDR zu befassen, wenn man hundert Jahre nach Proust und nicht in Frankreich geboren ist. »*Ob nun der schöpferische Glaube in mir versiegt ist oder die Wirklichkeit sich nur aus der Erinnerung formt, jedenfalls kommen mir Blumen, die man mir heute zeigt, nicht mehr wie richtige Blumen vor.«* Dabei gab es im Osten ja nur ganz selten Schnittblumen. (Eine womöglich sogar bessere Kopie des Verlorenen würde einen übrigens nicht trösten, es ließe Marcel völlig kalt, wenn »*man mich an das Ufer eines Flusses führte, wo es ebenso schöne, ja schönere Seerosen gibt als auf der Vivonne*«.)

Durch das Anknüpfen einer Verbindung zu seinem Herzen bekommen die Dinge »*eine weitere Dimension*«. Es ist ein eigenartiger Effekt, daß viele Häuser in Westberlin wie in Pankow aussehen, trotzdem muß man erst mühsam mit seinem Herzen eine Verbindung anknüpfen. Manchmal reicht es, daß eine Straße nach einer Stadt heißt, in der man schon einmal war, oder ein Restaurant wie eine frühere Freundin. Das genügt für »*eine weitere Dimension*«. Wobei dieser Zauber »*nur für mich spürbar ist*«, sagt Marcel, was es schwer macht, ihn mit anderen Menschen zu teilen.

Swann hat eine Schwäche für Frauen mit »*gesunden, rosigen Körperteilen*«, die gar nicht dem Ideal von Tiefe und Schwermut des Ausdrucks entsprechen, das er an den Werken der Meister schätzt. Er läßt sich gern bei minderwertigen Gesellschaften einladen, wenn ihm die dortige Köchin aufgefallen ist. Frühere Geliebte »*kommen zu lassen*«, wäre ihm wie eine »*feige Flucht vor dem Leben*« erschienen. »*Er baute nicht Hütten in dem, was er sich an Beziehungen geschaffen hatte, sondern schlug statt dessen lieber überall da, wo eine Frau ihm gefiel, eines jener leicht abzumontierenden Zelte auf, wie die Forschungsreisenden sie mitzuführen pflegen.«*

Wie angenehm, so ein »*müßiges Dasein*«, mit Pokerabenden und wöchentlichen Tischeinladungen, in Gesellschaften, in denen man »*ein Gedeck hat*«. Bevor Swann dorthin aufbricht, »*wählte er eine Blume für sein Knopfloch aus*«. Während wir ein T-Shirt suchen, dessen Kragen nicht so ausgeleiert ist.

Manchmal nimmt Swann eine Geliebte in eine der mondänen Gesellschaften mit, die ihn eigentlich langweilen. Aber weil sie ihm für die Bekanntschaft mit diesen Leuten Bewunderung zollt, »*fand er von neuem einen Reiz an diesem mondänen Leben, dem er sonst bereits so blasiert gegenüberstand*«.

Man könnte das auch anders formulieren: weil er eine Geliebte zu Besuch hatte, fand er von neuem einen Reiz an Berlin, dem er sonst bereits so blasiert gegenüberstand, nun aber erschien ihm die von einer darin spielenden künstlichen Flamme warm und rosig durchschimmerte Substanz jener Stadt wieder schön und kostbar zugleich, da eine neue Liebe mit in sie einbezogen war.

Swann wird sich nun also in Odette verlieben, die »*mit einem Genre von Schönheit begabt war, das ihn nicht eigentlich ansprach*«. Hütet euch vor den Frauen, die euch nicht eigentlich ansprechen! Vor allem, wenn ihr in einem »*illusionslosen*« Alter seid, wie Swann, in dem »*man sich damit zu bescheiden weiß, selber verliebt zu sein und nicht auf allzuviel Gegenseitigkeit zu rechnen [...]. In dieser Epoche des Lebens ist man von der Liebe schon mehrmals angerührt worden; sie rollt nicht mehr aus sich selbst nach ihren eigenen unbekannten und schicksalsbedingten Gesetzen in unserem staunenden und passiv davon betroffenen Herzen ab. Wir helfen nach, wir nehmen durch Hinzuziehen der Erinnerung und durch Suggestion Fälschungen daran vor. Wenn wir eines ihrer Symptome wiedererkennen, erinnern wir uns an andere und erwecken sie selbst zum Leben in uns. Da ihr ganzes Lied in unserem Herzen eingegraben ist, haben wir gar nicht nötig, daß eine Frau uns mehr als die erste Strophe davon rezitiert, damit wir – von der Bewunderung erfüllt, die wir der Schönheit zollen – selbst die Fortsetzung finden*«.

Unklares Inventar:
– Jett-Tropfen.

12. Sa, 29.7., Odessa, Uspenskaja 13

Wenn Marcel nachts aufwacht, rekonstruiert er im Geist das Zimmer, in dem er sich befindet, und fühlt sich dabei wie ein Raumausstatter beim Möbelrücken. Beim Lesen befindet man sich auch immer schon in einer Art Zimmer. Man kann die Bedeutung Prousts nicht ignorieren (die ja ein Grund ist, warum man ihn liest), man spekuliert auf das Prestige, so ein Buch geschafft zu haben. Man weiß, daß der Autor als Ästhet gilt und sich besonders nuanciert ausdrückt. Als ich heute zu lesen begonnen habe, hatte ich aber, sicher weil ich in der Ukraine bin, kurzzeitig die Vorstellung, einen russischen Roman zu lesen. Ich hatte mich sozusagen im Zimmer geirrt. Aber es funktioniert, man denkt sich dann sofort andere Möbel zum Buch, sieht die Figuren als »typische Russen« vor sich (wie man sie natürlich auch nur aus typisch russischen Romanen kennt) und bemüht sich zu verstehen, was das alles mit Rußland zu tun hat, bis man »aufwacht«.

In Swanns Welt, S. 233–254

Odette punktet bei Swann mit Aussagen, wie: »*Sie haben sicher einmal um eine Frau gelitten, und nun meinen Sie, alle sind so wie sie. Sie hat Sie gewiß nicht verstanden; Sie sind ein so ganz besonderer Mensch. Gerade das habe ich von Anfang an in Ihnen geliebt, ich habe gefühlt, daß Sie nicht sind wie die anderen alle.*« So verführt man, Mitgefühl, Trost und Schmeichelei. Möglicherweise hat sie recht, und es sind wirklich nicht alle wie diese bewußte Frau, aber ob er an den anderen überhaupt interessiert ist? Wir hängen doch immer dem Irrtum an, Frauen die uns abweisen, hätten uns durchschaut, und Frauen, die uns wollen, hätten uns mißverstanden.

Swann läßt sich von Odette in den Salon der Verdurins einführen, den Proust ziemlich gnadenlos beschreibt. Ein Doktor, der immer lächelt, um nicht als naiv zu gelten, falls er die Ironie einer Aussage nicht mitbekommen haben sollte, ein Mann, den sein gutes Herz die Achtung gekostet hat, die ihm sein Vermögen eingebracht hatte und dessen Sprachfehler »*einen seelischen Vorzug verriet*«, denn »*alle Konsonanten, die er nicht aussprechen konnte, standen für ebenso viele Härten, zu denen er nicht imstande war*«. Und schließlich die Tante des Pianisten: »*Da sie keinerlei Bildung besaß und Angst vor Schnitzern hatte, sprach sie absichtlich möglichst undeutlich, in der Hoffnung, daß, wenn sie etwas Falsches sagte, ihre Rede in einem solchen Gemurmel untergehen würde, daß es nicht mehr mit Sicherheit festzustellen sei; dadurch war ihre Sprechweise allmählich zu einem bloßen unklaren Nuscheln geworden, aus dem sich von Zeit zu Zeit eine einzelne Vokabel heraushob, deren sie vollkommen sicher war.*« Auch eine Methode beim Fremdsprachenerwerb, Genuschel und ein paar Vokabeln, die man beherrscht.

Die Gastgeberin, Madame Verdurin, hat sich einmal beim Lachen den Kiefer ausgerenkt, seitdem »*verzichtete sie auf sehr nachdrückliche Heiterkeitsausbrüche und überließ sich statt dessen lieber einer konventionellen Mimik, die, unanstrengend und gefahrlos zugleich, auszudrücken schien, daß sie Tränen lache. Bei dem geringsten Scherzwort, das ein Getreuer gegen einen ›Langweiler‹ oder einen früheren Getreuen vorbrachte, stieß sie – zur größten Verzweiflung übrigens von Monsieur Verdurin, der lange Zeit den Ehrgeiz gehabt hatte, für ebenso liebenswürdig zu gelten wie seine Frau, der aber, da er ernstlich lachte schnell außer Atem geriet und so durch ihre List einer unaufhörlichen, wenn auch fiktiven Heiterkeit ins Hintertreffen geraten war – einen kleinen Schrei aus, drückte ihre Vogelaugen, die eine leichte Hornhautveränderung zu verschleiern begann, fest zu und barg plötzlich, als habe sie nicht mehr Zeit gefunden, ein unpassendes Schauspiel den Blicken zu entziehen oder einem tödlichen Anfall zu begegnen, das Gesicht in den Händen, so daß es völlig bedeckt und nichts mehr davon zu sehen war; es schien dann, als müsse sie die größten Anstrengungen machen, um einen Lachanfall zu unterdrücken, der, wenn sie sich ihm hemmungslos überlassen hätte, zu einer Ohnmacht geführt haben würde*«. Falsches Lachen, um länger durchzuhalten? Und ihr armer Mann gilt als weniger liebenswürdig, weil es ihn anstrengen würde, wegen einer Kleinigkeit zu lachen? Warum gilt es überhaupt als liebenswürdig, über die Bemerkungen seiner Gäste zu lachen?

Ausgerechnet in dieser Gesellschaft hört Swann ein Klavierstück, das ihn einmal tief bewegt hatte, von dem er aber damals den Komponisten nicht ermitteln konnte. »*Da er sich im Geiste nicht mehr mit großen Gedanken beschäftigte, hatte er aufgehört, an ihre Realität zu glauben.*« Auf diese »*seelische Verödung*« wirkt die Musik heilsam, wie ein Ortswechsel auf einen chronisch Kranken. Das Essen hier in Odessa kann man sicher als »*von der gewohnten abweichende Diät*« bezeichnen. Aber ich hoffe, es bewirkt keine »*unerklärliche organische Umstellung*«. Und ein neues Leben beginnen? Es wäre ja schon ein Fortschritt, wenn man einmal aufhören würde, sich ständig einzubilden, das tun zu müssen.

Unklares Inventar:
- Tapisseriesofa von Beauvais.

Verlorene Praxis:
- »*Die elementare Gymnastik des Weltmanns*« beherrschen und Leuten gegenüber, deren Kreise den eigenen untergeordnet sind, höflich und zuvorkommend zu scheinen.
- Schon beim ersten Besuch den Ton des Hauses treffen.

13. So, 30.7., Odessa, Uspenskaja 13

Ich fühle mich hier ein bißchen wie in der Kindheit, draußen scheint die Sonne, und man guckt im Ferienprogramm sowjetische Filme, in denen Jugendliche ihre Konflikte untereinander selbständig lösen, auch wenn ihnen ein Lehrer oder ein Polizeikommissar in besonders heiklen Situationen zur Seite stehen. Eigenartig auch der Charme mancher dieser Filme aus der Produktion, vielleicht weil in der Melancholie der jungen Hauptdarstellerin ihr richtiges Leben durchscheint. Eine Frau, die in einem Kombinat am Baikalsee arbeitet. Sie hat mehrere ernstzunehmende Bewerber, vom heimgekehrten Jugendfreund bis zum bärbeißigen Brigadier, aber keiner kann ihr ein Lächeln ins Gesicht zaubern, denn sie muß immer an die Worte ihres verstorbenen Vaters denken: »Man soll nicht sein ganzes Leben am See verbringen.« Deshalb trennt sie sich schließlich von der Heimat und den vielversprechenden Männern und geht an die Lena, um beim Bau eines Wasserkraftwerks mitzuwirken. Man braucht ein Ziel im Leben, mit dem man der Gesellschaft nützt, und das ist schon das Glück, hatte der Brigadier gesagt.

Heute morgen kam dann ein Video von Groove Armada, »My Friend«, in dem eine Frau im Büro Unterlagen kopiert und beim Anblick der Bläschen im Wasserbecher an ihren Strandurlaub zurückdenkt, wo sie so ausgelassen mit den Freundinnen gefeiert hatte. Das war eine Proustsche Absence, nur daß es bei Proust Bläschen am Stengel einer Wasserrose gewesen wären. Jeder Hersteller versucht heute, mit dem Produktdesign beim Kunden solche Bewußtseinsströme wachzurufen, damit er mit etwas, was er noch nicht besitzt, Gefühle verbindet. Die Kaufhalle ist voller synthetischer Madeleines.

In Swanns Welt, S. 254–274

Unterwegs zum Salon, wo er täglich Odette trifft, liest Swann mit der Kutsche eine »*kleine Arbeiterin*« auf, in die er verliebt ist, weil sie »*so frisch und blühend*« ist und weil »*sein Liebesverlangen immer gerade in einem seinen ästhetischen Neigungen ganz entgegengesetzten Sinn orientiert war*«. Sie steigt aus, er geht hinauf in den Salon, wo Odette schon wartet, und der Pianist stimmt das Motiv an, »*das gleichsam die Nationalhymne ihrer Liebe war*«.

Aber so richtig begeistert er sich für Odette erst, als ihm auffällt, daß sie *»auf frappante Weise der Gestalt Sephoras, der Tochter Jethros, auf einer der Fresken in der Sixtinischen Kapelle glich«*. Und weil Botticelli dieses Wesen angebetet und gemalt hat, fühlt er sich auf vertrautem Terrain, denn er kann *»sich in ihrer Beurteilung auf die Gegebenheiten einer gesicherten Ästhetik stützen«*.

Das Problem an Odette ist, daß sie es ihm gar nicht schwer macht, er sieht sie ja jeden Tag bei den Verdurins. *»Um seine allzu einseitig gewordene seelische Sicht von Odette, von der er fürchtete, sie möchte ihn schließlich ermüden, etwas aufzufrischen, schrieb er ihr plötzlich einen Brief voll erfundener Vorwürfe und geheucheltem Groll, den er ihr vor dem Abendessen in ihr Haus bringen ließ.«* Die besonders zärtlichen Antwortbriefe, die er von ihr erhält, bewahrt er in einer Schublade auf, zusammen mit einer vertrockneten Chrysantheme, die sie ihm einmal geschenkt hatte.

Trotzdem nimmt er sich immer mehr Zeit mit *»der kleinen Arbeiterin«*, da es ihm genügt, Odette vom Salon aus nach Hause zu begleiten. So erwünscht diese gemeinsame Heimkehr auch ist, ihre Unvermeidlichkeit weckt einen gewissen Überdruß. Einmal behält er die kleine Arbeiterin so lange im Wagen, daß Odette schon weg ist. Er sucht sie in Restaurants, ohne es eigentlich für möglich zu halten, sie zu finden. Er wird rasend, obwohl er sie doch ohnehin morgen wieder sehen wird und er sich ja auch absichtlich verspätet hatte, gerade weil er sie sonst hätte nach Hause begleiten müssen. Swann *»zitterte, sich um ein Vergnügen gebracht zu haben, dessen Umfang er zum ersten Male richtig ermaß, da er bislang immer die Gewißheit gehabt hatte, sie, wann er wollte, sehen zu können – ein Zustand, der bei allen Vergnügungen verhindert, daß wir sie in ihrer wahren Bedeutung erkennen«*. Man muß die Kunst beherrschen, seinen Partner solche Zustände auskosten zu lassen.

Schließlich trifft er Odette tatsächlich und sie steigt in seinen Wagen. Aber hier sind die heutigen zwanzig Seiten vorbei.

14. Mo, 31.7., Odessa, Uspenskaja 13

8.30 Uhr aufstehen und Zwei-Stunden-Lauf. Zur »Health Road« am Meer, von dort eine halbe Stunde an der Küste bis zum Vergnügungsviertel Arkadia. An einer Stelle liegen acht apathische Hunde auf dem Weg, man kann einfach vorbeilaufen. Nur wenn ein anderer Hund auftaucht, jagen sie manchmal bellend los. Hier und da ein stinkendes Klo am Wegrand. Eine verrostete Seilbahn. Die Sowjetunion war anscheinend nur ein gigantischer Langzeittest für Baumaterialien. Rückweg bis zum Park, der Blick auf die Schiffe im Hafen. An einer Straßenecke eine Melone. Die Verkäuferin schneidet einen Keil heraus, damit ich sie prüfen kann. Nachts liegen die Melonen allein auf der Straße in großen eisernen Käfigen.

Zwei Sender, die nur altes sowjetisches Fernsehen wiederholen. Bilder von der Olympiade in Moskau, die Abschiedszeremonie. Die Zuschauer halten bunte Tücher hoch und malen damit große Bilder. Sogar Mischkas Abschiedstränen konnten sie kullern lassen. Später eine russische Soap. Eine Frau stellt dem Mann morgens Joghurt hin, er will aber Fleisch. Sie ist tief besorgt: »Golodnij muschtschina, zlo muschtschina.«

Da ich noch relativ jung bin, besteht durchaus die Chance, eines Tages der letzte noch lebende Proust-Leser zu sein. Von Jahr zu Jahr sind es weniger geworden, die bei den Feierlichkeiten zu Prousts Todestag auf der Tribüne begrüßt wurden, mit uns stirbt eine Epoche. Unsere Kinder werden in einer Welt ohne Proust aufwachsen können.

Wenn die Welt es wirklich ernst meinen würde mit ihrer Verehrung für die großen Künstler, würde sie nicht ihren Tod abwarten, sondern vorher untergehen.

In Swanns Welt, S. 274–294

Ein Buch, das so lang ist, muß natürlich auch erst nach dreihundert Seiten in Schwung kommen, das entspricht dreißig Seiten bei einem normalen Buch. Vielleicht hat es Proust auch so gehalten, wie er es von den Frauen behauptet, je schwerer sie zu erobern sind, umso dauerhafter der Genuß. Insofern hat er vielleicht bewußt ein Gebirge von Blumenmalereien vor dem Leser aufgetürmt, um die Spreu vom Weizen zu trennen. Es wird schwerer, die Handlung zusammenzufassen, da kaum noch überflüssige Sätze fallen. Swann liebt Odette, obwohl er genau weiß, daß sie nicht besonders intelligent und mit einem sehr durchschnittlichen Geschmack begabt ist. Es liegt wohl mehr an Swann als an Odette, daß er sie unwiderstehlich findet. Wie erschleicht man sich die Gelegenheit, eine Frau zu küssen? Indem man sagt: »*Es macht Ihnen doch nichts aus, wenn ich die Blumen in Ihrem Ausschnitt zurechtrücke.*« Das geht freilich nur, wenn vorher »*das Pferd gescheut*« hat. Auch etwas aus der Mode gekommen: das Gesicht der Frau »*mit aller Macht [...] von dem seinen fernzuhalten, als werde sie durch eine unsichtbare Kraft zu ihm gezogen*«. Als sie sich nun schon »*gleichsam gegen ihren Willen auf seine Lippen sinken ließ*«, hält Swann ihr Gesicht noch einen Augenblick »*mit beiden Händen von sich ab*«. Vielleicht, wie man sich die Salamischeibe auf der Stulle bis zum Schluß aufspart? »*Er wollte seinem Denken Zeit lassen, den Traum, dem es so lange nachgehangen hatte, wiederzuerkennen und seiner Verwirklichung beizuwohnen wie eine Verwandte, die man herbeiruft, damit sie ihrerseits den Erfolg eines Kindes mit ansieht, das ihrem Herzen nahesteht.*« Denn der erste Kuß ist sozusagen ein Todesurteil für die ungeküßte Odette, weshalb er sie mit jenem Blick ansieht, »*mit dem man am Tage der Abreise eine Landschaft mit sich forttragen möchte, die man für immer verläßt*«. Erstaunlich, daß er sich unter diesen Voraussetzungen überhaupt entschließen kann, sie zu küssen. Aber schließlich hatte das Pferd gescheut.

Nicht nur Odette verändert sich, jetzt, wo Swann ihr jeden Abend die Blumen im Ausschnitt ordnet, sondern auch er selbst: »*So sehr schafft eine neue Leidenschaft in uns etwas wie einen neuen und ganz anderen Charakter, der unseren sonstigen ersetzt und die bis dahin unveränderlichen Zeichen, an denen er kenntlich war, zerstört!*« Was natürlich auch Widerstände erzeugt, manchmal würde Swann spät abends lieber gleich nach Hause gehen. Aber die Erinnerung an den einen schmerzvollen Abend ohne sie genügt schon, um die Freude, sie für sich zu haben, immer zu erneuern: »*Die menschlichen Wesen sind uns gewöhnlich so gleichgültig, daß, wenn wir in eines von ihnen solche Möglichkeiten des Leidens und der Freude hineingelegt haben, es uns einer anderen Welt anzugehören scheint, sich mit Poesie umgibt und unser Leben zu einer tiefbewegenden weiten Landschaft macht, in der es uns je nachdem näher oder ferner ist.*« Sie darf ihm die Nationalhymne ihrer Liebe ganz ungeschickt am Klavier vorspielen, für ihn ist es, »*als habe er ein schmerzstillendes Mittel eingenommen*«. Gerade, daß es so unlogisch ist, sie zu lieben, feuert ihn an, weil er sich »*in ein der Menschheit fremd gegenüberstehendes, blindes, aller logischen Fähigkeiten beraubtes Geschöpf verwandelt fühlte, fast wie das Einhorn der Legende*«. Die Liebe zu einer intelligenten Schönheit ist sozusagen banal, aber die Überraschung darüber, sich mit einer eher einfältigen, auf unorthodoxe Art attraktiven Frau eingelassen zu haben, macht einen zum Einhorn. Swann nimmt, von seinen Gefühlen beflügelt, sogar seine liegengelassene Studie über Vermeer wieder auf.

Allerdings muß er, wenn sie Klavier spielt, doch manchmal ihrem Nacken unauffällig »*die nötige Biegung geben*«, damit er wieder mehr nach Botticelli und Quattrocento aussieht.

Unklares Inventar:
– Cattleyablüten, Faillerock, Kapotthut.

Verlorene Praxis:
– In seine Victoria steigen.
– Seine Bediensteten zu Bett schicken.
– In der Zeitung die Namen der Personen lesen, die an einem Diner teilgenommen haben, und sofort einschätzen können, von welcher Qualität es war.

15. Di, 1.8., Odessa, Uspenskaja 13

Wenn ich Günter Grass wäre, würde man mir hier in Odessa ein umfangreiches Besuchsprogramm organisieren. Die intellektuelle Elite der Stadt würde sich für mich ins Zeug legen. Statt jeden Tag literweise Trinkwasser nach Hause zu schleppen, würde ich mit den klügsten Köpfen Odessas über die Zukunft des europäischen Gedankens diskutieren. Als Jochen Schmidt müßte ich mich, um einmal ein Gespräch mit einem Einheimischen zu führen, im Dworjetz studentow beim »Intellekt-Klub« anmelden, einem der zahlreichen Zirkel, die es dort gibt. Umso mehr Zeit bleibt mir für den »Nasche Kino«-Kanal, einer der Sender, die ausschließlich sowjetische Filme zeigen, man sollte Fernsehsendungen ohnehin immer mit zwanzig Jahren Verspätung sehen. Heute kam ein Film über einen Journalisten, der eine *Lespromchose* (»Waldindustriekombinat«) in der Taiga aufsucht, um einen Artikel über einen dortigen Mitarbeiter zu schreiben, der sich als Gauner entpuppt. Auf der gemeinsamen Rückfahrt versagt mitten im Schneesturm der Motor. Der Fahrer beschimpft sich, nur ein Idiot steige in einen fremden Wagen. Was für eine schöne Lebensregel aus einem Land, in dem die Natur noch töten kann. Der Lastwagen, das Pferd des Sibiriers, dem er sein Leben anvertraut, nie würde er in einen fremden steigen. Sie graben ein Loch in den Schnee, um nicht zu erfrieren. Manchmal kommt mir meine Arbeit auch so vor, für andere völlig sinnlos, aber für mich notwendig, um zu überleben. Wie es ausging, weiß ich nicht, weil das Bild eingefroren ist (!) und nach fünfzehn Minuten Ungewißheit einfach ein anderer Film gezeigt wurde. Vielleicht war es aber auch eine avantgardistische Pointe des Regisseurs, seinen Film so zu beenden.

In Swanns Welt, S. 294–314

Ein Rivale tritt auf den Plan, Graf von Forcheville, den sein geringes intellektuelles Niveau dazu befähigt, über die schwachen Scherze bei den Verdurins hingerissen zu sein, ohne sie überhaupt zu verstehen, weshalb er Swann schon bei seinem ersten Besuch aussticht. Und weil herauskommt, daß Swann auch in viel höher stehenden Kreisen verkehrt, könnte er bald in Ungnade fallen. Madame Verdurin erstarrt sofort zu Marmor, wenn sie gesellschaftlich übertroffen wird. Und das, obwohl sie doch solche unterhaltsamen Gäste hat wie Professor Brichot von der Sorbonne. Der »*besaß nämlich jene an Aberglauben grenzende Neugier auf das Leben, die, mit einer gewissen Skepsis dem eigenen Studiengebiet gegenüber gepaart, in allen Berufszweigen gewissen der Intelligenz zugehörigen Männern, Medizinern, die nicht an die ärztliche Wissenschaft, Lyzealprofessoren, die nicht an den lateinischen Aufsatz glauben, das Ansehen von großangelegten, glänzenden und sogar überlegenen Naturen geben kann*«.

Die Gesetze dieses Salons unterscheiden sich nicht von denen heutiger Partys. Solange man Vergnügen heuchelt, ist man willkommen, wenn es allerdings zu echt ist, könnte es schon wieder peinlich wirken. Man darf vor allem nicht »langweilen«, also, wie Swann neuerdings (infolge seiner inneren Erneuerung durch die Musik) »*seine Meinung manchmal mit Wärme aussprechen*«.

Proust ist ziemlich gnadenlos, wenn er Gesten wie Slapsticknummern beschreibt. Jemand schwärmt von Rembrandt: »*Und wie die Sänger, wenn sie beim höchsten Ton angelangt sind, den ihre Kehle hergibt, mit Kopfstimme und piano weitersingen, begnügte er sich jetzt damit, vor sich hin zu murmeln, und unter fortwährenden Heiterkeitsausbrüchen, als sei diese Art von Malerei vor lauter Vollkommenheit schon nur noch komisch zu nehmen, fuhr er fort.*« Die Frage stellt sich, ob es überhaupt möglich ist, nicht lächerlich zu sein.

Unklares Inventar:
– Commis-voyageurhafte Späße.

Verlorene Praxis:
– »Ich sollte mal nach den Pferden sehen« sagen, wenn man auf die Toilette muß.

16. Mi, 2.8., Odessa, Uspenskaja 13

Gestern abend auf der Deribasowskaja, der Flaniermeile von Odessa. Zu Eurodance-Beats waschen vor einem Steakhaus Mädchen im Bikini eine rosa Plastekuh. Es ist anzunehmen, daß diese Maßnahme die Popularität des Steakhauses befördern soll. Daß Mädchen, die eine rosa Plastekuh waschen, ein erotisches Bild abgeben, hätte man nicht geahnt. Handelt es sich hierbei wegen seiner Seltenheit schon um einen dieser verfeinerten Genüsse, wie Swann sie liebt, oder noch um einen groben? Die Denkleistung, die ich brauche, um so ein Bild zu begreifen. Und dabei will ich nur mit der Kuh tauschen.

In Swanns Welt, S. 314–335

Wie sind Geschenke von Männern zu bewerten? »*Im Augenblick, wenn er sie mit Geschenken überschüttete [...] konnte er sich [...] von dem erschöpfenden Bemühen erholen, ihr durch sich selbst zu gefallen.*« Ich habe Frauen immer zugetraut, das zu durchschauen, und deshalb ihre Intelligenz nie durch Geschenke beleidigen wollen. Andererseits, vielleicht ist es noch intelligenter, sie anzunehmen, obwohl man weiß, warum sie gemacht werden?

Um Swann steht es schlimm, er denkt ununterbrochen an Odette: »*Er stieg in den Wagen, aber er spürte, daß dieser Gedanke mit ihm eingestiegen war und sich auf seinen Knien niederließ wie ein Lieblingstier, das man überallhin mitnimmt und das er sogar unbemerkt von den Gästen bei Tische bei sich behalten würde.*« Er fährt nicht mehr nach Combray, weil er Odette zu Hause nicht den Rivalen überlassen will. So richtig begehrt er sie allerdings auch erst, seit er mitbekommen hat, wie viele andere sie begehren, *désir triangulaire*. Außerdem ermüdet es ihn, sie ständig aufzusuchen, aber er darf auch nicht nachlassen, damit sie nicht denkt, er sei nicht mehr so leidenschaftlich verliebt wie vorher. Deshalb erhöht er die Beträge, die er ihr schickt. Vielleicht empfiehlt es sich, sich am Anfang seines Verhältnisses möglichst unfreundlich und geizig zu geben, um noch Steigerungsmöglichkeiten zu haben?

Wichtig ist auch, nicht durch Eifersucht den Beweis zu liefern, daß man die Frau zu sehr liebt, »*einen Beweis, der unter Liebenden denjenigen Teil, der ihn erhält, davon dispensiert, auch nur genug zu lieben*«. Ein Plädoyer gegen Aufrichtigkeit, die Liebe ist kein gemeinsames Schicksal, sondern eine komplizierte Kampfsportart.

Ein schlimmes Stadium von Eifersucht hat man erreicht, wenn man sich nachträglich über die Genüsse ärgert, die einem eine Frau ermöglicht hat, weil einem klar wird, daß der nächste sie auch bekommen wird. Wenn es ihm gelingt, an etwas anderes zu denken, und Freunde ihn wieder an sie erinnern, »*so genügte manchmal ein Wort, daß sein Gesicht einen veränderten Ausdruck bekam, wie das eines Verwundeten, dessen schmerzendes Glied ein Ungeschickter gedankenlos berührt*«.

Wenn Odette lügt, kann sie tiefbetrübt aussehen wie Botticellis Frauengestalten: »*Sie hatte in diesem Augenblick das niedergeschlagene, kummervolle Gesicht, das diesen Frauen das Aussehen gibt, als laste ein Schmerz auf ihnen, der zu schwer für sie ist, auch wenn sie nur einfach das Jesuskind mit einem Granatapfel spielen lassen oder zuschauen, wie Moses Wasser in einen Trog schüttet.*«

Unklares Inventar:
- Coterie.

Verlorene Praxis:
- Die Bettvorhänge zuziehen.
- Vor der Teestunde noch ein paar Briefe schreiben.
- Durch die Art seines Daseins einen Bestand an Gewohnheiten und Leidenschaften zufriedenstellen, die man seinen verflossenen Jahren entnommen hat.

17. Do, 3.8., Odessa, Uspenskaja 13

Was man im Russischunterricht erfährt: Gogol soll nach einer enttäuschenden Ehe sein Leben lang vergeblich versucht haben, Mönch zu werden. Außerdem besaß er ein zweiflügliges Anwesen, um, wenn Gäste kamen, heimlich im anderen Flügel verschwinden zu können. Er litt unter Depressionen und tagelangem, lethargischem Schlaf. Gerüchteweise soll er lebendig begraben oder beim Abnehmen der Totenmaske erstickt worden sein. Ein neuer Eintrag in meiner Liste enttäuschender Todesarten.

In Swanns Welt, S. 335–355

Die folgenden zwanzig Seiten werfen die Frage auf, was man eigentlich verpaßt, wenn man Gogols Beispiel folgend Mönch wird. Man zieht ja auch nicht mehr freiwillig in den Krieg als gehöre das zur Ausbildung, warum läßt man sich also noch mit Frauen ein? Das Eifersuchtsszenario, das Proust beschreibt, hat man bis ins Detail erlebt, erstaunlich, daß Proust das vor neunzig Jahren schon so genau voraussehen konnte. Alles hat sich so abgespielt, nur daß man heute nicht mehr »*nach einem Telegraphenbüro*« sucht, sondern eine SMS schreibt.

Nach einem Ausflug steigt Odette nicht in Swanns Wagen, sondern zu den Verdurins, wo neben Monsieur de Forcheville noch Platz ist. Swann geht zu Fuß durch den Bois und spricht laut mit sich selbst. Er verflucht die Verdurins und stellt fest, wie dumm und gewöhnlich Odette ist und daß sie ihn nicht verdient. Die Welt sollte so züchtig sein, wie von Platon gefordert. Als Odette das nächste Mal in eine minderwertige Oper gehen will, beleidigt er sie auf so sublime Weise, daß sie es gar nicht bemerkt. Immerhin: »*Wenn ihr auch der eigentliche Sinn dieser Rede entging, so begriff sie doch, daß sie offenbar zu jener Art von Vorhaltungen oder Szenen gehörte, aus deren Vorwürfen und Beschwörungen sie bei ihrer Übung im Umgang mit Männern, ohne auf Einzelheiten achtzugeben, zu schließen gelernt hatte, daß diese sie ihr nicht halten würden, wenn sie nicht verliebt in sie wären, und daß sie selbst, gerade weil sie verliebt in sie waren, nicht nötig hatte, darauf einzugehen, denn sie waren es bestimmt hinterher nur noch mehr.*« Sie ist sozusagen ein Techtelmechtelprofi, es ist ja auch ihr Job. Die

Liebe zählt zu den Künsten, in denen man erfolglos bleibt, wenn man seine Emotionen nicht zu kontrollieren weiß.

Neuerdings wird Swann zu den Ausflügen der Verdurins nicht mehr eingeladen. Dann »*versenkte er sich in den berauschendsten Liebesroman, den es gibt, den Fahrplan, der ihn über die Möglichkeiten, am Nachmittag, am Abend, am Morgen sogar in ihre Nähe zu gelangen, unterrichtete!*« Er hat schließlich ein Recht darauf zu fahren, wohin sie ihn nicht mitgenommen hat! Sollte er ihr dort über den Weg laufen, würde er sie natürlich ignorieren, sie soll nicht denken, er spioniere ihr nach.

Während er wacht und auf die vorbeirollenden Wagen lauscht, falls sie spät heimgekommen sein und ihn noch besuchen sollte, ist sie schon am Nachmittag eingetroffen, allein ins Theater gegangen und liegt längst im Bett. Ihn zu benachrichtigen hatte sie nicht für notwendig gehalten.

»*[I]n manchen Augenblicken sagte er sich dann, daß es ebenso unvernünftig sei, eine hübsche Frau in Paris allein ausgehen zu lassen, als wenn man ein Juwelenkästchen mitten auf die Straße stellt. Dann war er voller Entrüstung gegen alle Vorübergehenden, als seien sie sämtlich Diebe.*«

Manchmal dämmert ihm, daß die Zeit, die sie ohne ihn verbringt, gar keine »*erschreckende und übernatürliche Welt*« ist, sondern banal. »*Wenn er sein Leiden so sachlich beobachtete, als habe er es sich zu Studienzwecken selber durch Impfung beigebracht, mußte er sich sagen, daß er, einmal geheilt, alles, was Odette beträfe, als gleichgültig ansehen werde.*« Was hilft es, das zu wissen? Denn »*aus dem Grunde seines krankhaften Zustandes heraus fürchtete er wie den Tod eine solche Heilung, die in der Tat das Ende von allem bedeutet hätte, was er im Augenblick war*«. Hat die Liebe das aus ihm gemacht, oder hat sich seine Seele eine Herausforderung gesucht?

Odette fährt nach Bayreuth, und er bietet ihr an, »*eines der hübschen Schlösser des Königs von Bayern in der Umgebung*« zu mieten. Sie möchte aber das nötige Geld, um die Verdurins und deren Freunde dorthin einladen zu können, denen sie sich auch einmal erkenntlich zeigen will. Davon, daß er mitkommen könnte, ist nicht die Rede. Was für ein Miststück!

Unklares Inventar:
- Die Kirche von Brou, die Initialen Philiberts des Schönen, der »*Bal des Incohérents*«.

Verlorene Praxis:
- Ihr am folgenden Morgen die schönsten Juwelen zuschicken.

- Eine Saison in Bayreuth mitmachen.
- Aus Trauer um einen Mann überall seine Initialen mit den eigenen verflechten.

18. Fr, 4.8., Odessa, Uspenskaja 13

Selten habe ich so unter Streß gestanden, wie im hiesigen Literaturmuseum. Da ich der einzige Besucher war, galt mir die ungeteilte Aufmerksamkeit der Aufpasserinnen, von denen in jedem Raum eine saß. Im Reiseführer stand, es sei hier nicht gern gesehen, wenn man zu schnell durch die Ausstellungsräume husche, man riskiere zurückgerufen zu werden, wenn man etwas nicht richtig gewürdigt habe. In jedem Raum stand eine andere Dame auf und folgte mir in diskretem, gleichbleibendem Abstand. Ich hatte also immer jemanden im Rücken, der mich beobachtete, während ich Raum für Raum abarbeitete und versuchte, mich vor jeder Schautafel angemessen lange aufzuhalten. Da fast nur alte Zeitungsausschnitte gezeigt wurden, größtenteils auf Ukrainisch, habe ich sicher einen unkonventionellen Geschmack bewiesen, weil ich beim besten Willen nicht abschätzen konnte, was hier wichtig war. Die Fotos haben mir nicht weitergeholfen, weil ich von den meisten ukrainischen Autoren nie gehört habe. Mir ist immerhin aufgefallen, daß die Menschen auf frühen russischen Fotografien immer aussehen wie Schwerverbrecher.

In Swanns Welt, S. 355–376

Was hilft es Swann, wenn Odette sich gemein verhält und die erste Frische ihrer Jugend bereits eingebüßt hat? Sie könnte wahrscheinlich auch aussehen wie ein Frosch, denn »*seine Liebe reichte weit über die Region des physischen Verlangens hinaus. Odettes Person nahm eigentlich keinen großen Raum mehr darin ein*«. Liebe ist also eine Art Krankheit, und, wie man bei einer Grippe selten erfährt, wer einen angesteckt hat, so ist auch bei der Liebe völlig gleichgültig, in wen man sich verliebt. Aber das zu wissen, hilft einem im Krankheitsfall natürlich wenig. »*Er sagte sich dann fast staunend: ›Das ist sie‹, als wenn man uns plötzlich aus uns heraustransponiert, eine unserer Krankheiten zeigte, und wir sie gar nicht mit dem ähnlich fänden, was wir ins uns verspüren.*«

Selbstverständlich muß er ihr das Geld für Bayreuth geben, auch wenn sie nicht wünscht, daß er sie dorthin begleitet. Aber wenn sie gegen seinen Willen führe, müßte er ja noch eifersüchtiger sein, dann schon lieber so tun, als habe man sie selbst auf die Idee gebracht.

Verlorene Praxis:

- Der Prinzessin von Parma zum Geburtstag einen Früchtekorb schicken.

19. Sa, 5.8., Odessa, Uspenskaja 13

Diese herrlichen, alten Straßenbahnen, wie aus bunten Blechplatten zusammengenietet. Besichtigung des »Odesski Zawod schampanskich win«. In der Wand eingelassene Ornamente aus Sektflaschen und roten Autoleuchten. Junge Mädchen an deutschen Taktstraßen. Eine legt immer nur ein Stück Pappe in vorbeifahrende Kartons. Ich frage die Chefin, was diese Mitarbeiterinnen verdienen, sie ärgert sich, daß ich nicht nach den qualifizierteren frage. Feierliche Verkostung im getäfelten Chefzimmer. Acht Champagnersorten nacheinander, von herb bis süß. Danach allein zu Fuß weiter. Die übriggebliebenen Hausnummern mit kleinem Sowjetstern über den Eingängen. Neben dem riesigen Bahnhof ein großer Markt. Alte Leute verkaufen Milch in Plasteflaschen. Zu Hause Proust lesen, während es auf dem Hausflur hämmert. Die andere Hälfte meiner Remise wird auseinandergenommen. Einer der Arbeiter hat den Rücken voller Pusteln. Mir gefällt mein langer wie von Hand geschnitzter Schlüssel. Ich weiß inzwischen schon genau, wie ich ihn ins Schloß stecken muß.

In Swanns Welt, S. 376–397

Irgendwie ist Swann ja eine Art Old Shatterhand, ein Held, der eigentlich keine ernsthaften Probleme hat, und wenn er sich unter die normalen Menschen begibt, dann nur, um sich zu zerstreuen, wobei er hier und da Kostproben seiner ungewöhnlichen Fähigkeiten gibt. Dieser lässige Umgang mit der eigenen Klasse, wie bei Richard Gere in »Pretty Woman«. Aber da es kein »Pretty Woman II« gibt, wissen die wenigsten, wie schlecht Julia Roberts ihn behandelt hat, nachdem sie ihn einmal zur Hochzeit bewegen konnte.

Eine Gesellschaft bei der Marquise de Saint-Euverte. Die vielfältige Dienerschaft hat noch Stil: »*Der eine von ihnen, der besonders trutzig wirkte und etwa einem Henker auf gewissen Renaissancebildern glich, die Folterungen darstellen, trat mit unbeweglicher Miene auf ihn zu, um ihm die Sachen abzunehmen. Doch wurde die Härte seines stählernen Blicks durch die Weichheit seiner Baumwollhandschuhe kompensiert, so daß es Swann vorkam, als bezeige er zwar Verachtung für seine Person, desto größeren Respekt jedoch für seinen Hut.*« Wie bei »Das Haus am Eaton Place« spiegeln sich die aristokratischen Manieren der Herren in der Welt der Diener, vielleicht haben sie sich bei ihnen sogar noch reiner erhalten, weil sie sich der Bewunderung verdanken und dem Wunsch aufzusteigen, während die Aristokraten sich ja im Grunde gegenseitig langweilen.

Der eine ist »*ein Gesellschaftsschriftsteller, der soeben als sein einziges Instrument der psychologischen Durchdringung und der unerbittlichen Analyse […] ein Einglas in den Augenwinkel geschoben hatte*«. Und die Marquise de Gallardon leidet darunter, daß ihre Verschwägerung mit den Guermantes nicht allgemein gewürdigt wird, »*die fortwährenden Zurücksetzungen hatten sie gestrafft, wie jene Bäume, die durch ihren schlechten Standort am Rande eines Abgrunds genötigt sind, steil nach hinten zu wachsen, um das Gleichgewicht zu bewahren*«.

Was wäre von dem Buch übriggeblieben, wenn jeder, der darin schlecht wegkommt, den Autor verklagt hätte?

Unklares Inventar:
– Aubussonteppiche, Silberdiener.

Verlorene Praxis:
– Eine rückwärtige Stiege für Lieferanten besitzen.

20. So, 6.8., Odessa, Uspenskaja 13

Eine Exkursion nach Wilkowo, ins »Venedig der Ukraine«. Wahrscheinlich wird jede Stadt, die über auffällig viele Brücken verfügt, als Venedig bezeichnet. Wie China das Berlin Asiens ist, weil dort eine Mauer steht. Wir haben Unglück im Glück, einerseits fahren wir in einem alten Mercedes-Bus und sehen die Busse, mit denen die normalen Reisenden hier unterwegs sind, nur von außen, andererseits hat unser Bus Bildschirme, weshalb wir die Patrick-Swayze-DVD des Fahrers durcharbeiten müssen. Was für eine Wirkung »Dirty Dancing« in der DDR hatte, ist heute ja kaum noch nachvollziehbar, dafür muß man schon ein paar Jahre im Schatten leben und plötzlich unter bunt gekleidete, geschmeidige Körper geraten, die sich mit selbst ausgedachten unorthodoxen Tanzschritten für ihr Recht auf Erotik und Lebensfreude einsetzen. Mit diesem Film hat Patrick Swayze sich ein Denkmal gesetzt, von dem er nun von Zeit zu Zeit herabsteigt, um uns zu beweisen, daß er auch nur ein Mensch ist. Zum Beispiel im nächsten Film, dessen Drehbuch es gelingt, die Themenbereiche Banküberfall, Surfen und Fallschirmspringen zu verbinden. Dazu die pausenlosen historischen Anmerkungen der Exkursionsleiterin, die sich eines Megaphons von 1983 mit eingebauter Rückkopplung bedient. Das erklärt vielleicht, warum ich heute nur fünfzehn Seiten geschafft habe. Wenn man bedenkt, daß Proust in einem schallisolierten Zimmer geschrieben hat, ist diese Leistung nur um so höher einzuschätzen.

Die Liste der touristischen Dummheiten, die ich in meinem Leben mitgemacht habe, ist um einen Eintrag reicher. Nachdem ich den Blarney-Stein geküßt habe, um die Gabe der Eloquenz zu erlangen, diverse wunderwirkende Messingknäufe angefaßt und Brücken zweimal überquert habe, bin ich nun durch die »0« vom Kilometer 0 der Donau gestiegen, was mir in Zukunft Glück bringen soll.

In Swanns Welt, S. 397–411

Wir sind immer noch bei der Marquise de Saint-Euverte, wo die Prinzessin des Laumes, wenn sie jemanden begrüßen muß, »*die Hand hinhielt wie eine Karte, mit der man notgedrungen ›bedient‹*«. Sie ist »*außerstande, ein Kompliment anzuhören, das ihr galt, ohne es äußerst reizvoll und unwiderstehlich launig und lustig zu finden*«.

21. Mo, 7.8., Odessa, Uspenskaja 13

Strenggenommen geht es seit zweihundert Seiten um einen Mann, der eine Frau liebt, die ihn nicht liebt, weshalb er sie eigentlich nur liebt. »*Manchmal hoffte er, sie werde, ohne zu leiden, bei einem Unfall umkommen.*« Das würde die Sache in der Tat abkürzen. Wenn das Ende dieses ersten Bands nicht durch Zufall mit dem Ende meiner Forschungsreise zusammenfallen würde, ich würde es fast herbeisehnen. Plangemäß werde ich Anfang Februar die letzte Seite lesen, und die Nostalgie, die ich dann empfinden werde, wenn ich an die Zeit zurückdenke, als ich das Buch begonnen habe, also an jetzt, ist schon zu ahnen. Ich werde das Buch also irgendwann noch einmal lesen, um mich an heute zu erinnern und über meine rührenden Anstreichungen zu schmunzeln. Da ich dann besser als jeder andere über die seelischen Hintergründe der Liebe informiert sein werde, werde ich mich nie mehr verlieben, so wie ich ja auch nie mehr krank geworden bin, seit ich weiß, daß die Ursache von Grippe Grippeviren sind. Der Trick ist, niemals unter Menschen zu gehen, dann kann man der nächsten Liebeswelle ganz gelassen entgegensehen und muß auch die Vogelliebe nicht fürchten, selbst wenn sie, wegen der Massentierhaltung, auf den Menschen überspringen sollte. Andererseits überträgt Liebe sich auch übers Telefon, manchmal brütet man sie ja sogar selber aus. Man darf mit niemandem reden und nicht nachdenken.

In Swanns Welt, S. 411–437

Vinteuils Melodie wird weiter besprochen, und die Natur von Melodien im allgemeinen erörtert. Der Komponist findet nur, was schon da ist. Würde er etwas Eigenes hinzufügen, würden wir den Betrug sofort bemerken. Melodien sind Spuren einer Welt anderer Ordnung, durch die wir erkennen, »*welche Fülle der Vielheit uns unbewußt jene große undurchwanderte, entmutigend ziellose Nacht unserer Seele birgt, die wir für Leere halten und für nichts*«. Wobei das auch mit anderer Musik funktionieren kann, man denke an die Minderjährige, die bei einem Tokio-Hotel-Konzert ein Schild: »Georg, fick mich in die Unendlichkeit!« hochhielt, weil sie einen Führer durch die entmutigend ziellose Nacht ihrer Seele suchte.

Mutmaßungen über Odettes Vergangenheit beschäftigen Swann. Sie soll etwas mit Frauen gehabt haben, wird ihm in einem anonymen Brief mitgeteilt. »*Wie viele Menschen war Swann ziemlich trägen Geistes und ohne jede Erfindungsgabe. In Form einer allgemeinen Lebensweisheit war ihm zwar wohl bekannt, daß das menschliche Leben eben reich an Widersprüchen sei, aber bei jedem Einzelwesen stellte er sich dennoch vor, daß der ihm unbekannte Teil von dessen Leben mit dem ihm bekannten völlig identisch sein müsse.*«

Wie die dichterische oder wissenschaftliche Eingebung funktioniert auch die Eifersucht. Aus der Beobachtung wird einem plötzlich das Gesetz klar. Schreckliche Momente, in denen einem bewußt wird, wie naiv man gewesen ist. Während man noch überlegt hat, ob es zu dreist wäre, sie mal zum Eis einzuladen, hat sie schon mit allen anderen geschlafen.

Wie ein Chirurg geht Swann vor und wartet ihre »Abwehrkrämpfe« ab, um nachzufragen und das Messer anzusetzen. Schließlich gibt sie zu, zwei- oder dreimal etwas mit Frauen gehabt, auch Forcheville schon vor ihm gekannt und sogar schon mit ihm »*dejeuniert*« zu haben. Und an dem Abend, als alles begann, als er sie so verzweifelt gesucht hatte, das Pferd scheute und die Orchideen verrutschten, war sie vorher im Café von Forcheville angesprochen worden, ob er ihr »*seine Stiche zeigen*« dürfe. Was für ein Schlag! Sogar in der Zeit ihres größten Glücks hat sie ihn schon hintergangen! Wenn das Glück also auf Einbildung und Blindheit beruhte, warum kann er nicht einfach wieder blind sein und sich etwas Angenehmes einbilden?

22. Di, 8.8., Odessa, Uspenskaja 13

Zwei Kräfte wirken zur Zeit in mir, der hier allgegenwärtige Kohl und der großartige Kefir, den ich für ein Getränk der Götter halte, die sich bestimmt nicht von Götterspeise ernähren. Meine Stimmung ist labil, ein Text über Tschechows Leben macht mir Angst, wie kann »Die Möwe« bei der Premiere durchgefallen sein? Und Tschechow hat sich bestimmt nicht damit getröstet, Tschechow zu sein, er ist mit vierundvierzig an Tuberkulose gestorben, und das auch noch in Deutschland. Oder werde ich uralt und wie Tolstoi meine Schuhe selbst nähen und noch mit achtzig Japanisch lernen, um mir meine Leserpost übersetzen zu können? Man hat wahrscheinlich keine Wahl, und es steht alles schon fest.

Plötzlich kommt der Moment, wo man keine Lust mehr hat, hier zu sein, es reicht schon, einmal von einem Kioskmädchen ignoriert zu werden. Die Kunst, sich dem Geldzählen oder Aufzeichnungen in einem Rechnungsbuch zu widmen, während der Kunde dumm vor der Luke steht, ist hier weit verbreitet. Ich denke dann immer: »Na und? Ich lese Proust.« Aber lieber würde ich freundlich bedient werden. Auch, wenn ich mich im Kurs zum zehnten Mal vorstellen soll, weil wieder ein Neuankömmling die Gruppe bereichert und ich erklären soll, was ich von Beruf bin, denke ich: »Ich lese Proust« und sage »Journalist«. Wie schön wäre es, endlich einmal die Wahrheit sagen zu können. Nichts, was ich mache, hat einen Nutzen für andere. Warum lernst du Russisch? Brauchst du das für die Arbeit? Nie fällt mir die richtige Antwort ein: Nein, ich hoffe, ich brauche diese Sprache nie für irgendeine Arbeit, ich finde es lediglich beglückend, Vokabeln zu kennen.

In Swanns Welt, S. 437–461

Der arme Swann, ich muß zugeben, so weit wie er bin ich in meiner Eifersucht noch nie gegangen. Der Frau zu unterstellen, daß sie einen nur zu sich gerufen habe, damit ihr Liebhaber, der sich irgendwo in der Wohnung versteckt hält, eifersüchtig wird oder sich erregt, das ist schon ziemlich paranoid. Immerhin findet er Trost im Bordell, dort »*verbrachte er eine Stunde in melancholischem Gespräch mit einem armen Mädchen, das sich wunderte, daß er weiter nichts wollte*«. Gibt es sie noch, diese Orte? Oder muß man heute zum Psychologen gehen?

Odette ist mal eben ein Jahr mit den Verdurins auf Mittelmeerkreuzfahrt. Im Omnibus trifft Swann Madame Cottard, die früher vom Schiff zurückgekehrt ist. Sie klärt ihn darüber auf, wie sehr Odette ihn verehrt und daß sie dauernd von ihm spreche. Diese Neuigkeit löst etwas in ihm. Er empfindet »*eine überflutende Zärtlichkeit*« für Madame Cottard »*und beinahe auch für Odette, denn sein Gefühl für sie war jetzt frei von Schmerz und daher kaum noch Liebe zu nennen*«. Ohne es zu ahnen, hat Madame Cottard ihn therapiert. Er verspürt nur noch manchmal eine leichte Eifersucht, »*eine eher angenehme Erregung, so wie etwa dem Pariser, der betrübten Sinnes Venedig verläßt und nach Frankreich zurückkehrt, ein letzter Moskito beweist, daß Italien und der Sommer noch nicht so ferne sind*«. (Ich hatte einmal eine ähnliche Empfindung bei einer letzten Kakerlake, die ich nach einem Aufenthalt in Moskau zu Hause aus dem Rucksack schüttelte.)

»*[E]r hätte diese Liebe, von der er sich entfernte, wie eine Landschaft sehen mögen, die allmählich verschwand; aber es ist so schwer, sich zu spalten und eine wirkliche Ansicht von einem Gefühl zu haben, das man nicht mehr in sich hegt, so daß bald alles in seinem Hirn in Dunkelheit verschwamm.*« Umso schwerer darüber zu schreiben, ohne die Gefühle aus der Perspektive des Genesenen zu beurteilen, wie Swann es tut: »*Wenn ich denke, daß ich mir Jahre meines Lebens verdorben habe, daß ich sterben wollte, daß ich meine größte Leidenschaft erlebt habe, alles wegen einer Frau, die mir nicht gefiel, die nicht mein Genre war!*«

Unklares Inventar:
– Ein Entoutcas als Schirm.

23. Mi, 9.8., Odessa, Uspenskaja 13

»Ochota i Rijbalka« (»Jagd und Angeln«), mein Lieblingssender. Vierundzwanzig Stunden Informatives über die Jagd. Männer, die im Wald auf Hockern vor ihren bulligen, nagelneuen Geländewagen sitzen und Trockenfisch verzehren. Es ist doch eigentlich das Gleiche, ob man selbst am Ufer sitzt und auf den Biß wartet oder ob man vor dem Fernseher ausharrt, um nicht zu verpassen, wenn sie bei einem anderen beißen. So ist es auch angenehmer, über das Liebesunglück eines anderen zu lesen, als es selbst erleben zu müssen. Muß man geangelt haben, um Angler zu sein? Muß man geliebt haben, um eine Liebesgeschichte zu genießen? Hat schon einmal ein Angler, nachdem er endlich den richtigen Fisch gefangen hat, für immer das Angeln eingestellt?

In Swanns Welt, S. 461–482

Ein Zeitsprung, die Odette-Episode hatte sich ja vor Marcels Geburt abgespielt. Jetzt hat wieder Marcel das Wort, und das bedeutet, daß allein die Namen der Stationen an der Eisenbahnstrecke nach Quimperlé Gelegenheit für seitenlange Prosapoesie bieten. Einerseits ist es sinnlos, an Orte zu reisen, von deren Namen man nicht geträumt hat, andererseits ist die spätere Reise dorthin nur umso enttäuschender: »*Selbst unter einem ganz realen Gesichtspunkt nehmen die Gegenden, nach denen wir uns sehnen, in jedem Augenblick unseres wirklichen Lebens sehr viel mehr Raum ein als das Land, in dem wir uns befinden.*« Die nervöse Natur des kleinen Marcel muß seinen Eltern Rätsel aufgegeben haben. Weil sein Vater ihm ankündigt, Marcel werde demnächst nach Venedig fahren dürfen, überfallen ihn vor Freude Fieber und Brechreiz. Auf Anraten des Arztes muß er zur Schonung seiner Nerven für ein Jahr zu Hause bleiben. Was für ein eigenartiges Kind, man kündigt ihm ein Vergnügen an, und es muß sich übergeben. Zur Erholung muß Marcel täglich auf den Champs-Elysées spazieren gehen, die ihm gleichgültig sind, weil sein Lieblingsautor Bergotte nie über sie geschrieben hat und sie deshalb in seine Phantasie keinen Eingang gefunden haben, »*nichts in diesem Park paßte zu meinen Träumen*«. Eine Absage an romantische Naturerfahrung und Tourismus. Man empfindet nichts, wenn man nicht vorher darüber gelesen hat. Man bereitet sich auf eine Reise am besten vor, indem man jahrelang über Ortsnamen meditiert. Das Gebiet, das ich in der Fremde betrete, muß nach Bezügen zu mir abgesucht werden, und wenn nur die Hausnummer dieselbe ist wie in einer früheren Straße an einem anderen Ort. Umgekehrt funktioniert es genauso. Zu Hause bei Goethes hingen Stiche mit Ansichten aus Italien, die der Vater von dort mitgebracht hatte. Goethe selbst hat das eher die Lust auf eine Reise dorthin genommen, weil er unter seinem strengen Vater litt und dessen Reise nicht wiederholen wollte. Er hat dann aus Italien für immer Goethes Italien gemacht, und damit einerseits den Auftrag des Vaters erfüllt und sich andererseits durchgesetzt.

Ausgerechnet auf den Champs-Elysées trifft Marcel nun Gilberte wieder, die Tochter von Swann. Er darf mit ihr »Barlauf« spielen, was immer das sein mag (eigentlich klingt es ja eher wie ein Spiel für Erwachsene). Und jetzt geht die ganze Liebeskomödie wieder los: kommt sie, kommt sie nicht? Wird er mit ihr sprechen? Was macht sie in der Zeit, wenn er sie nicht sieht? Eine ganze Seite kann man über die Farbe des gegenüberliegenden Balkons schreiben, von der man das Wetter abliest, von dem es wiederum abhängt, ob Gilberte kommen wird. Wie der Asphalt in Buch. Würden die trockenen Flecken rechtzeitig die Pfützen zurückdrängen und das Fußballspiel gegen die Parallelklasse stattfinden können? Das regennasse Grau der Plattenbaubalkonbrüstungen.

Marcel wundert sich selbst über seine Grausamkeit. Bei der Vorstellung, die Großmutter sei unterwegs zu ihnen überfahren worden, denkt er als erstes daran, daß er dann ja nicht zu Hause bleiben müßte und noch einmal auf die Champs-Elysées zu Gilberte gehen könnte: *»[M]an liebt niemanden mehr, wenn man liebt.«* Als Gilberte zum ersten Mal seinen Vornamen ausspricht, ist ihm, *»als habe sie einen Augenblick lang mich selbst in ihrem Munde gehalten«*. Wie geht ein Namenfetischist wie Marcel Proust eigentlich damit um, daß es noch andere Menschen gibt, die Marcel heißen? Obwohl ich das Problem ja kenne, aber mir kommt es immer vor, als heiße nur ich wirklich Schmidt, ein paar andere tragen den Namen zwar auch, aber es ist doch jedem klar, wer der eigentliche ist.

Zur Jugendliebe gehört der *»schmerzliche Reiz«*, den die Eltern der Angebeteten für ihn besitzen. Außerdem fällt sie in eine naive Lebensphase, in der man noch ungeübt ist *»in der Kultur seiner Freuden«* und glaubt, *»daß die Liebe wirklich etwas außerhalb von uns Existierendes sei«*. »True love exists, we see it on our monitors«, wie ein israelischer Gehirnforscher mal zu mir sagte. Eines Tages werde es Spritzen geben, um einen auch davon zu heilen. Aber würde man so einer Therapie zustimmen? Oder wird man gar nicht gefragt, und es ist, wie wenn man im Koma liegt, und die Familie erstreitet sich vor Gericht das Recht, die Liebe in einem abschalten zu lassen?

Bewußtseinserweiterndes Bild:

- Im Winter ist die Seine zugefroren, »*der nun alle, selbst die Kinder, sich furchtlos näherten wie einem riesigen gestrandeten Wal, der wehrlos seiner Zerteilung entgegensieht*«.
- Eine Statue »*trug jetzt einen Eisklumpen in der Hand, der ihre Gebärde zu motivieren schien*«.

Verlorene Praxis:

- Ihr einen Rohrpostbrief schicken.

24. Do, 10.8., Lot-Air Warschau-Berlin

In Rußland habe ich wieder Wartende hocken gesehen, alleine oder zu zweit, nebeneinander oder gegenüber, rauchend, mit einer Bierflasche in der Hand. Andere Eigenarten der Region: bunt lackierte Klettergerüste, die aussehen wie Kosmonautentrainingsgeräte. Überhaupt die Tendenz, Metall immer wieder zu streichen. Auch, daß der Deckel, wenn man sich die Bierflasche im Laden öffnen ließ, auf der Flasche liegengelassen wurde, hat sich mir nicht erklärt.

Ob die russischen Männer mit ihrem Auftreten den Bedürfnissen der russischen Frauen entgegenkommen oder umgekehrt, konnte mir niemand beantworten. Beide Seiten könnten nicht verschiedener sein. In der Zeitung gelesen, die Kürze der Miniröcke stehe im Verhältnis zum Frauenüberschuß, der die Konkurrenz anheize. Aber kann man für alle Fische den gleichen Köder benutzen? Was ist, wenn man sich einen Mann fangen will, der sich daran freut, »*wie zauberhaft Madame Swann mit einer schlichten mauvefarbenen Kapotte oder einem kleinen Hut aussah, den nur eine einzige aufwärts gerichtete Irisblüte überragte*«.

Packen, Stullen mit Ikra schmieren. Der Fahrer kämpft sich fluchend durch den Verkehr. Die jungen Leute, woher sie das Geld für solche Autos hätten. Zählt auf, in welchen deutschen Städten er schon war, als seien es Zusatzqualifikationen. In Berlin auf der Straße des 17. Juni waren so viele Prostituierte. In Odessa würden sie fünfzig Euro kosten, aber für die ganze Nacht: »Djelaesch schto chotschesch.« War in der DDR stationiert, Cottbus, Eberswalde-Finow. Ich soll ihm sagen, was auf deutsch »Tschlen« heißt, und was »Chuj«.

In Swanns Welt, S. 482–506

»*Als die Stunde der Briefbestellung kam, sagte ich mir an diesem Abend wie an allen anderen: ›Ich bekomme sicher einen Brief von Gilberte, sie wird mir endlich sagen, daß sie nie aufgehört hat, mich zu lieben, und mir erklären, aus welchem geheimnisvollen Grund sie gezwungen war, es mir bisher zu verbergen und so zu tun, als könne sie glücklich sein, ohne mich zu sehen.*‹« Selten schreiben die Gilbertes dieser Welt den Marcels die ihnen zustehenden Briefe. Marcel überlegt sich einfach selbst den Text des Briefs, den er erhalten will, und erschrickt, weil er ja nur durch einen großen Zufall genau diesen Brief von ihr bekommen kann. Weil er ihrem Vater ähneln will, zupft er sich dauernd an der Nase und reibt sich die Augen, am liebsten wäre er kahl. Er stellt sich vor, wie ihm Gilberte eines Tages *»bei meiner Arbeit helfen und für mich Zeitschriften durchsehen könnte«*. Sie wird begeistert sein.

Ganz nebenbei wird auch noch die Identität von Gilbertes Mutter enthüllt. Es ist Odette de Crécy, die Frau, bei der man sich, wenn man ihr im Bois begegnet, zuraunt: *»Ich erinnere mich, ich hatte sie an dem Tage, als Mac-Mahon demissionierte.«* Swann hat sie also doch noch geheiratet.

Die Zeiten haben sich aber geändert. Statt Kutschen sieht man nur noch Automobile, *»von bärtigen Mechanikern gelenkt«*. Die Frauen tragen *»griechisch-angelsächsische Tuniken nach dem Vorbild der Tanagrafiguren, manchmal auch im Directoirestil, aus gerafftem Libertychiffon, mit Blumen übersät wie eine Zimmertapete«*. Einer der Sätze, bei denen man sich überfordert fühlt, wie bei der Nacherzählung einer Modenschau. Die neue Zeit läßt sich knapp resümieren: *»Es waren Durchschnittsfrauen, deren Eleganz mich nicht überzeugte und deren Toiletten mir unbedeutend schienen.«*

Unklares Inventar:
– Philipp VII, eine Toque, Ampelopsis.

Verlorene Praxis:
– Sich lange mit einer Frau unterhalten, während ihr Wagen und der eigene im Schrittempo folgen.
– Zurückblicken, um seinen Windhund zu rufen.

2. Buch

Im Schatten junger Mädchenblüte

25. Fr, 11.8., Berlin, Seelower, bedeckt, mild-kühl

Gérard Genette bemerkt in »Paratexte«, der Ehrgeiz vieler Autoren liege darin, einmal ein so dickes Buch zu schreiben, daß Autorname und Titel auf dem Buchrücken horizontal Platz finden. Ob die dadurch für den Kunden gewonnene Bequemlichkeit den Verkauf befördert? In einem Band gedruckt hätte auf Prousts Buch auch noch ein Werbebanner für Breitling-Uhren gepaßt. Gestern habe ich den ersten Teil abgeschlossen und Stolz und Wehmut empfunden. So lange trägt man das Buch mit sich herum, der Einband wird fleckig, der Seitenspiegel färbt sich schwarz von den Fingern, und jetzt ist man durch, stellt es weg und kann mit etwas leichterem Herzen sterben. Aber daß große Kunst sich den Grenzen der menschlichen Wahrnehmung unterordnen muß, bleibt ein Makel. Bilder dürfen so klein sein, daß man eine Brille braucht, aber ein Rasterelektronenmikroskop wäre übertrieben, Symphonien dürfen nicht länger dauern als ein Menschenleben, Bücher nicht dicker sein als hoch und in der Regel nicht höher als ein Durchschnittsmensch. Alles muß sich menschlichen Maßen anpassen. Wozu gibt es überhaupt Romananfänge und Romanenden? Jeder gute Roman ist doch Teil des großen Sphärenromans und existiert seit Erschaffung der Welt. Man kann es natürlich auch positiv sehen, Ende und Anfang eines Buchs sind prominente Orte für den Text, so wie am Ende und am Anfang des Lebens gesprochener Text besondere Aufmerksamkeit genießt. Man kann also die formale Einschränkung als inspirierende Spielregel annehmen. Zum Versteckspielen gehört ja auch, daß einer die anderen sucht, sonst würde es schnell langweilig. Und zum Romane schreiben gehört anscheinend, daß der Autor sein Buch beginnt und beendet (in der Regel danach).

Im Schatten junger Mädchenblüte, S. 1–28

Überraschende Umwertung: Swann wird als vulgärer Wichtigtuer dargestellt, da er sich den bescheidenen Ambitionen seiner Frau anpaßt. Immerhin gut, wenn man bei seinen Ambitionen noch Spielraum nach unten hat. »*Wenn Swann sich um diese neuen Beziehungen so eifrig bemühte und sie voller Stolz aufzählte, so hielt er es wie jene bescheidenen oder großzügigen Künstler von Rang, die, wenn sie am Ende ihres Lebens sich mit Kochkunst oder ihrem Garten beschäftigen, eine naive Genugtuung empfinden, sobald man die von ihnen zubereiteten Gerichte oder ihre Blumenbeete lobt, doch hier die Kritik nicht vertragen, die sie ruhig gelten lassen, wenn es um die bedeutendsten ihrer Werke geht.*« Wenn meine bedeutendsten Werke mißachtet wurden, habe ich das auch immer ruhig gelten lassen, aber wenn beim Fußball meine Mannschaftsdienlichkeit nicht gewürdigt wurde und ich beim Wählen bis zum Schluß übrigblieb, hat mich das tief gekränkt.

Doktor Cottard ist inzwischen ein hervorragender Gelehrter. »*[S]eine außergewöhnliche Gehemmtheit, Schüchternheit und Liebenswürdigkeit [hatten] ihm in seiner Jugend überall verletzende Bemerkungen eingetragen*«, seit er sich aber verstellt und immer eine eisige Miene aufsetzt, hat er Erfolg. Soll man sich das zu Herzen nehmen?

Marcel will nicht Botschafter werden, weil er dann später in irgendeine Hauptstadt geschickt würde, fern von Gilberte. Als Schriftsteller könnte er in Gilbertes Nähe bleiben, aber zum Schreiben hat er zwar »*den lebhaften Wunsch, aber doch nicht die Kraft*«. Gefährlich, so ein Beruf, der einem Muße zum Liebesdienst läßt.

Immer noch will er »die Berma« als Phädra sehen, und »*das an solchen Meisterwerken haftende Prestige*« in sich lebendig werden spüren. Was er sich erwartet, ist »*die Begegnung mit Wahrheiten, die einer wirklicheren Welt angehörten als der, in welcher ich lebte, und deren einmal gewonnener Ertrag mir nicht durch belanglose, wenn auch vielleicht körperlich schmerzhafte Zwischenfälle meines müßigen Daseins je geraubt werden könnte*«. Es ist klar, daß er aus dem Theater krank nach Hause kommen wird, trotzdem erlauben ihm die Eltern endlich den Theaterbesuch. Aber sofort bekommt er ein schlechtes Gewissen, weil er ihnen jetzt so dankbar ist, daß er fürchtet, ihnen in Zukunft Kummer zu bereiten, was ihn traurig stimmt. Außerdem ist er durch die Erlaubnis praktisch zum Vergnügen verpflichtet. Als sich der Entschluß, doch zu gehen, in ihm endlich durchsetzt, freut er sich so, »*daß ich vor Vergnügen […] von einem Fuß auf den andern hüpfte*«.

Die Berma ist eine echte Diva. In ihrer Nähe steht immer ein Gefäß mit heißem Wasser versteckt, auf dem sich der Bühnenstaub ablagern soll. Das ganze Theater, die Schließer, das Publikum »*waren für sie nur ein zweites, sie weiter außen umhüllendes Gewand, das sie umnehmen und als einen mehr oder weniger guten Wärmeleiter für ihr Talent empfinden würde*«. Im Theater geht Marcel zum ersten Mal auf, daß »*dank einer Anordnung, die ein Symbol jeglicher Wahrnehmung ist, jeder sich im Mittelpunkt des Theaters fühlt*«. Ein dreimaliges Klopfen, »*das so aufregend war wie Signale vom Planeten*

Mars«, kündigt den Beginn der Vorstellung an. Anders als beim Rezitieren, leben Menschen »*uns einen Tag ihres Lebens vor, in den ich heimlich eindringen durfte, ohne daß sie es merkten*«. Eine interessante Vorstellung, daß die Figuren die Zuschauer gar nicht bemerken. Vielleicht sollte man einmal ein Stück ohne Schlußapplaus inszenieren, das so lange dauert, bis auch der letzte Zuschauer gegangen ist. Und wenn die Figuren es bemerken, nicht aber die Schauspieler?

Aber als Zuschauer fällt es einem leider viel schwerer, die Anwesenheit der anderen Zuschauer nicht zu bemerken. Werden »*diese trampelnden Rohlinge*« die Berma auch respektvoll behandeln? Marcel wirft ihnen »*flehende Blicke zu*«.

Und ausgerechnet in dem Moment, als die Berma endlich auftritt, ist das heutige Pensum um. Aber ohne Regeln macht das Spiel keinen Spaß.

Unklares Inventar:
- Die französische Schuldenkommission in Ägypten.

Bewußtseinserweiterndes Bild:
- Françoise bereitet ein Essen vor und geht – »*so wie Michelangelo acht Monate in den Bergen von Carrara verbrachte, um die vollkommensten Marmorblöcke für das Grabmal Julius' des Zweiten auszuwählen – selbst in die Hallen, um sich das saftigste Stück Rindsfilet, die vortrefflichsten Waadtschinken und die besten Kalbsfüße zu beschaffen*«.

26. Sa, 12.8., Berlin, Seelower, morgens, heiter-bedeckt, mild-kühl

Nach der Rückkehr bewegt man sich zu Hause wie durch die Wohnung eines Toten, in der man nichts anfassen oder durcheinanderbringen möchte. So habe ich also gelebt, vor zwei Wochen, wie konnte das passieren? Brutal, was man seinem emotionalen Apparat zumutet, eben war man noch in Odessa, wieder ein Ort, von dem man in Zukunft tagträumen wird. Die Fülle dieser Orte ist vom Gedächtnis kaum noch zu verwalten.

Die Anstrengung, sich vor der Reise loszureißen wie bei einer Trennung. Die Belohnung dafür ist die Rückkehr, ein paar Tage in einem Zwischenreich, wie von einer Krankheit genesen, alles sehr gedämpft. So ein häßlicher Begriff wie »Weltenbummler«, der das bagatellisiert. Noch eine Antwort auf die Frage, was man im Leben macht, die einem immer wie eine Falle vorkommt: »Ich reichere Gedächtnis an.«

Im Schatten junger Mädchenblüte, S. 28–48

Marcel ist enttäuscht von der Berma, weil sie mit einem *»einförmigen Singsang«* spricht. Ich erinnere mich an die aufgeregte Erwartung in Heiner Müllers Hamlet-Inszenierung am Deutschen Theater. Wie würde Ulrich Mühe den »Sein oder Nichtsein«-Monolog sprechen? Seit Jahren hatte man sich diesen Schauspieler als Hamlet gewünscht. Die Enttäuschung, daß er den Text nicht mit ersterbender Stimme flüsterte, sondern in einer Pfütze liegend mit geballten Fäusten monoton herausschrie.

Wieder *désir triangulaire*, Marcels Bewunderung für die Berma bricht erst durch, als die anderen Zuschauer leidenschaftlich applaudieren, wir begehren nur, was andere begehren. Er klatscht, damit die Berma angefeuert wird, sich selbst zu übertreffen, *»und ich gewiß sein könnte, ich habe sie an einem ihrer glanzvollsten Tage erlebt«*. Ein oft beargwöhntes Phänomen bei eigenen Lesungen, das Publikum berauscht sich an sich selbst, man darf sich nichts darauf einbilden. Wie ein Dreijähriger befindet sich der Zuschauer im vorempathischen Stadium der Affektansteckung. Die Konsequenz davon sind vielleicht die Fischerchöre, wenn das Publikum einfach selber singt. Die höchste Stufe in der Karriere des Künstlers, wenn er nur noch schweigend auf der Bühne sitzen muß und die Menschen sich von selbst in Ekstase applaudieren. Marcel freut sich »*an dem derben Landwein der Volksbegeisterung*«. Nach der neuen Erfahrung des Theaters geht es nach Hause, »*nunmehr ins Exil*«.

Dort ist heute der Marquis de Norpois eingeladen, ein ehemaliger Botschafter Frankreichs und Vertreter der Glanzzeit der Diplomatie, in der »*zehn Jahre andauernde Bemühungen um die Annäherung zweier Länder – in einer Rede, einem Protokoll – durch ein schlichtes Adjektiv ausgedrückt werden*«. Als Politik noch Sprache war, und man sich in der Kunst des Toasts hervortun konnte. Gewohnt, alle Menschen, die ihm begegnen, prüfend anzuschauen, sieht Norpois Marcel an, »*als sei ich ein exotischer Brauch, ein instruktives Bauwerk oder eine Diva auf Tournee*«.

Marcel will ihm schildern, warum er früher Literat werden wollte: »*[V]or Erregung zitternd, litt ich bei der Vorstellung, daß nicht jedes meiner Worte ein möglichst genaues Äquivalent dessen sei, was ich gefühlt, doch nie zu formulieren versucht hatte; daraus ergab sich natürlich, daß meine Rede ganz und gar unklar blieb.*« Die Tragik der mit einem reichen Innenleben Ausgestatteten, sie stehen im Gespräch immer als Idioten da, nur weil sie sich nicht unter ihrem Niveau ausdrücken wollen. Entweder man liest nur noch ab, was man schriftlich vorformuliert hat oder man schweigt. Gut reden können doch nur die, denen ihre Gedankengänge nicht ständig die Sätze verkomplizieren.

Norpois kennt einen jungen Mann, der auch Schreiber geworden ist, »*und er sprach nunmehr von der uns gemeinsamen Neigung in dem gleichen zuversichtlichen Ton, als handle es sich um eine Veranlagung nicht für die Literatur, sondern zum Rheumatismus, und als wolle er mir dartun, daß man nicht daran stirbt*«. Dieser junge Mann habe »*ein Werk über das Gefühl des Unendlichen am östlichen Ufer des Victoria-Nyanza-Sees*« veröffentlicht und ein anderes, »*mit spitziger Feder geschriebenes über das Repetiergewehr in der bulgarischen Armee*«.

Mit dem Vater spricht Norpois über Geldanlagen. Die »Komposition« eines Effektenfonds, zu der man sich gratuliert, hat eine geradezu ästhetische Komponente. Man verfolgt Börsenwerte wie Fortsetzungsromane und spricht davon mit »*nachgenießendem Lächeln*«. Aber »*da er andererseits selbst kolossal reich war, hielt er es für taktvoll, die noch so bescheidenen Einkünfte eines anderen beachtenswert zu finden, wobei er in Gedanken dann mit einem behaglichen Gefühl zu seinen eigenen soviel bedeutenderen zurückkehrte*«. Ach, die wenigen Bekannten, die finanziell tiefer in der Tinte stecken, sie wissen gar nicht, was sie für unser behagliches Gefühl leisten!

Der Anblick der Aktien, die der Vater hervorholt, bezaubert Marcel: »*Alles, was aus einer gleichen Zeit stammt, hat eine Familienähnlichkeit; die gleichen Künstler, die die Gedichtbände einer Epoche illustrieren, werden auch von den Finanzgesellschaften beschäftigt. Und nichts erinnert mehr an alte Lieferungen von Notre-Dame de Paris oder die Werke Gérard de Nervals, wie ich sie noch an dem Schaufenster der Gemischtwarenhandlung in Combray fand, als – in ihrer vignettengeschmückten, rechteckigen, von Flußgöttern gehaltenen Umrahmung – eine Aktie, die auf den Namen der ›Gesellschaft für Wasserwirtschaft‹ ausgestellt war.*«

Was Norpois über Politik redet, kann den kleinen Marcel nicht begeistern. »*Ich stellte nur fest, daß in der Politik das Wiederholen dessen, was alle Menschen denken, offenbar kein Zeichen von Mittelmäßigkeit, sondern von Überlegenheit ist.*« Das ist das Problem, ein Volk, das sich keine Köpfe in die Regierung wählt, sondern Vertreter der Mehrheitsmeinung, wird irgendwann das Interesse an seiner Politik verlieren.

Und nun läßt Norpois fallen, daß er neulich statt »*beim Bankett des Außenministeriums*« bei einer Madame Swann gespeist hat. Für Marcels Eltern ein kleiner Skandal. Die Mutter erschrickt, weil sie weiß, daß der Vater, der immer etwas langsamer reagiert, sich aufregen wird. »*Die Unannehmlichkeiten, die ihm zustießen, wurden zunächst von ihrem Bewußtsein registriert, so wie die schlechten Nachrichten, die Frankreich betreffen, im Ausland eher bekannt werden als bei uns.*« So sind sie, unsere Ehefrauen, sie kennen ihre Männer so gut, daß sie irgendwann zu ihnen sagen werden: Wolltest du nicht heute sterben?

Verlorene Praxis:
- Als Frau voller Hochachtung für die Beschäftigungen des Mannes schüchtern fragen kommen, ob man auftragen lassen könne.

27. So, 13.8., Berlin, Seelower, abends

Ich muß weniger zitieren, sonst ist es wie mit jungen Eltern, die nicht auf die Idee kommen, aus den Fotos ihrer Kinder eine Auswahl zu treffen, bevor sie sie einem zumuten. Aber es wäre zu schade, wenn gute Stellen für immer verschwinden würden, lebendig begraben, wie in meinen anderen Büchern, die ich noch nicht zu exzerpieren geschafft habe. Es ist ja fast schon so weit gekommen, daß man erleichtert ist, wenn ein paar Seiten lang nichts zu zitieren ist. Meine erste Hausarbeit zu Ernst Jüngers »Arbeiter« nannte der Dozent »ein Zitatkompendium«. Ich verstand ihn nicht, die Zitate sprachen doch für sich. Die Tatsache, daß ich sie ausgewählt hatte, war doch schon ein Kommentar, ich hatte schließlich etwas geleistet, wie ein Kunstsammler. Im Grunde hätte es gereicht, daß ich ihm mein Exemplar des »Arbeiters« ablieferte, und er sich durchlas, was ich angestrichen hatte, und mich entsprechend benotete. Daß ich alles für ihn abgetippt hatte, war doch nur ein Zugeständnis an die universitären Gepflogenheiten gewesen.

Im Schatten junger Mädchenblüte, S. 48–69

Hinter Swanns Ehe mit Odette steckt ein bißchen Erpressung wegen ihrer gemeinsamen Tochter. Immerhin hat die Ehe Odette von ihrer häufigen »*abscheulichen Laune*« geheilt. Trotzdem versteht niemand, warum er sie geheiratet hat, ja, warum er sie überhaupt je geliebt hat: »*Zweifellos begreifen nur wenige Menschen, welchen rein subjektiven Charakter das Phänomen der Liebe besitzt und wie sie sich gern aus Elementen, die in ihrer Mehrzahl aus uns selber stammen, eine deutlich von derjenigen, die im wirklichen Leben den gleichen Namen trägt, unterschiedene Ersatzperson schafft.*« Leider würdigen Frauen die Kreativität nicht, die man darauf verwendet, sich auf Grundlage ihrer Vorgaben eine angenehme Ersatzperson zu schaffen.

Norpois liest Marcels Prosagedicht aus Combray und zeigt sich wenig angetan. Auch Bergotte hält er für schwach, vor allem, weil es »*in seinen molluskenhaften Werken*« keine Handlung gibt. »*In einer Zeit wie der unsrigen, da die zunehmende Kompliziertheit des Daseins einem sowenig Zeit zum Lesen läßt, da die Karte Europas durchgreifende Umgestaltungen erfahren hat und vielleicht noch weiterhin erfährt, da so viele drohende neue*

Probleme auf allen Seiten auftauchen, werden sie mir zugeben müssen, daß man von einem Schriftsteller verlangen darf, er müsse etwas anderes als nur ein Schöngeist sein, der uns wie im späten Byzanz über müßigen Fragen der bloßen Form vergessen läßt, daß wir von einer Stunde zur andern von dem doppelten Ansturm der Barbaren überflutet werden können, derer, die von außen kommen, und der inneren.«

Immerhin erklärt Norpois sich bereit, bei Madame Swann Marcels Namen anzubringen, ein Schritt in Richtung Gilberte. Vor Rührung küßt Marcel ihm fast die Hände, was Norpois leider nicht entgeht, Jahre später wird er es in einer Gesellschaft zum besten geben. Es ist eben nicht zu kontrollieren, was andere an einem bemerken und an welche Kleinigkeiten sie sich erinnern werden: »*[I]ch war ebenso ungemein überrascht wie an dem Tage, da ich zum ersten Male in einem Buch von Maspero las, daß man noch eine genaue Liste der Jagdfreunde besitzt, die Assurbanipal sechs Jahrhunderte vor Christi Geburt zu seinen Hofjagden einlud.*«

Odette muß wissen, daß er Norpois kennt, er, »*der ich am liebsten einen Stein in Swanns Fenster geworfen hätte, nur um ihn mit der Botschaft zu versehen, ich kenne den Marquis de Norpois, war ich doch überzeugt, daß eine solche Botschaft, selbst auf eine derart gewaltsame Weise übermittelt, mir bei weitem eher ein Ansehen in den Augen der Hausherrin gegeben als sie gegen mich eingenommen hätte*«. Gott behüte uns vor den Verehrern unserer Töchter!

Unklares Inventar:
– Pudding à la Nesselrode

28. Mo, 14.8., Berlin, Seelower, morgens, heiter

Familiengeschichte: Onkel P. hatte auf dem Dachboden für seine Geschwister eine »Chemie-AG« gegründet. Jetzt denkt er, daß er vielleicht schuld ist, daß zwei Brüder später beruflich mit Chemie zu tun hatten. Vierzehn Tage waren sie zum Kriegsende nach Tharandt unterwegs, wo eine Tante wohnte. Es mußte immer wer mit Essen zum Zug kommen, weil er tagelang auf dem Bahnhof stand und nicht abfuhr, man aber seinen Platz darin nicht aufgeben durfte. Meine Oma hatte in dieser Zeit einen Schlagring im Nachttisch. Das Kriegsende hat meine Tante im Bunker erlebt, wo jemand »Heidi« vorlas. Dann hieß es, es sei Frieden, und sie dachte: »Im Frieden gibt's doch alles« und fragte sich, wie sie das so schnell anstellen wollten. Ein befreundeter Musiker sei später ins Gefängnis gekommen, weil er die Nationalhymne der DDR zu langsam gespielt habe. Alle erinnern sich an den betrunkenen Russen, der im Haus eine Scheibe einschlug und sich dabei die Hand aufschnitt. Meine Oma hat ihn verarztet. Ein herbeigerufener russischer Offizier schlug ihn gleich mehrmals nieder.

Im Schatten junger Mädchenblüte, S. 69–88

»*Mit Ingrimm*« stellt er fest, daß er sich besser an die Gesichter des Karussellmanns und der Süßigkeitenhändlerin erinnert als an das von Gilberte, »*so sind diejenigen, die ein geliebtes Wesen verloren haben, das sie niemals im Traume wiedersehen, außer sich darüber, daß sie unaufhörlich im Schlaf höchst unerfreulichen Leuten begegnen, die sie schon im Wachzustand am liebsten nicht sehen würden*«.

Zum 1. Januar hat er ihr über Swanns Lebkuchenverkäufer auf den Champs-Elysées (wegen Ausschlag und »*der Hartleibigkeit des Propheten*« konsumiert Swann regelmäßig Lebkuchen) einen Brief zukommen lassen, darin ihre alte, kummervolle Freundschaft mit dem Ende des Jahres für erloschen erklärt und eine neue, solidere angekündigt. Offenbar ist er schon der gefährlichen Neigung zum Briefeschreiben verfallen. Weil Gilberte ihm eröffnet, ihre Eltern könnten ihn nicht leiden, schreibt er einen sechzehnseitigen Brief an Swann, in dem er ihn seiner Bewunderung versichert.

Von seinem Unglück lenkt Marcel ausgerechnet »*die muffige Kühle*« eines Klohäuschens ab. Der unergründliche Reiz dieses Dufts wird ihm erst am Abend klar, als ihm einfällt, daß er ihn an das Schlafzimmer seines Onkels Adolphe in Combray erinnert hatte. »*Doch konnte ich nicht begreifen und hob mir für später auf, darüber nachzudenken, wieso die Erinnerung an einen so unbedeutenden Eindruck mir solches Glück geschenkt habe.*« Wirklich, er eignet sich nicht zum Schriftsteller, »*ein wahrhafter Rauschzustand wurde mir nicht durch eine große Idee, sondern durch Moderduft zuteil*«. Er hat aus seiner Talentlosigkeit ein erfolgreiches ästhetisches Programm gemacht. Unsere Defizite sind unsere größte Ressource.

Gilberte trägt das Haar noch offen, vielleicht »*weil ihre Mutter wollte, daß sie länger kindlich wirke, um selbst dadurch jünger zu scheinen*«. Er bittet sie, mit ihr zum Spaß um seinen Brief an Swann zu ringen, den Gilberte mitgebracht hat, aber »*in der Hitze des Spiels [...] strömte genauso wie ein paar Schweißtropfen, die die Anstrengung einem entlockt, meine Lust aus mir, ohne daß ich auch nur Zeit gehabt hätte, sie richtig auszukosten*«. Ejaculatio praecox auf den Champs-Elysées, nach dem Wittern von modrigem Kloduft, beim Ringen um einen verkappten Liebesbrief an den Vater der Angebeteten. Damit ist dem jungen Proust schon mehr gelungen, als mir in meiner ganzen Pubertät.

Gleich im Anschluß endlich Näheres zu Marcels Zuständen, »*meine gewohnten kleinen Übel, deren beständiges Weben in meinem Innern meinen Geist nur noch so wenig berührte wie mein Blutkreislauf*«. Vierzig Grad Fieber verheimlicht er, um mit Gilberte auf den Champs-Elysées »Barlauf« zu spielen, wieder zu Hause hat er eine Lungenentzündung, und das bei seinen ohnehin chronischen Erstickungsanfällen. Deren Ursache kann vielfältig sein, »*innere Nervenkrämpfe*«, Tuberkulose, Asthma, Lebensmittelvergiftung mit Niereninsuffizienz, chronische Bronchitis oder ein »*komplexer Krankheitszustand*« aus mehreren dieser Faktoren. Was von der einen Krankheit heilt, wirkt bei der anderen schädlich. Doktor Cottard erkennt als guter Diagnostiker instinktiv die richtige Ursache. »*Diese geheimnisvolle Gabe schließt keineswegs eine Überlegenheit auch der anderen Bezirke des Geistes ein.*« Gute Ärzte müssen nicht intelligent sein (was eigentlich ja für viele Berufe gilt). Abführmittel, Milchdiät, kein Fleisch, um durch »*Anregung der Lebertätigkeit und Durchspülung der Nieren*« die Bronchien zu befreien. Aber auch für die Zukunft ein Champs-Elysées-Verbot wegen der dortigen schlechten Luft. Marcel soll also Gilberte nicht mehr sehen, »*und ich zwang mich, unaufhörlich ihren Namen zu wiederholen, so wie Besiegte bestrebt sind, in der Gefangenschaft ihre Muttersprache zu pflegen, um die Heimat nicht zu vergessen, die sie niemals wiedersehen werden*«. Man fragt sich, warum man ein solches Bild so genießt, wo es doch eigentlich übertrieben ist. Aber gerade das macht den Reiz aus. Eigentlich ein komischer Effekt, eine Kinderliebe mit Kriegsgefangenschaft zu vergleichen, aber andererseits viel zutreffender als Genauigkeit.

29. Di, 15.8., Regionalbahn Berlin – Frankfurt/Oder

Gestern zeigte sich jemand überrascht, er hätte mir nicht zugetraut, daß ich Proust lese. Dabei dachte ich, mein Snobismus sei unübersehbar. Es wäre sicher wünschenswert, wenn einem Leistungen und Qualitäten äußerlich anzusehen wären, dann könnte man zur Abschlußprüfung an der Universität einfach ein Paßfoto einreichen, anstatt ein demütigendes Fragеritual über sich ergehen lassen zu müssen. Andererseits führt das mimische Repräsentieren der eigenen Bedeutung zu einer gewissen Steifheit im Ausdruck und zu schrulligen Gesten, wie sie Proust so schön beschreibt, und von denen viele ausgestorben sind. Man putzt sein Monokel nicht mehr auf eine zur eigenen Stellung passende Art, man versucht höchstens, die Zigarette individuell zu halten, aber da sind die Möglichkeiten begrenzt. Vielleicht sollte man mit einer unspektakulären Erscheinung die Phantasie der Menschen anregen, sich verborgene Qualitäten dazuzudenken. Erschreckend zu erfahren, wie sehr man immer noch unterschätzt wird, und die Menschen, die das tun, verhalten sich ungefähr so naiv, wie jene Bewohner eines Dorfs am Fuß eines Vulkans, die nicht daran glauben, daß er je ausbrechen wird, einfach, weil es so ungelegen käme.

Im Schatten junger Mädchenblüte, S. 88–109

Gilberte schreibt Marcel, er dürfe zu ihren Teegesellschaften erscheinen. Dort ißt er mehr Schokoladenkuchen, als sein Magen verkraftet, und trinkt viele Tassen Tee, wo ihn doch schon eine einzige vierundzwanzig Stunden wachhält. Aber er ist aufgeregt und mißachtet alle Vorsichtsmaßregeln. Und dabei gibt es im Innern dieses Reiches das noch weit geheimere Reich, »*in dem Swann und seine Frau ihr übernatürliches Dasein führten*«. Die Eltern der Freundin, ich habe nie verstanden, wie man sich, ohne sie zu kennen, für ein Mädchen entscheiden sollte. Sie waren doch eigentlich der interessanteste Teil an der Beziehung. Kein Wunder, daß Marcel nur stottern kann, wenn er Swanns Bibliothek betreten darf und die neuesten Sammlerstücke gezeigt bekommt.

Auch Odette sammelt, aber Menschen für ihren Salon. Hier Verstärkung zu gewinnen, ist für sie »*wie ein Kolonialkrieg*«. Wobei gilt, »*daß ein großer Teil des Vergnügens, das eine Frau daran findet, in ein anderes Milieu als ihr bisheriges einzudringen, ihr abgehen würde, wenn sie nicht ihre alten Bekannten von den relativ glänzenden Beziehungen, die an ihre Stelle getreten sind, in Kenntnis setzen könnte«.*

Ganz am Rande wird zum ersten Mal Albertine erwähnt, ein Mädchen, das ein paar Klassen unter Gilberte in die Schule geht. Da sie später im Buch noch eine wichtige Rolle spielen wird, erwähne ich, daß sie erwähnt wird, obwohl ich eigentlich noch nicht wissen kann, daß es »ganz am Rande« geschieht. Aber ich habe mich ja auch längst entschlossen, das Buch, gleich nach Beendigung, ein zweites Mal zu lesen, um solche Effekte richtig genießen zu können. Es ist dabei wie mit der ungeküßten Odette, mit jeder Seite verabschiedet man sich für immer von einem Stück ungelesenem Proust.

Verlorene Praxis:
– Eine Nachricht über den Kanal kabeln.

30. Mi, 16.8., Alt-Lipchen, vormittags, heiter

Man kann der Moderne viel vorwerfen, aber nur der Erfindung von Plaste ist es zu verdanken, daß meine Tochter heute mit meinem alten bulgarischen Kipper spielen kann. Vielleicht hätte man die Mauer auch aus Plaste bauen sollen. Dann wäre auch sichergestellt gewesen, daß meine Tochter in ihrem Leben genau dasselbe erlebt wie ich. Ich bin nämlich eifersüchtig darauf bedacht, ihr meine eigenen Freuden aus der Kindheit nahezubringen, dabei wird man damit leben müssen, daß sie sich gerade an die häßliche Puppe erinnert, bei der man nicht verhindern konnte, daß sie ihr von irgendwem geschenkt wurde. Wie der Erbe eines Firmenimperiums, der die Tradition des Hauses aufgibt, um statt dessen Tanzkritiker zu werden, so zieht sie dem »Kleinen Angsthasen« »Die kleine Raupe Nimmersatt« vor, ein Werk, zu dem ich auf Distanz bleibe, weil ich es als Kind nicht gelesen habe. Ich hatte immer Mitleid und Bewunderung für jemanden, der in der fünften Generation Fährmann ist und mit denselben Handbewegungen wie seine Vorväter den alten Kahn zum anderen Ufer stakt. Was für ein Gewissenskonflikt für den, der schließlich mit der Tradition brechen wird!

Im Schatten junger Mädchenblüte, S. 109–130

Odettes ungeschickte Bemerkungen werden von Swann nicht korrigiert, »*weil er zu träge war, sich ihrer Vervollkommnung zu widmen*«. Ihn erheitern ihre dummen Geschichten, während alles Scharfsinnige und Tiefgründige, was er vorbringt »*von Odette ein für allemal ohne Interesse, flüchtig und mit Ungeduld aufgenommen und häufig unnachsichtig angegriffen wurde. […] Man muß zu dem Schluß kommen, daß eine solche Unterwerfung der Elite unter die Gewöhnlichkeit in vielen Ehen die Regel ist, wenn man bedenkt, wie viele hochkultivierte Frauen umgekehrt sich von einem Grobian betören lassen, der ihre zartsinnigsten Worte unerbittlich aburteilt, während sie sich mit der unendlichen Nachsicht der Zärtlichkeit angesichts seiner dummen Späße vor Entzücken nicht zu lassen wissen*«. Das klingt jetzt wie zur Ehrenrettung der Frauen gesagt, aber es spricht doch genausowenig für sie, einen klugen Mann zu mißachten wie sich für einen Grobian wegzuwerfen. Im Grunde sind solche Verhältnisse Skandale, die in den Nachrichten erwähnt werden müßten wie Menschenrechtsverletzungen.

Der Bereitschaft, sich einer dummen und nicht einmal schönen Frau zu unterwerfen, gerade weil sie für die eigene Klasse blind ist, hat aber auch etwas rührend Utopisches. Man glaubt eben immer noch an die Menschheit, wie soll man Despoten zu Demokraten erziehen, wenn man schon einer Frau nicht zu der Überzeugung verhelfen kann, daß man für sie ein Geschenk ist?

Früher hatte Swann sich damit getröstet, ihr eines Tages, nach Erlöschen seiner Liebe, endlich die Wahrheit über ihre Seitensprünge entlocken zu können, »*aus einfacher Liebe zur Wahrheit und gleichsam wie ein Historiker klarzustellen, ob Forcheville an jenem Tage mit ihr im Bett gewesen sei, als er geschellt und ans Fenster geklopft hatte [...]. Doch dies so ungemein spannende Problem, für dessen Aufklärung er nur das Ende seiner Eifersucht abgewartet hatte, verlor jedes Interesse in Swanns Augen, als er aufgehört hatte, eifersüchtig zu sein*«. Auf die Genugtuung, sie eines Tages seiner Gleichgültigkeit versichern zu können, legt Swann jetzt keinen Wert mehr, »*mit der Liebe war auch sein Verlangen geschwunden, zu zeigen, daß keine Liebe mehr in ihm war*«. Das unterscheidet dann vielleicht einen gesunden Menschen von einem Autor, der schon aus professionellen Gründen nie das Interesse für seine Probleme verlieren wird, gerade wenn sie sich längst erledigt haben.

31. Do, 17.8., Alt-Lipchen

Die Vorbereitung auf den nächsten Berlin-Marathon beschäftigt einen wie eine Frau, in die man unglücklich verliebt ist, man glaubt, das Problem durch Konzentration auf das Problem lösen zu können. Ständig verliere ich mich in Tagträumen, die von den ein bis zwei Kilo handeln, die ich noch abnehmen will. Der männliche Körper läßt sich zum Glück durch Sport beliebig verschönern, und es ist leichter für mich, meinem Ideal von mir zu entsprechen, als für andere meinem Ideal von ihnen. Erstaunlich, wieviel seelische Kraft man aus der Tatsache schöpft, in Form zu sein. Als Autor müßte ich mir eigentlich Handicaps suchen, um besser zu verstehen, wie sich die anderen Menschen fühlen. So wie Klavierstimmer oft blind sind, aber besser hören, muß ein Autor doch kränkeln, um besser zu sehen. Manchmal ist es ja fast entspannend, krank zu sein, weil dann die Angst vor der nächsten Infektion wegfällt, die irgendwo in der Zukunft auf einen lauert wie eine Zecke im Baum.

Im Schatten junger Mädchenblüte, S. 130–151

Daß ihm ihre Eltern verraten, er sei Gilbertes »Favorit«, weckt bei Marcel neue Bedenken, denn »*wenn die Wirklichkeit sich genau nach dem formt, was wir so lange geträumt haben und sich vollkommen damit deckt, ergibt sich zweifellos, daß sie uns die Formen ebenjenes Traums verbirgt und sich mit ihnen verbindet wie zwei ganz gleiche aufeinandergelegte Figuren, die nur noch eine bilden, während wir, damit unsere Freude ihren vollen Sinn bekäme, gern sähen, daß unser Wunschbild an allen Punkten in dem Augenblick, so wir daran rühren wollen – um ganz sicher zu sein, daß es das richtige ist –, die Eigenschaft des Ungreifbaren behält*«. Traurig, wenn einem der Zustand des Wünschens zur Heimat geworden ist, die man für etwas so Zweifelhaftes wie Glück nicht verlassen möchte.

Eine weitere in der Reihe der Ernüchterungen, von denen uns Marcel berichtet, ist die erste Begegnung mit Bergotte in Odettes Salon. Er hatte sich ihn als »*göttlichen Greis*« vorgestellt, als »*holden Sänger im weißen Haare*«. Er ist so voller Bewunderung, daß er zusammenfährt »*als habe man einen Revolverschuß auf mich abgegeben*«, weil Odette ihrer beider Namen im selben Satz nennt. »*[N]ach Art der Zauberkünstler, die tadellos im Überrock vor einem stehen, wenn der Rauch eines Flintenschusses, aus dem eine Taube entflattert ist, sich verzogen hat, erwiderte gleich darauf meinen Gruß ein kräftig gebauter, untersetzter, kurzsichtiger, kleiner junger Mann*«. Marcel ist »*todtraurig*«, er hatte sich Bergottes immenses Werk hineingedacht »*in einen durch Verfall ehrwürdig gewordenen Organismus, welchen ich mir wie einen Tempel eigens dafür im Geiste aufgebaut*«, nicht mit roter Nase und Kinnbärtchen. Für seine Komplimente bleibt Bergotte taub, weil sein »*Leib bereits gierig dem Mahl entgegenlebte*«. Daß es Bergotte so wenig berührt, wenn man seine Werke lobt, macht diese auch für Marcel weniger attraktiv. Aber das Eigenartigste ist Bergottes Stimme, die so gar nicht zu seinen Büchern paßt und von Marcel ausgiebig analysiert wird.

Unklares Inventar:
- Hummer à l'américaine.

Verlorene Praxis:
- Morgens für die Mutter der Freundin die Toilette auswählen, die man am liebsten an ihr sieht.

32. Fr, 18.8., Alt-Lipchen, abends

Jetzt erst verstanden, daß »King of Queens« ein Wortspiel ist. So, wie ich immer dachte, es heiße »Königs Wursterhausen« und Wicky sei ein Mädchen. Nicht mal den Bart vom Sandmann habe ich gesehen, ich dachte immer, es sei ein seltsames Kleidungsstück.

Im Kleinbus zum Baden in Falkenhagen. Erstes Schwimmen in Seen in diesem Jahr, im Grunde das erste seit Jahren. In der Mitte eine kleine Plattform mit einem Rohr, das aus einem Bunker kommt, der sechs unterirdische Stockwerke haben soll, die in einer Kupferwanne liegen. Die örtlichen Angler wissen es, weil sie ein Echolot benutzen, was eigentlich unfair dem Fisch gegenüber ist. Kopfsprungübungen von einem angeschraubten Fußabtretergitter, ich solle die Beine zusammenhalten, das sehe besser aus. Beim Graben für den neuen Schuppen im Garten haben sie einen Schulterknochen gefunden. Daneben eine russische MG-Patrone, in die man einen Zettel mit dem Namen des Toten steckte. In N. finde immer noch ein Gedenkgottesdienst für die eine nicht von den Russen vergiftete Quelle statt. Früher waren die Ferien immer dafür gut, neue Witze und Sprüche zu sammeln, mit denen man in der Schule reüssieren konnte. »Knorke ist halb so dufte wie schnafte.« – »Dafür hattenwa im Mai drei schöne Tage.«

Im Schatten junger Mädchenblüte, S. 151–171

Warum leuchtet es in den Büchern der Autoren so viel heller als in ihrer Rede? Weil »*solch Anleuchten aus großen Tiefen kommt und seine Strahlen nicht bis zu dem emporsendet, was wir in Stunden sagen, da wir, den anderen weiter geöffnet im Gespräch, uns selbst gegenüber bis zu einem gewissen Grade verschlossen bleiben*«. Wo wäre der Autor also mehr er selbst als im Text? Es ist also ganz überflüssig, Autoren zu porträtieren, weil schon ihnen selbst das nicht anders gelingt als mit dem Schreiben. Trotzdem sind Journalisten immer darauf erpicht, irgendetwas Uninszeniertes am Autor zu entdecken, als seien sie nicht schon damit überfordert, das Bild, das man ihnen liefert, unverzerrt wiederzugeben. Normalerweise reicht ihre Beobachtungsgabe dann nicht über die Art des Getränks hinaus, das man für das Gespräch mit ihnen bestellt hat.

Es gibt einen Tonfall in Büchern, der allein den Autor ausmacht: »*Dieser Akzent erscheint nicht im Text, er wird nirgends durch Zeichen markiert und tritt doch unversehens zu den Sätzen hinzu, man kann sie nicht anders lesen; er ist das Allerflüchtigste bei dem Schriftsteller und das Tiefste zugleich.*« Nicht durch Zeichen markiert, aber doch zwingend so zu lesen, eigentlich ja ein Widerspruch. Eine Art sich von selbst verstehender Interpretation für eine Partitur.

Ein Trost für alle, die dachten, sie eigneten sich wegen mangelnder Intelligenz oder stockender rhetorischer Qualitäten nicht zum Autor. Man muss nicht feinsinnig sein, sondern seine »*Persönlichkeit zu einem Spiegel […] machen*«, mit dem man sein Dasein, und sei es mittelmäßig, reflektiert, »*denn das Genie besteht in solcher Kraft des Zurückstrahlens und nicht in der Qualität, die dem widergespiegelten Geschehen von sich aus innewohnt*«. Der Inhalt von Büchern wird also überschätzt, es kommt nicht auf die Relevanz an, sondern auf die Kraft des Zurückstrahlens.

Wenn Bergotte in der anschließenden Diskussion über die Berma zu Swann und Marcel sagt: »*[I]n der Szene, wo sie Oenone ihre Leidenschaft eingesteht und wo sie mit der Hand die Geste der Hegeso auf der Stele des Kerameikos wiederholt*«, kann ich nicht mehr mithalten. Ich suche auch noch nach einem Freundeskreis, bei dem man sich durch solche Referenzen nicht unbeliebt macht.

Verlorene Praxis:

- Als mündiger Zuhörer bemerken, daß ein Autor »*trotz aller Härten, die er ausgesprochen hat, sanft, und trotz aller Sinnlichkeit gemütvoll gewesen ist*«.
- Zu jemandem sagen: »*Mein Gott, wie Ihre Anwesenheit das Niveau der Unterhaltung hebt!*«

33. Sa, 19.8., Alt-Lipchen, abends

Zwei-Stunden-Lauf über Feldwege. Nachmittags Kaffee bei der Cousine. Die vielen Windräder würden Westlern gehören. In der Freizeit gehe der Bauer ins Haus, während wir im Garten säßen. Auf dem Land werde immer der jüngste Sohn mit Alkohol doof gemacht, damit er auf dem Hof bleibe. Im Bad Waschlappen vom VEB Frottana. Neuer Besuch kommt. Sein Bruder ist mit der Tochter im eigenen Flugzeug nach Kanada emigriert. Lange Fluglotse gewesen, deshalb kannten ihn am Boden noch alle, und er kam ohne Genehmigung durch. Über Grönland stotterte der Motor, aber er wußte, daß die Benzinschläuche eingefroren waren. Jeder andere hätte zur Landung angesetzt, aber er zog hoch Richtung Sonne, wie Ikarus, um die Schläuche wieder aufzutauen. Das überlebt, um Jahre später vom Schlag getroffen zu werden und sofort tot zu sein. Gehe allein in den Garten, einen Baum anfassen. Wozu an den Amazonas reisen, schon das ist exotisch genug. Wie uns Frau Tatziet immer bei Regen auf die Schubkarre setzte und zurück zum Haus fuhr. Lustlos an Proust, weil ein einziger negativer Leserkommentar im Blog mich schon entmutigt. Ich würde endlos Fragen stellen, die der Text nicht beantworte, dabei würden einem die Augen zufallen.

Im Schatten junger Mädchenblüte, S. 171–192

Zum ersten Mal bewertet jemand Marcels Wehwehchen als Berufskrankheit des »*geistigen Menschen*«, auch wenn er bis jetzt nur als potentieller Künstler geführt wird. Bergotte, »*der meinen Fall zu kennen schien*«, macht sich Sorgen, ob Cottard der richtige Arzt für ihn sei. Künstler und geistige Menschen »*brauchen besondere Ärzte, ich möchte beinahe sagen, auch ganz spezielle Behandlungsweisen und Medikamente*«. Schon wenn ein Arzt einen langweile, mache »*die Langeweile seine Behandlung ganz bestimmt unwirksam*«. Dabei ist hier noch gar nicht von Psychologen die Rede. Es muss eine Herausforderung für jeden Therapeuten sein, sich noch ausgiebiger als Marcel mit Marcels Seele zu befassen.

Im Moment macht es ihm gar nichts aus, seinen Arzt langweilig zu finden, »*ich erwartete von ihm, daß er mit den Mitteln einer Kunst, deren Gesetze mir unbekannt waren, über meinen Gesundheitszustand aus meinen Eingeweiden ein unfehlbares Orakel ablas, legte aber keinen Wert darauf, daß er mit Hilfe der Intelligenz, mit welcher ich ihm selber hätte aushelfen können, die meine verstehen wollte, die ich mir nur als ein an sich belangloses Instrument vorstellte, um außer mir liegende Wahrheiten zu erforschen*«.

Gilberte lädt er übrigens nicht zu sich ein, weil er fürchtet, daß sie seine Familie spießbürgerlich finden könnte, da seine Mutter zum Tee auch Schokolade anbietet.

»*Wieder allein, beschäftigte ich mich damit, Aussprüche zu fabrizieren, die den Swanns vielleicht hätten gefallen können […] ich richtete selber fingierte Fragen an mich, die ich so auswählte, daß meine glänzendsten Einfälle als glücklich formulierte Repliken darauf paßten.*« Wieder ein Baustein zur Genese des Autors, mangelnde Schlagfertigkeit wird mit tröstenden Selbstgesprächen kompensiert, die vielleicht irgendwann zum Text werden. Aber das Schreiben scheitert schon vor dem ersten Wort: »*Wäre ich weniger entschlossen gewesen, mich endgültig an die Arbeit zu begeben, hätte ich vielleicht einen Vorstoß gemacht, gleich damit anzufangen.*« Eine gute Ausrede. Die Tage vergehen mit Warten auf den richtigen Moment. Schon dieses kann zermürben: »*Ich brauchte, bevor mein Schwung wiederkehrte, mehrere Tage der Entspannung.*« Die vorsichtigste Erkundigung der Großmutter nach seiner Arbeit trifft ihn empfindlich, sie entschuldigt sich auch gleich.

Obwohl ein Muttersöhnchen, kann man ihn nicht als verklemmt bezeichnen, er ist längst sexuell initiiert (was nicht wichtig genug scheint, um mehr als nebenbei erwähnt zu werden) und scheut sich nicht, ins Bordell zu gehen. »Rendezvoushäuser« empfindet er schnell als ähnlich nützlich wie »*illustrierte Werke der Kunstgeschichte, Symphoniekonzerte und Monographien über ›Stätten der Kunst‹*«, die einem den individuellen Reiz von Mantegna, Wagner oder Siena nahebringen. Das Bordell als Schule zur Verfeinerung des Geschmacks für Frauen.

Bis auf das Erlebnis auf den Champs-Elysées ist bei seiner Liebe zu Gilberte nie die Rede von Erotik. Vielleicht kann man diese Form von reiner Liebe nur pflegen, wenn man über eine gut ausgebaute Infrastruktur an Freudenhäusern und eine solide Doppelmoral verfügt. So kann er sich ganz dem Hin und Her mit Gilberte widmen. In der Liebe gibt es keine Ruhe, »*da das, was man erlangt, immer nur der Ausgangspunkt für neue Wünsche ist*«.

Eines Tages will Gilberte zur Tanzstunde, muß aber zu Hause bleiben, um sich um ihren Gast Marcel zu kümmern. Er spürt ihren Unmut und gibt sich vorbeugend kühler als gewöhnlich. »*Ich glaube, neulich ging die Uhr nach*«, sagt er mehrmals zu ihr und meint damit: »*Wie böse du heute bist.«* Aber Gilberte bleibt hart, und *»wenn kein Lächeln in ihren Augen entstand und mir ihr Antlitz entschleierte«*, wirkt ihr Gesicht fast häßlich. Es ist unsere Natur, *»die aus sich selbst unsere Liebe und beinahe auch die Frauen, die wir lieben, ja sogar ihre Fehler schafft«*. Ein ungeheurer Gedanke, wir schaffen die Fehler an unseren Frauen selbst. Der Kontrolleur produziert Schwarzfahrer, der Pünktliche produziert Unpünktlichkeit, der Mann produziert unvollkommene Frauen. Eigenschaften, die dem anderen nicht auffallen, habe ich gar nicht.

Marcel beschließt, sie nicht mehr zu sehen, und sofort regt sich *»dies Flattern des Kompasses in meinem Innern«*. Und was macht er? Er entwirft sich widersprechende Konzepte für Briefe an Gilberte. Also wieder Briefe ... Er weiß, daß er sie etwas vernachlässigen sollte, um nicht zu demütig zu erscheinen, dabei würde er gerne sofort zu ihr eilen. *»Ich schrieb Gilberte einen Brief, in dem ich meinen Zorn frei sich ausströmen ließ, nicht jedoch ohne auch gleich für alle Fälle Rettungsbojen in Gestalt von Zufallswendungen anzubringen, an die meine Freundin eine Versöhnung hätte anknüpfen können.«* Man kann sich denken, wie unwillig Gilberte so ein wohlkomponiertes Produkt überfliegt, wer hätte sich je von Worten zurückerobern lassen, vielleicht müßte die Angesprochene dafür selbst ein wenig Autor sein.

Seine Konsequenz hält er nicht lange durch. Gleich am nächsten Tag will er wieder zu ihr gehen, und er fragt sich, warum er überhaupt so viel Willenskraft darauf verschwendet hat, es nicht zu tun. Aber, wenn wir lieben, sind wir außerstande *»als würdige Vorgänger des Wesens zu handeln, das wir sein werden, wenn wir nicht mehr lieben«*.

Verlorene Praxis:

- Sich im Rendezvoushaus beim Warten auf ein Mädchen, das *»in Betrieb«* ist, von teilweise oder komplett unbekleideten Gesprächspartnerinnen Kräutertee reichen lassen.
- Den Gedanken und Handlungen einer geliebten Frau gegenüber ebenso hilflos sein wie die ersten Physiker den Naturphänomenen.

34. So, 20.8., Alt-Lipchen, vormittags

Das Rumpeln einer Schubkarre auf dem Hof. Der Klang der Stubenfliege, der immer der gleiche bleiben wird, ohne irgendwann altmodisch zu wirken. Auch das Layout der Landschaft muß nicht aktualisiert werden. Ein Haus, in dem jede Veränderung stören würde, bis hin zur Dose Anti-Mücken-Spray aus dem VEB Aerosol-Automat Karl-Marx-Stadt, die seit dreißig Jahren im Badezimmer an derselben Stelle steht und nie benutzt wird. Wer gibt uns das Recht, sie jetzt noch wegzuwerfen? Jedes Detail am Haus ist eine Lösung für ein Wohnproblem, das sich früher einmal gestellt hat, und auch, wenn man das Problem nicht mehr kennt, weil die Erbauer des Hauses nicht mehr leben, muß man die Lösung respektieren. Wenn es nach mir ginge, dürfte nur bastelnd eingegriffen werden, also auf provisorische, mit den Jahren ihren Zweck erfüllende Weise, mit vorgefundenem Material.

Der Wind kündigt den Herbst an, vor neun Jahren habe ich hier um diese Jahreszeit den letzten Versuch unternommen, doch noch ein Buch zu schreiben, ohne diesen Ort hätte ich es vielleicht nie getan. Ich wüßte gerne, wie Proust das Ruder noch herumgerissen hat, da er doch offenbar reich war, Unterhaltung und eine Dienerschaft hatte, wozu da noch schreiben?

Im Schatten junger Mädchenblüte, S. 192–213

Hat Proust nicht gerade ein halbes Buch lang von einer unglücklichen Liebe berichtet? Und jetzt schon wieder dasselbe Hin und Her, ohne daß man das Gefühl hätte, er würde sich wiederholen, aber auch ohne, daß daran viel erwähnenswert wirkt. Marcel sieht Gilberte täglich, sie bekommt ihn satt, und er zieht sich zurück und leidet. Er hofft auf die morgendliche Post und dann auf die vom Nachmittag. Die Aufregung wird schließlich chronisch, weil »*die durch das Warten verursachten Störungen kaum Zeit gehabt hatten, sich etwas zu legen, wenn bereits ein neuer Anlaß zum Warten da war und es schließlich keine einzige Minute am Tage mehr gab, in der ich mich nicht in einem Zustand der Spannung befand, wie er schon eine Stunde lang schwer zu ertragen ist*«. Was soll man da heute sagen, mit E-Mail und SMS? Teuflische Erfindungen für den unglücklich Verliebten, weil sie die Erwartung auf jede Sekunde des Tages ausdehnen. Moderne Kommunikationstechnik erzeugt nicht nur Kommunikation, sondern auch Schweigen.

Um Gilberte zu beweisen, daß er auch ohne sie kann, besucht Marcel regelmäßig Odettes Salon, ohne Gilbertes gleichzeitig stattfindende Teegesellschaften zu beehren: »*Jeder Besuch, den ich Madame Swann machte, ohne Gilberte zu sehen, war grausam für mich, aber ich fühlte, daß er um ebensoviel das Bild verschönte, das Gilberte von mir in ihrer Vorstellung trug.*« Wie schön kommt man sich vor, wenn man unglücklich verliebt ist, edel im Verzicht und aufnahmebereit für feinste Erschütterungen der Seele. Jeder anderen als der Verehrten würde das auch auffallen.

Was die Damen in Odettes Salon besprechen, kann man zum Glück höflich übergehen. Wie tragisch es sei, mit einem Politiker verheiratet zu sein und deshalb immer mit langweiligen Leuten aus den Ministerien zu tun zu haben. »*Und dann sehen Sie, Madame, ist da der Chef des Protokolls, der einen Buckel hat; ich kann einfach nicht anders, wenn er noch keine fünf Minuten bei uns ist, muß ich seinen Buckel berühren.*« Ob man seine Pflanzen bei Lemaître, Debac oder Lachaume kaufen solle. Und Gebäck: »*[I]ch weiß, sie beziehen alles von Rebattet. Ich muß sagen, ich verfolge da eine eklektischere Methode. Petits Fours, überhaupt alle Kleinigkeiten, kaufe ich oft auch bei Bourbonneux. Aber ich gebe zu, von Eis verstehen sie dort nichts. Für Bavaroise und Sorbet ist Rebattet der Künstler.*«

Verlorene Praxis:
- Sich die Mühe machen, sein Personal von Grund auf zu erneuern.
- Als Gastgeberin nur als Bindeglied eine Rolle spielen.
- Den Höhepunkt seines Tages nicht in dem Augenblick sehen, da man sich anzieht, um in Gesellschaft zu gehen, sondern in demjenigen, da man sich für einen Mann entkleidet.

35. Mo, 21.8., Alt-Lipchen

Einsamkeit ist eine wertvolle Ressource, die Grundlage jeder intellektuellen Leistung, und fast so sehr wie Prousts Roman selbst interessieren mich inzwischen die Umstände seiner Niederschrift. Wie Thomas Mann mit sechs Kindern so dicke Bücher schreiben konnte, ist mir ein Rätsel. Die Frau muß sich als eine Art Erzengel verstehen, der das Arbeitszimmer bewacht und schlechte Nachrichten abwehrt, aber wer will mit so etwas verheiratet sein? Tagträume, selbstvergessenes Dämmern, mit dem man sich erneuert, sind undenkbar, wenn Geräusche und Bemerkungen auf einen niedertröpfeln wie das Wasser auf die Schädeldecke des mongolischen Folteropfers. Ein Leben zu führen wie dieser russische Mathematiker, der auf eine Million Dollar verzichtet, weil er aus Desinteresse seinen Beweis der Poincaré-Vermutung nicht publiziert, er sieht ihn nur als Teilschritt zum Beweis eines größeren Problems. Er sammelt Pilze und fährt nicht zu Konferenzen, mehr weiß man nicht von ihm. Ach, wie beneidet man die wirklichen Genies um ihre Reisen in Bereiche der Abstraktion, von denen man keine Vorstellung haben kann. Täglich daran zu arbeiten, die Mathematik auszubauen, genau zu wissen, wann man etwas geschafft hat, weil die Beweisführung nachprüfbar ist, wenn auch mit großem Aufwand und nur von den Besten unter den Kollegen. Ein Leben ohne Kritiker unter der Sonne der Objektivität. Dagegen ist die Literatur ein kümmerlicher Garten, der ständig von Barbaren überrannt wird. Es gibt in ihr keine Kriterien, die Spreu vom Weizen zu trennen, und jeder darf sich berufen fühlen zu urteilen, nur weil er eine Meinung über das Leben hat. Aber es ist auch noch kein Beweis für die eigene Klasse, von der Kritik nicht beachtet zu werden. Wenn die Wende nicht gekommen wäre, hätte ich mein Mathematikstudium beenden müssen. Ich wäre ein mittelmäßiger Mathematiker geworden, der in irgendeinem Betrieb im Bezirk Suhl an Optimierungsaufgaben gearbeitet hätte. Der Mauerfall war für mich so etwas wie das scheuende Pferd für Swann, ohne das er Odette nie geküßt hätte.

Im Schatten junger Mädchenblüte, S. 213–235

Wie bei der »Heimat«-Serie ist dem Text eine technikgeschichtliche Spur unterlegt. Jetzt spricht man davon, daß Madame Verdurin sich eine vollständig mit elektrischem Licht ausgestattete Villa gekauft hat. Die Schwägerin einer Freundin habe sogar ein Telefon. »*Sie kann bei einem Lieferanten etwas bestellen, ohne sich aus dem Hause zu rühren.*« Vielleicht war das Telefon ja ursprünglich gar nicht für Gespräche gedacht, sondern für Anrufe bei Lieferanten, und daß wir es heute dazu benutzen, uns zu unterhalten, ist nur eine eigentlich nicht eingeplante Funktion, wie das Chatten beim Internet.

Marcel ist immer noch unglücklich wegen Gilberte: »*Der 1. Januar war für mich dieses Jahr ein besonders schmerzlicher Tag. Alle Termine und Daten müssen es für den Unglücklichen sein*.« Erst Mitte Januar schwindet seine Hoffnung auf einen Neujahrsbrief (zu dem Zeitpunkt kann man sich ja schon fast wieder auf den nächsten Neujahrsbrief freuen). »*Wenn man verzichtet, so sucht man nicht seinen Schmerz zu ermessen, sondern ihn der, die ihn verursacht hat, in der rührendsten Form zu Bewußtsein zu bringen. Man sagt Dinge, die man gern sagen möchte und die der andere nicht versteht; man redet nur für sich selbst.*« Liebe ist eigentlich eine egozentrische Angelegenheit, und die, die wir lieben, sind nie auf dem Niveau unserer Gefühle.

Als Professor würde ich meine Studenten zwingen, die von Proust beschriebenen Inneneinrichtungen aus Pappe nachzubauen. Bei Madame Swann tritt inzwischen »*Ostasien mehr und mehr hinter dem Rokoko zurück; und die Kissen, die jetzt zur Erhöhung meiner Behaglichkeit Madame Swann mir in den Rücken stopfte, nachdem sie sie zurechtgedrückt, waren mit Louis-Quinze-Gewinden und nicht mehr wie früher mit chinesischen Drachen verziert*«. Meine Vorstellungskraft versagt an solchen Stellen. Als würde man sich eine VOGUE vorlesen lassen, um hinterher alles nachzuzeichnen.

»*Wegen ihres lebhaften Geistes zog Madame Swann die Gesellschaft von Männern der von Frauen vor. Doch wenn sie die letzteren kritisierte, so tat sie es stets als Kokotte, indem sie auf Mängel hinwies, die ihnen bei den Männern schadeten, dicke Fesseln, einen häßlichen Teint, orthographische Fehler, Haare an den Beinen, einen widerwärtigen Geruch, gefärbte Augenbrauen.*« Bis auf Orthographie war ich eigentlich bei allen diesen Mängeln immer tolerant.

Odettes Toilette ist ein Werk, das man studieren muß, um es zu verstehen, der »*vergeistigte Apparat einer ganzen Kultur*«. Nur ein Beispiel, wie es sich anhört, wenn man diesen »*vergeistigten Apparat*« mit Worten nachzeichnet: »*Und manchmal gaben in dem blauen Samt einer Taille die Andeutung eines à la Henri II geschlitzten Wamses, in der schwarzen Atlasrobe eine leichte Raffung, die entweder in der Schulterpartie an die ›Keulenärmel‹ von 1830 oder um die Hüften herum an die ›Paniers‹ der Louis-Quinze-Mode erinnerte, den Kleidern einen kaum wahrnehmbaren Einschlag von Maskenkostümen, indem sie in das Leben der Gegenwart einen unmerklichen Hauch von Vergangenheit hineintrugen, und fügten dadurch der Person Madame Swanns den Zauber gewisser historischer oder romantischer Heldinnen hinzu.*«

Warum wird eigentlich so lange von der Kleidung der Mutter geschwärmt, wenn man die Tochter liebt? Marcel gewöhnt sich an den Schmerz, sie nicht zu sehen. Wenn man länger gelitten hat, bleibt man ja auch lieber konsequent: »*Denn zweifellos kann man zwar ihre Abwesenheit nur ertragen, indem man sich diese als etwas nur Vorübergehendes denkt und in dem Glauben, daß man eines Tages sich dennoch wiedersieht; andererseits aber fühlt man, um wieviel weniger schmerzlich die täglichen Träume von naher Wiedervereinigung geworden sind, als eine Begegnung es wäre, auf die etwa Eifersucht folgte, so daß die Nachricht, man werde die Freundin wiedersehen, einen nur wenig beglückt.*« Zur Genese des Autors gehört es dann, sich eine bessere Welt vorzustellen, auch wenn man, anders als im Politischen, kaum eine Möglichkeit hat, sie durch Aufwiegelung der Massen und Instrumentierung des Neidpotentials benachteiligter Gesellschaftsschichten Wirklichkeit werden zu lassen: »*Wie sehr zieht man dann die so elastische Erinnerung, die man beliebig mit Träumereien nährt und in der, wenn man allein ist, die in Wirklichkeit gar nicht Liebende einem im Gegenteil Liebeserklärungen macht, diese Erinnerung, der man immer mehr von dem beimischt, was man gern möchte, und die man schließlich so angenehm gestaltet, wie es einem beliebt, einer solchen Begegnung, das heißt jener immer wieder aufgeschobenen Auseinandersetzung vor, bei der man mit einem Wesen zu tun hat, dem man nicht mehr nach Gutdünken Worte diktieren kann, die man zu hören wünscht, sondern von dessen Seite man neue Kälte und unerwartete Ausfälle zu gewärtigen hat!*«

Aber obwohl er sich »*würdevoll resigniert*« gebärdet und in dieser Pose von ihr gesehen werden will, verkauft er eine von der hypochondrischen Tante geerbte Vase, um von dem Geld Gilberte ein Jahr lang täglich Blumen zu schicken. Zum Antiquar macht er einen Umweg und sieht prompt auf der Avenue des Champs-Elysées Gilberte neben einem jungen Mann einhergehen. Das dumme Ding war kurz davor, ein Jahr lang Blumen geschickt zu bekommen, aber so einem unvergleichlichen Privileg zieht sie Spaziergänge mit dem Leser unbekannten Herren vor!

Unklares Inventar:

- Eine Neigung zum »*Saute-en-barque*«, eine leise Andeutung eines »*Suivez-moi-jeune-homme*«.

Verlorene Praxis:

- Die Mutter der Freundin im eleganten Déshabillé vorfinden.
- Als Dame stets eine Haltung pflegen, die »*zwischen Schreiten und Ruhe zögert*«.

36. Di, 22.8., Alt-Lipchen

Mein Vater will die Ruinen des Familiengrundstücks seiner Eltern fotografieren, das heute in Polen liegt, aber es muß gutes Wetter sein, deshalb wird die Fahrt immer wieder aufgeschoben. Ich glaube, er hat das Gelände auch schon fünfmal fotografiert. Ich soll am Auto warten, damit es nicht geklaut wird (was eher schmeichelhaft für dieses Auto wäre, aber es wird mit dem Fall eines Autos argumentiert, das mit darin sitzendem Großvater geklaut worden sei). Er will dann durch den Fluß waten und durch Müllhalden und Dornenhecken zur Westseite der Gartenhausruine vordringen. Dieses auf die eigenen Ruinen fixierte Interesse ist wohl mein Familienerbteil, und ich habe mich nur fortgepflanzt, um später jemanden zu haben, den ich zu meinen eigenen Ruinen schleifen kann. Wenn Almodóvar wieder einen Film in La Mancha dreht, der Heimat seiner Mutter, wird das als Heimkehr zu den Wurzeln gefeiert, und niemand erwartet von ihm, sich von den rückständigen Verhältnissen in seinem Dorf zu distanzieren. Aber die DDR ist keine spanische Region, deshalb muß man sich in Deutschland dafür rechtfertigen, wenn man sich an sein Plattenbaugebiet erinnert, ohne die Mauertoten zu erwähnen. Als hätte man nur das Recht, eine Liebesgeschichte zu schreiben, wenn man im Vorwort der vielen namenlosen Opfer des Liebeskummers gedenkt.

Im Schatten junger Mädchenblüte, S. 235–259

Die vorerst letzte Etappe der Gilberte-Episode, ich hoffe, er hat sich anschließend nicht mehr in allzu viele Frauen verliebt. Wenn er jedes Mädchen, bei dem er regelmäßig Tee getrunken hat, so ausführlich abhandelt (ohne viel über sie zu sagen), schafft er es mit dem Text nicht mehr bis zu seinem Tod. Marcel macht es, wie wenn man sich das Rauchen abgewöhnen will, er vermeidet Gedanken an Gilberte. Momente, in denen ihm das gelingt, stellen »*Terraingewinn der Liebe gegenüber dar, die früher die ganze Seele für sich allein bewohnte*«. Aber zumindest im Traum passiert es einem ja auch Jahre später noch, daß man an einer Zigarette zieht.

Wie dumm, daß er auf seine Diplomatenlaufbahn verzichtet hat, um immer in ihrer Nähe zu sein. »*Man richtet sein Leben ein für eine Person, die, wenn man sie endlich darin empfangen könnte, gar nicht erscheint und für uns schon gestorben ist; man selbst aber lebt als Gefangener in dem, was nur für sie bestimmt war.*« Ich erinnere mich, »für eine Person«, mit der dann lange vorher Schluß war, auf einen Erasmus-Platz in Pisa verzichtet zu haben.

Der Schluß dieses Bands gehört einer Apotheose Odettes. Ein Nachruf auf ihren Typ Frau. Umrahmt von Männern, »*als blicke sie durch ein Fenster*«, erscheint sie auf ihrer Flanierstrecke im Bois de Boulogne, aber immer etwas spät. Sie ruft dann »*die Erinnerung an ihre Räume wach, in denen sie einen so langen Morgen verbracht hatte*«. (Ich sehe mich noch auf ähnliche Art Seminarräume betreten.) Ihr Gehen erinnerte »*in seiner müßig sich wiegenden Ruhe an die paar Schritte [...], die man in seinem Garten tut*«. Jedenfalls, wenn man einen Gärtner hat, der einem regelmäßig die Kompostgrube aushebt und die Wege mulcht.

37. Mi, 23.8., Alt-Lipchen

Beim Laufen auf dem Deich hat mich ein Gewitter überholt, hinter mir färbte sich der Asphalt dunkel und eine Regenwand kam auf mich zu. Schade, daß Proust das nicht gesehen hat. Das überschwemmte Land hinter den Deichen, mit im Wasser stehenden Bäumen und Grasinseln. Gelände, das kein Fuß betritt.

Später hat mich wie jeden Tag Jens mit dem Jauchewagen auf seinem Weg zur Klärgrube überholt. Der Betrieb scheint zu florieren, Jauche geht immer. Ein älteres Paar war zu sehen, das auf einem handtuchgroßen Grundstück, das, schon seit ich denken kann, in einen LPG-Acker hineinragt, nebeneinander knieend Unkraut jätete. Mir tat der Rücken vom Zusehen weh, wenn die Evolutionstheorie stimmen würde, müßten Landmenschen Arme haben, die bis zum Boden reichen.

Bald kommt die Zeit, wo es wieder heißen wird: »Ostwind von allen Seiten«. Und nicht mehr lange, dann ist Frühling. Das Problem an der Natur ist, daß sie einem jeden Antrieb zu geistiger Tätigkeit nimmt, die Sache rollt ja irgendwie, und man hält sich am besten raus. Man sollte dem Leben gegenüber die Haltung von Großeltern einnehmen, die sich damit abgefunden haben, daß die Wirtschaft auch ohne sie weiterläuft.

Im Schatten junger Mädchenblüte, S. 259–279

Zwei Jahre später, Gilberte ist im Prinzip vergessen. Aber weil »*ja unser Leben sowenig chronologisch verläuft*«, taucht ›»*das Ich, das sie geliebt hatte*«, manchmal wieder auf, »*und zwar viel häufiger aus einem nichtigen Anlaß als aus einem wichtigen Grund*«. Wir leben nicht nur in der Gegenwart (vielleicht sogar nie), sondern wir sind eine Vielzahl von verschütteten Ichs, die wachgerufen werden können. Alle, die in einem langen Leben zusammenkommen, zu verwalten, erfordert Kraft.

Das Gedächtnis arbeitet paradox, die Gewohnheit schwächt gerade die starken Eindrücke ab, aber das Unbedeutende setzt sich durch: »*Daher lebt der beste Teil unseres Erinnerns außerhalb von uns, in dem feuchten Hauch eines Regentages, dem Geruch eines ungelüfteten Raums, dem Duft eines ersten Feuers im Kamin, das heißt überall da, wo wir von uns selbst das wiederfinden, was unsere Intelligenz als unverwendbar abgelehnt hatte, die letzte Reserve, die beste der Vergangenheit, die, wenn all unsere Tränen versiegt sind, uns immer noch neue entlocken wird.«* Erinnern heißt also Weinen? Kinder sind dann eine Art Maschine, bei der man nie weiß, auf welche Muster sie reagiert. Ihr Gedächtnis ist ein unkonventionelles Netz, das man über seine eigene Gegenwart wirft und in dem sich nicht der größte Fisch fängt, sondern vielleicht einer, den man selber übersehen hat. In zwanzig Jahren wird man staunen, was hängengeblieben ist (wenn sie dann noch mit einem reden).

Das beste Mittel gegen Liebeskummer ist Verreisen, Marcel fährt mit der Großmutter nach Balbec ans Meer. »*In Balbec unterstützte ein neues Bett, an dem mir jeden Morgen ein anderes Frühstück als das in Paris gewohnte serviert wurde, die Gedanken nicht mehr, aus denen meine Liebe zu Gilberte ihre Nahrung gezogen hatte.*« (Vielleicht hätte es ja auch schon geholfen, sich in Paris sein Frühstück selbst zu machen?)

Er hatte lange von der »persischen« Kirche in Balbec geträumt, von der er nur Bilder besaß und die er sich quasi mitten im Meer stehend von Wellen umtost vorstellte, was sich schon aus dem Klang des Namens »Balbec« ergab. Jetzt wartet die nächste Ernüchterung auf ihn (nach der Berma und Bergotte und vielleicht ja auch dem unterschlagenen ersten Sex mit der Cousine auf dem Sofa der Tante). Aber er ist schon ein Ernüchterungsprofi: »*Ich aber hatte, sogar schon bevor ich die Berma sah, gelernt: was immer ich liebte, würde mir nur nach qualvollem Ringen zuteil, in dessen Verlauf ich zunächst mein Vergnügen jenem höchsten Gut opfern müsse, anstatt ihm nachzugeben.*«

Im Zug bekommt er Bier und Kognak zu trinken, um weniger unter der Fahrt zu leiden. Er empfindet »*ein Wohlgefühl dabei mit halboffenem Munde dazusitzen*« (während seine Großmutter Madame de Sévigné liest, eine Szene, die nach einer Verfilmung schreit).

Eingerahmt vom Zugfenster, also wie auf der Kinoleinwand, sieht er eine bemerkenswerte Szene. Auf der einen Seite des Zuges ist schon Morgen und auf der anderen noch Nacht. Er rennt immer hin und her, um das Bild im ganzen zu erfassen. Dabei sieht er ein großes Mädchen aus einem Haus treten »*und auf dem von der schräg einfallenden Morgensonne beschienenen Pfad mit einer Milchkanne in der Hand auf den Bahnhof zukommen*«. Ein bißchen wie die Quarkstulle, nach der sich des Esseintes in »À rebours« plötzlich sehnt. »*Ich fühlte bei ihrem Anblick den Durst nach Leben, der jedesmal dann entsteht, wenn uns von neuem Schönheit und Glück bewußt werden. Wir vergessen immer, daß beide etwas Individuelles sind, und ersetzen sie in unserm Geist durch einen konventionellen Typ, den wir aus einer Art von Querschnitt durch die Gesichter gewinnen, die uns gefallen, den Genüssen, die wir an uns erfahren haben, und so erhalten wir nur Abstraktionen, die kraftlos und matt bleiben müssen, da ihnen gerade jenes Charakteristikum einer neuen und von allen uns bislang bekannten unterschiedenen Sache fehlt, jenes Eigentliche der Schönheit und des Glücks.*« Die flüchtige Begegnung mit einer Fremden, die man nie wiedersehen wird. Wie schön, wenn man noch jung ist und sie als Versprechen empfindet und nicht wie Menschen in meinem Alter als Symbol aller im Leben verpaßten Möglichkeiten.

»*So gähnt ein literarischer Kenner von vornherein, wenn man ihm von einem neuen ›schönen Buche‹ spricht, weil er sich darunter einen Absud aus allen schönen Büchern, die er gelesen hat, vorstellt, während ein schönes Buch einzigartig und unvorhersehbar ist, nicht die Quintessenz aller ihm vorausgegangenen Meisterwerke, sondern etwas, was man durch vollkommene Aneignung aller dieser nicht finden kann, denn es liegt ja außerhalb ihrer.*«

Und schließlich die Ernüchterung: In Balbec sind es zum Meer fünf Meilen (nach Balbec-Plage, der alte Reiseveranstaltertrick ...). Der ersehnte Kirchturm erhebt sich nicht hagelumtost und »*wie eine trutzige normannische Klippe*« über »*flutumspülten Klippen*«, sondern an einem Platz, wo sich zwei Straßenbahnlinien kreuzen und wo an einem Café »*in goldenen Lettern das Wort ›Billard‹ stand*«. (Heute steht dort »Coca Cola« und es gibt sicher keine Straßenbahn mehr, sondern einen Kreisverkehr. Und vermutlich wurde das Wort »Billard« in goldenen Lettern vom Office du Tourisme kürzlich wieder angebracht, um die Nostalgie der Touristen nach Prousts Epoche zu befriedigen.)

Verlorene Praxis:

- Sich als Jugendlicher, um zu verhindern, daß man während der Fahrt aus Nervosität Erstickungsanfälle bekommt, auf ärztlichen Rat bei der Abreise eine reichliche Dosis Bier oder Kognak zuführen.
- Beim Anblick des Milchmädchens von einem Zustand erfaßt werden, der einen in ein unbekanntes und unendlich viel interessanteres Universum einführt.

38. Do, 24.8., Alt-Lipchen

Die erste Erkältung kündigt sich an. Wenn ich denke, was ich leisten würde, wenn ich nicht unter diesem Körper zu leiden hätte! Ich hatte immer die Hoffnung, die Bakterien würden irgendwann das Vergnügen daran verlieren, einem am Boden Liegenden zuzusetzen, aber wer kann sich schon in ihre perversen Hirne versetzen, vielleicht spielen sie auch mit mir wie die Katze mit der halbtoten Maus.

Was ich bei diesem Dorfaufenthalt gelernt habe: Jede Pflanze hat ihren Parasiten, beim Mais ist es der Zünsel. Der Wels wird drei Meter lang und achtzig Jahre alt. Er schmeckt eigentlich immer, man kann ihn backen, braten, räuchern oder einlegen. Noch besser, nämlich milder, schmeckt allerdings der Zander. Weil nach der Wende im Osten alle Kleingärtner die neuen Koniferen gepflanzt haben, vor allem Wacholder, hat sich der Birnengitterrost ausgebreitet, und es gibt keine guten Birnen mehr. Wenn man ein Dach deckt, kommt zwischen Dachziegel und Gebälk eine Plane, so daß der später dazwischen geratene Pulverschnee abrieseln kann. Wenn man ein Huhn auf die Seite legt und ihm einen Grashalm aufs Auge tut, bleibt es liegen. Der Schutz der Füchse hat dazu geführt, daß die Fasane aufgefressen wurden, weshalb inzwischen die Kartoffelkäfer überhand nehmen. Auf dem Land bekommen junge Paare ihre Kinder automatisch erst, wenn das Haus fertiggebaut ist. Beim Heumachen ist man dem lieben Gott sein Affe. Frißt ein Schaf zuviel Klee, bildet sich Schaum im Bauch, weil Schafe keine Blähungen bekommen, und man muß ihn aufstechen. Wenn man seine Urlaubsbräune möglichst lange behalten will, darf man nicht warm duschen. Pro Person darf man aus Polen eine Stange Zigaretten einführen. Wenn's Wetter so bleibt, regnet's heute nicht mehr. Die Frauen und der Suff, die reiben den Menschen uff. Beim Abernten der Felder mit den heutigen mit GPS ausgerüsteten Mähdreschern erhält der Bauer anschließend eine Bodeneffizienzkarte für seinen Acker ausgedruckt, die in ihrer Tendenz immer noch mit der Reichsbodenschätzung von 1930 übereinstimmt. Ein Joint schädigt die Lunge wie fünf Zigaretten. Wenn man mit dem Boden einer Bierflasche auf die Öffnung einer anderen haut, schäumt es. Alte Frauen waschen gerne ab, weil sie ihre rheumakranken Hände gerne in warmes Wasser tauchen. Wenn man keine Bosköppe hat, eignen sich zum Durchdrehen fürs Apfelmus auch Berner Rosen. Ist der Boden zu sauer, bildet sich Moos, und man muß Asche verstreuen. Mit fünfzehn gehen Mädchen manchmal in den Garten, um zu weinen. Hunden, die zum Töten abgerichtet sind und einem an die Gurgel springen wollen, muß man den Unterarm hinhalten. Dort beißen sie sich fest, und man kann ihnen mit einem gezielten Faustschlag auf die Schnauze das Genick brechen. Wenn man Karpfen immer wieder ins Wasser wirft, lernen sie dazu und beißen nicht mehr, es sei denn, man wechselt den Köder. Der Klimawandel kommt vielleicht doch von den vielen Windrädern.

Im Schatten junger Mädchenblüte, S. 279–300

Die Hälfte der Abendsonne fällt auf die Statue der Heiligen Jungfrau des Kirchenportals von Balbec, auf die Marcel sich so gefreut hat, und die andere Hälfte auf die Filiale der Diskontbank. So geht das natürlich nicht. Gut daß er nicht weiß, wie die Bretagne heute aussieht. Selbst schuld, wer verreist! Der Einzug ins Palace-Hôtel von Balbec, den Ort, »*an den mein Leib sich gewöhnen sollte*«. Der Direktor kann den Gästen ansehen, ob es sich um »höhere« handelt, er bemerkt, »*daß jemand nicht den Hut abnahm, wenn er die Halle betrat, Knickerbocker trug, einen auf Taille gearbeiteten Paletot anhatte, eine Zigarre mit einer gold und purpurnen Bauchbinde einem Etui aus gepreßtem Maroquinleder entnahm*«. Und Marcel erfüllt keines dieser Kriterien. Der Direktor läßt ihm und seiner Großmutter seine Aufmerksamkeit nur »*vor sich hin pfeifend zuteil werden*«. (Die merkwürdige Aufsässigkeit des Personals, wie bei Kafka.) Marcel versinkt derweil im Sessel und nimmt »*Zuflucht zu den verborgensten Bezirken meines Innern, ich versuchte es mit Abwanderung ins Reich der ewigen Werte, zog alles Persönliche, alles Lebendige von der Oberfläche meines Körpers weg – bis sie fühllos wurde wie die der Tiere, die sich totstellen, wenn man sie verletzt –, um nicht zu sehr an diesem Ort zu leiden*«. Eine in vielen Lebenslagen nützliche Übung, wobei es auch helfen kann, Proust zu lesen.

Eigentlich will er die Großmutter bitten, gleich nach Paris zurückzureisen, weg von diesem »*Ort der Qualen – wie jeder neue Wohnort es ist*«. Ein Liftboy »*glitt mit der Gelenkigkeit eines emsigen, gefangenen und gezähmten Eichhörnchens zu mir herab*«. Er sieht im Vorübergehen ein Zimmermädchen mit einem Keilkissen unterm Arm: »*Ich paßte ihrem für mich im Dunkel undeutlich gewordenen Gesicht die Maske meiner leidenschaftlichsten Träume auf, las aber in ihrem Blick, als er sich mir zuwendete, nur das Grauen des Nichts, das ich war.*« Wie oft haben wir in den Blicken von Kellnerinnen das Grauen des Nichts gelesen, das wir sind! Das ganze Hotel und sein Personal sind für Marcel »*wie alles, was wirklich geworden ist, phantasietötend*«.

Menschen im Hotel. Der Körper ist nur noch eine »*Vielheit der Empfindungen*«. Wie weit ist es gekommen, wenn Marcel sich »*selbst bei ausgestreckten Beinen*« wie in einem Folterkäfig fühlen muß? Man kennt das, wenn man wie ein präparierter Käfer auf dem Hotelbett liegt, der Bauch aufgebläht vom schlechten Essen der Imbißbuden – alles mit Remouladensauce! –, die Haut reagiert gereizt auf das ungewohnte Gefühl der Laken und auf die seifige Textur der Handtücher, im Bad pfeift ein Lüftungsloch, und aus einem ersten verzweifelten Erschöpfungsschlaf, der mehr einer Art Ohnmacht gleicht und eher auslaugt als erfrischt, weckt einen der Darminhalt des Nachbarn, der durch das Fallrohr jagt, das am Kopfende des Bettes in mehreren überflüssigen Windungen durch das Zimmer führt. Aber das ist alles nicht entscheidend, man würde sich auch in der besten Suite des Palace-Hôtel zu Balbec nicht anders fühlen, die Gewohnheit hat ihre Arbeit noch nicht getan. »*Unsere Aufmerksamkeit füllt ein Zimmer mit Gegenständen an, doch unsere Gewohnheit läßt sie wieder verschwinden und schafft uns selber darin Platz.*« Anders könnte ich es in den Wohnungen, in denen ich aus Mangel an Entschlußkraft mein Leben verbringen muß, auch nicht aushalten.

Quälend wirkt auf Marcel »*ein großer Spiegel, der schräg im Zimmer stehengeblieben war und vor dessen Verschwinden aus dem Raum mir keine Entspannung für mich denkbar schien*«. Nein, das kann niemand verlangen! »*[B]is ins innerste Gebein von Fieber heimgesucht, war ich ganz allein und hatte Lust zu sterben.*« Welche geheimen Kraftreserven einen in Hotels vor diesem naheliegenden Schicksal bewahren, ist mir auch nicht klar. Die Inneneinrichtung der meisten Hotels grenzt an Sterbehilfe. Proust beschreibt hier den Zustand, in dem sich der Autor in seinem Hotelzimmer vor einer Lesung befindet, vielleicht sollte man noch hinzufügen, daß der vorige Gast Kettenraucher war und der zart-durchdringende Uringeruch des Badezimmers einen an die Zeit als Zivildienstleistender auf der Urologie erinnert. Aber leider tritt bei uns dann nicht Marcels rettende Großmutter ein, denn »*alles, was mein war, meine Sorgen, mein Wollen, das wußte ich, würde bei meiner Großmutter durch ihr stärker als mein eigener Selbsterhaltungstrieb entwickeltes Bedürfnis, mein Leben zu erhalten und seine Kraft zu mehren, wunderbar gestützt*«. Sie schiebt ihr Bett im Nebenzimmer so an die Wand, daß sie ihn jederzeit klopfen hören kann.

Das Unbehagen ist keine Marotte, es hat einen philosophischen Hintergrund: »*Vielleicht ist das Grauen, das ich empfand – und das auch viele andere verspüren –, wenn ich in einem unbekannten Zimmer schlafen sollte, nur die bescheidenste, dumpfe, körperbedingte, unbewußte Form jenes großen verzweifelten Widerstandes, den die Dinge, die das Beste unseres gegenwärtigen Lebens ausmachen, unserer geistigen Bereitschaft entgegensetzen, die Bedingungen einer Zukunft zu unterschreiben, in der sie nicht vorkommen.*« Ein wundes Herz möchte nicht erklärt bekommen, daß der Kummer vergeht. Schon kleine Kinder wollen sich ihren Wutanfall nicht ausreden lassen, vielleicht bildet sich ihr Charakter gerade in solchen Momenten. Denn wenn der Schmerz verschwinden sollte, wäre das »*der wahre Tod unserer selbst, ein Tod, auf den freilich eine Auferstehung folgt, aber doch nur in Gestalt eines neuen Ich, zu dessen liebender Anerkennung die zum Sterben verdammten Teile des alten Ich sich nicht aufschwingen können*«. Ein Ich wird durch ein anderes abgelöst, der Zukunft zugewandte Menschen haben damit kein Problem. Bei Marcel drängt sich der Verdacht auf, daß er zu Reformen nur durch Unfälle und Schicksalsschläge zu bewegen ist.

Aber schon am nächsten Morgen ist alles anders, denn vom Fenster aus sieht man das Meer. Und das ist natürlich für einen Proust ein gefundenes Fressen. Nachdem er lange genug mit Worten Blumen gemalt hat, kann er sich jetzt an den Wellen austoben, was uns eine kleine Ruhepause verschafft.

39. Fr, 25.8., Alt-Lipchen

Bevor sie sich hier morgens nicht mehr nur, wenn das Postauto kommt, sondern auch, wenn ich vorbeilaufe, an den Gartenzaun stellen und auf die Uhr sehen, sollte ich abreisen. Wie immer hat man gehofft, abseits vom eigentlichen Arbeitsplatz besser arbeiten zu können, und jetzt freut man sich, bald wieder da zu sitzen, von wo man nur für einen kurzen Teil des Sommers aufzubrechen pflegt, um nach den Menschen zu sehen. Der Widerspruch zwischen dem Sommergefühl und dem, was man sonst mitmachen muß, ist auch nicht kleiner, als der zwischen Verliebtheit und gewöhnlichem Leben oder kurzen und langen Hosen. Bald wird mein Butler mir morgens wieder die schweren englischen Tweedstoffe herauslegen und ich werde mürrisch meine Besitzungen abschreiten und von liegengebliebenen Tennisbällen reinigen. Dann eile ich ins Haus, weil mir eingefallen ist, daß der Gewehrgurt vom Sattler zurück sein müßte. Ein paar Schüsse werden mir das Gemüt entwölken und mir die Zeit vertreiben, bis meine Gattin von ihrer Wohltätigkeitstournee durch die Elendsgebiete Europas heimgekehrt ist. Ich wüßte nicht, wie ich das Leben ertragen sollte, wenn ich kein englisches Landgut besäße, irgendwann muß ich mich einmal bei den Leuten im Dorf umhören, wie sie es schaffen, sich mit so wenig zufriedenzugeben und dabei die meiste Zeit so heiter zu wirken. Sicher liegt es an ihrer mangelnden Intelligenz.

Im Schatten junger Mädchenblüte, S. 300–320

Das Palace-Hôtel ist von Provinzhonoratioren und ihren mißgünstigen Gattinnen bevölkert. Ein Landjunker aus alter, bretonischer Familie, betrachtet das Haus nur als Absteige, um die befreundeten Schloßbesitzer in der Nachbarschaft zu besuchen. Seine Familie hält sich ebenfalls abseits: »*Ihr Hochmut bewahrte sie vor jeder menschlichen Sympathie, vor jedem Interesse an den Unbekannten, die rings um sie saßen und in deren Mitte Monsieur de Stermaria die eisige, eilige, distanzierte, unzugängliche, abweisende und übelgelaunte Miene bewahrte, die man an einem Bahnhofsbüfett inmitten von Reisenden aufsetzt, die man niemals gesehen hat, nie wiedersehen wird und mit denen einen nur die Tatsache in Beziehung setzt, daß man sein kaltes Huhn und seinen Eckplatz im Zuge gegen sie zu verteidigen gedenkt.*« (Sechs Adjektive für einen Gesichtsausdruck!)

Marcel leidet, weil er nicht beachtet wird. Er unterhält sich damit, in den Gesichtern von Menschen aus dem Ort, die Züge von Pariser Bekannten wiederzufinden. Nur einmal nähert sich ihrem Tisch die Madame de Villeparisis, weil sie seine Großmutter erkannt hat. Aber diese findet, daß der Austausch von Höflichkeiten einem im Urlaub die Zeit an der frischen Luft stiehlt und gibt sich kühl. Die Madame »*entfernte sich, und ich blieb in meiner Einsamkeit zurück wie ein Schiffbrüchiger, der geglaubt hat, ein Schiff nähme Kurs auf ihn, nachdem es dann wieder verschwunden ist, ohne Anker zu werfen*«.

So weit, wie Marcel sich in seinen Phantasien von der Wirklichkeit entfernt, so genau ist er im Beobachten von Gesten. Die Posen, die die Menschen unbewußt einnehmen. Er beschreibt sie wie ein Verhaltensforscher und benutzt sie wie ein Maler, der im Gegensatz zu ihnen selbst weiß, was seine Figuren darstellen sollen. Der Generaldirektor der Hotelkette erscheint auf Inspektionsreise. »*In der Meinung, daß eine von seiner Seite aufs äußerste gesteigerte Kontemplation genüge, um sicher zu sein, daß alles bereit sei und kein Fehler eine Katastrophe herbeiführen könne, und um sich ganz auf seine Verantwortung zu konzentrieren, enthielt er sich nicht nur jeder Gebärde, sondern bewegte nicht einmal seine vor Aufmerksamkeit gleichsam versteinerten Augäpfel, welche die Operation in ihrer Gesamtheit überschauten und lenkten.*«

Nach 811 Seiten gibt es heute endlich den ersten Druckfehler, man verzweifelt ja schon fast, wenn die Suche nicht belohnt wird. Mein Exemplar ist eine Lizenzausgabe von Suhrkamp »für die sozialistischen Länder«, gedruckt im Karl-Marx-Werk Pößneck. Ob die DDR sich einen eigenen Korrektor geleistet hat? Daß es nicht »*sei aus dem Aquarium holen*« heißt, sondern »*sie aus dem Aquarium holen*«, ist ihm jedenfalls entgangen. Kleine Fehler, die das Regime am Ende die Macht gekostet haben könnten.

Verlorene Praxis:
- Einen Diener vorausschicken, um das Hotel von seiner Person und seinen Gewohnheiten in Kenntnis zu setzen.
- Sich seinem Mann zuliebe eine gewisse Bildung zulegen.
- Durch die Kargheit seines rasch ermüdeten Blicks bezaubern.

40. Sa, 26.8., Alt-Lipchen

Ursprünglich war ich davon ausgegangen, pro Abschnitt eine halbe Seite zu schreiben, jetzt zeigt sich, daß ich täglich drei Stunden mit Proust verbringe, man könnte es Arbeit nennen. Warum würde es mich lähmen, wenn ich dieselbe Arbeit nicht freiwillig, sondern für ein Studium oder für einen Auftraggeber erledigen müßte? Im akademischen Kontext müßte ich genau die Stellen streichen, die mir am meisten Spaß machen. Man müßte Spekulationen durch Sekundärliteratur absichern und ohne den Resonanzraum der eigenen Erfahrung arbeiten. Ich dürfte also nicht, indem ich über Proust schreibe, über mich schreiben, und das würde der Anstrengung ihren Sinn nehmen. Man könnte natürlich behaupten, daß man als Wissenschaftler auf einer höheren Ebene und viel subtiler über sich schreibt, weil einen blanke Subjektivität unterfordert.

Der Bauer hatte noch gesagt: Ich hol mir jetztn Bier und vorher jeh ich noch aufs Klo. Dann lag er tot auf dem Klo.

Der letzte Morgen auf dem Dorf. Es gebe keine mehligen Kartoffeln im Süden. »Cilena, Adretta, Quarta« seien zu empfehlen. Es gibt ein »Saatgutverkehrsgesetz«, man muß bestimmte Sachen anbauen. Ist der Kampf um EU-Fördermittel noch ein dramatischer Stoff wie die Bodenreform für »Die Umsiedlerin«?

Rührung beim Abschied. Hannah bekommt von ihrer Ferienfreundin einen Brief in den Briefkasten gelegt. Die ganze Fahrt hält sie ihn in der Hand. »Ich hab Puffschmalz gegessen« hat sie der bewunderten Siebenjährigen erzählt, zu ihr aufschauend, um Aufmerksamkeit buhlend und fast stotternd vor Aufregung, aber für die Große war es gar nicht interessant. Kommt so zum ersten Mal echtes Leid in so ein junges Leben?

Sein größter Triumph im Osten sei gewesen, daß in seinem Ausweis »groß« stand.

Im Schatten junger Mädchenblüte, S. 320–340

Der Slapstick sozialer Gesten: Die Großmutter und Madame de Villeparisis »*platzten eines Morgens in der Tür unmittelbar aufeinander und sahen sich gezwungen, miteinander zu reden, nicht ohne zuvor eine Mimik des Erstaunens, Zögerns, Zurückweichens, Zweifelns, der Höflichkeitsbezeigungen und Freudenbeteuerungen durchlaufen zu haben wie in einem Stück von Molière, wo wir annehmen sollen, daß zwei der agierenden Personen, die seit langem jede auf ihrer Seite nur ein paar Schritte voneinander entfernt Monologe halten, sich noch nicht gesehen haben, dann aber plötzlich einander bemerken, ihren Augen nicht trauen wollen, abgerissene Sätze stammeln und schließlich, wenn das Herz der Zwiesprache nachgekommen ist, zu gleicher Zeit reden und einander in die Arme stürzen*«. Das amüsante Hin und Her, das wir in der Schule beobachteten, wenn ein Lehrer in die Klasse kam, um unserem Lehrer einen geringen Betrag zurückzuzahlen, unser Lehrer sich aber weigerte, das Geld anzunehmen, während der Schuldner in seinem Bemühen nicht nachließ.

Jener unschöne Zeitpunkt bei Tisch, »*da die Messer nachlässig neben den zerknüllten Servietten herumliegen*«, muß überbrückt werden. »*Um in mir, damit ich Balbec auch weiterhin lieben könnte, die Vorstellung wachzuhalten, ich befände mich an einem der äußersten Punkte der Erde, bemühte ich mich, in die Ferne zu blicken, nichts als das Meer zu sehen, darauf die von Baudelaire beschriebenen Stimmungen zu erkennen und meine Blicke auf unserm Tisch nur an jenen Tagen ruhen zu lassen, wo irgendein großer Fisch aufgetragen wurde, der im Gegensatz zu Messern und Gabeln schon in jener Urzeit existiert hatte.*« Wieder staunt man, daß jemand, der sich so verzweifelt bemüht, ständig »*in die Ferne zu blicken*«, dabei doch so viel wahrnimmt und es noch Jahre später rekapitulieren kann. Vielleicht ist das die gesteigerte Aufmerksamkeit desjenigen, der einschlafen will und den noch das leiseste Geräusch wachhält.

Durch die Bekanntschaft mit Madame de Villeparisis nimmt auch die Prinzessin von Luxemburg von Marcel und seiner Großmutter Notiz: »*Sie hatte sogar in ihrem Eifer, nicht so zu wirken, als throne sie in einer über der unseren liegenden Sphäre, zweifellos die Distanz falsch berechnet, denn infolge einer falschen Einstellung tränkten sich ihre Blicke mit derartiger Güte, daß ich den Augenblick kommen sah, da sie uns streicheln würde wie zwei nette Tiere, die im Jardin d'Acclimatation durch ein Gitter ihren Kopf vorstreckten.*« Die Distanz zwischen den Schichten, damals immerhin noch einzuschätzen. Heute befinden wir uns immer im Zweifel, sind aber immer noch zu einer ständigen Berechnung des Neigungswinkels gezwungen, den man einnehmen muß, um zu den anderen herab- oder hinaufzureichen. Manchmal spricht man auf einer Party mit jemandem, und es ist einem selbst fast peinlich, daß er »*die Distanz falsch berechnet hat*« oder

der vermittelnde Dritte verschwunden ist, und er sich jetzt mit einem unterhalten muß. Wenn es sich um einen bekannten Autor handelt, möchte man ihm beruhigend die Hand auf die Schulter legen und sagen: »Es wird alles gut, ich werde eines Tages so bedeutend sein, daß sich unser jetziges Gespräch im nachhinein als gar nicht so überflüssig erweisen wird.« Und dabei würde man denken: »Ich werde sogar bedeutender sein als du, und du tätest gut daran, dir diesen Moment einzuprägen, weil er einmal zu den glanzvollen in deinem Leben gehören wird.« (Und dann tut mir mein Gegenüber schon wieder leid, weil er von seinem Privileg nichts ahnt.)

Ein wenig hatte ich gestern vorgeblättert und war über einen Satz gestolpert, der einen erotischen Höhepunkt versprach: »*Womit war es verdient, daß an dem einen Morgen, nicht aber an einem anderen das spaltbreit geöffnete Fenster meinem bewundernden Blick die Nymphe Glaukonome zeigte, wie sie in träger, weich atmender Schöne die Transparenz des von milchigen Nebeln durchzogenen Smaragdes besaß, in dem ich die Elemente greifbar schweben sah, die ihm seine Farbe verliehen?*« Aber jetzt, wo ich die Stelle erreicht habe, stellt sich heraus, daß es sich doch nicht um eine nackte Hotelnachbarin handelt, sondern daß Marcel mit der »Nymphe« das Meer meint.

Und wieder gibt es einen Druckfehler »*sie habe ihre Gabe um sehr mehr geschätzt*«, statt »*umso mehr*«. Zwei Schnitzer so kurz nacheinander, vielleicht war der Korrektor von der politischen Situation abgelenkt? Das Buch ist 1974 in der DDR erschienen, also wird es 1973 korrigiert worden sein. Was hat dem Korrektor seine Aufmerksamkeit geraubt? Oder war es ein heimlicher Sabotageakt?

Verlorene Praxis:

- Den Zuckerstangenhändler auf der Strandmole »*von dem kleinen, in roten Atlas gekleideten Neger*« bezahlen lassen, »*der einen überallhin begleitet*«.

41. So, 27.8., Berlin

6.45 Uhr Wecken. 30-Kilometer-Lauf im Grunewald. Starke Schmerzen. Proust lesen. Schlaf. Obstsalat. Abends Treffen mit dieser blonden Zuschauerin, die auch aus Pankow kommt, am »Dock 11« zu einem Tanzstück. Das Minimalziel einer Choreographie sollte doch sein, daß es weniger langweilig ist, als wenn die Tänzer bewegungslos daständen. Kann mich kaum auf die Stufen niederlassen vor Steifheit vom Laufen. Sie hat sich nach der Wende als erstes ein ferngesteuertes Auto gekauft, und ich träume immer noch davon. Einmal habe sie nackt auf einer Beerdigungsmesse getanzt. Wenn man einen Mann zum Essen einlade, sehe es so aus, als wolle man mit ihm schlafen.

Im Schatten junger Mädchenblüte, S. 340–360

Im Wagen sitzend, also in gewisser Weise wie im Kino, vom Körper befreit und nur Auge, sieht Marcel durchs Fenster Frauen und kann nicht anhalten für »*ein Landmädchen, das seine Kuh vor sich hertreibt*«. Sobald ihr Sein, ihre Seele oder ihr Wille »*auf dem Grunde ihres zerstreuten Blicks erschien, fühlte ich in mir – eine geheimnisvolle Entsprechung des für den Blütenstempel bereits vorgerichteten Pollens – in embryohafter, ebenso winziger Weise den Wunsch entstehen, dies Mädchen nicht vorübergehen zu lassen, ohne daß ihr Bewußtsein meine Person in sich aufnähme, ohne daß ich ihre Wünsche hinderte, einem andern zuzustreben, oder mich in ihren Träumen eingenistet und an ihr Herz gerührt hätte*«. Die narzißtische Kränkung, nicht bemerkt zu werden, ein Schicksal, das man in den großen Städten zwangsläufig häufiger erleidet. Die Rubrik »Gesehen« in Stadtzeitungen, weil die Menschen sich nicht damit abfinden können, daß »*die Reize der Vorübergehenden im allgemeinen im direkten Verhältnis zur der Schnelligkeit ihres Entschwindens stehen*«. Vielleicht ist es Reife, sich damit zufriedenzugeben, im Gedächtnis Bilder von Frauen zu sammeln, die man nie wiedersehen wird.

Aber wie die Zeit läßt sich der Wagen nicht anhalten: »*Schon die Unmöglichkeit, bei einer Frau zu verweilen, die drohende Gefahr, ihr nie wieder zu begegnen, verleihen ihr plötzlich den Reiz, den ein Land in unseren Augen durch Krankheit oder Armut bekommt, die uns unmöglich machen, es aufzusuchen, oder die letzten überschatteten Tage, die uns zu leben bleiben, durch den Kampf, in dem wir zweifellos unterliegen werden. So müßte, wäre nicht die*

Gewohnheit dafür ein Hindernis, das Leben denen köstlich erscheinen, die täglich vom Tode bedroht sind – allen Menschen demnach.« Der quälende Reiz einer Fernbeziehung mit ihren immer ein bißchen endgültigen Abschieden. Aber wenn man sich oder seine Beziehung nicht bedroht sieht, erscheint einem das Leben eben auch nicht köstlich. Genauso sind Texte, die man nicht zur Veröffentlichung freigibt, zwar noch verbesserbar, aber die Publikation, die einem den Text entzieht, macht ihn sozusagen sterblich.

»*[I]ch bin niemals im Leben so begehrenswerten Frauen begegnet wie an den Tagen, da ich mich in Gesellschaft irgendeiner gewichtigen Persönlichkeit befand, die ich trotz aller Vorwände, welche ich ersann, nicht verlassen konnte.*« Oder in Gesellschaft der Freundin, die wie ein besonders günstiges Licht alle anderen Frauen schöner aussehen läßt? Und wenn sie sagt: »Warum mußt du dich immer nach allen Frauen umdrehen?« kann man in Zukunft antworten: »Hast du nicht Proust gelesen?«

Ein Milchmädchen, »*das von einem Bauernhof eine Extralieferung an Rahm ins Hotel brachte*«, fällt ihm auf. Als am folgenden Tag ein Brief eintrifft, ist er überzeugt, er sei von ihr. Aber dann ist er nur von Bergotte, immerhin ja seinem Idol: »*Ich war grenzenlos enttäuscht, und der Gedanke, es sei schwieriger und schmeichelhafter, einen Brief von Bergotte zu bekommen, tröstete mich nicht darüber, daß dieser nicht von dem Milchmädchen war.*« (In der Dramaturgie der romantischen Komödie pflegt in diesem Moment die Mutter anzurufen.) Eine andere sieht er im Dorf, mit einem »*kleinen Eimer mit Fischen*«. (Erst eine Extralieferung Rahm, dann ein Eimer mit Fischen?) Doch er möchte mit seinen Lippen nicht nur ihren Körper anrühren, »*sondern auch die Person, die sie im Innersten war und mit der es nur eine Form des Anrührens geben konnte, die darin bestand, ihre Aufmerksamkeit zu erregen, und nur eine Art, in sie einzudringen, nämlich die, in ihr einen Gedanken zu wecken*«. Narzißtische Kränkung des Egozentrikers, wird man darum Schriftsteller? »*Das Innere der schönen Fischerin war mir offenbar noch verschlossen, ich zweifelte, ob ich in ihr Bewußtsein eingedrungen sei, selbst nachdem ich bemerkt hatte, wie mein Bild sich flüchtig im Spiegel ihrer Augen abzeichnete mit einem Brechungseffekt, der mir genauso fremd blieb, als wäre ich in das Blickfeld einer Hirschkuh geraten.*« Oh, demütigender Brechungseffekt im Blickfeld der Hirschkühe, denen man täglich begegnet!

Er will ihr etwas sagen, das »*mir nicht nur Aufmerksamkeit eintrüge, ja Verlangen sogar, und das Mädchen zwingen möchte, die Erinnerung an mich bis zu dem Tag zu bewahren, da ich sie wieder träfe*«. Das kann natürlich nicht einfach »Und was studierst du so?« sein. Er gibt ihr statt dessen Geld (!) und bittet sie, für ihn zur Konditorei zu gehen, wo der Wagen der Marquise de Villeparisis stehen müßte. Davon erhofft er sich, daß sie *»eine große Meinung«* von ihm bekommt. Er spürt bereits, daß sie sich an ihn erinnern wird. Aber damit *»schwand auch schon in mir der Wunsch, sie überhaupt später noch einmal zu sehen«*. Ist das nun ein Sieg oder eine Niederlage? *»Dies Besitzergreifen von ihrem Geist, dies außerhalb des Materiellen stehende Gefügigmachen hatte ihr so viel von ihrem Geheimnis genommen wie der physische Akt.«* Wie geschickt hatte Odette Swann das Gefühl verwehrt, von ihrem Geist Besitz ergriffen zu haben, so daß er sie schließlich heiraten mußte.

Gleich nach diesem Erlebnis schenkt ihm der Zufall die nächste Madeleine. Wieder sitzt er im Wagen und als seien sie eines dieser unerreichbaren Mädchen, fährt er an drei Bäumen vorbei, die ihn an irgend etwas erinnern. Etwas, *»worüber ich keine Macht besaß«*, verdecken sie in seinem Geist. Nun bräuchte er Einsamkeit, um dem nachzugehen. *»Ich erlebte die Wiederkehr jener Art des Genusses, die allerdings vom Denken ein Arbeiten an sich selbst verlangt, neben der aber die Annehmlichkeit schlaffen Sichgehenlassens, mit dem man darauf verzichtet, nur höchst mittelmäßig erscheint.«* Es ist nämlich Arbeit und keine Muße, sich scheinbar bewegungslos mit seinen Erinnerungen zu befassen, und man ist davon am Ende eines Tages genauso erschöpft wie von einer Schicht am Band, vielleicht sogar noch erschöpfter, weil geistige Arbeit sich nie abschließen läßt. Man müßte eigentlich in seiner Freizeit am Band arbeiten, um sich von der Erinnerungsarbeit zu erholen.

Er hält sich heimlich die Augen zu und konzentriert sich. Stammen sie *»aus dem vergessenen Buch meiner Kindheit«*? Oder war es eine jener Traumlandschaften, *»die immer die gleichen sind, [...] Objektivierung meines Bemühens vom Vortage«*? Hat er vor kurzem davon geträumt? Hat er die Bäume nie gesehen, und sie verbergen einen schwer zu erfassenden Sinn? Oder ist er nur müde und sieht Dinge in der Zeit doppelt, *»wie man es manchmal im Raum tut«*? *»In ihren naiven, leidenschaftlich bewegten Gebärden glaubte ich die ohnmächtige Trauer eines geliebten Wesens zu erkennen, das den Gebrauch der Sprache verloren hat, das fühlt, es werde uns nicht sagen können, was es ausdrücken will und was wir nicht zu erraten vermögen.«* Aber der Wagen entführt ihn hinter die nächste Biegung, und mit den Bäumen wird *»ein ganzer Teil deiner selbst, den wir dir bringen konnten, für immer verloren sein«*.

Verlorene Praxis:

- Als Mädchen sonntags in seinen besten Kleidern vor der Kirche stehen und den Burschen neckende Worte zurufen.

42. Mo, 28.8., Berlin, abends, leichter Niesel, kühl

Die demütigende Erfahrung, beim Fußball als einer der letzten gewählt zu werden, potenziert durch die Tatsache, daß die mitspielenden Mädchen wählen. Eine narzißtische Kränkung, auch wenn die Mädchen weder fußballerisch noch intellektuell das Niveau haben, um den eigenen Rang beurteilen zu können. Warum erkennt man ihnen überhaupt den Status einer Person zu, von der man nicht verkannt werden möchte? Man erwartet ja auch nicht von jeder streunenden Katze, daß sie gerne mit einem lebt. Ähnlich ging es mir während einer Klassenfahrt, als wir nach einer kurzen Begegnung mit der Dorfjugend abends wieder im »Objekt« waren und plötzlich an der Tür zwei Mädchen aus dem Dorf auftauchten und einen Zettel durchreichten mit Angaben über diejenigen unter uns, mit denen sie sich gerne unterhalten würden. Vielleicht macht sich mein Gedächtnis einen Spaß daraus, mich zu quälen, aber ich meine mich zu erinnern, daß *ich* den Zettel anvertraut bekam. Sie wollten »den mit der gestreiften Hose« sehen, »den mit den schwarzen Haaren« und »den, der zu Hause ein Motorrad hat«. Ich mußte mit denen, die sich als Liebhaber schon vor der ersten Bewährungsprobe abgeschrieben hatten, mit der Lehrerin und den mitgereisten Müttern kniffeln. Seitdem denke ich, daß es ein Fehler ist, Frauen die Wahl zu lassen, sie suchen sich immer den mit den gestreiften Hosen aus. Man muß sie vor sich selbst schützen.

Ist es elitär, Proust zu lesen? Oder macht das gerade den Reiz aus? Aber dann könnte man auch irgendeinen anderen obskuren Autor lesen und sicher sein, noch weniger Gesellschaft zu haben. Bei Proust ist die Diskrepanz zwischen Prestige und Bekanntheit seiner Bücher besonders groß. Wie jeder Einstein kennt, aber niemand seine Theorie. So wird man, nachdem man Proust gelesen hat, ein Spezialist der menschlichen Seele sein und wie ein Astrophysiker Gespräche mit Laien über dieses Fachgebiet nur noch höflichkeitshalber führen. Das Problem ist, daß jeder Mensch eine Seele hat und sich als ihr Kenner fühlen darf. Aber das wirkliche Leben ihrer Seele ist den meisten doch so unbekannt wie die Zusammensetzung ihres Bluts.

Wie bei jedem Buch, das einem gefällt, lebt man ja in der Illusion, es sei nur für einen selbst geschrieben. Es würde den Genuß entwerten, wenn man wüßte, mit wem man ihn teilt. Marcel fühlt sich auch von den anderen Zuschauern gestört, als er zum ersten Mal die Berma sieht. Warum stellt man sich ein Treffen von Proust-Freunden quälend vor? Weil man dann natürlich gekränkt wäre, daß andere mehr wissen als man selbst, oder den Text als Projektionsfläche für ihr eigenes Leben mißbrauchen. Wirklich elitär wäre man, wenn man einen Autor wie Proust bezahlen würde, damit er einem solch ein Meisterwerk schreibt, das man dann alleine liest und mit ins Grab nimmt. Wobei, genaugenommen ist man ja selbst solch ein Autor.

Bis jetzt habe ich das Buch gelesen, als sei es gerade erst erschienen und mich, obwohl die Versuchung groß ist, gehütet, mehr über Proust zu erfahren. Nun habe ich doch einmal geguckt und bin sofort darauf gestoßen, daß hinter Albertine Prousts Chauffeur und späterer Sekretär und Geliebter stecken soll. Ich wünschte, ich könnte das wieder vergessen. Andere Informationen: Die Stadt Illiers wurde Proust zu Ehren 1971 in Illiers-Combray umbenannt, die Fiktion hat die Wirklichkeit besiegt. Wenn man das mit Berlin schaffen würde oder sogar mit Deutschland! Oder wenn die Menschen sich nach meinem Tod in Schmidtschen umbenennen würden! Man darf ja träumen. Wenigstens könnte eine Frau, an der ich mich schreibend abgearbeitet habe, sich nach meinem Tod aus Respekt an dem Charakter orientieren, den ich ihr im Text gegeben habe, auch wenn sie immer bestritten hatte, so zu sein.

1897 soll Proust sich mit einem Kritiker duelliert haben, hoffentlich hat er ihm seine empfindlichsten Stellen durchlöchert. André Gide hat den ersten Band der »Recherche« in seiner Eigenschaft als Gallimard-Lektor abgelehnt. Aber ein ungewöhnliches Publikationsschicksal gehört natürlich zu jedem großen Werk. 1921 erleidet Proust einen Schwächeanfall, als er in einer Ausstellung Vermeers »Ansicht von Delft« betrachtet, ein Jahr später stirbt er. Wäre es besser, nach Abschluß seines Werks noch vierzig Jahre seinen Ruhm zu genießen? Oder gehört der Tod nach dem letzten Satz zum Text, wie eine Art Gütesiegel? Zumindest in diesem Fall, wo es ja das Programm des Textes zu sein scheint, das Leben zu überbieten. Solche Gedanken an einem Abend, an dem man die Einsamkeit, die man morgens noch gepriesen und tagsüber ausgekostet hat, als bedrückend empfindet.

Im Schatten junger Mädchenblüte, S. 360–380

Madame de Villeparisis kündigt das Eintreffen ihres Neffen an, des Marquis de Saint-Loup-en-Bray. Sofort phantasiert Marcel, »*schon stellte ich mir vor, er werde von Sympathie für mich erfüllt, ich werde sein bevorzugter Freund sein, und als vor seinem Eintreffen noch seine Tante meiner*

Großmutter zu verstehen gab, er sei unglücklicherweise einer übeln Person in die Hände gefallen, auf die er ganz versessen sei und die ihn nicht loslassen wolle, dachte ich, überzeugt, daß eine solche Art von Liebe schicksalhaft mit Geisteskrankheit, Verbrechen und Selbstmord enden müsse, an die kurze Zeit, welche unserer Freundschaft, die in meinem Herzen schon so großgeworden war, bevor ich ihn überhaupt kannte, noch vergönnt sein werde, und beweinte die Freundschaft bereits«. Eine beunruhigende Marotte, sich in seiner Phantasie Unbekannte einzuverleiben. Irgendwann kann man dann nicht mehr unterscheiden, was sie wirklich gesagt haben und was man sich nur vorgestellt hat. Aber was ist schon wirklich?

Saint-Loup »*durchmaß schnell das Hotel in seiner ganzen Breite, wobei er seinem Monokel nachzulaufen schien, das wie ein Schmetterling vor ihm herflatterte*«. Aber er ignoriert Marcel zunächst völlig, der seinerseits schon den Aristokraten in ihm bewundert. Er ergreift »*mit der Eleganz und Meisterschaft, die ein großer Pianist an den einfachsten Stellen geltend zu machen weiß, bei denen man es für unmöglich gehalten hätte, man könne sich in ihnen einem zweitrangigen Virtuosen überlegen zeigen, die Zügel, die der Kutscher ihm in die Hände gab, ließ sich neben ihm nieder und trieb, während er einen Brief öffnete, den der Direktor ihm überreichte, seine Pferde an*«. Nicht wie wir, die wir gerade an den einfachsten Stellen im Leben zu stolpern pflegen.

Ist Saint-Loup wirklich so arrogant, oder übertreibt Marcel schon wieder, weil er zuviel reflektiert? Er ist in einem seltsamen Alter: »*Ganz von Ungeheuern und Göttern umringt, kennt man fast keine Ruhe. Man führt in diesen Jahren beinahe keine Geste aus, die man nicht nachher gern zurücknehmen möchte. Aber man sollte statt dessen gerade bedauern, daß man die Spontaneität nicht mehr besitzt, die sie uns ausführen ließ. Später sieht man die Dinge auf eine praktischere Art in ganz der gleichen Weise wie die übrige Gesellschaft an, die Jugend aber ist die einzige Zeit, in der man etwas lernt.*«

Plötzlich und ohne Kommentar sind Saint-Loup und Marcel schon »*Freunde fürs Leben geworden*«, was ihn nun wieder traurig stimmt, denn: »*War ich allein, so fühlte ich manchmal aus den Tiefen meines Innern Eindrücke aufsteigen, die mir ein köstliches Wohlgefühl gaben. Aber sobald ich mich in Gesellschaft eines andern befand, sobald ich zu einem Freunde sprach, vollzog mein Geist eine Wendung und lenkte meine Gedanken nunmehr auf jenen anderen und nicht mehr auf mich; wenn sie aber in dieser Richtung verliefen, verschafften sie mir keine Freude mehr.*«

Er bewundert etwas Unbewußtes an Saint-Loup, »*nämlich den Aristokraten, der wie ein Geist im Innern seine Glieder lenkte, seine Gebärden und*

Handlungen entscheidend dirigierte«. In seinen Bewegungen erkennt er »*die ererbte Gelenkigkeit der großen Jäger wieder*«. Er ist ein Kulturprodukt.

»*Übrigens kommt es darauf gar nicht an*«, eine Floskel, mit der man jemanden beruhigt, der einem einen Wunsch nicht erfüllen kann. »›*Gut, gut, es ist natürlich nicht wichtig, ich finde schon einen anderen Weg*‹, *wobei dieser andere Weg, auf welchen angewiesen zu sein so gar nicht wichtig ist, häufig der Selbstmord ist.*« Genau das ist mir gerade wieder passiert, als ich beim Fahrradhändler nach einem Halter für mein Bügelschloß gefragt habe, der alte war nach Jahren kaputtgegangen. Solche Halter würden nicht mehr hergestellt oder nicht separat verkauft, hieß es. Mir ist es ja immer peinlich, wenn mir jemand einen Wunsch nicht erfüllen kann, man will ja niemandem zur Last fallen. Hätte ich geahnt, daß der Fahrradhändler keine Bügelschloßhalter führt, hätte ich ihn nie danach gefragt. Er drehte sich nach seinen Schubladen um, als hoffe er, dort zufällig doch noch einen Bügelschloßhalter zu entdecken, aber es war nur eine Verlegenheitsgeste, eigentlich wollte er sich von mir abwenden. Ich beruhigte ihn: »Gut, gut, es ist natürlich nicht wichtig, ich finde schon einen anderen Weg.« Wenn ich mich jetzt deswegen umbringen soll, ist natürlich die Frage, ob ich mein Fahrrad in der Zeit angeschlossen lasse, und wenn nicht, wie ich dann mein Bügelschloß am Rahmen befestige.

43. Di, 29.8., Berlin

Wenn man immer elitärer wird, liegt das nicht an einem selbst, sondern an den Mitmenschen, die sich disqualifizieren. Gestern las ich in einer Musikzeitschrift ein Gespräch mit einem deutschen Nachwuchssänger, in dem dieser behauptet, das Wort »deutsch« stamme aus dem Polnischen und bedeute »stumm«. Da hat er wohl etwas verwechselt. Man kann nicht alles wissen, aber wegen solcher Eindrücke ist es mir unangenehm, aus den Proust-Notizen vorzulesen, weil man das Gefühl hat, die Menschen schon zu belästigen, wenn man einen Satz mit Nebensätzen zitiert. Eigentlich schon, wenn man einen Autor erwähnt, den nicht jeder kennt. Irgendwann wird mich die Anstrengung aber überfordern, die man aufbringen muß, um nicht elitär zu wirken.

Im Schatten junger Mädchenblüte, S. 380–402

Bloch taucht wieder auf, er macht keine sympathische Figur. Er stammt aus einfachem Haus: »*Um durch Emporarbeiten von einer jüdischen Familie zur anderen nach oben vorzudringen, hätte es für Bloch einer Spanne von mehreren Jahrtausenden bedurft.*« Und er sucht nach einer Abkürzung. Aber Marcel kann ihn deswegen nicht verurteilen, »*denn ich hatte von meiner Mutter und Großmutter die Eigenschaft geerbt, unfähig zum Groll zu sein*«.

Der Baron von Guermantes, auch Baron de Charlus, ein Onkel von Saint-Loup, kommt nach Balbec, um seinen Neffen dort zu besuchen. »*Auf Grund seiner Leidenschaft für körperliche Übungen*« kommt er gewandert. »*Er selbst sprang nach seinen Fußwanderungen, nach stundenlangen Läufen, noch glühend erhitzt in einen eisigen Fluß.*« In seiner Jugend war er einmal »*tonangebend*« in der Gesellschaft gewesen, wie Saint-Loup zu berichten weiß: »*Ob er zum Kuchenessen anstatt eines Löffels eine Gabel benutzte oder ein selbsterfundenes Eßgerät, das er für seinen persönlichen Gebrauch bei einem Goldschmied hatte herstellen lassen, es war von dem Augenblick an nicht mehr erlaubt, anderes zu verwenden.*«

Auch Charlus ist ein Ästhet, also jemand, der die Dinge dann genießt, wenn sie auf anderes verweisen. Zum Beispiel empfindet er Vergnügen an der Gesellschaft von Frauen, »*deren Ahninnen zweihundert Jahre früher*

Trägerinnen des Glanzes und der Eleganz des Ancien régime gewesen waren«. Bei seiner Bewunderung spielen »*zahllose historische und künstlerische Erinnerungen, die mit ihren Namen verknüpft waren*« eine große Rolle, »*so wie die Vorliebe für das Altertum das große Vergnügen erklärt, das ein Kenner bei der Lektüre einer Horazischen Ode verspürt, die vielleicht weniger wertvoll ist als ein Gedicht unserer Tage, das diesen Humanisten am Ende kaltlassen würde*«.

Zwar lädt der Baron Marcel und seine Großmutter zum Tee bei der Madame de Villeparisis ein, seiner Tante, aber er schenkt ihm dort keine Beachtung. Eigenartig, wie oft Marcel das passiert. Der Mutter muß listig ein Gutenachtkuß abgetrotzt werden, Saint-Loup scheint erst arrogant, ist dann aber sofort ein Freund fürs Leben, die Berma soll für ihn alleine spielen, der Hoteldirektor und die Gäste ignorieren ihn, Gilberte muß nur einmal größere Lust auf einen Tanzabend als auf den täglichen Tee mit ihm verspüren, damit er ihr grimmig entsagt (nicht ohne ihr Briefe zu schreiben). Am Ende muß man ein Buch schreiben, um endlich beachtet zu werden.

44. Mi, 30.8., Berlin

Die scheinbare Lückenlosigkeit des Berichts, was im Buch nicht vorkommt, ist auch nicht erwähnenswert. Indem Proust sich jedem Detail so liebevoll widmet, als wolle er beweisen, daß es in seinem Leben nichts Nebensächliches gab, suggeriert er auch, nichts ausgelassen zu haben. Ein Stück Teegebäck wird zum Emblem einer ganzen Poetik, und die Erzählung ist ein gleichbleibend mächtiger Strom, nur manchmal setzt er eine plötzliche Pointe. Immerhin wird das Wesen eines Menschen in seinen unkontrollierten Erinnerungsschüben, in den sozialen Ängsten und übertriebenen Sehnsüchten gesehen und nicht in irgendwelchen Leistungen. Ich kann für Menschen erst etwas empfinden, wenn sie etwas preisgegeben haben, was sie an sich nicht verstehen, eine eigenartige Kindheitserinnerung, einen peinlichen Tick, einen lächerlichen Wunsch. Wie bringt man sie dazu? Wenn ich für die Zeitung Nachrufe schreibe, suche ich immer nach den Brüchen, während einem die Witwe des Verstorbenen seinen SPD-Mitgliedsausweis zeigt und sagt: »Im Grunde hat er nur für seinen Garten gelebt.« Die möglichen Leben, die man verraten mußte, um für seinen Garten zu leben.

Im Schatten junger Mädchenblüte, S. 402–423

Marcel hat bereits »*einen Eindruck davon bekommen, in welchem Maße die Frauen auf Männer, mit denen sie leben, verfeinernd einwirken können*«. Auch die Großmutter erkannte Monsieur de Charlus »*ein geradezu weibliches Zartgefühl zu, [...] den tiefgehenden Einfluß einer Frau, seiner Mutter oder später vielleicht einer Tochter*«. Wenn ich mein Zartgefühl mit dem meiner Tochter vergleiche, dann bin eher ich dafür zuständig, ihr etwas von der »*Empfänglichkeit der Frau*« zu vermitteln. Jedenfalls schubse ich Gleichaltrige, die ich gern habe, nicht einfach um, nachdem ich sie umarmt habe. Und ich bin froh, daß große Frauen nicht mehr einpullern, um auf sich aufmerksam zu machen.

Weil Saint-Loup die Traurigkeit erwähnt, die Marcel »*oft des Abends vor dem Einschlafen befiel*«, klopft Charlus noch einmal bei ihm an, um ihm ein neues Werk von Bergotte zu borgen. Marcel ist hocherfreut, er hatte schon Angst gehabt, auf Charlus einfältig gewirkt zu haben: »*Aber nicht doch, antwortete er in weit sanfterem Ton. Sie besitzen vielleicht keinerlei persönliches*

Verdienst, wie wenige haben es! Aber für eine Zeit noch haben Sie jedenfalls Ihre Jugend, und von ihr geht immer ein Zauber aus.« Bei nächster Gelegenheit zwickt er ihn am Strand »*plump vertraulich in den Hals*«, um eine ironische Bemerkung über Marcels Großmutter zu machen. Marcel sagt darauf: »*Monsieur, ich liebe und verehre sie!*

– Monsieur, sagte er, einen Schritt zurücktretend, mit plötzlich eisiger Miene, Sie sind noch jung und sollten die Gelegenheit nutzen, zwei Dinge zu lernen: erstens sollten Sie sich enthalten, Gefühle zu äußern, die zu natürlich sind, um nicht zur Mißdeutung Anlaß zu geben; zweitens sollten Sie nicht so hitzig auf Dinge reagieren, deren tieferen Sinn Sie noch nicht begriffen haben. Hätten Sie diese Vorsicht nicht soeben versäumt, so würden Sie vermieden haben, kopflos wie jemand, der nichts hört, draufloszureden und dadurch eine weitere Lächerlichkeit zu der hinzuzufügen, die darin besteht, mit gestickten Ankern auf dem Badeanzug herumzulaufen. Ich habe Ihnen ein Buch von Bergotte geliehen, das ich dringend brauche. Lassen Sie es mir in einer Stunde durch den Oberkellner mit dem lächerlichen und außerdem noch zu Unrecht getragenen Vornamen bringen [Aimé], den Oberkellner, der, wie ich wohl vermuten darf, um diese Zeit nicht schläft. Sie erinnern mich noch daran, daß ich gestern etwas voreilig über den Zauber der Jugend zu Ihnen gesprochen habe; ich hätte Ihnen einen besseren Dienst damit erwiesen, hätte ich Sie auf das Ungestüm, die Plan- und Verständnislosigkeit dieser Lebensepoche aufmerksam gemacht. Ich hoffe, junger Mann, diese kleine Dusche wird Ihnen nicht minder guttun als Ihr Morgenbad. Aber stehen Sie doch nicht wie angewurzelt da, Sie könnten sich erkälten. Ich empfehle mich.« Eine interessante Persönlichkeit, die so zwischen Liebenswürdigkeit und Schroffheit wechselt. Außerdem hätten wir, wenn Charlus es nicht ausgeplaudert hätte, nie erfahren, daß Marcel mit einem Badeanzug ins Wasser zu steigen pflegt, auf den ein Anker gestickt ist.

Schließlich brüstet sich Bloch damit, Odette, deren Namen er gar nicht kennt, im Pariser Vorortzug getroffen zu haben, wo sie ihm »*ihre Gunst geschenkt*« habe. Sie habe sich ihm »*dreimal hintereinander, und zwar auf die raffinierteste Art*« hingegeben. Und jetzt wünscht er von Marcel »*in den Besitz ihrer Adresse zu kommen und so bei ihr ein paarmal in der Woche die Freuden des von den Göttern geliebten Eros zu genießen*«. Was für ein Widerling, sich an Odette zu vergreifen! Und man kann nichts dagegen tun, weil das Buch schon gedruckt ist!

45. Do, 31.8., Berlin

Ein tröstliches Gefühl, zu lesen, was man selbst denkt, auch wenn man sich dann auf dem Niveau von Zeitungslesern befindet, die ein bestimmtes Blatt abonnieren, weil sie darin ihre eigene Meinung finden. Eine Voraussetzung, sich so mit dem Geschriebenen zu identifizieren, ist für mich, daß der Autor tot ist, und er, wie großartig er auch war, rein biologisch ein Vorläufer bleibt. Aber warum fühlt man sich bestätigt, wenn ein Autor – also auch nur ein Mensch – geschrieben hat, was man denkt? Die erste Anmaßung ist ja schon, sich einzubilden, er habe das. Dabei sind Bücher wie Gesprächspartner, die nicht weglaufen können, die Leser bürden ihnen ihr Seelenleben auf, und ihre Identifikation mit dem Buch ist vielleicht eine genauso fehlgeleitete Projektion wie die eines Stalkers mit seinem Opfer.

Außerdem gibt es keine Gerichtsverhandlungen über die Probleme meines Lebens, bei denen Proust als Gesetzestext dient. Als Autoritätsbeweis funktioniert er nur bei literarisch denkenden Menschen, mit denen man eher selten zu tun hat. Jemand, der an meiner Gefühlskälte leidet, läßt sich nicht damit vertrösten, daß Proust diesen Charakterzug virtuos beschrieben hat. Aber Proust beschreibt eben nicht nur, was ihn betrifft, sondern was in jedem steckt, was sich nur nicht jeder bewußt macht. Literatur als Menschenforschung, die man als Laie ignorieren kann, aber wer selbst auf dem Gebiet des Menschen forscht, wird sich lächerlich machen, wenn er hinter Proust zurückfällt. Warum fühlt man sich geschmeichelt und in seinem Dasein auf eine höhere Stufe gestellt, wenn man sich in Prousts Helden wiederzufinden glaubt, und nicht, wenn man seinen Charakter in den Fallberichten eines Psychiaters entdeckt?

Im Schatten junger Mädchenblüte, S. 423–445

Saint-Loup ist unglücklich in eine Schauspielerin unter seinem Stand verliebt: »*Da seine Geliebte ihm nie sagte, was sie ihm eigentlich vorwarf, kam er auf die Vermutung, daß sie, da sie sich darüber ausschwieg, es am Ende selbst nicht recht wisse und seiner einfach überdrüssig sei.*«

Marcel hat nicht das Glück oder Pech, wegen einer Frau, die er liebt, für die anderen blind zu sein, im Gegenteil: »*Ich befand mich in einer jener Perioden der Jugend, die, nicht von einer speziellen Liebe beherrscht, allem offen stehen.*« In dieser Verfassung beobachtet er am Strand eine Gruppe Mädchen, eines davon schiebt ein Fahrrad, zwei andere tragen Golfschläger, »*ihr Anzug aber war völlig verschieden von dem der anderen jungen Mädchen in Balbec, von denen einzelne zwar dem Sport huldigten, aber ohne dafür eine Spezialkleidung anzulegen*«. Zu dieser Stunde spazieren die Urlauber auf der Mole zu einer gefürchteten Stuhlreihe, »*wo sie, aus Schauspielern nunmehr zu Kritikern geworden, sich niederlassen würden, um ihrerseits die Vorüberwallenden intensiv zu mustern*«. Diese Leute tun angestrengt so, als sähen sie die anderen nicht, aber, »*die Liebe – und infolgedessen die Furcht – gegenüber der Menge ist eine der mächtigsten Triebkräfte der Menschen, sei es, daß sie den andern gefallen, sie verblüffen oder aber ihnen zeigen wollen, daß sie sie verachten. Auch bei einem einsam lebenden Menschen hat die vollständige und bis ans Lebensende dauernde Abschließung oft eine fehlgeleitete Liebe zur Masse der Menschen als Basis, eine Liebe, die so sehr jedes andere Gefühl überwog, daß er, da er beim Ein- und Ausgehen nicht die Bewunderung der Concierge, der Passanten, des vor der Tür wartenden Kutschers zu erringen vermochte, vorzog, gar nicht mehr von ihnen gesehen zu werden, und jedwede Tätigkeit aufgab, durch die ein Ausgehen erforderlich würde*«.

Die Mädchen in der sportlichen Spezialkleidung leiden nun offenbar nicht an enttäuschten Gefühlen der Menge gegenüber, sie schreiten »*mit der Beherrschung aller Gesten, die eine vollkommene Schmeidigung des eigenen Körpers und eine aufrichtige Nichtachtung gegenüber der übrigen Menschheit verleiht, ohne Zögern und ohne Steifheit geradeaus, wobei sie genau die Bewegungen ausführten, die sie ausführen wollten*«. Sie sind sozusagen wie die Marionetten bei Kleist, ihre Seele stört sie nicht beim geschmeidigen Gehen.

Zunächst kann man sie kaum voneinander unterscheiden. Und vielleicht ist es gar kein Zufall, daß ausgerechnet sie Freundinnen sind, »*vielleicht hatten sich die Mädchen (deren Haltung schon ihre kühne, oberflächliche, harte Natur enthüllte), übermäßig empfindlich gegen alles Häßliche und Lächerliche, unfähig, einer Anziehung geistiger oder seelischer Art nachzugeben, in der Schar gleichaltriger Kameradinnen auf Grund eines gemeinsamen Widerwillens gegen alle die zusammengefunden, bei denen eine nachdenkliche und gefühlsbetonte Veranlagung sich in Schüchternheit, Befangenheit und Ungeschick, kurz durch etwas verriet, was sie wahrscheinlich ein ›unsympathisches Wesen‹ nannten, und diese Geschöpfe von sich ferngehalten, während sie sich im Gegenteil mit anderen anfreundeten, zu denen sie sich durch eine gewissen Mischung aus Anmut, Geschicklichkeit und körperlicher*

Eleganz hingezogen fühlten, in deren Gestalt allein sie sich den natürlichen Freimut einer anziehenden Wesensart und die Aussicht auf sehr fröhlich verbrachte gemeinsame Stunden vorstellen konnten«. Selbstselektion der Schönen und Sorglosen, die sich ganz natürlich zusammenfinden und die Magdalena Vermehrens ausschließen, die immer hinfallen.

Da es sich nicht um Damen handelt, sondern um »*Dirnen aus dem Volk*«, kündigt sich hier die Herrschaft eines neuen Menschentypus an, für den die aristokratische oder intellektuelle Welt zwar Verachtung zeigen kann, von dem sie aber hinweggefegt oder ignoriert wird, was dasselbe ist. Die Unterschichtengrazien sind nicht mehr nur schmückende Anhängsel der Reichen oder solcher Leute wie Bloch, sondern souveräne Herrscherinnen. »*Vielleicht befand sich auch die Klasse, der sie angehörten und die ich nicht genau hätte bestimmen können, an jenem Punkte des Aufstieges, wo, sei es auf Grund zunehmenden Reichtums oder größerer Muße, sei es dank den neuen Sportgewohnheiten, die selbst in gewisse bescheidenere Kreise eingedrungen waren, und einer Körperkultur, zu der sich noch nicht die des Geistes hinzugesellt hatte, eine soziale Schicht gleich jenen Schulen der Bildhauerkunst, die, harmonisch und fruchtbar, noch nicht nach einem Ausdruck komplizierter Seelenzustände suchen, ganz von sich aus eine Fülle schöner Leiber, schöner Beine, schöner Hüften, gesunder, ausgeruhter Gesichter mit einem Einschlag von Beweglichkeit und Verschlagenheit erschafft.*« Die Mädchen bekommen sofort etwas beunruhigend Mechanisches, wenn sie die Menge auf der Mole gar nicht wahrzunehmen scheinen, »*sie zwangen die Personen, die stehengeblieben waren, sich vor ihnen zu teilen wie vor einer Maschine, die, einmal in Gang gesetzt, nicht erwarten läßt, daß sie den Fußgängern aus dem Wege geht, und begnügten sich höchstens damit, wenn irgendein alter Herr, dessen Existenz sie ignorierten und mit dem sie nichts zu tun haben wollten, mit furchtsamen oder wütenden, jedenfalls aber überstürzten und lächerlichen Gebärden geflüchtet war, einander anzuschauen und dabei zu lachen*«. Wie oft habe ich mich alt gefühlt, wenn ich mit überstürzten und lächerlichen Gebärden im letzten Moment vor mich auslachenden, sportlichen, mit Golfschlägern bewaffneten Mädchen geflüchtet bin! Eine von ihnen hüpft von der Mole aus über den Kopf eines Achtzigjährigen in den Sand, wobei sie seine Strandmütze mit den Füßen berührt, eine andere macht darüber eine ironische Bemerkung: »*Der alte Mümmelgreis tut mir leid, er ist halbtot vor Schreck.*« Wie grausam machen Jugend und Schönheit, und es ist ein geringer Trost, daß die realen Vorbilder dieser Erscheinungen inzwischen von den Würmern gefressen sind, denn, wo eine verwelkt, blühen zehn andere, noch giftigere auf. »*Sie gingen noch ein paar Schritte weiter, blieben dann plötzlich stehen, ohne darauf achtzugeben, daß sie den Spaziergängern dadurch den Weg versperrten, und hielten miteinander Rat in der unregelmäßig geformten, dichten, in die Augen fallenden, zwitschernden Gruppierung von Vögeln, die sich zum Abflug sammeln.*«

Marcel stellt die Hypothese auf, »*alle diese Mädchen gehörten zum Publikum des Velodroms und wären vermutlich die sehr jungen Geliebten der dortigen Radrennfahrer*«. Also haben wir doch den falschen Beruf gewählt, Radrennfahrer ... Natürlich ist es wieder die in ihren Blicken aufblitzende »*herausfordernde Gleichgültigkeit*«, die ihn provoziert, er hat ja schon oft bewiesen, daß er nicht damit umgehen kann, nicht beachtet zu werden. »*Während ich dicht an der Brünetten mit den vollen Wangen vorüberging, die das Rad vor sich herschob, begegnete ich ihrem schrägen lachenden Blick, der aus den Tiefen der unmenschlichen Welt hervorbrach, in der das Leben dieser kleinen Gemeinschaft fest beschlossen lag, aus einem Unzugänglichen, Unbekannten, in dem der Gedanke, daß ich da sei, gewiß weder jemals Eingang noch einen Platz würde finden können.*« Schöne Frauen, die einen nicht beachten, stammen nämlich aus einer »*unmenschlichen Welt*«, sie sind im Grunde Monster. »*Ihr ganzes Leben flößte mir Verlangen ein, ein Verlangen, das um so verzehrender war, als ich es als unerfüllbar und doch berauschend empfand, weil das, was mein Leben gewesen war, auf einmal aufgehört hatte, mein ganzes Leben zu sein, vielmehr nur noch ein kleiner Teil der vor mir liegenden Weite war, die zu durchmessen ich brennend wünschte, die aus dem Leben dieser Mädchen bestand und jene Fortsetzung und vielleicht sogar Mehrung des eigenen Ich verhieß, die wir als Glück bezeichnen.*«

Mehrung des Ichs, Gier auf fremde Existenzen, vielleicht sogar Sprache. Ihr wichtig sein, vielleicht sogar, ohne daß sie es weiß, weil sie einen nicht erkennen würde, aber gelesen hat. Man muß nur das Geheimnis um seine Identität lüften, und sie wird vor Scham erröten. Dann kann man gelassen das Weite suchen und sie in ihren reuevollen Gedanken sich selbst überlassen.

»*Und doch, die Vorstellung, ich könne eines Tages der Freund der einen oder anderen dieser jungen Personen werden, diese Augen, deren mir fremde Blicke mich manchmal trafen, wenn sie gedankenlos über mich hinspielten wie ein Sonnenreflex auf einer Mauer, könnten jemals infolge einer ans Wunderbare grenzenden Alchimie in ihre unaussprechlichen Parzellen eine Idee von meinem Vorhandensein eindringen lassen, ja etwas wie Freundschaft für meine Person, ich selbst könne eines Tages meinen Platz unter ihnen haben in diesem festlichen Zuge, den sie am Meeresufer vollführten – diese Vorstellung schien mir einen so unlöslichen Widerspruch in sich selbst zu enthalten, als wenn ich vor einem attischen Fries oder einem Fresko, auf dem ein Festzug dargestellt war, auf den Gedanken käme, ich, der Zuschauer, könne, von jenen Gestalten geliebt, unter den göttlich Dahinwallenden einen Platz einnehmen.*« Und anders als bei den Frauen, die er vom Wagen aus nur flüchtig sieht und deshalb begehrt, gehen diese Mädchen ja ganz langsam an ihm vorbei. Deshalb muß er nicht fürchten, daß, aus der Nähe betrachtet, »*ein Mangel in der Zeichnung der Nasenflügel*« der Frau ihren Reiz nehmen könnte.

Was tut man, wenn man noch zu jung ist zu sterben, aber trotzdem schon weiß, daß man ein bestimmtes Glück nie erleben wird? Marcel geht zurück ins Hotel und legt sich eine Stunde aufs Bett, »*eine Form der Siesta, die ich auf ärztliches Geheiß bald auch auf alle anderen Nachmittage ausdehnen mußte*«.

Unklares Inventar:
– Pennsylvaniarosen.

Verlorene Praxis:
– Nicht ohne seine Hänflinge und Papageien verreisen.

46. Fr, 1.9., Berlin

Das Sich-Umschleichen auf Partys. Ein flüchtiger Blick ins Wohnzimmer, und man meint schon zu wissen, daß alle anderen oberflächlich sind. Trauben von Männern nehmen die wenigen Frauen in ihre Mitte wie der Bienenschwarm die Königin. Manchmal löst sich einer, aber die freigewordene Stelle wird sofort von einem anderen besetzt. In der Küche sind die, die auch keinen kennen. Während eine Wuppertalerin aufzählt, welche Prominenten aus ihrer Heimatstadt stammen, aus der man nur fliehen könne – nach jedem Namen staunt man gemeinsam, daß es möglich ist, bei einer solchen Herkunft doch noch etwas zu werden –, betrachtet man das hinter ihr an der Wand hängende Plakat, das Bilder aus einem Costa-Gavras-Film über Folter zeigt. Drei Frauen besprechen einen Film über einen Vergewaltiger, der dauere zwar drei Stunden, gehe einem aber »noch lange nach«, obwohl er »gar nicht so nah bei den Figuren« sei, wie es scheine. Aber wichtig sei, »daß er einlöst, was er sich vorgenommen hat«.

Alle Gäste schreiben Drehbücher, arbeiten aber im Moment für Fernseh-Soaps. Die Regisseure suchen noch nach der Finanzierung für das Projekt, mit dem sie das Geld verdienen wollen, um das Projekt zu finanzieren, an dem sie eigentlich arbeiten. Nach zehn Minuten möchte man gehen.

Der Sänger einer Rockband, die man als Jugendlicher gehört hat, ist auch gekommen. Ob es ihn beleidigt, immer auf seine früheren Leistungen angesprochen zu werden? Oder fühlt er sich schon so vergessen, daß es ihn wieder freuen würde? Im Kopf sagt man sich seine Songtexte auf, man kennt sie noch auswendig. Er schleicht an einem vorbei und scheint nicht so sehr zu überlegen, ob er einen kennt, sondern ob man ihn kennt. Zum Glück ist man nicht nicht mehr berühmt, sondern einfach nicht berühmt.

Wohnungen, in denen die Bücher in den Flur verbannt wurden.

Nach drei Stunden ist man immerhin so weit, daß man den Moment abpassen muß, heimlich zu verschwinden, bis dahin wäre das sowieso unbemerkt geblieben. Es müßte doch jede Gesellschaft in Unruhe versetzen, wenn man nicht mehr da ist. Auch jede Gesellschaft, die einen gar nicht kennt, sollte verzweifelt nach einem fehlenden Element suchen, bis man dazutritt und alle aufatmen und sich von einer unsichtbaren Last befreit fühlen.

Im Hausflur den halbvollen Wodkabecher in die Kiste für Werbung geworfen und dabei das Unbehagen beim Werfen von Restflüssigkeiten in öffentliche Behälter empfunden.

Im Schatten junger Mädchenblüte, S. 445–467

Inzwischen ist im Hotel alles gar nicht mehr so schlimm, selbst der Direktor ist eigentlich ganz sympathisch, »*seitdem ich in Balbec war, hatte meine verstehende Aufmerksamkeit sein Gesicht gleichsam mit konservierenden Mitteln behandelt und allmählich verwandelt, als handle es sich um ein Präparat für den Naturgeschichtsunterricht*«. Marcel hat also allein durch seine verstehende Aufmerksamkeit aus dem Direktor einen besseren Menschen gemacht. Aber dafür braucht man eben Wochen, und die paar Stunden, die man bei einer Party hat, reichen nicht aus. Aber jetzt wird klar, warum man dort immer so enttäuscht wird, weil man einfach mit überzogenen Erwartungen hingeht: »*Ich hegte in mir alte Kindheitsträume, in denen die ganze Liebe, welche in meinem Herzen, aber, wenn ich sie fühlte, von ihm selbst ganz ununterscheidbar, enthalten, mir von einem Wesen entgegengebracht würde, das von mir so verschieden wie möglich wäre.*«

Marcel hat zwar noch nichts geleistet und auch wenig mehr getan, als seine Umwelt und sein Seelenleben zu beobachten, aber auch davon braucht er eine Pause. Seltsamerweise kann man sich zu Großem berufen fühlen, ohne das Geringste vorzuweisen zu haben: »*Seit einiger Zeit hatten mir Bergottes Worte, er sei entgegen meiner Behauptung überzeugt, daß ich vor allem für die Freuden des Geistes bestimmt sei, eine gewisse Hoffnung auf eine künftige Leistung zurückgegeben, die jeden Tag von neuem durch die Unlust zuschanden gemacht wurde, mit der ich mich an den Schreibtisch setzte, um eine kritische Studie oder einen Roman zu beginnen.*« In solchen Zeiten ist man natürlich umso empfänglicher für die Worte von Erfahreneren, die in einem das erkennen, woran man selbst noch gar nicht glaubt. Vielleicht würde man ja, wenn man nie durch so jemanden angestiftet würde, einen richtigen Beruf ergreifen.

Wenn Marcel etwas erreichen will, muß er kräftiger werden, »*um das Werk zu schaffen, das ich vielleicht in mir trug*«. Aber mit der Askese ist es in Rivebelle vorbei, sie betreten den Speisesaal und verbergen ihre Gefühle »*unter einer ernsten, eisigen Miene und einer lässigen Art des Schreitens, um nicht den gewissen schneidigen Chansonetten zu gleichen, die zum Absingen eines übermütigen Couplets auf eine kriegerische Melodie in der martialischen Haltung eines siegreichen Generals auf die Bühne stolzieren*«. Ein großer Opernauftritt ist das mindeste, was man erwarten darf, wenn man zu einer Gesellschaft stößt. Wie üblich verliert er kein Wort darüber, wer ihm eigentlich diese Vergnügungen bezahlt, und es geht ihm nie der Gedanke durch den Kopf, ob es eigentlich gerecht ist, daß er hier schlemmt, während seine Altersgenossen ihn bedienen: »*Einige Bediente, noch zu jung und schon abgestumpft durch die Ohrfeigen, die die Oberkellner ihnen im Vorbeigehen gaben, richteten melancholisch ihre inneren Blicke auf einen fernen Traum.*«

Marcel trinkt Bier, Champagner und Portwein. Er genießt durch die Musik und den Alkohol befeuert eine eigenartig euphorische Vision seiner Unwiderstehlichkeit: »*Meine Liebe kam mir nicht mehr wie etwas vor, das unerwünscht sein, zum Lachen reizen könnte, sondern schien mir die rührende Schönheit und Verführungsgabe dieser Musik zu haben.*« Die »*Beseligung der gegenwärtigen Minute*« sticht einmal die »*Verwirklichung der Träume jener Vergangenheit*« aus. »*Infolgedessen geschah es, daß ich auf Grund eines nur scheinbaren Widerspruchs gerade in dem Moment, da ich ein einzigartiges Glücksgefühl in mir verspürte, da ich meinte, mein Leben könne herrlich sein, da es also in meinen Augen besonders wertvoll hätte sein müssen, alle Sorgen von mir warf, die es mir so lange bereitet hatte, und es ohne Zögern dem Risiko eines jederzeit möglichen Unglücks aussetzte. Ich tat dabei im übrigen nichts anderes, als auf einen einzigen Abend die ganze Sorglosigkeit zu konzentrieren, die sich bei andern Menschen in verwässerter Form auf das ganze Dasein verteilt.*« Er würde sich von einem Mörder »*ohne Widerstand niedermachen lassen, reglos wie eine Biene, die vom Tabak betäubt den Instinkt verliert, ihren Stock zu schützen*«.

Unklares Inventar:
- Gallégläser.

Verlorene Praxis:
- Unter der abergläubischen Überzeugung leiden, von der eigenen Treue hänge die der Mätresse ab.

47. So, 3.9., Berlin

Die kleine Verspätung bei der Lektüre hat sich ergeben, weil ich gestern an einem Fußballturnier teilgenommen habe, das den ganzen Tag dauerte, und nicht dazu gekommen bin, wie geplant in den Spielpausen Proust zu lesen. Es wäre ein heterotoper Ort für eine Proust-Lektüre gewesen, weil es sich bei den ungefähr sechzig Fan-Mannschaften meines alten Clubs dem Anschein nach um Türsteher, Boxer und, wenn nicht um Rechtsradikale, so doch zumindest Liebhaber altmodischer Schrifttypen handelte. Trotzdem wäre Proust nicht die schlechteste Wahl gewesen, weil bei der ganzen männlichen Verbrüderung und Hierarchiebildung und dem Zurschaustellen von tätowierten, muskulösen Körpern unbestreitbar eine gewisse Homoerotik mitschwang. Der Torwart eines unserer neben uns am Spielfeldrand campierenden Gruppengegner, der vom frühen Morgen an Jägermeister trank, die Nacht aber wohl auch schon durchgemacht hatte, weshalb er sich, nach unserer Vermutung, in der Sonne nur durch die Wirkung von Kokain auf den Beinen halten konnte, war ein gut gelaunter Mittvierziger, der wohl sonst im Schlachthof Rinder vierteilte, einem aber hier ab und zu unangekündigt mit seinen Pranken den Hintern tätschelte oder aus Spaß die Hose runterzog und für jede vorbeigehende Frau ein aufmunterndes Wort übrighatte: »Und was ist mit dir? Blasen? Mußt nur sagen.« Ein Kollege meinte, er wäre auch gern so unreflektiert wie dieser Hüne, der keine geistige Kontrollinstanz zu haben schien, sondern immer machte, was ihm einfiel und dabei sogar manchmal eine gewisse Originalität an den Tag legte. Wobei er auch normale Sätze knapp und in einer heiseren Lautstärke äußerte, wie man sie sich wohl auf Baustellen angewöhnen muß, um den Zementmischer zu übertönen. Wie kann man die Differenz einer Proust-Lektüre und eines Gesprächs mit solch einem Mann beschreiben, der ja nur ein sichtbares Extrem darstellt, während die meisten anderen im Wesen genauso sind? Die Camouflage, zu der man der Menschheit gegenüber permanent gezwungen ist, um nicht intellektuell, also arrogant beziehungsweise ermüdend-kompliziert zu wirken. Besser man würde aussehen wie Saint-Loup, der »*unter dem Lächeln des Hofmanns das Verlangen des Kriegers nach einem handelnden Dasein verbarg […]. Sein Kopf erinnerte an Türme alter Ritterburgen, deren sinnlos gewordene Zinnen zwar äußerlich sichtbar bleiben, im Innern aber als Teile eines Bibliotheksraums fungieren*«. So kommt man auch in der Gesellschaft von Schlachtern zurecht, wenn man seinen inneren Bibliotheksraum hinter Zinnen verbirgt.

Eigentlich hatte sie mich für den Nachmittag zum Essen eingeladen, aber wegen des Turniers war es Abend geworden. Und ich hatte es auch dann noch nicht eilig gehabt hinzufahren. Verführerisch milde Nacht. Eine Pinnwand mit einer Werbeanzeige für ein Begräbnisinstitut, auf der sie von hinten nackt zu sehen ist. Wir hören eine CD, die ihr ein Verehrer gebrannt hat, der genau wie ich »Elbow« mag. Wieder ist es nicht so wie in dem DDR-Kinderbuch, wo der schüchterne Junge von dem Mädchen hinter einem Bibliotheksregal geküßt wird. Am Morgen gemeinsam aus dem Haus. Plötzlich will sie, daß ich schon vorfahre, damit eine Kollegin mich nicht sieht. Seitdem ist alles anders, aber nicht besser. Jetzt bin ich der, der wartet.

Im Schatten junger Mädchenblüte, Seite 467–487

Marcel kommt von den Abenden in Rivebelle spät nach Hause und schläft seinen Rausch aus. »*[N]ach einigen vergeblichen und von mehrfachem Zurücksinken auf mein Kopfkissen unterbrochenen Bemühungen, mich aufzurichten*«, gelingt es ihm, von seiner Taschenuhr die Zeit abzulesen (eine Übung, die wohl auch unser Torwartfreund im Moment gerade vollführt). Schließlich folgt ein langer, endlich auch erholsamer Schlaf, der aber in Wirklichkeit nur eine halbe Minute dauert.

Zwar hatte Marcel in Rivebelle zahlreiche bemerkenswerte Frauen gesehen, aber nicht angebissen: »*Noch einmal wieder war ich der Unfähigkeit einzuschlafen, dem Weltuntergang, dem Zusammenbruch, der Nervenkrise entronnen.*« Aber Vorsicht, sicher kann man nie sein, es ist immer möglich, daß aus der Erinnerung eine Wahrnehmung emporsteigt, die »*ohne daß wir es wußten, einen größeren Reiz für uns hatte, den wir erst nach vierundzwanzig Stunden erkennen*«.

Nun sitzt in Rivebelle manchmal auch ein einsam wirkender, bärtiger, kräftiger Mann, der berühmte Maler Elstir. Und »*noch etwas verspätet bei einem Lebensalter stehengeblieben, in dem die Begeisterung nicht ganz zu schweigen vermag*«, senden Saint-Loup und Marcel ihm einen Brief an den Tisch, und Elstir lädt Marcel in ein Atelier ein. Was ist das für ein Mann? »*Sicher hatte er in den ersten Zeiten gerade in seiner Einsamkeit mit Vergnügen daran gedacht, er werde durch das Medium seiner Werke aus der Entfernung denjenigen, die ihn verkannt oder beleidigt hatten, eine höhere Meinung von sich geben können. Vielleicht lebte er damals nicht aus Gleichgültigkeit so zurückgezogen, sondern aus Liebe zu den anderen, und wie ich auf Gilberte verzichtet hatte, um ihr eines Tages wieder von neuem unter liebenswerteren Farben zu erscheinen, bestimmte er sein Werk ganz gewissen Leuten, sah es als eine Rückkehr zu ihnen an, durch die sie ihn, ohne ihn wiederzusehen, dennoch lieben, ihn bewundern, mit ihm in Beziehung stehen würden.*« Nie ist die heimliche Sehnsucht des Eremiten nach den Menschen so schön beschrieben worden.

Obwohl ihn die Einladung zu Elstir freut, schiebt Marcel den Besuch auf, weil er täglich am Strand Dienst tun muß, um die Sechsergruppe sportlicher Mädchen nicht zu verpassen: »*Diese Tage sind dann, wiewohl beschäftigungslos, beschwingt wie Arbeitstage.*« Und noch ohne sich für eine entscheiden zu können, träumt er davon, der Freund einer von ihnen zu werden, er wäre »*in eine verjüngende Gesellschaft eingedrungen, in der Gesundheit, Gedankenlosigkeit, Lust und Grausamkeit, Ungeist und Freude herrschten*«.

Zunächst muß er sie aber beobachten und ihre »*scheinbar unregelmäßigen Sternenbahnen*« studieren. Er muß fürchten, daß sie jederzeit abreisen könnten, wohin weiß er nicht, was sein Interesse nur anstachelt. Und wieder das eherne Gesetz der stets irgendwie selbstinduzierten Liebe: »*Man kann Neigung für eine Person empfinden, aber um die Trauer auszulösen, jenes Gefühl des Unwiederbringlichen, jene Beängstigung, die der Liebe vorausgeht, braucht es […] die Gefahr der strikten Unmöglichkeit.*«

In seinem Verlangen, die sportlichen Mädchen wiederzusehen, geht Marcel allerdings sehr weit: »*Dadurch, daß ich meinen Stuhl schräg stellte, versuchte ich ein größeres Stück Horizont zu überblicken.*«

Seine Großmutter leidet in seinen Augen an »*einer gewissen Enge des Denkens*«, weil sie nicht verstehen kann, warum er, anstatt einen großen Maler zu besuchen, sich plötzlich so außerordentlich für Golfspiel und Tennis interessiert. Aber das ist nur logisch, denn wir verlegen ja im Fall von Verliebtheit lediglich »*einen Zustand unserer Seele*« in die Frau hinein und infolgedessen ist »*nicht der Wert der Frau, sondern das Niveau unsres Zustands einzig von Wichtigkeit*«. Und es ist so, daß »*die Seelenbewegungen, die uns ein an sich ganz unbedeutendes Mädchen verschafft, uns vielleicht erlauben können, tiefere Bezirke unseres Innern in unser Bewußtsein hinaufzuführen, persönlichere, entlegenere, wesentlichere Regionen, als das Vergnügen der Unterhaltung mit einem bedeutenden Mann oder selbst die bewundernde Betrachtung seiner Werke uns zu erschließen vermag*«. Niemand soll darüber urteilen, auf welche Weise ich tiefere Bezirke meines Innern in mein Bewußtsein hinaufführe. Vielleicht lebt George Clooney deshalb mit einem Hängebauchschwein?

Verlorene Praxis:

– Nach Paris schreiben, um sich neue Hüte und neue Krawatten schicken zu lassen.

48. Mo, 4.9., Berlin

Wie Capote sich das Todesurteil für die beiden Mörder wünscht, über die er seinen Tatsachenroman schreibt, weil es der perfekte Schluß für sein Buch wäre, und das obwohl er sich inzwischen mit seinen Rechercheobjekten angefreundet hat, so muß der Autor eines Proust-Blogs sich ebenfalls etwas Grausames wünschen, kein Urteil gegen jemand anderen, sondern gegen sich selbst, nämlich sich unsterblich zu verlieben. So würde aus dem Kommentar des Gesunden ein Expeditionsbericht, die Theorie würde an der Praxis gemessen, so wie die großen Ärzte sich einen Cocktail aus Krankheitserregern injiziert haben, um die Reaktion ihres Immunsystems zu studieren.

Im Rahmen eines Studiums der Literaturwissenschaften müßten die Studenten eigentlich zum Durchleben von emotionalen Grenzsituationen angehalten werden, damit sie die Komplexität bekommen, die man braucht, um große Texte zu verstehen. Aber nichts steht dem behaglichen Genuß eines Buchs mehr im Weg als wirkliche Emotionen. Nur wenn man sich wohlig zurücklehnen kann, weil man seine Gefühle zeitweise durch die anästhesierende Wirkung der Gewohnheit zum Schweigen bringt, hat man die nötige Konzentration. Wie zufrieden war der kleine Herr Friedemann mit seinen Büchern und einem guten Glas Wein, bis die grausame Gattin des neuen Rittmeisters im Ort auftauchte und ihn daran erinnerte, daß er ein Mann war. Ist Liebe nicht eine Krankheit, für deren Behandlung man Ärzte ausbilden sollte? Sollte es nicht unter Strafe gestellt werden, den Zustand ausbalancierter Empfindungslosigkeit zu zerstören, den sich jemand mühsam aufgebaut hat, weil er die Ausschläge des Pendels fürchtet? Für manche Menschen ist es ratsam, sich langsam zu bewegen, viel zu schlafen und sich seelisch gegen Erschütterungen zu polstern wie ein Glasknochenpatient seine Arme und Beine. Ihren Kopf transportieren diese Menschen mit ängstlicher Vorsicht durchs Leben wie ein Ei beim Eierlauf. Und sie warten täglich auf einen Grund, sich ins Unglück zu stürzen.

Im Schatten junger Mädchenblüte, S. 487–508

Nun also doch zu Elstir, endlich ein Atelierbesuch, die konzentrierte Atmosphäre, in der man studieren kann, wie ein Maler Fragmente der

Welt sammelt und in Kunst verwandelt, macht Marcel zunächst »*vollkommen glücklich*«. Er bedankt sich bei Elstir für die Einladung und verwendet dabei das Wort »Ruhm«, was Elstir traurig zu stimmen scheint: »*Menschen, die glauben, daß ihre Werke die Zeiten überleben werden – und das war bei Elstir der Fall –, nehmen die Gewohnheit an, sie in einer Epoche zu sehen, da sie selbst zu Staub zerfallen sind. Indem er sie aber in dieser Weise an das Nichts zu denken zwingt, stimmt der Gedanke an den Ruhm sie traurig, da er von dem an den Tod nicht zu trennen ist.*«

Und wie das Leben spielt, lange hatte Marcel den Besuch aufgeschoben aus Angst, am Strand die sportlichen Mädchen zu verpassen, und jetzt sieht er ausgerechnet hier, »*im Rahmen des kleinen Fensters*«, eine von ihnen auftauchen, und nicht nur das, sie begrüßt den Maler, denn sie und ihre Freundinnen kommen regelmäßig ins Atelier. Es ist die mit »*den munteren, etwas forsch verweilenden Blicken*«, und sie heißt Albertine Simonet. Ein dem Leben abgeguckter Effekt, denn jetzt fällt ein bereits erwähnter Name mit einer bereits eingeführten Person zusammen.

Wobei die Erinnerung ein autonomes Leben führt, man gewinnt verschiedene Eindrücke von Menschen, und in jedem von ihnen handelt es sich eigentlich um eine andere Person, die man nie wiedersehen wird, wie auch »*das junge Mädchen mit den runden Wangen, das mir so kühn in die Augen blickte an der Ecke, wo die kleine Gasse auf den Strandweg stieß, und von dem ich glaubte, ich könne vielleicht ihre Liebe erlangen*«, er hat sie »*im wahrsten Sinne des Wortes niemals ›wiedergesehen‹*«.

Elstir wird mit ihm spazierengehen, und Marcel hofft, daß sie den Mädchen begegnen, und er ihnen von Elstir vorgestellt wird. Aber der Aufbruch verzögert sich, und Marcel betrachtet in seiner Ungeduld das Porträt einer jungen Frau, deren Identität später noch aufgeklärt wird. Es wird schon dunkel, sie werden die Mädchen verpassen … Als Madame Elstir auftaucht, muß das Porträt schnell versteckt werden. Elstirs Frau mißfällt Marcel: »*Ich fand sie sehr langweilig; freilich hätte sie schön sein können, wäre sie zwanzig Jahre jünger gewesen, und hätte vielleicht einen Ochsen durch die Campagna geführt.*« Tragisch, wenn es einen kleidet, Ochsen durch die Campagna zu führen, und man statt dessen in der Bretagne als Frau eines Malers lebt. Aber Marcel versteht schnell, daß Madame Elstir die Inkarnation des in Elstirs Werk dargestellten Idealtyps ist, weshalb dieser sie so rührend verehrt: »*Welches Ausruhen für ihn, seine Lippen auf dies Schöne zu drücken, das er bis dahin so mühevoll aus sich selbst ziehen mußte, das sich nun aber, geheimnisvoll Leib und Fleisch geworden, zu immer neuer heilspendender Kommunion ihm bot!*« Denn mit dem Alter wird man bedürftiger für materielle Schönheiten, weil »*die Verwirklichung des Ideals*«, die man in der Jugend allein aus der »*Macht des Gedankens*« erwartet, infolge einer gewissen Ermüdung des Geistes nicht mehr gelingt, und man »*zu vermehrter Beeinflußbarkeit durch passiv empfangene Eindrücke*« neigt. »*[E]s ist das Alter, in dem wir gern die Schönheit mit den Blicken streicheln.*«

Unklares Inventar:
– Ein weißer Plastron.

Verlorene Praxis:
– Das Thema wechseln, um »*die Wolke stolzer Schwermut wieder zu zerstreuen*«, die man auf der Stirn eines Künstlers heraufbeschworen hatte.

49. Di, 5.9., Berlin

Er ist ein Kollege aus einem kleinen Land in Osteuropa, das mit Erfolg Autoren in den Westen exportiert. Obwohl er erst ein Buch geschrieben hat, ist er in seinem Land weltbekannt. Als Kind mußte er kämpfen, weil das Gebiet, in dem er wohnte, einmal seiner adligen Familie gehört hatte und die Gleichaltrigen ihn deshalb ständig herausforderten. Bei den landesweiten Schulwettbewerben war er immer der Beste, erzählt er ohne falsche Bescheidenheit. Später flog er von der Schule, weil er sich bei einer Feier weigerte, ein stalinistisches Gedicht aufzusagen, nicht weil es stalinistisch war, sondern weil es ihm als Gedicht nicht gefiel. Egal, was man ihm erzählt, er kontert mit einer besseren Geschichte. Wenn man erwähnt, man sei zufällig am 11. September in New York gewesen, erzählt er, daß er zu dieser Zeit im East Village gelebt habe. Wenn man berichtet, daß man im »*Memorialul victimelor comunismului și al rezistenței*« in Sighet, einer Stadt im Norden Rumäniens gewesen ist, wo man die Zelle des Politikers Julius Maniu sehen kann, dessen Hut dem Museum vom ehemaligen Gefängnisdirektor, der immer noch im Ort wohnt, seit Jahren vergeblich zum Kauf angeboten wird, erzählt er einem, daß er im Süden der USA in einem historischen Museum den Kinderschädel des minderjährigen Napoleon ausgestellt gesehen habe. Vielleicht kann man es in diesem Beruf nur so zu etwas bringen. Er ist ein Jahr älter als ich, und ich hoffe, es ist nicht das eine Jahr, das mich noch davon trennt, so zu werden.

Im Schatten junger Mädchenblüte, S. 508–529

Von seelischen Problemen bedrückt hätte Marcel keine Angst vor einem gewaltsamen Tod, denn der wäre nichts verglichen mit seinen Sorgen, und er sieht ihm »*fast mit einem Gefühl der Erleichterung, ja der Heiterkeit ins Auge*«. So geht es mir im Flugzeug, ein eigenartiges Phänomen, daß einen der Tod weniger schreckt als das Ausfüllen der Steuererklärung oder ein Bewerbungsgespräch oder auch nur der Aufwand, einmal die Wohnung zu wischen. Wie sollte man so in einem Straflager überleben?

Endlich ist er mit Elstir am Strand, er überlegt sich Vorwände, um ihn dort aufzuhalten, wo er die »kleine Schar« erwartet. Schließlich erscheinen sie tatsächlich, und sie sehen aus »*als bemerkten sie mich nicht, obwohl sie sicher gerade über mich ironische Bemerkungen austauschten*«. Es ist fast schon enttäuschend, sich irgendwann im Leben klarzumachen, daß nicht ständig alle über einen reden, und sei es schlecht. Besonders im Ausland, wenn man die Sprache kaum versteht und der ganze Bus sich über einen lustig zu machen scheint. Aber in Wirklichkeit haben sie einen gar nicht bemerkt.

Gleich werden die sportlichen Mädchen Elstir begrüßen und dieser wird Marcel dazurufen und ihnen vorstellen, und da das so unvermeidlich scheint, wendet sich Marcel »*wie ein Badender um, der die Welle über sich hinwegfluten lassen will*«. Denn am Ziel seiner Wünsche verlassen ihn mal wieder seine Wünsche: »*Seitdem das Vergnügen, sie kennenzulernen, unvermeidbar war, schrumpfte es in sich zusammen.*« Wieder kann er nur begehren, was sich ihm entzieht. Das »Fort-da«-Spiel, das Freud am Kleinkind beobachtet, wenn es eine Spule aus dem Ställchen wirft und wieder hereinzieht. Die Spule steht für die Mutter, deren Anwesenheit dem Kind Lust und deren Abwesenheit ihm Unlust bereitet. Da es das Verhalten der Mutter nicht kontrollieren kann, benutzt das Kind die Spule, um sich das Lust-Unlust-Gefühl nach Belieben zu verschaffen. Sie immer im Ställchen zu behalten, wäre reizlos, denn Freud schreibt, daß Glück nur als episodisches Phänomen möglich ist: »Jede Fortdauer einer ersehnten Situation ergibt nur ein Gefühl von lauem Behagen.« Marcel müßte also eine Art seelisches Gummiband konstruieren, an dem er die Mädchen vor und zurückschnipsen lassen könnte, um ihre An- und Abwesenheit zu kontrollieren. Und tatsächlich: »*Dementsprechend aber erlangte sie [die Freude] in gleichsam elastischem Zurückschnellen ihren früheren Umfang zurück, sobald der Druck der Gewißheit wich, als ich mich nämlich entschloß, doch einmal den Kopf zu wenden, und Elstir ein paar Schritte von mir entfernt bei den Mädchen stehen, sich aber gerade von ihnen verabschieden sah.*«

Er hat zu lange gezögert, sie sind wieder weg, aber die Unlust deswegen ist ja nur die Kehrseite der Lust.

»*Das Gesicht derjenigen, die ihm am nächsten war, hatte in seiner breiten, vom Schimmer der Augen erhellten Form das Aussehen eines flachen Kuchens, durch den man an zwei Stellen ein wenig Himmel sah.*« Ich versuche mir ein Mädchengesicht vorzustellen, das wie ein flacher Kuchen mit durchscheinendem Himmel aussieht und in irgendeiner Weise attraktiv ist. Nach rein ästhetischen Gesichtspunkten hätte er ihr die Frauen von Veronese vorziehen müssen. »*[I]ch hatte mit dem, was ich als ›sie‹ bezeichnete, einen langen, inneren Dialog geführt, in dem ich sie fragen, antworten, denken, handeln ließ, und in der unendlichen Serie der vorgestellten Albertinen, die in mir stündlich aufeinanderfolgten, kam die wirkliche Albertine, die ich am Strande erblickt, nur am*

Anfang vor, so wie die Schauspielerin, die eine Rolle kreiert hat, der ›Star‹, im Verlaufe einer langen Reihe von Aufführungen nur in den ersten auftritt.«

In der Liebe weiß man nicht, was man in der Phantasie des anderen schon verbrochen hat. Aber irgendwie wird man dann trotzdem dafür verantwortlich gemacht.

Und wer war die Frau auf dem Porträt, das vor Madame Elstir versteckt werden mußte? Keine andere als die junge Odette! Natürlich sieht sie auf dem Bild noch nicht so aus, wie sie sich später selbst stilisiert hat. Denn wie arbeiten Maler? »*Die ganze künstlerische Harmonie, die eine Frau ihren Zügen gleichsam aufzwingt und deren Weiterbestehen sie im Spiegel überwacht, wobei sie der Neigung des Hutes, der Anordnung des Haars, der Munterkeit des Blicks die Aufgabe zuweist, immer wieder den gleichen Effekt zu erzielen, löst der Blick des Malers sekundenschnell in ihre Bestandteile auf; sein Auge nimmt an ihrer Stelle in den Besonderheiten des Modells eine Umgruppierung vor, so daß es eher einem weiblichen oder künstlerischen Ideal entspricht, das er in sich trägt.*« Das gilt natürlich auch für geschriebene Porträts, und es ist riskant, die von einer Frau ihren Zügen aufgezwungene künstlerische Harmonie nach dem eigenen Ideal aufzulösen und umzugruppieren. Aber während die Frau sich am liebsten in einem Kleid photographieren läßt, in dem ihre Figur so vorteilhaft zur Geltung kommt, daß sie wie »*die Tochter ihrer Tochter aussieht*«, wird der Maler »*im Gegenteil alle nachteiligen Züge hervorheben, die sie selbst sorgfältig zu verstecken sucht, die aber, wie beispielsweise ein gelblicher oder sogar grünlicher Teint, ihn erst recht zur Wiedergabe reizen, weil sie ›charakterisieren‹*«.

Saint-Loup muß zurück in die Garnison und schreibt Marcel von dort einen Brief: »*Am liebsten hätte ich die Erinnerung an die mit Ihnen verbrachte Zeit an diesem ersten Tage ganz für mich genossen, ohne Ihnen zu schreiben. Aber dann fürchtete ich, Ihr erlesener Geist und Ihr übersensibles Herz könnten befremdet sein, wenn Sie keinen Brief bekämen, wofern sie überhaupt geruhen, Ihre Gedanken bis zu dem rauhen Reitersmann schweifen zu lassen, der Ihnen noch manches aufgeben wird, bis er weniger ungehobelt, kultivierter und Ihrer würdiger ist.*« Solche Briefe müßte man bekommen! Aber man kann sich seine Freunde nicht hobeln.

Verlorene Praxis:

– Seinen schönsten Spazierstock bei sich führen.
– Aus jeder einen selbst oder andere betreffenden Begebenheit »*zur Belehrung der jüngeren Menschen den Teil an Wahrheit herausstellen, den sie enthält*«.

50. Mi, 6.9., Berlin

Manche vernichten nach einer Enttäuschung (wo doch jeder Ausflug in die Wirklichkeit in gewissem Maß enttäuschend ist) alle Bilder und Briefe des Betreffenden. Kann man Erfahrungen als »Fehler« bezeichnen? Als könne man im Leben zwischen Richtig und Falsch unterscheiden, wo doch das eine immer ins andere übergeht. Ich glaube, ich habe noch Zettel, die mir vor zwanzig Jahren an die Tür gehängt wurden. Aber ich sehe mir mein Museum nur noch ungern an. Man muß die Konfrontation mit der Vergangenheit behutsam dosieren, man geht ja auch nicht am selben Tag in zwei Wagner-Opern. Es ist schon ein Schock, jemanden, mit dem man mal zusammen war, nach zehn Jahren wiederzutreffen. Vielleicht meidet man deshalb zunehmend die Menschen. Das anstrengende Nachjustieren der Selbstwahrnehmung. Schon das serielle Kunstwerk der Paßbildsammlung, die jeder von sich besitzt, enthält das ganze Grauen. Welcher Zusammenhang läßt sich zwischen den Jochen Schmidts herstellen, an die ich mich erinnere, wenn ich an mein Leben zurückdenke? »Der Mann, den sie ich nannten«, wollte ich meine Autobiographie immer nennen.

Es gibt eine Szene in »Frasier«, wo dem Psychologen Frasier in einem Holzhäuschen in den Bergen alle Ex-Frauen erscheinen, inklusive der Mutter, und über ihn ein Strafgericht halten. So etwas kann mir täglich passieren, ich muß nur einmal versäumt haben, vor Beendigung einer Arbeit eine neue Arbeit zu beginnen. Denn wenn der Abgrund zwischen zwei Arbeiten, den manche als »Freizeit« bezeichnen, zu groß ist, geht das Theater los. Mit zunehmendem Alter hat man ein Arsenal von dramatischen Szenen im Gedächtnis, verwirrenden Gefühlen, verpassten Gelegenheiten, schmerzhaften Erfahrungen, für die das Bewußtsein zu klein ist.

Im Schatten junger Mädchenblüte, S. 529–549

Er möchte »*die momentane Frische und Eleganz, die beim Verlassen des Hotels an mir festzustellen war (dank einer ausgedehnteren Ruhe und der besonderen, meiner Toilette gewidmeten Aufmerksamkeit)*« eigentlich lieber »*für die Eroberung einer anderen, interessanteren Person aufsparen*«, statt Albertines Bekanntschaft zu machen. Die Schlüpfer-Hierarchie, welche Frau ist welche Qualität wert? Oder muß man sogar neue kaufen? Bei wem muß es Sekt sein und bei wem reicht der billige Wein, den man selbst trinkt?

Als Marcel Albertine vorgestellt werden soll, hat er die Ruhe weg und ißt erst sein Eclair auf, um danach einen Herrn *»nach Einzelheiten über normannische Volksfeste«* auszufragen. Es macht ihm dann zwar Spaß mit ihr, aber: *»Es ist mit solchen Freuden wie mit Photographien. Was man in Gegenwart der Geliebten aufnimmt, ist nur ein Negativ, man entwickelt es später, wenn man zu Hause ist und wieder über die Dunkelkammer im Innern verfügt, deren Eingang, solange man andere Menschen sieht, wie ›zugemauert‹ ist.«* Einerseits stellt er an Albertine sofort einen *»kleinen Leberfleck auf der Wange unterhalb des Auges«* fest und *»eine entzündete Schläfe, die nicht sehr schön aussah«*, wofür ihn eigentlich alle Leserinnen hassen müßten, andererseits verwendet sie das Adverb »vollkommen« an Stelle von »ganz«, was wieder für *»einen gewissen Grad von Geschliffenheit und Kultur«* spricht, dessen *»ich diese radfahrende Bacchantin und rauschhaft rasende Muse des Golfspiels gar nicht für fähig gehalten hätte«*.

Nun wird einem von Frauen gerne vorgehalten, man sei nicht an ihnen interessiert, sondern an einem Bild, das man sich von ihnen gemacht hat. Das kann man verstehen, aber: *»Von welcher trüben Langeweile muß das Leben der Menschen erfüllt sein, die aus Trägheit oder Schüchternheit sich unmittelbar im Wagen zu Freunden begeben, die sie kennenlernten, ohne zuvor von ihnen geträumt zu haben, und niemals auf der Fahrt bei dem zu verweilen wagen, was sie sich eigentlich wünschen.«* Für Marcel hat die »reale« Albertine nichts mit dem Mädchen zu tun, das er am Strand beobachtet und von dem er so ausführlich geträumt hat, sie scheint ihm *»mit gauklerhafter Fingerfertigkeit«* untergeschoben worden zu sein. Aber eigenartigerweise muß man ihr jetzt trotzdem treu sein, obwohl sie doch eine ganz andere ist: *»Man verlobt sich mit einem Wesen, das ein anderes vertritt, und fühlt sich dann gehalten, den vertretenden Teil auch zu ehelichen.«* Er ist zwar etwas enttäuscht, aber immerhin hofft er, über sie vielleicht auch die anderen Vertreterinnen der *»kleinen Schar«* kennenzulernen, diesen Zug von *»rosig und golden strahlenden, von Sonne und Wind gehärteten Jungfrauen«*.

Das nächste Mal, als ihn auf der Mole ein junges Mädchen *»mit Barett und Muff«* anspricht, erkennt er Albertine kaum wieder. Aber er freut sich an ihrer zwanglosen Art zu reden. Octave, ein Bekannter von ihr, stößt dazu (seltsamerweise stoßen in der ersten Zeit mit einer Frau immer Bekannte von ihr dazu), ein müßiger junger Mann, der Golf und Baccara spielt und sich mit Kleidung, Zigarren, Bargetränken und Pferden auskennt, *»mit stolzer Unfehlbarkeit erreichte er in dieser Hinsicht etwas wie die schweigsame Bescheidenheit des großen Gelehrten –, ohne die geringste Entsprechung auf dem Gebiet der Kultur des Geistes«*. Herrlich, diese späte Genugtuung beim Beschreiben lästiger Konkurrenten: *»Da völliges Nichtstun aber die gleichen Wirkungen hervorbringt wie Überarbeitung, und zwar sowohl auf psychischem wie auf körperlichem Gebiet, hatte die unaufhörliche Abwesenheit jedes geistigen Impulses hinter der Denkerstirn des bewußten Octave den Effekt, ihn trotz seiner nach außen hin zur Schau getragenen Ruhe mit einem völlig zwecklosen Denkbedürfnis zu erfüllen, das ihn des Nachts am Schlafe hinderte, wie es einem überarbeiteten, mit metaphysischen Problemen ringenden Philosophen widerfährt.«*

Wie schwer es ist, sich zum ersten Mal mit einer Frau zu unterhalten, die man noch nicht gegoogelt hat, *»ganz als wenn man Kieselsteine in einen bodenlosen Abgrund wirft. […] Wenn wir uns aber außerdem noch in Gegenwart eines Menschen befinden, dessen Erziehung […] uns völlig unbekannt ist wie auch seine Meinungen, seine Lektüre, seine Prinzipien, wissen wir nicht, ob unsere Worte etwas in ihm wecken, was ihnen stärker entspricht als im Falle eines Tieres, dem wir trotz aller Verschiedenheit gewisse Dinge begreiflich machen wollen«*. Man müßte eben Handouts tauschen, auf denen die wichtigsten Angaben über einen stehen. Man muß ja wissen, wie tief man sich hinunterbeugen oder wie sehr auf die Zehenspitzen stellen muß. Das beste Mittel für einen Autor ist natürlich, ihr erst einmal alle seine Bücher zum Lesen mitzugeben. Aus ihrer Reaktion darauf würde man alles über sie erfahren. Da es aber als eitel gilt, seine Bücher immer dabei zu haben, muß man sich in atavistischen Kommunikationsformen üben, zum Beispiel ihren Gesichtsausdruck deuten. Aber: *»Der gleiche physiognomische Ausdruck ließ verschiedene Deutungen zu; ich zögerte wie ein Schüler bei einer Übersetzung aus dem Griechischen.«* Und noch schwerer ist es ja, den eigenen Gesichtsausdruck zu kontrollieren, das ist nämlich, als würde man seine Gedanken *ins* Griechische übersetzen.

Unklares Inventar:
- Im Break fahren.

Verlorene Praxis:
- Sich vornehmen, dem Mädchen gegenüber *»bei der nächsten Begegnung kecker aufzutreten«*.

51. Do, 7.9., Berlin

Es ist wirklich ein Jammer, daß man nicht radikal autofiktional schreiben kann, ohne seine Umwelt zu irritieren oder gerichtliche Klagen zu provozieren. Als sähe sich ein Verhaltensbiologe genötigt, seine Erkenntnisse über die Springmäuse einem fiktiven Verhaltensbiologen unterzuschieben, nur um die Springmäuse nicht zu verärgern. Die Menschen scheinen ein irrationales Verhältnis zum geschriebenen Wort zu pflegen, als handle es sich um Zaubersprüche.

Ich habe Ausländerinnen erlebt, die tief beleidigt waren, weil man sich über eine von ihnen leicht verdrehte deutsche Wendung gefreut hat, wie man sich eben über alles freut, worauf man von selbst nicht gekommen wäre. Wenn jemand »Ohrstopfer« benutzt, »seine deutsche Erkenntnisse« verbessern will oder einen Autor liest, dessen Bücher »ganz nach Kanonen geschrieben sind«. Sie konnten sich nicht vorstellen, daß solch ein »Fehler« ein wertvolles Fundstück darstellt. Man hat doch nicht nur eine Verpflichtung den Menschen gegenüber, sondern auch gegenüber der Kunst. Ein Motiv ungenutzt zu lassen ist ein Verbrechen. Und die Wirklichkeit übertrifft sich eben immer wieder selbst. Heute saß im Publikum eine Jüdin aus Israel, deren Vorfahren aus Odessa und Weißrußland stammen, die Philosophie und Lacan studiert, besessen vom Holocaust ist, Sprüche von Marx zitiert (die ich seit der Schule vergessen hatte), Jiddisch versteht und die Filme von Woody Allen in der richtigen Reihenfolge bewertet. Die Stasi hätte keinen IM sorgfältiger auf mich ansetzen können. Mich interessiert das aber nur als Motiv aus der Sitcom, die mein Leben ist. Und da muß man sagen, gab es etwas Ähnliches bereits in einer früheren Staffel. Die Frage ist, ob man die Handlung in seinem Leben so zu gestalten versucht, daß sie dramaturgischen Ansprüchen genügt, oder ob man eine Serie für das größere, weniger anspruchsvolle Publikum produziert, das mit leichten Variationen immer das gleiche erwartet. Es ist schon seltsam, man schreibt zwar, weil man sonst nicht mehr leben könnte, aber je radikaler man schreibt, umso schwerer macht man sich das Leben.

Im Schatten junger Mädchenblüte, S. 549–569

Mit einer Schnur hebt Albertine »*einen merkwürdigen Gegenstand in die Höhe […] das Ding nannte sich ›Diabolo‹ und ist derart aus der Mode gekommen, daß vor dem Porträt eines jungen Mädchens mit einem solchen Gegenstand künftige Kommentatoren gelehrte Ansichten werden äußern können*«. Hier irrt der Autor, das Ding ist leider wieder in Mode gekommen und hält junge Menschen vom Ausüben nützlicher Tätigkeiten ab. Schade, daß aus Prousts Zeit ausgerechnet das Diabolo überlebt hat und nicht zum Beispiel das Korsett.

Nach und nach nähert sich Marcel auch den anderen Vertreterinnen der »kleinen Schar«. Gisèle zum Beispiel, die am Strand den armen Greis verspottet hatte und deshalb zu den grausamsten unter ihnen zu gehören schien, ist in Wirklichkeit »*ein scheues Kind*«. Sie läßt einmal flüchtig ein Lächeln aufblitzen, worauf er sofort Feuer fängt und sich sagt, sie habe in den letzten Tagen nur »*mißmutig ausgesehen, weil es ihr nicht gelang, meine Bekanntschaft zu machen*«. Das ist natürlich eine radikale Umdeutung.

Albertine ist eigentlich die unattraktivste von ihnen: »*Auf ihrem mißmutig geneigten Kopf hatte hinten das Haar in einer mir fremden Weise geglänzt, als wenn sie eben aus dem Wasser käme. Ich hatte an ein nasses Huhn denken müssen.*« Eine dieser Beobachtungen, für die man sich schämt. Man kann aber nicht lieben, ohne einen Rückstoß zu erzeugen. Bei neuen Bekanntschaften fürchtet man nichts mehr, als daß die Frau plötzlich wie ein nasses Huhn aussieht, auch wenn erst danach die Realität beginnt.

Er will nun Albertine vernachlässigen, um Gisèle, die in Paris ihre Prüfungen ablegen wird, nachzueilen und sie im Zug zu treffen, »*denn in den Epochen meines Lebens, in denen ich nicht verliebt war, es aber gern gewesen wäre, trug ich nicht nur ein körperliches Schönheitsideal in mir, das ich, wie man gesehen hat, in jeder Vorübergehenden wiederzuerkennen glaubte, wenn sie mir nur genügend fern blieb, […] sondern außerdem auch noch ein – stets zur Verkörperung bereites – seelisches Klischee der Frau, die sich in mich verlieben und mir in der Liebeskomödie, die ich seit meiner Kindheit fertig im Kopf hatte und in der, wie ich mir einbildete, jedes halbwegs liebenswürdige junge Mädchen gern mitgespielt hätte, wofern sie für die Rolle die geeigneten körperlichen Voraussetzungen besaß, das Stichwort geben würde*«.

Während man selbst für so einen Gedankengang heftig attackiert würde, ist Proust dafür berühmt geworden, ist das nicht ungerecht?

Er weiß, daß »*unter der rosigen Blüte einer Albertine, Rosemonde, Andrée, ihnen selber unbekannt und durch die Umstände noch zurückgehalten, eine dicke Nase, ein derber Mund, eine Körperfülle wohnten, die überraschen würden, aber in Wirklichkeit schon in der Kulisse warteten, bereit auf die Bühne zu treten*«. Unter diesen Umständen ist es ihm natürlich nur um so höher anzurechnen, wenn er sich mit diesen Mädchen abgibt, obwohl er die dicken Nasen, die sie einmal haben werden, kaum ignorieren kann. »*Wie bei einer Pflanze, an der die Blüten zu verschiedener Zeit zu Früchten reifen, sah ich am Strande von Balbec bereits die alten Damen, die harten Fruchtschoten, die schwammigen Wurzelknollen der Augen, zu denen meine Freundinnen eines Tages zwangsläufig werden mußten.*«

Übrigens hat Marcel Giseles Zug wegen einer Schranke und einer Fahrplanänderung um fünf Minuten verpaßt. So arbeitet das Schicksal, dieser Roman wird ungeschrieben bleiben. Wenn sich in der »Recherche« Wendungen ergeben oder wenn sie ausbleiben, dann durch Unfälle und Pannen. Aber im Grunde ist es ja egal, welchen Roman Marcel am Ende erleben wird, man wählt sich Wesen, welche sich eignen, »*uns Leiden des Herzens zu bereiten [...]. So könnte ein Romanschriftsteller in der Lebensgeschichte seines Helden dessen aufeinanderfolgende Liebeserlebnisse fast genau gleich darstellen*«.

Unklares Inventar:
- Linon, Drell, Barègekleid.

Verlorene Praxis:
- Ein Mädchen, während seine Miss ein Schläfchen macht, im Durchgangswagen des Zugs in eine dunkle Ecke ziehen, um mit ihm eine Begegnung in Paris zu verabreden.
- Sich als Frau seine Automobilkleidung bei Callot, Doucet, Cheruit oder Paquin schneidern lassen.

52. Fr, 8.9., Berlin

An manchen Tagen begeistert einen jeder Satz, an anderen quält man sich. Ich bin mir gar nicht sicher, ob das am Text liegt oder an mir selbst. Das Urteil wird von Emotionen verfälscht, die einen während der Lektüre begleiten. Ein Kritiker ist verliebt, ein anderer ist in eine andere Stadt gezogen – beide lesen nicht mehr denselben Text.

Gestern habe ich im Kino einen Film gesehen, der unter »einfachen Menschen« in Brandenburg spielte, selbst die Darsteller waren Laien. Mir fiel auf, daß es früher schon eine Art Ideologie für uns war, in Kunstwerken nach einfachen Menschen zu verlangen. Aber ist das nicht wie mit dem Gemüse? Wenn der Verkäufer auf dem Markt noch Dreck an den Fingern hat, denkt man, seine Möhren seien gesünder, obwohl man nicht wissen kann, wieviel Gift er spritzt. Bei Proust laufen normale Menschen nur manchmal kurz durchs Bild, auf dem Weg von der Küche zur Abstellkammer, die meiste Zeit arbeiten sie im Hintergrund daran, den Helden des Buchs ein angenehmes Leben zu ermöglichen. Vom Standpunkt eines normalen Menschen hat Marcel nur Luxusprobleme. Etwas Bewegung, eine geregelte Arbeit, die einem nicht zuviel Zeit zum Nachdenken läßt, eine verständnisvolle Frau, die sich mit Hausmitteln gegen Kopfschmerzen auskennt oder vielleicht sogar massieren kann, und die Nerven würden ausbalanciert.

Ich frage lieber nicht nach, mit wem die Pankowerin an die Ostsee gefahren ist. Wäre ich enttäuscht, wenn er nicht attraktiv wäre? »Schwimme nicht weit raus, tauche aber tief«, schreibt sie mir, und es klingt wie eine heimliche Warnung vor ihrem Charakter.

Im Schatten junger Mädchenblüte, S. 569–591

Mit den Mädchen ist er auf den Dünen. Anders als sie ißt er nur Schokoladenkuchen und Aprikosentörtchen, denn *»mit einem Chester- oder Salatsandwich, dummen und neumodischen kulinarischen Erfindungen, wußte ich nichts anzufangen. [...] Der Kuchen aber trug Wissen in sich, die Törtchen waren geradezu mitteilsam«*. Sie erinnern nämlich an Combray und Gilberte. Zu seinem Glück hat Marcel nicht in der DDR gelebt und mitansehen müssen, wie mehr als nur Kuchen und Törtchen vom Markt verschwanden.

Die Mädchen sind noch in der »*Morgenröte der Jugend*«. Später werden die Gesichter vom »*Existenzkampf verhärtet, für alle Zeiten zäh oder ekstatisch gemacht. Das eine scheint – durch die unaufhörliche Beugung unter den Gehorsam einem Gatten gegenüber – mehr das eines Soldaten als das einer Frau, das andere, das seine Formung von den Opfern her erhalten hat, die eine Mutter täglich für ihre Kinder auf sich nimmt, ein Apostelkopf*«. Und wer will schon mit Soldaten und Aposteln in den Dünen sitzen, wenn »*man in der Nähe junger Mädchen ein Gefühl der Erfrischung verspürt*«?

Kein Wunder, daß Marcel mit ihnen »Bäumchen, wechsle dich«, oder das »Ringlein-Spiel« spielt, was eigentlich unter seinem Niveau sein sollte. Er vertröstet sogar Saint-Loup. Aber: »*Die Wesen, die die Möglichkeit besitzen, für sich zu leben – allerdings sind das eigentlich die Künstler, und ich war seit langem überzeugt, daß aus mir niemals einer werden würde –, haben auch die Verpflichtung dazu; die Freundschaft nun enthebt sie dieser Pflicht und zwingt sie zum Verzicht auf sich selber. Das Gespräch sogar, eine Ausdrucksweise der Freundschaft, stellt eine oberflächliche Abschweifung dar, bei der für uns nichts zu gewinnen ist. Wir könnten ein Leben lang Gespräche führen, ohne etwas anderes zu tun, als die inhaltliche Leere einer Minute damit zu wiederholen, während der Gang der Gedanken in der einsamen Arbeit künstlerischen Schaffens sich in Richtung der Tiefe vollzieht als der einzigen Richtung, die uns nicht verschlossen ist und in der wir, mit größerer Mühe freilich, zu einer Wahrheit vorzudringen vermögen.*« Man möchte ihm zustimmen, aber man möchte auch wieder nicht.

Freundschaft sei verderblich für diejenigen, deren »*Entwicklungsgesetz ganz in ihrem Innern ruht*«, und die sie daran hindert, »*ihre Entdeckungsreise in die Tiefe fortzusetzen*«. Was der Freund gesagt hat, muß man »*als einen kostbaren Beitrag ansehen, während wir doch nicht wie irgendwelche Bauwerke sind, an die man von außen her Steine herantragen kann, sondern vielmehr wie Bäume, die aus ihrem eigenen Lebenssaft den nächsten Ring ihres Stammes, die Entfaltung der Laubkrone ziehen*«. Denn, wenn wir mit anderen plaudern, sind nicht »*wir mehr die Sprechenden*«, sondern wir formen uns nach dem Bilde eines Fremden.

Das Anstrengende in Gesellschaft, daß man sich auf die anderen einstellt, bis man aus Höflichkeit das Gegenteil von dem behauptet, was man denkt, um sich dann dafür auch noch angreifen zu lassen. Der schwierigste Teil des Kennenlernens ist für mich immer herauszufinden, was dem anderen wichtig ist und was seine Überzeugungen sind, damit ich behaupten kann, was er gerne hört.

Eine Würdigung der Bedeutung der menschlichen Stimme: »*Der Liebhaber junger Mädchen weiß, daß menschliche Stimmen noch sehr viel variantenreicher sind [als Vogellaute]. Jede besitzt mehr Noten als das klangvollste Instrument. [...] Die Züge unseres Gesichts sind eigentlich nichts anderes als bestimmte, durch Gewohnheit festgewordene Gebärden [...]. Ebenso enthält der Tonfall unserer Stimme unsere Lebensphilosophie, das, was der betreffende Mensch sich selbst bei jeder Gelegenheit über die Dinge wiederholt.*« Dazu kommt der Einfluß der Familie, von der man eine bestimmte Art zu sprechen übernimmt, nicht nur Formeln, sondern auch den Tonfall. Sogar die Verästelung in Cousins und Cousinen bringt gemeinsame Diktionen hervor. Und dazu kommt die Herkunftsregion. Damit verhält es sich wie mit jedem künstlerischen Ausgangsmaterial. Denn das Werk spiegelt »*selbst die feinsten Züge der Persönlichkeit des Künstlers wider, weil dieser genötigt war, mit dem Mühlenkalkstein von Senlis oder dem roten Sandstein von Straßburg zu arbeiten, weil er die Eigenmaserung der Esche berücksichtigen oder bei der Aufzeichnung seiner Noten den Umfang, die Klangfarbe und die Möglichkeiten von Flöte und Bratsche bedenken muß*«.

Aber in welches der Mädchen soll er sich verlieben? Warum in Albertine und nicht in die kluge Andrée? Verliebtheit empfindet er ja für alle. Jedesmal staunt er über ihre Gegenwart. Jedes ist eigentlich »*eine ganze Traube von Gesichtern*«. Jede Begegnung mit einem Gesicht wirkt »*als eine Berichtigung, die uns zu dem zurückführt, was wir schon vorher gesehen haben. Wir erinnerten uns bereits nicht mehr daran, so daß eigentlich ›ein Wesen sich in Erinnerung rufen‹ in Wirklichkeit ›es vergessen‹ bedeutet*«.

Man darf sich den ersten Schock aber nicht zu sehr anmerken lassen. Zum Glück kann man sich ja erst einmal umarmen und sieht dabei über ihre Schulter hinweg, vielleicht der Sitznachbarin aus dem Flugzeug hinterher. Es dauert nicht lange, dann hat man wieder dieselbe Person vor sich, die man kannte.

Allerdings verläuft die Rekonstruktion paradox und schießt immer etwas übers Ziel hinaus. Hatte man die »*träumerische Süße*« an der Frau vergessen, erstaunt sie einen durch einen anderen Zug, den man dann in der Erinnerung zu stark hervorhebt, um beim nächsten Mal wieder über die träumerische Süße zu staunen. So schwingt das Pendel immer hin und her.

Der Moment, in dem die Verliebtheit in alle Mädchen aus der kleinen Schar in Liebe zu Albertine umschlägt, ist wieder eine Inszenierung von *désir triangulaire*. Sie spielen »Ringlein, Ringlein, du mußt wandern«, und neben Albertine steht ein junger Mann, der ihre Hände berühren darf. Die sind zwar nicht so schön wie die von Andrée, aber der Mann berührt eben Albertines und nicht Andrées. Außerdem: »*Sie gehörte zu den Frauen, deren Hand zu drücken eine so große Freude erweckt, daß man der Kulturentwicklung dankbar ist, weil sie das ›shakehands‹ zu einem erlaubten Akt der Begegnung zwischen jungen Männern und Mädchen gemacht hat.*« Leider ist die Kulturentwicklung noch nicht beim Kniestreicheln angekommen.

Mit intrigantem Geschick schafft er es, neben Albertine zu stehen, die ihm zuzwinkert und »*ihren streichelnden Finger*« unter seinen gleiten läßt. »*Mit einem Schlag kristallisierten sich in mir eine Menge bislang verworrener Hoffnungen*« – doch gleich darauf benimmt er sich im Spiel so ungeschickt, daß Albertine sich über ihn beschwert und in Zukunft nicht mehr mit ihm spielen will. Die reifere Andrée nutzt den Moment und lockt ihn zu einem Spaziergang, auf dem er einen Weißdornbusch sieht. Er bleibt stehen, um »*mit den Blättern des Weißdorns*« zu reden, seiner ersten großen Liebe, noch vor Gilberte. Und während sich dieses zarte Gespräch zwischen Marcel und dem Weißdornbusch entwickelt, ziehen wir uns taktvoll zurück.

53. Sa, 9.9., Berlin

Gestern habe ich zufällig von einem Journalisten erfahren, daß Saint-Loup Gilberte heiraten wird. Bis es im Buch so weit ist, werde ich mich beim Weiterlesen wie Gott fühlen, weil ich das Schicksal der Helden schon kenne. Es wäre aber ein größeres Vergnügen, es noch nicht zu kennen. Warum? In Filmforen wird vor Spoilern gewarnt, und im Leben würde man sich vor Wahrsagern hüten, wenn man wirklich an sie glauben würde. Die meisten Fußballspiele sind ohne Interesse, wenn man weiß, wie sie ausgehen. Spannung kann über ästhetische Schwächen hinwegtäuschen. Man muß eigentlich Texte schreiben, bei denen es keine Rolle spielt, ob man sie zum ersten oder zum hundertsten Mal hört, die man genießt, obwohl man schon weiß, was passiert. Oder gerade weil man weiß, was passiert, wie bei Kindergeschichten? Wie man ein bestimmtes musikalisches Motiv schon erwartet und beglückt ist, wenn es kommt? In der Musik gibt es keine Spoiler. Wenn man mir verrät, daß sich am Ende alles in einem C-Dur-Akkord auflöst, schmälert das mein Vergnügen nicht. Der Dirigent könnte die Partituren natürlich variabel interpretieren und es seiner Laune überlassen, ob er den Schlußchor der Neunten von Beethoven singen läßt oder nicht. Der Effekt setzt voraus, daß der Zuhörer die eigentliche Fassung im Kopf hat, er ist also immer noch an die Erwartung gebunden. Manche Musiker versuchen, ihre Hits öffentlich zu zerstören, man kann sie verstehen, aber man liebt sie nicht dafür.

Ist es nicht dümmlich, beim Lesen jedesmal die gleiche Befriedigung über eine Wendung in der Handlung zu empfinden, die man schon kennt? Ich will bei Serien nie wissen, wie es weitergeht, es ist doch sowieso nur ausgedacht. In einer Langzeitdokumentation fasziniert es einen unendlich, was mit den Menschen im Lauf ihres Lebens passiert, weil es wirklich passiert ist. Aber sobald ein Autor Gott gespielt und sich ein Schicksal für seine Helden ausgedacht hat, fühle ich mich unterfordert. Dann könnte man sich auch den Episodenführer durchlesen und käme schneller zum Ziel. Trotzdem stört es mich, schon zu wissen, daß Saint-Loup Gilberte heiraten wird, aber vielleicht kommt es ja in meinem Exemplar gar nicht dazu, warum sollte in jedem dasselbe stehen?

Im Schatten junger Mädchenblüte, S. 591–612

Marcel liebt jetzt Albertine, »*Mein Zimmer war mir auf einmal ganz neu*«. Die Gewohnheit bewirkt, daß man Dinge, die einem Unbehagen bereiten, verdrängt, sonst würde man es nirgends aushalten, aber sonst würde man auch öfter aufräumen. Jetzt ändert sich für ihn alles, und zwar »*vom egoistischen Standpunkt der Liebe aus*«. Denn alles wird daraufhin bewertet, ob es der Frau »*eine vorteilhafte Meinung*« von einem gibt. Und plötzlich sieht man überall Schlieren. Aber »*mein schon sehr lebhaft gewordenes Liebesgefühl für Albertine hatte zur Folge, daß ich abwechselnd Rosemonde und Andrée vorschlug, zu mir in den Wagen zu steigen, und nicht ein einziges Mal Albertine*«. Mit der Methode hat sich schon mancher verkalkuliert. Zum Glück verfolgt er eine parallele Gegenstrategie, nämlich durch Vorwände und Diskussionen zu erreichen, daß er schließlich doch neben Albertine im Wagen sitzt.

Als sie eine Nacht in Marcels Hotel schläft, lädt sie ihn ein, sie nach dem Abendessen auf ihrem Zimmer zu besuchen. Nur die beiden wissen davon, was ihn in eine Hochstimmung versetzt: »*Die geringfügigsten Bewegungen, wie zum Beispiel die, mit der ich mich auf der Bank des Fahrstuhls niederließ, waren mir angenehm, weil sie in unmittelbarer Beziehung zu meinem Herzen standen.*« So etwas erreichen sonst nur ganz diszipliniert auf ihre Spiritualität konzentrierte Menschen. Aber als Verliebter ist jeder ein Mystiker.

Die Dinge, die den Hintergrund für so eine Liebeserfahrung bilden, werden zu »*verschwiegenen Zeugen, zuverlässigen Vertrauten und unverletzlichen Hütern unserer Freuden*«. Nur daß die Kulissen niemand abbaut, wenn die Liebe vorbei ist. Dann geht man immer noch täglich an den Laternen vorbei, an die gelehnt man gestanden hatte und unter den Brücken durch, von denen man springen wollte. Jeder Ort, mit dem man irgendein persönliches Erlebnis verbindet, sollte aus dem Stadtbild entfernt werden, bis nur noch der Ernst-Reuter-Platz bleibt.

Albertine liegt mit Schnupfen im Bett. Ihr nackter Hals und ihre hochroten Wangen versetzen Marcel in solch einen Rausch, daß »*das Gleichgewicht zwischen dem unermeßlichen, unzerstörbaren Leben, das mein Wesen durchwogte, und dem im Vergleich dazu so kärglichen Leben des Weltalls durchbrochen war*«. Eine gefährliche Situation für das Ich, wenn plötzlich das Draußen das Drinnen aufwiegt. Er ist ja gar nicht wiederzuerkennen, durchs Fenster sieht er die Dünen, diese »*wie Brüste gerundeten Hügel*«.

Immerhin keine Leuchttürme! »*Hätte der Tod mich jetzt ereilt, er wäre mir gleichgültig oder vielmehr unmöglich erschienen, denn das Leben war nicht außerhalb von mir, sondern in meinem Innern.*« Man sollte in Flugzeugen immer einen Platz für Verliebte reservieren, um vor dem Absturz sicher zu sein. Vielleicht direkt neben dem Piloten. Den Job kann man natürlich nicht lange machen.

Verführt von ihrem nackten Hals stürzt sich Marcel auf Albertine, um sie zu küssen, aber sie »*schellt mit aller Macht*«. Das ist freilich ein Widerspruch zu Blochs Theorie, »*man könne alle Frauen haben*«. Bei Marcel schwindet dadurch sofort das Interesse an ihrer Person. Der Wunsch, »*durch sie in ein sportliches Leben eingeführt zu werden*« verfliegt. »*[M]eine im Intellekt wurzelnde Neugier darauf, was sie über diese oder jene Dinge denke, überlebte meinen Glauben, ich werde sie küssen können, nicht.*« Was soll man auch mit einem Mädchen anfangen, das man nicht küssen darf? Das ist doch so nützlich wie eine Ikone für einen Atheisten.

Unklares Inventar:
- Die Tanzfiguren einer Pavane.

Verlorene Praxis:
- Mit aller Macht schellen, wenn ein Mann einen küssen will.
- Dem Koch vom Diener ausrichten lassen, daß die Erbsen nicht zart genug waren.

Selbständig lebensfähige Sentenz:
- »*Das Golfspiel gewöhnt an einsame Freuden.*«

54. Mo, 11.9., Berlin

Auf dem Spielplatz ein altes DDR-Klettergerät, einer dieser Bögen, an deren Unterseite man immer vom einen Ende zum anderen klettern wollte, ohne runterzufallen, was niemand schaffte, weil man nach der Hälfte kopfüber hing. Die vom Greifen glatten Stellen, an denen sich die Farbe gelöst hatte und die sich besonders angenehm anfaßten. Am Abend der Metallgeruch an den Händen. Wenn man stark genug wäre, könnte man so ein Gerüst auch als Griff benutzen, um die Erde wegzuwerfen.

Im Schatten junger Mädchenblüte, S. 612–619 (Schluß)

Warum nur hat sich Albertine nicht von Marcel küssen lassen? Vielleicht lag es am »*Gefühl, mit einem unangenehmen Geruch behaftet zu sein*«? Frauen sollten vorsichtig sein, denn wenn ein Mann sie nicht küssen darf, denkt er womöglich, sie hätten Mundgeruch. Oder Albertine fürchtete, sein »*Zustand nervöser Schwäche könne sich durch einen Kuß auch auf sie übertragen*«. Man weiß ja nicht, was in den Köpfen der Mädchen vorgeht, wenn sie sich so seltsam benehmen. Aber Albertine tröstet ihn, indem sie ihm einen kleinen goldenen Bleistift schenkt. Ein neues Kapitel in der Geschichte des Bleistifts als literarischem Motiv.

Da Albertine sich so ziert, schwankt er wieder zwischen der ganzen Gruppe, »*da ich ihnen allen ja eine Art von kollektiver Liebe widmete, wie der Politiker oder Schauspieler sie für das Publikum hat, über dessen Treulosigkeit er sich nie trösten kann, nachdem es ihm einmal seine Gunst schenkt*«. Warum nicht lieber Andrée? Sie ist »*zu intellektuell, zu nervös, zu kränklich, zu sehr wie ich selbst*«. Denn Andrée gehört zwar zur kleinen Schar, die ja immer Golf spielt und Rad fährt, aber sie gesteht ihm, sie nutze Sport nur »*als Mittel gegen Neurasthenie und Stoffwechselstörungen; ihre schönsten Stunden aber verbringe sie über der Übersetzung eines Romans von George Eliot*«. Davon heißt es natürlich die Finger zu lassen.

Den Schluß des Bands nutzt Proust für einen Rückfall in Wortmalerei, eine zweiseitige Hommage an Albertines Teint. Etwas verkürzt gesagt, sind ihre Wangen »*matt getönt … weißes Wachs … schimmerten rosig durch … von einer beweglichen Helligkeit getränkt … die wie flüssig und durchsichtig gewordene Haut … ihr Gesicht … wie das Ei eines Distelfinken … opalfar-*

benen ... polierten Achat ... gleich den durchsichtigen Flügeln eines leuchtendblauen Schmetterlings ... noch farbiger ... rosig nur die Nasenspitze ... Wangen wie poliert ... rosiges Email ... es kam vor, daß die Farbe der Wangen den ins Violette spielenden rosa Ton von Zyklamen hatte ... düsteren Purpurton gewisser Rosensorten«.

Ein Passage, bei der sich die Spreu vom Weizen unter den Lesern trennen dürfte. Man hätte dem Buch ja eine Farbskala beilegen können wie beim Kauf von Gardinen oder Teppichböden, von Weiß bis zu düsterem Purpur. Ich bin mir gar nicht sicher, ob Proust bei Purpurviolett wirklich von Albertines Gesicht spricht, man muß ja bei diesen Schriftstellern auf alles gefaßt sein. Aber vielleicht bin ich auch verdorben von meinem Besuch in der Freud-Ausstellung neulich.

Die Marotte, an allem, was man aus der Ferne begehrt hatte, herumzumäkeln, sobald es sich einem anbietet, wird noch einmal beschrieben, »*es ist eine der seelisch hygienischen Maßnahmen, zwischen denen man zu wählen hat, eine Maßnahme, die vielleicht nicht sehr empfehlenswert ist, die uns aber jedenfalls das Leben in einer gewissen Ruhe verbringen und auch – insofern sie uns gestattet, nichts zu bereuen, da wir ja überzeugt sein können, das Beste erlangt zu haben, nur daß dies Beste eben weiter nichts Besonderes ist – den Tod ertragen läßt*«.

Wer vom Leben nichts erwartet, dem fällt es leichter zu sterben, eine ziemlich resignierte Einsicht. Der Fuchs und die Trauben. Jedenfalls macht mich das jetzt ganz traurig, und ich hoffe, ich lasse mich davon nicht anstecken. Es muß doch auch Dinge geben, die aus der Nähe betrachtet geheimnisvoll und schön bleiben. Zum Beispiel meine neue Adidas-Trainingshose, die mir jetzt schon zu schade zum Trainieren ist. Vielleicht werde ich sie zum Schreiben benutzen, das würde dieser Tätigkeit etwas Sportives geben.

Unklares Inventar:
– Zyklamen.

Verlorene Praxis:
– Im Hotel ungeduldig werden, weil einem seine Sachen noch nicht gebracht worden sind, so daß man sich nicht anziehen kann.

3. Buch

Die Welt der Guermantes

55. Di, 12.9., Berlin, Sonne, sommerlich warm

Am Beginn des neuen Bands ist es, als sei der Autor verreist gewesen, man fragt sich, was den Raum zwischen den beiden Bänden füllt. Ich habe bei »Star Trek« lange die Kunst der Pause bewundert, wenn die Musik anschwillt und die Handlung nach einem Schnitt an derselben Stelle weitergeht. Das hatte immer etwas Erfrischendes, dabei war der Grund, daß im amerikanischen Fernsehen an diesen Stellen Werbung läuft.

Es zwingt einen keiner, zwischen zwei Bänden eine Pause zu machen, und trotzdem verändert die Tatsache, daß ein Buch beendet und ein anderes begonnen wurde, das Lesegefühl. Es gibt die narrative Pause, die Zeit, die innerhalb der Erzählung vergangen ist – vielleicht ja gar keine –, und es gibt meine Pause, ich kann ja ein Jahr warten, bis ich weiterlese. Wie beim Videogucken kann ich das Tempo selbst bestimmen. Man könnte sogar versuchen, das Buch genau parallel zur Erzählzeit zu lesen, also an Stellen, wo steht: »Zwei Monate darauf …«, zwei Monate warten. Wenn man das dann als Performance bezeichnen würde, bliebe nur noch die Frage, ob man dafür in die Künstlersozialkasse kommt.

Ein feierliches Gefühl, den neuen Band zu beginnen, was wird man in der Zeit der Lektüre erleben? Wie früher am ersten Schultag nach den Ferien das neue Hausaufgabenheft. Ich habe immer zufällig irgendwo einen Strich gemacht, um mich, wenn ich im Lauf des Jahres darauf stoßen würde, an den Moment zu erinnern, als ich den Strich gemacht hatte. Vielleicht sollte ich wieder mit Hausaufgabenheften arbeiten. Manchmal verdeckte man einen Tag mit einem Zettel und schob ihn dann Zeile für Zeile nach unten in der Hoffnung, darunter keine Aufgabe zu finden. Es gab wenige solcher Tage, an denen nichts zu tun war. Das Ziel im Leben war immer, die Anzahl dieser Tage zu erhöhen.

Der dritte Teil der »Recherche« wird mich jetzt mindestens einen Monat begleiten. Den letzten habe ich begonnen, als ich aus Odessa wiedergekommen bin, was natürlich schon wieder wie in einem anderen Leben war. Noch eine Stadt mehr, bei der ich in Zukunft auf die Wetterkarte in der Zeitung gucke, ob es dort regnet. Und wenn man jemanden trifft, der auch schon einmal dort war, kann man eines dieser unbefriedigenden Gespräche führen, bei denen man nur Stichworte austauscht, ohne sich wirklich zu unterhalten.

Die Welt der Guermantes, S. 1–28

Die Familie ist umgezogen, weg aus dem 6. Arrondissement. Ich war nur einmal drei Tage in Paris, nachdem ich ja meine ganze Jugend über gedacht hatte, Paris sei das wichtigste Reiseziel, das einem verwehrt wurde. Ich habe aber immer noch niemanden kennengelernt, der dort lebt und mich einladen könnte, und ich finde, Paris ist es mir schuldig, mich wie einen Gast zu behandeln und nicht wie einen Touristen. Von meinem einzigen Aufenthalt erinnere ich mich an ein Restaurant mit einem Aquarium vor der Tür. Den Hummern waren die Scheren verbunden, damit sie sich nicht zerfetzten. Es sah in Paris eigentlich aus wie überall in Frankreich, das Land ist ja im öffentlichen Bereich so standardisiert wie die DDR. Der kurze Besuch hat nicht gereicht, um ein Gefühl für die verschiedenen Arrondissements zu bekommen, deren Nummern ja irgendwie zur Allgemeinbildung gehören. Ich kann also nicht kennerhaft die Augenbrauen heben, wenn jemand sagt, daß er vom 5. in den 12. gezogen sei oder daß der 7. jetzt ist, was der 9. einmal war.

Für Marcel muß ein Umzug eine Zumutung sein, nicht umsonst beginnt er einen eigenen Band damit. Und tatsächlich, er hat Temperatur und fühlt sich beim Anblick einer Truhe »*peinlich geschwollen*«, »*ähnlich einer Boa constrictor, die einen ganzen Ochsen verschluckt hat*«.

Es folgen theoretische Überlegungen zu den verschiedenen Tönungen, die man mit einem Begriff verbindet und die in Schichten im Bewußtsein lagern, manchmal sieben oder acht übereinander. Wobei es passieren kann, daß »*durch irgendeinen Zufall der Name Guermantes nach so vielen Jahren noch einmal eine Sekunde lang den von dem heutigen so ganz verschiedenen Klang annimmt*«. Und die kostbarsten Schichten sind die ältesten, vor allem die erste, die noch von der Phantasie lebt. Man genießt die »*seltenen Augenblicke, in denen wir plötzlich die ursprüngliche Wesenheit zitternd weben*«, die in den toten Silben wieder ihre einstige Form annimmt »*im schwindelnden Wirbel des täglichen Lebens, in dem sie nur noch eine rein praktische Verwendung finden*«.

Wenn ich denke, wie oft ich in Brest oder Sofia war, hat jeder Aufenthalt im Gedächtnis seine eigene Tönung, aber es wird immer schwerer, sie zu verwalten. Reisen dorthin sind anstrengende seelische Übungen, weil man sich sein jeweiliges Ich und den Eindruck von der Stadt aus den entsprechenden Epochen wieder ins Gedächtnis rufen will, mit allen dazugehörenden Gefühlen. Wozu macht man das überhaupt? Weil man an die Doktrin glaubt, daß alles, was man einmal gefühlt hat, wertvoll ist, als seien Emotionen der Honig, den man als Mensch produziert.

Selbständig lebensfähige Sentenz:

– »*Mit der angeblichen Sensibilität der Nervösen nimmt ihr Egoismus zu; sie können von seiten der anderen das Zurschaustellen eines Unbehagens, dem sie bei sich selbst in ständig zunehmendem Maße Beachtung schenken, einfach nicht ertragen.*«

56. Mi, 13.9., Berlin, abends, leichter Schnupfen, leichte Halsschmerzen, am linken Knie zwei juckende Schürfwunden vom Fußball

Proust soll gelbe Lederhandschuhe getragen haben, um sich daran zu hindern, beim Schreiben an den Fingernägeln zu kauen. Dann müßte ich mir eine Ledermaske übers Gesicht stülpen wie Hannibal Lecter, weil ich mir immer die Haare aus den Koteletten reiße, immer öfter graue. Lesen ist eine Tätigkeit, die den Körper abschaffen will, wogegen er sich wehrt wie ein hyperaktives Kind, es gibt eigentlich keine Sekunde, in der man stillhält. Ich erwische mich beim Nasebohren, Bizepsbefühlen, Fingerknacken, ich streiche mir ständig mit dem Bleistift übers Gesicht wie mit einem Rasierapparat. Und auch nach fünfunddreißig Jahren ist es für mich noch aufschlußreich, meine Züge tastend zu erforschen.

Man kann in lauten Bars lesen oder in Flughafenlobbys, es ist überall möglich, sich zu konzentrieren, aber zu Hause, wo es still ist und einen nichts stört, fallen einem plötzlich Geräusche auf, die man nie beachtet hatte. Je leiser, umso schwerer zu ignorieren, ein Knacken des Holzschranks zum Beispiel versetzt einen in so aufgeregte Erwartung des nächsten Knackens, daß man immer wieder die Konzentration verliert. Ich bin auch sicher, daß man viele Geräusche, die unterhalb der Reizschwelle liegen, trotzdem wahrnimmt, bis hin zu Radiowellen. Weshalb ich kaum noch Musik höre, sondern mich, um mich in dieselbe Stimmung zu versetzen wie früher durch Musik, einfach auf die Geräusche konzentriere, die der Zufall mir zuträgt. Die Leistung, die Klänge eines Klaviers als wohltuend zu empfinden, erbringt ja mein Bewußtsein, es kann also das gleiche auch mit der Tröte vom Eisauto tun.

Mein bevorzugter Platz zum Lesen ist zur Zeit mein Bett, es steht auch im einzigen Raum ohne Bücher. Ich lese am liebsten mit einer Tasse Kaffee auf dem Bauch, die mich wärmt und sich mit meinem Atmen hebt und senkt wie ein Neugeborenes. Allerdings steht die Tasse etwas schräg nach vorn, weil ich abgenommen habe. Und wenn ich im Winter zu stark zunehme, kippt sie zur anderen Seite. Ich werde das beobachten.

Eigentlich müßten sie mit der »Recherche« einen kleinen Proust-Kopf liefern, den man für die Dauer der Lektüre neben sich legen könnte, um ihm das Haar zu kraulen. Das wäre sicher sehr beruhigend, weil die Finger etwas zu tun hätten, und man wäre nicht so allein.

Die Welt der Guermantes, S. 28–48

Der französische Hochadel ist nicht gerade ein Milieu, an dem großen Anteil zu nehmen ich bisher Wert gelegt hätte. Der dritte Band könnte also eine Prüfung für mich werden. Aber man muß bedeutenden Autoren folgen, egal, wohin sie gehen. Ich habe nie verstanden, wie man, wenn einem ein Buch gefallen hat, nicht bemüht sein kann, alles von diesem Autor zu lesen. Dann könnte der Autor Abonnements auf sein Gesamtwerk verkaufen und bis zu seinem Tod unabhängig von Verlagen arbeiten.

Marcel stellt sich die Welt der Guermantes, die zum höchsten gehören sollen, was es in Frankreich an Adel gibt, einzigartig vor. »*Das Leben, das man meiner Vorstellung nach dort führte, entstammte einer von aller Erfahrung so entlegenen Quelle und schien mir etwas so Einzigartiges zu sein, daß ich mir bei den Abendgesellschaften der Herzogin keine Leute denken konnte, die ich auch anderswo schon getroffen hatte, also keine realen Personen. Denn da diese ja nicht mit einem Male eine andere Natur anlegen konnten, hätten sie dort Reden geführt, die ungefähr den mir bekannten glichen; ihre Partner hätten sich am Ende so weit herabgelassen, ihnen in der gleichen menschlichen Sprache Antwort zu erteilen, und es hätte somit auf einer Abendgesellschaft im ersten Salon des Faubourg Saint-Germain Augenblicke gegeben, die aufs Haar von mir bereits durchlebten gleichgewesen wären; das aber konnte nicht sein.*«

So etwas Ähnliches habe ich auch schon einmal geschrieben: »Das Leben, das man meiner Vorstellung nach im Westen führte, entstammte einer von aller Erfahrung so entlegenen Quelle und schien mir etwas so Einzigartiges zu sein, daß ich mir beim Abendessen meiner Verwandten keine Leute denken konnte, die ich auch anderswo schon getroffen hatte, also keine realen Personen. Denn da diese ja nicht mit einem Male eine andere Natur anlegen konnten, hätten sie dort Reden geführt, die ungefähr den mir bekannten glichen; ihre Partner hätten sich am Ende so weit herabgelassen, ihnen in der gleichen menschlichen Sprache Antwort zu erteilen, und es hätte somit bei einem Abendessen in Hamburg Augenblicke gegeben, die aufs Haar von mir bereits durchlebten gleichgewesen wären; das aber konnte nicht sein.«

Nach dem Umzug wohnen sie im selben Haus wie Madame de Guermantes, aber sie haben noch keinen Kontakt mit ihr, nur Marcels Mutter hat einmal durch die zufällig geöffnete Tür eine alte Matte liegen sehen. »*So nun begnügte ich mich, ehrfürchtig zu erschauern, wenn ich von hoher*

See aus (ohne Hoffnung, dort je vor Anker zu gehen), wie ein vorgeschobenes Minarett, eine erste Palme, einen Beginn von fremden Industrien oder exotischer Vegetation die abgenutzte Matte am andern Ufer liegen sah.«

Diese Verehrung für den Adel ist dem französischen Volk eingeschrieben, »*mit einem gewissen Geist der Auflehnung gemischt*«. Françoise, die treue Dienerin, ist ein gutes Beispiel dafür: »*Denn Françoise, zu der man von Napoleons Feldherrngenie oder der drahtlosen Telegraphie hätte sprechen können, ohne ihre Aufmerksamkeit zu fesseln und ohne daß sie auch nur einen Augenblick die Bewegung verlangsamt hätte, mit der sie die Asche aus dem Kamin nahm oder den Tisch deckte, brach, wenn ihr solche Besonderheiten zu Ohren kamen, wie daß der jüngste Sohn des Herzogs von Guermantes gewöhnlich Prinz von Oléron hieß, mit einer Miene, als stehe sie verzückt vor der Buntglasmalerei eines Kirchenfensters, in die Worte aus: ›Das ist aber schön!‹*«

Ich weiß noch, wie irritiert ich war, als Verwandte uns einmal eine westdeutsche Illustrierte mitbrachten, in der fast nur die Rede von Grafen und Prinzessinnen war. Ich verstand nicht, was einen an diesen Menschen interessieren sollte, die keine Macht mehr hatten, nicht schön waren und dauernd Liebeskummer hatten. In der DDR gab es nur Manfred von Ardenne, und der hatte das Fernsehen erfunden, wofür ich ihm tiefe Dankbarkeit schuldete.

Im Opernhaus, bei einem Galaabend, auf dem auch die Berma auftreten wird, sitzt Marcel im Parkett und bewundert Adlige in dunklen Logen, die ihm wie Meeresgötter erscheinen. Im Märchen sind Prinzessinnen immer schön, aber der wahre Adel ist häßlich. Unsere Zeit, die der Schönheit alles opfert, ist damit eigentlich wieder auf das Märchenniveau herabgesunken. Bei manchen Herzoginnen »*wurde einem die Identifizierung durch das Zusammentreffen einer dicken roten Nase mit einer Hasenscharte, oder zweier runzliger Wangen mit einem Schnurrbartanflug ermöglicht*«. Diese Eigenheiten sind wie »*Schriftzeichen*« und »*führten auch schließlich dazu, daß Häßlichkeit schlechthin als etwas Aristokratisches erschien*«. Ob es reicht, Initiativen zu ergreifen, häßlicher auszusehen, sich zu piercen oder Stiefeletten mit reingesteckten Jeans zu tragen, wenn es alle anderen auch machen?

Unklares Inventar:
– Lederpunzarbeiten

Verlorene Praxis:

- Sich von seinen Stallburschen ein neues Pferd vorführen lassen.
- Mit einem freundlich-gutmütigen Lächeln die Tatsache verbergen, »*daß die Schwelle des kleinen Sonderuniversums*«, das man in sich trägt, »*schlechterdings unüberschreitbar*« ist.
- In seinem Bewußtsein nach einem Vers der »Phädra« suchen.
- Mit einem neuen Gespann seine Mätresse auf den Champs-Elysées treffen.
- Im Theater nur daran denken, »*seine Zufallsnachbarn nicht zu belästigen, sondern für sich einzunehmen*«.
- Nicht ohne eine gewisse Melancholie seine Gleichgültigkeit einer Sache gegenüber feststellen, der man einst seine Gesundheit und Ruhe gerne geopfert hat.
- Parzellen der Wahrheit in Erzeugnissen der Gobelinkunst ahnen.

57. Do, 14.9., Berlin, mittags, Sonne

Heute habe ich bei der »Chaussee der Enthusiasten« einen neuen Text gelesen, den ich Proust verdanke, auch wenn man das nicht gemerkt haben wird. Es ging um das Minimum an Entgegenkommen, das ausreicht, um zu denken, jemand sei in einen verliebt, wobei man sich dieses Zeichen in der Regel nur einbildet. Mir ging das so im Alter von zwölf Jahren, aber als Proust-Leser wird einem ja irgendwann klar, daß man im Leben nur immer dieselbe Liebesgeschichte wiederholt. Ein kleiner Text voller Wehmut nach einer Zeit, in der man noch nicht wußte, daß man nie weniger Sorgen haben würde, der aber in der Übertreibung der Ungeschicklichkeit des Helden komisch wirkt. Wie alle Texte, die mir gelungen vorkommen, hat er sich von ganz allein geschrieben, er war schon da, ich mußte ihn nur ausformulieren. Das war besonders angenehm, weil ich, durch das Beispiel Prousts ermutigt, mir wieder einmal das Recht genommen habe, eine Kleinigkeit aus dem eigenen Leben so herauszustellen, daß sie etwas Exemplarisches bekommt. Man denkt immer, das Erfahrungsmaterial sei schon erschöpft, dabei hat man noch gar nicht richtig angefangen. Bei meinem marktbedingten Veröffentlichungsrhythmus wird der Text allerdings frühestens in sechs Jahren erscheinen. Vielleicht ist man noch kein richtiger Autor, wenn einen so etwas ungeduldig macht.

Die Welt der Guermantes, S. 48–68

Immer noch in der Oper. Das eigentliche Schauspiel stellen für ihn schon die Zuschauer dar. Der Marquis de Palancy sucht seinen Logenplatz »*und schien das Publikum im Parterre ebensowenig zu sehen wie ein Fisch, der ohne das leiseste Bewußtsein von der Menge neugieriger Zuschauer hinter der Glasscheibe eines Aquariums träge entlang gleitet. Manchmal hielt er, ehrwürdigen Alters, kurzatmig und bemoost, einen Augenblick in der Bewegung inne, und die Zuschauer hätten dann nicht sagen können, ob er Beschwerden hatte, schlief, schwamm, gerade Eier legte oder auch einfach nur atmete*«.

Damals bei der Berma hatte Marcel seinen Geist in Bereitschaft gehalten »*wie jene empfindlichen Platten, welche Astronomen in Afrika oder auf den Antillen zum Zweck der exakten Beobachtung eines Kometen oder einer Sonnenfinsternis aufstellen*« und sich vor jeder Wolke geängstigt, die das Licht, das von dieser Sonne ausging, verfälschen könnte. So habe ich meinen Geist als Kind in Bereitschaft gehalten, wenn »Wetten, dass ...?« kam und man ein komplexes Arrangement des Komforts inszenierte, um den Genuß der Sendung zu unterstützen. Der Rest der Familie war außer Haus, ich hatte also den guten Fernsehsessel für mich, und es wäre nicht verstiegen gewesen zu behaupten, daß dieser Sessel, den im Jahr 1900 ein Tischler in einem Dorf in der Nähe von Coburg angefertigt hatte, von diesem in unergründlicher Vorahnung genau für diesen Moment gedacht gewesen wäre. Ich hatte ihn in die perfekte Distanz zum Fernseher gerückt, mit derselben Sorgfalt, mit der Glenn Gould seinen Klavierhocker zu justieren pflegte, denn ich wollte gut sehen, fürchtete aber von den Scherben der Bildröhre durchbohrt zu werden, falls sie implodieren sollte, in einer Wissenschaftssendung hatten sie das demonstriert. Alles, was ich in zwei Stunden zu essen und zu trinken brauchen würde, stand auf der breiten Lehne des Sessels bereit; wenn Weihnachten noch nicht lange zurücklag auch die wichtigsten Geschenke. Der Abend konnte nur perfekt sein, wenn es mir gelänge, ihn ohne einmal aufstehen zu müssen zu verbringen. Der zweitbeste Fernsehsessel, auf dem sonst ich saß, war jetzt nur für meine Füße da und konnte so nah herangerückt werden, daß meine Beine an keiner Stelle über dem Nichts schweben mußten und ich vor allem in Sicherheit war, was auf dem Boden kroch. Wird man je wieder solch eine Vorfreude und Geborgenheit erleben, oder ist das höchste Glück, das man erreichen kann, schon das verlorene Glück in Worte zu fassen?

Wie für mich »Wetten, dass ...?« an Bedeutung verloren hat, so wechseln auch für Marcel die »*Gegenstände seiner Selbstverleugnung*«. Die Berma, Gilberte, Balbec, Venedig, zuletzt gotische Wandteppiche, es ist immer derselbe Vorgang, immer die Suche nach der »*Idee der Vollkommenheit*«. Aber das Glück kommt in Momenten, in denen man sich nicht darauf konzentriert. Darin liegt ja auch das Elend der Tourismusindustrie, die Immanenzerfahrungen garantieren will und dabei scheitert wie jemand, der sich durch Kerzen und eine Kuschelrock-CD in romantische Stimmungen versetzen möchte, wo doch jeder weiß, daß die wahre Romantik darin liegt, zerlumpt und ausgeraubt auf der Bank irgendeiner Prager Vorstadtbushaltestelle aufzuwachen, aus den herumliegenden Kippen eine Zigarette zusammenzubasteln und sich auf der Suche nach Feuer auf eine lange, ereignisreiche Wanderung zu begeben.

Aber gerade weil Marcel sich nichts mehr vom Auftritt der Berma erhofft, wird ihr Talent für ihn in dieser »*Stunde der Gleichgültigkeit*« augenfällig. Er wäre damals, beim ersten Mal, schon aus rezeptionsästhetischen Gründen nicht in der Lage gewesen, ihre Größe zu erkennen, weil ihr Spiel ja ohne Vergleich war. »*Und deshalb müssen gerade die wahrhaft schönen Werke, wenn man ihnen ohne Selbsttäuschung lauscht, uns am meisten enttäuschen, da es in unserer Sammlung von Ideen keine einzige gibt, die einem individuellen Eindruck entspricht.*« Schlimm genug für die Schöpfer wahrhaft schöner Werke.

Das eigenartige ist, daß die Kunst der Berma nicht nur bei einem Text wie der Phädra funktioniert, sondern auch bei den Versen des Modeschriftstellers, die sie im Anschluß spricht. »*Da wurde mir klar, daß das Werk des Schriftstellers vom Standpunkt der Tragödin aus gesehen nur der an sich belanglose Rohstoff für das von ihr zu schaffende Meisterwerk der Darstellungskunst ist, so wie der große Maler, dessen Bekanntschaft ich in Balbec gemacht hatte, Elstir, zum Vorwurf zweier gleichwertiger Bilder im einen Falle ein ganz banales Schulgebäude, im andern eine Kathedrale gewählt hatte, die in sich bereits ein Meisterwerk war.*« Daher vielleicht das Mißtrauen vieler Dramatiker gegenüber ihren Schauspielern.

Das Zentrum des Opernsaals – in seiner Sitzhierarchie ja selbst eine soziale Inszenierung – ist Madame de Guermantes in ihrer Loge. Neben ihr sitzen die anderen Vertreter des Hochadels, während das Publikum im Parkett nur »*Korallenbauten*« für diese Meeresgötter darstellt. Marcel sieht sich im Vergleich gar als »*jeder individuellen Existenz bares Protozoon*«, dem aber zu seiner Verblüffung die Madame mit ihrer weißbehandschuhten Hand zuwinkt, um auf ihn »*den blitzenden, himmlischen Funkenregen ihres Lächelns*« fallen zu lassen.

Daraufhin benimmt er sich in der nächsten Zeit wieder wie ein Verliebter, er steht früh auf und wartet an der Ecke, wo er die Madame erwartet. Sobald sie erscheint, »*ging ich zerstreuten Blicks und nach der anderen Seite schauend zurück und hob meine Augen erst zu ihr auf, wenn ich mich mit ihr auf gleicher Höhe befand, als habe ich keineswegs erwartet, sie plötzlich vor mir zu haben*«.

Verlorene Praxis:

- Im Theater die Muskeln seines Gesichts zur Unbeweglichkeit zwingen, um, wenn auch unbemerkt, einen Protest zu dokumentieren.

58. Fr, 15.9., Berlin, nachmittags, immer noch sommerlich verglühende Tage

Je mehr ich gereist bin, umso schwieriger wird es für mich, meine Sympathien im Fußball aufzuteilen. Die Ergebnisliste vom UEFA-Cup liest sich wie eine einzige *invitation au voyage*. Daß es sich um Fußball handelt, ist dabei völlig nebensächlich, ich lese die Namen der Städte und fühle, wie es mich in alle Richtungen gleichzeitig zerreißt. Man kann direkt froh sein, daß die Raumfahrt noch nicht so weit ist, das Gewächs unserer Nostalgien auch nach anderen Galaxien wuchern zu lassen.

Rubin Kasan – FC Parma 0:1 (0:0)
Nach Kasan sind bei meinem zweiten Moskauaufenthalt einige der anderen Studenten gefahren. Ich war vermutlich erkältet oder in Vokabeln vertieft, jedenfalls habe ich die Exkursion verpaßt und denke deshalb oft an Kasan.

Levadia Tallinn – Newcastle United 0:1 (0:1)
Nach Tallinn wollte Anfang der Neunziger ein polnischer Mitstudent mit mir fahren, ich kannte ihn nur flüchtig und habe ihn nie wiedergetroffen. Inzwischen sieht es dort vermutlich ganz anders aus. Schade, daß sie nicht gewonnen haben.

Legia Warschau – Austria Wien 1:1 (1:1)
In Warschau bin ich das erste Mal allein im Ausland gewesen, es gab Saft aus kleinen Plastetüten zu kaufen. Ich nehme mir immer vor, endlich noch einmal mit dem Zug nach Warschau zu fahren, es liegt ja so nah. Aber eher würde wohl ein Zug von Warschau zu mir fahren.

Slovan Liberec – Roter Stern Belgrad 2:0 (1:0)
In Liberec haben wir mit der Klasse einen Berg bestiegen. Die schöne, blonde Kellnerin vom Panoramarestaurant hat uns ignoriert. Jetzt haben sie also gegen Belgrad gewonnen, eine der Städte, in denen ich gerne länger geblieben wäre, schon weil es dort ein Hotel gab, das »Moskau« hieß.

AO Xanthi – Dinamo Bukarest 3:4 (2:3)

In Bukarest habe ich mich die ersten beiden Nächte übergeben. Tagsüber habe ich auf sie eingeredet, weil mir plötzlich mein halbes Leben wieder einfiel.

Chernomorets Odessa – Hapoel Tel Aviv 0:1 (0:0)

Um das Stadion von Chernomorets bin ich in diesem Sommer jeden Tag gelaufen, es roch dort nach Pferden. In Tel Aviv wohnt Udi, der Experimentalpsychologe, der gesagt hat: »True love exists, we see it on our monitors«.

Start Kristiansand – Ajax Amsterdam 2:5 (1:2)

In Amsterdam habe ich mich nur einmal wohl gefühlt, als es regnete und ich gezwungen war, statt weiter zwischen urinierenden Engländern herumzuirren, im Café Kattoen zu bleiben und zu schreiben.

Lokomotive Moskau – SV Zulte-Waregem 2:1 (1:0)

Vor Moskau habe ich keine Angst mehr. Aber auch das hatte seinen Reiz.

Artmedia Bratislava – Espanyol Barcelona 2:2 (2:1)

In Barcelona weckte uns drei Wochen lang ein Mann, der durch die Gassen ging und »Tan« rief, als suche er seinen Hund. Aber er brachte nur die Butangas-Flaschen, die man wegen der engen Treppenhäuser an einer Schnur in die Wohnung zog.

Beşiktaş Istanbul – ZSKA Sofia 2:0 (0:0)

In Istanbul gab es auf der Fähre nach Asien Ayran. Alle Stadtviertel hießen wie türkische Fußballklubs. In Sofia habe ich mich manchmal mehr zu Hause gefühlt als in Berlin.

AZ Alkmaar – Kayserispor 3:2 (2:1)

Auf dem Weg nach Lunteren sind wir in Alkmaar umgestiegen, niemand kannte den Ort. Der Bahnhof war zu einem Möbelgeschäft umgebaut worden. Alles war hübsch. Das Banale störte nicht, weil wir nicht in Deutschland waren.

FC Basel – Rabotnicki Skopje 6:2 (4:0)

Zu Silvester sahen wir in Sofia fern, es gab auch einen Sender aus Skopje, wo sie es schafften, noch exotischer zu wirken als in Bulgarien.

In Basel bestieg ich zum ersten Mal einen ICE. Die Scheiben wirkten wie Panoramafenster, durch die man den Sonnenuntergang sah. Man konnte die Schuhe ausziehen und auf Teppichboden laufen. Ich war vier Wochen mit dem Fahrrad durch Europa gefahren, jetzt rauschte draußen eine Tagesstrecke vorbei. Ich genoß den Luxus und war doch ein wenig traurig.

Slavia Prag – Tottenham Hotspur 0:1 (0:1)
In Prag gab es Hörnchen, Streichkäse, eine Dire-Straits-Platte und einen Zeltplatz voller Sachsen.

Sporting Braga – AC Chievo Verona 2:0 (1:0)
Vom Garda-See nach Verona war es nicht weit. Es war dort viel zu windig zum Zeitunglesen. Wenig später gründeten wir die »Chaussee der Enthusiasten«.

Dinamo Zagreb – AJ Auxerre 1:2 (0:1)
Von Zagreb fuhr der Bus nach Sarajevo, ich war sehr ängstlich und hatte ein paar Stunden Aufenthalt. Es war so neblig, daß ich nichts von Zagreb sah. In Wirklichkeit sah ich vielleicht viel mehr.

Wisla Krakow – Iraklis Saloniki 0:1 (0:1)
In Krakau hatte ich einen Balkon aus Holz und hörte in meinem stillen Hinterhof die Tauben gurren. An dieser Stadt hat mich nichts gestört.

Maccabi Haifa – Litex Lovech 1:1 (1:0)
In Lovech ist Steffka zur Schule gegangen. Ihre Zimmernachbarin im Internat sprang abends immer auf dem Bett auf und ab und rief: »Iskam misch! Iskam misch!«

FC Sion – Bayer Leverkusen 0:0 (0:0)
Aus Leverkusen kommen meine Tabletten.

Eintracht Frankfurt – Bröndby IF 4:0 (0:0)
In Frankfurt ging ich durch Hallen voller Bücher, es war eine Art Hölle.

RB Salzburg – Blackburn Rovers 2:2 (1:2)
In Salzburg war ich dienstlich, einen anderen Grund kann es dafür nicht geben.

Olympique Marseille – FK Mlada Boleslav 1:0 (1:0)

In Marseille wurden wir von der Polizei kontrolliert, die bei uns Haschisch vermutete. Nach einer Nacht auf der Fähre wachten wir in Ajaccio auf. Jetzt wohnt sie um die Ecke, und wir sehen uns zweimal im Jahr.

Panathinaikos Athen – Metalurg Saporoschje 1:1 (1:0)

Der Saporosch war auf unseren Straßen ein seltenes Auto. Aber er war eines unserer Autos.

Die Welt der Guermantes, S. 68–88

Der Parcours, den er morgens bewältigen muß, um allen Milchmädchen und Christenlehre-Heimkehrerinnen, denen er zufällig einmal begegnet ist, zufällig wieder zu begegnen, wird immer komplizierter, und dann ist da ja auch noch die Madame, das eigentliche Ziel. Er prüft in seinem Geist schon, wie sie sich als neue Besetzung der weiblichen Hauptrolle in seinen romantischen Vorstellungen machen würde. Und er wünscht, Gott würde ihren völligen Ruin herbeiführen, so daß sie *»ohne Haus und Heim und von niemand mehr gekannt, bei mir Zuflucht suchte«*. Aber ob er sich für die Madame ohne ihren Prunk und ihre gehobene gesellschaftliche Position wirklich noch interessieren würde?

Françoise ist über diesen Spleen etwas ungehalten, ihr Charakter wird im Alter sowieso immer seltsamer. Das ist aber kein Wunder: *»Gewisse Formen der Existenz sind so wenig normal, daß sie naturgemäß gewisse Verbildungen hervorbringen müssen, beispielsweise die Existenz, die der König von Versailles unter seinen Höflingen führte, seltsam wie die eines Pharao oder Dogen, und weit mehr noch als die des Königs die der Höflinge. Die Existenz der Dienstboten aber ist vielleicht von einer noch monströseren Seltsamkeit, die nur die Gewöhnung uns verbirgt.«*

Jeder Beruf bringt seine Verbildungen hervor, ich warte noch auf ein »Museum der Berufskrankheiten«.

»[D]amals stellte ich mir noch vor, daß man die Wahrheit an andere durch Worte weitergibt. Auch die Worte, die man zu mir sagte, prägten sich mit ihrer unveränderlichen Bedeutung so tief in mein empfängliches Gemüt ein, daß ich ebensowenig für möglich hielt, daß jemand, der mir gegenüber behauptete, er liebe mich, mich in Wahrheit nicht liebte.«

Und wenn man diesen Glauben erst verloren hat, gelingt es einem kaum noch, irgendeine Äußerung wörtlich zu nehmen.

Noch absurder als die Vorstellung, sich selbst zu erkennen, wäre die Hoffnung, andere zu erkennen. Jeder Mensch ist ein »*dunkles Schattengebilde [...], hinter dem wir mit annähernd gleicher Wahrscheinlichkeit das Auffunkeln des Hasses wie der Liebe vermuten können*«. Glücklich, wem es gelingt, immer das Bessere zu vermuten.

Er besucht Saint-Loup in seiner Garnison, schon im voraus von der Angst geschüttelt, in einem Hotel übernachten zu müssen. Und da Saint-Loup Wochendienst hat, wird er ihm keine Gesellschaft leisten können, es verspricht also eine schier unerträgliche Nacht zu werden. »*Sie werden ja ganz blaß*«, sagt Saint-Loup zu ihm und runzelt die Brauen »*aus Verdruß über die Lage, aber auch infolge der Anspannung, mit der er wie ein Arzt auf Linderung meiner Leiden sann*«.

Marcel wartet auf Saint-Loups Stube, auf dem Weg dorthin gleitet er auf beinahe jeder der genagelten Stufen aus und stört sich an einem groben, faden, gärigen Geruch wie von Schwarzbrot. Im Zimmer tickt eine Uhr, aber erst, als er sie vor sich stehen sieht, weiß er, woher das Geräusch kommt. Denn »*Töne haben keinen Ort*«. Geräusche sind ein großes Thema, und wenn man mit Proust Werbung für ein Produkt machen könnte, dann sicher für Ohrstöpsel. Die Art, wie sich die Wahrnehmung durch sie verwandelt, konnte von ihm nicht unbemerkt bleiben. Wenn ein mit Ohrstöpseln bewehrter Kranker ein Buch liest, »*werden die Seiten des Buchs sich lautlos wenden, als blättere ein Gott sie für ihn um*«. Ich hatte neulich die Idee, mit Ohrstöpseln auf eine Party zu gehen. Isolierter als gewöhnlich würde ich mich damit auch nicht fühlen. Es ist vielleicht ein ähnlicher Effekt wie der, den ich sonst immer beobachte, wenn ich mich als einziger nicht betrinke. Dadurch entfernt man sich immer mehr von der Realität der anderen. Hier und da stützt man einen Schwankenden oder fängt reaktionsschnell ein Glas auf, aber sonst wird man für die Menge immer unsichtbarer. Man ist dann wie der Getränkeassistent in einer Talk-Show, der einzige, der sich nicht von der aggressiven Stimmung unter den Streitenden anstecken läßt.

Ohrstöpsel und Liebe, es erfordert keinen Gedankensprung, um vom einen zum anderen zu kommen: »*Bei dieser Gelegenheit kann man sich fragen, ob man in der Liebe [...] nicht wie die, die dem Geräusch in der Weise begegnen, daß sie nicht seine Beendung ersehnen, sondern sich einfach die Ohren verstopfen, handeln sollte; man würde dann ja, ihrem Beispiel folgend, seine Aufmerksamkeit und seine Widerstandskraft in sich selbst verlegen und beiden Eigenschaften als Objekt für ihre verminderte Kraftaufwendung nicht das geliebte Wesen außer einem zuweisen, sondern die eigene Fähigkeit, durch dieses Wesen zu leiden.*« Den Satz verstehe ich einfach nicht, obwohl er mir gefällt.

Man kann die Abschottung noch steigern, indem man die Watte tiefer in den Gehörgang führt oder sie »*mit einer fetten Substanz*« tränkt. Dann schlägt die Kugel »*gleichsam den Klavierdeckel*« des Piano übenden Mädchens aus der Nachbarschaft zu. Und es wäre schön, möchte man hinzufügen, wenn das so überraschend geschieht, daß ihr nicht mehr die Zeit bleibt, ihre Finger in Sicherheit zu bringen.

Unklares Inventar:
– Libertyseide.

Vertraute Praxis:
– In den Wagen steigen »*mit dem achtlosen Schwung eines Menschen, der, da er aufgehört hat, über Entschlüsse nachzudenken, aussieht, als wisse er, was er will*«.

59. Sa, 16.9., Berlin, nachmittags, bedeckt, freundlich

Mehr und mehr wird Prosa für mich zum Problem, weil ich keine langen Sätze mehr formulieren kann, ohne mittendrin zu ermüden. Die drei Punkte sind zu meinem wichtigsten Satzzeichen geworden, die Aufforderung an den Leser, sich den Rest selbst zu denken. Eigentlich müßte es für mich noch ein anderes Satzzeichen geben, wenn mir die Kraft fehlt, drei Punkte zu setzen ..

Die Welt der Guermantes, S. 88–108

Mehr zum Gehör. Geräuschempfindlichen erscheint der Taube als Liebling der Götter. Wie aus dem Nichts herbeigezaubert, tauchen in seinem Zimmer Besucher auf. Soll die Milch nicht überkochen, muß er das faszinierende Schauspiel beobachten und kann sich nicht auf sein Gehör verlassen. Ständig bewegen sich Gegenstände geräuschlos, und dadurch anscheinend wie verzaubert, an ihm vorbei. »*Ein derart völlig Ertaubter aber ergeht sich, da der Verlust eines Sinnes der Welt ebensoviel Schönheit hinzufügt wie seine Wiedererlangung, jetzt auf einer fast paradiesischen Erde, auf der der Klang noch nicht erschaffen ist.*« Und damit auch nicht das pfeifende Geräusch, das gestern den ganzen Tag über zu hören war, als hätte jemand mit einem Zahnarztbohrer Muster in den Asphalt gefräst. Zen-Buddhisten können angeblich das Geräusch rotierender Hubschrauberpropeller aus ihrem Bewußtsein ausblenden, aber warum soll man zwanzig Jahre meditieren, wenn man mit einem gezielten Schuß dasselbe erreichen könnte?

Der Rittmeister erlaubt Marcel, eine Nacht auf Saint-Loups Stube zu schlafen, und Marcel rollen deshalb gleichzeitig Schweißtropfen von der Stirn und Tränen aus den Augen. Der Gedanke, in der Garnison zu übernachten, ist ihm sofort sympathisch, hier wo die Zeit »*die Form der Tätigkeit annimmt*«, wo »*weises Sichfügen gleichbedeutend mit Glücklichsein ist*«.

Vielleicht hatte ich auch solche Vorstellungen, als ich im November 1989, statt die politische Lage zu nutzen und mich für eine Weile zu ducken, dem Einberufungsbefehl gefolgt bin. Eine »*von allen Kümmernissen freie Ruhe*« und »*eine Atmosphäre der Stille, der Wachsamkeit und Munterkeit*« hatte man uns nicht versprochen, aber es war klar, daß wir eine Welt betreten würden, in der weises Sichfügen die Voraussetzung für Glücklichsein war. Still war es dann tatsächlich, wenn man sich nachts beim Wachdienst zum Sekundenschlaf heimlich im Stehen mit der Stirn gegen eine Munitionsbaracke lehnte, das Käppi als Polster verwendend, während hinter dem Doppelzaun ein Land zusammenbrach.

In der nächsten Nacht schon muß Marcel dennoch ins Hotel: »*Ich wußte im voraus, daß mich unweigerlich dort Trauer erwartete.*« Es kommt dann aber gar nicht so schlimm, denn das Gebäude war früher ein Palais, wovon »*ein Überschuß an Luxus*« geblieben ist. Korridore mit salonartigen Vorplätzen »*die eher wirkten, als wohnten sie dort selbst, anstatt daß sie einen Teil fremden Wohnraums bildeten*«.

Der Schlaf, dieser »*wohltuende Anfall von Geistesverwirrung*«, in den man einem Menschen folgen können müßte, wollte man sein Leben beschreiben. Das Aussetzen der Logik in den Grübeleien, die den Versuch einzuschlafen begleiten. Der Schlafbereite begrüßt es freudig, weil er durch dieses Tor der Wirklichkeit entrinnen kann. Es gibt:

– Den kurzen Schlaf, in den man ungewollt beim Auskleiden auf dem Bett fällt. Er hat die Macht, die Perspektive auf die Dinge schlagartig zu verändern.

– Den Schlaf durch Stechapfel, Hanf, Äther, Opium, Belladonna, Baldrian.

– Den Alptraumschlaf.

– Die gute Kindheitsmüdigkeit.

– Den bleiernen Schlaf, bei dem man sich fragt: »*Wie bringt man es überhaupt fertig, wenn man dann seine Gedanken, seine Persönlichkeit, wie einen verlorenen Gegenstand sucht, sein eigenes Ich und nicht statt dessen ein anderes wiederzufinden? Warum verkörpert sich nicht in uns eine andere Persönlichkeit anstatt unsrer früheren, wenn man wieder zu denken beginnt?*« Man ist ja sozusagen schon tot gewesen. »*Und vielleicht ist auch die Auferstehung der Seele nach dem Tode mehr oder weniger ein Gedächtnisphänomen.*«

Morgens legt sich über Marcels Dasein eine große Traurigkeit, und er schickt nach Saint-Loup, der gerne kommt und ihn wie ein Arzt beruhigt: »*[I]ch war von solchem Überschwang erfüllt, daß ich handeln wollte.*« Immer ein verdächtiges Bedürfnis, das einen nur im Überschwang packen kann, oder wenn man verliebt ist. Man sollte dann keine Handarbeiten oder Basteleien beginnen, die sich, für den Fall, daß die Liebe sich als nicht dauerhaft erweist, nicht wieder aufdröseln oder zerlegen lassen.

Er läßt sich nun tagsüber von Saint-Loup und seinen Kameraden in Militärtheorie einweihen und sinkt nachts in tiefen Schlaf, was für ihn allerdings eine Form von Arbeit ist. Manche denken ja, man müsse seine Kindheitsorte aufsuchen, um das Vergangene in sich wiederzufinden: »*Doch sind dies höchst gewagte Pilgerfahrten, in deren Verfolg man mehr Enttäuschung als Erfüllung erlebt. Jene festverankerten Stätten, die Zeugen der verschiedenen Jahre gewesen sind, finden wir besser in uns selbst.*«

Ich kann gar nicht sagen, wie sympathisch es mir ist, wenn ein großer Autor hier einmal eine Lanze für den Schlaf bricht. Man steht ja heute immer noch im Verdacht, ein Faulenzer zu sein, wenn man viel schläft, und wenn man sich gar zum Mittagsschlaf bekennt, gilt man in den Augen vieler als senil. Dabei ist wach zu sein nur ein kleiner Ausschnitt meiner Tätigkeit als Autor, schlafen ein anderer. Im Grunde erhole ich mich am Tag von dem, was mit meinem Bewußtsein nachts passiert. Man gilt zwar als tot, wenn man nicht mehr aufwacht, und nicht, wenn man nicht mehr einschläft, aber das ist nur eine Frage der Perspektive.

Unklares Inventar:
- Zinerarien.

Verlorene Praxis:
- Sich morgens von seinem Burschen eine Schokolade bereiten lassen.

60. Mo, 18.9., Berlin, nachmittags, heiter, freundlich

Briefe kommen immer aus der Vergangenheit, das liegt schon an der Post. »Immerfort fallen die Äpfel von oben nach unten mit diesem dummen Geräusch«, schrieb mir meine erste Freundin jetzt aus dem Dorf, in das sie sich gerne zurückzieht, und es war wieder einer dieser Sätze, die sie anderen voraus hatte. Dieses »dumme Geräusch«, mit seinem zärtlichen Trotz der Natur gegenüber, das eigenartig überpräzise »von oben nach unten«, das den Vorgang sofort bemerkenswert macht. Später lese ich die Stelle noch einmal und stelle fest, daß sie in Wirklichkeit »mit diesem dumpfen Geräusch« geschrieben hat. Poesie ist immer nur ein Mißverständnis.

Die Welt der Guermantes, S. 108–129

Nach wie vor schleicht Marcel durchs Garnisonsstädtchen und speist abends mit den Offizieren. Das eigentliche Ziel dieser Reise, Saint-Loup anzuspitzen, ihn bei seiner Tante, Madame de Guermantes, ins rechte Licht zu rücken, gerät fast in Vergessenheit. Er fühlt sich nämlich in der Kaserne beschwingt wie nie: »*Wie ein Taucher, der durch einen bis über die Wasserfläche reichenden Schlauch atmet, hatte ich das Gefühl, mit dem gesunden Leben und der frischen Luft verbunden zu sein.*« Kann man das allein dem Anblick von gedrillten Männern in Uniform zuschreiben? Ist die Kaserne eine Art Gegenwelt, auf die der verwöhnte Neurastheniker seine Sehnsüchte nach einem sportlichen, disziplinierten Leben projiziert?

Abends beim Essen bietet er Saint-Loup das »Du« an, der diese Bitte mit einem Zitat quittiert: »›*Freude! Tränen der Freude! Ungeahnte Glückseligkeit!*‹« So eine Reaktion erwartet man von seinen Freunden! Aber der verschlagene Marcel nutzt diesen Moment, um Saint-Loup um das Foto zu bitten, das dieser von seiner Tante besitzt. Saint-Loup errötet, offenbar hat er einen »*Hintergedanken*«. Glaubt er, Marcel wünsche das Bild als Vorlage für gewisse Dinge?

Die anschließende seitenlange Diskussion über die Dreyfus-Affäre brachte nichts ein.

Unklares Inventar:
- Phlogiston, Rötelstudie.

Verlorene Praxis:
- In düsteren Gäßchen hinter Kathedralen vom Verlangen nach Liebe gepackt erschreckte Passantinnen in die Arme schließen.

61. Di, 19.9., Berlin, bedeckt, still

In der seit Jahren bewährten, bequemen Position, die ich beim Lesen einnehme, schläft mir bei Hardcover-Bänden doch immer wieder die linke Hand ein, die das Buch hält, vom kleinen bis zum Mittelfinger. Was ich darüber bis jetzt noch nicht bemerkt hatte, war, daß mir manchmal auch Teile der Kopfhaut einschlafen. Heute habe ich mich mit dem Bleistift links hinten am Kopf kratzen wollen und erschrak, weil sowohl für meinen Kopf die Berührung von einem Fremden zu kommen schien, als auch meine Hand einen fremden Kopf zu berühren meinte. Es war ein kleiner Schock, einmal zu spüren, wie sich mein Kopf für andere anfühlt, nämlich wie ein haariger Klotz. Nur wenn die Verbindung zwischen Körper und Bewußtsein getrennt wird, können beide sich wahrnehmen. Man könnte vielleicht vermuten, daß es so auch im emotionalen Bereich funktioniert: Erst wenn Teile meines Gefühlslebens einschlafen, sehe ich, wie fremde Gefühle auf mich und wie ich auf andere wirke.

Die Welt der Guermantes, S. 129–149

Marcel lauscht den faszinierenden Erörterungen der jungen Offiziere zur Kriegskunst. Die für die eigenen Schritte notwendige Hermeneutik der Bewegungen des Feindes. Die Auslegung seiner Tagesbefehle, die auch schon zur Täuschung formuliert sein können. Sind Finten, die, um glaubhafter zu wirken, ernsthaft ausgeführt werden, noch Finten? Jede Schlacht ist das »*taktische Pasticcio*« einer früheren, die man aus ihr herauslesen kann. Die früheren Schlachten, die »*die Aristokratie der neuen Schlachten ausmachen*«. Man muß die Militärgeschichte studieren, um unter einer modernen Schlacht die Idee einer älteren wiederzuentdecken. Jeder große Feldherr hat aus der Geschichte seine bevorzugten Strategien entnommen, die er immer wieder studiert hat und irgendwann erproben wird. Das Lesen der Landschaft als Terrain für die Schlacht. Ein Schlachtfeld kann immer wieder Schauplatz einer Schlacht werden, wenn es sich einmal dazu geeignet hat. Der Stratege sieht in seiner Phantasie Armeen ziehen, genau auf den Wegen, die sie später nehmen werden, weil die Landschaft es so vorschreibt.

Was macht das Genie eines großen Heerführers aus? Wie kann man seine Intuition beschreiben, die ihn zwischen scheinbar gleichwertigen Taktiken die siegreiche auswählen läßt?

Die Beschleunigung, die die Entwicklung der Kriegskunst durch die Kriege selbst erfährt, in denen sich beide Seiten die Lehren zunutze machen, die ihnen der Gegner erteilt, und ihn zu übertrumpfen versuchen. Aber: »*Bei den grauenhaften Fortschritten der Artilleriewirkung werden künftige Kriege, falls es überhaupt noch zu Kriegen kommt, so kurz sein, daß, noch ehe man daran denken kann, die Lehren des Krieges zu nutzen, der Friede bereits geschlossen sein wird.*«

Obwohl Marcel für gewisse Zeiten Madame de Guermantes fast vollständig vergißt, kann er dann doch manchmal wieder kaum atmen vor Sehnsucht. »*Ein weicherer Lufthauch, der vorüberstrich, schien mir von ihr eine Botschaft zu bringen wie einst von Gilberte auf den Feldern von Méséglise: man wandelt sich nicht, man nimmt in seine Gefühle für ein anderes Wesen viele schlummernde Elemente auf, die es weckt, obwohl sie ihm eigentlich fremd sind.*«

Saint-Loup hat wenig Glück mit seiner Geliebten: »*Denn die Gründe, weshalb sie schlechter Laune war, mit den Füßen stampfte, weinte, waren ebenso unbegreiflich wie die von Kindern, die sich in einem dunklen Zimmer verschanzen, nicht zum Essen erscheinen, jede Erklärung ablehnen und nur um so verzweifelter schluchzen, wenn man ihnen aus Ratlosigkeit ein paar Klapse versetzt.*«

Sie weiß nicht, warum sie mit den Füßen stampft, und wir können es nicht erraten, weil wir die beiden noch nicht zusammen erlebt haben. Aber ihre Zustände zerren an seinen Nerven, was dazu führt, »*daß der Bruch, als er nun einmal zur Gewißheit geworden war, für ihn einen ganz ähnlichen Reiz wie eine Versöhnung bekam*«. Aber nicht für lange, denn sie schweigt, und Schweigen »*stellt eine furchtbare Macht in den Händen derjenigen, die geliebt werden, dar*«.

Jedenfalls wird er nicht nach Paris können, um seiner Tante von Marcel vorzuschwärmen. Der kommt deshalb auf die viel bessere Idee, als Vorwand für einen Besuch bei ihr, ein Bild von Elstir anzugeben, in dessen Besitz sie sich befindet.

Unklares Inventar:
– Keramiken von Bernard Palissy.

Verlorene Praxis:
– Aus Rücksicht auf seine Hunde, Affen, Hänflinge und den Papagei eine kleine Villa in der Nähe von Versailles mieten.

62. Mi, 20.9., Berlin, nachmittags, heiter-bedeckt, freundlich, erstmalig fünfzig Liegestütze

Als ich im letzten Jahr mit denselben chronischen Halsschmerzen, die mich zur Zeit wieder plagen, und die von keinen sonstigen irgendwie aufschlußreichen Symptomen begleitet werden, zum Hals-Nasen-Ohrenarzt ging, hatte dieser hektische Mensch die Frechheit zu behaupten, mein Hals sei ganz in Ordnung, ich litte lediglich unter »Globus hystericus«, müsse viel trinken und mich entspannen. Weil die Untersuchung so kurz war, blieb ihm noch die Zeit, mir zu erzählen, er sei in Westberlin nahe der Mauer aufgewachsen und habe im für alle Ortsfremden gesperrten, grenznahen Waldgebiet immer die besten Pilze gefunden. Ein Arzt, der mir sagt, daß ich gesund bin, ist das nicht ein Widerspruch? Wie ein Schauspieler, der behauptet, ich sei gar kein Zuschauer, sondern selbst Schauspieler, oder wie ein Feuerwehrmann, dessen Arbeit darin besteht, Hausbesitzer davon zu überzeugen, daß ihre Häuser in Wirklichkeit gar nicht brennen.

Die Welt der Guermantes, S. 149–169

Ein bißchen hat es etwas von Abarbeiten, Proust muß eben allen Erscheinungen und eben auch allen, die für seine Zeit so neu sind wie das Telefon, eine eigene Deutung abgewinnen. Die Enttäuschung, die in der scheinbaren Nähe beim Telefonieren besteht, wo wir nur die Hand ausstrecken zu müssen meinen, um den Gesprächspartner zu berühren, aber keine Möglichkeit dazu haben. Ein Gefühl, das er als »*Vorwegnahme auch einer ewigen Trennung*« deutet.

Zum ersten Mal telefoniert er mit der Großmutter, noch nie hat er ihr zugehört, ohne sie zu sehen. Ihre Stimme kommt ihm verletzlich und zart vor. Dann wird die Verbindung auch noch unterbrochen. »*Ich zitterte von einer Angst, die ich in weit entlegener Vergangenheit als kleines Kind einmal empfunden hatte, als ich sie in einer Menschenmenge nicht gleich sah, einer Angst, die weniger aus dem Bedürfnis kam, wieder zu ihr zu finden, als vielmehr aus dem Gefühl, daß sie nach mir suche und sich sagen müsse, daß auch ich sie suche; einer Angst, die jener überaus ähnlich war, die mir bevorstand für den Tag, da man zu denen spricht, die nicht mehr antwor-*

ten können und denen man doch alles anvertrauen möchte, was man ihnen nicht gesagt, samt der Zusicherung, daß man selbst nicht leidet.«

Eine Errungenschaft der Technik wird zu einer Memento-mori-Maschine. Die Dialektik von Nähe und Distanz, die Stimme der Großmutter, die er aus der Distanz zum ersten Mal »sieht«, und der Preis, den man für die Erkenntnis zahlt, weil man sich nicht berühren kann.

Er beschließt, nach Paris zurückzukehren. In einer eigenartigen Szene fährt Saint-Loup, der ihn nicht mehr verabschieden konnte, doch noch einmal im Wagen an ihm vorbei und grüßt militärisch, ohne ihn zu erkennen. Und während Marcel in der Kaserne nicht zu ihm kann, sieht er sich die Parade vom Fenster aus an. »*Ich sah Rittmeister Fürst von Borodino majestätisch vorbeitraben in der Illusion, wie es schien, er befinde sich bei Austerlitz [...]. Hochaufgerichtet zu Pferd, mit etwas fettem Gesicht, Wangen von imperialer Fülle und helldurchdringendem Blick schien der Fürst völlig an irgendeine Halluzination hingegeben zu sein.*«

Eine Halluzination bei »*helldurchdringendem Blick*«? Vielleicht auch eine Art Beschreibung von Prousts Methode: genaues Observieren, bis man die Materie durchdringt und über das Sichtbare hinaus zu halluzinieren beginnt.

Wenn man heimkehrt und die anderen schon sieht, bevor sie einen sehen, wohnt man für einen kurzen Augenblick der eigenen Abwesenheit bei. Zum ersten Mal wird ihm bewußt, daß seine Großmutter nicht mehr die Jüngste ist. Das durch die Liebe erzeugte unveränderliche Bild des Menschen ist für einen Moment gefährdet. Die »*pietätvolle Liebe*« ist noch nicht zur Stelle, und er sieht nur mit den Augen, nicht mit dem Herzen. So wie ein Kranker nach langer Zeit in den Spiegel blickt und »*inmitten der verdorrten und verödeten Landschaft seines Gesichts die Nase mit schrägen Wänden rötlich und gigantisch wie eine ägyptische Pyramide hervorspringen sieht*«. Und so sieht er beim Eintreten, wenn auch nur für Sekunden, die geliebte Großmutter »*auf dem Kanapee sitzend, rot, schwerfällig, vulgär, krank, vor sich hindösend und mit etwas wirrem Blick über ein Buch hingleitend eine alte, von der Last der Jahre gebeugte Frau, die ich gar nicht kannte*«.

Unklares Inventar:

- Eau des Souverains, königsblaues Sèvres, ein Tilbury.
- Sehr viele Namen: Galliffet, Négrier, Geslin de Bourgogne (Offiziere). Thiron, Febvre, Amaury (Schauspieler). Fould, Rouher, Berthier, Masséna.

Verlorene Praxis:

– Den Telefonhörer einhängen, und »*damit die Zuckungen dieses klingenden Stumpfes*« ersticken.

Selbständig lebensfähige Sentenz:

– »*Das Telephon war in jener Epoche noch nicht so im Schwange wie heute.*«

63. Do, 21.9., Berlin

Während die Sonne scheint, und es immer noch nicht nach Herbst aussieht, hat sich in mir ein hartnäckiger Katarrh ausgebreitet. Nase und Rachen sind befallen, und ich bin ganz geknickt. Der männliche Körper ist wie ein Turm, nimmt man ein Steinchen heraus, fällt alles in sich zusammen. Nachdem ich mich ein halbes Jahr unter Qualen auf den diesjährigen Berlin-Marathon vorbereitet habe, sieht es so aus, als müßte ich ihn nach fünf Teilnahmen in Folge ausfallen lassen. Ich war schon manchmal ein, zwei Wochen davor krank gewesen, hatte mich aber immer zwingen können und war dafür hinterher wochenlang angeschlagen gewesen. Wenn ich ehrlich bin, haben meine Teilnahmen, die für fünf Jahre fast täglichen Trainings stehen, mich charakterlich nicht weitergebracht. Man kann sich zwar vier Stunden vor Schmerz wie auf Messern laufend nahe an einer Ohnmacht bewegen, ohne deshalb aufzugeben oder auch nur stehenzubleiben, aber es fällt einem dadurch kein bißchen leichter, sich beim Nachbarn über nächtliche Ruhestörungen zu beschweren oder dem Sparkassenmann einmal klar und deutlich zu sagen, daß er nicht alle paar Wochen anrufen muß, um einen zu überreden, sein Geld irgendwie sinnvoller anzulegen. Ich bin lediglich noch unspontaner geworden, weil ich allem aus dem Weg gehen mußte, was den Trainingsplan hätte gefährden können.

Aber es war immer klar, daß ich nur so lange Marathon laufen werde, wie die Serie nicht gerissen ist. Ich werde sicher nicht noch einmal anfangen. Damit geht für mich ein Lebensabschnitt zu Ende und plötzlich werden die Jahre, die diesem Ziel gewidmet waren, zur Vergangenheit. Die Läufe durch den Smog von Kaliningrad, wo gerade ein Zelluloselager brannte, durch die verwilderte Borisowa Gradina in Sofia, das schöne Flußufer von Minsk, der weiße Beton von Brest, die Runden um den Central Park, wo ich nachts immer Angst hatte, an der nördlichen Kurve überfallen zu werden, der Wind auf dem Oderdeich, die Schwarzmeerküste, wie Jahresringe des Sozialismus die Plattenbauten von Sarajevo, der verschneite Thüringer Wald. Wie ein Militärstratege die Landschaft intuitiv als Aufmarschgebiet mustert, ein Geologe ihr Informationen zur Erdgeschichte entnimmt und ein Tourist sie nach Aussichtspunkten absucht, sieht der Läufer überall nur Laufstrecken. Wenn ich denke, daß es die meiste Zeit eine Überwindung war, überhaupt noch einen Schritt zu tun, daß ich vielleicht ein Zehntel aller gelaufenen Kilometer mit Freude gelaufen bin, dann frage ich mich, warum ich nicht dieselbe Energie dafür aufbringe, endlich einmal die Klinke von meiner Schlafzimmertür festzuschrauben, ein neues Mailprogramm zu installieren oder Wohngeld zu beantragen.

Die Welt der Guermantes, S. 169–190

Nach wie vor stellt er der Herzogin nach, aber er spürt auch deutlich, daß es ihr unangenehm ist, ihm täglich zu begegnen, da sie vermuten darf, daß das kein Zufall ist. Um das auszugleichen, antwortet er ihr kaum auf ihren Gruß oder er »*starrte sie an, ohne überhaupt zu grüßen*«. Das muß man als Frau immer mitbedenken, wenn einen auf der Straße junge Männer anstarren, sie wollen einem lediglich nicht zur Last fallen.

Nur manchmal ist er weniger traurig, nämlich wenn die Madame einen schwermütigen Ausdruck hat, weil dieser »*ihr etwas Unglückliches und Einsames gab, das mich beschwichtigte*«. Wenn sie sich schon nicht mit ihm abgibt, dann soll sie wenigstens unglücklich sein, so denkt der Liebende.

Sein Vater hat zwar inzwischen akzeptiert, daß Marcel die Laufbahn eines Schriftstellers einschlagen wird, aber er selbst hat noch nicht einmal damit begonnen zu schreiben. Nichts hilft, die Schreibhemmung zu überwinden: Schwung, Methode, Vergnügen, Verzicht auf Spaziergänge, Belohnung durch Spaziergänge, Momente des Wohlbefindens, Phasen der Krankheit, immer bleibt am Ende ein weißes Blatt Papier »*wie bei gewissen Kartenkunststücken die eine Karte, die man immer zieht, wie sehr auch vorher das ganze Spiel durchgemischt worden ist*«.

Gefährlich ist es auch, sich einen anderen Rhythmus aufzwingen zu wollen, also früh schlafen zu gehen, Wasser statt Alkohol zu trinken und zu arbeiten, denn das nehmen einem die Gewohnheiten übel, »*sie machten mich vollends krank, so daß ich genötigt war, die Alkoholdosis zu verdoppeln und zwei Tage lang überhaupt nicht zu Bett zu gehen; ich konnte dann sogar nicht mehr lesen und nahm mir vor, ein andermal vernünftiger, das heißt weniger vorsichtig zu sein, wie ein armes Opfer, das sich bestehlen läßt, aus Furcht, bei etwaigem Widerstand auch noch ermordet zu werden*«.

Mit Saint-Loup geht er dessen Freundin auf ihrem Dorf abholen, sie wollen zusammen ins Theater. Marcel bleibt einen Moment zurück und genießt die Baumblüte, dann erscheint Saint-Loup mit seiner sagenhaften Geliebten, »*deren geheimnisvoll in einen Leib wie in ein Tabernakel eingeschlossene Persönlichkeit das Objekt war, das unaufhörlich die Phantasie meines Freundes beschäftigte, das zu kennen ihm ewig unmöglich schien*«. Diese ist Marcel nun aber nicht ganz unbekannt, denn es ist Rahel, die Jüdin aus dem Bordell, das er zu früheren Zeiten gerne aufgesucht hat. Das Mädchen, das, wenn sie die Tür schloß, »*sogleich anfing, ihre Sachen abzulegen, wie man es beim Arzt tut, der einen untersucht*«. Also eine Frau, die ihm »*höchstens wie ein mechanisches Spielzeug erschien*«, während sie Saint-Loup schon so lange im Liebeswahn gefangen hält. Diese »*völlige Diskrepanz unserer Eindrücke*« lehrt ihn, daß etwas, was dem einen zwanzig Francs wert ist, dem anderen sein Vermögen, seinen Stand, seine Familie aufwiegt. Zumal Saint-Loup ihr gerade ein Kollier für 30 000 Francs bestellt hat. Sie sind eben auf verschiedenen Wegen zu ihr gelangt und würden sie »*darum niemals von der gleichen Seite her sehen*«.

Vielleicht liegt ihrer unterschiedlichen Bewertung derselben Frau auch ein Zufall zugrunde. Während sie Marcel schon im ersten Moment für zwanzig Francs zugänglich gewesen war, hatte sie sich Saint-Loup, vielleicht aus einer Laune heraus, etwas schwieriger gegeben. »*Hat sie es mit einem stark in Gefühlen lebenden Menschen zu tun, beginnt, selbst wenn sie es gar nicht merkt, besonders aber, wenn sie es merkt, nun ein furchtbares Spiel.*« Denn der Mann erhöht den Einsatz, und sie kann versuchen, den Preis in die Höhe zu treiben. Womöglich stirbt er gar, ohne sie je geküßt zu haben und in dem Glauben, das höchste Glück im Leben sei ihm versagt geblieben.

Unklares Inventar:
– Lavillièrekrawatten.

64. Fr, 22.9., Berlin

Es war noch warm, man konnte am Nachmittag auf dem Balkon sitzen und die Kondensstreifen am Himmel beobachten. Gleichzeitig vier Streifen war Rekord, aus großer Entfernung schienen sie auf denselben Punkt weit im Norden zuzulaufen, als hätten die Flugzeuge am Nordpol ihr Nest. Im Dachfirst des Nachbarhauses leben Wespen, die geschickt das kleine Loch zwischen Holz und Dachpappe ansteuern, abbremsen und hineinschlüpfen. Jede Wespe hat das irgendwann einmal lernen müssen, aber sie hat es sicher nicht als anstrengend empfunden. Es gibt auch keine besonders talentierte Wespe unter ihnen, jedenfalls würde ihr Talent ihr keine Vorteile bringen. Sie würde vielleicht nur etwas öfter fliegen können und dadurch etwas mehr arbeiten müssen. Abends brüllen sich die Obdachlosen auf dem Platz vor meinem Haus an, sie klingen sehr energisch und kennen nur eine Lautstärke. Vielleicht würden Besucher fremder Galaxien sie für unsere Anführer halten, weil sie so laut sind, von allen Arbeiten entbunden scheinen und sich nachts nicht einschließen müssen. Ich frage mich immer, was einen am Leben hält, wenn man kein Zuhause hat. Es muß einen Selbsterhaltungstrieb geben, den ich nicht habe. Im Bio-Laden lag der Prospekt einer »Kinesiologischen Emotionalbalance«, eine Frau, die mir mit »Engelenergien« helfen will, mein Seelenpotential auszuschöpfen, für fünfzig Euro die Stunde. »Hinter Ihren körperlichen und emotionalen Blockaden verbergen sich unverarbeitete, emotionale Verletzungen Ihrer Seele. Ihr Unterbewußtsein bzw. Inneres Kind hat die Gefühlserinnerung an diese schmerzhafte Erfahrung verdrängt. Immer wenn Sie in der Gegenwart mit ähnlichem, emotionalem Schmerz konfrontiert werden, macht sich das Schmerzmuster der Vergangenheit wieder bemerkbar und Sie leiden.« Mit ihrer medialen Begabung will sie mir helfen, mein Karma zu finden, »die Lernaufgabe, die sich unsere Seele in diesem Leben gestellt hat«. Erwachsen zu werden bedeutet vielleicht, sein Inneres Kind in Ruhe zu lassen und allen schmerzhaften Gefühlserinnerungen aus dem Weg zu gehen. Das Gegenteil davon ist dann Schreiben.

Die Welt der Guermantes, S. 190–210

Was liegt Saint-Loup an dieser Rahel? In seinen lichten Momenten weiß er zwar, daß er sie idealisiert, aber »*seine Verbindung mit Rahel kam ihm wie die Erforschung eines fremden Lebens vor*«. Und Paris verwandelt sich, wenn man dort eine neue Frau kennengelernt hat. Für Marcel heißt es hingegen: ein Abend zu dritt, da macht man was mit. »*Sie unterbrach sich in ihren Ausführungen über Bücher, moderne Kunst und Tolstoi nur, um Saint-Loup Vorwürfe zu machen, er trinke zuviel Wein.*« Die beiden schaukeln sich allerdings auch leicht hoch. Saint-Loup ist eifersüchtig auf jeden anderen Mann im Raum, und Rahel gibt seiner schlechten Laune Nahrung, weil sie »*nicht den Anschein erwecken wollte, als liege ihr daran, ihn wieder freundlich zu stimmen*«. Warum hört Saint-Loup nicht auf seine Vernunft? Man ahnt es: »*Geschicklichkeit brachte sie nur in der Liebe auf infolge jenes rührenden Ahnungsvermögens von Frauen, die den Körper des Mannes so sehr lieben, daß sie von vornherein erraten, was diesem von dem ihren so ganz verschiedenen Leib Genuß bereiten kann.*«

Das Essen endet damit, daß Saint-Loup wegen einer Eifersuchtsattacke den Tisch verläßt (wie sagte sie doch über einen jungen Mann am Nebentisch: »*Mir gefällt er aber sehr, und zwar, weil er bezaubernde Augen hat und die Frauen auf eine Weise ansieht, daß man gleich merkt, er hat Verständnis für sie.*«) Aber im damaligen Frankreich gab es für zornige Männer noch eine Alternative zum pathetischen Aufbruch, denn wenig später läßt Saint-Loup ihr ausrichten, er sei in einem Séparée des Restaurants, »*um sein Dejeuner zu beenden*«. Dorthin folgt sie ihm, und als Marcel zu den beiden stößt, findet er Rahel »*lachend unter den Küssen und Liebkosungen, mit denen er sie überschüttete*«. Marcel langweilt sich dabei natürlich etwas, bis er sich mit Champagner tröstet. Er bekommt wieder seinen Rivebelle-Rausch, im Spiegel findet er sich zwar »*häßlich und fremd*«, prostet sich aber übermütig zu.

Auf der Bühne hat Rahels Gesicht Wirkung, aber: »*Stand man dicht neben ihr, sah man nur einen Nebelfleck, etwas wie eine mit rötlichen Tupfen und winzigen Pickeln übersäte Milchstraße, sonst nichts.*« Man könnte behaupten, der Autor meine es nicht gut mit seinen Figuren, sie so unvorteilhaft ins Licht seiner Prosa zu rücken. Saint-Loup ficht das nicht an, er hatte sie ja zum ersten Mal auf der Bühne erblickt und aus der Distanz bewundert. Der Abgrund zwischen Bühne und Zuschauerraum scheint ihr eine Dimension hinzugefügt zu haben. So ist es ja mit allen beruflich bedingten Distanz-Situationen, das macht Krankenschwestern, Polizistinnen, Lehrerinnen und Kellnerinnen so anziehend. Draußen mißfallen zwar auch Saint-Loup ihre Sommersprossen und Hautunreinheiten, und es bereitet ihm nicht mehr die gleiche Lust wie im Theater, von ihrem Anblick zu träumen: »*Aber obwohl er diesen nicht mehr haben konnte, bestimmte sie doch auch weiterhin seine Handlungen, so wie es die Gestirne tun, die uns durch ihre Anziehung sogar während jener Stunden beherrschen, da sie uns nicht sichtbar sind.*«

Verlorene Praxis:
- Mit Händen und Füßen Zeichen geben, daß man mit seiner Nervenkraft am Ende ist.

65. Sa, 23.9., Berlin, Sonne, heiter

Es ist immer so entmutigend, wenn etwas nicht funktioniert, man möchte dann gleich alles hinschmeißen und sich für immer aus der Welt zurückziehen. Ich habe einen billigen Drucker, der, obwohl ich den Druckkopf mit einem speziellen Reinigungsset behandelt habe, den Schwarz-Weiß-Druck ganz eigen interpretiert – indem er nämlich manche Zeilen schwarz druckt und manche weiß –, außerdem habe ich einen teuren, den der Computer an seinem USB-Port nicht erkennt. Nun hätte ich fast für diesen Rechner, mit dem ich ins Internet gehe und nur wenig drucke, einen neuen Drucker gekauft, aber im letzten Moment fiel mir ein, daß der Rechner diesen an seinem USB-Port ja auch nicht erkennen würde. Also müßte ich entweder einen alten Drucker mit Parallelschnittstelle auftreiben oder mir statt eines Druckers für 39 Euro einen USB-Centrino-Adapter für 29 Euro besorgen, was doch absurd ist. Momentan kann ich meine Mails nicht ausdrucken und muß dauernd mühsam aussortieren, damit es weniger als 490 sind, weil mir sonst mein Mail-Provider alle paar Minuten schreibt, daß meine Mailbox bald voll ist, wodurch sie dann tatsächlich bald voll ist. Ich bin also gezwungen, meine Post der letzten vier Jahre immer wieder durchzusehen, um doch noch eine Mail zu finden, auf die ich verzichten kann, was natürlich immer schwerer wird, und es quält mich, dauernd Gott spielen zu müssen und ganze Existenzen aus meinem Archiv zu löschen, Menschen, die sich als temporäre Erscheinungen in meinem Leben erwiesen haben, von denen ich aber doch wenigstens eine kleine Erinnerungsmail aufbewahren wollte. Ich könnte die Mails kopieren und am anderen Computer ausdrucken, der den teuren USB-Drucker (der nach wenigen Monaten im Laden schon nur noch die Hälfte kostet) erkennt, aber dazu kann ich mich nicht entschließen, weil ich ja einen funktionierenden Drucker besitze, den ich dank meiner USB-Kabel-Verlängerung problemlos an den Internet-Computer anschließen könnte, wenn dieser ihn nur erkennen würde. Und weil er das eigentlich müßte, lehne ich es ab, die Hoffnung aufzugeben und probiere jedes Mal, wenn ich den Rechner anschalte, noch einmal aus, ob es nicht doch funktioniert, was mich immer eine Stunde kostet. In keiner anderen Branche könnten es sich die Hersteller erlauben, Produkte anzubieten, für deren Inbetriebnahme der Kunde jedesmal eine halbe Woche braucht. Bei Lebensmitteln regt man sich über ein bißchen verdorbenes Fleisch auf, das bisher noch niemandem in seinem Essen aufgefallen ist, aber bei Computern wird die überall angebotene Gammeltechnologie allgemein akzeptiert. Daß es eine Zeit in meinem Leben gab, in der ich von Computern fasziniert gewesen bin, ist mir heute unverständlich.

Die Welt der Guermantes, S. 210–231

Die arme Rahel wird von Marcel nicht geschont. Als sie hinter den Kulissen zu ihr stoßen, macht sie für ihn einen »*Prozeß der Zerstörung durch*«. Er vergleicht ihr Gesicht mit dem Mond, auch der zeige aus der Nähe »*Protuberanzen, Flecke und eingekerbte Rinnen*«.

Diesmal ist es ein Tänzer, der Saint-Loup eifersüchtig macht. Er übt für eine Balletteinlage und wirkt zwischen den anderen Herumstehenden »*erfrischend wie der Anblick eines unter eine Menschenmenge verirrten Schmetterlings*«. Saint-Loup droht damit, Rahel das Kollier doch nicht zu schenken. Sie deutet das als Erpressung. Damit ist das eigenartige Verhältnis zwischen Schenkendem und Beschenktem angesprochen, von dem Adorno schreibt: »Die Spende ist mit Demütigung durch Einteilen, gerechtes Abwägen, kurz durch die Behandlung des Beschenkten als Objekt notwendig verbunden.« Davon kann er sich ja eigentlich nur freisprechen, wenn er mit seinem Geschenk wartet, bis sie wieder getrennt sind.

Sie kennt keine Gnade, mit einem Blick auf »*Roberts verzerrte Züge*« macht sie Bemerkungen über die kleinen Hände des Tänzers. Eigenartigerweise hat Robert, obwohl er wegen ihr rot anläuft, die Ruhe, den »*drei Journalisten*«, die bei ihnen stehen, nahezulegen: »*Würden Sie wohl die Güte haben, mein Herr, Ihre Zigarre wegzuwerfen, der Rauch schadet meinem Freund.*« Solch eine Aufmerksamkeit von Seiten meiner Freunde habe ich noch nie erlebt. »Würden Sie wohl die Güte haben, die Musik leiser zu stellen, die lärmende Vierergruppe vom Tisch neben dem Eingang rauszuwerfen, ihre Frisur zu überdenken, das Milchschaumgerät in den Keller zu verbannen und die Luft von herumfliegenden Pollen zu reinigen, denn all das schadet meinem Freund.«

Im Gehen dreht sich Rahel um: »*Ob diese kleinen Hände es auch so gut mit den Frauen verstehen? rief sie dem Tänzer vom Hintergrund der Bühne her mit einer künstlich melodischen und unschuldigen Naivenstimme zu, du siehst ja selbst aus wie eine Frau, ich glaube, man würde sich sehr gut mit dir und einer meiner Freundinnen verstehen.*« Aber Saint-Loup wirft sich nicht auf sie, um sie zu erwürgen, er bleibt ganz ruhig bei den rauchenden

Journalisten stehen. »*Sie sind nicht sehr höflich*«, stellt er fest, um einem von ihnen aus heiterem Himmel eine Ohrfeige zu verpassen. Für Marcel verstößt dieser Akt gegen das Kausalitätsprinzip, weil er sich nicht aus der vorhergehenden Ruhe Saint-Loups ableiten läßt, er ist »*eine Urzeugung des Zorns ex nihilo*«.

Draußen wird Saint-Loup auch noch von einem »*ziemlich schlechtgekleideten*« Mann »*mit bestimmten Passionen*« angesprochen, wenig später schlägt er schon auf diesen Mann ein. Aber es »*reichen solche Züchtigungen, wiewohl sie die Gesetze unterstützen, dennoch niemals aus, die Sitten dieser Menschen denen der anderen anzupassen*«.

Und nun geht es endlich in den Salon der Madame de Villeparisis (wir bekommen ja immer noch einen einzigen Tag erzählt), einen drittklassigen Salon, was an der Vergangenheit der Gastgeberin liegen muß. Sie hat in der Jugend zu viele Menschen vor den Kopf gestoßen und kann das jetzt auch nicht mehr ausbügeln. »*Wie viele Frauenleben, die freilich wenig bekannt sind [...], erscheinen auf diese Weise in entgegengesetzte Perioden aufgeteilt, wobei die letzte ganz darauf verwendet wird, wiederzuerlangen, was man in der zweiten fröhlich in alle Winde verstreut hat!*« Auch erkennt sie das Genie großer Künstler nicht, »*ihre Gabe erschöpfte sich darin, fein über sie zu spotten und ihrem eigenen Unverständnis eine geistreiche und anmutige Form zu geben*«. (Damit kann man es im Feuilleton heute schon sehr weit bringen.) In Gegenwart wirklichen Geistes verspüren die Weltleute »*eine gewisse Ermüdung und Gereiztheit, die sehr bald zur Abneigung wird*«.

Unter den Gästen ist ein Historiker, der ihr bei ihren Memoiren hilft und sein Haus nur verläßt, wenn die Arbeit es verlangt: »*Unfähig, häufiger diese für andere ganz unproblematischen Ausflüge zu unternehmen, die ihn so viel Überwindung kosteten, als müsse er vom Mond niedersteigen, war er immer erstaunt, daß das Leben der anderen nicht ständig darauf eingerichtet war, ein Maximum an Nutzen für die jähen Kraftanstrengungen des seinigen in Bereitschaft zu halten.*« Und auch hier sieht man sich beschrieben, wenn man nach Wochen wieder einmal den Mond verläßt, sich zu seinen alten Freunden setzt und darunter leidet, daß diese so große Überwindung erfordernde Annäherung so wenig Ertrag bringt. Man ist zwar nur ein paar Ecken zu Fuß gegangen, aber geistig kommt man doch von einer Polarexpedition wieder und rechnet eigentlich auf die gleiche Zuwendung und die gleiche Neugier, die ein halbverhungerter Abenteurer bei seiner Rückkehr erwarten dürfte. Statt dessen merkt gar keiner, wenn man wieder geht.

Unklares Inventar:
– Zinnien, Maskarill.

Verlorene Praxis:
– Niemals einen Fuß in einen bestimmten Salon setzen, aus Angst, *»sich dort durch die Gesellschaft von Arzt- und Notarsgattinnen gesellschaftlich zu deklassieren«*.
– Wenn der König zu Besuch kommt, auch zu Hause einen Hut tragen, *»da der König überall in seinem Hause weilt, ist ein Herr dann nur mehr Gast in seinem eigenen Salon«*.

66. So, 24.9., Berlin, abends, heiter verglühender Tag

Die Pankowerin wollte mit mir Tischtennis spielen. Früher haben wir jeden Tag Tischtennis gespielt, an den Steinplatten vor dem Haus, im Sommer bis man in der Dämmerung den Ball nicht mehr sah oder ein Film im Fernsehen kam. (»Kommt heute ein Film?« die Frage würde man heute wohl so nicht mehr stellen. Genausowenig: »Haste jestern jekiekt?«) Dabei ist mir nie aufgefallen, daß man sich bei diesem Sport dauernd nach dem Ball bücken muß. Es gibt ja auch Sportarten, in denen man sich nicht so oft bücken muß, zum Beispiel Golf, wo man sich auf einem 18er Kurs genau 36mal bückt. Oder Schwimmen, da bückt man sich nur einmal kurz am Start, aber selbst das ist fakultativ, man könnte auch mit einer Kerze ins Becken springen und den anderen hinterherschwimmen. Beim Gewichtheben muß man sich auch nur einmal pro Versuch bücken, bis dahin ist es immer noch weniger anstrengend als eine Partie Tischtennis.

Der Unterschied zu früher, wo mir das Bücken nicht so unangenehm auffiel, ist, daß ich keinen Ehrgeiz mehr habe. Wenn ich denke, welche Aggressionen freigesetzt wurden, weil der Bruder einen besiegt hatte. Das ist vorbei, ich lasse anderen gerne den Vortritt. Aber was ist, wenn einen der Ehrgeiz auch in anderen Bereichen verläßt? Wenn es mir nichts mehr ausmacht, daß andere Autoren mehr Erfolg haben? Heißt das dann, daß ich bald sterben werde? Von einer höheren Warte aus betrachtet, ist Neid ja immer überflüssig, man durchschaut doch die Aufmerksamkeitsökonomie und kann sich nur gratulieren, kein Liebling der Institutionen zu sein. Aber Neid ist eben auch etwas, was einen antreibt, sich nach dem Ball zu bücken. Und wie unbedeutend die Gegner waren, die man auf seinem Weg überholt hat, ist doch genauso unwichtig wie die Zusammensetzung des Treibstoffs, mit dem man zum Mond fliegt.

Sie dann abends noch einmal angerufen. Sie warnt mich wieder vor ihrem Charakter: »Hör auf deine Mutter.« Warum sagt sie so etwas? Ihr Chef hat sie heute weggeschickt, er konnte es nicht mit ihr im Büro aushalten, weil er unglücklich in sie verliebt ist.

Der Wettstreit der Salons um die edelsten und berühmtesten Besucher ist ein Daseinskampf, obwohl es noch nicht um Marktanteile zu gehen scheint und man keine Werbebanner verkauft. Aber die Zeitungen berichten, wer wo gesehen wurde. Wobei man den gegenwärtigen Ruf eines Salons von seiner historischen Bewertung trennen muß, die günstiger ausfallen kann, wenn die Salondame eines Tages ihre Memoiren verfaßt. Indem sie das tut, übertrumpft Madame de Villeparisis den Salon von Madame Leroi, zu dem sie selbst nicht eingeladen wird. Aber sonst würde sie ja auch gar nicht schreiben: »*Gott will, daß ein paar gut geschriebene Bücher erscheinen, und zu diesem Zweck füllt er das Herz solcher Frauen wie Madame Leroi mit solcher Art von Verachtung an, denn er weiß, daß, lüden sie eine Madame de Villeparisis zu sich ein, diese sofort ihr Schreibzeug im Stich und für acht Uhr anspannen ließe.*«

Marcel wünscht sich ein »*mythologisches Wörterbuch der Gesellschaft*«, aus dem man erfahren könnte, welche galanten Abenteuer in ihrer Vergangenheit zum Sturz bestimmter gesellschaftlicher Gottheiten geführt haben. Man erhalte solche Informationen nur noch von sehr alten Männern, die die Zeit erlebt haben, oder von jungen Frauen, die sie von diesen alten Männern hören.

Marcel hat Glück, denn die Herzogin von Guermantes beehrt den Salon ihrer Tante, der Madame de Villeparisis. Müßte sie sie nicht aus Verwandtschaftsgründen besuchen, wäre ihr deren Salon allerdings zu drittklassig, »*nachdem sie einen leichten Seufzer ausgestoßen hatte, begnügte sie sich, um die Nichtigkeit des Eindrucks kundzutun, den der Anblick des Historikers und der meinige auf sie gemacht hatte, mit einer kleinen Bewegung ihrer Nasenflügel, die sie mit jener spannungslosen Exaktheit ausführte, wie sie sich aus einer gänzlich unbeteiligten Aufmerksamkeit ergibt*«. Mit solchen Bewegungen der Nasenflügel treibt man ehrgeizige Männer zum Wahnsinn. Marcel himmelt sie immer noch an, er erwartet, daß ihre Stimme klingt, als schwämme in ihr »*das träge ölige Gold besonnter Provinzregionen*«. Solche Bilder tragen allerdings für den Leser nicht zum Verständnis bei, man weiß einfach nicht, was das tertium comparationis zwischen einer Frauenstimme und trägem öligem Gold besonnter Provinzregionen ist. Aber ihn hat auch schon der »*amarantfarbene Widerschein der letzten Silbe ihres Namens*« zum Träumen eingeladen, und er hofft, ihre Plauderei würde »*durch mysteriöse Tiefe die verjährte Eigenart eines mittelalterlichen Wandteppichs oder eines gotischen Kirchenfensters besitzen«.*

Was würde sie denken, wenn sie wüßte, was er denkt? Bis jetzt ist sie nur gelangweilt, sie sieht sich um und erholt sich erst für Momente, als ihr Blick auf Möbelstücke fällt, die ihr bekannt sind, »*dann kehrte dieser Blick von dem Beauvaisbezug noch einmal zu der Person zurück, die darauf saß, und wurde dann wieder zum wachen Mittler einer Mißbilligung, die in Worten zu äußern Madame de Guermantes aus Respekt vor ihrer Tante sich nicht erlaubt haben würde, die sie aber auch empfunden hätte, wäre statt unserer auf diesen Sesseln ein Fettfleck oder eine Staubschicht zu konstatieren gewesen*«.

Was für eine arrogante Schnepfe, aber für Marcel sicher ein lohnendes Kapitel in der hierarchisch aufsteigenden Biographie seines Begehrens. Man darf gespannt sein, wen dieses sich als letztes und höchstes zum Objekt wählen wird, vielleicht ein Auto?

Zu sich lädt Madame de Guermantes übrigens nur Männer ein, die sie interessant findet, und verbittet sich, daß diese ihre Gattinnen mitbringen, »*da ihre immer mehr oder weniger vulgären Frauen in einem Salon, in dem nur die elegantesten Schönheiten von Paris auftraten, störend gewirkt hätten*«. Der Herzog erklärt das den verwunderten Ehemännern damit, daß seine Frau »*die Gesellschaft von Frauen nicht ertrage, fast als handle es sich um eine ärztliche Vorschrift oder als erkläre er, sie könne nicht in einem Zimmer sein, in dem es nach etwas Bestimmtem rieche, nichts stark Gesalzenes essen, in der Bahn nicht rückwärts zur Fahrtrichtung sitzen oder unmöglich ein Korsett an sich haben*«.

Solange sie die entstehende Lücke mit eleganten Pariser Schönheiten auffüllt, ist das ja keine schlechte Einladungspolitik, leider vernachlässigen heute viele weibliche Geburtstagskinder diese Aufgabe und man findet sich immer zwischen lauter interessanten Männern wieder, was dann gar nicht so interessant ist, weshalb man verzweifelt Ausschau nach ihren mehr oder weniger vulgären Frauen hält.

Sie ist durchaus geistvoll und »*entfaltete gerade eine besondere Eleganz darin, in Anwesenheit eines Dichters oder Musikers nur von den Gerichten zu sprechen, die aufgetragen wurden*«. Ist einmal ein großer Dichter geladen, redet er am Ende kein Wort von der Dichtkunst, sondern ißt ununterbrochen, was die anwesenden Zaungäste enttäuscht, die auf seine Orakelsprüche gehofft hatten. Aber den Dichtern ist es so am liebsten.

Unklares Inventar:

- Der Herzog von Aumale, der Herzog von Broglie, die Prinzessin von Poix, Montalembert, Monseigneur Dupanloup, Coysevox, Joubert, Marie Rohan (Herzogin von Chevreuse), Herr von Luynes, Madame Ristori, Madame de Beaulaincourt, Madame de Chaponay, die Herzogin von Aosta, Madame de Montmorency, die Prinzessin von Parma, die Fürstin von Sagan, Augier, Meilhac, Halévy, die Prinzessin von Mecklenburg, Hannibal de Bréauté-Consalvi.

Verlorene Praxis:

- In Gegenwart seiner Gäste Moosrosen, Zinnien und Venushaar aquarellieren.
- Einen rauhen Ton von sich geben, der bedeutet, daß man pflichtschuldigst lacht.

67. Mo, 25.9., Berlin, abends, heiter, mild

Dieser Film war wieder ein gutes Beispiel. Eine Geschichte, die sich ganz logisch aus der Anfangskonstellation ergibt und deshalb langweilt. Ein Mann, im größten Gestank geboren, der zu einer miserablen Existenz verurteilt scheint, aber eine Gabe hat: seinen Geruchssinn. Dafür stürzt er alle ins Unglück, die ihm begegnen, denn wie im Märchen muß man für seine Gabe bezahlen. Er kann zwar bezaubern, aber nur durch seine Kunst, er selbst ist gefühllos beziehungsweise geruchlos (logisch), obwohl er die erlesensten Gerüche zu komponieren versteht. Echte Leidenschaft empfindet er nur für seine Kunst, also für das Flüchtigste an den Dingen, ihren Geruch, der ihre Essenz enthält. Am Ende kann er die Menschen mit seinem Werk verführen, sogar den Vater seines letzten Opfers zwingt er durch sein Parfüm, ihn zu lieben. (Ein Höhepunkt der Verführungsmacht, wie er logischer nicht sein könnte.) Aber sie lieben ja nur seine Kunst, nicht ihn, und deshalb beschließt er zu sterben und läßt sich am Ort seiner Geburt (wo sonst?) von den Aussätzigen fressen, um spurlos zu verschwinden.

Die Handlung kannte man schon aus den Kritiken. Aber ob der Film nun in Schwarz-Weiß gedreht worden wäre, als MTV-Clip oder als Dogma-Film, es hätte nichts geändert, denn bis auf den Plot war alles austauschbar. Ein Roman, der die Forderungen der Filmdramaturgie erfüllt, der sein Thema schulbuchmäßig durchdekliniert, aber was als Text vielleicht sogar Stoff für eine Fabel ergeben würde, wirkt als Film so spannend wie ein neunzigminütiger Werbetrailer für ein Haarwasser. Man hätte bei der Ausstattung viel Geld sparen können, denn daß man sich in »Frankreich« befand, wurde ja schon, wie immer in deutschen Synchronfassungen, aus der Tatsache deutlich, daß die Töchter ihre Väter »Papá« nannten.

Zeitung: Daß Haile Gebrselassie den linken Arm so eng am Körper halte, sei eine Angewohnheit aus Schülerzeiten. Als er täglich zehn Kilometer zum Unterricht laufen mußte, habe er die Schultasche immer unter dem linken Arm getragen.

Nutzloses Wissen: Einer der abgründigsten Sätze von Schostakowitschs Sinfonien sei das Allegretto in der Zehnten. »Es beschreibt den Komponisten, der allein in seinem Arbeitszimmer ist, denkt, und umhergeht.«

Zehn Jahre standen die Ableger meiner Graspflanze in dem kleinen Kännchen im Wasser und haben Wurzeln gebildet. Ich habe es einfach nie geschafft, sie einzupflanzen. Jetzt habe ich sie weggeworfen. Resignation oder Aufbruch?

Die Welt der Guermantes, S. 252–273

Es ist so weit, es gibt einmal nichts zu sagen, so langweilig waren also die Pariser Salons zu Prousts Zeiten. Bloch benimmt sich daneben, man lästert über Saint-Loups Geliebte, Monsieur de Norpois erscheint verspätet und greift sich, um zu kaschieren, daß er als Hausfreund der Madame de Villeparisis die ganze Zeit in einem anderen Zimmer ihre Papiere sortiert hat, im Flur einen Hut, aus Versehen den von Marcel. Naja … Als Diplomat schafft er es, sich lebhaft dafür auszusprechen, daß Marcels Vater einen Akademiesitz bekommt, aber gleichzeitig anzukündigen, daß er selbst im Moment noch dagegen stimmen würde. Dem schreibenden Marcel gibt er den Rat, daß es »*dem Romanschriftsteller besser ansteht, eine Intrigue zu schürzen*« (vielleicht hätte ihm der oben erwähnte Film gefallen).

Unklares Inventar:
- Pflanzendekokt.

Verlorene Praxis:
- Einer Sitte folgend, die gerade Mode ist, seinen Zylinderhut neben sich auf den Boden stellen.
- Dem deutschen Botschafter gegenüber einen eigenen Standpunkt in der chinesischen Frage vertreten.
- Sich beim Eintreten in einen Salon »*mit vorsichtig stutzender Langsamkeit*« voranschieben, als fürchte man, »*auf Schleppen zu treten oder Gespräche zu stören*«.
- Der Gastgeberin dabei zusehen, wie sie Moosrosen, Zinnien und Venushaar aquarelliert.

Selbständig lebensfähige Sentenz:
- »*Ein Künstler, mag er auch noch so bescheiden sein, verträgt immer, daß man ihm vor seinen Rivalen den Vorrang gibt.*«

68. Di, 26.9., Berlin

Bevor ich zur Schule kam, hatten wir Mädchen nur angefaßt, um sie festzuhalten und ihnen den Rücken mit zerdrückten Hagebutten einzureiben, was angeblich jucken sollte. Die Größeren unter uns, die schon etwas schreiben konnten, spielten dann ein neues Spiel, bei dem einer dem anderen mit dem Finger Buchstabe für Buchstabe ein Wort auf den Rücken schrieb, das es zu raten galt. So kam es, daß ich, weil ich unbedingt mitspielen wollte, schreiben gelernt habe, auf Mädchenrücken.

Sie denke viel an mich, könne sich aber nicht überwinden, sich zu melden, weil sie gerade »gern allein sei«, schreibt sie. Das war ich bis vor kurzem auch.

Die Welt der Guermantes, S. 273–293

Im Salon der Madame de Villeparisis wird vor allem gelästert: Bloch lästert über Saint-Loup, alle lästern über Rahel, die Madame de Guermantes lästert über Odette und über ein Stück von Maeterlinck (wofür Marcel sie verflucht), sowie über die Madame de Cambremer (»*dieses riesige Huftier*«).

Dann kommt man auf die Dreyfus-Affäre zu sprechen, und es fallen die Namen von Zola, Oberstleutnant Henry, Oberstleutnant Picquart, Fezensac, Duras, Esterhazy, Paty de Clams, Cavaignac, Cuignet, Reinach, Boisdeffre, Rochefort, des Prinzen von Orléans, der Prinzessin Clementine, des Prinzen Ferdinand, des Fürsten von Bulgarien, des Prinzen von Joinville. Sie alle haben zur Frage, ob Dreyfus schuldig ist oder nicht, etwas beizutragen. Man wird fast ein wenig ungeduldig und fragt sich, ob Proust nicht gut daran täte, wieder einmal ein wenig »Intrigue zu schürzen«. Aber nein, solche Gedanken muß man in sich niederzuringen wissen, es ist alles nur ein Weg, die Spreu vom Weizen unter den Lesern zu trennen. Zwanzig Seiten sind doch das mindeste, was man uns als Autor aufgeben kann, wenn man uns dafür mit einem kleinen Satz belohnt, nicht einmal einem besonderen Satz, nur einem schlichten und wahren Gedanken: »*Aber ein anderes Gesetz der Sprache besteht darin, daß von Zeit zu Zeit, so wie gewisse Krankheiten kommen und gehen, von denen man später nichts mehr hört, Redewendungen auf ganz ungeklärte Weise entweder spontan oder dank einem Zufall entstehen wie dem, der in Frankreich ein Unkraut aus dem im Plüsch einer Reisedecke aus Amerika mitgeführten Samen entsprießen ließ, der auf die Eisenbahnböschung fiel, Redwendungen, die man innerhalb eines Jahrzehnts aus dem Munde der verschiedensten Menschen vernimmt, die sich bestimmt nicht darüber verständigt haben.*«

Redewendungen, die sich wie Krankheiten ausbreiten und heute ja nicht mehr nur über Reisedecken, sondern durch die Medien (»unter der Woche«, »an Ostern«, »O-Saft«, »auf jeden« …), das ist zu einem ernsten Problem für die seelische Gesundheit der wenigen geworden, die bemüht sind, zu reden wie sie selbst und nicht wie ihre Zeit. Man müßte diese Redewendungen eben auch wie Krankheiten bekämpfen, indem man jeden, der sie verwendet, so lange knebelt, bis die Gefahr einer Seuche gebannt ist.

Unklares Inventar:
– Ein Pronunciamento-General.

69. Mi, 27.9., Berlin

Ich bin eigentlich immer krank, nur manchmal sind die Diagnosegeräte nicht genau genug. Seit vorgestern habe ich Schmerzen im Nacken und kann den Kopf nicht mehr nach links drehen. Ich weiß nicht, ob das einen Einfluß auf mein Werk haben wird, aber die auffälligste Konsequenz wird wohl sein, daß ich mich, solange ich unter diesem Zustand leide, nur noch in Frauen verlieben kann, die rechts von mir sitzen. Da ich von links besser aussehe, wären das immerhin die Frauen, denen es wirklich um mich geht und nicht nur um mein Aussehen. Trotzdem würde es nichts mit uns werden, weil ich es immer gewohnt war, rechts neben der Frau zu gehen, links fühle ich mich ganz verloren. Ich müßte also in Zukunft, wenn ich unbedingt mit einer Frau spazieren will, um mich dabei nicht völlig zu verleugnen, rückwärts gehen. Dann hätte der eine immer den Weg im Blick, der noch vor uns liegt, und der andere den, den wir schon gegangen sind. So könnten wir immer zusammen sein, und trotzdem würde jeder sein eigenes Leben leben.

Die Welt der Guermantes, S. 293–314

Offenbar sind alle anderen Salongäste dreyfusfeindlich und zudem traditionell antisemitisch eingestellt. Aus Angst vor ihren Gästen möchte die Gastgeberin Bloch, weil er Jude ist, bei der Verabschiedung bedeuten, daß er nicht wiederzukommen brauche, gerät aber in Bedrängnis, als dieser ihr die Hand reicht, denn wegen seiner Bohème-Kontakte, die ihr für ihren Salon noch nützlich sein könnten, möchte sie ihn auch wieder nicht verstoßen. Ein Dilemma, aus dem sie sich rettet, indem sie sich in ihrem Sessel schlafend stellt, als er ihr seine Hand unter die Nase hält. Für ihn wirkt diese Reaktion, als sei sie aus Altersgründen nicht mehr ganz beisammen. Auch auf sein Adieu antwortet sie nicht: »*Die Marquise machte mit den Lippen die ganz leichte Bewegung einer Sterbenden, die den Mund öffnen möchte, deren Blick jedoch nichts mehr erkennt.*«

Irgendwann fällt einem auf, daß alle reden, aber Marcel selbst die ganze Zeit über kein Wort sagt. So trifft zum Beispiel jetzt Saint-Loup ein und spricht zu seiner Tante, der Madame de Guermantes. Anscheinend weist er sie, wie gewünscht, auf Marcel hin, weswegen sich die Madame diesem zum ersten Mal zuwendet. Aber noch bevor er ihre Frage nach seinem Befinden beantworten kann, heißt es: »*Da er [Saint-Loup] befürchtete, die Unterhaltung werde auf der Stelle stocken, trat er selbst hinzu, um sie weiterzuspinnen, und antwortete für mich: Es geht ihm nicht besonders, er ist etwas abgespannt; im übrigen ginge es ihm besser, wenn er dich öfter sähe, denn ich möchte dir nicht verhehlen, daß er dich sehr gern sieht.*« Dann läßt er sie allein und: »*Wir schwiegen alle beide.*« Schließlich bricht die Madame das Schweigen: »*Ich sehe Sie manchmal am Vormittag.*« Aber noch bevor Marcel darauf antworten kann, stößt eine andere Madame dazu und stellt der Madame de Guermantes eine Frage. Es war denkbar knapp, aber er hat es wieder geschafft, nichts zu sagen. Zu schweigen wäre nach dem Versuch, eine Party mit Ohrstöpseln mitzumachen, ein gutes Folgeexperiment. Ich wette, es würde niemandem auffallen, wenn ich kein Wort sagen würde, im Gegenteil, hinterher würde es heißen, ich sei diesmal viel sympathischer gewesen.

Der Name des eintretenden deutschen Premierministers Fürst von Faffenheim-Münsterburg-Weiningen erinnert Marcel an einen deutschen Badeort, in dem er einmal mit der Großmutter gewesen ist und der »*am Fuße eines Gebirges gelegen war, welches durch Spaziergänge Goethes seine Weihe erhalten hatte*«. Das war Goethes bemerkenswerte Gabe, die Welt mit einer Schleifspur von Sinn zu überziehen. Alles, was er berührt hat, war für immer Teil von Goethes Kosmos und dadurch auch irgendwie erlöst worden. Nur für ihn selbst war es natürlich anstrengend, immer im Dienst zu sein. Während alle anderen entspannt durch ein Gebirge wandelten, das von Goethes Spaziergängen geweiht worden war, mußte Goethe sich ständig einsam durch völlig ungeweihtes Gelände vorarbeiten. Er war überall der erste, und wenn nicht der erste, so doch der erste von Bedeutung, eben der erste Goethe. Es mußte ihm ja direkt Angst gemacht haben, irgend etwas in die Hand zu nehmen und es dadurch unwiederbringlich mit der Aura eines Heiligtums aufzuladen, auch wenn er nach etwas ganz anderem gesucht hatte.

Unklares Inventar:
- Kaudinisches Joch, ein Kleid aus weißem Surah, Charron-Automobile.

Verlorene Praxis:
- Ein leichtes, trockenes Glucksen in der Kehle vollführen, zum Beweis dafür, daß man den Geist eines Verwandten goutiert.

70. Do, 28.9., Berlin

Im letzten Winter haben meine Tochter und ich uns vor dem Schneeregen in ein buntes Spielplatzhäuschen geflüchtet, auf dessen Wände größere Kinder geschrieben hatten: »Alle von euch Pennernutten sind Nutten!« Wir waren die einzigen auf dem Spielplatz. Das Häuschen hatte weder einen Fußboden, noch Türen oder Fenster, und jeder, der versucht hätte, darin einzuziehen, wäre von der Polizei abgeholt worden. Trotz dieser Mängel war es ein Häuschen, weil man rausgucken konnte. Abstraktion gilt ja eigentlich als Vergnügung höherer Intelligenzen, dabei sind Kinder darin viel virtuoser. Mit Sand und zwei Stöckchen kann man »Nudeln-mit-Tomatensauce-und-Hustenbonbons-Essen« oder »Zähneputzen« spielen, und es wirkt nicht unrealistischer, als in der Kirche in Gestalt einer Oblate Jesus zu verspeisen. Wenn mir diese Fähigkeit zur Abstraktion nicht verlorengegangen wäre, könnte ich jederzeit in meiner Wohnung »Im-Central-Park-Penthouse-Wohnen« spielen, meine Zimmerpflanzen – alles Ableger eines einzigen, hartnäckigen Grasgewächses – wären meine Haremsdamen und die Bücher an den Wänden wären alle von mir selbst geschrieben, und das, obwohl ich eigentlich Kranführer bin. Und immer, wenn mir jemand auf die Nerven geht, würde ich wie der eine Junge im Kindergarten sagen: »Ich spiel jetzt, daß ich nicht da bin.« Ein Spiel für eine Person und eine Menschheit.

Die Welt der Guermantes, S. 314–334

Wieder eine Ernüchterung: in der Stimme des deutschen Fürsten vernimmt er nicht, wie erwartet *»das Raunen der Elfen und den Tanz der Gnomen«*, sondern den gleichen Akzent wie bei einem elsässischen Portier. Wie enttäuschend müssen wir Deutschen, die wir uns ja auch schon selbst so auf die Nerven gehen, erst für den Rest der Welt sein.

Wir erfahren, daß Onkel Adolphes Sohn kürzlich zu Marcel gekommen ist, um ihm einige Erinnerungsstücke zu bringen, die der Onkel ihm vor seinem Tod zurückgelegt hatte, weil er sie *»für ungeeignet hielt, sie meinen Eltern zu schicken, von welchen er aber glaubte, sie würden für einen jungen Mann meines Alters von Interesse sein«*. Was könnte das sein? Briefmarkenalben? Eine Campingaxt? Ein Gummimotorflugzeug? Nein: *»Es waren Photographien von berühmten Schauspielerinnen und großen Kokotten, die mein Onkel gekannt hatte.«*

Mit Saint-Loup ist nicht viel anzufangen. Wie vor ihm schon Swann und Marcel, verzehrt er sich völlig in seiner Leidenschaft zu einer Frau, die nicht sein Genre ist. Was hilft es da zu wissen, daß wir uns immer unter unserem Niveau verlieben? »*Tatsächlich schien Roberts Blick immer wieder in eine Tiefe abzugleiten, die er dann sofort wieder verließ wie ein Taucher, der auf den Grund gekommen ist. Dieser Grund, dessen Berührung für Robert so schmerzhaft war, daß er sich gleich darauf wieder zurückschnellte, um einen Augenblick später wieder zu ihm hinabzusinken, war die Vorstellung, daß er mit seiner Geliebten gebrochen habe.*«

Aber so ein aus Selbstschutz und Stolz herbeigeführter Bruch könnte ja auch ein großer Fehler sein. Vielleicht tut man ihr Unrecht? Er ist auch schon dabei, die Sache umzudeuten: »*Sogar bei Zerwürfnissen zwischen einem guten Mann und einer bösen Frau, und sogar wenn das Recht ganz klar auf seiner Seite ist, kommt es doch immer vor, daß eine ganz unbedeutende Angelegenheit der Bösen den Anschein gibt, in einem Punkte wenigstens doch nicht ganz unrecht zu haben. Da die Frau alle anderen Punkte aber übergeht, wird, wofern der besagte Gerechte sie irgendwie braucht und unter der Trennung leidet, sein geschwächtes Selbstgefühl ihn gegen sich selber einnehmen, er wird sich der aus der Luft gegriffenen Vorwürfe erinnern, die sie gegen ihn vorgebracht hat, und sich fragen, ob diese nicht doch vielleicht begründet waren.*«

Das funktioniert wohl nicht nur in der Liebe so, sondern auch mit jeder anderen Form von Kritik: »Sogar bei Zerwürfnissen zwischen einem guten Autor und einem bösen Kritiker, und sogar wenn das Recht ganz klar auf Seiten des Autors ist, kommt es doch immer vor, daß ein ganz unbedeutender Einwand dem Kritiker den Anschein gibt, in einem Punkte wenigstens doch nicht ganz Unrecht zu haben. Da der Kritiker alle anderen Punkte aber übergeht, wird, wofern der besagte Autor ihn irgendwie braucht und unter berufsmäßig bedingter Isolation leidet, sein geschwächtes Selbstgefühl ihn gegen sich selber einnehmen, er wird sich der aus der Luft gegriffenen Einwände erinnern, die gegen ihn vorgebracht wurden, und sich fragen, ob diese nicht doch vielleicht begründet waren.«

Unklares Inventar:
– Jabot, ein schimmernder Domino, Spazierfahrt im Phaeton.

Verlorene Praxis:
– Dem Neffen seine Aktfotosammlung vererben.

71. Fr, 29.9., Berlin, abends, immer noch lau

Arbeitstreffen für die »Weltchronik«, die monatliche Gegenwartsarchivierungsshow, die ich mit Falko Hennig plane. Kaffee mit Falko und unserem ersten Gast, dem Kölner Kriminalpsychologen Mark Benecke. Wie anregend neugierige Menschen sind! Die angeblich 11 000 in Köln von den Römern getöteten Jungfrauen, die einen schwunghaften Reliquienhandel ermöglichten und Köln zu einem der reichsten Bistümer des Mittelalters machten. Bei Madonna sei es doch auch egal, ob der Schlüpfer bei eBay echt ist, warum man das dann von Reliquien erwarte. Warum die Evolution nicht dafür gesorgt habe, daß die Opfer ihren Räubern nicht mehr schmeckten. Opfer sei schon das falsche Wort, korrekter heiße es »stomach content provider«. An welcher Krankheit Johnny Cash gestorben sei, Parkinson ja nicht, und Alkoholiker sei er auch nicht gewesen. Also sicher upper and downer. Nur auf der Bühne war er schmerzfrei, Syphillis käme also auch in Frage. Woran der Sänger dieser einen Band leide, der sei so aufgedunsen. Kokain? Würde man davon nicht abmagern? Nein, nicht im fortgeschrittenen Stadium. Im Gerichtssaal sei es ganz schlecht, als Gutachter kahlrasiert und am ganzen Körper tätowiert zu erscheinen. Das Publikum in Kinderschänderprozessen verlange immer, dem Schuldigen die Hoden abzuschneiden und ihn in kochendes Wasser zu werfen. Vor Gericht zu gestehen sei übrigens immer ein Fehler. Ob man die mißlungene Schülerinszenierung eines Vampir-Stücks verreißen dürfe? Die russische Putzfrau nebenan sei übrigens mit Sicherheit höher qualifiziert als wir alle. Wer denn da singe? Der junge Stevie Wonder. Dem habe er mal an seine eingeblendete Autogrammadresse geschrieben, später habe er sich gefragt, wie der das denn lesen solle? Wenn einem der Stiel vom Schrubber immer abbreche, da helfe eine Fachberatung bei einer Reinigungsfirma, die würden einem alles zusammenstellen, mit K17 als Reinigungsmittel. Mit Profigeräten mache sogar Fensterputzen Spaß. Das sei typisch männlich, sich für alles ein Gerät zu kaufen, eine Bohrmaschine, die könne man doch auch borgen. Wenn man mit einer für dreihundert Euro fünf Löcher bohre, koste jedes Loch sechzig Euro, mit jedem weiteren Loch sinke der Wert der Löcher, die man besitzt, also besser, man verzichte auf neue. Die Rheinländer hätten immer Blumentöpfe auf »die« geworfen, womit sie die Nazis meinten, das sei aber ein Mythos, in Wirklichkeit hätten sie genauso mitgemacht, die Polizei habe sogar Menschen in Kirchen getrieben und verbrannt. Ob man am fünfhundert Jahre alten Skelett einer

Päpstin erkennen könne, daß sie kleine Brüste hatte. Der Tintenfisch müsse eigentlich Tintenschnecke heißen, wie der Schraubenzieher Schraubendreher. Komisch, daß die Natur etwas dem Menschen so nützliches wie Tinte ins Meer verbannt habe. Wenn am Nordpol der Sozialismus eingeführt worden wäre, wäre binnen kurzem das Eis knapp geworden. Woran man Ossis erkenne, wo sie sich ja nicht mehr so auffällig kleideten. Aber sie würden sich eben immer noch instinktiv überall anstellen.

Die Welt der Guermantes, S. 334–354

Und endlich bricht Marcel auf! hundertzwanzig Seiten für einen Salonbesuch! Aber plötzlich huscht Charlus herbei und zieht ihn zur Seite, er will ihn begleiten und hakt sich bei ihm unter. Marcel sei für ihn ein »*menschlicher Setzling*«. Er suche jemanden, an den er seine geistige Erbschaft weitergeben könne. Dafür müsse er ihn aber jeden Tag sehen. Charlus führt »*abscheuliche und an Wahnsinn grenzende Reden*«. Er ist für Dreyfus, aber aus dem spitzfindigen Grund, daß er ihn als Juden und nicht als Franzosen betrachtet, also könne er auch kein Vaterlandsverräter sein, man könne ihn höchstens wegen Übertretung der Regeln der Gastfreundschaft belangen.

Er rät Marcel, die Gesellschaft zu meiden: »*Halten Sie sich Mätressen, wenn Ihre Familie nichts dagegen hat, das geht mich nichts an, ich möchte Sie sogar eher dazu ermutigen, Sie junger Tunichtgut, der Sie bald nötig haben werden, sich rasieren zu lassen, sagte er, indem er mein Kinn berührte. Doch die Wahl der männlichen Freunde ist viel schwerwiegender.*«

Verlorene Praxis:
- Sich von einer Frau ruinieren lassen.
- Zu Fuß gehen, bis man eine Droschke findet, die den eigenen Wünschen entspricht.

Selbständig lebensfähige Sentenz:
- »*Es gibt Leiden, von denen man die Menschen nicht heilen soll, weil sie der einzige Schutz gegen weit ernstere sind.*«

72. Sa, 30.9., Berlin

Komplimente haben mich immer irritiert: »Ich wußte ja, daß das deine eigentliche Stärke ist.« Soll das heißen, daß ich alles andere lieber lassen sollte? »Dein Stil erinnert mich an XY.« XY? Wie kann man den mit mir in einem Atemzug nennen? »Ich lese sonst nicht viel, aber mit deinen Sachen kann ich mich total identifizieren.« Das muß dann wohl ein Mißverständnis sein. »Ich wußte gar nicht, was in dir steckt.« Wenn du es bisher nicht erkannt hast, wie willst du dazu dann jetzt in der Lage sein?

Außerdem beschämen mich Komplimente, schließlich ist es ja nicht mein Verdienst, wenn ich etwas geschrieben habe, man müßte das Kompliment an meine Lebensumstände weiterreichen, an meine Familie, die ich mir nicht ausgesucht habe, an die Freundinnen, die mich verdorben haben, an meine Gene, an meinen Charakter, der schon mit der Geburt feststand, an alle Autoren, die ich gelesen habe, an das Wetter, das an dem Tag zu schlecht zum Spazierengehen war. Der Text war nur die logische Konsequenz aus allem, mich dafür zu loben, ist, als ob man einen erwachsenen Menschen dafür loben würde, ein zehnteiliges Kinderpuzzle richtig zusammengesetzt zu haben.

Man ist ja nie mit sich zufrieden, während Komplimente zu beweisen scheinen, wie unwichtig es für den Rest der Welt ist, daß man noch weiter an seiner Vervollkommnung arbeitet, es würde ja längst reichen. Aber jeder neue Fan ist nur jemand mehr, den man in Zukunft enttäuschen wird. So, wie wenn ich einer Frau einmal ein Geschenk mitgebracht habe, dann fällt ihr beim nächsten Mal schon auf, wenn ich keins dabei habe.

Trotzdem will man doch gelobt werden? Natürlich, ich will ja auch jeden Tag Ente kross essen, obwohl ich davon zunehme. Aber noch lieber wäre es mir, jemand würde sagen: »Hier ist mein Entwurf für deinen nächsten Text, er ergibt sich ganz folgerichtig aus der Entwicklung deiner Arbeit bis zu diesem Punkt. Ich hoffe, ich habe alles beachtet. Du kannst deinen Namen druntersetzen, der Text ist ja eigentlich von dir. Es würde mich freuen, wenn ich wieder einmal einen Text von dir schreiben dürfte.«

Die Welt der Guermantes, S. 354–377

Zu Hause findet er seine Großmutter leidend vor. Jetzt ist also einmal jemand anderes krank. Und Krankheit ist immer ein Affront, eine Beleidigung von Seiten des Körpers: »*Einen beliebigen Straßenräuber, dem wir auf einer Landstraße begegnen, können wir vielleicht für etwas, was sein eigenes Interesse berührt, wenn nicht für unser Unglück, immerhin empfänglich stimmen. Aber Mitleid von unserem Körper zu verlangen ist, als wollten wir mit einem Tintenfisch ein Gespräch eröffnen, für den unsere Worte nicht mehr Sinn hätten als das Geräusch des Wassers und mit welchem zu stetem Zusammenleben verurteilt zu sein uns mit Grauen erfüllen würde.*«

Die Ärzte, diese selbstgerechten Feldherrn des Wohlbefindens werden von Proust genüßlich vorgeführt. Zuerst Cottard, der traditionell Milchdiät und Bettruhe verschreibt: »*Denn da die Medizin ein Kompendium aufeinanderfolgender und einander widersprechender Irrtümer der Ärzte ist, hat man, wenn man die vorzüglichsten unter ihnen an sein Krankenbett ruft, beste Aussicht, eine Wahrheit um Hilfe anzugehen, die wenige Jahre darauf als falsch erkannt sein wird.*« Aber man läßt noch einen anderen Jagd machen »*auf das geheimnisvolle Wild [...], das man in die Tiefen des eigenen Innern nicht verfolgen kann*«, nämlich den früher schon einmal von Bergotte empfohlenen du Boulbon, einen gebildeten Nervenarzt. Dieser spricht zur Kranken ausschweifend über Bergottes Bücher und testet damit heimlich ihr Gedächtnis. Dann erklärt er, daß sie sich alles nur einbilde. Sie leide unter einer »Mentalalbuminurie«. »*Auf die Attacke, die die Ärzte mit Medikamenten heilen (jedenfalls soll so etwas schon vorgekommen sein), erzeugen sie zehn neue bei ganz gesunden Leuten, indem sie ihnen jenen pathogenen Wirkstoff einimpfen, der tausendmal virulenter als alle Mikroben ist, die Idee der Krankheit.*« Was die Arbeit des Arztes wesentlich erleichtert, er muß nun ja nur noch kommen, um zu verkünden, daß der Patient gar nicht krank sei. Um das bei Marcels Großmutter zu erkennen, muß er sie nur sehen, »*ja sogar nur Ihre Frau Tochter und Ihren Herrn Enkel*«.

Du Boulbon verordnet der Großmutter Spaziergänge. Dann plaudert er noch etwas aus dem Nähkästchen. Im Sanatorium stand ein Patient mit verdrehtem Hals auf einer Bank. Er wollte den Hals nicht von seiner Flanellunterwäsche entfernen, weil er sich beim Gehen erhitzt hatte und warten wollte, bis er sich abkühlte, um keinen steifen Hals zu bekommen. »*Alles, was wir an Großem kennen, ist von Nervösen geschaffen [...]. Die Neurose ist eine Meisterfälscherin. Es gibt keine Krankheit, die sie nicht zu kopieren versteht.«* Es gibt nicht nur keine Künstler ohne Nervosität, sondern »*keinen auch nur korrekten Behandler nervöser Erkrankungen, der nicht selbst eine solche durchgemacht hat*«. Er selbst stehe nachts zwanzigmal auf, um nachzusehen, ob die Tür geschlossen sei. (Ob einen solch eine Aussage von Seiten des Arztes wirklich beruhigt? Aber ich erinnere mich, daß mir einmal ein Arzt gesagt hat, seine Kinder hätten auf die Geschenke unterm Weihnachtsbaum gekotzt: »Das geht gerade rum.« Und tatsächlich ging es mir danach besser.) Du Boulbon hat sich sogar in besagtem Sanatorium für Nervenkranke ein Zimmer reservieren lassen, »*denn unter uns gesagt, möchte ich dort meinen Urlaub verbringen und meine Leiden behandeln, die ich dadurch zu sehr gesteigert habe, daß ich die der anderen zu heilen unternehme*«. Die Großmutter könne ganz beruhigt sein: »*Die Symptome, von denen Sie sprechen, weichen vor meinem Wort schon zurück.*« Aber es tut ihm fast leid, sie zu heilen: »*Selbst wenn ich wüßte, wie ich sie heilen könnte, würde ich mich wohl hüten es zu tun. Es genügt, daß ich dies Leiden unter meine Aufsicht bekomme.*« Denn mit der Nervosität würde er ihr ja auch ihre Fähigkeit nehmen, zum Beispiel Bergottes Bücher zu genießen. »*Soll ich mir nun das Recht zuerkennen, Ihnen anstatt der Freuden, die er Ihnen verschafft, gesunde Nerven zu schenken, die außerstande sein würden, sie Ihnen zu gewähren?*«

Als der eigenartige Doktor fort ist, atmen alle auf, jetzt, da keine Gefahr mehr droht, kann man sogar seinen Schmerz ein wenig genießen. Marcel wird mit der Großmutter spazierengehen, sie solle sich nicht so haben. Und er inszeniert geschickt den Anlaß für lebenslange Schuldgefühle. Zunächst will er sich nicht verspäten, weil er anschließend noch zu Freunden will. Deshalb ärgert es ihn, wie lange die Großmutter für ihre Toilette braucht, »*in jener seltsamen Gleichgültigkeit, die wir gegen unsere Angehörigen hegen, solange sie am Leben sind, und die bewirkt, daß wir an sie erst zuallerletzt denken*«. Ungeduldig geht er schon die Treppe hinunter (Schuld). Auf den Champs-Elysées muß sie gleich auf die Toilette. Während Marcel lange auf die Großmutter wartet, erzählt die Klofrau von einem hohen Beamten, der jeden Tag zur selben Stunde kam, um Zeitung zu lesen und sein Geschäft zu machen. Als er einmal ausblieb, fragte sie ihn am nächsten Tag, ob ihm etwas passiert sei: »*Da sagt er mir, nein, ihm sei selbst nichts passiert, nur seine Frau sei gestorben, und das habe ihn derart durcheinandergebracht, daß er nicht habe kommen können. Er sah wahrhaft traurig aus – Sie verstehen, Leute, die fünfundzwanzig Jahre verheiratet waren! –, aber doch auch richtig froh, daß er wieder hier war. Man spürte, daß er in seinen kleinen Gewohnheiten ungern gestört worden war.«* Wie schön, wenn einen seine kleinen Gewohnheiten so ausfüllen, daß man seelischen Schmerz schneller verarbeitet.

Manche Kunden brächten ihr Blumen »*in ihren Salon*«, sagt die Chefin, und Marcel errötet, weil er keine hat (Schuld). Als die Großmutter nach einer halben Stunde wieder erscheint, fürchtet er, sie würde kein Trinkgeld geben und zieht sich aus Angst vor der Verachtung der Klofrau zurück (Schuld). Er erwartet eine Bemerkung von der Großmutter, weil sie ihn so lange hat warten lassen und er doch noch rechtzeitig zu seinen Freunden will, sie sagt aber nichts, und er ist enttäuscht (Schuld). Erst jetzt sieht er sie an und erschrickt, »*sie sah unordentlich und wie mißvergnügt aus und hatte das rote, gequälte Gesicht einer Frau, die von einem Wagen umgefahren und aus dem Straßengraben gezogen worden ist*«. Sie kann kaum sprechen, und er schlägt ihr endlich vor umzukehren. Sie (Schuld) dankt ihm: »*Ich wagte nicht, es dir vorzuschlagen, wegen deiner Freunde.*« »*Ich zitterte, sie könne selbst bemerken, in welchem Ton sie diese Worte sagte. Anscheinend denkt man, es würde den anderen beschämen, zu erkennen, daß er sterben wird.*«

Und damit schließt der erste Teil dieses dritten Bands.

Unklares Inventar:
– Dyspepsie.

Selbständig lebensfähige Sentenz:
– »*Im Zustand der Krankheit merken wir, daß wir nicht allein existieren, sondern an ein Wesen ganz anderer Ordnung gefesselt sind, von dem uns Abgründe trennen, das uns nicht kennt, und dem wir uns unmöglich verständlich machen können: unseren Körper.*«

73. So, 1.10., Berlin, abends, aufs Ausgehen verzichtet, Rotwein und Krach von Trans-Am

Das Haustürschloß war wieder kaputt, ich war wahrscheinlich der Letzte, der es nicht bemerkt hatte und die Tür immer noch mit dem Schlüssel öffnete. Das erste Mal fiel es mir bei einem Paketboten auf, der die Tür aufdrückte und in den Hausflur geplatzt kam, kurz überlegte ich, ob ich ihn zur Rede stellen sollte, aber ich sah ihn nur entrüstet an. Jedesmal, wenn das Schloß repariert wird, schlagen sie die Rechnung auf die Betriebskosten, und ich muß alles mitbezahlen. Aber als ich merkte, daß auch die Hausbewohner die Tür einfach aufdrückten, kamen mir Zweifel. Warum machte ich mir als einziger die Mühe, meine zwei schweren Einkaufsbeutel abzusetzen und in der Hosentasche nach meinem Schlüssel zu suchen, wenn es auch einfacher ging? Wenn ich schon dafür zahle, will ich auch etwas davon haben. Aber ich wollte nicht dabei gesehen werden, wie ich die Tür aufdrückte, schließlich war ich immer gegen diese Methode gewesen, und wenn man mich erwischte, wäre ich immer noch dagegen, ich wollte nur nicht der Dumme sein. Aber der Unterschied zwischen ihrer verantwortungslosen Haltung und meiner, die ja eher mit Gerechtigkeitssinn zu tun hatte, würde ihnen wohl nicht aufgehen. Es ist wichtig, daß das Schloß funktioniert, denn als es das letzte Mal kaputt war, hat irgendwer die Spiegel aus dem Hausflur geklaut und bis in den zweiten Stock die Wände beschmiert. Außerdem stelle ich mein Fahrrad immer in den Hausflur, obwohl die Hausverwaltung schon einmal einen Aushang angebracht hat, sie würden alle unrechtmäßig im Hausflur abgestellten Fahrräder kostenpflichtig entfernen. Die meisten stellten ihre Fahrräder daraufhin in den Hof, wo sie dem Regen ausgesetzt sind, ich machte das auch eine Weile mit, bis der Aushang verschwunden war und ich wieder dazu überging, das Fahrrad in den Flur zu stellen, schließlich benutze ich es jeden Tag und es stört nicht. Das ging auch so lange gut, bis diese eigenartigen Mieter aus dem Parterre nachzogen und ihre Räder auch in den Flur stellten, und zwar ziemlich rücksichtslos, manchmal war gar kein Platz mehr für mein Rad. Als ich neulich gerade mein Fahrrad anschloß, sprach mich eine Mieterin an, die Fahrräder im Flur würden stören. Da sie mich mit meinem Kindersitzfahrrad sah, rechnete ich auf ihr Verständnis, sie wußte ja nicht, daß von mir schon ein zweites, schnittiges Mountainbike an der Wand lehnte. Außerdem fand ich ja auch, daß die anderen

Fahrräder störten, mein ganz gewissenhaft und platzsparend an die Wand gestelltes hatte man ja lange genug toleriert. Die Mieter aus dem Parterre sind schuld, aber die anzusprechen, würde sie sich bestimmt nicht trauen, die hören immer so laute Musik und sehen fremdländisch aus. Und wenn ich mein Fahrrad auf den Hof schiebe, bleiben deren Räder trotzdem im Weg stehen, vielleicht fühlen sie sich sogar ermutigt, noch mehr Räder anzuschaffen. Außerdem habe ich die Tür nie aufgedrückt und mir dadurch eine Vergünstigung verdient. Aber sie hatte nunmal mich erwischt, genau als ich mein Fahrrad anschloß. Ich hätte vielleicht vorsichtiger sein sollen, aber da ich ganz oben wohne, begegne ich auf dem Weg zur Wohnung immer wieder Nachbarn, die sich mein Gesicht merken. Das ließe sich nur vermeiden, wenn ich im Parterre wohnen würde, dann könnte ich schnell rein- und raushuschen. Dann könnte ich mein Fahrrad immer im Flur abstellen und niemand würde ahnen, daß es von mir ist. Wenn jemand über die Fahrräder schimpfen würde, könnte ich mitschimpfen und würde mich dadurch sogar noch unverdächtiger machen. Ich wollte aber immer ganz oben wohnen, soll ich jetzt nach unten ziehen, nur weil ich mein Fahrrad im Hausflur abstellen will? Außerdem könnte ich es dann ja auch einfach in die Wohnung schieben und hätte gar nichts davon, daß ich im Parterre wohne.

Die Welt der Guermantes, S. 377–397

Über die Rückfahrt mit der schwerkranken Großmutter sagt Marcel: »*Sie war noch nicht gestorben, und ich war schon allein.*« Er schleppt sie zu Professor E…, den er zufällig beim Warten auf eine Droschke erkennt und der ihnen widerwillig eine Viertelstunde seiner kostbaren Zeit opfert, er will abends beim Handelsminister speisen, hat noch einen Patienten, sein Frack ist kaputt, »*und der andere hat kein Knopfloch für die Orden*«.

Die Großmutter wartet auf einer Bank: »*Doch damit ein lebendes Wesen sich aufrecht hält, selbst auf einer Bank oder in einem Wagen, bedarf es einer Kraftanstrengung, die wir gewöhnlich nicht stärker wahrnehmen als (weil er nach allen Richtungen wirkt) den atmosphärischen Druck.*« Dabei erfordert »*das unbewegliche Verharren in dem, was wir gemeinhin als die passive Haltung einer Sache ansehen, wenn man nur dabei einen normal erhobenen Kopf und ruhigen Blick bewahren will, vitale Energie und wird zum Gegenstand eines erschöpfenden Kampfes.*« Das muß man sich klarmachen, bevor man die Menschen in der U-Bahn wegen ihrer mißmutigen Gesichter und ihrer Körperhaltung kritisiert. Schon dieses Aussehen und diese Haltung fordern ihnen alles ab.

»Ihre Großmutter ist verloren«, sagt Professor E... Dann bekommt er im Nebenzimmer einen Wutanfall, weil das Knopfloch für seine Orden immer noch nicht fertig ist.

Zu Hause warnt Marcel die Mutter vor, die ein verzweifeltes und resigniertes Gesicht macht: *»Ich begriff, daß meine Mutter diesen Ausdruck seit Jahren für einen noch ungewissen Schicksalstag schon vollkommen fertig in sich trug.«* Doktor Cottard verordnet Morphium und setzt es, wenn der Eiweißbefund es erfordert, wieder ab: *»Dieser so unbedeutende, so gewöhnliche Mann hatte dann in kurzen Augenblicken des Überlegens, in denen er die Gefahren der einen und anderen Behandlung in sich gegeneinander abwog, die Größe eines Feldherrn, der, im übrigen Leben vulgär, durch seine Entscheidung Bewunderung erregt, wenn er im Moment der höchsten Gefahr für das Vaterland nach kurzem Überlegen, was militärisch das Richtige sei, den Befehl: ›Front nach Osten‹ gibt.«*

Die Großmutter hat Schmerzen und Lähmungserscheinungen. *»Ihre Züge schienen sich wie bei den Modellsitzungen in einem Bildhaueratelier in einseitiger und ausschließlicher Bemühung einer Vorlage anzupassen, die uns unbekannt war.«* Man ruft auf Empfehlung den Spezialisten X... hinzu (den vierten Arzt). Weil die Großmutter eine Untersuchung ablehnt, ist es der Familie peinlich, ihn umsonst bemüht zu haben. Deshalb lassen sich alle von ihm *»mit seinem Arztbesteck, in dem die Erkältungen seiner sämtlichen Patienten ruhten wie Winde im Schlauch des Äolus«* an der Nase untersuchen. *»Er behauptete, daß alles, ob Migräne oder Koliken, Herzkrankheiten oder Diabetes, nichts als ein verkapptes Nasenleiden sei.«* Am nächsten Tag hat die ganze Familie einen Katarrh.

Bergotte kommt Marcel in dieser Zeit regelmäßig besuchen. *»Er hatte immer gern eine Zeitlang hintereinander ein und dasselbe Haus aufgesucht, wo man an ihn keine Ansprüche stellte. Früher aber hatte er es getan, um dort pausenlos reden zu können, jetzt, um lange zu schweigen, ohne daß ihn jemand zum Sprechen aufforderte«*, denn er baut langsam ab. *»Er kam zu unserem Hause, wie er in ein Café gegangen wäre, damit niemand mit ihm sprach.«* Während Bergotte schwächer wird, wohnt er noch zu Lebzeiten *»dem Aufstieg seiner Werke zum Ruhme bei. Ein verstorbener Autor kann wenigstens ohne Ermüdung berühmt sein [...]. Er [Bergotte] bewegte sich noch, aber freilich mit Mühe, während seine Werke, munter umherschwirrend wie* *geliebte Töchter, deren ungestüme Jugend und geräuschvolle Heiterkeit einen müde macht, täglich neue Bewunderer bis an sein Krankenbett führten*«.

Dabei wird er in Marcels Gunst gerade von einem anderen Autor abgelöst. Die Wissenschaft schreitet voran und so auch die Kunst, was gestern noch begeistert hat, wirkt heute aus denselben Gründen fade. Ein »*originaler Künstler*« muß »*vorgehen wie etwa ein Augenarzt. Die Behandlung durch ihre Malerei, ihre Prosa ist nicht immer angenehm. Wenn sie beendet ist, sagt der, der sie ausgeführt hat, zu uns: Jetzt sehen sie einmal! Und nun kommt uns die Welt (die nicht einmal erschaffen wurde, sondern so oft, wie ein Künstler von persönlicher Eigenart aufgetreten ist) ganz anders vor als die frühere, jedoch überzeugend und klar*«. So eine Anpassung der Wahrnehmung ist keine sanfte Angelegenheit, sondern eine Schocktherapie: »*Das ist die neue, vergängliche Welt, die jetzt erschaffen wurde. Sie wird bis zur nächsten erdgeschichtlichen Katastrophe dauern, die durch einen neuen Maler und einen neuen Schriftsteller von originaler Prägung heraufgeführt werden wird.*« (Schreibt jemand, der sich nicht ganz zu Unrecht Hoffnung auf diesen Titel gemacht haben dürfte.)

Bergotte hält von dem neuen Mann übrigens nicht viel, er liest auch beinahe nichts mehr: »*Schon war der größere Teil seines Denkens aus seinem Hirn in seine Bücher übergegangen. Er hatte durch sie an Substanz verloren, als seien sie aus ihm herausoperiert.*« Am Ende liegt der Künstler im Sarg wie ein ausgezutschter Regenwurm.

Unklares Inventar:
– Urämie, Ciborium.

74. Mo, 2.10., Berlin

Drei mögliche Romananfänge: »Schön ist es, wenn man sich auf dem Bahnhof zum Warten neben den Fahrplan stellt, weil immer wieder Menschen mit hilfesuchendem Blick auf einen zustreben, man ihnen dann aber gar nicht helfen muß.«

»Oft bestellte er im Restaurant dasselbe wie seine Freunde, nur um sicherzugehen, daß sie nichts Besseres bekamen als er.«

»Nach Jahren war ich wieder an der Universität um nachzusehen, ob sie inzwischen schon nach mir benannt worden war. Und ich stellte fest, daß mich dort inzwischen nicht mehr nur die Frauen, sondern auch schon die Sensoren der Wasserhähne ignorierten.«

Die Welt der Guermantes, S. 397–416

Das Sterben der Großmutter rückt auch wieder Françoises bemerkenswerten Charakter ins Bild. Als Bauernkind mit der elementaren Natur vertraut, benimmt sie sich durch ihren »*klarblickenden Pessimismus*« manchmal etwas grob. Einen schon vor der Krankheit bestellten Elektromonteur begleitet sie zur Tür, statt am Bett der Großmutter zu bleiben. Das gehört für sie zum korrekten Protokoll. In denselben Begriffen beurteilt sie auch die französische Außenpolitik. Als der Russisch-Japanische Krieg ausbricht, ist es ihr »*dem Zaren gegenüber peinlich, daß wir nicht auch in den Krieg zogen, um ›den armen Russen zu helfen‹*«.

Abwechselnd versagen der Großmutter Augen, Ohren und Zunge. Françoise frisiert sie noch einmal, »*als gebe sie meiner Großmutter damit die Gesundheit zurück*«. Aber diese kann den Kopf dabei kaum gerade halten. Dann will Françoise ihr auch noch einen Spiegel hinhalten, was Marcel entsetzt zu verhindern weiß. Auf Doktor Cottards Geheiß wird die Großmutter, um ihr Gehirn zu entlasten, mit Blutegeln behandelt: »*Als ich ein paar Stunden später zu meiner Großmutter kam, wanden sich medusenhaft an ihrem Nacken, ihren Schläfen und Ohren kleine schwarze Schlangen in ihrem blutigen Haar.*« Nur kurz tritt Besserung ein, und Françoise bestellt sich schon ein Trauerkleid bei der Schneiderin: »*Im Leben der meisten Frauen wird alles, selbst der größte Schmerz, schließlich zur Kleiderfrage.*«

Nun wacht man nachts am Sterbebett, die Großmutter schon in Agonie, man hat »*eine jener ›Extrahilfen‹, die man in solchen Ausnahmezeiten kommen läßt, um die Dienstboten zu entlasten, wodurch Sterbefälle einen gewissen Festcharakter erhalten*«. Man bekommt einen Eindruck davon, wie dem Tod in der bürgerlichen Gesellschaft durch Rituale der Schrecken genommen werden soll. Der Gedanke, den Vorgang auszulagern, scheint hier niemandem zu kommen. Mehrere Nächte sitzen Vater, Großvater und ein Vetter am Bett der Großmutter, während diese aus dem Sauerstoffbehälter atmet: »*Ihre fortgesetzte Aufopferung legte schließlich eine Maske der Gleichgültigkeit an, und die unaufhörliche Untätigkeit neben dem Sterbebett veranlaßte sie dazu, die gewissen Gespräche zu führen, die von langen Eisenbahnfahrten nicht fortzudenken sind.*« Eine Anspielung auf die Sterbeszene in »Madame Bovary«?

Doktor Dieulafoy wird gerufen (Arzt Nr. 5), durch sein korrektes Auftreten anscheinend ein Spezialist für Sterbefälle. »*Die alte Herzogin von Mortemart, geborene Guermantes [...] empfahl beinahe automatisch in ernsten Fällen mit einem Augenzwinkern ›unter allen Umständen Dieulafoy‹, als handle es sich um eine Eisbestellung.*«

Der Doktor erscheint: »*Mein Vater ging in den benachbarten Salon und begrüßte ihn wie etwa einen Schauspieler, der im Hause auftreten soll.*« Der elegante, würdevolle Mann schaut sich die Großmutter an »*und trat in denkbar bester Form wieder ab, indem er schlicht das Kuvert mit dem Honorar einsteckte, das man ihm übergab. Es sah dabei so aus, als habe er es überhaupt nicht bemerkt, und wir selbst fragten uns einen Augenblick, ob wir es ihm denn wohl gegeben hätten, mit einer so taschenspielerhaften Geschicklichkeit ließ er es verschwinden*«. Die Kunst, sein Honorar unauffällig in Empfang zu nehmen, mußte natürlich in unserem Gesundheitssystem verkümmern.

Während die Atmung der Großmutter aussetzt, »*durchlebte meine Mutter den gedankenlosen Jammer eines Blattes, das der Regen peitscht und das vom Wind hin- und hergezerrt wird*«. Bis es vorbei ist. Die Großmutter bäumt sich ein letztes Mal auf, dann stirbt sie. Später hat sie wieder ein junges Gesicht, dem die Leiden und Kümmernisse eines langen Lebens nicht mehr anzusehen sind: »*Das Leben ging und nahm die Enttäuschungen des Daseins gleichfalls mit sich fort.*«

Selbständig lebensfähige Sentenz:

– »*Wenn Françoise einen großen Kummer hatte, verspürte sie, obwohl ihr diese einfache Kunst versagt war, den so überflüssigen Drang, ihn auszudrücken.*«

75. Di, 3.10., Berlin

Man muß auch einmal das Positive betonen, dachte ich, aber weil es mir nicht so leicht fiel wie gedacht, eine Liste von Dingen zusammenzustellen, über die ich im Moment glücklich sein könnte, bekam ich schlechte Laune:

- Das neue rote Küchenmesser.
- YouTube.
- Daß keiner über mir wohnt.
- Daß ich nur noch 73 Kilo wiege.
- Der Uhu-Sekundenkleber, mit dem ich meinen alten von meiner Tochter runtergeworfenen Kinderteller wieder reparieren konnte.
- Die von der früheren Filiale übernommenen Postbeamtinnen.
- Daß ich nicht mehr fernsehe (seit Januar).
- Flash-Speichersticks.
- Daß ich mein Abi schon in der Tasche habe.
- Daß ich die eine Zecke in diesem Sommer noch entdeckt habe, bevor sie zubeißen konnte.
- Daß ich nicht Verkäuferin geworden bin.
- Daß ich keinen Helicobacter habe.
- Kartoffeln.
- Acesal.
- Elektrische Zahnbürsten.
- Daß ich kein römischer Sklave bin.
- Comics von Drawn & Quarterly.

Die Welt der Guermantes, S. 416–437

Ein Sonntag im Herbst, nach der Aufregung um die Großmutter läßt der kühle Morgennebel Marcel wieder aufleben: »*Der Nebel hatte sofort beim Erwachen aus mir, anstelle des zentrifugalen Wesens, das man an schönen Tagen ist, einen auf sich bezogenen, nach einem warmen Winkel am Feuer und einem Bett, das eine Frau mit mir teilte, lechzenden Menschen gemacht, einen fröstelnden Adam auf der Suche nach einer in dieser so veränderten Welt fest verankerten Eva.*« Heute geht man an solchen Tagen ins Kino, aber ihm genügt es, auf dem Bett zu liegen und, während die neue Dampfheizung ab und zu eine Art Schluckauf von sich gibt, in seinem Kopf Erinnerungsbilder zu betrachten. Zudem hat er schon eine Verabredung mit dem bretonischen Fräulein von Stermaria aus Balbec sicher, auf Saint-Loups Vermittlung. Saint-Loup hat ihm geschrieben, er könne sie ruhig in ein Separée führen, denn sie sei »*entzückend im Umgang*«.

Saint-Loup hat sich übrigens endlich von Rahel getrennt und schickt ihr nur noch Geld. Ihre Bitten darum erzeugen »*eine Windstille im Leiden des Eifersüchtigen*«, denn sie bedeuten ja, daß sie noch keinen neuen Gönner hat. Man zahlt freudig, »*bis man sich selbst ein wenig erholt hat und ohne Schwächeanwandlung den Namen des Nachfolgers zur Kenntnis nehmen kann*«.

Wenn man auf jemanden wartet, zieht sich die Zeit in die Länge. Marcel stellt sich vor, wie er mit dem grauen Tag »*allein zusammenbleiben würde, der mich so wenig kannte, wie eine Näherin, die nahe am Fenster sitzend, um bei der Arbeit besser zu sehen, von der sonst im Zimmer befindlichen Person keine Notiz nimmt*«. Aber er hat es gar nicht nötig, sich zu erheben, um in Kontakt mit »*einer festverankerten Eva*« zu kommen, denn überraschenderweise tritt unangemeldet und ohne zu schellen Albertine ein, die für ihn bisher nach Balbec gehört hat: »*Zweifellos findet jedesmal, wenn wir eine Person wiedersehen, zu der unsere – auch noch so belanglosen – Beziehungen sich geändert haben, eine Gegenüberstellung zweier Epochen statt.*« Es reicht auch schon, einer Lehrerin in der S-Bahn zu begegnen, dem Psychiater in der Sauna oder die Kellnerin nach Dienstschluß in Zivil zur Kaufhalle radeln zu sehen.

Er liebt sie allerdings nicht mehr. Zum Glück ahnt sie nicht, was das für den Eindruck bedeutet, den sie auf ihn macht, diese »*recht ärmliche Rose, vor der ich gern die Augen verschlossen hätte*«. Es ist ja nicht das erste Mal, daß er an den Frauen, die sich ihm nähern, etwas zu bemäkeln hat. Mit dieser ärmlichen Rose wird er aber noch einiges erleben. Und er selbst bedauert im voraus, sich so auf sie eingeschossen zu haben: »*Sicher ist es vernünftiger, sein Leben an Frauen als an Briefmarken, alte Schnupftabakdosen oder sogar Bilder und Statuen zu wenden. Nur sollte uns das Beispiel dieser anderen Sammlungen zum Wechsel veranlassen, zu dem Prinzip, nicht nur eine einzige Frau zu haben, sondern viele Frauen.*« Lieber Frauen sammeln als Schnupftabakdosen? Man sollte zumindest einmal darüber nachgedacht haben. »*Jedenfalls kann ich hier nur bedauern, daß ich nicht einsichtsvoll genug gewesen bin, mir einfach eine Frauensammlung zuzulegen, so wie man alte Lorgnetten zusammenträgt, von denen eine Vitrine nie zuviel enthält: immer wartet ein leerer Platz auf eine neue, noch erlesenere.*«

Ob der Vergleich mit den Lorgnetten es besser trifft?

Daß er Albertine nicht mehr liebt und als recht ärmliche Rose empfindet und außerdem schon mit dem Fräulein von Stermaria verabredet ist, hindert ihn nicht daran, sie dringend küssen zu wollen (natürlich nur, weil gerade keine andere da ist). Aber »*nichts verhindert so erfolgreich wie intensives Wünschen, daß die Sachen, die man sagt, auch nur im entferntesten denen gleichen, die man denkt*«.

Worauf gründet sich überhaupt seine »*optimistische Hypothese*«, sie könnte sich anders als in Balbec von ihm küssen lassen wollen? Ganz einfach, er hat an ihr »*Umwälzungen*« festgestellt, was er aus ihrem Wortschatz schließt. Sie benutzt jetzt Wörter wie »exquisit«, »Auslese« und »Zeitspanne«. Reicht das für den Schluß, daß eine Frau einen küssen will? »*Freilich hatte Albertine schon, als ich sie in Balbec traf, über jenen ansehnlichen Vorrat von Wendungen verfügt, der beweist, daß man aus einer wohlsituierten Familie stammt, einen Vorrat, den die Mutter von Jahr zu Jahr bei ihrer Tochter mehrt, so wie sie ihr, je erwachsener sie wird, bei wichtigen Gelegenheiten nach und nach ihren Schmuck überläßt.*« Hatte man keine wohlsituierte Familie und vielleicht nicht mal eine gute Ausbildung, bleibt einem als Frau immer noch ein Weg, doch noch in Besitz von Wörtern zu gelangen: »*Zweifellos kommt es vor, daß wenig kultivierte Frauen, die einen hochgebildeten Mann heiraten, solche Wendungen von ihm als Morgengabe erhalten.*«

Als Albertine »meines Erachtens« sagt, zieht er sie zu sich aufs Bett. Und selbst ein Wort wie »Musmeh«, bei dem er sonst die gleiche Art von Zahnweh verspürt, »*wie wenn man ein zu großes Stück Eis in den Mund genommen hat*«, kann ihm bei ihr nichts anhaben. Nein, er geht aufs ganze und kleidet seine schmutzigen Begierden geschickt in ein harmloses Angebot: »*Stellen Sie sich vor, ich bin überhaupt nicht kitzlig, Sie können mich eine Stunde lang kitzeln, ich spüre nichts davon!*

– Aber nein!

– Wenn ich es Ihnen doch sage.

[...]

– Soll ich es einmal versuchen?

– Wenn Sie wollen? Aber es wäre dann bequemer, wenn Sie sich auch auf meinem Bett ausstreckten.

– Ist es so recht?

– Nein, Sie müssen sich richtig hinlegen.

– Ob ich nicht zu schwer bin?«

Der Nachteil am Reichsein ist, daß man nie allein ist, weil die Dienerschaft einen ständig belästigt. Ausgerechnet jetzt tritt Françoise mit der

Lampe ein und macht eine zweideutige Bemerkung. Vielleicht hat sie auch durchs Schlüsselloch geguckt und den richtigen Moment abgepaßt. Sie hat ja die hohe Kunst entwickelt, wie ein Spurenleser oder Detektiv aus den Gesprächsfetzen und wenigen Einzelheiten, die sie vom Leben ihrer Herrschaft mitbekommt, auf den Rest zu schließen. Und sie ist wie Künstler, die die Tyrannei eines Monarchen, einer Poetik oder einer Staatsreligion knebelt, geschickt darin, alles zu sagen, wo sie nichts sagen darf, es »*in weniger sogar als einen Satz, in ein Schweigen, in eine bestimmte Art, einen Gegenstand hinzulegen*« zu kleiden. Als sie fort ist, sagt Marcel zu Albertine: »*Wissen Sie, ich habe vor allem Angst, wenn wir es so weitertreiben, daß ich Sie schließlich unbedingt küssen muß.*« Wie aufmerksam von ihm, sie vorzuwarnen. Sie hat aber anscheinend gar nichts dagegen. Trotzdem tut er es nicht, denn für ihn ist »*die Überzeugung, daß ein Kuß auf Albertines Wangen im Bereich des Möglichen lag, ein noch größeres Vergnügen, als sie wirklich zu küssen*«. Da hat sie wohl aufs falsche Pferd gesetzt.

Unklares Inventar:
– Musmeh.

76. Mi, 4.10., Berlin

Man muß sich auf seine Stärken besinnen, und meine ist nunmal zu klagen. Deshalb, als Ergänzung zu gestern, was mir unangenehm ist:

- Die Beine so übereinander schlagen, daß die Kniescheibe des stützenden Beins, sobald man den Oberschenkel anspannt, vom aufliegenden Bein blockiert wird.
- Wegen der durchscheinenden Sonne von der Zeitung nichts erkennen können.
- In der Wanne stehen, bevor das warme Wasser kommt.
- Weil auf dem kleinen Caféhaustisch der Platz nicht reicht, die Zeitung über den Teller mit Marmeladenresten halten müssen.
- Auf dem Flur einer kommunalen Einrichtung mit übergeschlagenen Beinen dasitzen und das aufliegende Bein dauernd zurückbiegen müssen, damit die Vorübergehenden nicht darüber stolpern.
- Noch mitten am Tag eine vom Honig klebrige Stelle am Finger entdecken.
- Eine Kaffeepfütze auf dem Untersetzer.
- Der Würgereiz, wenn man beim Ausziehen des Handschuhs in die Wolle beißt.
- Einen an der Tasse runtergleitenden Tropfen mit der Zunge auffangen wollen und dabei die heiße Kaffeetasse berühren.
- Mit unangespitzem Bleistift schreiben oder mit einem Bleistift, dessen Spitze einen Grat hat und das Papier zerkratzt.
- Eine notorisch aus dem Bezug rutschende Decke.
- Sauce, die auf Hosen tropft.
- Wenn der Löffelstiel, weil der Joghurtbecher so tief und der Löffel so kurz ist, beim Auskratzen an den Rand kommt und beschmiert wird.
- Nasse Ärmelenden nach dem Händewaschen.
- Im Imbiß beim Greifen der Serviette versagen und mehrmals nachfassen müssen.
- Beim Suppeessen aus der Nase laufende Suppe.

Ich solle nicht so nett sein, schreibt die Pankowerin mir, vielleicht sei sie es ja gar nicht wert.

Nachdem er lange genug darüber meditiert hat, wie es wäre, Albertine zu küssen, sagt er: »*Wenn ich Sie wirklich küssen darf, so möchte ich es lieber auf etwas später verschieben und selbst den Augenblick bestimmen. Sie dürfen dann nur nicht vergessen, daß Sie es mir erlaubt haben. Was ich brauche, ist also ein ›Gutschein für einen Kuß‹.*«

Er denkt erst noch einmal über das Wesen des Küssens nach, für das dem Menschen ein eigenes Organ fehlt: »*Dies fehlende Organ ersetzt er durch die Lippen und kommt dadurch vielleicht zu einem befriedigenderen Ergebnis, als wenn ihm zur Liebkosung der Angebeteten nichts anderes zur Verfügung stünde als ein Hauer aus Knochensubstanz.*« Das wäre ein schönes Sachbuchprojekt: »Die Welt der Liebkosungen«, mit allen in der Tierwelt vorkommenden Sabber-, Rüttel- und Stupsvarianten und den dazugehörigen Spezialorganen. Beim Menschen in Ermangelung einer Kußvorrichtung eben die Lippen. »*Die Lippen aber, die dafür gemacht sind, dem Gaumen den Geschmack verlockender Dinge zuzuführen, müssen sich, ohne ihren Irrtum zu begreifen und sich ihre Enttäuschung einzugestehen, damit begnügen, auf der Oberfläche umherzutappen und sich an der Verschlossenheit der undurchdringlichen, begehrten Wange zu stoßen.*« – Ja, es ist ein elendes Umhertappen, es sei denn, man ißt die Frau einfach auf.

Zur Veralberung des Gaumens kommt noch die Verwirrung durch den Perspektivwechsel bei der Annäherung, denn er hat »*auf dem kurzen Weg, den meine Lippen bis zu ihrer Wange zurücklegten, zehn Albertinen nacheinander*« vor sich. Das Auge funktioniert wie eine Kamera, die neue Wirklichkeiten erzeugt. Die Frau kann noch froh sein, daß Marcel kein Rasterektronenmikroskop anstelle seiner Augen gewachsen ist, sonst würde er seinen Blick bis in ihre Poren tauchen. Allerdings ist das Ergebnis der Annäherung auch mit menschlichem Auge wieder ein neuer Eintrag in der Liste der Ernüchterungen, denn »*mit einem Male hörten meine Augen zu sehen auf, und meine fast dicht aufliegende Nase stellte keinen Duft mehr fest; und ohne darum besser den Geschmack der ersehnten Rose zu kosten, erfuhr ich durch diese hassenswerten Symptome, daß ich im Begriffe war, Albertines Wange zu küssen*«.

Ein anderes Phänomen, die Winzigkeit, die schon eine völlige Wandlung des menschlichen Gesichtsausdrucks bewirkt, in Balbec hatte sie ihn auf seine Kußattacke hin noch streng angesehen: »*Zweifellos unterschied sich von jener Miene von damals der lustvolle Ausdruck, den heute ihr Ge-*

sicht bei der Annäherung meiner Lippen annahm, nur durch eine Abweichung unendlich kleiner Liniengefüge, in der jedoch die ganze Distanz zwischen der Gebärde eines Menschen liegen kann, der einem Verwundeten den Rest gibt, und der eines selbstlosen Helfers, zwischen einem erhabenen und einem widerwärtigen Porträt.«

Was sie weiter treiben, bleibt etwas vage. Ihre Liebkosungen rufen bei ihm »*jene Befriedigung*« hervor, wie damals mit Gilberte auf den Champs-Elysées »*hinter dem Lorbeerboskett*« (Doktor du Boulbon hatte der Großmutter ja mit gelehrten Anspielungen empfohlen, zur Erholung genau zu diesem Lorbeergebüsch zu spazieren, »*das ihr Enkel so liebt*«, wo sich dieser aber in Wirklichkeit einmal auf Gilberte gestürzt und vorzeitig ejakuliert hatte. Auf dem Weg dorthin erleidet die Großmutter dann ihren Schlaganfall, womit schon dem eigentlichen Ziel dieses für Marcel so unrühmlich verlaufenen Ausflugs eine Erinnerung von Schuld anhaftete).

»*Es schien ihr peinlich zu sein, gleich nach dem, was sie getan hatte, wieder aufzustehen.*« Aber was hat sie denn getan? Versteht sich das für den zeitgenössischen Leser Prousts von selbst? Gehen wir zu weit in unserer Phantasie oder im Gegenteil nicht weit genug, weil wir diese Epoche unterschätzen, so wie wir uns nicht vorstellen können, unsere Großeltern hätten jemals Sex gehabt?

Daß sie sich siezen, bedeutet hier anscheinend nichts: »*Wann sehe ich Sie wieder? setzte sie in der selbstverständlichen Annahme hinzu, daß das, was wir getan hatten, da es ja gemeinhin deren Krönung ist, doch wenigstens das Vorspiel einer großen Freundschaft sein müsse, einer bereits vorgeformten Freundschaft, zu deren Entdeckung und offenem Eingeständnis wir nunmehr verpflichtet seien, da sie allein erklären konnte, daß es zwischen uns so weit gekommen war.*« Diese Freundschaft dürfte ein ungedeckter Scheck sein: »*Als sie an der Tür stand, hielt sie nur, offenbar etwas verwundert, daß ich ihr nicht zuvorkam, ihre Wange hin, wohl in der Meinung, daß jetzt kein ausgesprochen physisches Verlangen nötig war, damit wir einander küßten.*« Ein Irrtum.

Marcel ist ein vielgefragter Jüngling, die Dinge kommen für ihn ins Rollen. War er nicht bis vor kurzem in die Herzogin von Guermantes verliebt? Ja, aber seine Mutter hatte ihn geheilt, indem sie ihm die Hände auf die Stirn gelegt und ihm ins Gewissen geredet hat, seine Morgenspaziergänge aufzugeben, auf denen er immer der Madame begegnen wollte. Das Handauflegen der Mutter hatte auf ihn die Wirkung eines Hypnotiseurs, er war augenblicklich von seiner Schwärmerei für Madame geheilt. Nun ist aber das beste Mittel, bei jemandem zu landen, nicht in ihn verliebt zu sein: »*Feen, die mächtiger als die Menschen sind, haben es so bestimmt, daß in solchen Fällen nichts fruchtet bis zu dem Tag, da wir aus aufrichtigem Herzen uns sagen: ›Ich liebe nicht mehr.‹*«

Bei Madame de Villeparisis verläßt die Herzogin auch prompt »*ihre Sternenbahn*«, läßt sich neben dem inzwischen ganz gleichgültigen Marcel auf einem Polsterstuhl nieder und streift ihn dabei fast »*mit ihrem wundervollen nackten Arm*«. Sie lädt ihn in ihren Salon ein, der für Neulinge eigentlich unzugänglich ist. Er kann an dem Abend aber gar nicht, und das ist der Schlüssel zum Erfolg: »*Die Großen dieser Welt sind derart gewöhnt, umworben zu werden, daß, wer sie meidet, wie ein weißer Rabe ihre Aufmerksamkeit auf sich zieht.*«

Unklares Inventar:
– Bergère.

Verlorene Praxis:
– Als Gastgeberin kupplerisch Gelegenheit machen.

77. Do, 5.10., Berlin

Ich war nach der Wende enttäuscht, als ich erfuhr, daß es bei der Stasi keine Aufzeichnungen über mich gab, ich hätte gern darin gelesen, schließlich hatte ich selbst nie Tagebuch geführt. Meine Mutter hat mir nun die Kopie ihres »Übersichtsbogens zur operativen Personenkontrolle« gegeben, ich soll mich davon überzeugen, wieviel freier ich heute bin. Mir kommt diese Textsorte aber fast literarisch vor, und ich kann mich nicht richtig abgeschreckt fühlen. »Gründe für das Einleiten: Abklärung der Person. Ziel der operativen Personenkontrolle: Schaffung einer Übersicht zur Person«. Für jemanden, den Fachsprachen begeistern, ist das eine Form von Poesie, denn es leistet, was auch Poeten und Geisteswissenschaftler versuchen: eine Sprache zu erfinden für Dinge, die jeder kennt, aber nie benannt hat. Die Genauigkeit bewirkt dabei diese komische Ungelenkheit, als würde man sich mit dem Körper genau der Form eines Stuhls anpassen, weil einem das Wort dafür nicht einfällt. Amtsdeutsch ist sowieso schon immer halb poetisch, man muß es ja nur als Fundstück aus seinem Kontext lösen. »Schaffung einer Übersicht zur Person«, so könnte meine Autobiographie heißen.

Der Text liest sich dann lakonisch knapp und dabei doch leicht umständlich, wie die Prosa mancher Klassiker: »Die Sch. arbeitet überwiegend zu Hause. Sie schreibt zu Hause. Montags ist sie im Betrieb. Der Ehemann der Sch. welcher im gleichen Betrieb arbeitet, ist montags zu Haus und kümmert sich dann um die Kinder und Häuslichkeiten.« So fangen doch alle deutschen Nachkriegsromane an. Und ich muß sofort an die damalige Einteilung meines Lebens denken, in bedrückende Montage, an denen der Vater zu Hause war, und den fröhlichen Rest, an dem man die Mutter hatte. Bemerkenswert, was an Lebenswirklichkeit hinter solch einer sachlichen Beschreibung steckt. Und daß ich auf diese Art auch ein bißchen im Text vorkomme.

»Im allgemeinen Umgang ist die Sch. ein freundlicher und sehr hilfsbereiter Mensch. Ihr Wesen ist angenehm und berührt sehr. Für jeden hat sie ein gutes Wort.« Das ist doch eine sehr nette Beschreibung. »Die Kleidung wird für durchschnittlich gehalten befunden.« Darüber hat sie sich am meisten amüsiert.

»Am Weißenseer Weg war früher ein Stück Pachtland vorhanden gewesen. Dieses existiert nicht mehr.« Doch, als nebelhaftes Bild in meinem Kopf, ein Gartengrundstück, das irgendwann für ein Neubauviertel planiert worden ist. Der Weg dorthin führte immer über die Eisenbahnbrücke am hinteren Teil des S-Bahnhofs Frankfurter Allee, manchmal wurde man dort vom Dampf einer durchfahrenden Lok eingehüllt. Aber dieses existiert nicht mehr.

»Der Bruder der Sch. befindet sich in der BRD. Seine Pakete haben die Sch. nicht befriedigt.« Das kann eigentlich nicht sein. »Der Mutter der Sch. paßte der Geldumtausch nicht. Sie sagte, das, was sie eintauschen muß, könne sie auch den Kindern zugute kommen lassen.« Und das hat sie ja auch: Pfefferminzdrops, ein Schaumgummiball, »Biene Maja«-Aufkleber, Brausepulverbonbons, »Tim & Struppi«-Bücher ... Ich lese im übrigen mit Befremden, daß meine Oma in diesem Jahr 111 würde und mein Opa 127.

»Innerhalb der Hausgemeinschaft gibt es eine Frau XXX, welche zeitweilig auf die Kinder der Sch. aufpaßt. Die Sch. und die XXX sitzen oft gemeinsam auf dem Balkon der Sch. und unterhalten sich.« Oma Krüger, die kein Klo hatte und deshalb den Nachttopf immer in die Regenrinne leerte, weil sie zu faul war, zu ihrem Schwiegersohn ins Parterre zu gehen. Leider wurden ihre schweinischen Witze nicht protokolliert. »Betreffs Republikfluchten konnte keine Klarheit geschaffen werden.« Nein, darüber war man sich ja selbst nie ganz klar.

Sogar an unseren Trabi wird erinnert: »Farbe weiß, Baujahr 1974«. »IX 62–27«, die Nummer, die ich heute noch im Schlaf aufsagen könnte, während ich mir meine Handynummer auch nach zwei Jahren nicht merken kann.

Und dann steht dort plötzlich mein Name, mit Geburtsdatum, es hat mich also wirklich gegeben!

Unterschrieben haben »Leiter des Referates 2 Major Marstalerz« und »Leutnant Okonek«. Zweimal polnisch: »Pferdeknecht« (?) und »Barsch«. Die Wirklichkeit läßt sich schwer übertreffen.

Die Welt der Guermantes, S. 457–478

Albertine muß erst einmal hinter Madame de Stermaria zurückstehen, deren Anhimmelung ja schon in Balbec beschlossen worden war. Mit ihr will er sich nicht irgendwo treffen, sondern auf der Insel im Bois de Boulogne. Andere Frauen kommen im Moment nicht in Frage, denn *»ich hatte schon die große Landstraße der allgemeinen Begierden verlassen und den Seitenpfad einer ganz besonderen eingeschlagen«.*

Nicht die Frau bestimmt die zu ihr passende Szenerie, sondern die Begleitumstände verlangen nach der geeigneten Frau. »*Als Geschöpfe solcher vorgeschaffenen Begleitumstände kommen gewisse Frauen nicht ohne das große Bett in Frage, in dem man an ihrer Seite den Frieden finden kann, andere verlangen für die ihnen in geheimer Absicht gespendeten Zärtlichkeiten Blätter und Wind und Quellen in der Nacht, sind leicht und flüchtig, wie sie.*« Daraus ergibt sich eine Übung: Denken Sie sich zu jedem Ihrer Möbelstücke und zu jedem Punkt in der Stadt die dazu passende Frau aus. »Ich könnte mir vorstellen, dich zu lieben, aber nur in einer Raumstation.« Eine gute Ausrede?

Für das Fräulein de Stermaria kommt jedenfalls nur die Insel im Bois in Frage, denn diese, beliebt bei Liebespaaren, war ihm schon vorher »*besonders geeignet für Liebesfreuden erschienen, weil ich einmal dort die Trauer darüber ausgekostet hatte, daß es bei mir nichts dergleichen zu verbergen gab*«. Eine Liste solcher Orte dürfte natürlich etwas länger ausfallen. Immerhin eine schöne Vorstellung, im Triumphzug als Rächer des Eros zurückzukehren.

Es ist das Ende der Saison, es regnet und der Wind zerrt schon an den Blättern. Wahrscheinlich wird es auf der Insel kalt sein. Zu diesem Wetter paßt die kleine Bretonin: »*Aber wenn ich umschlungen mit Madame de Stermaria im Düster der Insel am Ufer des Sees spazierenginge, würde ich es machen wie andere, die, da es nicht angeht, in ein Kloster einzubrechen, wenigstens eine Frau, bevor sie sie besitzen, als Nonne verkleidet sehen wollen.*« Selbstverständlich will er sich schon am Tag vorher dorthin begeben, um »*das Menü für den folgenden Abend zu bestimmen*«. Doch da erscheint wieder Albertine, die für solche unerwarteten Auftritte begabt zu sein scheint. Er hält es nicht einmal für nötig, sich für sie zu Ende zu rasieren, wo er ihr doch in Balbec noch so gefallen wollte. Solche Umschwünge in der Wertschätzung gehen äußerst rasch vonstatten. Er bittet sie sogar, ihn zum Restaurant zu begleiten, sie verstehe wenigstens etwas »*von Küche*«. Und er überlegt, ob er nicht, für den Fall daß sein Abendessen mit Madame de Stermaria »*kein weiteres Ergebnis hätte*«, schon eine spätere Verabredung mit Albertine ausmachen sollte, um sich eventuell von ihr trösten zu lassen. Es steht nämlich zu befürchten, daß das erste Treffen mit der Bretonin ganz belanglos verlaufen wird, das hätten erste Treffen leider so an sich.

»*Als ich wieder allein bei mir zu Hause war und daran dachte, daß ich heute nachmittag eine Spazierfahrt mit Albertine gemacht, am übernächsten Tag bei Madame de Guermantes zu Abend essen würde und einen Brief*

Gilbertes zu beantworten habe – alle drei Frauen hatte ich ja geliebt –, sagte ich mir, daß unser Leben unter anderen Menschen einem Maleratelier voll beiseite gelegter Skizzen gleicht, da es mit allen jenen angefüllt ist, an welche wir einmal einen Augenblick lang unser Verlangen nach einer großen Liebe glaubten heften zu können; doch wurde mir dabei nicht bewußt, daß manchmal, wenn die Skizze noch nicht allzulange geruht hat, wir sie am Ende noch einmal vornehmen und ein ganz anderes, vielleicht bedeutenderes Werk daraus machen, als wir ursprünglich planten.«

Nun kommt der schönste Moment jedes Rendezvous', die Zeit vor dem Aufbruch, »*diese fruchtlose Stunde, die wie die tiefe Vorhalle des Genusses war*«. So hatte er in Balbec abends vor den Belustigungen in Rivebelle allein auf dem Zimmer die hereinbrechende Dunkelheit in dem Wissen beobachtet, daß er nur wenig später wieder in einem strahlend erleuchteten Saal sitzen würde. In diesem Moment ist es schon gar nicht mehr so sehr die Madame de Stermaria, die er sehen will, sondern es sind eigentlich die Frauen von Rivebelle. Er macht »*einen kleinen Vergnügungsspaziergang durch die Wohnung*«, die Eltern sind ja nicht da. Die Wohnung mit ihren Geheimnissen paßt zur Jahreszeit. Ein in der Küche aufheulendes Wasserrohr hatte er anfangs für einen Hund gehalten. »*Die Haustür aber schloß sich nur sehr langsam von selbst unter dem Luftzug im Treppenhaus, und immer nur, indem sie Bruchstücke aus den wonnetrunkenen Klangfolgen hören ließ, die über dem Pilgerchor gegen Ende der Tannhäuser-Ouvertüre schweben.*« Eine bemerkenswerte Haustür! Viel schöner als ein Melodie-Gong.

In diese Stimmung platzt Françoise mit einem Brief der Vicomtesse Alix de Stermaria. Sie könne nicht mit ihm essen. Später werde sie ihm ausführlicher schreiben. »*Ich stand regungslos, tief betroffen von diesem Schlage da. Karte und Umschlag waren mir vor die Füße gefallen wie die Hülse aus dem Gewehr, nachdem der Schuß losgegangen ist.*« Was tut man bei so einem Brief (oder einer SMS)? Man studiert ihn noch hundertmal und versucht, sich ein Bild von den wahren Gedanken der Autorin zu machen. War es der Bois, der sie abgeschreckt hatte? Hätte sie ihm abgesagt, wenn er ihr keinen Kutscher geschickt hätte? Damit hatte sie doch nicht rechnen können? Die Nachricht setzt ihm zu, trotzdem »*bereitete ich mich instinktiv noch immer für den Aufbruch vor, so wie ein Schüler, der im Examen bereits durchgefallen ist, noch eine weitere Frage beantworten möchte*«.

Nun hat er sie in seiner Phantasie schon hundertmal besessen und war ihrer dabei schon fast wieder überdrüssig geworden (ohne sie überhaupt je getroffen zu haben), und dann kommt sie nicht! Damit hat der Winter auch für ihn begonnen, die Eltern werden heimkehren und er wird in dieser Jahreszeit nicht mehr ausgehen. Statt Mädchen wird er auf den Champs-Elysées Spatzen sehen. Und das Schlimmste: Es ist anzunehmen, daß die Bretonin im Gegensatz zu ihm nicht ein einziges Mal an das Essen im Bois gedacht hat. Damit können »*Enttäuschung und Zorn*« diese Liebe »*endgültig festigen*«.

»*Wie viele solche Gesichter von Mädchen und jungen Frauen gibt es wohl in unserer Erinnerung, und wieviel mehr noch in der Zone der Vergessenheit, die alle voneinander verschieden sind und die wir mit Zauber und unserem leidenschaftlichen Verlangen, sie wieder vor uns zu sehen, nur deshalb bedacht haben, weil sie im letzten Nu unseren Blicken wieder entzogen wurden?*« Man kann sich aber nicht helfen, man stellt sich diesen schrecklichen Moment trotzdem irgendwie heimelig vor. Er hat die große Wohnung der Eltern für sich, ist von beruflichen Sorgen offenbar immer noch befreit, nach der Dienerschaft, die im Hintergrund an seiner Behaglichkeit werkelt, braucht er nur zu schellen. Es ist Herbst, die beste Zeit, um sein »*zentrifugales Wesen*« auf sich selbst zu konzentrieren. Da liegt er auf einem »*enormen Stapel von nicht aufgerollten Teppichen*« und schluckt Staub und Tränen »*wie die Juden, die sich zum Zeichen der Trauer Asche aufs Haupt streuten*«. Und außerdem tritt ja genau in diesem Moment der wackere Saint-Loup ein, um ihn zum Essen abzuholen, er sei für einen Tag in Paris.

»*In Balbec war ich so weit gekommen, das Vergnügen, mit jungen Mädchen zu spielen, als weniger verderblich für das geistige Leben, mit dem es einfach gar nichts zu tun hat, zu erachten als die Freundschaft, deren ganzes Bestreben es ist, den einzigen wirklichen und (es sei denn durch das Mittel der Kunst) nicht mitteilbaren Teil unserer selbst einem oberflächlichen Ich zum Opfer zu bringen, das nicht wie das andere Freude in sich selber findet, sondern eine verschwommene Rührung dabei verspürt, wenn es von außen her gestützt und in eine fremde Individualität gleichsam gastlich aufgenommen wird, wo es dann, beglückt über den ihm zuteil gewordenen Schutz, sein Wohlbehagen in Billigung ausströmen läßt und Vorzüge bewundert, die es an sich selbst als Fehler bezeichnen und zu korrigieren bemüht sein würde.*« Eine radikale, asketische Position, unerbittlich gegen »*verschwommene Rührung*«, nur dem Teil in sich selbst verpflichtet, der sich ausschließlich durch Kunst zum Ausdruck bringen läßt. Zudem ist die Herzlichkeit solcher Freunde wie bei »*Diplomaten, Forschern, Fliegern oder Militärs*« eine paradoxe Sache. Wie können sie so tun, als sei man ihnen wichtig, aber am nächsten Tag schon wieder ganz woanders sein? »*Eine Mahlzeit mit uns, also etwas ganz Natürliches, schenkt diesen Reisenden das gleiche ungewöhnlich köstliche Vergnügen wie unsere Boulevards irgendeinem Asiaten.*« Trotzdem, und obwohl Freunde ja so etwas Überflüssiges sind, ist es doch gut, statt Tränen und Staub zu schlucken, mit jemandem essen zu gehen, »*der unser ganzes stagnierendes Sein mit seiner frischen Lebensenergie und seiner Zuneigung neu befruchtet*«.

Noch auf der Treppe denkt er, weil er Saint-Loup neben sich hat, an den Besuch in Doncières zurück, und ein vergessenes Detail fällt ihm ein. Dort hatte er einmal in einem kleinen Gasthaus gegessen, die Bedienung kam aufs Zimmer. Irgendwie streifte seine Hand ihren »*nackten Unterarm*« (wieder dieser nackte Arm, wie schon bei der Herzogin, eine für die Epoche reizvolle Zone, die inzwischen an Bedeutung verloren hat.) Und weil die Bedienung nicht zurückzuckt »*schlug ich ihr vor, mich nach Geld zu durchsuchen*«. Ein kühner Schachzug, warum ist man nie darauf gekommen? Marcel jedenfalls hatte sich damals auf diesem Weg für eine Weile tägliche Liebesfreuden verschafft.

Verlorene Praxis:
- Der Frau einen Wagen schicken.
- Auf die Nachricht vom Brand im Louvre einen Freund aufsuchen und mit ihm weinen.

Selbständig lebensfähige Sentenz:
- »*Wir nehmen selten unser Leben wahr.*«

78. Fr, 6.10., Berlin

Seit mein Fernseher in der Kammer verstaubt, müßte ich eigentlich unendlich viel Zeit haben, und trotzdem komme ich nicht mal dazu, meine To-do-Listen durchzulesen. Fernsehen war immer mein eigentliches Talent, ich kann jeder Sendung etwas abgewinnen, das können nur ganz wenige, weil man für alles offen sein muß, wie ein Pfarrer, der sich jedem Mitglied seiner Gemeinde ganz persönlich widmet. Außerdem schaffe ich es, einen Abend lang den Überblick über das Programm von dreißig Sendern zu behalten, ohne daß mir ein einziger interessanter Moment entgeht, das verlangt Instinkt und Erfahrung. Menschen, die über mein Interesse am Fernsehen die Nase gerümpft haben, konnte ich nie verstehen, die waren doch einfach nicht neugierig. Trotzdem war es mir immer peinlich, fernzusehen, und ich habe bei Anrufen den Ton leise gestellt, eine der vielen Inkonsequenzen in meinem Leben.

Es gab schöne Abende, wenn man das Soziale aufgegeben hatte und zu Hause geblieben war. Manchmal kam dann nachts ein alter amerikanischer Streifen über den Erfinder der Pons-Wörterbücher, mit Gary Cooper in der Hauptrolle, oder eine Zusammenstellung von Dalli-Dalli-Folgen, Gelegenheit, über die Veränderung der Welt zu staunen. Es war überhaupt immer das beste, wenn altes Fernsehen wiederholt wurde. Das ist genau wie mit der Zeitung, es heißt zwar: »Nichts ist so langweilig wie die Zeitung von gestern«, aber in Wirklichkeit ist es genau umgekehrt: »Nichts ist so langweilig wie die Zeitung von heute«. Dagegen ist die Zeitung von gestern eine faszinierende Lektüre und Fernsehen von gestern eine verstörende Erfahrung.

Jetzt ist es abends ganz still in der Wohnung, weil ich mich gegen laute Nachbarn entschieden habe. Ich konnte mich nie damit anfreunden, mir vorzustellen, ich gehörte zu ihrer Familie und ihre Geräusche würden mir die beruhigende Botschaft zutragen, daß jemand zu Hause ist. Aber auch die Stimmen aus dem Apparat erklingen nicht mehr, die einem immer das Gefühl gaben, zur Welt zu gehören und einem großen Gespräch beizuwohnen. Wie gerne habe ich am Freitag abend diese Kochsendung geguckt, bei der am Ende das Publikum alles aufessen durfte, ach, ich hatte freitags nie etwas zu essen im Haus, der Einkaufsrhythmus ließ es nicht zu. Umso lieber sah ich die Kochsendung und freute mich, daß andere nicht hungrig blieben. Jetzt habe ich meine Fernsehsucht überwunden, und wenn ich auch noch auf Kaffee verzichte, bin ich in jeder Beziehung clean. Aber es ist traurig, daß die ganzen Sendungen nun von mir unbemerkt bleiben werden wie Scheintote, die metertief unter der Erde an ihren Sargdeckel klopfen. Das Fernsehen hat seinen besten Zuschauer verloren. Und ich glaube, es wird sich nie ganz davon erholen.

Die Welt der Guermantes, S. 478–500

Die Absencen häufen sich, auf der Treppe noch von Saint-Loups Gegenwart ausgelöste Erinnerungen an den Besuch in der Kaserne und auf der Straße im Nebel schon Combray-Gedanken. Ihn erfaßt bei solchen Wiederbegegnungen ein »*Begeisterungsrausch*«, der »*wenn ich allein geblieben wäre, fruchtbar werden und mir den Umweg vieler unnützer Jahre hätte ersparen können, die ich so noch durchmessen mußte, bis die unsichtbare Berufung, deren Geschichte dies Werk hier ist, endlich deutlich wurde*«. Er ist also schon nah daran gewesen, seine notorische Schreibblockade zu überwinden und zu erfahren, welches Werk er aus sich schöpfen könnte, ist aber noch einmal abgelenkt worden, weil Saint-Loup neben ihm im Wagen Platz genommen hat: »*Die Ideen, die mich heimgesucht hatten, verflüchtigten sich jetzt rasch. Sie sind wie Göttinnen, die zuweilen geruhen, einem einsamen Sterblichen an der Biegung des Weges sichtbar zu erscheinen, sogar in seinem Zimmer, in das sie, während er schläft, im Türrahmen stehend, ihm ihre Verkündigung tragen. Doch sobald man zu zweit ist, verschwinden sie; Menschen, die stets in Gesellschaft leben, bekommen sie nie zu Gesicht.*« Scheußliche Wahrheit, ein erbarmungsloser Urteilsspruch für jeden, der vorhatte, sich durch Schreiben auf die Menschen zuzubewegen.

Man erreicht das Restaurant. Während Saint-Loup noch mit dem Kutscher verhandelt, macht Marcel sich lächerlich, weil er nicht aus der Drehtür findet. Eigentlich eine Slapsticknummer, aber er gibt ihr eine besondere Note, indem er diese sich in einer Trommel bewegende Tür mit einem Revolver vergleicht (und sich selbst mit einer Kugel, die ins Innere des Raums abgeschossen wird. Was für ein Bild! Wir werden es uns anverwandeln). Der Wirt verkennt ihn natürlich und verweist ihn etwas grob des für die Aristokratie reservierten Raums, um ihn auf einer Bank im großen Saal zu platzieren, vor eine Tür, die ständig auf- und zugeht und Kälte einläßt. Die jungen Aristokraten, die sich hier ihrem Hochmut hingeben, sind übrigens allesamt verschuldet und, da einträgliche Partien rar sind, »*richteten insgeheim mehrere ihre Geschütze auf die gleiche eventuelle Braut*«.

Wovon man als Frau träumt, in jeder mißlichen Lage einen Retter zu finden, das leistet Saint-Loup für Marcel, denn kaum hat er das Café betreten, sorgt er schon dafür, daß sein Freund einen angemessenen Platz bekommt und daß die todbringende Zugluft einlassende Tür ein für allemal abgesperrt wird. Schließlich holt er von einem befreundeten Aristokraten einen Mantel, bringt ihn, unter den Augen der staunenden Gäste spektakulär auf der Lehne der Bank balancierend, herbei, bremst »*seinen Schwung mit der Exaktheit ab, mit der ein Reitergeneral vor der Tribüne eines Herrschers sein Pferd zum Stehen bringt, und reichte mir höflich ergeben den Vigognemantel, den er gleich darauf, als er neben mir saß, ohne daß ich dabei eine Bewegung zu machen brauchte, als leichten warmen Umhang um meine Schultern breitete*«.

Saint-Loup besitzt eben »*Sicherheit des Geschmacks auf der Ebene nicht des Schönen, sondern der Umgangsformen, welche einen Mann von wirklich elegantem Auftreten angesichts einer neuen Situation auf der Stelle – gleich einem Musiker, den man bittet, ein ihm unbekanntes Stück zu spielen – die richtige Empfindung und Gebärde, die sie erfordert, treffen und die Mechanik und Technik anwenden läßt, die hierfür am besten geeignet sind, dann aber auch diesem Geschmack selbst gestattet, sich ohne Beengung durch irgendeine sonstige Überlegung zu betätigen, durch die so viele junge Bürgersöhne sich gehemmt gefühlt hätten sowohl aus Furcht, in den Augen der anderen dadurch lächerlich zu erscheinen, daß sie gegen die Regeln des Anstands verstießen, als aus Besorgnis, in den Augen ihres Freundes übereifrig zu wirken – diese aber wurde bei Robert durch eine Nichtachtung ersetzt, die er nicht eigentlich in seinem Körper trug, da sie die Umgangsformen seiner Vorfahren zu einer Art von vertraulicher Herablassung geschmeidigt hatte, von der diese gemeint hatten, sie müsse unter allen Umständen denjenigen, an die sie sich wendete, schmeicheln und sie entzücken*«.

Der eigenartige Reiz, den es hat, wenn ihres Ranges wirklich sichere Herrschaften auf die Umgangsformen pfeifen. Ich erinnere mich, bei einer Journalistenreise nach Hongkong, die im Anschreiben uns nahegelegte Bitte, in »business attire« zu erscheinen, aus Trotz, und weil ich keinen Anzug besaß, ignoriert zu haben, um mich dann vier Tage lang underdressed zu fühlen. Die Beschämung, als ich am Tag der Abreise im Fahrstuhl dem Direktor dieses eine halbe Milliarde Dollar teuren Hotels begegnete und er mich, angesichts meiner grünen Kutte, fragte, ob es kalt in Berlin sei. Ich war eben nicht souverän darin, gegen die Regeln des Anstands zu verstoßen, sondern wie viele junge Bürgersöhne gehemmt.

Unklares Inventar:
– Havelock, Vigognemantel.

Verlorene Praxis:
– Mit wütender Miene den Kopf in den Nacken werfen.

79. Sa, 7.10., Berlin

Der Kinobesuch beginnt mit der Übung, dem Strom der aus der vorigen Vorstellung Kommenden standzuhalten, obwohl man in Schweiß ausbricht, weil man die vielen Menschen als Ansteckungsherd empfindet oder auch nur bestimmte Frisuren verachtet oder den reserviert-kennerhaften Blick, mit dem dieser eine Herr die Ankündigungen der nächsten Filme an der Wand studiert.

Der Trailer für einen seit fünfzig Jahren bestehenden Kinoverband, der in fünfzig Sekunden fünfzig berühmte Schauspielerinnen zeigt, von jeder ein mit Worten kaum zu beschreibender Moment. Hat der Regisseur ihnen erklärt, wie sie aussehen sollten, weil er es einmal in der Wirklichkeit beobachtet hatte? Unmöglich, der Anblick ließe sich gar nicht von der Schauspielerin trennen. Was heißt es dann aber, Regie zu führen, wenn solche entscheidenden Momente, die aus einem Film ein Stück Kulturgeschichte machen, in keinem Drehbuch stehen können und tausend glückliche Zufälle zusammenkommen müssen, damit sie zustande kommen? Die Intensität von Kinobildern, immer eine Provokation für die Wirklichkeit, die daneben wirkt wie eine zwar durchaus ähnliche, aber ungleich weniger attraktive Schwester.

Dann Werbung für »Europa Cinemas«, bei der nichts als eine Reihe Städtenamen eingeblendet werden »Sofia«, »Kiew« … Jeder versetzt einem einen kleinen Stich, die Welt ist so groß, es reicht nicht mehr, wie für Goethe, nach Rom zu gehen, um alles Wesentliche gesehen zu haben.

Der Film ist eine beglückende Explosion von Ideen, ein Regisseur, der nicht aufgehört hat zu spielen. Wieviel Arbeit es gemacht haben muß, das alles so anzuordnen, daß jeder Einfall seinen Platz hat und die Zeit nicht reicht, sich alle zu merken. Die Arbeitsleistung, die sich im Zuschauer als Freude entlädt. Wäre mehr Liebe in der Welt, hätte ich auch mehr vom Film mitbekommen, weil das Pärchen vor mir, statt mir die Sicht zu nehmen, die Köpfe zusammengesteckt hätte.

- In Paris wohnen, aber in einem Haus, das an einer abschüssigen Straße steht. Der Mülleimer vor der Tür, das schmale, holzgetäfelte Treppenhaus, die verschnörkelten Balkongitter.
- Warum man die handgemachten Effekte, denen man den Bastelcharakter ansieht, als »poetisch« empfindet.
- Warum einen der für jeden gleich intensive Moment, sein unverändertes Kinderzimmer wieder zu betreten, im Film nicht mehr

berührt, weil man ihn schon so oft gesehen hat. Beim ersten Mal wäre man noch begeistert gewesen.

- Frauen mögen es nicht, wenn Männer weinen. (Wirklich?)
- Warum erwachsen zu werden immer noch zur Pflicht erklärt wird, wie in bestimmten Berufen, wo die Älteren dafür sorgen, daß es die Neuen nicht einfacher haben als sie damals.
- Der Moment, wenn man seine neue Flamme zum ersten Mal mit Brille sieht.

Nachts meine Oderbruch-Geschichte korrigiert, mit der ich es nicht zum letzten Bachmannwettbewerb geschafft habe. Bei Kerzenlicht und mit dem Gewehrpatronenstift aus Sarajevo. Auch wieder in anderer Schrift gedruckt. Alles ziemlich lächerliche Rituale, aber vielleicht hilft es. Der Text muß perfekt sein.

Die Welt der Guermantes, S. 500–521

Nun endlich die Höhle des Löwen, der Salon der Madame de Guermantes. Als eine Art Fährmann fungiert Monsieur de Guermantes, der Marcel schon an der Schwelle empfängt, ihm aus dem Mantel hilft und an den wie Höllenhunde im Vorzimmer stehenden Dienern vorbeigeleitet. Über das herzogliche Paar kursieren Scheidungsgerüchte: »*Der Herzog war ein so schlechter Ehemann, so brutal sogar, wie es hieß, daß man ihm dankbar war, wie Bösewichtern für eine Anwandlung von Sanftmut, als er die Worte ›Madame de Guermantes‹ aussprach, durch die es so aussah, als breite er schützend die Hände über die Herzogin.*« Seine Höflichkeit, auch wenn sie nur gespielt ist, hat etwas Überpersönliches, weil sie als »*Ausstrahlung des Hoflebens*« auf frühere Jahrhunderte (vor allem das siebzehnte) verweist. »*Die Menschen vergangener Zeiten scheinen uns unendlich fern. Wir wagen nicht, bei ihnen tiefe Absichten vorauszusetzen über die hinaus, die sie ausdrücklich äußern; wir sind erstaunt, einer Regung, die ungefähr den unsern gleicht, bei einem Helden von Homer oder in einer geschickten taktischen Finte Hannibals wiederzubegegnen, zum Beispiel, wenn er in der Schlacht bei Cannae seine linke Flanke eindrücken ließ, um den Gegner durch Einschließung zu überrumpeln. Es ist beinahe so, als stellen wir uns beide, den Epiker und den Feldherrn, so entfernt von uns vor wie ein Tier, das wir in einem zoologischen Garten antreffen.*«

Man ist bei alten Werken dann übertrieben dankbar, wenn sie halbwegs etwas mit unserem Leben zu tun haben: »*Wir sind so erstaunt, bei Barden der Vorzeit moderne Ideen zu finden, daß wir in Bewunderung ausbrechen, wenn wir in dem, was wir für eine alte gälische Dichtung halten, einer Idee begegnen, die wir bei einem Zeitgenossen höchstens ganz geistreich gefunden hätten.*«

Zunächst darf Marcel ganz allein die Sammlung von Elstirs betrachten, über die die Guermantes verfügen. Bilder, die einem zeigen, wie Elstir die Wirklichkeit sieht, wodurch man sie selbst in Zukunft auch anders sehen wird. Elstirs Bemühen »*hatte oft darin bestanden, das Aggregat aus Vernunfteinsichten aufzulösen, aus dem sich bei uns ein optischer Eindruck zusammensetzt*«. Als Gegenstand für solche Experimente kann dann alles dienen, »*es gibt keine mehr oder weniger kostbaren Dinge, das ordinäre Kleid und das in sich selbst hübsche Segel sind beide Spiegel des gleichen Lichterspiels; was daraus wird, hängt einzig vom Blick des Malers ab*«. Diese Erkenntnis läßt sich natürlich auch direkt auf die Literatur übertragen, wo es keine großen oder kleinen Themen gibt.

Der Kontrast könnte eigentlich nicht größer sein, von der tiefsten Beziehung zur Welt, die sich in Elstirs Kunst zeigt, geht es in die oberflächlichste Sphäre, ins Auslaufgehege des Adels. Über seine Kunstbetrachtung hat Marcel die Zeit vergessen, und als er den Salon betritt, hat man dort tatsächlich seit einer Dreiviertelstunde mit dem Beginn des Essens auf ihn gewartet. Trotzdem läßt sich niemand etwas anmerken. Nachdem er bei seinen bisherigen Salonerlebnissen »*entweder gönnerhaftes oder reserviertes Verhalten von seiten mürrischer Damen der bürgerlichen Gesellschaft gewohnt war*«, findet er sich jetzt, wie Parsifal, umgeben von aufgeschlossenen, tief dekolletierten »*Blumenmädchen*«, deren zärtliche Blicke ihm von überallher zufliegen.

Diesen Damen waren »*seit dem zartesten Alter die von stolzer Demut diktierten Lehren eines christlich betonten Snobismus eingeimpft*«. Freundlichkeit gegen Tieferstehende ist da nur ein Mittel, den Abstand zu betonen: »*Laß denen, welche tiefer als dich zu stellen die himmlische Güte dir die Gnade erwiesen hat, zukommen, was du ihnen zuteil lassen kannst, ohne deinem Rang etwas zu vergeben, das heißt geldliche Beihilfe und selbst Krankenpflege, aber natürlich nie eine Einladung zu einer deiner Abendgesellschaften, was ihnen gar nicht guttäte, wohl aber durch Verminderung deines Prestiges deinen Wohltaten etwas von ihrer Wirkung benähme.*«

Es kommt zu den eigenartigsten gesellschaftlichen Verrenkungen. Graf Hannibal de Bréauté-Consalvi kennt Marcel nicht und geht deshalb davon aus, daß dieser außerordentliche Verdienste vorzuweisen haben muß, sonst hätte ihn die Madame de Guermantes nicht eingeladen, so wie er sich selbst »*ebensosehr und in ganz der gleichen Weise wie die Herzogin von Guermantes, nur in männlicher Gestalt, als Schmuck und Weihe jedes Salons empfand*«. Als Neuling scheint Marcel aufzufallen, der Graf tritt mit ihm in Kontakt: »*Er sah freilich noch nicht klar, ob ich nun eigentlich derjenige sei, dessen Serum gegen Krebs zur Zeit erprobt wurde, oder der Mann, der den nächsten Einakter im Théâtre-Français einstudierte, aber als großer Geist und Liebhaber von ›Reiseerzählungen‹ machte er mir für alle Fälle zahllose kleine Verbeugungen und sandte mir Zeichen von Verständnis und durch sein Monokel filtrierte Formen des Lächelns zu, ob nun in der falschen Vorstellung befangen, ein Mann von besonderen Verdiensten werde ihn besser würdigen, wenn er ihm die Meinung glaubhaft nahelegte, er, Graf Bréauté-Consalvi, schätze die Privilegien des Geistes nicht minder hoch als die der Geburt, oder aber einfach aus dem Bedürfnis und einer gleichzeitigen Schwierigkeit heraus, seine Befriedigung auszudrücken, da er ja nicht wußte, in welcher Sprache er zu mir reden solle, alles in allem jedenfalls so, als befinde er sich in der Gegenwart eines der ›Eingeborenen‹ eines unbekannten Landes, an dessen Küste sein Floß angelegt hätte und mit dessen Einwohnern er in profitlicher Absicht unter aufmerksamer Beobachtung ihrer Sitten und Gebräuche, ohne deswegen seine unaufhörlichen Freundschaftsbekundungen zu unterbrechen noch zu versäumen, wie jene Stämme laute Schreie auszustoßen, Straußeneier und Gewürze gegen Glasperlen einzutauschen versuchte.*«

Eine sehr komische Beschreibung, der Slapstickcharakter der Ethnologie (wenn sich der Ethnologe den vermeintlichen Gepflogenheiten der Eingeborenen anzupassen versucht, deren Sprache er nicht spricht), die Komik nicht aufeinander eingestellter Kommunikationssysteme. Die Verbeugungen und das Lächeln, die so linkisch wirken, weil sich der Höfliche auf das vermutete Niveau des unbekannten Eingeborenen herabläßt, die hier aber aus der Perspektive des »Eingeborenen« beschrieben werden.

Der Vorstellungsreigen geht weiter, Marcel schüttelt Hände, »*und sehr zum Schaden meiner Fingergelenke, die leicht zerquetscht aus dieser Berührung hervorgingen, überließ ich meine Hand dem Schraubstock eines deutschen Händedrucks, der von einem ironischen oder gutmütigen Lächeln des Fürsten von Faffenheim begleitet war*«. So nimmt sich also ein deutscher

Fürst in einem französischen Salon aus, so ähnlich wie der Preuße in der Ferrero-Rocher-Werbung: »Aber mir könnse doch ne Kiste vakoofen!« Die Vorliebe dieses Milieus für Beinamen hat ihn übrigens so endgültig zum »Fürst Von« gemacht, »*daß er selbst sich als ›Fürst Von‹ oder im intimen Kreise sogar nur als ›Von‹ unterschrieb*«.

Auch in solch einem gehobenen Salon warten Ernüchterungen, wenn »*der ordinäre Hampelmann, dem ich vorgestellt wurde*«, so gar nicht zu seinem die Phantasie anregenden Namen passen will. Der Fürst von Agrigent hat »*so wenig Beziehung zu seinem Namen wie zu einem Kunstwerk, das er besessen hätte, ohne den geringsten Widerschein davon auf seiner Person zu tragen, ja ohne es vielleicht auch jemals nur anzusehen*«.

Katalog kommunikativer Knackpunkte:

- Jemanden nicht einordnen können, der offenbar davon ausgeht, daß man ihn kennt: »*Ich war ebenso ungeduldig, ihren Namen zu wissen, wie sie ihrerseits, zu sehen, daß ich sie verständnisvoll grüßte, damit sie ihr Lächeln, das sie wie einen hohen Ton in infinitum aushalten mußte, endlich ablegen dürfte.*«
- Sich einer so demütigen Liebenswürdigkeit befleißigen, daß jeder auf der Stelle errät, »*in welchem ungeheuren Hochmut diese mutmaßlich wurzelte*«.

80. So, 8.10., Berlin

Neulich hat jemand behauptet, in Japan gebe es eine neue psychische Erkrankung, deren Symptom es sei, daß der Betroffene sich nicht mehr aus dem Haus zu gehen traue aus Angst, draußen jemanden zu beleidigen. Das heißt doch, daß nur noch die unsensiblen Grobiane auf die Straße gehen. Wie bei uns. Ich gehe ja aus anderen Gründen nicht mehr aus dem Haus, weil ich Angst habe, von niemandem bemerkt zu werden. Vielleicht ließe sich diese Angst therapieren, aber ich gehe auch nicht zur Psychoanalyse, aus Angst vor der Inneneinrichtung des Therapeuten. In einer Freud-Ausstellung waren Fotos der Therapiesofas Dutzender Berliner Psychoanalytiker zu sehen. Die Konfrontation mit so einem scheußlichen Sofa muß so enttäuschend sein, daß man, alleine um das zu verarbeiten, Jahre Therapie brauchen dürfte. Jeder dieser Räume sah abstoßend aus, vom Arzt-Wartezimmer mit Fischgrat bis zur geheuchelten Privatatmosphäre mit Bücherwand und Lithographien. Natürlich wäre es unvernünftig, seinen Therapeuten nach seiner Inneneinrichtung auszuwählen. Auf die Art findet man vielleicht nie einen Therapeuten. Dann hat man irgendwann sein halbes Leben hinter sich und wartet immer noch auf den Märchentherapeuten. Die große Therapie ist aber ein Mythos. Eine Therapie kann sich auch auf Vernunft begründen. Man muß an seiner Therapie arbeiten. Wer nicht bereit ist, Kompromisse zu machen, wird womöglich untherapiert sterben.

Die Welt der Guermantes, S. 521–544

Endlich kann man zu Tisch. Das »*imponierende Uhrwerk aus mechanischen und menschlichen Impulsen*« wird auf einen Wink des Herzogs in Gang gesetzt. Die Türen zum Speisesaal öffnen sich, die Madame führt Marcel an seinen Platz. Die komplizierte Etikette, die Frage, wer das Recht genießt, von wem die Hand gereicht zu bekommen. Das muß alles geklärt sein, bevor man sich begegnet. Zur Zeit Ludwig XIV. ist es vorgekommen, daß ein Kurfürst einen Herzog zwar zum Essen empfing, sich aber krank stellte, so daß er im Bett essen konnte, womit er zwar mit ihm gegessen hatte, ihm aber nicht die Hand geben mußte. Man ist einerseits »*ein Sklave der kleinsten formellen Verpflichtungen*«, hält sich aber andererseits nicht lange mit Trauern auf, wenn der eigene Bruder stirbt. Das ist »*jene dem*

Hofleben unter Ludwig XIV. eigentümliche Verbildung [...], durch welche Gewissensskrupel aus dem Bereich der Gefühle und der Moral in die Sphäre des Protokolls verlagert worden sind«. Ein erlösender Triumph über den Tod. Der Mensch übernimmt selbst die Regie.

Die Guermantes sind direkte Nachkommen dieser Zeit und werden beschrieben wie eine Hunderasse, der Hautton, die Nase, die zu kurze Oberlippe, die rauhe Stimme der Frauen, »*eine gewisse fast raumerhellende Blondheit*«, aber auch »*eine Art sich zu halten, zu schreiten, die Hand zu geben*«. Oder wie sie dastehen, »*wobei das eine Bein eine gewisse Haltungsänderung auferlegte, die durch Heraufziehen einer Schulter ausgewogen wurde, während das Monokel im gleichen Moment ins Auge glitt und eine Braue hob*«.

Wie bei Dallas und Denver Clan gibt es eine Gegenfamilie, die ebenso zum höchsten Adel Frankreichs gehört, aber eben in allem einen Gegenpol bildet, die Courvoisier. Oriane de Guermantes hegt fast sozialistische Ansichten und legt auf Geist mehr Wert als auf Abstammung, aber für die Courvoisier gilt: »*Geist und Intelligenz waren in ihren Augen gewissermaßen Dietriche, mit deren Hilfe Leute, über deren Ursprung man schlechterdings gar nichts wußte, sich in die geachtetsten Salons einschlichen.*« Man ist also nur sicher vor Betrügern, wenn man dumme und langweilige Gäste hat.

Die Courvoisier hatten einmal die Hoffnung, Oriane könnte sich ins Unglück stürzen und »*einen Künstler, einen Vorbestraften, einen Habenichts, einen Freidenker*« heiraten, und so »*aus der achtzehnten Oriane de Guermantes ohne eine einzige Mesalliance*« zu einer »*Entgleisten*« werden. Aber das ist nicht passiert, denn sobald es an die Hochzeit geht, wirkt eine Art »*Hausgeist*« der Familie, der auch über die sonstigen ererbten Gepflogenheiten wacht, und man sucht nach der reichsten und angesehensten Partie.

Nur ihren Salon stellt Oriane nach anderen Maßstäben zusammen, »*denn sie war der Meinung, es sei mit einem Salon im sozialen Sinne des Wortes genauso wie im materiellen, wo es, um ihn häßlich zu machen, schon genügt, daß man Möbel, die man nicht hübsch findet, zum Ausfüllen oder als Beweis des Reichtums darin stehenläßt [...]. Wie bei einem Buch oder einem Haus bildet die Grundlage für die Qualität eines ›Salons‹ – so dachte jedenfalls mit Recht die Herzogin von Guermantes – der Verzicht*«. Allerdings entbehrt es nicht einer gewissen Ironie, wenn ausgerechnet Proust verkündet, daß Verzicht die Qualität eines Buchs ausmacht, denn seit ungefähr vierhundert Seiten hat er bestimmt auf kein Detail mehr verzichtet.

Bei Verzicht muß ich im übrigen an meine Geburtstage denken, die ich nicht mehr feiere. Nach welchen Kriterien sollte man die Gäste zusammenstellen? In der Schule habe ich immer so viele eingeladen, daß ich am Ende auch noch den Rest einladen mußte, weil es gemein gewesen wäre, einige wenige auszugrenzen. Heute wäre ich froh, wenn einige wenige kämen.

Noch einmal zur Familienähnlichkeit der Guermantes, die der Fremde schon in dem Moment erlebt, wenn er ihnen vorgestellt wird: »*In dem Augenblick, da ein Guermantes [...] den Vorstellenden einen Namen nennen hörte, ließ er auf den Träger, als sei er noch keineswegs entschlossen, diesem guten Tag zu sagen, einen im allgemeinen blauen Blick von der Kälte des Stahles fallen, den er bereit schien, in die tiefsten Tiefen von dessen Herzen zu senken [...], wenn daher der besagte Guermantes nach rascher Erforschung selbst der verschwiegensten Winkel des Seelenlebens und der Ehrenhaftigkeit des Kontrahenten diesen für würdig erachtete, ihn künftig wiederzutreffen, und ihm seine Hand am äußersten Ende des langausgestreckten Arms in einer Weise entgegenhielt, durch die es aussah, als überreiche er ein Florett für den Einzelkampf, war diese Hand so weit von dem Guermantes selbst entfernt, daß, sofern er den Kopf neigte, schwer zu unterscheiden war, ob er den Vorgestellten grüßte, oder die eigene Hand.*«

Die Damen dagegen machen eine fünfundvierzig Grad tiefe Verbeugung, schnellen aber sofort wieder in die Vertikale zurück: »*Durch diese zweite Bewegung wurde, was durch die erste scheinbar konzediert worden war, wieder aufgehoben. Man blieb nicht einmal wie beim Zweikampf Herr über das gewonnene Terrain, sondern die Ausgangspositionen wurden wiederhergestellt.*«

Unklares Inventar:

- Ein sommerliches Volksfest in Robinson, eine Partie Brelan, der Geist der Mortemart, Prinzessin Budrulbudur.

81. Mo, 9.10., Berlin

Irgendwie bilde ich mir immer noch ein, damals für unseren ersten gemeinsamen Kinobesuch nur den falschen Film ausgesucht zu haben, sonst hätte sie sich vielleicht nicht so schnell wieder von mir getrennt. Die Lautsprecher rauschten, der Ton war falsch justiert, schade, daß ich nicht meinen einen Bekannten dabei hatte, den solche Dinge immer so sehr stören, daß er sich auf nichts mehr konzentrieren kann, was einen selbst immer ganz ruhig werden läßt. So ein Neurastheniker ist ein Entspannungsmittel für andere.

Als die Mutter im Film die Füße auf den Schreibtisch legte, fiel mir ein, daß wir schon als Kinder wußten, daß die Amerikaner das machten. Während ich nie über den Rasen gelatscht bin, nie meine Füße auf die S-Bahn-Sitze gelegt habe, Rollstuhlfahrern immer anbot, sie den Berg hochzuschieben und einen großen Teil meiner Freizeit am S-Bahnhof Buch mit dem Hochschleppen fremder Kinderwagen verbracht habe.

Der Zahnarzt, der den jugendlichen Helden immer analysieren will: »Mit traditioneller Zahnmedizin sind mir irgendwo Grenzen gesetzt.« Er erklärt ihm das Verhalten seiner eigenartigen Freundin: »Sie ist verlassen worden und sucht sich einen wie dich, der ihr nie wehtun würde.« Mit solchen Erkenntnissen geht man dann durchs Leben.

Als die Psychopharmaka anschlagen, sagt der Held begeistert: »Ich fühl mich so wie ich. So hab ich mich noch nie gefühlt!« Später zieht er nach New York und rennt durch die Straßen, und es kann einfach keine andere Stadt auf der Welt geben, in der man beim die quälende Pubertät abschließenden Durch-die-Straßen-Rennen so ein schönes Bild abgibt.

Die Welt der Guermantes, S. 544–567

Der »*Geist der Guermantes*« verlangt eine eingehendere Betrachtung, schließlich handelt es sich um ein vages Phänomen, das eigentlich nur richtig erfassen kann, wer selbst darüber verfügt. Warum ist der Salon der Madame de Guermantes der erste im Faubourg Saint-Germain, und bei der Prinzessin von Parma, die doch versucht, Oriane de Guermantes in allem zu kopieren, kam es »*immer wieder einmal vor, daß sie den ganzen Tag mit einer Hofdame und einem ausländischen Legationsrat allein blieb*«. Der

Geist der Guermantes »*war eine Qualitätsbezeichnung wie ›Fleischpasteten aus Tours‹ oder ›Biscuits aus Reims‹*«.

Die Kunst, einen Salon zu führen, liegt in der sorgfältigen Auswahl der Besucher. Es ist anstrengend genug, wenn man eine lange Liste von Personen hat, die man regelmäßig besuchen muß, da muß man sparsam mit Neuaufnahmen sein. Für Oriane zählen dabei die üblichen Verdienste nichts. Was ihren Freunden, die auf eine Karriere verzichtet haben, um täglich bei ihr vorbeizuschauen, das Gefühl gibt, die richtige Wahl getroffen zu haben, »*wenn auch ein gewisser melancholischer Zug, den sie inmitten allgemeiner Fröhlichkeit doch behielten, ein wenig die Wohlbegründetheit dieses Urteils in Zweifel zu stellen schien*«.

Wenn einen nicht die üblichen Verdienste qualifizieren, bleiben die Auswahlkriterien undurchsichtig. Tatsache ist, »*daß die Herzogin von Guermantes über alles übrige nicht die Gescheitheit stellte, sondern das, was sie als eine überlegenere, erlesenere Form einer in Worten sich erfüllenden Spielart des Talents bezeichnete – den ›esprit‹*«. In jedem Fall muß das Talent sich in Worten ausdrücken, man wird also schlagfertig sein müssen. Wobei »*der Geist der Guermantes anspruchsvolle, lange Reden sowohl des ernsten wie des komischen Genres als unerträglich abtat*«. Damit sind wir natürlich mitten in Frankreich, wo man sich wie Voltaire noch einmal sein Heftchen mit Bonmots durchliest, bevor man sich unter Leute begibt.

Oriane selbst ist eine Meisterin in der Kunst der »*Imitationen*«, also darin, Personen zu karikieren. Der Gegenclan der Courvoisier hat für so etwas keinen Sinn, man hat dort einfach nicht »*die Feinheit des Gehörs*«, um überhaupt die Eigenheiten an jemandem zu erkennen, geschweige denn, ihn imitieren zu können. Für die Courvoisier ist der Esprit Orianes ein Schreckgespenst, weil sie wissen, zu welchen gesellschaftlichen Erfolgen er ihr verhilft. Wenn Oriane auftritt, treten sie den Rückzug an, um ihrem Erfolg nicht beiwohnen zu müssen.

Zwischenfälle, die den Courvoisier peinlich sind – für seine Gäste einen Stuhl zu wenig zu haben oder einen Namen zu verwechseln –, nimmt die Madame de Guermantes »*zum Anlaß für Erzählungen, über die alle Guermantes bis zu Tränen lachten, so daß man die Erzählerin beinahe darum beneiden mußte, daß sie nicht genug Stühle gehabt, irgendein Versehen in der Rede selbst begangen oder von ihren Bedienten hatte begehen lassen*«. Eigentlich ist sie wie ein Autor, der das Peinliche thematisiert und dadurch Identifizierung ermöglicht.

Den Courvoisier fehlt zudem die Fähigkeit, »*in das Leben der Gesellschaft eine Erneuerung zu bringen*«, über die Oriane mit ihrem Sinn für Modernität verfügt. Sie laden ihre Gäste gemäß »*einer Art von geometrischer Beweisführung*« ein, was zu den langweiligsten Ergebnissen führt. Wenn man für den Besuch einer bestimmten Prinzessin alle Nicht-Bonapartisten ausschließt, trifft die Prinzessin bei Madame de Courvoisier »*nur irgendeine Witwe eines ehemaligen kaiserlichen Präfekten*« oder andere »*fatale Vogelscheuchen*« an, während ihr bei Oriane ein mit Takt und Fingerspitzengefühl zusammengestelltes »*anmutiges Bouquet*« von Menschen geboten würde.

Dabei wächst sich dieser Widerspruchssinn bei Oriane so weit aus, daß sie in der Konversation an einer »*krankhaften Sucht nach willkürlichen Neuerungen*« leidet, immer auf der Jagd nach einem neuen »*schmackhaften Paradox*«. Darin ähnele sie den Literaturkritikern, die sich ja auch darauf beschränkten, jeweils »*das Gegenteil der von ihren Vorgängern erkannten Wahrheiten zu predigen*« und Partien eines Werks »*ins Dunkel hinabzustoßen, die so lange strahlend dagestanden hatten, und andere heraufzuholen, die ewiger Finsternis anheimgegeben schienen*«.

Sich durch paradoxe Urteile profilieren, die dem Überraschten ganz neue Horizonte zu eröffnen scheinen. Neulich hat sich jemand am Sonntagvormittag an der Idee begeistert, in ein Schwimmbad im Osten zu fahren, um zwischen den Kindern und Rentnern ins Wasser zu springen. Was für eine überraschende, paradoxe Idee für jemanden, der gerade mit seinem Porsche angerauscht gekommen und die Nacht auf einer Party in der Grunewalder Villa eines angesagten Journalisten verbracht hatte. Ich konnte dann gar keine Begeisterung heucheln über die spielerische Idee, mit Rentnern zu baden, mir hätte es vielleicht auch Spaß gemacht, wenn es nicht als Spiel gemeint gewesen wäre. Es tut mir immer leid, mit solchen Menschen nicht warm zu werden und sie damit in einen Abgrund von Selbsterkenntnis zu stürzen.

Die Madame ist wie Neurastheniker, »*die rasch ermüden und nach Wechsel verlangen*«. Nur ihrem Mann kann das nichts anhaben: »*Er allein hatte sie niemals geliebt; in ihm, der gleichgültig gegen alle ihre Launen, nichtachtend ihrer Schönheit gegenüber, von einem heftigen Willen beseelt war, den nichts zu beugen vermochte, war sie auf einen jener eisernen Charaktere gestoßen, unter deren Herrschaft nervöse Menschen eine Art von Beruhigung finden.*« Das eröffnet natürlich ganz neue Horizonte bei der Partnerwahl. Anders als man denken sollte, braucht man für sein Glück jemanden, der einen nicht versteht, sich einem nicht unterordnet, sich in nichts von einem beeinflussen läßt und einen nicht liebt.

Katalog kommunikativer Knackpunkte:
- Als ihr ein Bonmot berichtet wird, reißt die Prinzessin »*in einer Bewunderung ›a priori‹ weit die Augen auf, in denen gleichzeitig die flehentliche Bitte um eine zusätzliche Erklärung lag*«.

Verlorene Praxis:
- Gähnen oder Zeichen von Ungeduld geben, wenn man durch die Unüberlegtheit einer Gastgeberin einen Langweiler als Tischnachbarn erhalten hat.

Selbständig lebensfähige Sentenz:
- »*Die Herzogin von Guermantes, deren Stimmung jeweils absank, wenn von der Schönheit einer anderen Frau die Rede war, ließ das Thema fallen.*«

82. Di, 10.10., Berlin

Nachdem mich vor zwei Jahren die Sophie-Calle-Ausstellung im Gropius-Bau so begeistert hatte, wollte ich mich moderner Kunst gegenüber wieder aufgeschlossener zeigen, aber es lag ja nicht an mir, sondern daran, daß sie nur noch für Leute produziert wird, die sich Wohnraum leisten können und Platz haben für heterogene Inneneinrichtungsgegenstände. Sophie Calle war da eine Offenbarung, dabei hatte ich von der laut Ankündigung bekanntesten französischen Künstlerin unserer Tage vorher noch nie gehört. Ihre Aktionen waren witzig, aber auch traurig, weil es immer darum ging, die Zeit festzuhalten und sich Spielregeln auszudenken, nach denen man seine Erfahrungen strukturieren kann. Wenn sie sich zum Beispiel einen Tag lang von einem Detektiv beschatten läßt und dessen Aufzeichnungen den eigenen gegenüberstellt, bekommt jede Zufälligkeit nachträglich einen Sinn. Oder wenn sie die Geburtstagsgeschenke jeweils eines Jahres in einer Vitrine aufbewahrt, dann wird aus dem ganzen Plunder Information. Man bekam sofort Lust, sich auch solche Spiele auszudenken, zum Beispiel der Freundin ihren Urlaubskoffer selbst zu packen, und sie muß dann anziehen, was man ihr mitgegeben hat.

Ich habe damals ein paar Wochen lang bei der »Chaussee der Enthusiasten« Werbung für diese Ausstellung gemacht, die mir dem, was wir manchmal mit Texten versuchen, nicht unverwandt vorkam, aber niemand ist hingegangen, mein Wort gilt nichts. Überrascht war ich, als ich später erfuhr, daß Paul Auster in einer Figur in »Leviathan« Sophie Calle porträtiert hat. Daraufhin habe sie Aktionen durchgeführt, die er dieser Figur angedichtet hatte. Und sie habe ihm vorgeschlagen, ihr exakte Lebensregeln für ein Jahr zu schreiben. Er hat ihr ein: »Gotham Handbook – personal instructions for SC on How To Improve Life in New York City (because she asked …)« geschrieben, zum Beispiel Unbekannte anzulächeln. Sie hat das alles befolgt und den Aufenthalt mit einem Essen mit ihm gekrönt. Ich war neidisch auf Auster, weil er so bekannt war, daß er einfach Sophie Calle kennenlernen konnte. Und ich erinnerte mich wieder, als ich in New York für ein paar Wochen im winzigen Atelierraum einer jungen Berliner Künstlerin wohnen durfte (nie schlief ich so schlecht wie zwischen ihren eigenartigen Objekten aus Quietschpappe), zum Dank eine Liste mit Aktionen hinterlassen zu haben – in so einer Stadt drängte sich einem der Wunsch auf, sein Leben in Kunst zu verwandeln. Sie hat dann meine Schrift gar nicht lesen können.

Gestern war ich wieder in einer Ausstellung im Gropius-Bau, inzwischen habe ich mir nach Jahren ja auch endlich gemerkt, welcher U-Bahn-Ausgang am Potsdamer Platz wohin führt. Der Ausflug war für mich schon deshalb ein Erfolg, weil ich nicht vor verschlossenen Türen stand, es passiert mir oft, daß Veranstaltungen, zu denen ich mich nach langem Ringen aufmache, dann gar nicht stattfinden. Ich betrachte ja auch ein Rendezvous als Erfolg, wenn die Frau gekommen ist, alles Weitere kann dagegen eigentlich nur noch enttäuschen, es wäre besser, man würde sich gleich wieder auf den Heimweg machen.

Rebecca Horn soll eine der wichtigsten deutschen Künstlerinnen sein, und sie kommt aus dem Odenwald, also ganz aus der Nähe von Mannheim, erstaunlich genug, daß man dann etwas anderes werden kann als Nagelstudiobetreiberin. Die Ausstellung zeigt Objekte aus vielen Jahren, bei denen auffällt, daß sie immer größer werden. Gegen Ende vollführen meterlange Metallstifte, von Motoren angetrieben, komplizierte Bewegungen. Manchmal schwenkt so ein Stift direkt auf den Betrachter, und man bekommt Angst, den Selbstschußmechanismus auszulösen.

Ich bin ja immer ein bißchen neidisch, wenn Künstler Objekte bauen dürfen, die so groß sind, daß sie sie schon deshalb verkaufen müssen, weil sie sie zu Hause gar nicht aufbewahren könnten. Ich kann es mir nicht leisten, Sachen aufzuheben und schmeiße immer alles weg, was sich zum Objektbauen eignen würde. Vielleicht ist das der falsche Weg, und ich sollte daraus etwas basteln, es verkaufen und mir für den Gewinn eine größere Wohnung leisten?

Hier und da bekleckststen Automaten die weißen Wände mit Farbe, zum Beispiel das »Salomé«-Objekt, ein Auftragswerk für Irland. Ein unter der Decke angebrachter Federpinsel, der »von irischer Elektrizität erschreckt« in Farbe taucht und Werke von Oskar Wilde bespritzt, die von zwei darüber schwebenden Straußeneiern beschützt werden. Das brachte mich auf einen neuen Eintrag in meiner Liste möglicher Wetten für »Wetten, dass …?«: »Jochen Schmidt behauptet, er könne nur am Geschmack des Stroms aus der Steckdose erkennen, in welchem Land der EU er sich befindet.«

Am meisten hat mich eigentlich der Mechanismus interessiert, von dem die Objekte angetrieben werden. Wie bewegt man mit einem kleinen Elektromotor von der Art, wie ich sie als Spielzeug hatte, mit ausgeklügelten (aber für Feinmechaniker sicher ganz standardmäßigen) Kurbelübersetzungen zwei Schmetterlingsflügel auf und ab? Die Künstlerin soll mehrere Techniker beschäftigen, die ihr ihre Objekte zusammenbauen.

Ich kann mir nicht helfen, aber ich hätte gerne mehr über die Arbeit dieser Techniker erfahren und weniger von Rebecca Horns Gedichten gelesen. Trotzdem fand ich das Mädchen rührend, das, seine mit Turnschuhen bekleideten Füße nach Mädchenart verdrehend, auf dem Parkett kauerte, um eines der schwülstig-nebulösen Gedichte der Künstlerin in sein zu großes Notizbuch mit ockerfarbenen Seiten zu übertragen.

Kurzzeitig hatte man draußen wieder diesen »Objekt«-Blick, zum Beispiel an einem U-Bahn-Kiosk, aus dem ein dicker Lüftungsschlauch hing. Ein Künstler hätte es für Kunst halten können.

Die Welt der Guermantes, S. 567–588

Mehr zur unberechenbaren Oriane, die durch ihre »*einander widersprechenden Edikte [...] unaufhörlich die Ordnung der Werte bei den Personen ihres Kreises umstürzte*«. Man staunt, wenn man sie im Theater statt in einer Loge »*auf einem der Parkettfauteuils entdeckte*«, und sofort wird einem bewußt, daß das ja die einzige wahre Form ist, so ein Stück zu sehen. Oder wenn sie sich ausgerechnet in der Besuchssaison an Bord einer Jacht begibt, um zu den norwegischen Fjorden aufzubrechen. Das führt dazu, daß die Prinzessin von Parma, die Oriane so gerne nachahmen würde, um auch deren gesellschaftlichen Erfolg zu haben, »*sich auch an das geringfügigste Thema nur mit der gleichzeitig beunruhigten und lustvollen Vorsicht einer Badenden heranwagte, die zwischen zwei schweren Sturzwellen im Wasser auftaucht*«.

In Orianes Salon trifft man auch manchmal eine der abgelegten Mätressen des Herzogs, er schätzt »*große, gleichzeitig majestätische und doch zwanglos sich gebende Frauen eines bestimmten Stils, der zwischen der Venus von Milo und der Nike von Samothrake zu suchen war*«. Sie findet in diesen Frauen, die sich früher oder später bei ihr ausweinen kommen, Verbündete, wenn es darum geht, dem Herzog Geld abzunehmen. Außenstehende halten die beiden allerdings für ein Vorzeigepaar, weil der Herzog immer die Formen wahrt: »*Abgesehen von seltenen Augenblicken zu Hause, da der Herzog, wenn die Herzogin zuviel sprach, Worte und vor allem Arten des Schweigens fand, die niederschmetternd wirkten.*«

Verlorene Praxis:
- Mit der Geliebten von seinem Landsitz aus über Brieftauben korrespondieren.

- Während man seiner Frau den Mantel umlegt, ihre Kolliers arrangieren, damit sie nicht im Futter hängenbleiben.
- Unter der Einwirkung einer außergewöhnlichen Erregung tatsächlich manchmal sagen, was man denkt.

83. Mi, 11.10., Berlin

Zum ersten Mal dienstlich im DT gewesen, und es war natürlich ernüchternd, obwohl sich ein Kreis schloß. In den Achtzigern, als ich ständig ins Theater ging, wäre Kritiker mein Traumberuf gewesen, weil ich damals das Privileg, umsonst an Karten zu kommen, stark überschätzte. Hauptdarsteller, Regisseur, Autor und Kritiker, so viele dieser Funktionen wie möglich wollte ich auf mich vereint sehen. Dabei konnte ich nicht mal Sächsisch nachmachen, hatte noch nie erreicht, daß jemand meine Anweisungen befolgte, war zu träge zum Schreiben und sah, wenn ich ehrlich war, am liebsten fern. In der Schule mußten wir einen Aufsatz zu einem freien Thema schreiben, und ich hatte die Aufgabe wieder bis zum letzten Moment vor mir hergeschoben. Es war mir schon damals nicht möglich, irgend etwas zu tun, bevor es dafür zu spät war, das muß am System gelegen haben. Am Abend vor der Abgabe sah ich im DT »Die Fliegen«, und mir blieb nichts anderes übrig, als meinen Aufsatz über das Stück zu schreiben. Ich brauchte die halbe Nacht, es war eine elende Quälerei, mir fiel plötzlich auf, wie schwer Deutsch war und ich verfiel ständig in diesen Theaterkritikerton. Ich hatte das Stück zwar schon mehrmals gesehen und sogar einmal gelesen, aber immer noch keine Ahnung, worum es eigentlich ging. Wir waren einfach begeistert vom morbiden Bühnenbild mit der riesigen an der Wand klebenden Fliege. Und die Erinnyen zischten so fies. Es wurde viel geschrien, und wie immer im Theater wurde es gegen Ende etwas zäh, so daß man froh war, wenn der Vorhang endlich fiel, vielleicht schaffte man ja eine Bahn früher und konnte noch ein bißchen fernsehen.

Diesmal litt ich auch wieder bei dieser demütigenden Applauszeremonie, wenn die Schauspieler einzeln vortreten müssen, um sich ihre Bewertung abzuholen und sich bei dem einen Jubelrufe ins Klatschen mischen, während es bei dem anderen merklich stiller wird. Es war zwar eine Premiere, aber alle sahen sehr bedrückt aus. Es gab wie so oft eine Gruppe Schauspielstudenten in Nebenrollen, denen man auf der Schauspielschule schon diese hysterische Art antrainiert hatte, mit höchster körperlicher Spannung dem ganz normalen Dialogtext eines anderen »aufmerksam zu folgen«. Sie wanken auch immer so eigenartig breitbeinig voran, als fürchteten sie, jederzeit von einer Flutwelle erfaßt zu werden.

Ich muß inzwischen bei solchen subventionierten Kulturereignissen immer zwanghaft durchzählen, wieviel Zuschauer gekommen sind und ausrechnen, wie hoch der Eintrittspreis sein müßte, damit man unter normalen Bedingungen alle Beteiligten anständig bezahlen könnte. Subvention ist doch Wettbewerbsverzerrung, wenn nicht Diebstahl, sage ich, solange ich selbst nicht davon profitiere.

In der DDR hat man im Theater aufgeatmet, die Aufmerksamkeit der Zuschauer war zum Greifen, man genoß das Gefühl, daß man mit denen da oben in einem Boot saß und sie sich stellvertretend für uns etwas herausnahmen. Außerdem lebten sie ein etwas glanzvolleres Leben, um das man sie beneidete. Aber dazu kam, daß sich am DT die besten Schauspieler des Landes sammelten, fast jeder hatte seinen eigenen Stil entwickelt, einen Manierismus, mit dem er seine Rollen spielte. Man erkannte sofort, ob jemand dort hinpaßte oder nicht, ob er ein echter DT-Schauspieler war oder nur Fußvolk. Wenn ich mir das Informationsheft des Theaters jetzt angucke und – wie ich in den Neunzigern noch lange in Drittligamannschaften nach Namen aus der DDR-Oberliga gesucht habe – nach mir bekannten Namen suche, sind nur wenige von früher geblieben und nicht unbedingt meine Favoriten.

In der Wendezeit standen wir einmal an einem Sonnabendnachmittag vor dem DT in der Vorverkaufsschlange für den nächsten Monat, als Ulrich Mühe eine Wiener essend aus dem Theater kam. Er blieb auf dem Vorplatz stehen und aß seine Wurst zu Ende, dann warf er die Pappe in einen Mülleimer. Als er weg war, diskutierten wir ernsthaft, ob wir die Pappe herausfischen und aufbewahren sollten, so sehr verehrten wir das Theater und diesen Schauspieler.

Die Welt der Guermantes, S. 588–608

Nur die Plumpheit des Herzogs und die Sottisen seiner Frau machen das Salon-Gerede halbwegs unterhaltsam. Wenn zum Beispiel Oriane ihren Mann unterbricht: »*Gereizt durch diese Unterbrechung nahm der Herzog seine Frau ein paar Sekunden unter das Feuer eines drohenden Schweigens.*«

Die neueste abgelegte Geliebte des Herzogs ist die anwesende Madame d'Arpajon. Oriane hat natürlich kein Mitleid mit ihr. Als es heißt, die d'Arpajon schwärme für Dichtkunst, berichtigt Oriane: »*Sie wird literarisch, seitdem sie sich verlassen fühlt. […] zu mir kommt sie jedesmal und jammert, wenn Basin sie nicht besucht, das heißt fast alle Tage. Dabei kann ich doch nichts dafür, wenn sie ihm langweilig wird; ich kann ihn nicht zwingen, zu ihr zu gehen, obwohl mir lieber wäre, er hielte treuer zu ihr, denn dann müßte ich sie weniger häufig sehen.«*

Man kann nur die Gelassenheit bewundern, mit der man in diesen Kreisen dem Thema Fremdgehen begegnet. Das wäre vielleicht die These wert, daß das Bürgertum keineswegs zur Lockerung der Sitten beigetragen hat, sondern Partner im Gegenteil viel verkrampfter als der Adel als Besitztum definiert.

Marcel gefällt die zupackende Wortwahl Orianes, für ihn liegt darin »*der ganze provinzielle Ursprung eines Teils der Familie Guermantes, der, länger bodenständig, auch kühner, ungezähmter und herausfordernder geblieben war*«. Ein Adel, der »*lieber mit seinen Bauern als mit Bürgern auf gleichem Fuße verkehrt*«. Ihre Rede strömt für ihn pointiert und klar, »*als wenn man ein altes Volkslied hört*«. Ihr Geist hat die verführerische Kraft geschmeidiger Körper behalten, »*die durch keine nagende Gedankenarbeit, keine seelische Beunruhigung oder Nervenreizung verändert worden sind*«.

Was Orianes Salon zu solch einem erlesenen Ort macht, wird zumindest aus den Gesprächen seiner Besucher nicht deutlich. Man lästert und handelt die neuesten Themen aus Kunst und Literatur ab. Man spricht über Hugo (welche seiner Phasen ist noch akzeptabel?) und über Elstir, den der Herzog, obwohl er seine Bilder besitzt, im Grunde gar nicht schätzt. Swann hatte ihnen zu dieser Anschaffung geraten: »*Swann hatte tatsächlich die Stirn, uns zum Kauf des Spargelbunds zu raten. Wir haben das Bild daraufhin sogar ein paar Tage im Hause gehabt. Es war nichts weiter als das darauf, ein Bund Spargel, genau wie der, den wir gerade schlucken, die Spargel von Herrn Elstir aber habe ich nicht geschluckt. Er verlangte dreihundert Francs dafür. Dreihundert Francs für ein Bund Spargel! Einen Louisd'or höchstens sind sie wert, und auch das nur, solange es noch die ersten sind.«*

Katalog kommunikativer Knackpunkte:

- »*[W]ährend ein illusionsloses Lächeln die schmerzlich geschwungene Linie ihres Mundes kräuselte.«*
- Ein General rührt, als der Name Zola fällt, keinen Muskel seines Gesichts: »*Die Anti-Dreyfus-Gesinnung des Generals ging zu tief, als daß er noch versucht hätte, ihr durch sein Mienenspiel Ausdruck zu geben.«*
- »*[S]ie bewegte dabei leicht ihren Federfächer in dem Bewußtsein, von dem sie in diesem Augenblick beseelt war, ihren Pflichten im Salon bewundernswert nachzukommen.«*

Verlorene Praxis:

- Sich von seinem Geliebten einen Vers auf den Fächer schreiben lassen.

84. Do, 12.10., Berlin

B. ruft an, seine Freundin und er haben sich nach drei Jahren getrennt. Wundert sich, daß ich mich noch über neue Popmusik informiere, ihn interessiert das alles nicht mehr. Hatte schlimmen Hexenschuß, drei Wochen Rückenschmerzen, Übungen mit einem »Terraband«. Trifft sich mit einer Kindergartenfreundin, man dürfe natürlich nicht zugeben, daß man nur klingelt, weil man verlassen wurde.

Hätte ich heute die Zeitung nicht gelesen, ich hätte nie erfahren, daß das »Gesetz zur Anpassung schuldrechtlicher Nutzungsverhältnisse an Grundstücken im Beitrittsgebiet« ausläuft, peinlich, wenn ich wieder als einziger nichts davon mitbekommen hätte. In Bayern hat ein Gesundheitsminister namens »Schnappauf« »neue Gammelfleischfunde gemacht«, und die Koalition diskutiert über eine »Überforderungsklausel«, für die ich mir natürlich ein breites Anwendungsfeld wünsche. Nora Tschirner und Till Schweiger setzen sich für Organspenden ein (und man muß sofort an eine elegante Entsorgungsmöglichkeit für die beiden denken). Aber am meisten hat es mich begeistert zu erfahren, daß man »die legendäre Chefredakteurin der VOGUE« nicht ansprechen dürfe, wenn man ihr im Aufzug des Condé-Nast-Buildings in New York begegne (ein Fall für meine Liste »Nutzloses Wissen«, das ja nie nutzlos ist, man kann sich leicht einen Katastrophenfilm denken, in dessen spannendster Szene genau diese Information die Menschheit vor dem Untergang rettet).

Zum Glück schaffe ich es nur einmal in der Woche Zeitung zu lesen, das einzige, was man dadurch verpaßt, sind die Todesanzeigen, aber manchmal hat man sie auch gar nicht verpaßt, sondern Erwin Geschonneck lebt noch und wird demnächst hundert. Das Schönste am Zeitunglesen ist der Moment, wenn man das Blatt wieder weglegt, aus dem Fenster vom Café guckt und sich klar macht, wie gut es einem geht. Ich fand es immer unter meiner Würde, positiv zu denken, ich wollte meine Komplexität nicht zu etwas Überflüssigem degradiert sehen, aber es ist natürlich auch etwas dran, daß man sich darin üben kann, sein Glück zu erkennen. Ich werde zum Beispiel nie wieder so nah an einer Dialysestation wohnen wie im Moment, jeder andere wäre froh.

1806 wetzten also Offiziere als Provokation an den Stufen der französischen Botschaft ihre Säbel. (Man stelle sich das heute vor.) Friedrich der Große meinte, der Soldat müsse vor dem Vorgesetzten mehr Angst haben als vor dem Feind. Und Napoleon kämpft in aufgelöster Reihe, weil die Offiziere nicht mehr die Mannschaften von der Desertion abhalten müssen.

Es ist schrecklich, daß immer alles so interessant sein muß.

Durchs Fenster des Cafés auf Berlin zu gucken, erzeugt leider keinen Nervenkitzel mehr. Gestern hat Lou Reed im Radio gesagt, New York sei seine DNA, dann ist Berlin mein eingewachsener Zehnagel. In New York ist immer was los, gestern ist dort eine kleine Passagiermaschine in ein Wohngebäude gestürzt, in der »Upper East Side«, wie es so schön heißt, und die ganze Welt weiß sofort, wo wir uns befinden. Bei uns schlagen nie Flugzeuge ein, denkt man, und wenn, dann würde es sicher ganz langweilig aussehen.

In der »Upper East Side« habe ich damals auch eine Woche zur Untermiete gewohnt, der Doorman hatte meinen Namen falsch verstanden und mich immer »Mr. Schumacher« genannt, vielleicht war das aber auch sein Name für alle Deutschen. Ich schlief im Kinderzimmer des Sohns der Vermieterin, der Film studierte und dafür seine Militärfahrzeugmodellsammlung nicht mehr brauchte. Es war eigenartig, in New York so etwas Normales zu machen, wie Gemüsereste aus dem Ausguß zu pulen, während der Blick aus dem Fenster auf eigenartig schmale und nie ganz zu begreifende Hochhäuser fiel. Ob man sich irgendwann auch an so einen berauschenden Anblick gewöhnen würde wie an die Fassade der Schönhauser Allee Arcaden? Seltsam fand ich, wie alt die Installationen im Bad wirkten, ich hatte immer gedacht, der Westen sei so makellos wie das, was sie uns seit der Wende überall hinbauen.

Ist die Freude am Leben überhaupt noch zu trennen von dem Moment, wenn man einen Gedanken oder sogar eine Textidee hat? Das wäre doch für einen Autor verdächtig. Meine Tochter freut sich noch, wenn im Radio »Berlin« gesagt wird, und sie wiederholt das Wort dann eine halbe Stunde. »Berliner Zeitung, was isn das?« Gute Frage. Und »Acht acht acht«, wenn der Radiosender seine Telefonnummer ansagt, ich hoffe, das hört irgendwann auf, wenn sie auch den Rest der Wörter versteht. Ob sie schon weiß, was der Unterschied zwischen einer Stadt und einer anderen ist? Ich dachte ja noch in der vierten Klasse, die Metro verbinde alle Städte der Sowjetunion miteinander.

Es ist seltsam, ungewollt die Rolle eines Feldwebels zu spielen, wenn man morgens jemanden zu jeder Bewegung antreiben muß, als würde man an einem Knetfigurenanimationsfilm arbeiten und müßte die Figur Einstellung für Einstellung modellieren. Und das, während ich mich frage, ob es meine Schuld ist, daß sie wieder eingepullert hat. Aber noch sind wir ja in der Phase unserer Beziehung, wo ich sowieso an allem schuld bin. Meine Rache war dann die Frage an sie, wie die Kacke in den Po gekommen ist, die gerade in dem Moment raus mußte, als wir losgehen wollten. Daran wird sie eine Weile zu knabbern haben.

Die Welt der Guermantes, S. 608–629

»*Die Herzogin aber behandelte ihren Mann mit jener Art Kühnheit, welche Dompteure oder Menschen, die mit einem Verrückten zusammenleben und nicht fürchten, ihn zu reizen, in sich zu entwickeln pflegen*«. Besser ist die Art, wie sich bestimmte Eheleute verhalten, nie beschrieben worden. Die Herzogin ist aber auch sonst ein unterhaltsames Schandmaul. Über Saint-Loup sagt sie: »*Er wäre nicht einfältiger als irgendein anderer, wenn er wie so viele Leute von Welt den Verstand besäße, einfach dumm zu bleiben. Nur dieser Anstrich von Wissen ist fürchterlich.*« Und außerdem mache er in seinen Briefen Tintenkleckse. Und über die verstorbene Kaiserin von Österreich (unsere Sissi also) heißt es: »*Ich habe niemals begriffen, weshalb sie sich nicht ein gutsitzendes Gebiß gekauft hat, ihres ging immer los, bevor sie ihre Sätze beendet hatte, sie mußte sich unterbrechen, um es nicht zu verschlucken.*«

Aber Marcel ist auch kein einfacher Gast. Obwohl es im Sommer bei der Madame traditionell immer nur Orangeade gibt, gelingt es ihm, noch eine Karaffe mit Kirsch- oder Birnensaft zu ergattern: »*Ich hegte feindselige Gefühle gegen den Fürsten von Agrigent, weil er, wie alle Leute, denen es an Phantasie, doch nicht an Begehrlichkeit fehlt, bewundernd betrachtete, was ich da trank, und um die Erlaubnis bat, auch davon zu kosten. Auf diese Weise verminderte der Fürst von Agrigent jedesmal meine Ration und verdarb mir die Freude daran. Denn dieser Fruchtsaft ist niemals in genügend großer Menge vorhanden, um den Durst zu stillen.*« Hier fühle ich mich ihm zum ersten Mal richtig nahe, nichts ist so lästig wie Fürsten, die bewundernd betrachten, was man da trinkt. Ich kenne aber jemanden, der sein Getränk sogar doppelt genießt, wenn er damit Begehrlichkeiten anderer weckt. Freude daran zu empfinden, anderen etwas abzugeben, muß eine sehr hohe Bewußtseinsstufe sein, jedenfalls hat man sie mit drei Jahren noch nicht erklommen.

Nachdem Elstirs Spargelbund vom Herzog so schnöde verspottet wurde, erklärt die Herzogin, wie sehr sie die Bilder von Frans Hals bewundert:

»Ich möchte sagen, daß jemand, der sie nur von der oberen Plattform einer Straßenbahn aus, ohne anzuhalten, im Freien ausgestellt sähe, noch vor Staunen die Augen aufreißen würde.« Ein interessanter Gedanke, man sollte die Erzeugnisse der modernen Kunst generell auf schnellen Fahrzeugen an den Betrachtern vorbeirasen lassen. Für Marcel ist die Idee allerdings inakzeptabel: *»Diese Wendung schockierte mich als vollkommene Verkennung der Art und Weise, wie sich künstlerische Eindrücke bilden, denn sie schien vorauszusetzen, daß unser Auge nur ein einfacher Registrierapparat sei, der Momentaufnahmen macht.«* Aber ist es nicht so?

Unklares Inventar:
- Ein Sessel mit Wedgewood-Inkrustationen, eine Partie Bouillotte, ein Spielzimmer im Empire-Stil, das von Quiou-Quiou stammt.

Katalog kommunikativer Knackpunkte:
- *»Die Prinzessin von Parma, die noch nicht einmal den Namen des Malers gehört hatte, machte heftige Kopfbewegungen und lächelte mit aller Leidenschaft, um ihre Bewunderung für das Bild zu bekunden. Doch die Ausdruckskraft ihrer Mimik konnte schließlich nicht das Aufglimmen ersetzen, das unseren Augen fernbleibt, solange wir nicht wissen, wovon man zu uns spricht.«*
- *»[E]r macht manchmal drollige Bemerkungen, sagte sie noch immer mit der Miene eines Feinschmeckers und Kenners und lachend, als bedürfe es, um den komischen Sinn eines andern zu beurteilen, eines gewissen Ausdrucks von Heiterkeit.«*

Verlorene Praxis:
- Einen köstlichen Château-Yquem trinken und sich an den Schnepfen delektieren, die nach verschiedenen, vom Hausherrn verfeinerten Rezepten zubereitet wurden.
- Während man auf seinem Landsitz spazierengeht, *»die Bauern gutmütig mit seinem Spazierstock beiseite schieben«* und dabei sagen: *»Macht Platz, ihr Bauernvolk!«*

85. Fr, 13.10., EC Dresden – Berlin

Ein Personenschaden in Berlin, also war Südbahnhof doch die falsche Entscheidung gewesen, ich muß mit der S-Bahn noch einmal hoch zum Hauptbahnhof, um von dort nach Dresden zu fahren, allerdings mit einer Stunde Verspätung, was ich erfahre, nachdem ich am Hauptbahnhof im Laufschritt von Gleis zu Gleis geirrt bin. Hauptbahnhof … für mich immer noch Lehrter Bahnhof! Nachdem der jetzige Ostbahnhof, der einmal »Schlesischer Bahnhof« hieß, 1987 in »Hauptbahnhof« umbenannt worden war – weil das wohl weniger nach Osten klang – und ich mich schon nicht daran gewöhnen konnte, daß er jetzt wieder Ostbahnhof heißt, soll ich mich darauf einstellen, daß der Hauptbahnhof jetzt im Westen ist. Das sind zu viele Reformen für ein junges Leben. Am Hauptbahnhof grüßt eine riesige Schrift: »BOMBARDIER Berlin!«, und ich muß denken, daß sie damit auch sechzig Jahre zu spät kommen.

Ein Mädchen im Jeansrock telefoniert neben mir:

»Wieso icke? Na wie? Nich wie. Na immer noch.«

»Das Service-Team lädt herzlich alle sie zum Besuch ein, Gerichte aus behmische Kieche.« Das schöne Gefühl, mit einem tschechischen Zug zu fahren. Eigenartigerweise sofort viel heimatlicher als der ICE. Sie sollten immer ausländische Züge in Deutschland einsetzen, dann hätte man bei jeder Fahrt ein Urlaubsgefühl. Oder gleich die Bevölkerung austauschen, landschaftlich ist Deutschland ja eigentlich schön.

In Berlin ein Personenschaden und in Dresden ein Selbstmörder, der sein Auto in einen Zug gelenkt hat, was uns zusätzliche achtzig Minuten Verspätung bringt. Irgendwann werden sie aus allen Richtungen auf mich zustreben, um mich an der Arbeit zu hindern. Im Abteil saß ein deutsch-französisches Pärchen, sie las ein Buch: »Comment s'orienter ?«. Die beiden waren im Elbsandsteingebirge wandern, und sie wollte ihrem Freund etwas erzählen, aber ihr fiel das deutsche Wort für »grotte« nicht ein, sie konnte ja nicht wissen, daß sie auch »Grotte« sagen konnte. Ich hätte mich fast eingemischt, weil beide so lange grübelten, was sie wohl meinte, aber ich habe immer Angst, die Autorität der Männer zu untergraben, wenn ich etwas besser kann. Eigentlich meinte sie ja auch »Boofen«, aber wenn ich ihr das verraten hätte, hätte sie ihn vielleicht gleich für mich sitzen lassen.

In Dresden-Neustadt muß ich immer an diese Sachsen denken, die uns vor der Wende in Prag von der Neustadt vorgeschwärmt haben, da sei

»die Szene«, und man könne überall Bier trinken. Ich bin dann einmal auf einer Klassenfahrt nach Dresden mit einem Mitschüler in die Neustadt ausgebüchst, wir stiegen aus der Straßenbahn und wußten nicht, wonach wir suchten.

Eine Lesung in der »Scheune«. Das Mädchen vom Buchstand hat Soziologie studiert, aber ihren Lieblingssoziologen kannte ich gar nicht und mit Luhmann konnte ich nicht punkten, denn sie war spezialisiert auf »Mikrosoziologie«, einen Teil der Soziologie, der sich, wie ich inzwischen nachrecherchiert habe, mit »grundlegenden Feinstrukturen im zwischenmenschlichen Verhalten befasst« und damit, wie »Interaktionen in sozialen Beziehungen aus kleinsten Verhaltensandeutungen entstehen«. Bei mir verhindern kleinste Verhaltensandeutungen ja immer Interaktionen, so auch diesmal, wo ich aus der unkomplizierten Art, wie sie sich mir freundlich zuwandte, schloß, daß sie mich als Mann nicht ernst nahm und den Rückzug antrat.

Nach Lesungen ist es immer so schwer, mit Zuschauern zu reden, sie helfen einem aber auch kein bißchen. Mit einem kamen wir erst nach einem ermüdenden Gang durch die Wüsten des Smalltalks darauf, daß er eine Kristallographie-Ausbildung machte, da hatten wir doch ein Thema, denn ich hatte im ESP-Unterricht in Adlershof auch immer Siliziumscheiben polieren und unterm Mikroskop Störstellen zählen müssen. Die heißen natürlich »Versatzstellen«, das Wort hatte ich seit damals nicht mehr gehört, und ich hätte fast die Gelegenheit verpaßt, es mir wieder anzueignen, nur weil er wieder so eine Schnitzeljagd nach einem gemeinsamen Thema veranstalten mußte!

Am nächsten Morgen wurde über den Literaturnobelpreis berichtet, damit wollen sie einen wohl etwas unsensibel darauf hinweisen, daß man schon wieder ein Jahr älter ist. Was so ein Preis für die Arbeit bedeuten muß, kann ich mir seit gestern vorstellen, als in der taz ein Artikel über dieses Blog erschienen ist. Ich war ganz unglücklich, weil mir der Leistungsdruck zu groß wurde. Seitdem fühlt es sich an, als würde ich direkt in die Gehirne der Menschheit tippen.

Bei der Abfahrt aus Dresden unterhielten sich mehrere Fahrgäste in Zeichensprache mit ihren auf dem Bahnsteig stehenden Angehörigen. Als ich das sah, wurde mir plötzlich klar, wie ich das Gefühl beschreiben kann, das ich immer habe, wenn ich mit mir unbekannten Frauen spreche, was ich dann sage, kommt mir vor wie das die Gesten seiner Zeichensprache untermalende Lallen eines Gehörlosen. Vielleicht sollte ich es machen wie der Mann, über den die Bahnzeitung berichtete, und der angeblich neun Minuten tauchen kann, ohne Luft zu holen, was ihm gelingt, weil er sich darauf konzentriert, seine Herzschläge zu verlangsamen und jede überflüssige Bewegung zu vermeiden. Manchmal bewege er sich so sparsam, daß es sich für ihn anfühle, als gleite er nur noch »durch seine mentale Kraft« vorwärts. Wenn ich es erst schaffe, neun Minuten ohne Luft zu holen unter Wasser zu bleiben, wäre es bestimmt auch denkbar, mich neun Minuten mit einer Fremden zu unterhalten, ohne zu lallen.

Die Welt der Guermantes, S. 629–650

Der Fürst »Von« aus Deutschland spricht »Archäologie« im Französischen mit »sch«, statt mit »k«, benutzt das Wort aber dafür umso lieber: »*Ich möchte den Kaiser […] mit einem alten Arschäologen vergleichen, den wir in Berlin hatten. Vor den alten assyrischen Bildwerken fängt der alte Arschäologe stets zu weinen an. Ist aber eines eine modernere Fälschung, also nicht wirklich antik, weint er eben auch nicht. Will man also wissen, ob ein antikes Stück wirklich antik ist, so bringt man es zu dem alten Arschäologen. Weint er, so wird das Stück für das Museum aufgekauft. Bleiben seine Augen trocken, so schickt man es dem Händler zurück und verklagt ihn als Fälscher.*«

Drehen sich die Gespräche um Politik und insbesondere europäische Allianzen, hört Marcel weg, denn »*den Träumereien, die ich liebte, lieferten sie keine Nahrung; und hätten sie im übrigen hundertfach die Verführung besessen, die ihnen abging, so hätten sie schon sehr anregend sein müssen, um während dieser in der großen Gesellschaft verbrachten Stunden, in denen ich nur mit meiner Epidermis, meinem wohlfrisierten Haar und meiner Hemdbrust lebte, in denen ich nichts von dem empfinden konnte, was für mich die wahren Genüsse des Daseins bildeten, mein inneres Leben zu wecken*«.

Genealogiegespräche sind schon auf normalen Familientreffen ermüdend, aber noch schlimmer ist es bei Adligen, wo ja jeder mit jedem verwandt ist. Und da die dokumentierte Geschichte dieser Familien weiter zurückreicht als die bürgerlicher Familien, müßte man schon ein Historiker sein, um seine eigenen Vorfahren richtig einzuordnen: »*Tatsächlich erklärte Monsieur de Guermantes, daß die Urgroßmutter von Monsieur d'Ornessan die Schwester von Marie de Castille-Montjeu gewesen sei, der Gemahlin Timoleons von Lothringen, und infolgedessen eine Tante Orianes.*«

Selbst für Marcel ist das ein bißchen viel: »*Ich kann gar nicht sagen, wie oft ich an diesem Abend die Worte Vetter und Kusine hörte.*« Weil der Herzog bei fast jedem Namen ruft: »*Aber das ist ja ein Vetter von Oriane!*«

Bis hierher hat er ja tapfer durchgehalten, auch wenn man für das Verlesen dieses Salonbesuchprotokolls doppelt so lange brauchen dürfte, wie der Besuch gedauert hat. Aber so kurz vor Schluß bekennt er Farbe, es ist nicht nur für uns über weite Strecken eine Qual gewesen: »*Jeder der Gäste bei dem Abendessen [...] hatte mir den Eindruck so platter Gewöhnlichkeit gemacht wie die Einfahrt des dänischen Hafens Helsingör auf den fieberhaft gespannten Hamlet-Leser.*«

Von der Frau des türkischen Gesandten heißt es: »*Es wäre unmöglich gewesen, sie auf einer Unkenntnis über die neuesten deutschen Arbeiten zu ertappen, mochten sie nun von Volkswirtschaft, Geisteskrankheiten, den verschiedensten Formen der Onanie oder von der Philosophie Epikurs handeln.*« Sie deutet an, der Herzog bevorzuge Jungen statt Mädchen. Ähnliche Hinweise gab es auch schon über Charlus, den Marcel ja im Anschluß gegen elf Uhr besuchen soll. Man möchte ihn als Leser daran erinnern, daß es höchste Zeit ist aufzubrechen, denn von Charlus können wir nicht genug bekommen.

Verlorene Praxis:
- Dem Neffen seinen »*kleinen Neger*« überlassen.
- Bei seinen Besuchen in der Hocharistokratie in »*obskuren Nebenlinien*« hängenbleiben.

86. Sa, 14.10., Berlin

Ich bin gar nicht so ein Langweiler, gestern habe ich zum Beispiel wieder eine Flasche Bier ins Kino geschmuggelt. Viel gespart habe ich nicht, weil ich zum Öffnen ein Feuerzeug kaufen mußte, das aber am Boden eine LED-Leuchte hatte, die sofort herausbrach. Außerdem mußte ich schon nach der Werbung aufs Klo, saß aber in dem großen Saal so weit vorne links, daß es mir zu peinlich war, noch einmal die ganze Strecke zurückzulegen. Das war schon beim Reinkommen peinlich gewesen, weil in dem Moment, wo ich vor den Augen des ganzen Saals vor der Leinwand entlang schlich und meinen Platz suchte, jemand in der Werbung sagte: »Du bist die Zukunft. Alle Augen werden auf dich gerichtet sein!« Um bis zum Schluß durchzuhalten, habe ich das Bier also nicht getrunken und mußte es wieder rausschmuggeln, was bei einer offenen Flasche noch schwieriger ist.

Nach der Werbung kam ein Trailer mit Kirsten Dunst, die tatsächlich aussieht wie A. Da ich A. nicht mehr sehe, wird ihr Gesicht in meinem Gedächtnis irgendwann ganz von Kirsten Dunsts überlagert sein. Es wäre inzwischen auch einfacher für mich, in Kontakt mit Kirsten Dunst zu treten als mit A., was wahrscheinlich meine Schuld ist.

Man muß sich vielleicht von seiner Kinoleidenschaft verabschieden, denn sich mit unbekannten, schlecht riechenden oder sich schlecht benehmenden Menschen in einen Saal zu quetschen, um einen Film zu sehen, den es bald auf DVD geben wird, ist einfach anachronistisch. Diese Demütigung an der Kasse: »Einmal Parkett.« »Dreimal?« »Einmal!« Wie kann man statt »einmal« »dreimal« verstehen? Ich denke, sie machen das mit Absicht, aber ich kann es ihnen auch nicht übelnehmen, es gibt eben Tätigkeiten, die sich nur durch das Ausleben sadistischer Neigungen ertragen lassen.

Die einfältige Bildästhetik des Mainstream-Kinos, die verrottete Dramaturgie, was mich, weil es nicht nach DEFA aussah, in den frühen Achtzigern noch so begeistert hat, daß ich zweimal hintereinander nach Prag fuhr, um »Flashdance« zu sehen, obwohl der Film auf Englisch lief.

Und diese verlogene Metaerzählung über das harte Leben der Kapitalisten: »Sag Bescheid, wenn dein Privatleben den Bach runter ist, dann wird es Zeit für eine Beförderung.« Selbstausbeutung und Rücksichtslosigkeit gegen jeden Konkurrenten führen zu den besten Resultaten. Ein Märchen, an das ich nicht mehr glaube, seit ich im Westen lebe.

Immerhin ein interessantes Detail die Erklärung, wie eine Farbe, von den Haute-Couture-Designern ins Spiel gebracht, sich am Ende bis zu den Wühltischen durchsetzt, quasi eine Trickle-down-Theorie der Mode. Aber man hat es satt, sich die wenigen Gedanken aus Filmen herausfiltern zu müssen, da gucke ich lieber Alexander Kluge.

Ich wünsche mir einmal einen Film, der nur die Szenen zusammenschneidet, in denen jemand aufwacht, langsam zu sich kommt, den Wekker sieht und hastig in seine Sachen springt, wobei er beim Hoseanziehen hinfällt. Und einen Film, nur aus der Szene, wenn eine Frau mit ihrem Freund ein ernstes Gespräch über ihre von ihrer Karriere gefährdete Beziehung führt, im gleichen Moment ihr Chef anruft und sie sich für den Anruf entscheidet, statt für ihren sich enttäuscht abwendenden Freund. Ein anderer Film könnte nur aus dem Satz bestehen: »Es tut mir leid.« Ich weiß gar nicht, ob es schon einmal einen amerikanischen Film gab, in dem er nicht fiel.

Der aufdringliche Journalist, der das häßliche Entlein in Paris (!) verführt, war der ermordete Callboy aus »L.A. Confidential«. Man hat die ganze Zeit gegrübelt, sich kaum auf den Film konzentrieren können, und erst ganz am Ende wurde man von seinem Gedächtnis erlöst. Und man fühlte sich deswegen, als hätte man etwas geleistet, dabei hat man nur Informationen vernetzt.

Die Welt der Guermantes, S. 650–672

Der Abend bei Madame de Guermantes ist zwar langweilig, aber ganz dialektisch schiebt es Marcel auf sich, denn ohne ihn als »*hemmenden Zeugen*«, wäre sicher alles so schön, wie er es sich immer vorgestellt hat. Erst sein Aufbruch würde den Gästen erlauben, »*nachdem der Profane gegangen war, endlich ihre geheimnisvolle Gemeinschaft zu konsolidieren*«. Das ist sehr aufmerksam von ihm, aber in Wirklichkeit leiden gerade diejenigen, derentwegen sich alle über Nichtigkeiten unterhalten müssen, am wenigsten unter dem schwachen Niveau.

Im Vestibül wird Marcel peinlicherweise dabei beobachtet, wie er seine »*snowboots*« überzieht, amerikanische Gummischuhe. Der Herzog persönlich hilft ihm schließlich hinein. Im Wagen denkt Marcel über diesen speziellen, flüchtigen Rausch nach, den einem die Gesellschaft anderer Menschen verschafft. Man weiß, daß das Bedürfnis, sie zu sehen, ihre

Abwesenheit nicht überleben wird, ohne daß dieses Wissen das Bedürfnis schwächen würde: »*Ihre Zuneigung überlebt nicht den Überschwang, der sie diktiert hat.*« Die Herzogin löst sogar manchmal eine Blume von ihrem Kleid und schenkt sie jemandem, mit dem sie gern einen noch längeren Abend verbracht hätte, »*wobei sie doch ein melancholisches Gefühl dafür besaß, daß eine solche Verlängerung zu nichts anderem hätte führen können als zu eitlen Gesprächen*«.

Dem Rausch der Gesellschaft folgt Melancholie, weil alles daran künstlich ist. Es gibt immer zwei Kräfte »*die eine steigt aus uns selber auf, sie entströmt den Erlebnissen unseres Inneren, die andere kommt uns von außen zu*«. Die eine bringt schöpferischen Menschen Freude. »*Die andere Strömung, die auf uns die Bewegtheit zu übertragen versucht, von der Personen außer uns bestimmt werden, ist nicht von Genuß begleitet; doch können wir ihr rückwirkend etwas Ähnliches hinzusetzen in Gestalt eines Rausches, der so künstlich ist, daß er sehr schnell zu Überdruß und zu Trauer wird; daher der trübe Blick so vieler Weltleute, darum bei ihnen auch so viele nervöse Zustände, die zuweilen bis zum Selbstmord führen.*« Ich hatte immer, wenn ich einmal in flüchtigen Kontakt mit Menschen trat, die von äußerem Erlebnis zu äußerem Erlebnis pilgern, das Gefühl, man flöße ihnen, als langweiliger, zurückgezogen lebender, dabei aber konzentriert arbeitender Mensch, eine ähnliche melancholische Bewunderung ein, wie wir sie angesichts eines Holzfällers empfinden, der sein Leben im Wald verbringt, oder eine Sehnsucht, wie wenn wir mitten in der Stadt den Geruch von Mist wahrnehmen, der an eine Welt erinnert, in der alles gesund und die Nerven zuverlässig zu arbeiten scheinen wie stabile Überlandleitungen. Aber diese Bewunderung bedeutet nichts, die nach außen orientierten Menschen wollen mit einem am Ende ebensowenig tauschen wie mit den Tieren im Zoo.

Bei Charlus läßt man Marcel eine halbe Stunde im Salon warten, dann wird er zu ihm geführt. Charlus liegt auf dem Kanapee und macht ihm eine Szene. »*[I]ch würde vielleicht ein wenig den Sinn der Worte forcieren, was man aus bloßer Selbstachtung schon nicht tun soll, selbst jemandem gegenüber nicht, der ihren Wert nicht kennt, wenn ich Ihnen sagte, ich hätte für Sie Sympathie gehabt.*«

Er bietet ihm keinen Stuhl an, wie er es überhaupt liebt, »*den König zu spielen – sich auf einem Fauteuil im Rauchzimmer auszustrecken und die Gäste um sich herum stehen zu lassen*«. Als Marcel sich setzen darf, erkennt er den Louis-Quatorze-Sessel nicht und sinkt dadurch weiter in

Charlus' Achtung: »*Eines Tages werden Sie die Knie von Madame de Villeparisis für den Abtritt halten und wer weiß was darauf tun.*«

Was hat Marcel angestellt? Charlus macht nur beleidigte Andeutungen über einen »*Verrat*«. Dazu kommt, daß er ihm in Balbec zum Abschied ja ein Buch von Bergotte geschenkt hatte und Marcel darauf das Vergißmeinnichtmotiv aus der Kirche von Balbec nicht aufgefallen ist. »*Gab es eine deutlichere Art, Ihnen zu verstehen zu geben: ›Vergessen Sie mich nicht‹?*«

Vielleicht ist diese ganze Szene auch inszeniert. Jedes Zugeständnis kleidet er in eine Beleidigung, »*daß ich über ein Verhalten nur gelächelt habe, das man als Unverschämtheit bezeichnen könnte, wenn es in Ihrer Macht läge, mir gegenüber, der ich so hoch über Ihnen stehe, solche zu betätigen*«.

Sie kennen sich noch gar nicht, aber Charlus erklärt die Bekanntschaft schon für beendet, weil Marcel versagt habe. Unter Tränen erklärt er, daß er mit ihm doch so viel vorhatte. »*Ich werde Ihren Namen vergessen, nicht aber Ihren Fall, damit ich an Tagen, da ich versucht sein könnte zu glauben, daß Menschen über Herz und Höflichkeit oder auch nur über so viel Klugheit verfügen, daß sie sich eine unvergleichliche Chance nicht entgehen lassen, mich daran erinnere, wie sehr ich sie damit überschätze.*« Von welchem Verrat ist die Rede? »*Glauben Sie, der giftige Speichel von fünfhundert kleinen Kerlen, wie Sie, selbst wenn sie sich aufeinanderhocken, könne auch nur meine erhabenen Zehen berühren?*«

Und es kommt zu einer bemerkenswerten Reaktion des gedemütigten Marcel, der diesen Besuch doch mit so großen Erwartungen angetreten hatte, »*so stürzte ich mich denn auf den neuen Zylinderhut des Barons, schleuderte ihn zu Boden, trampelte darauf herum und ließ nicht locker, bis ich ihn völlig zerfetzt hatte; ich riß den Kopf heraus und zerbrach die Krempe, ohne auf das wütende Gebrüll von Monsieur de Charlus zu hören, das immer noch weiterging*«.

So reagiert eigentlich niemand, der tausendachthundert Seiten lang fast ausschließlich beobachtet und reflektiert.

Ein neuer Hut wird sofort gebracht. Charlus begleitet Marcel zur Tür. »*Sie sollten wenigstens so viel Klugheit besitzen, eine letzte Unterhaltung zu einer Bemerkung zu nutzen, die nicht absolut gegenstandslos ist.*« Den Satz merken wir uns für unser letztes Gespräch mit der nächsten Ex-Freundin in spe.

Unklares Inventar:
- Modern-Style-Möbel, Boulle-Möbel, bei »*Bing*« gekaufte Möbel, Sankt-Josephs-Krawatten.

Katalog kommunikativer Knackpunkte:
- »*[...] setzte er in schmeichelndem Ton [hinzu], der immer fragwürdiger wurde und zuletzt wie ein hinterhältiges Lächeln auf seinen Lippen schwebte.*«

Verschollenes Wissen:
- Wenn eine Hoheit anwesend ist, darf man eine Gesellschaft erst nach ihr verlassen.

Verlorene Praxis:
- Die Orchideengirlande an seiner Brust zurechtzupfen.
- Seinen »*kleinen Diener*« ausschicken, auf der Stelle ein Exemplar von Hugos »Feuilles d'Automne« zu kaufen.

87. So, 15.10., Berlin

Seit Odessa hinke ich mit dem Übertragen der Notizen aus meinem Moleskine hinterher. Ich hatte schon einmal bis auf eine Woche aufgeschlossen, dann lag ich schnell wieder einen Monat zurück. Je mehr man aufschreibt, umso mehr Interessantes fällt einem auf. Ich fürchte, ich werde sogar noch auf dem Sterbebett, nachdem ich meine letzten Worte gesagt habe, irgend etwas notieren wollen. Vielleicht meine letzten Worte, weil die Schwester gerade telefonieren war. Schreckliche Vorstellung, vor dieser wichtigen Notiz zu versagen. Ganz zu schweigen vom Begräbnis, es ist einfach absurd, daß man nach all diesen quälenden Pflichtveranstaltungen im Leben ausgerechnet davon nichts mitbekommen soll.

Man muß sich von der Idee der vollständigen Dokumentation verabschieden. Meine Liste mit Kinobesuchen bricht irgendwann vor sechs Jahren ab, obwohl ich immer noch alle Eintrittskarten in einer Schachtel sammle für den Fall, daß ich mich einmal aufraffen sollte, die Liste zu vervollständigen. Im Moment führe ich nur noch Buch über Auftritte, Publikationen, Gewicht (morgens, vor Sport, nach Sport, abends), Liegestütze und Klimmzüge, gelesene Bücher, verborgte Bücher, am Sonnabend gekochte Gerichte. Ein- und Ausgaben zu notieren habe ich Mitte der Neunziger aufgegeben, Friseurbesuche vor fünf Jahren, die Liste »Erster Heiztag im Jahr« verbummle ich immer und fange deshalb jedes Jahr eine neue an. Mathematisch gesehen ist ja ein Eintrag eine Liste mit einem Element.

Ich habe schon mehrfach ganze Textpassagen doppelt geschrieben, weil ich vergessen hatte, daß ich sie schon einmal geschrieben hatte, genauso wie ich mich beim Duschen immer öfter nicht erinnern kann, ob ich mich schon eingeseift hatte. Ich müßte eine Kamera auf mich richten, dann könnte ich zurückspulen und mich vergewissern. Oder ich stürze mich aus dem Fenster, dann sehe ich mein Leben noch einmal vor mir ablaufen und kann nachgucken, ob ich mich schon eingeseift hatte.

Und dabei ist mir völlig klar, daß ich diesen elenden Proust-Job, der mich von allem anderen abhält, vermissen werde. Wie gewinnt man Seelenruhe angesichts der unerledigten Aufgaben? Wenn ich für die Lektüre ein halbes Jahr brauche, wie soll ein Student dann vor der Rente die Reife für die Abschlußprüfung erwerben? Zumindest wenn sein Anspruch ist, in allem mindestens so gut wie der Professor informiert zu sein. Vielleicht schafft man es auf biologischem Weg, ein eventuelles Mißverhältnis in der

Auffassungsgabe auszugleichen, indem man sich mit hundert von einem Vierzigjährigen prüfen läßt.

Wenn man wenigstens keinen Humor hätte! Dann müßte man nicht auch noch diese vielen hervorragenden Sitcoms sehen. »Curb your Enthusiasm«, eine in den USA erfolgreiche Serie, die sie in Island und Israel zeigen, aber nicht in Deutschland. Der neurotische Autor von »Seinfeld« spielt darin sich selbst. Fünf Staffeln gibt es schon, also sechzehn Stunden, die ich gucken müßte. Um festzustellen, daß der Literatur ständig ihr Stoff entzogen wird, weil Heerscharen talentierter Sitcom-Autoren unseren Alltag nach Material abgrasen. Und warum gibt es diese Serie nicht mit mir in der Hauptrolle? Solche Sachen, wie daß in einem Deli ein Sandwich nach ihm benannt wird, es ihm nicht mal schmeckt, und dann verschluckt sich sein greiser Vater daran und muß ins Krankenhaus. Auch wenn ich die Idee in ihrer konkreten Gestalt nicht hatte, ist sie doch auf einer höheren Ebene unbestreitbar von mir.

Das Gehirn müht sich ab, möglichst viel aufzunehmen, und dabei hat man immer noch von nichts Ahnung. Anstreichungen in Büchern, die ich gelesen habe, sagen mir nichts mehr, ich könnte gleich von vorn anfangen. Sogar die drei Proust-Bände, die jetzt völlig entstellt sind von Bleistiftnotizen, ich müßte mich schon sehr konzentrieren, wenn ich auch nur den groben Handlungsverlauf wiedergeben sollte. Wie kann man sein Studium da jemals als beendet betrachten? Warum muß ich mich dafür schämen, daß ich mich immer noch schriftlich zurückmelde, obwohl ich nicht mehr hingehe, weil ich die Bücher ja zu Hause habe. Der Gedanke, diese letzte Verbindung zum geistigen Erbe der Menschheit zu kappen, ist mir unerträglich. Inzwischen kostet mich das 260 Euro pro Semester, ein stolzer Preis für eine rein virtuelle Beziehung. Ich unterschreibe meine Rückmeldung und schiele dabei, um über die Semesterzahl nicht zu erschrecken. Ich stelle mir vor, wie die alte Dame im Sekretariat bekümmert den Kopf schüttelt, wenn sie meinen Studentenausweis eintütet und zur Post bringt. Ich bin bestimmt einer der letzten Studenten der HU mit einer fünfstelligen Immatrikulationsnummer. Wahrscheinlich hätten sie den Fachbereich ohne mich längst abgewickelt. Die Professoren leistet man sich nur noch, damit ich irgendwann doch noch mein Examen machen kann. Vielleicht werde ich sie von meinem Sterbebett aus endlich zu mir rufen, damit sie mir ihre Fragen stellen können. Dann werde ich ihre Hand halten und wir werden gemeinsam schweigen. Ob ich bestanden habe oder nicht, das zu beurteilen liegt doch gar nicht in unserem Ermessen.

Immer noch bei Charlus, der »*nichts tat, nicht schrieb, nicht malte, nicht einmal auf eine ernsthafte und nachhaltige Weise las*«, der aber trotzdem »*als Künstler sprach*«. Für andere Künstler leistet er dasselbe, wie das Rentier für den Eskimo: »*Dies wertvolle Tier frißt für jene von den Felsen der Einöde Flechten und Moose ab, die sie selbst weder entdecken noch nutzbar machen könnten, die aber, vom Ren verdaut, für die Bewohner des äußersten Nordens zu einem verwertbaren Nahrungsmittel werden.*« Auf dem Weg zur Tür kann Charlus noch ein paar Worte über sein Palais verlieren, in dem ein Turner zwischen zwei Rembrandts hängt (ich nehme mal an, ein Gemälde und kein Sportler): »*Hier, sehen Sie, in diesem Kabinett sind alle Hüte, die Madame Elisabeth, die Prinzessin von Lamballe und die Königin getragen haben. Das interessiert Sie nicht, man sollte meinen, daß Sie gar nichts sehen. Vielleicht ist Ihr Sehnerv erkrankt?*« Irgendwo im ersten Stock führen Musiker just in diesem Moment den dritten Satz von Beethovens Pastoralsymphonie auf. Das ist freilich etwas mehr Aufwand, als man gewöhnlich bei seinen Rendezvous betreibt, zu denen Teelichter und ein immerhin fünf Euro teurer Rotwein bereitgestellt werden.

Weil der Mond so schön scheint, will Charlus Marcel nun doch nach Hause begleiten, um danach allein den Bois zu genießen. »›*Wie! Sie wissen sich nicht zu rasieren, selbst an einem Abend, an dem Sie zum Diner eingeladen sind, haben Sie noch ein paar Härchen an sich*‹, *meinte er, indem er mein Kinn zwischen gleichsam magnetisch angezogene zwei Finger nahm, die nach kurzem Zaudern zu meinen Ohren hinaufglitten wie die Finger eines Barbiers.*« Jetzt wird er traurig, aber immer noch behauptet er, sie würden sich nie wiedersehen. Obwohl … »*komplizierte Affären*« ließen sich nicht an einem Tag abwickeln: »*Bedenken Sie, wie lange der Wiener Kongreß gedauert hat.*«

Eine neue Stufe auf Marcels Karriereleiter zeichnet sich ab, nach Oriane, der Herzogin von Guermantes, ihre Cousine, die Prinzessin von Guermantes: »*Kann man sie nicht besichtigen?*

– Aber nicht doch. Man müßte eingeladen sein und niemand *wird eingeladen, außer ich befürworte es.*«

Seine Phantasie arbeitet schon wieder. Obwohl er im Prinzip klarsieht: »*Wir fühlen uns durch jedes Leben angezogen, das für uns etwas Unbekanntes darstellt, durch eine alte Illusion, die erst noch zerstört werden muß.*«

Zu seiner Verblüffung erreicht ihn acht Wochen später eine Einladung zur Prinzessin von Guermantes. Schon der Titel »Prinzessin« ist wie ein mathematisches Zeichen vor einer Quantität. Daß die Wirklichkeit dem nicht gerecht wird, ist eben so. »*Man langweilt sich bei einem Diner, weil die Phantasie abwesend ist; andererseits unterhält man sich gut mit der Lektüre eines Buches, weil sie anwesend ist.*« Vielleicht könnte man verallgemeinernd sagen, daß es kaum Menschen geben dürfte, deren Gesellschaft einem den gleichen Genuß verschaffen würde wie die Lektüre ihrer Biographie.

Marcel fürchtet, die Einladung zur Prinzessin könnte ein Aprilscherz sein, und er beschließt, zur Sicherheit den Herzog und die Herzogin von Guermantes zu besuchen. Um ihre Heimkehr nicht zu verpassen, setzt er sich in den Flur und sieht durchs Fenster auf ihren Hof. Jedes Fenster gleicht einem Rahmen, »*in dem eine Köchin mit gesenktem Blick vor sich hinträumt, oder in dem etwas weiter fort ein junges Mädchen sich die Haare kämmen läßt von einer Alten, deren Hexengesicht man kaum im Dunkel erkennt. So bildet jeder Hof für den Nachbarn im nächsten Haus dadurch, daß das Geräusch durch den Zwischenraum unterbunden wird* [sic!], *mit den lautlosen Gesten, die er in einem Rechteck vor Augen führt, welches hinter den geschlossenen Fenstern unter Glas ruht, eine Ausstellung von hundert nebeneinander aufgereihten Bildern holländischer Malerei*«. Heute würde man es mit Bildschirmen vergleichen.

Und nun der dramatische Schlußakkord des dritten Bands! Marcel besucht die Guermantes, der Herzog ist etwas genervt, weil seine Frau sich bei Swann eine Riesenphotographie mit allen Münzen des Malteserordens gewünscht hat. Swann hat eine Studie dazu verfaßt, und Oriane interessiert sich für alles, was Swann interessiert. Der Herzog ist aber in Eile, weil er als Ludwig XI. verkleidet zu einem großen Souper gehen will. Er ist nervös, weil sein Vetter Amanien im Sterben liegt, und sollte er noch vor seinem Aufbruch von dessen Tod erfahren, wäre er gezwungen, auf den Kostümball zu verzichten. Deshalb hat er frühzeitig einen Diener um Nachricht geschickt, weil der Vetter dann umso wahrscheinlicher noch am Leben ist. Swann trifft in leidender Verfassung ein. Er erkennt Marcel zwar nicht gleich, aber er läßt es sich nicht anmerken und begrüßt ihn freundlich.

Unklares Inventar:
– Täfelungen von Bagard.

Verlorene Praxis:
- Einen Zylinder in einer geschweiften Form tragen, die Délion nur für einen selbst, den Prinzen von Sagan, den Marquis von Modena, Monsieur Charles Haas und den Grafen Louis de Turenne herstellt.
- Auf Grund seiner außerordentlichen Gelehrsamkeit in Dingen der Geschichte und der Genealogie als einziger den Platz kennen, auf den man bei Tisch unter Ludwig XIV. Anspruch gehabt hätte.

Selbständig lebensfähige Sentenz:
- »*Eine Sympathie ist immer eine Kostbarkeit.*«

88. Mo, 16.10., Berlin

Schon morgens unangenehmer Druck hinter der Stirn, obwohl die Erkältung vom Wochenende eigentlich ausgestanden sein müßte, rechtzeitig zum nächsten Kindergartenbesuch, wo man sich dann die neuesten Mikroben abholt. Die Natur will das anscheinend so, damit man vor seinen Kindern stirbt. Der einzige Moment am Tag, wo ich mich etwas frischer fühle, ist nach dem Mittagsschlaf, und momentan ist es danach meistens schon dunkel, was den Effekt sofort wieder aufhebt.

Während im Radio Eltern über die Trotzanfälle ihrer Kinder berichten, die ein gutes Zeichen seien und wichtig für deren Entwicklung, suche ich in meinem Gedächtnis nach dem Namen und zwischen den Zettelbergen auf meinem Tisch nach dem Zettel mit dem Namen dieses Redakteurs, bei dem ich mich melden muß, seit das zu rezensierende Buch, das er mir geschickt hat, wieder zurück an die Redaktion gegangen ist, weil die Annahmestelle dieses obskuren Paketdienstes irgendwo im nördlichen Wedding lag, also weiter entfernt als die Redaktion selbst, und für mich innerhalb der Wochenfrist nicht zu erreichen. Die Suche nach dem Zettel, dessen Existenz ich nur vermuten kann, kostet mich den halben Vormittag. Solche Dinge belasten einen, sogar wenn man nicht daran denkt. Jedesmal, wenn mich jemand anruft, um mir einen der für mich lebenswichtigen Aufträge anzubieten, stöhne ich innerlich auf und sage sofort zu, um dann zu leiden, als hätte ich mich freiwillig zur Hinrichtung gemeldet, so wie bei dem Nachruf, den ich schon seit drei Wochen schreiben soll, ohne auch nur die Hinterbliebenen kontaktiert zu haben. Hoffentlich erinnern sie sich noch an den Verstorbenen, wenn ich endlich so weit bin.

Der Stapel Bücher, die ich gekauft habe und nicht einsortieren kann, weil ich sie dann nie wieder ansehen werde: »Das Erdbeben von Lissabon«, eine Inge-Müller-Biographie, Nicholson Baker »Eine Schachtel Streichhölzer«, Aufsätze zu Einstein. Vielleicht kann ich das alles unauffällig wieder auf den Wühltisch schmuggeln, dann muß ich es nicht lesen? Die Zettelberge, über ein Jahr Tagespläne und schnell hingekritzelte Telefonnummern ohne Namen, was prüfende Anrufe riskant macht. Ganz unten unter russischen und rumänischen Zeitungen und mittlerweile drei dicken Briefen der BfA mit der Bitte um Rentenkontoklärung das Programm der letzten Berlinale, das ich ohne Bedenken wegwerfen kann. Für solche Erfolgserlebnisse beim Aufräumen sollte man immer ein paar überflüssige Sachen vorrätig haben. Aber wo ist die Rechnung über 1 000 Euro, die wir ans »Ballhaus Ost« für die letzte

Brillenschlangenparty zahlen müssen, weil sie von ihrer Seite her alles dafür getan hatten, daß die Party unter Ausschluß der Öffentlichkeit stattfand? Einfach die Mahnung abwarten?

Diese ewige Müdigkeit, wann waren meine Augen mal nicht entzündet? Ich hab noch gar nichts gefrühstückt, und jetzt ist schon wieder Mittagszeit. Den halben Vormittag bin ich online gewesen, um den Moment der Einschreibung für den Latinumkurs nicht zu verpassen, dann habe ich um Punkt 13.00 Uhr geklickt um festzustellen, daß die Einschreibung erst morgen ist. Zum Glück bin ich nicht extra ins Rechenzentrum gefahren, wie mir geraten wurde, weil man wegen der schnelleren Verbindung von dort die besten Chancen hätte, bei der Online-Buchung einen Platz zu ergattern. Zweimal mußte ich schon wieder gehen, weil der Kurs zu voll war und gelost wurde. Und dabei weiß ich gar nicht, wie das werden soll, wenn ich jetzt auch noch Latein machen muß, ich schaffe es ja aus Zeitgründen schon nicht mal mehr, mich morgens anzuziehen und laufe den ganzen Tag bibbernd in ein Handtuch gehüllt durch die Wohnung.

Und seit gestern müßte ich wieder Wollsocken überziehen, weil meine Füße frieren. Meine ganze Kindheit über habe ich nie das Bedürfnis empfunden, Hausschuhe zu tragen, war es im Plattenbau so warm? Damals war eben noch alles gut, auch wenn wir nur Schwarz-Weiß hatten. Ich sollte froh sein, daß ich mich überhaupt noch so tief bücken kann und bei den Socken keine Hilfe brauche, aber Dankbarkeit war noch nie meine Stärke.

Und über die schlimmsten Sachen, die einem am meisten zusetzen, kann man hier gar nicht berichten, weil sie entweder unappetitlich sind oder zu privat. Irgend etwas Aufmunterndes muß heute noch passieren, sonst gehen hier bald die Lichter aus.

Die Welt der Guermantes, S. 694–714 (Schluß)

Der Herzog läßt Swann seinen vermeintlichen Velazquez begutachten und will wissen, wem er ihn zuschreibt: »*Swann zögerte einen Augenblick beim Anblick dieses Bildes, das er offenbar scheußlich fand. ›Der Bosheit‹, gab er lachend dem Herzog zur Antwort, der eine Regung der Wut nicht ganz unterdrücken konnte.*« Swann sagt zu Marcel: »*[A]lle diese Leute gehören einer anderen Menschenart an. Man hat nicht ungestraft tausend Jahre Feudalwesen in seinem Blut.*« Der Druck, wenn man nicht nur einen berühmten Vater, sondern eine ganzen Stammbaum hinter sich hat. Zum

Glück habe ich es aufgegeben, mich für alles, was die Schmidts in ihrer langen Geschichte getan haben, verantwortlich zu fühlen.

Die Guermantes sind aber so exklusiv, daß Gilbert, der Mann der Prinzessin von Guermantes, es als Makel für ihre Familie ansieht, daß Oriane und ihr Mann sich vom Präsidenten der Republik, also einem Bürgerlichen, haben einladen lassen. »*Es war ein Minister da, der gestohlen hatte.*« Man darf auch nicht vergessen, daß die Revolution in diesen Familien einige Köpfe gefordert hat.

Es muß ein eigenartiges Gefühl sein, so eine Familie hinter sich zu spüren. Bei unseren Möglichkeiten der Dokumentation jedes unserer Schritte müßte in tausend Jahren fast jeder Mensch über einen lückenlosen Stammbaum verfügen wie heute nur die ältesten Geschlechter. Und nach den Gesetzen der Wahrscheinlichkeit wird, sofern die Welt ewig besteht, jede Familie einmal den Bundeskanzler stellen, um wie der Herzog sagen zu können, »*daß der Großvater des Königs von Schweden noch in Pau seinen Kohl gebaut hat, als wir schon neun Jahrhunderte in ganz Europa ganz obenan gewesen sind*«. Man gruselt sich fast, wenn man denkt, daß diese Kreise, die man nur aus den Todesanzeigen der FAZ kennt, nicht ausgestorben sind, sondern ihre Seilschaften immer noch pflegen.

Manchmal ist die Herzogin ja ganz originell, aber im Grunde doch eiskalt. Sie hat einen Diener, der wegen der Dienstzeiten seine Verlobte nie zu Gesicht bekommt. Nun gehen die Herren zum Kostümball, aber weil sich das Glück darüber, endlich einen Abend Zeit für seine Verlobte zu haben, so überdeutlich auf seinem Gesicht abzeichnet, ein Glück »*über das sie gereizt und auf welches sie eifersüchtig war*«, befiehlt die Herzogin kurzerhand, daß er doch zu Hause zu bleiben habe, ihr werde vielleicht später noch einfallen, wofür sie ihn brauche.

Endlich ist auch der Bote mit Nachricht vom todkranken Vetter eingetroffen: »*Er ist gerade gekommen, Durchlaucht. Man befürchtet jeden Augenblick das Ableben des Herrn Marquis.*

– Ah! Er lebt! rief der Herzog mit einem Seufzer der Erleichterung aus.«

Eine ganz eigene Version der Geschichte vom halbvollen Glas.

Eine Gräfin Molé hat am Morgen, weil sie keine Karte hatte, einfach einen ziemlich großen Briefumschlag mit ihrem Namen darauf abgegeben. Für die Herzogin eine Provokation, denn: »*Sie will uns glauben machen, sie habe keine Karte, und dabei gleichzeitig ihre Originalität beweisen.*« Sie darf sich auf eine vom Geist der Guermantes inspirierte Reaktion gefaßt machen.

Auf Seite 708 findet sich der seltene Fall eines Doppelpunkts, der von einer Klammer gefolgt wird: »*[…] fuhr aber dann umso schneller fort:) Was du da sagst, gilt im übrigen.*« Man kann heute gar nicht mehr anders, als diese Kombination als Smiley zu lesen. So verändert die Gegenwart ein Buch aus der Vergangenheit, bis der Autor es nicht mehr wiedererkennen würde.

Nun will die Herzogin unbedingt noch Swanns »*Riesenphotographie*« mit den Maltesermünzen auspacken. Ihr Mann drängt zum Aufbruch: »*Wenn es in deinem Schlafzimmer hängt, besteht noch die größte Aussicht, daß ich es niemals sehe.*« Das Foto hat eine ebenso große Hülle, und jetzt kommt der Herzogin eine Idee, wie sie die provisorische Karte der Gräfin Molé kontern kann: Sie läßt ihr einfach diese riesige Hülle als Karte schicken. Das ist der Geist der Guermantes und selbst der schwerkranke Swann muß lachen.

Der Herzog sitzt auf Kohlen, weil er immer noch fürchten muß, die Nachricht vom Tod seines Vetters könnte ihm den Abend verderben: »›*Also auf, Oriane, aufs Pferd*‹, *sagte der Herzog, der bereits seit längerem vor Ungeduld auf der Stelle trabte, als gehöre er selbst zu dem wartenden Gespann.*« Aber es kommt zu einer weiteren kleinen Verzögerung, weil die Herzogin Swann drängt, ihr zu erklären, warum er sie nicht nach Venedig begleiten können wird. Worauf er antwortet: »*Meine liebe Freundin, weil ich dann schon mehrere Monate tot sein werde.*«

Was für eine Eröffnung! Und wie reagiert man darauf, zwischen Tür und Angel? »*Zum ersten Mal in ihrem Leben zwischen zwei so ganz verschiedenen Pflichten stehend wie der, in ihren Wagen zu steigen, um sich zu einer Dinereinladung zu begeben, und der, einem Sterbenden Mitleid zu bezeigen, fand sie in ihrem Kodex des richtigen Verhaltens keine Regel, die sie anwenden konnte.*« Beider Höflichkeiten blockieren sich: Swann möchte sie nicht aufhalten. »*Aber auch die Höflichkeit der Herzogin gestattete ihr, undeutlich zu spüren, daß das Diner, zu dem sie ging, für Swann wohl weniger zählen mochte als sein eigener Tod.*« Immerhin! Die einzige Lösung ist, Zuversicht anzumahnen und die Nachricht herunterzuspielen, Ärzte sind schließlich allesamt Dummköpfe. Der Herzog duldet keinen weiteren Aufschub, Swanns Tod muß warten. Doch im letzten Moment entdeckt er, daß Oriane zu ihrem schwarzen Kleid rote Schuhe trägt. Das geht dann doch nicht, soviel Zeit muß sein, man nimmt die Verzögerung in Kauf und läßt nach den schwarzen Schuhen schicken.

Wenn das keine Akzentuierung von Walter Benjamins schöner Einsicht ist: »Es gibt für die Menschen, wie sie heute sind, nur eine radikale

Neuigkeit – und das ist immer das gleiche: Der Tod.« Und für die meisten Menschen ist diese Neuigkeit nur der eigene Tod.

Wie schön, daß der Schluß dieses Buchs Swann gewidmet ist, der darin bisher gar nicht aufgetaucht war. Seine Noblesse, sein Kunstverstand, sein verhindertes Künstlertum. Dagegen die Oberflächlichkeit und Herzlosigkeit der mondänen Gesellschaft, die eine einzige Verdrängungsmaschinerie ist. Was die Charakterisierung unserer Zeit als »Spaßgesellschaft« noch lächerlicher macht, weil das, was mit diesem Begriff gemeint sein soll, offenbar noch keiner Zeit gefehlt hat.

Katalog kommunikativer Knackpunkte:

– »*[…] sagte der Herzog, indem er auf Swann den Blick zugleich eines Inquisitors und eines Folterers warf, da er gleichzeitig in seinen Gedanken lesen und seine Antwort in eine bestimmte Richtung zwängen wollte.*«

4. Buch

Sodom und Gomorra

89. Di, 17.10., Berlin

In einem Zeitungsartikel wurden Zählzwang, Sammelzwang, Wiederholungszwang und Ordnungszwang erwähnt. Also:

1. Zählzwang
2. Wiederholungszwang
3. Ordnungszwang
4. Sammelzwang

Das ginge natürlich auch alphabetisch:

1. Ordnungszwang
2. Sammelzwang
3. Wiederholungszwang
4. Zählzwang

Oder lieber nach Wortlänge, das sieht ordentlicher aus:

1. Zählzwang
2. Sammelzwang
3. Ordnungszwang
4. Wiederholungszwang

Habe ich einen vergessen? Ich gucke lieber nochmal, wäre doch schön, wenn es noch mehr gäbe. Aha, gut, daß ich nochmal geguckt habe: »Psychosoziale Kontrollzwänge« hatte ich übersehen. Also nochmal von vorn (hoffentlich kriegt keiner mit, was ich hier mache):

1. Zählzwang
2. Sammelzwang
3. Ordnungszwang
4. Wiederholungszwang
5. Psychosoziale Kontrollzwänge

So macht es Spaß, alles perfekt. Also gleich nochmal eintippen, ein bißchen Zeit hab ich ja noch, bevor ich zur Gruppenarbeit muß:

1. Zählzwang
2. Sammelzwang
3. Ordnungszwang
4. Wiederholungszwang
5. Psychosoziale Kontrollzwänge

Einmal kann ich noch, bevor ich los muß. Aber ich muß mir auch noch die Hände waschen. Und wenn ich einmal darauf verzichte? Es zwingt mich ja keiner. Andererseits geht es ja ganz schnell. Aber die beiden Seifenstücke sind gerade genau gleich groß, das krieg ich nie wieder so hin.

Sodom und Gomorra, S. 1–28

Ein etwas dubioses Verfahren: Zu Beginn des neuen Bands wird eine Begebenheit nachgeliefert, die Marcels Besuch bei Charlus doch in einem ganz anderen Licht erscheinen läßt. Denn bevor er zu den Guermantes gegangen war, hatte er auf Beobachtungsposten im Hausflur nicht nur die schöne Hinterhoflandschaft genossen, sondern er ist, wie wir nun erfahren, auch Zeuge einer verstörenden und erhellenden Szene geworden. Marcel hatte Charlus gesehen, der von einer Krankenvisite bei Madame de Villeparisis kam und den Hof überquerte. Er machte sonst nie um diese Zeit Besuche, er war nur hier, weil die Madame krank war. Das folgende steht also ganz im Zeichen des Zufalls. Charlus, »*dicklich, bei hellem Tageslicht sichtlich gealtert und mit ergrauendem Haar*«, der sonst immer solchen Wert auf seinen Schneid legt und alle anderen viel zu weibisch findet, wirkt plötzlich, da er sich unbeobachtet wähnt, wie eine Frau.

Er begegnet dem Schneider Jupien, und wie die seltene Blüte zur Fortpflanzung das noch seltenere Insekt braucht, erkennen sich die beiden sofort. Charlus, der »*die Lider weit öffnete*«, und Jupien, der »*wie angenagelt, ja pflanzengleich angewurzelt stehenblieb*«. So führen sie eine »*Doppelpantomime*« auf. Charlus legt in seine Blicke, in der Art der Beethovenschen Motive, ein »*dringliches Heischen*«. Schnell »*schien der Bund geschlossen und dies nutzlose Blickgeplänkel nur ein rituelles Vorspiel zu sein*«. Das Männchen Charlus hat den ersten Schritt getan, und das Weibchen Jupien behält das Männchen im Auge, ohne zu handeln, weil es das »*wahrscheinlich für um so betörender und einzig zweckmäßig hielt und sich einfach nur die Federn glättete*«. Durch Zufall ist der ältere Herr Charlus in Jupien an einen Menschen geraten, »*der vom Schicksal im voraus ausersehen ist, damit auch diese ihren Anteil an den Wonnen der Erde erhalten: den Mann, der einzig die alten Herren liebt*«. Natürlich begreift Marcel das alles erst viel später, »*so sehr steht der Wirklichkeit die Fähigkeit zu Gebote, sich unsichtbar zu machen*«.

Die beiden verschwinden in Jupiens Werkstatt, und Marcel pirscht sich in fast schon leichtsinniger Weise heran, wobei sich seine Lektüren von Berichten über Forschungsexpeditionen auszahlen. »*Wenn Anfälle mich gezwungen hatten, mehrere Tage und Nächte nacheinander nicht nur schlaflos zu verbringen, sondern auch ohne daß ich mich ausstrecken, Nahrung zu mir nehmen oder etwas trinken konnte, dachte ich, wenn Erschöpfung und Leiden mir derart zusetzen, daß ich kein Ende abzusehen meinte, an irgendeinen Reisenden, der ans Gestade geworfen wird, wo er, von unzuträglichen Kräutern vergiftet, in seinen vom Meerwasser getränkten Kleidern unter Fieberschauern erbebt, sich aber dennoch nach zwei Tagen besser fühlt und seinen Weg ins Ungewisse fortsetzt auf der Suche nach Bewohnern, die vielleicht Menschenfresser sind.*«

Marcel hört aus dem Nachbarraum unartikulierte Laute. Man hätte »*meinen können, neben mir erwürge eine Person eine andere, hinterher aber nähmen der Mörder und sein wiedererstandenes Opfer ein Bad, um die Spuren des Verbrechens gründlich abzuwaschen*«. Die Folge dessen, was sich dort abspielt, schließt er, muß in jedem Fall »*unmittelbares Bedachtsein auf Säuberung*« sein.

Nachdem sie wieder ans Licht getreten sind, erkundigt sich Charlus etwas unsensibel bei Jupien nach Brüdern im Geiste aus der Nachbarschaft. Er sucht noch einen Omnibusschaffner, der ihm die Langeweile auf den langen Fahrten nehmen könnte, die er manchmal unternimmt, wenn er einem Unbekannten unbemerkt in eine entlegene Gegend folgt. Wenn diese Person umsteigt, »*ergattere ich vielleicht gleichzeitig mit einer Ladung Pestmikroben diese unmögliche Sache, die man als ›Anschluß‹ bezeichnet, eine Nummer der Straßenbahn und, obwohl für meine Person bestimmt, nicht einmal Nummer eins!*« Richtig, das war mir noch nie aufgefallen, daß man ständig Bahnen und Busse niederen Rangs benutzt. In Zukunft steige ich in jeder Stadt nur noch in die Linie 1!

Charlus erklärt Jupien, was er bei den jungen Männern sucht. Nicht physisch wird er sie berühren, sondern seelisch: »*Wenn ein junger Mann erst einmal, anstatt meine Briefe unbeantwortet zu lassen, mir unaufhörlich schreibt, mir psychisch völlig hörig geworden ist, habe ich meine Ruhe oder vielmehr hätte sie, wenn ich nicht sehr bald von einem anderen in Anspruch genommen würde.*« Im Moment habe ihm ein seltsamer Bursche den Kopf verdreht: »*Er hat gar kein Gefühl dafür, was für eine eminente Persönlichkeit ich bin und was für ein mikroskopisches Urtierchen er selbst im Vergleich dazu ist.*« Das ist der Stoff für narzißtische Kränkungen, und der unhöfliche junge Bürgerliche Marcel dürfte aufhorchen. Tatsächlich fällt es ihm wie Schuppen von den Augen, und es erklärt sich »*rückblickend auch der jähe Wechsel in seinen Beziehungen zu mir*«. Aber woher weiß er überhaupt, wovon die Rede ist? Etwa auch aus den Expeditionsberichten, die er gelesen hat? Ich hoffe, ich werde hier in den nächsten Wochen nicht gezwungen sein, Dinge zu kolportieren, für die mir noch die Worte fehlen.

Verschollenes Wissen:
- Die Kathedrale von Orléans ist die häßlichste von ganz Frankreich (Baron de Charlus).

Verlorene Praxis:
- Während der Renovierung seines Stadthauses, um Eifersucht zwischen den Herzoginnen zu vermeiden, die sich die Ehre streitig machen, einen bei sich zu beherbergen, ein paar Tage in einem Hotel logieren.

90. Mi, 18.10., Berlin

Vieles, was man heute nicht mehr beachtet, hat man doch in der Kindheit als Wunder empfunden:

Halbe Regenwürmer. Straßenschach. Balancieren. Weiße Rechtecke an Chausseebäumen. Seifenmagnete. Fleischfressende Pflanzen. Mäander-Muster. Papas Pantoffeln. Die theoretische Möglichkeit, Selbstgespräche zu führen. Zweihänderschwerter. Kleine Dreiecke am rechten oberen Bildrand, wenn in alten Filmen »die Rolle gewechselt« wurde. Galläpfel. Festgetrockneter Kot an Kuhhintern. Durchsichtige Zierschaltknüppel mit eingeschlossenen Miniautos. Schnorchel. Boviste. Eier mit Hahnentritt. Glitzernden Rutschbelag an Treppenstufenrändern. Bumerangs. Bahnpuffer. Rolandskulpturen. Kondensstreifen. Schreibtische mit Geheimfach. Blitzableiter. Tarzanschreie. Trigonometrische Punkte. Eisen. Amerikaner mit Füßen auf dem Tisch. Bullaugen. Klappsitze in der U-Bahn. Rettungsringe. Kirchenorgeln mit Rückspiegel. Eisbrecher. Ameisenköniginnen mit Flügeln. Schießscharten. Kerzenlöscher. Sonnenuhren. Niemandsland. Plexiglas. Sandbänke. Lesebrillen mit zwei Schärfen. Tandems. Blasrohre. Bahnhofswaagen. Brotschneidemaschinen. Die in verschiedene Richtungen zeigenden Kerben zum Ablegen des Gewehrs in den Fenstern von Jagdhochständen. Weißbrot. Brandschutzschneisen im Wald. Aufklappbare Motorradsitze mit Raum für Werkzeug. Wassertreter. Weiße Hundekacke. Die R-Taste vom Telefon. Dietriche.

Sodom und Gomorra, S. 28–49

Dieser knapp vierzigseitige erste Teil des vierten Bands (der zweite Teil nimmt dann die restlichen sechshundert Seiten ein), scheint eine Typologie der Homosexualität zu liefern. Es hatte mich zwar nicht unbedingt nach Unterweisung auf diesem Gebiet verlangt, aber bitte, Weltliteratur ist Weltliteratur, einem großen Autor muß man überallhin folgen. Proust beschreibt, wie sich die, die er wie Freud »*Invertierte*« nennt, in Cafés treffen und dabei, da man sich keine Blöße gibt, für Außenstehende offenbleibt, ob es sich um eine »*Zusammenkunft einer Anglergesellschaft, einer solchen von Redaktionssekretären oder der aus dem Departement Indre Gebürtigen*« handelt. Daneben gebe es aber auch die Einzelgänger, »*in ihrem verhältnismäßig sittenreinen Leben hat der Mangel an Erfahrung und die Sättigung durch bloße Träumerei, auf die sie angewiesen waren, stärker die besonderen Merkmale der Effeminiertheit ausgebildet, welche diejenigen, die sich im Laster zusammengefunden haben, zu verwischen bemüht sind*«. Ich nehme mal an, mit Laster ist hier nicht das Fahrzeug gemeint.

Er beschreibt diese Menschen allerdings nicht unbedingt wohlwollend, die »*unaufhörlich von hysterischen Konvulsionen geschüttelt, mit schrillem Lachen Knie und Hände zusammenkrampfen*«. (Wodurch in unschöner Weise die Frau an ihnen äußerlich sichtbar werde, was als Charakterisierung nun wieder beleidigend für die Frauen wirkt.) »*Warum sollten wir, wenn wir in dem Gesicht dieses Mannes zarte Züge bewundern, die uns rühren, eine natürliche Liebenswürdigkeit, wie Männer sie nicht besitzen, tief betrübt sein zu erfahren, daß dieser junge Mensch Verlangen nach kräftigen Boxern trägt?*« Und jetzt auch noch Seitenhiebe gegen die Männer. Seit wann besitze ich keine natürliche Liebenswürdigkeit?

Nun zu den Einzelgängern, die man mit Juden in der Diaspora vergleichen könne oder mit »*jungen Löwen, die dennoch Löwen bleiben*«, wenn sie domestiziert wurden. »*Nie zu wirklicher Reife gelangt, periodischer Schwermut verfallen, machen sie an einem mondlosen Sonntagabend einen Spaziergang bis zu einem Kreuzweg, wohin einer ihrer Kindheitsfreunde, der ein benachbartes Schloß bewohnt, ohne daß sich die beiden durch ein Wort verständigt haben, ebenfalls gekommen ist und den andern erwartet.*« Dort fangen sie auf dem Gras »*bei den Spielen von einst wieder an, ohne ein Wort zu sagen*«. Bei weiteren Begegnungen bleibt das Geschehene unter ihnen unkommentiert. Kühle, ein ironischer Ton, Reizbarkeit, vielleicht sogar Haß schleichen sich ein. »*Dann bricht der Nachbar zu einem langen Ritt auf, überwindet steile Gipfel auf Mauleseln und kampiert im Schnee.*« Der Verlassene gibt sich damit zufrieden, »*persönlich am Morgen in der Küche den Rahm aus den Händen des Milchjungen in Empfang zu nehmen*«. (Wieder Rahm, wie schon im ersten Band, wo es noch Milchmädchen waren, die Marcel begeisterten. Der Beruf dürfte inzwischen ausgestorben sein.) Der zurückgekehrte Alpinist hat inzwischen geheiratet und wird bald Vater. Es gibt keine heimlichen Begegnungen mehr, denn seine Frau begleitet ihn auf Spaziergängen, und er stößt den anderen empört zurück. Der Einsiedler »*hat kein anderes Vergnügen, als sich in das benachbarte Seebad zu begeben und dort einen bestimmten Eisenbahnbeamten um Auskunft zu bitten*«. Das soll ein Ersatz sein für Spiele von einst in der Mondnacht am Kreuzweg auf Gras? Er pflegt, auf dem Bahnsteig stehend, einen

»scheinbar gleichgültigen, zerstreuten, ja verächtlichen Blick«, der aber *»den fast unauffindbaren Liebhaber eines speziellen, zu schwer unterzubringenden Vergnügens, das hier angeboten wird, dennoch nicht täuschen würde«*. Wahrscheinlich ist das mein Fehler, ich gucke zu oft zerstreut und verächtlich, jedenfalls fühlen sich davon immer wieder Liebhaber eines schwer unterzubringenden Vergnügens angesprochen.

Ein Westenmacher und ein korpulenter Fünfzigjähriger finden sich, deren Liebe *»etwas wahrhaft Prädestiniertes ist, vorbereitet durch die Übereinstimmung ihrer Temperamente, und sogar nicht einmal nur ihrer eigenen Temperamente, sondern schon durch die ihrer Vorfahren, durch eine von weit her überkommene Erbschaft, so daß das Wesen, das sich mit ihnen vereint, ihnen schon vor der Geburt angehört und sie angezogen hat durch eine Macht, vergleichbar der, welche die Welten regiert, die der Schauplatz unserer früheren Existenzen gewesen sind«*. Für Marcel scheint durch das Wunder solcher Zufälle an der beobachteten Begegnung von Charlus und Jupien *»alles in Schönheit getaucht«*.

»Manchmal […] fand die Befriedigung in Gestalt einer heftigen Strafpredigt statt, welche der Baron dem Besucher ins Gesicht schleuderte, so wie manche Blüten dank einer Schnellkraft in ihrem Innern aus einer gewissen Entfernung das Insekt bestäuben, das dadurch unbewußt ihr verblüffter Partner wird.« Erinnert mich an die Geschichte, die sie mir neulich erzählt hat, daß man in diesem einen Berliner Club nicht allein aufs Klo gehen solle, weil man sonst »bestäubt« werde. Sicher auch verblüffend.

Unklares Inventar:
- Griseldis, *»bei Potin«* kaufen, Lythrum salicaria, Komposit.

Verlorene Praxis:
- In einer mondlosen Nacht an einem Kreuzweg einen Kindheitsfreund treffen, der ein benachbartes Schloß bewohnt.
- Sich, um sich aufzuwärmen, im Collège de France die Vorlesung anhören, die der Sanskritprofessor dort ohne Auditorium abhält.
- Als Frau scheinbar eine Auslage von Schuhen hinter einer Schaufensterscheibe betrachten, dabei aber den Kopf nach einem Studenten umwenden.
- Beharrlich und erfolglos den Abhang wieder erklimmen, den hinabzugleiten man in seiner Jugend so amüsant fand.

91. Do, 19.10., Berlin

Im Kindergarten war ich wieder neidisch, als ich den Wochenspeiseplan las: »Tomatennudeln mit Reibekäse und Saftschorle«, »Serbische Reispfanne mit Buttermilch«, »Arabisches Reiterfleisch«, »Straußengulasch mit Apfelrotkohl und Petersilienkartoffeln«, »Erbseneintopf«, »Milchnudeln und Früchtecocktail«, »Gebratenes Seelachsfilet mit Eisbergsalat und Kartoffelpüree«.

Jeden Tag etwas anderes und fast immer drei Komponenten, ein Standard, den ich zu Hause noch nicht durchsetzen konnte, weil ich ja selber kochen müßte. Bei mir gab es wieder gebratene Zwiebeln mit einer Dose Tomatenfisch und als Nachtisch ein Hustenbonbon.

Auf der Heimfahrt einen weiteren Datenschatz ausgemacht, den bisher noch niemand sichert: Wann, wo und von wem man auf der Straße nach dem Weg zu einer anderen oder sogar (seltener) der Stelle, an der man sich befindet, gefragt wurde. Mich haben mal in Tschernjachowsk, als ich gerade eine Kirche fotografierte, zwei russische Polizisten nach dem Weg zum Gerichtsgebäude gefragt. Heute, etwas weniger aufregend, Schönhauser/Ecke Wörther, zwei Sieben-Tage-Bart-Träger mit Pilotenbrille: »Der Helmholtzplatz, wo isn der?« Es wirkte fast, als machten sie mich dafür verantwortlich, daß der Helmholtzplatz so weit entfernt war. Wenn alle Menschen diese Auskunftsdaten zusammentragen würden, könnte man eine Suchanfragen-Top-Ten erstellen: »Die am häufigsten nicht gefundenen Orte der Welt«.

Die Zeitung übertrifft sich mal wieder selbst: »Anwohner fordern breitere Zufahrtsstraße.« In einer Zeitung, die nur für die Anwohner dieser schwer zugänglichen Straße produziert würde, wäre das sicher eine Topmeldung gewesen, in der Berliner Zeitung war es immerhin eine Meldung. Noch bekommt ja nicht jeder seine eigene Zeitung mit den für ihn wichtigsten Meldungen konfiguriert. Warum lesen sich Menschen freiwillig und für Geld täglich die Meldungen anderer Leute durch?

In der Kaufhalle wieder bedauert, daß ich keine Radiergummis benötige.

Als ich mich gerade zur Arbeit ins Bett gelegt hatte, den Kaffee – ohne etwas zu verschütten – auf dem Bauch balancierend, die zwei Stütz-T-Shirts für das Buch arrangiert, und den ersten Satz zu lesen begann, rief jemand an, der falsch verbunden war, in letzter Zeit meist für eine »Anja Pohlmann«. Bei Männern spürt man richtig, wie wenig sie einem trauen. Beim nächsten Mal werde ich sagen: »Anja Pohlmann ist jetzt mit mir zusammen, wir sind sehr glücklich, und ich soll Ihnen ausrichten, daß Sie es bitte unterlassen sollen, sie zu belästigen, die Jahre mit Ihnen waren für Anja die Hölle.«

Tag der Technik: Ich bin auf Google Mail umgestiegen, obwohl Google, laut befreundeten Paranoikern, sein Angebot nur eingerichtet hat, um an das Mailkorpus der Nutzer zu kommen. »Die lesen deine Mails!« – als würde mir das etwas ausmachen. Im Gegenteil, dann verschicke ich demnächst meine Texte als Attachement an mich selbst und kann sagen, daß ich Leser in Amerika habe.

Aus einer Laune heraus noch einmal versucht, den neuen Drucker an den alten Rechner anzuschließen, diesmal aber, bevor ich den Rechner angeschaltet hatte. Wie im Nachhinein nicht anders zu erwarten, hat der Rechner den Drucker erkannt. Offenbar erkennt er neue Hardware nicht, wenn er schon hochgefahren ist. Wieder etwas, was ich mir als Mensch nicht erlauben dürfte, das ist doch, als würde ich Frauen nur bemerken, wenn sie schon morgens beim Aufwachen neben mir gelegen haben und alle anderen in der Wohnung übersehen, selbst wenn sie ganz neu sind.

Weil heute alles zu klappen schien, habe ich auch noch herausgefunden, wie ich mit ACDSee eine Fotopräsentation machen kann, ohne daß die Bilder automatisch weiterlaufen. Ich habe einfach den »Verzögerungsschalter« auf »10 Tage« gesetzt. Sollte ich einmal einen Diavortrag halten, bei dem ich für die Erläuterungen zu einem Bild länger als zehn Tage brauche, müßte ich mir natürlich etwas anderes überlegen. Vielleicht können neuere, schnellere Rechner ja auch schon zwanzig Tage verzögern. Jetzt bleibt nur noch die philosophische Frage, ob eine Diashow, bei der die Dias alle zehn Tage wechseln, überhaupt noch eine Diashow ist oder nicht schon Kunst.

Sodom und Gomorra, S. 49–69

Der zweite Teil von »Sodom und Gomorra« beginnt mit einer Würdigung des von der Abendsonne beleuchteten Obelisks auf der Place de la Concorde, einem Ding, »*das wie rosa Nugatmasse anzusehen war*«, bis er »*schlanker und nahezu elastisch geworden schien*«. Ein Schelm, wer Böses dabei denkt.

Immer noch unsicher, ob er auf einen Aprilscherz reingefallen ist, wenn er der Einladung zur Soirée der Prinzessin von Guermantes folgt, betritt Marcel das Palais. Vorsichtshalber hat er sich für Mitternacht mit Albertine verabredet. Dann kann er sich an ihrer Seite »*von dem sehnsüchtigen Verlangen […] befreien, das sicherlich in mir viele bezaubernde Gesichter zurücklassen würden*«.

Nun wartet wieder eine Sturmbahn der Peinlichkeiten. Am Eingang steht nämlich ein sogenannter »Beller«, der die Namen der eintreffenden Gäste ausruft. (Ohne zu wissen, mit wem er es zu tun hatte, war dieser vor kurzem auf den Champs-Elysées dem Herzog von Châtellerault begegnet und hatte ihn reizend gefunden: »*Alle Gunst, von welcher der Bediente geglaubt hatte, er müsse sie einem so jungen Herrn seinerseits erweisen, hatte er gerade umgekehrt empfangen.*«)

Die Prinzessin hat eine Neuigkeit eingeführt, nach dem Abendessen werden bei ihr die Stühle umgestellt, und die Gäste setzen sich in kleine Gruppen, teilweise einander den Rücken zukehrend. Die Prinzessin gesellt sich kurz und zwanglos zu jeder dieser Gruppen. Die Gäste stehen Schlange, um von ihr begrüßt zu werden: »*Zu manchen sagte sie sogar nichts, sondern begnügte sich damit, ihnen ihre wundervollen Onyxaugen zuzuwenden, als sei man nur zu einer Ausstellung kostbarer Steine gekommen.*«

Nun erkennt Châtellerault (allein der unbequem zu tippende Name dürfte verhindern, daß er jemals zum Helden eines meiner Romane wird) zu seinem Schrecken den Beller wieder. Wird der Schlingel Verschwiegenheit wahren? (So eine Angst muß doch auch den Freund dieses Tagesschausprechers gepeinigt haben, daß der sich eines Abends vergißt und vor der Nation sein Schweigen bricht.)

Danach ist Marcel dran, den Beller und die »*furchtbaren Befugnisse dieses wie ein Henker schwarz gekleideten Funktionärs*« kennenzulernen. Er weiß ja immer noch nicht, ob er nur veralbert wurde, lieber würde er hier unauffällig eindringen, um im Ernstfall ebenso unauffällig wieder zu verschwinden. »*Der ›Beller‹ befragte mich nach meinem Namen. Ich nannte ihn ebenso mechanisch, wie sich der zum Tode Verurteilte auf den Bock schnallen läßt*«, und dann »*brüllte er die beunruhigenden Silben mit einer Macht heraus, von der die Wölbung des Palais hätte erbeben können.*«

Die Prinzessin begrüßt ihn sehr aufmerksam: »*Ich erwartete fast, sie werde mir wie eine Anführerin beim Kotillon einen Spazierstock mit Elfenbeingriff oder eine Armbanduhr überreichen.*«

Eine weitere Slapstickszene: »*Von Beruf zu Beruf errät man einander, von Laster zu Laster ebenfalls. Monsieur de Charlus und Monsieur de Sidonia hatten auf der Stelle jeder das des andern erspürt: für alle beide bestand es darin, in Gesellschaft dem Monolog in einer Weise zu huldigen, daß kein Unterbrechen möglich war.«* Deshalb kommt, da keiner nachgeben will, bei ihrem Gespräch »*das wirre Geräusch zustande [...], das in den Komödien Molières von mehreren Personen hervorgebracht wird, die zu gleicher Zeit verschiedene Dinge äußern*«.

Eine typische Szene auf Partys, plötzlich sucht man, in Ermangelung bekannter Gesichter, das Gespräch mit Personen, die man sonst meiden würde. So geht es Professor E..., der Marcels Großmutter so eine düstere Diagnose gestellt hatte. Er kennt hier niemanden, weshalb er bei Marcels Anblick »*zum ersten Mal in seinem Leben verspürt, daß er mir unendlich viele Dinge zu sagen habe*«.

Der Professor erfährt nun, daß die Großmutter tatsächlich gestorben ist, »*ohne Befriedigung zu äußern, ja vielleicht sogar, ohne sie zu verspüren*«. Denn es hätte ihn natürlich schon gewurmt, wenn sich seine Diagnose als falsch herausgestellt hätte. Manchmal wird ein Patient als krebskrank abgeschrieben: »*Wenn dann der sich selbst überlassene Patient es mit einer rigorosen Diät versucht, schließlich wieder gesundet oder wenigstens weiterlebt, so wird der Arzt, wenn er in der Avenue de l'Opéra von jemand gegrüßt wird, den er seit langem auf dem Père-Lachaise vermutete, in dessen Hutschwenken eine Gebärde heimtückischer Bosheit erblicken. Ein Schwurgerichtspräsident würde kaum in größeren Zorn geraten, wenn er einen Schelm, über den er zwei Jahre zuvor das Todesurteil verhängt hat, ohne alle Scheu vor seinen Augen einen Spaziergang machen sähe.*«

Im Fall von Monsieur de Vaugoubert, einem Diplomaten, der nach gleichgeschlechtlicher »*kindisch planloser Ausschweifung*« in seiner Jugend zu absoluter Enthaltsamkeit gekommen ist, um am Quai d'Orsay Karriere zu machen (was für ein Land, in dem man seit hundert Jahren »Quai d'Orsay« sagen kann, wenn man das Außenministerium meint), ist der Monsieur die Frau und seine Gattin der Mann. Dabei gibt es zwei Varianten, die, daß der Mann, der eigentlich Männer liebt, eine Frau heiratet, die wie ein Mann wirkt, oder den zweiten Fall, »*bei dem man es mit einem der rührendsten Mirakel der Natur*« zu tun hat, der in diesem Fall »*das Menschenreich dem Pflanzenreich naherückt*«, wenn nämlich die Frau, die zunächst keine männlichen Züge hat, nach und nach unbewußt solche annimmt, »*um ihrem Mann in jener Art von Mimikry zu gefallen, durch die gewisse Blumen sich das Aussehen der Insekten geben, die sie anlocken wollen. Der Kummer, nicht geliebt, kein Mann zu sein, läßt sie männlich werden*«.

Unklares Inventar:
– Routs, Alfanzereien.

Verlorene Praxis:
– Sich *»mit der Geschicklichkeit, die man durch die Gewohnheit des Reitens bekommt«*, langsam in seinem Sessel umwenden und, ohne seine Nachbarn zu stören, seinem Hintermann beinahe gegenübersitzen.

92. Fr, 20.10., Berlin

Als Firma unterbietet man Lieferzeitversprechungen der Konkurrenz, um an den Auftrag zu kommen, und muß am Ende immer mehr Studenten einstellen, die in letzter Minute alles hinbiegen sollen. Aber in meinem Beruf wäre die Einarbeitung einer Aushilfe komplizierter, als alles selbst zu erledigen. Neben dem elenden Proust-Pensum, ist das in den nächsten zwei Wochen:

- »Pjöngjang« von Guy Delisle übersetzen, den Nachfolgeband von »Shenzhen«. Ich bin zwar schon einmal durch, mußte aber einige strittige Stellen mit Sternchen markieren. Auf 170 Seiten 246 Sternchen.
- Als Gastredakteur für eine kleine Literaturzeitschrift hundertfünfzig Kurzgeschichten lesen. Ich hätte gestern einfach nur nein sagen müssen, was mir heute wie eine phantastische Idee vorkommt. Aber ich leide an der romantischen Vorstellung, vielleicht einem jungen Talent, das bisher übersehen wurde, endlich zum Durchbruch zu verhelfen. Dabei wäre es vom professionellen Standpunkt her viel sinnvoller, sollte mir so ein Talent unterkommen, mit allen Mitteln zu verhindern, daß es seinen Weg macht, denn dann hätte ich ja noch einen Konkurrenten mehr.
- Das Exposé für ein Sachbuch über die DDR schreiben. (Dabei habe ich die Wahl, dieses Projekt gewissenhaft auszuführen, um das Buch zwei Jahre nach Erscheinen bei Wohlthats auf dem Wühltisch wiederzufinden, oder es so zu machen wie viele andere Sachbuchautoren, und es zwar ebenfalls bei Wohlthats wiederzufinden, aber vielleicht Geld verdient zu haben.)
- Jeden Donnerstag zwei neue Texte für die »Chaussee«. (Wie oft werde ich gefragt, was ich denn zur Zeit mache. Diesen Punkt erwähnt man nie, weil das irgendwie nicht als Arbeit zählt.)
- Ein Szenario für einen Comic von Mawil schreiben.
- Ein Theaterstück für das DT schreiben, das – obwohl sie es nur lesen, weil sie meinen Namen auf dem Manuskript mit dem eines anderen Autors verwechselt haben – so nachhaltig ihre Grundannahmen über das Theater der Zukunft erschüttert, daß sie es sofort anstelle des von mir kürzlich verrissenen Stücks in den Spielplan aufnehmen oder zumindest erst einmal den Spielbetrieb einstellen, bis ich die Zeit habe, mich um sie zu kümmern, also frühestens nach der Latinumprüfung im Februar.

- »Meine wichtigsten Körperfunktionen« redigieren und um eine mir bis jetzt noch nicht klare, entscheidende Dimension bereichern. So Gott will, wird das mein nächstes Buch und eigentlich müßte es, nachdem alles besprochen war, jetzt schon lektoriert werden, aber der Verlag hat seit einer Weile seine ohnehin spärliche Korrespondenz mit mir eingestellt.
- Für den erwähnten Nachruftext recherchieren. Erste Anrufe haben eine romanwürdige Konstellation erkennen lassen. Ein mit fast hundert Jahren verstorbener Autor, dessen Wohnung ich aber nicht besichtigen darf, weil die neunzigjährige Schwester, die das Erdgeschoß des Hauses bewohnt, im Streit mit Frau Vampiro liegt, der sizilianischen Pflegerin ihres Bruders, die seine Räume hat versiegeln lassen. Jetzt kann ich mir wieder überlegen, ob ich den Nachruf routinemäßig abwickle und damit auf ungefähr fünfzehn Euro Stundenlohn komme, oder ob ich Schwester und Pflegerin einzeln besuchen gehe und zusätzlich die Bücher des Autors lese, um sein Leben in einen 120-Zeilen-Text zu pressen, wobei ich über das spannende gerichtliche Nachspiel natürlich kein Wort verlieren darf. Aber immerhin hat mir Frau Vampiro in Aussicht gestellt, mich, wenn die Grundbuchfrage geklärt sein sollte, in die Wohnung zu lassen: »Sie konne da rreinschnuffeln.« Das wäre dann ein dritter Besuch, und der Stundenlohn würde weiter sinken.

Wenn ich all diese beruflichen Attacken aus der fest ausgebauten Stellung eines ereignislosen und emotional unaufwendigen Privatlebens führen könnte, müßte man sich nicht um mich sorgen. Aber bei dem, was sich im Moment bei mir abspielt, kann es jederzeit zum Durchbruch der feindlichen Truppen kommen. Dann hänge ich wieder von hereinsickernden SMS ab wie der Todkranke vom Tropf. Und das alles, damit irgendwann einmal ein junger Zeitungsschreiber, der nichts von mir weiß und nichts von mir gelesen hat, von meiner bulgarischen Pflegerin in meine Wohnung gelassen wird, um dort ein bißchen zu »schnuffeln«, und noch auf dem Rückweg in der S-Bahn zu resümieren: »Die letzten Jahre seines Lebens verbrachte Jochen Schmidt zurückgezogen von der Öffentlichkeit in den Wänden seiner Berliner Wohnung, in der die Zeit stehengeblieben zu sein schien. Er war müde geworden vom gesellschaftlichen Leben, müde auch von den periodisch wiederkehrenden Auseinandersetzungen mit seinen Geliebten, aus denen er jedesmal körperlich weiter geschwächt, aber mit einem neuen Manuskript in der Hand hervorgegangen war.

Manuskripten, die natürlich längst niemand mehr drucken wollte. Die Zeit war über ihn hinweggegangen, nur noch wenige Spezialisten erinnerten sich an ihn. Mit hundertzwanzig Jahren hat ein Autor auch die letzten der Leser, die ihn von seinen Anfängen her begleitet haben, an den Tod verloren. Sich so ein Leben vor Augen zu führen, mit seinen Eitelkeiten, Erfolgen, Niederschlägen und Verletzungen, macht demütig. Dieser Erfahrung sollten wir uns aber stellen, halten wir uns also ein wenig bei Jochen Schmidt und seinem Schicksal auf und nehmen sein Beispiel zum Anlaß, unser eigenes Glück wieder schätzen zu lernen.«

Sodom und Gomorra, S. 69–90

Wir sind immer noch auf der Soirée der Prinzessin von Guermantes. Marcel wurde ihrem Mann noch nicht vorgestellt. Bei Madame d'Arpajon, der nächsten Hoffnungsträgerin, die das übernehmen könnte, fällt ihm der Name nicht ein. Gelegenheit für Überlegungen zum Mysterium der Gedächtnisarbeit, bei denen ich wieder an den Redakteur denken muß, dessen Namen ich vor ein paar Tagen so verzweifelt gesucht habe: »*Dennoch war er da. […] Ich verspürte ungefähr seinen Umfang, sein Gewicht, aber was seine Form anlangte, so mußte ich mir, wenn ich sie mit dem düsteren Gefangenen, der sich im Dunkel meines Innern barg, verglich, immer wieder sagen: ›Der richtige ist das noch nicht.‹*« Mein Gedächtnis als Gefängnis, in dem Lebenslängliche schmachten.

Man könnte sich natürlich die Freiheit nehmen, irgendeinen Namen zu verwenden, der einem zu passen scheint. Das Verfahren des Ausbilders in »Full Metal Jacket«. Aber man forscht und bohrt und stellt Hypothesen auf, »*Etappennamen*«. Wie und ob wir von ihnen aus schließlich zum richtigen Namen gelangen, ist ganz unergründlich. Als Autor kann man aber auch aus solch einem ärgerlichen Defizit einen Nutzen ziehen, denn die Dialektik der Erkenntnis liegt ja darin, daß nur wer an Schlaflosigkeit leidet, sich Gedanken über das Wesen des Schlafs macht: »*Ein lückenloses Gedächtnis ist kein sehr mächtiger Anreger, um die Phänomene des Gedächtnisses zu studieren.*«

Madame d'Arpajon ist auch ganz in Anspruch genommen von der Erscheinung ihrer Nachfolgerin in der Gunst des Herzogs von Guermantes, der Herzogin von Surgis-le-Duc, die wie eine Siegesgöttin auf einem Balkon posiert, deren Sturz aber natürlich schon in den Büchern des Schicksals verzeichnet steht. Ein komisches Bild, wenn man sich das Herz eines Mannes vorstellt, in dem sich die Geliebten ablösen, entweder mit einer geordneten Büroübergabe oder per Räumungsbefehl, bis man dann eines Tages ein beschwingtes Ehemaligentreffen veranstaltet, das im Zeichen der Versöhnung und des gemeinsamen Lästerns über die aktuelle Göttin steht.

Später wird die Madame d'Arpajon zu allem Unglück durch einen Windstoß von der Wassersäule des Springbrunnens überflutet und völlig durchnäßt. Daraufhin erhebt sich *»ein rhythmisches Grollen, so stark, daß eine ganze Armee es hätte hören können«*. Dieses Grollen ist das Lachen des Großfürsten Wladimir, womit nach den Deutschen auch die Russen ziemlich holzschnittartig charakterisiert worden wären. Für ihn war die durchnäßte Madame *»eine der lustigsten Sachen, erklärte er späterhin gern, denen er jemals in seinem Leben als Zuschauer beigewohnt hatte«*. Kein Wunder beim schwer nachvollziehbaren Humor der russischen Humoristen aus dieser Zeit.

Unklares Inventar:
- Springbrunnen von Hubert Robert, Anaphylaxie, *»Er ist schon versehen worden«*.

Verlorene Praxis:
- Seine Gewißheit, im Theater keinen schlechten Abend zu verbringen, dadurch bezeugen, daß man, schon während man der Garderobiere seine Sachen übergibt, die Lippen zu einem klugen, verstehenden Lächeln kräuselt und seine Blicke in einer durch Boshaftigkeit gewürzten Art der Anerkennung belebt.
- Balsam auf das Inferioritätsbewußtsein derer gießen, die sich unter einem befinden.
- Beim Betreten des Salons in seinen Augen geistvolle Flammen aufzucken lassen und diesen Ausdruck beibehalten, weil man es ermüdend fände, zwischendrin jedesmal das Licht erlöschen zu lassen.

Selbständig lebensfähige Sentenz:
- *»Es ist viel schwieriger, ein Meisterwerk zu verschandeln, als es hervorzubringen.«*
- *»[D]aß man den rein fiktiven Charakter dieser Liebenswürdigkeit durchschaute, galt in ihren Augen als ein Zeichen der Wohlerzogenheit; diese Liebenswürdigkeit für echt zu halten, galt als schlechte Erziehung.«*

93. Sa, 21.10., Berlin

Wir wünschen uns eine Praktikantin bei der »Chaussee«, und nun überlegen wir schon, welche Aufgaben sie uns abnehmen könnte, außer Kaffee für die Zuschauer zu kochen. Sie könnte auch jede Stunde die Spam-Einträge aus unserem Internet-Gästebuch löschen. Sie könnte uns, wie der Karatelehrer in »Pink Panther«, nachstellen und dafür sorgen, daß wir genügend Pannen erleben, über die wir dann schreiben. Ein größeres Projekt wäre, das Phänomen der Bleistiftfluktuation in meiner Wohnung zu untersuchen. Es ist nämlich zwar so, daß sich inzwischen ein relatives Bleistiftgleichgewicht eingestellt hat, daß also an allen strategischen Punkten immer ein Bleistift liegt, das heißt aber nicht, daß dieses Gleichgewicht statisch wäre. Ich bin immer wieder erstaunt, wo plötzlich welcher Bleistift auftaucht. Das kann mir aber nur auffallen, weil sie fast alle eine andere Farbe haben, sonst würde es nach Stillstand aussehen. Es ist wie bei einem chemischen Gleichgewicht, wo ständig zwei gegensätzliche Reaktionen ablaufen und man allerhand ausrechnen kann, was man im Leben nie braucht. Unser Lehrer hatte dafür ein Bild, mit dem er Jahr für Jahr den Schülern das Prinzip des Massenwirkungsgesetzes erklärte, das ich aber erst zehn Jahre nach dem Abitur plötzlich verstanden habe. Eine Turnhalle (wieso Turnhalle?), in die man durch eine Luke guckt (warum sollte man das tun?) und in der sich an der Wand entlang eine Reihe Kugeln bewegt (so etwas gibt es doch gar nicht). Wären die Kugeln alle weiß, würde man nicht sehen, daß die Reihe sich ständig im Kreis bewegt. (Warum? Man sieht es doch trotzdem, wenn man genau hinguckt.) Da aber ein paar rote Kugeln darunter sind, sieht man, wenn man durch die Luke zufällig ein Segment mit roter Kugel vor sich hat, wie diese sich fortbewegen. (Aber was hat das mit Chemie zu tun? Warum muß man deswegen in den Formeln plötzlich zwei Pfeile statt einem malen?)

Jedenfalls befand sich heute völlig überraschend der weiße InterCityHotel-Bleistift aus Magdeburg in meinem Proust, obwohl ich mir doch gerade zwei Grip-2001-Bleistifte von Faber-Castell geleistet hatte, von denen der eine aber inzwischen als Lesezeichen im Kalender steckt und der zweite im Bücherregal als Aufhängung für den Hampelmann. Weitere wichtige Bleistifte in meinem Leben: der Bleistift, der so dünn ist, daß ich damit durch die zu kleinen Löcher der Regalhalter hindurch Punkte an der Wand markieren kann, der Bleistift, der jahrelang den Lautstärke- und Anschaltknopf unseres Familienfernsehers fixierte, der einen Wackelkontakt hatte, so daß wir immer den Stecker zogen, statt den Knopf zu benutzen, trotzdem mußte man ihn regelmäßig ganz sachte antippen. Weitere Provisorien in unserer Wohnung: die an einem Bambusstock über die teure und stümperhaft von einem Feierabendhandwerker ausgeführte Badkachelung gehängte dicke Plasteplane, die verhindern sollte, daß das Wasser die Gipswände durchweichte. Der mit einem um den Kassettenrekorder gewickelten Einweckgummi auf die nicht mehr einrastende Play-Taste gepreßte Radiergummi. Das Zwanzig-Pfennig-Stück, das man auf den Plattenspielerkopf legen mußte, damit er nicht bei jedem Schritt, den man im Zimmer machte, hochhüpfte. Die aus großen, viereckigen Platten zusammengesetzten Wohngebäude, die unser Haus umstanden. Der für die Menschen unsichtbare, und wenn die Berechnungen aus dem neunzehnten Jahrhundert stimmten, nach unser aller Beglückung sich selbst abgeschafft haben würdende Staat.

Sodom und Gomorra, S. 90–110

Die Herzogin über das Palais ihrer Kusine, der Prinzessin: »*[I]ch würde vor Traurigkeit sterben, wenn ich in Zimmern schlafen müßte, in denen sich so viele historische Begebenheiten zugetragen haben. Das kommt mir so vor, als sei man im Schloß von Blois, in Fontainebleau oder selbst im Louvre nach Schluß der Führung dageblieben und vergessen worden und könne sich als einziges Mittel gegen die Traurigkeit nur sagen, daß man in dem Zimmer weilt, in dem Monaldeschi ermordet worden ist. Aber ich muß bekennen, mir wäre ein Kamillentee lieber.*«

Weil Swann sich für Dreyfus ausspricht, ist er hier nicht mehr erwünscht. Er gilt ohnehin als einziger Jude, der es in der Gesellschaft so weit gebracht hat. Als notorischer Judenhasser will der Prinz ihm nicht begegnen. Und die Herzogin, die sich doch eigentlich seine Freundin nennt, entzieht ihm sofort die Unterstützung, aber nicht offiziell, sondern subtiler: »*Ich schwärme für Charles, und es würde mir großen Kummer machen, ihm etwas abzuschlagen, daher halte ich auch für besser, ich gehe ihm von vornherein aus dem Wege, damit er mich gar nicht erst darum bitten kann.*«

Verlorene Praxis:
- Ein Fest für diejenigen veranstalten, die man zu seinem eigentlichen Fest nicht einladen will, was einem die Verlegenheit erspart, sie mit den richtigen Leuten zusammenzubringen.
- Plaudernd in einer von seinem Charme angezogenen Gruppe stehen.
- Mit der komischen Übertreibung eines Bonvivants der Revue die Frauen lieben.

94. So, 22.10., Berlin

Wenn ich wirklich etwas bewahren will, sollte ich meine Zeit nicht damit verschwenden, ständig neue Texte zu schreiben, sondern lieber meine Rechnungen archivieren, die wenigstens ehrlich sind. In einer 250-Gramm-Box »first class – feinster Hochlandkaffee« aus dem VEB Kaffee- und Nährmittelwerke Halle/Saale, die sogar laut Deckel eine »Sonderfüllung Intershop« war, habe ich gestern Kassenbons aus dem Jahr 2000 gefunden, also aus der Zeit zwischen Millenium-Bug und 11. September. Manchmal erinnere ich mich ja nur wegen einer Taxi-Quittung an das Gesicht des Fahrers. Was geschieht in der übrigen Zeit mit seinem Gesicht in meinem Kopf? Aus einem Haufen zusammengeknüllter Zettel ergibt sich eine aufschlußreiche Fieberkurve des Konsums:

10.1. Staatsbibliothek Potsdamer Platz, 30 DM Kopierkosten. Als studentische Hilfskraft hatte ich den Auftrag, für meinen Professor nach und nach ein Backup des Buchbestands der Staatsbibliothek zu erstellen. Dabei starrte ich müde in das Licht des Kopiergeräts und stellte mir vor, es seien die Blitzlichter der Weltpresse.

27.1. Fahrkarte Berlin – Stuttgart – Tübingen. Die erste und auch schon schrecklichste Lesereise, auf spätere Enttäuschungen ist man besser vorbereitet gewesen. Ein Preis mußte abgeholt und im Rahmen dessen unter Tarif vor Ort gelesen werden. Ich mußte an zwei Tagen hintereinander dieselben Texte der anderen Preisträger anhören und fragte mich die ganze Zeit, warum sie das Preisgeld aufgeteilt hatten.

14.2. 10 Meter Antennenkabel bei Medi-Max. Offenbar ein Trostkauf. Ich hatte mir eine Schüssel geleistet und eine Weile nur noch obskure ausländische Fernsehsender auf Hotbird geguckt. Telefonsexwerbung auf Arabisch, das hingehauchte »sifr sifr«. Ich habe sogar mal einen Text über diese Erfahrung geschrieben, ein paar Jahre später machten andere daraus ein erfolgreiches Comedy-Format.

18.2. A–Z am Alexanderplatz, CPU-Kühler für 29,99 DM. Mich hatte der laute Ventilator an meinem Rechner gestört, und ich hatte ihn mit einem Bleistift abgewürgt, bis mir jemand sagte, daß der Rechner davon kaputtgehen könne. Den A–Z gibt es nicht mehr, ebenso wie den Plattenladen, der in der DDR dort gewesen war und in dem ich einmal wöchentlich einen Kontrollgang machte.

25.2. 13.47 Uhr, 11,23 DM, Buchhandlung Warschauer Straße, modernes Antiquariat. Ein unscheinbarer Posten, aber es war ein Freitag, ich muß also nach der »Chaussee« im Friedrichshain übernachtet haben. Am Tag danach war man immer tief deprimiert. Wenn es gut gelaufen war, aus Angst, es nie wieder so gut hinzubekommen, und sonst aus Scham. Eine Scham, die offenbar ungefähr 11,23 DM kostete.

8.4. München, Alte Pinakothek, 34 DM. Besuch beim Verlag? Ich weiß nur noch, wie die Dielen geknarrt haben und daß das bis heute der einzige tröstliche Sinneseindruck in München geblieben ist.

14.4. In den Schönhauser-Allee-Arcaden bei Herrn Syskowski eine Rolle Ilford Plus 125, schwarz-weiß. Offenbar hatte ich damals noch fotografische Ambitionen, und es gab keine Digitalkameras. Ich muß direkt mal im Kühlschrank gucken, ob der Film noch da ist. Der Entwickeltisch steht in der Kammer, er hatte mir nach einem ersten Versuch immerhin lange als Klorollenhalter gedient.

3.5. Kopiertechnik Lapacz, Kastanienallee. 558,30 DM. Die erste Brillenschlange, 500 Stück selbst gesetzt, kopiert, geknickt, geheftet und verkauft. Vom ersten Heft wird mir immer in Erinnerung bleiben, daß meine beste Freundin, als ich stolz das Heft hervorzog, kein Interesse zeigte, es mir für 3 DM abzukaufen.

5.5. Berlin – Heidelberg – Berlin. »Frühlingsnacht der Poesie« im »Deutsch-Amerikanischen-Institut«. Ich sollte »etwas leicht Erotisches« lesen, aber meine Eltern saßen im Publikum. Im anschließenden Zeitungsartikel wurde ich als »Jungspund« bezeichnet.

8.5. Dussmann, »Ausweitung der Kampfzone«, mein erster Houellebecq, so lange ist das schon her.

26.5. Ein Einschreiben nach Bulgarien. Das muß die offizielle Einladung für Steffka gewesen sein. Damals brauchte sie noch ein Visum, und ich mußte bei der Polizei garantieren, daß ich alle anfallenden Gesundheitskosten übernehmen würde. Der Brief ist nie angekommen, vielleicht war ja jemand anders auf meine Einladung hin in Deutschland.

29.5. Kaufhof am Alex »Kaiser 5 Team« für 139,95 DM. Fußballschuhe?

2.6. Ein McCloud-Trekkingrad. Mein zweites Westrad. Im Fahrradladen auf der Schönhauser ist jetzt ein Jugendlichen-Friseur.

10.6. H&M, eine Hose und Hemden für 137,50 DM. Schon der dritte Trostkauf in zwei Wochen. Aber vielleicht auch eine Belohnung, weil ich die Fahnen für »Triumphgemüse« durch hatte?

21.6. Bei A–Z in der Stresemannstraße, wo wir uns alle nach dem Mauerfall unsere Zwei-Mark-Armbanduhr gekauft hatten, ein Fahrrad-Frontlicht »3Fun«. Auch dieses Geschäft gibt es nicht mehr.

14.7. Zwei Herrenjeans bei H&M für 59,90 DM und 39,90 DM. Das muß die Zurüstung für den im August anstehenden Moskau-Monat gewesen sein. Ich hatte aus dem Jahr zuvor lernen wollen, wo ich auf den Diskos im Wohnheim in eher strapazierfähiger Kleidung erschienen war.

1.11. Kaufhof, ein Taschenkalender. Ich nehme mal an für 2001, also doch ziemlich zeitig. Vielleicht wollte ich in Zukunft Ordnung in meine Angelegenheiten bringen.

7.11. Eine Bahn-Quittung Berlin – Köln – Lüneburg – Berlin, die Lesetour zu »Triumphgemüse«, meinem ersten Buch. In Köln neun, in Lüneburg vierzehn Zuschauer, also steigende Tendenz. Aus Köln auch noch 3,50 DM Getränke und 6 DM Telefon, vielleicht war ich noch unerfahren und hatte gedacht, man müsse die Minibar nicht selbst bezahlen.

An meinem dreißigsten Geburtstag saß ich dann anscheinend wieder im Zug nach Berlin. Sicher in dem Glauben, daß das alles nur das rührende Vorgeplänkel einer erfolgreichen Vortragskarriere wäre.

25.11. Saturn, bei Herrn Sobotta ein Kenwood-Verstärker für 599 DM und ein Dual-Plattenspieler für 299 DM. Trostkauf im großen Stil. Ich hatte bis dahin noch unseren alten DDR-Plattenspieler mit integriertem Radio. Ein Versuch, das ausgeleierte Gummiband durch ein neues zu ersetzen (im RFT-Laden auf der Kastanienallee hatten sie noch welche, inzwischen gibt es dort T-Shirts), endete damit, daß ich den Plattenspieler nicht mehr zusammengebaut bekam. Warum habe ich nicht einfach die Platten weggeworfen? Der Verstärker ist inzwischen kaputt. Das Problem waren auch eher die Boxen, die ich mal Betrügern auf der Straße abgekauft hatte.

16.12. Saturn, ein internes 56K-Modem für den PC. Der Zeitpunkt, zu dem ich zu Hause online gegangen sein muß, wie Boris Becker. Vielleicht war das nötig gewesen, weil im Sommer mein Uni-Job ausgelaufen war und ich nicht mehr dort surfen konnte.

22.12. Toner für 114 DM. Die schreckliche Zeit mit meinem Brother-Laserdrucker. Giftiger Staub, Schlieren, Papierstau, Ozon.

Auffällig wie häufig die Verkäufer in Berlin Namen slawischen Ursprungs haben. Außerdem, daß ich fast alles, was ich mir vor sechs Jahren gekauft habe, nicht mehr besitze.

Sodom und Gomorra, S. 110–130

Am nächsten Tag wird es die jährliche »*Garden-party*« bei Madame de Saint-Euverte geben, die deshalb bei der Soiree der Prinzessin erschienen ist, um »*die Parade der Truppen abzunehmen*«, also sicherzustellen, daß alle wichtigen Gäste zu ihr kommen werden. Oriane hat allerdings eine gute Ausrede, sie will sich endlich die Glasmalereien von Montfort-l'Amaury ansehen.

Oriane hat immerhin Geist. Die Marquise de Citri hat lediglich destruktive Impulse. Erst findet sie, Beethoven habe »*schon so einen Bart*«. Bei Wagner und Debussy »*machte sie sich nicht einmal die Mühe, etwas von ›Bart‹ zu sagen, sondern führte die Hand nur wie ein Barbier über das Gesicht. Bald war schlechterdings alles langweilig bei ihr. ›Ist das tödlich, alle diese "schönen Dinge"! Ach! Bilder! Das ist ja zum Verrücktwerden [...]‹ Schließlich erklärte sie das ganze Leben für eine unsäglich fade Angelegenheit, ohne daß man recht wußte, woher sie eigentlich den vergleichenden Maßstab nahm*«.

Im Spiel- und Rauchzimmer starrt Charlus ein attraktives Brüderpaar an. Auch der todkranke Swann steht hier, in dessen Gesicht »*unter der Einwirkung der Krankheit ganze Partien verschwunden waren, wie von einem schmelzenden Eisblock große Komplexe absinken*«. Aber bevor Marcel ihn begrüßen kann, legt ihm Saint-Loup die Hand auf die Schulter, er ist für zwei Tage in Paris. Inzwischen ist er über Rahel hinweg und geht sogar so weit, statt die Tugend der Frauen zu verehren, »*das Lob des Bordells anzustimmen*«. Er wundert sich, was für eine Liebhaberin sein Onkel, der Herzog von Guermantes, sich diesmal ausgesucht hat, »*wie alle Leute, die nicht verliebt sind, stellte er sich vor, daß man die Person, die man liebt, nach tausend Überlegungen und nach Maßgabe ihrer verschiedenen Vorzüge und Eignungen erwählt*«.

Unklares Inventar:
– Zinshahn, »*all diese alten Roués*«.

95. Mo, 23.10., Berlin

Nachruftermin bei Frau Vampiro in Westend, wo die Geschäfte noch »Schuh Treff« und »Mode Truhe« heißen und ältere Ehepaare im Schaufenster von Tchibo die Angebote studieren. Frau Vampiro hat den Verstorbenen in den letzten Jahren gepflegt, und ich muß nun für die schreiende Ungerechtigkeit büßen, daß er mit seinen sechsundneunzig Jahren zuletzt fast vergessen war, jedenfalls herrscht sie mich immer wieder an. Sie stammt aus Sizilien, ihr Vater ist früh gestorben, und sie hat »meinä Arrnoldä« als ihren neuen Vater adoptiert, spätestens als sie herausgefunden hatte, daß er im selben Jahr geboren war und auch im selben Monat und sein zweiter Name der gleiche war wie der ihres Vaters. Außerdem habe er, genau wie ihr Vater, aus Höflichkeit immer etwas auf dem Teller übriggelassen, es bestehe also kein Zweifel, daß hier das Schicksal am Werk sei: »Verstehen ßie!?«

Mich trifft es ja immer wie der Schlag, wenn ich mich bei diesen Nachrufterminen in den Wohnungen der Hinterbliebenen in einer Hölle aus Rauchglas, Goldrahmen und Keramik-Nippes wiederfinde. In Wirklichkeit lebt wohl der größte Teil der Menschheit unter solchen Bedingungen, wir sind da keinen Schritt weitergekommen. Bei Frau Vampiro habe ich etwas Neues gesehen: auf der Sofakante arrangierte Porzellantassen, wobei nur die mittlere und die beiden äußeren aufrecht stehen, die anderen liegen seitlich auf der Untertasse, die Öffnung zum Betrachter.

Ich bekomme dicke Aktenordner mit Korrespondenzen des Verstorbenen vorgelegt, der als Zeitungskritiker und Feuilletonjournalist gearbeitet und Bücher über Thomas Mann, Rilke und Virchow geschrieben hat. Durchschläge von Briefen aus der Nachkriegszeit an Hans Mayer und Thomas Mann (»Wir wollen deutsche Weltbürger sein und sehen mit ihnen, Herr Thomas Mann, in einem Weltstaat den letzten Versuch, unseren Planeten und seine Kultur zu erhalten.« Ob Thomas Mann sich damit einverstanden erklärt hat, die Aufgabe zu übernehmen, den Planeten zu erhalten?) So ist das: am Ende bleiben Aktenordner, die niemand durchsehen will. Sogar eine Leserpostkarte von '49 an die Redaktion der Zeitung ist sorgsam mit eingeheftet, ein »Oscar Bauernfeind« aus Bayern äußert sich zu einem Artikel des Verstorbenen über die deutsche Kollektivschuld: »Ist ihnen noch nicht klar, daß der einzige Kampf der des Untermenschen gegen den Kulturmenschen ist?« Neben der Briefmarke klebt eine Zwei-Pfennig-»Notopfer Berlin«-Steuermarke, damals hat man die Stadt als Revanchist aus dem Bundesgebiet wenigstens noch finanziell unterstützt.

Wenn man so alt wird, ist die Gefahr groß, seinen eigenen Ruhm zu überleben: »Wer sprichtä über meinä Arrnoldä? Juberall steht juber dieße Mann aus Turkei, der Preis bekommt für *ein* Buch nur! Aber meinä Arrnoldä hat ßoviel gemacht für dieße Berlin, dieße Berlin hat immer gerufen, verstehen ßie?« Damit meint sie, daß er immer zurückgekehrt sei in diese Stadt, auch nach der ersten Verhaftung in der Nazizeit. Und das mit der fehlenden Würdigung soll ich nun ändern, indem ich seine Bibliothek auswerte, dutzende Aktenordner mit Korrespondenz durchsehe und die handschriftlichen Tagebücher abtippe und redigiere.

In seinen letzten Jahren hat sie ihn jeden Abend ins Bett gebracht, und mit ihm »Guten Abend, gute Nacht« gesungen. Er habe sich immer wieder bitter beschwert, daß seine Mutter im Ersten Weltkrieg sein Schaukelpferd versetzt habe. Über die Schläge in den achtzehn Monaten Haft unter den Nazis hat er dagegen nicht gesprochen, niemand wußte, daß er viermal im Gefängnis war. Seinen Peiniger hat er einmal nach dem Krieg in der U-Bahn gesehen und laufen lassen.

Mit der jüngeren Schwester, die im Erdgeschoß wohnt, hat er sich anscheinend nicht verstanden, er war der Schöngeist, der sich mit Geldfragen und Ämtern nicht befassen wollte, und sie hat sich um das Haus gekümmert. Weil es am Ende mit ihr zu juristischem Geplänkel um das Erbe kam, hat er beschlossen zu sterben und nichts mehr gegessen, sonst hätte er hundert werden können.

Auf dem Rückweg durch Westend kommt bei mir angesichts der unverschämt prächtigen Villen ein erfrischender Sozialneid auf. Ich habe noch nie darüber nachgedacht, so eine Villa zu besitzen, also habe ich das auch noch nie vermißt, aber ich habe früher auch nie darüber nachgedacht, mir einfach, wie letzte Woche wieder, den guten Ziegenkäse zu leisten. Ich muß eigentlich nur zehntausend dieser Nachrufe schreiben und das Geld sparen, dann kann ich mir meine Villa kaufen, also cirka dreißig Jahre lang jeden Tag ein Nachruf – andere arbeiten härter.

Was muß man tun, damit man nicht vergessen stirbt? Seine Bücher haben nicht gereicht, auch nicht das Bundesverdienstkreuz und der Status eines Verfolgten des Naziregimes. Die Redaktion seiner Zeitung, für die er dreißig Jahre gearbeitet hat, war erstaunt: »Ach, der hat noch gelebt?« Man muß also rechtzeitig sterben, damit diejenigen, die die Nachricht interessieren könnte, es noch erleben. Man muß machtbewußt sein und sich Einfluß in Institutionen verschaffen, um den Nachwuchs fördern zu können, der einem dann ewig dankbar ist und sich um den Nachlaß kümmert. Man muß, anders als er, viele Kinder kriegen. (Warum er keine Frau und keine Kinder hatte, konnte ich ja schlecht fragen. So wie alles, was einen Menschen wirklich erklärt, niemanden etwas angeht.)

Ich lebe ja immer noch in der Vorstellung, Deutschland werde einst meine Agonie mit angehaltenem Atem begleiten wie das jugoslawische Volk die von Tito. Monatelang hat sich sein Sterben hingezogen, täglich wurde darüber in den Nachrichten berichtet. Es gibt ein Bild mit jugoslawischen Fußballspielern, die auf die Meldung von seinem Tod hin unter Tränen auf dem Rasen zusammenbrechen. Als der Zug mit seinem Leichnam von Ljubljana nach Belgrad fuhr, standen die Menschen an der Strecke Spalier.

Auf dem Spandauer Damm endlich wieder häßlichere Häuser, sogar mehrere Bestatter nebeneinander, unter anderem der-billigbestatter.com, bei dem man aber auch mindestens 750 Euro einplanen muß. Inzwischen ist es dunkel geworden, und ich grüble immer noch über die richtige Strategie, unsterblich zu werden. Die Schönheit der heranrasenden Autos auf der Stadtautobahn.

Sodom und Gomorra, S. 130–150

Marcel möchte doch gerne von Swann persönlich hören, wie dessen Unterredung mit dem Prinzen abgelaufen ist und ob das Gerücht stimmt, bei ihm zu Hause sei ein den Prinzen parodierender Einakter von Bergotte aufgeführt worden. Swann berichtet Wort für Wort, was der Prinz zu ihm gesagt hat, und man bewundert sein Gedächtnis und die Bereitschaft des Zuhörers, sich das so haarklein wiedergeben zu lassen, wo man heute nur sagen würde: »Na, er hat sich über Dreyfus ausgelassen und bla…« Außerdem wird Swann in seiner Erzählung immer wieder unterbrochen und dann muß er sich setzen: *»Er war bei jenem Grad der Ermüdung angelangt, in dem der Körper des Kranken nur noch eine Retorte ist, in der man chemische Reaktionen beobachten kann.«*

Charlus zieht Marcel mit Madame de Surgis in eine Nische, in die sich auch Madame de Saint-Euverte klemmt, was Charlus Gelegenheit gibt, vor der Surgis mit Bosheiten über die Saint-Euverte zu glänzen: *»Die Nähe dieser Dame genügt, damit ich mir plötzlich sage: ›Ja, zum Kuckuck, sollte* *meine Abortgrube schadhaft geworden sein?‹«* Aber die so Beleidigte ist viel zu versnobt, um sich zu wehren: »*Leider sind in der Gesellschaft ebenso wie in der Welt der Politik die Opfer so feige, daß man den Henkern nicht lange böse sein kann.*« Sie bittet Marcel sogar, Charlus am nächsten Tag zu ihrer »*Garden-party*« mitzubringen.

Der müde Swann spricht wieder über seine überstandenen Eifersuchtsgefühle. Marcel kennt so etwas noch nicht: »*Jetzt, wo ich etwas zu müde bin, um mit anderen zu leben, scheinen mir diese alten, mir so ganz allein zugehörigen Gefühle, die ich durchlebt habe, wie es nun einmal die Manie aller Sammler ist, unerreichbar an Wert. Ich schließe mir selbst mein Herz auf, als wäre es so etwas wie eine Vitrine, und betrachte eine nach der anderen alle die Arten von Liebe, welche die anderen nicht kennengelernt haben.*«

Ja, der Mensch ist gegen Ende seines Lebens eine unscheinbare Hülle für wertvolle, anderen nicht zugängliche Erinnerungen, ein Museum ohne Besucher.

Währenddessen baggert Charlus bei den Söhnen von Madame de Surgis. Arnulphe erklärt mit lispelnder Stimme, »*die zu beweisen schien, daß mindestens seine geistige Entwicklung noch nicht vollständig abgeschlossen war*«, daß er sich eher als für Balzac »*für Golf, Tennis, Fußball, Wettlauf und vor allem Polo*« interessiere.

»*›Ah!‹ antwortete Monsieur de Charlus mit dem entzückten Lächeln des Intellektuellen, der sich nicht einmal die Mühe macht, seine Ironie zu verbergen, sich aber noch dazu den anderen so überlegen fühlt und auch die Intelligenz der keineswegs Dummen derart verachtet, daß er kaum zwischen ihnen und denen einen Unterschied macht, die es hochgradig sind, in dem Augenblick, wo sie ihm auf andere Art angenehm sein könnten. Monsieur de Charlus fand, daß er den Grafen Arnulphe, indem er mit ihm sprach, mit einer Rangerhöhung bedachte, die jedermann erkennen und ihm neiden müsse.*« Manchmal sind die Rangerhöhten aber gar nicht so blind, zumindest reicht es dafür zu argwöhnen, man nehme sie nicht ernst. Man muß Witze nicht verstehen, um zu bemerken, daß es sich um Witze gehandelt hat.

Swanns Müdigkeit ist echt und nicht nervös: »*Gewiß gehörte Swann nicht durchaus zu jenen unermüdlichen Erschöpften, die bei ihrer Ankunft erledigt, zerschlagen, sich kaum noch aufrecht zu halten vermögen, dann aber in der Unterhaltung sich von neuem beleben wie eine Blume, die man ins Wasser stellt, und stundenlang aus ihren eigenen Worten Kräfte schöpfen, die sie leider auf ihre Zuhörer nicht zu übertragen imstande sind, so daß diese in dem Maße abgespannter wirken, wie der Sprecher munterer wird.«* Aber die größte Müdigkeit und die Nähe des Todes verhindern nicht, daß man an einem Dekolleté nicht ohne hineinzulugen vorbeigehen kann: »*Die Marquise kehrte sich um und wendete ein Lächeln und einen Händedruck an Swann, der sich erhoben hatte, um sie zu begrüßen. Doch fast ohne jede Verhüllung – vielleicht weil er bei seinem stark vorgeschrittenen Leben durch Gleichgültigkeit gegenüber der Meinung anderer die moralische Kraft oder durch Übersteigerung der Begehrlichkeit und ein Nachlassen der Fähigkeit, sie zu verbergen, das physische Vermögen dazu verloren hatte – ließ Swann, sobald er die Hand der Marquise ergriff und aus der Nähe, von oben herab ihres Busens ansichtig wurde, einen aufmerksamen, ernsthaft vertieften, ja beinahe besorgten Blick in ihren Taillenausschnitt hinabgleiten, und seine Nasenflügel, vom Duft der Frau berauscht, erbebten wie ein Falter, der sich auf der von weitem erspähten Blume niederzulassen gedenkt. Jäh riß er sich aus dem Schwindel zurück, der ihn erfaßt hatte, und Madame de Surgis selbst erstickte, wenn auch befangen, ein tiefes Aufatmen, so ansteckend kann zuweilen physisches Begehren sein.«* Was für eine berührende Szene. Das Spiel mit den Nasenflügeln muß ich noch üben, aber ich kann schon sehr gut besorgt in Taillenausschnitte blicken. Und das bei einem Mann, der jederzeit sterben kann! Swann hofft eigentlich nur, noch das Ende der Dreyfus-Affäre zu erleben, er möchte die Gerechtigkeit siegen sehen.

Swann lädt Marcel ein, doch wieder einmal Gilberte zu besuchen. Aber: »*Ich hatte keine Lust, sie zu sehen, aber auch nicht einmal mehr, ihr ausdrücklich darzutun, daß sie zu sehen mir nicht mehr wichtig sei, was ich mir doch vorgenommen hatte, als ich sie noch liebte, ihr täglich zu verstehen zu geben, sobald ich sie einmal nicht mehr lieben würde.«* Traurig, wenn einem die Genugtuung am Ende gar keine Freude mehr macht.

Katalog kommunikativer Knackpunkte:

- Heimliche Liebe: »*Ich hatte wohl mit Staunen bemerkt, daß, wenn ich etwas erzählte, was mich selbst betraf, und mitten in meinem Bericht Monsieur de Charlus erwähnte, die Aufmerksamkeit der Prinzessin auf der Stelle in der Weise intensiver wurde wie die eines Kranken, der, solange wir von uns selbst sprechen, folgerichtig zerstreut und lässig zuhört, dann aber plötzlich den Namen des Übels zu vernehmen glaubt, von dem er selbst betroffen ist, was ihn dann gleichzeitig interessiert und freut.«*

Verlorene Praxis:
- Arm auf seinen Besitzungen leben.
- Die schlaffen Zügel seiner Aufmerksamkeit von neuem in die Hand nehmen.

Selbständig lebensfähige Sentenz:
- »*Von einem gewissen Grad der Abspannung an, ob diese nun durch Alter oder Krankheit verursacht ist, wird jedes Vergnügen, das auf Kosten des Schlafes geht oder sich auch nur außerhalb unserer Gewohnheiten abspielt, jede Regelwidrigkeit, zu schwerem Mißvergnügen.*«

96. Di, 24.10., Berlin

Die Behinderten, die in Amerika an den Supermarktkassen als Einpacker arbeiten, sollen besonders gerne runde und glatte Gegenstände anfassen, weshalb sie immer als erstes nach den Tomaten greifen und sie ganz nach unten packen.

Die nordkoreanische Regierung hat festgestellt, daß lange Haare die Gehirnaktivität behindern, weil sie den Nerven Sauerstoff entziehen. Man muß den unberechenbaren, im Grunde literarischen Einfallsreichtum von Diktatoren bestaunen.

In der Kaufhalle die Betreiberin vom Copy-Shop gesehen und kurz überlegt, ob ich sie um ein Autogramm bitten soll, schließlich ist sie ja so eine Art Prominente in unserer Gegend.

Nachmittags im Puppentheater, wo »Die drei Schweinchen« gegeben werden. Der Erzähler hebt an: »Wir werden heute das Märchen von den drei Schweinchen und dem Wolf hören.« Daraufhin fängt ein Kind an zu heulen und muß rausgetragen werden. Ob die Eltern sauer sind, weil das Eintrittsgeld verschwendet wurde? Die Wirkung des Stücks hätte ja die des Titels kaum übertreffen können.

Gegenüber vom Café steht ein Vietnamese. Überlege, ob er sich freuen würde, wenn ich ihm zeige, daß in der Zeitung etwas über Asien steht.

Nachdem ich meine Notizen übertragen habe, fühle ich mich sofort besser, als wären Gedanken Geschwüre, die man sich rausoperieren muß. Und ich dachte schon, das Fertig-Sushi von Extra sei abgelaufen gewesen. Manchmal, wenn mir auffällt, daß ich schon seit einer Weile völlig beschwerdefrei bin, weine ich vor Rührung und muß aus dem Café getragen werden. Vielleicht haben meine Nerven zuwenig Sauerstoff, weil mir überall Haare wachsen? Wie auch immer: Ich würde keinen Fremden in diesen Körper lassen, er würde unter den dort herrschenden Bedingungen zugrunde gehen. Man muß schon dazu geschaffen sein, es hier drinnen auszuhalten. Alles, was ich tun kann, um mir etwas Trost zu verschaffen, ist, von Zeit zu Zeit eine Tomate zu streicheln.

Die Prinzessin von Guermantes: »*Ich finde, daß eine Frau, die sich in einen Mann von Palamèdes außerordentlichen Qualitäten verliebt, die Dinge von einer genügend hohen Warte ansehen und hinlängliche Ergebenheit beweisen sollte, um ihn im ganzen hinzunehmen und zu verstehen, so wie er ist, seine Freiheiten und seine Launen zu respektieren und einzig zu versuchen, alle Schwierigkeiten für ihn aus dem Wege zu räumen und in seinem Kummer zu trösten.*«

Den Satz werde ich mit Draht in eine Holzscheibe brennen und mir um den Hals hängen, bis die Richtige anbeißt.

Den Herzog freut, daß sein Bruder Charlus so nett mit seiner Geliebten, Madame de Surgis, geplaudert hat. Er wird kurzzeitig von Rührung übermannt und lobt ihn, »*ebenso wie man in der Absicht, für die Zukunft heilsame Gedächtnisassoziationen zu schaffen, einem Hund Zucker gibt, nachdem er ›schön gemacht‹ hat*«. Er ahnt ja nicht, daß Charlus nur einen Weg gesucht hatte, an die beiden prächtigen Söhne der Madame zu kommen. Was würde ich davon halten, wenn mein Bruder die Tochter meiner Geliebten verführt? Und würde es etwas ändern, wenn er nur ihren Sohn verführen würde?

Endlich verlassen wir mit Herzog, Herzogin und Marcel diese öde Soiree, nur noch die Treppe gilt es hinabzusteigen und dann schnell in den Wagen, man muß ja zum Glück nicht erst die Mäntel aus dem Jackenhaufen im Flur vorkramen und sich durch die Schlange der vor dem Klo wartenden Betrunkenen zur Haustür drängeln, man muß auch nicht befürchten, jemand könnte die Flasche »Le Patron« im Rucksack bemerken – die man vorhin in weiser Voraussicht noch nicht ausgepackt hatte, es war ja genug zu trinken da –, nein, damals war das Leben noch unkomplizierter: »*Es wurde gemeldet, daß der Wagen vorgefahren sei.*«

Nur noch eine letzte Madame müssen wir auf der Treppe abfertigen, eine, die, nachdem sie jahrelang nicht zur Prinzessin eingeladen worden ist, nunmehr stets so spät kommt, um sich den Anschein zu geben, auf die Soiree keinen Wert zu legen und lediglich zu erscheinen, um zu einem Zeitpunkt, da die meisten Eingeladenen schon gegangen sind, den Gastgebern einen Besuch abzustatten. Auch sie hat von Oriane bestimmte Phrasen übernommen, versetzt sie aber »*mit ihrer natürlichen Sanftmut und einem Ausdruck der Aufrichtigkeit […], den ein gewisser kraftvoller, von ferne an deutsche Provenienz gemahnender Einschlag ihrer zärtlichen Stimme gab«.* Aufrichtigkeit, dafür stehen wir also im französischen Roman.

Im Wagen gelten Marcels Gedanken nicht der neben ihm sitzenden Herzogin, sondern den Bordellmädchen, die ihm Saint-Loup in Aussicht gestellt hat. In seiner Phantasie *»verdichteten sich in diesen beiden Personen, die zu einer verschmolzen, alle Liebeswünsche, welche mir täglich so viele Schönheiten zweier verschiedener Klassen einflößten, einerseits die Gewöhnlichen, Üppigen, die majestätischen Kammerfrauen aus großen Häusern, [...] andererseits jene jungen Mädchen, bei denen es mir manchmal genügte, ohne daß ich sie auch nur hatte vorübergehen oder -fahren sehen, ihren Namen in einem Ballbericht gelesen zu haben, damit ich mich in sie verliebte«.* In welchem Beruf darf man sich die gewöhnlichen, üppigen, majestätischen Kammerfrauen wohl heute vorstellen? Als Hockey-Spielerinnen? Oder als Aufgießerinnen in der Sauna?

Das Schöne an den Bordellmädchen ist, daß er jederzeit hingehen könnte! *»Ich schob die Stunde noch hinaus, in der ich mir dieses doppelte Vergnügen verschaffen wollte, so wie ich es mit dem Beginn der Arbeit tat, aber die Gewißheit, es mir verschaffen zu können, sobald ich irgend wollte, enthob mich fast der Notwendigkeit, es auch wirklich zu tun, wie man Schlaftabletten nur in Reichweite haben muß, damit man sie gar nicht braucht und auch so einschläft.«* Ich fühle mich ja auch viel ruhiger, seit ich neben diesem Etablissement wohne, in dessen Fenster steht: »Wir verwöhnen sie mit Massagen und vieles mehr.« Es genügt, es in Reichweite zu haben, man muß dann gar nicht mehr hingehen, um einschlafen zu können.

Am Eingang seiner Wohnung wird der Herzog von zwei Verwandten abgepaßt, die ihm schließlich doch noch die Nachricht vom Tod seines Vetters bringen. Jetzt gibt es eigentlich kein Entkommen, er ist zum Trauerschieben verdammt. Aber er reagiert geistesgegenwärtig, in der Art der nordkoreanischen Führungsriege nach dem Tod des geliebten Führers Kim Il-Sung: *»Er ist tot! Aber nein. Das ist bestimmt übertrieben!«* Der Herzog läßt sich von seinem Kostümball nicht abbringen, zu dem es später ja noch gehen soll. Ich frage mich, woher diese Herrschaften ihre Kondition nehmen, es ist 23.45 Uhr, sie kommen gerade von einer Soiree nach Hause und gehen gleich anschließend zu einem Kostümball?

Zu Hause erwartet Marcel jede Minute Albertine, eigentlich sollte sie schon da sein, er hatte sie doch herbestellt. *»Ich war entsetzlich beunruhigt, da mir Albertines Besuch jetzt um so wünschenswerter schien, je weniger sicher er war.«* Er kann nur warten und ist damit schon der Dumme, wie Roland

Barthes schreibt: »Die fatale Identität des Liebenden ist nichts anderes als dieses *ich bin der, der wartet.*« Trifft Albertine ein, so wird die Concierge den Lichtschalter für die Treppe bedienen, er muß also nur auf den Streifen gedämpftes Licht schauen, den die zu kleine Gardine der Glastür hereinfallen läßt. In diesem Moment »*bereitete mir die mögliche Entziehung eines einfachen physischen Genusses ein grausames seelisches Leiden*«. Es ist dasselbe Muster, wie früher, wenn Gilberte zu kommen zögerte. Das Telefon steht bereit, dessen Klingeln, damit es die Eltern nicht stört, durch ein Schnarren ersetzt worden ist. »*Aus Furcht, es nicht zu hören, rührte ich mich nicht. Meine Unbeweglichkeit war so vollkommen, daß ich zum ersten Mal seit Monaten das Ticktack der Wanduhr wahrnahm.*« Jede Errungenschaft der Technik kleidet unser Leid in ein neues Gewand: Auf einen Brief wartet man nur zu den Zeiten der Brieflieferung, auf einen Anruf kann man den ganzen Tag über warten, mit einem Handy sogar an jedem Ort der Welt. Die Möglichkeiten für unglücklich Verliebte, sich zu quälen, werden immer umfassender.

Als Françoise hereinkommt und etwas Belangloses zu ihm sagt, muß er fürchten, das Telefon nicht schnarren zu hören, und sein Gesicht wirkt so unglücklich, »*daß ich behauptete, ich verspüre rheumatische Schmerzen, um das Mißverhältnis zwischen meiner angeblichen Gleichgültigkeit und meinem leidenden Ausdruck zu erklären*«. Und das alles wegen »*der gleichen Albertine, an die ich während der Soiree bei den Guermantes keine drei Minuten gedacht hatte*«. Aber dann schnarrt es doch noch unverhofft, Albertine ist am Apparat. Er unterdrückt seine Freude und fragt in möglichst gleichgültigem Ton: »*Kommst du noch?*« »*Eigentlich ... nein, wenn du mich nicht absolut noch brauchst.*« Diese Frau weiß, wie man sich einen Platz in der Weltliteratur sichert!

Unklares Inventar:
– Ein königlicher Zelter, Cicisbeo.

Verlorene Praxis:
– »*Mit einem nicht unkleidsamen Ausdruck von Müdigkeit*« eine Treppe ersteigen.
– Mit einer »*dumpfen Entschlossenheit, sich nicht unterbrechen zu lassen*«, zwanzigmal wieder da anfangen, wo man stehengeblieben ist, und damit seiner Rede »*die unerschütterliche Solidität einer Bachschen Fuge*« verleihen.

97. Mi, 25.10., Berlin

Die Maus hakt, man muß sie immer ein paar Mal hin und herschieben, damit der Pfeil auf dem Bildschirm sich bewegt. Der Wasserkocher stellt sich nicht mehr von alleine aus. Der Duschkopf tropft. Der Schalter für das Deckenlicht in der Küche hat keinen Strom. Die Glühbirne vom Kühlschrank ist kaputt. Die Kindersicherung vom Gashahn reagiert erst nach zwanzig Sekunden. Im CD-Player schleifen die CDs. Der Brieföffner aus Ebenholz ist zerbrochen und mit Tesafilm geflickt. Vom verrosteten Wäscheständer werden meine weißen Hemden fleckig. Die Lehne vom Schreibtischstuhl fällt ab. Das linke Fenster vom Windows-Explorer ist seit einer Weile nur noch eine graue Fläche. Im Schnürsenkel ist ein Knoten, der beim Schleifebinden stört. Beim Plattenspieler muß man das Netzteil ziehen, weil sich der Tonarm sonst endlos auf die Platte senkt und wieder hebt. Und beim Anschalten muß man der Platte mit dem Finger Schwung geben. Der Stecker vom Kabel ist ein bißchen zu klein für den Rasierapparat und rutscht immer raus, außerdem ist der Schiebeschalter kaputt. Das Kabel vom Fön scheint gebrochen zu sein, man muß es zu einer Schlaufe drehen. Der Reißverschluß der Winterjacke ist seit zwei Jahren kaputt. Alle Hosen haben Löcher in den Taschen. Alle Stifte sind eingetrocknet oder klecksen. Der neue Bleistiftanspitzer ist schon beim ersten Durchlauf aus dem Gehäuse gebrochen. Den Wasserhahn von der Waschmaschine muß man zudrehen, weil die Maschine sich sonst bis zum Rand mit Wasser füllt. Von der Wäscheschranktür nur den kleinen Flügel aufmachen, weil sie sonst aufschwingt, der Riegel ist zu schwach für die schwere Tür. Die Heizuhr verstehe ich nicht, ich drehe immer das Ventil vom Heizkörper im Zimmer auf und zu, was man aber eigentlich nicht darf. Das Wasser von der Heizung hat weniger als ein Bar Druck, ich hätte einen Schlauch zum Befüllen, sagt der Gasmann, hab ich aber nicht und kann ich nicht. Die Klospülung muß man mehrmals drücken, bis das Wasser stoppt, sonst läuft es ewig weiter. Die rechte Dose von der Steckdosenleiste im Zimmer nicht benutzen, weil man den Stecker dort nur ganz schwer wieder rauskriegt. Wenn die vordere Fahrradleuchte nicht geht, muß man so lange an den Batterien drehen, bis sie doch geht, dann den Deckel ganz vorsichtig zuschieben. Der linke Reißverschluß vom Trinkgürtel ist eingerostet. Der teure MD-Player von Sony hat noch nie richtig funktioniert. Beim MP3-Player hatte die Buchse nach einem halben Jahr einen Wackelkontakt. Vorsicht mit dem Portemonnaie, die Münztasche scheint unten bald zu reißen. Die Tintenstandsmeldungen vom Drucker einfach ignorieren und »Abbrechen« drücken, bis er weitermacht. Die Vorhänge im Zimmer am besten so lassen, sonst reißt der Draht. Das Bügelschloß kann man über den Lenker hängen, die Halterung ist abgebrochen, hab ich ja erzählt.

Man könnte von seinen Geräten lernen, daß man umso weniger vermißt wird, je besser man seine Arbeit macht.

Sodom und Gomorra, S. 171–191

Wie soll man Druck auf das Objekt der Begierde ausüben, wenn man selbst der Bedürftige ist? Schnell stellt sich Aggressivität ein, und »*jetzt in meinem Zorn wollte ich sie mehr noch aus dem Bedürfnis, ihr Ungelegenheiten zu bereiten, als dem, sie zu sehen, dazu zwingen, daß sie zu mir käme*«. Trotzdem will Marcel Albertine auflaufen lassen, um erst ganz am Ende des Gesprächs einzuwilligen, daß sie kommen kann. Wenn er sich da mal nicht verkalkuliert … Die Geräusche, in der Leitung irritieren ihn, eine Fahrradklingel, eine singende Frau, ferne Militärmusik, alles Stückchen von Realität, »*etwa wie man mit einem Erdklumpen auch alle daran haftenden Gräser heimbringt*«.

Angeblich legt er keinen Wert darauf, daß sie noch kommt. Aber er wolle doch noch einmal festgestellt haben, daß es eigentlich abgemacht war, sie habe ja auch geantwortet »*Gut, es ist abgemacht.*« Darauf Albertine: »*Ich habe gesagt, es sei abgemacht, nur wußte ich nicht, was eigentlich abgemacht war.*« Man wird es nicht schaffen, eine Frau mit Argumenten in Verlegenheit zu bringen.

Er erhöht noch einmal den Einsatz, er wolle sie nicht nur heute Abend nicht mehr sehen, sondern »*jetzt habe ich diesen Abend durch dich verloren, laß mich wenigstens die nächsten Tage in Ruhe*«. In zwei bis drei Wochen habe er vielleicht wieder Zeit für sie. Allerdings wäre es natürlich traurig, sich im Unfrieden für so lange Zeit zu trennen, also, vielleicht könne sie ja doch noch schnell vorbeikommen, obwohl er eigentlich zu müde ist.

Das alles ist nur ein Vorgeschmack auf das, was ihm mit Albertine bevorsteht, das spürt er. Als sie eintritt, tut er so, als müsse er einen Brief schreiben. »*An eine hübsche Freundin, ihr Name ist Gilberte Swann. Kennst du sie nicht?*« Er ist gut beraten, das heute Vorgefallene erst einmal nicht weiter zu diskutieren: »*Ich wußte, ich würde ihr sonst Vorwürfe machen, und fürchtete, wir würden dann in Anbetracht der späten Stunde keine Zeit haben, uns hinlänglich auszusöhnen, um auch noch zu Küssen und Zärtlichkeiten überzugehen. Mit ihnen wollte ich daher gleich in der ersten Minute beginnen.*«

Eine Achatkugel von Gilberte, die mit seinem Interesse an dieser ihre fetischhafte Macht eingebüßt hat, überläßt er ohne weiteres Albertine. Später trinken sie kühlen Orangensaft, der ihm fast noch besser schmeckt als ihre Küsse.

Im weiteren folgt die Beschreibung vom Aufstieg und Niedergang bestimmter Salons, wie zum Beispiel Odette es geschafft hat, mit dem ihren Orianes zu übertrumpfen, denn die Salons haben ihre Biographie. Man kann schon Erfolg haben, nur weil man neu ist. »*So findet sich jede Epoche in neuen Frauen, in einer neuen Gruppe von Frauen personifiziert, die, aufs engste mit den letztaufgetauchten Gegenständen der Neugier verknüpft, in ihren Toiletten einzig und gerade in diesem Augenblick wie eine unbekannte Gattung erscheinen, die aus der jüngsten Weltkatastrophe hervorgegangen ist.*« – Und welche Frau personifiziert unsere Epoche?

98. Do, 26.10., Berlin

»Allein machen sie dich ein«, der Song klingt mir immer noch im Ohr und ruft mich regelmäßig aus meiner selbstgewählten Isolation zurück in die Arme des Kollektivs. Warum immer alles alleine machen? Man muß delegieren können, sonst wäre Jesus nie für uns gestorben. Deutschland steckt voller großartiger, hilfsbereiter Autoren. Heute habe ich mir einen Gastbeitrag von Kathrin Passig gewünscht, und sie hat sich nach tausend Ausflüchten sofort einverstanden erklärt. Ich mußte ihr nur versprechen, dafür ihr nächstes Buch zu schreiben, und das war es mir natürlich wert.

Schon frühmorgens fühle ich mich angesichts der Aufgabe, heute Jochen Schmidt zu sein, mutlos und überfordert. Ein guter Anfang, das geht dem echten Schmidt sicher genauso. Mit dem Frühaufstehen fängt es schon an, denn anders als ich ist Schmidt ein disziplinierter Kulturschaffender; vermutlich folgt dann ein Tag voller Liegestütze und Empfindsamkeiten. Aber ich habe einen Startvorteil: Ich kann viel schneller lesen als Schmidt und daher das Proust-Pensum, für das er angeblich jeden Tag mehrere Stunden benötigt, in zehn Minuten bewältigen. Natürlich mache ich auch keine Anstreichungen, vielleicht ist mein Germanistikstudium deshalb so unbefriedigend verlaufen.

In der so eingesparten Zeit könnte man jetzt eigentlich doch noch ein paar Stunden schlafen, aber ich habe zu tun. Ich muss mich der Welt stellen und aufmerksam notieren, was mir Grund zum Mißmut gibt. Angefangen bei dem Wasserfleck an der Decke, der sich zum Glück direkt über meinem Kopfkissen befindet. So kann ich die erste Kritik an der Welt bereits im Liegen üben. Der Wasserfleck ist vor mehreren Monaten aufgetaucht, und er wird unleugbar größer. Außerdem schimmelt er, und ich frage mich jeden Morgen, ob die Schimmelsporen wohl unablässig auf mein Gesicht herabrieseln und mich im Schlaf vergiften. Wenn es so ist, bin ich verloren, denn die schwierigen Wasserfleckumstände machen eine Beseitigung des Problems unmöglich, jedenfalls für mich, und das selbst an den Tagen, an denen ich nicht Jochen Schmidt bin.

Ich sollte den Wasserfleck meinem Vermieter zeigen, was nicht geht, denn dazu müsste ich aufräumen und putzen. Bis dahin könnte ich wenigstens die schimmelnde Tapete entfernen, aber die lange Leiter steht im Büro. Ich kann die Leiter nicht nach Hause tragen, denn sie ist voll weißer

Leimfarbe. Und angenommen, es gelänge mir, die Leiter in Kreuzberg zu waschen (was angesichts der sinkenden Tagestemperaturen immer unwahrscheinlicher wird) und nach Neukölln zu tragen, könnte ich sie nicht unter dem Fleck aufstellen, denn dort ist ja schon mein Kopfkissen. Das Kopfkissen gehört zu einem Wasserbett, und ein Wasserbett ist eine Immobilie. Eventuell müsste man zuerst das Wasser aus dem Wasserbett ablassen, was gar nicht schaden könnte, denn da ich viel zu selten daran denke, das vorgeschriebene Desinfektionsmittel hineinzugeben, ist das Bett mit einer trüben, rötlichen Algenbrühe gefüllt. Allerdings braucht man einen Schlauch und eine Pumpe, um das Wasserbett auszuleeren. Der Wasserfleck hat die Form von Frankreich. Bald wird er auch die Größe von Frankreich haben.

Ich beschließe, gar nicht erst aufzustehen. Meine derzeitige Lage, gesandwicht zwischen Schimmelpilzen und Algen, bietet die besten Voraussetzungen für eine künstlerisch fruchtbare Schwermut. Wenn ich die Duden-Regeln 72, 82 und 112 konsequent mit Füßen trete, wird schon bald niemand mehr einen Unterschied zwischen mir und Jochen Schmidt feststellen können.

Sodom und Gomorra, S. 191–210

Die verschiedenen Salons werden ausführlich gegeneinander abgewogen. Lebe ich in so viel einfacheren Zeiten, oder entgehen mir nur im Unterschied zu Proust die Feinheiten des gesellschaftlichen Umgangs? Vielleicht sollte man seltener unüberlegt bei anderen erscheinen, man wird dadurch schließlich »*selbst eine andere*«. Attraktiv an den Salons: Es gibt eine festgelegte Zeit, zu der die Gäste wieder gehen müssen: Madame Swann zum Beispiel empfängt im Winter von sechs bis sieben Uhr.

Zu Madame de Montmorency geht Marcel offenbar nur wegen einer Statuette, dem großen, feuchten, hallenden, echoerfüllten Treppenhaus, den mit Zinerarien gefüllten Vasen im Vorzimmer und dem Scheppern eines Glöckchens. Nur in einer Existenz des vollkommenen Müßiggangs kann man dem Scheppern der Glöckchen die Aufmerksamkeit widmen, die es verdient. Man sollte viel weniger arbeiten, der Meinung war auch Thoreau, der ganze Tage untätig auf seiner Türschwelle herumsaß: »*There were times when I could not afford to sacrifice the bloom of the present moment to any work, whether of the head or hands.*« Vielleicht waren die diversen Revolutionsbestrebungen, die Reichen zur Arbeit anzuhalten, verfehlt, und man müsste sie statt dessen zu konsequentestem Müßiggang zwingen. Ich notiere das mal für die Zeit meiner kommenden Schreckensherrschaft über Deutschland.

Jetzt geht es wieder nach Balbec. Anscheinend sind seit dem letzten Aufenthalt zwei Jahre verstrichen, eins davon muss ich verpasst haben, und alles Zurückblättern bleibt fruchtlos. Auf der Suche nach Prousts verlorener Zeit, eine neue Metaebene. Der Hoteldirektor überschlägt sich diesmal vor Zuvorkommenheit, aber: »*Je mehr neue Sprachen er lernte, desto schlechter sprach er die früheren.*« Es folgen seitenweise Beispiele für die Fehler des Hoteldirektors, die einen besserwisserischen Beigeschmack haben, insbesondere dort, wo sie noch extra erläutert werden: »*Er bringt uns wirklich zu sehr unter die Kutte (er meinte Knute) der Deutschen.*« Gehen wir zu Prousts Gunsten davon aus, dass hier nur der Erzähler in ein ungünstiges Licht gerückt werden soll.

Beim letzten Aufenthalt hatte Marcel in Balbec einen von Nebel durchwogten Ort gesucht, diesmal kehrt er zurück, weil er einen strahlendhellen Ort wiederfinden will, beides erweist sich als trügerisch: »*Die Bilder, welche die Erinnerung auswählt, sind ebenso willkürlich, ebenso enggefaßt, ebenso ungreifbar wie die, welche die Einbildungskraft gestattet und die Wirklichkeit dann zerschlagen hat. Es besteht kein Grund, weshalb ein wirklicher Ort außerhalb von uns mehr Bilder der Erinnerung als des Traums in sich enthalten soll.*«

Er ist unter anderem wieder dort, weil die Verdurins eines der Cambremerschen Schlösser für den Sommer gemietet haben. Es ist immer unangenehm, nicht zu wissen, wie man Gelesenes aussprechen soll, und sei es nur in Gedanken. Was tun mit den Cambremerschen Schlössern? Vielleicht einfach auf die klassische Kindertechnik zurückgreifen: Bei der Erstlektüre von »Krieg der Knöpfe« hießen meine Helden schließlich auch noch Lehbrack und La Krique. Für die schwere Handhabbarkeit der Cambremerschen Schlösser entschädigt aber der Name der Mietsache: La Raspelière. Wenn in der Langnese-Entwicklungsabteilung jemand bei Trost wäre, hätten wir statt »Cremissimo« und »Schmeckerfatz« längst ein Eis dieses Namens.

Marcel hat rechtzeitig Erkundigungen eingezogen, ob die ebenfalls nach La Raspelière eingeladene Baronin Putbus ihre Jungfer mitzunehmen gedenkt: »*Von da an war ich ruhig und zufrieden, dies Eisen im Feuer zu haben*«, und das, obwohl »*keine wesensmäßige Verbindung zwischen der Jungfer und der Region von Balbec*« besteht. Egal, denn es wird »*das Ge-*

fühl für die Wirklichkeit dort nicht [...] durch die Gewohnheit abgeschwächt sein«, anders als in Paris, wo »*die Lust in der Gesellschaft einer Frau*« ihm nicht »*inmitten der alltäglichen Dinge die Illusion des Zugangs zu einem neuen Leben*« verschaffen kann. Aber warum eigentlich nicht? Um einmal vom Wechsel der Kommentatorenperspektive Gebrauch zu machen, möchte ich vermuten, dass Marcel sich nicht sehr für das interessiert, was innendrin ist in den Frauen, sondern eigentlich nur für ihre wesensmäßigen Verbindungen zu Regionen. Klar, dass es dann nicht klappt mit dem Zugang zum neuen Leben.

Aber alle Frauenangelegenheiten treten jetzt erst einmal in den Hintergrund, denn obwohl Marcel sich sehr langsam und vorsichtig bückt, um die Schuhe auszuziehen, wird er im selben Moment von einer »*unwillkürlichen und vollständigen*« Erinnerung an seine Großmutter übermannt, die ihm vor etwa tausend Seiten am ersten Abend in Balbec die Stiefel aufgeknöpft hat. »*Und so, in einem wahnsinnigen Verlangen, mich in ihre Arme zu stürzen, erfuhr ich erst jetzt, in diesem Augenblick, mehr als ein Jahr nach ihrer Beerdigung – auf Grund jenes Anachronismus, durch den so oft der Kalender der Tatsachen mit dem Kalender der Gefühle nicht zusammenfällt –, daß sie gestorben war.*«

In der Folge wird ausführlich gelitten, das schlechte Gewissen über alles der Großmutter Angetane quält ihn, aber auch dieses Leiden ist ein weitgehend selbstbezogenes, »*ich wollte nicht nur leiden, sondern auch die Originalität meines Leidens achten, so wie ich es plötzlich und unwillkürlich erlebt hatte, ich wollte es auch weiter erleben*«. Er hofft, aus diesem »*so schmerzlichen und im Augenblick unbegreiflichen Eindruck*« eines Tages ein wenig Wahrheit zu ziehen, und begeistert sich an dem eigenartigen, spontanen Eindruck, »*den nicht mein Verstand in mich eingezeichnet und mein Kleinmut abgeschwächt hatte*«. Wäre das Buch fünfzig Jahre später entstanden, dürfte man für später mit Einblicken in ein höchst kompliziertes Sexualleben rechnen, voll vom Verstand eingezeichneter und vom Kleinmut abgeschwächter Eindrücke.

Es folgt ein langer Traum, in dem Marcel vergebens nach seiner Großmutter sucht, die »*noch existierte, aber mit einem verminderten Leben, das blaß wie das der Erinnerung war*«. Ich träumte kürzlich von Günter Grass und seiner SS-Mitgliedschaft. »Hoffentlich hat er sich nicht mit der Begründung zu entschuldigen versucht, es sei ja alles lange her«, dachte ich im Traum besorgt, »als Schriftsteller muss er doch wissen, dass alles gleichzeitig stattfindet.« Aber wie Marcel, dessen Traum mit den Worten

»*Hirsch, Hirsch, Francis Jammes, Gabel*« endet, erging es auch mir: Schon war der Traum vorbei, »*und wenn ich nun wiederholte: ›Francis Jammes, Hirsch, Hirsch‹, so bot mir die Folge dieser Worte nicht mehr den durchsichtigen Sinn und die Logik dar, die sie so natürlich für mich vor einer Sekunde noch gehabt hatten, an welche ich mich aber nicht mehr zu erinnern vermochte*«.

Unklares Inventar:
– Schon wieder Zinerarien.

Verlorene Praxis:
– Aus seinen Augenlidern ein paar Tropfen auf einen Topf mit Vergißmeinnicht fallen lassen.

Selbständig lebensfähige Sentenz:
– »*Denn mit den Störungen des Gedächtnisses ist eine Intermittenz, ein Versagen auch des Herzens verbunden.*«

99. Fr, 27.10., Berlin

Man verbringt seine Zeit damit, von etwas anderem als dem zu träumen, womit man seine Zeit verbringt. Jeder andere Beruf scheint attraktiver als der des Schriftstellers. Das Beiläufige an bestimmten professionellen Gesten hat mich immer fasziniert:

- Der Gitarrist, der – anscheinend als einziger völlig ungerührt von der Ekstase, in die er den Saal versetzt – mitten im Solo ganz sachlich mit dem Fuß eines der Effektpedale betätigt.
- Der Cowboy, der seinen Hut in die Stirn oder in den Nacken schiebt, was beides toll aussieht und bei langen Ritten abwechselnd für Abwechslung sorgt.
- Der Busfahrer, der die Hand hebt, um den entgegenkommenden Kollegen zu grüßen.
- Der Chirurg, der sich nach acht Stunden Operieren die blutigen OP-Handschuhe von den Händen zerrt, während ihm die Schwester berichtet, daß seine Frau angerufen hat, um ihm mitzuteilen, daß sie sich scheiden lassen will.
- Der Special Agent, der mit beiden Händen den Revolver haltend eine Seitwärtsrolle aus der Deckung heraus macht und, auf der anderen Seite des Flurs an die Wand gekauert, achtlos das leere Magazin wegwirft.
- Der Taxifahrer, der das Funkgerät aus der Halterung nimmt und durchgibt, daß er die Fuhre (?) übernehmen kann. (Aber was ist, wenn mich das plötzlich so eifersüchtig macht, daß ich ihn immer neue Fahrtziele ansteuern lasse?)
- Der Fußballtrainer, der seinem sich zu ihm hinüberbeugenden Assistenztrainer zuflüstert, welche Spieler er zum Warmmachen schicken soll.
- Der Fachverkäufer, der auf dem Weg zum nächsten Kunden kurz bei einem anderen Kunden stehenbleibt, um ihm zu sagen, daß dieses Modell nicht mehr hergestellt wird.
- Der Kapitän, der im Sturm das Ruder herumreißt wie ein Glücksrad.

Sodom und Gomorra, S. 210–232

Der erste Aufenthalt an einem Ort ist von einer anderen Qualität als alle folgenden. Marcel hatte die Fremdheit der Möbel in seinem Zimmer in Balbec beim ersten Besuch ja so geängstigt, daß er sich schrecklich vor der Nacht fürchtete. Diesmal ist er auf bereits erobertem Terrain, aber dafür fehlt der Reiz des Neuen. Wie soll man sich an einem Ort, den man schon kennt, in eine Frau verlieben oder wenigstens von unbekannten Mädchen träumen? Er fürchtet schon, in Zukunft immer neue Hotels aufsuchen zu müssen, »*in denen die Gewohnheit noch nicht auf jeder Etage, vor jeder Tür den erschreckenden Drachen erlegt hätte, der vor einer verzauberten Existenz zu wachen schien*«.

Beim Aufbinden seiner Schuhe hatte er eine unwillkürliche Erinnerung an die Großmutter und ein Jahr nach ihrem Tod plötzlich die Tatsache ihrer Abwesenheit begriffen und jähen Kummer empfunden. Deshalb möchte er nicht gestört werden, und auch die Marquise de Cambremer, die ihre Karte abgibt, um ihn auf ihr Anwesen einzuladen, kann ihn nicht locken, obwohl sie eine »*Kalesche mit acht Federn*« hat, die jeder in der Gegend schon am Klang erkennt. Marcel will auch Albertine noch nicht sehen, »*der Kummer hatte in mir die Möglichkeit des Verlangens ebenso vollkommen ertötet, wie einem ein starkes Fieber den Appetit benimmt*«.

Er vergleicht diesen Schmerz mit dem der Mutter, die beim Tod der Großmutter ja ganz unmittelbar gelitten hatte. Sie wird im übrigen am nächsten Tag in Balbec eintreffen. »*Es schien mir, ich sei weniger unwürdig, mit ihr zusammen zu leben, werde sie besser verstehen, jetzt, wo ein ganz fremdes und herabwürdigendes Leben dem Wiederaufkommen herzzerreißender Erinnerungen Platz gemacht hatte, die wie eine Dornenkrone meine Seele nunmehr gleich der ihren umflochten und adelten.*« Was wir zuletzt studieren durften, die Berichte von geistvoller Herzlosigkeit der Salons, waren also Aufzeichnungen aus einem herabwürdigenden Leben. Erst der Schmerz um die Großmutter hebt ihn auf eine seelische Stufe mit der Mutter, beide sind nun Heilige. Aber es gibt immer noch zwei Sorten Schmerz, den einen, der einem »*für immer das Leben raubt*«, und den anderen, der wieder vergeht, nachdem er sich verspätet eingestellt hat, »*weil man, um ihn zu fühlen, ihn erst ›verstehen‹ muß*«.

Die Mutter aber leidet am Schmerz der ersten Kategorie, und zudem ist sie nach dem Tod ihrer Mutter anscheinend in deren Rolle geschlüpft und wirkt auf Marcel wie die verstorbene Großmutter selbst. Als sei sie in der

Tradition der herrschenden Adelsgeschlechter nach dem Tod des Chefs in der Hierarchie aufgerückt. Was sie zu Lebzeiten der Großmutter noch von dieser unterschieden hatte, die vom Vater ererbte spöttische Heiterkeit, wird jetzt abgelegt. So geschieht es uns mit einer heißgeliebten Person: *»Ist sie einmal gestorben, so würden wir Bedenken haben, anders als sie zu sein, wir bewundern einzig, was sie gewesen ist, also das, was wir zwar schon waren, doch mit anderen Zügen vermischt, und was wir von da an künftig nur mehr ausschließlich sind.«* Insofern wirkt der Mensch als Toter mehr auf uns, als er es im Leben getan hat. Die Mutter hält die Exemplare der Briefe der Madame de Sévigné aus dem Besitz der Großmutter in Ehren, sie würde sie nicht einmal für das Originalmanuskript dieser Briefe hergeben, es sind ja Reliquien. Vielleicht würden wir das Originalmanuskript der Zehn Gebote auch verschmähen, wenn wir dafür die Hausbibel von Proust haben könnten.

Versonnen schreitet die Mutter den Strand ab, als suche sie nach der Verstorbenen, die ja hier ebenfalls Urlaub gemacht hatte. Es ist für sie eine Pilgerfahrt. Beileidsbekundungen ihr unbekannter Hotelgäste sind ihr wichtig, doch: *»Die bewegten Worte des einen und das Schweigen der anderen waren, obwohl meine Mutter einen so großen Unterschied dazwischen sah, nur verschiedene Formen, Gleichgültigkeit auszudrücken, welche wir den Toten gegenüber hegen.«* Ein Problem, für das man nie eine Lösung findet.

Marcels Erinnerungen an die letzte Lebenszeit der Großmutter werden wach. Seine Schuldgefühle wachsen, weil er erfährt, wie krank sie schon gewesen war und daß sie das sorgsam vor ihm verheimlicht hatte. Daß die Tür zur Treppe am Tag ihres letzten Spaziergangs offengestanden hatte, fällt ihm wieder ein, und neben solchen Erinnerungen kommt ihm *»die übrige Welt kaum wirklich vor«*. Die Mutter überredet ihn auszugehen, aber beim Spazieren wird er ständig von Vergegenwärtigungen vergessener Aspekte des Orts überwältigt, die ihn am Weiterschreiten hindern, *»ähnlich wie ein Wind, gegen den man nicht ankämpfen kann«*. Deshalb schlägt er die Augen nieder. Aber es ist auch keine Lösung, ständig den Urlaubsort zu wechseln. Oder doch? Aber den Kindern hatte es dort so gefallen.

Wie schwer er es hat verglichen mit diesem kleinen Pagen, der den ganzen Tag auf der Schwelle des Hotels steht und zum Gruß seine Mütze lüftet: *»Tatsächlich verstand dieser junge Mann auf der Welt nichts weiter, als die Mütze zu ziehen und wieder aufzusetzen, dies aber in Vollkommenheit. Da er seine*

Unfähigkeit zu irgendeiner anderen Sache begriffen hatte, führte er wenigstens diese so gut und so häufig aus, wie er es nur irgend am Tage tun konnte, was ihm von seiten der Gäste eine diskrete, aber durchgängige Sympathie eintrug.« Und heute steht dort kein mützenlüftender Page, sondern ein Computer, mit dem man für fünf Euro die Minute surfen kann. Wie schade, wenn man dazu geboren ist, den ganzen Tag Ankommende zu begrüßen, man wird, da dieser Beruf ausgestorben ist, für immer ein falsches Leben führen.

Lange starrt Marcel auf das Foto der Großmutter, das sie von sich hatte anfertigen lassen, als es ihr schon sehr schlecht ging. Er blickt darauf, »*starr wie auf eine Zeichnung, die man schließlich nicht mehr sieht, weil man sie zu lange angeschaut hat*«. Als Albertine kommt, läßt er sie wieder wegschicken, die Ikone der Großmutter hat noch einmal gewirkt. Erst an einem warmen Morgen, als alles sehr heiter und badeortartig wirkt, verspürt er plötzlich den Wunsch, »*das Lachen Albertines wiederzuhören*«. Aber als sie dann kommt, ist das Wetter wieder schlechter, sie lacht nicht, sondern ist schlechtgelaunt, denn der Ort langweilt sie, und sie will zurück nach Paris. Wenn sie an diesem Ort nicht ist wie damals, ist sie für ihn natürlich wertlos. Er begleitet sie nach Hause und nutzt den Rückweg für einen einsamen Spaziergang, auf dem er geblendet ist von der luxuriösen, aber doch ganz natürlichen Blüte der Apfelbäume, die »*wie Bauern auf einer großen französischen Landstraße standen*«. Blaumeisen hüpfen zwischen den Blüten hin und her, der Himmel ist azurblau, am Horizont sieht man das Meer. Dann kommt ein Platzregen und die Blüten stehen im eisigen Wind. Auch ein zum Leiden und zum Kult der Großmutterikone entschlossener Schmerzensmann kann sich dem Frühling nicht verschließen. Dieser bretonische Naturmoment ist Proust immerhin ein Kapitelende wert.

Verlorene Praxis:
- Ein Leben führen, »*bei dem man nur nach Hause kommt, um die Krawatte zu wechseln*«.
- Aus einem Verniedlichungsbedürfnis den Namen »Fénelon« »Fénélon« aussprechen.
- Sich aus den Hotels, in denen man arbeitet, »*durch Persönlichkeiten verschiedenen Herkunftslandes und Geschlechts*« locken lassen und zum Beispiel einer polnischen Gräfin folgen, die einen als Sekretär engagiert.
- Als »*Liebhaber magdlicher Frauenschönheit auf klug gewählten Umwegen*« in die kleinen Kammern der Zimmermädchen gelangen.

100. Sa, 28.10., Berlin

Mein Beziehungsideal ist für alle Zeiten von dem Paar geprägt, das auf der Packung des »SuperHirn«-Spiels von Parker zu sehen war. Vor dem schwarzen Hintergrund eines unergründlichen Raums sitzt ein bärtiger, graumelierter Herr im Sessel und richtet seinen selbstbewußten, fast schon arroganten Blick auf den Betrachter. Die Fingerspitzen ruhen aneinander, so daß die Hände ein Dreieck bilden, was auf geistige Spannkraft schließen läßt. Hinter ihm steht eine Asiatin und stützt sich mit der rechten Hand auf die Sessellehne, der linke Arm hängt elegant herab, das Handgelenk schmückt ein Edelsteinarmband. Nicht genug damit, daß der brillante Geist dieses Herrn ihn zum König des SuperHirn-Spiels gemacht hat, er hat es auch vermocht, mit der Kraft seiner Logik diese exotische Frau zu zähmen, bei der jeder andere zu fürchten hätte, daß sie ihn auf eine nur noch ihr bekannte, traditionelle Art zur Strecke bringen würde, sobald er ihr einmal den Rücken zukehrte. Wie ein Torero, der auf Knien das Publikum grüßt, den Stier im Nacken, sitzt der Mann da und sieht uns über die spiegelnde Tischfläche hinweg herausfordernd an, die Asiatin hinter sich wissend. So stellte ich mir meine Ehe vor.

Sodom und Gomorra, S. 233–253

Jajajajaja, ich verstehe schon, sagt man sich manchmal bei Proust, wenn man in der Inszenierung der Biographie seiner Psyche die Regieanweisungen mitlesen muss. Natürlich kann er die eben entworfene Apfelbaumidylle nicht einfach so stehenlassen. Aus Furcht, »*das Vergnügen, das ich an diesem einsamen Spaziergang gefunden hatte, könne in mir die Erinnerung an meine Großmutter abschwächen*«, ruft er sich in der Art eines Büßers sofort wieder zur Ordnung, indem er sich die seelischen Leiden der Großmutter vorstellt. »*Aber da mein Herz ohne Zweifel zu klein dafür war, hatte ich nicht die Kraft, einen so großen Schmerz zu tragen.*« Sogar in seinen Träumen läßt sein Kummer um sie schon nach, sie wirkt darin gar nicht mehr richtig krank.

Trotzdem leidet sein physisches Verlangen immer noch unter dem Trauerzustand, und schlimmer, Albertine beginnt, ihm »*etwas wie ein Verlangen nach Glück einzuflößen. Gewisse Träume von geteilter Zärtlichkeit, die immer in uns lebendig sind, heften sich gern durch eine Art von Affinität der Erinnerung (unter der Voraussetzung, daß diese bereits ein wenig verschwommen ist) an eine Frau, mit der wir einen Augenblick des Glücks gekostet haben*«. Die Träume drängen dann aber doch nicht so stark nach Erfüllung, insofern würde es ihm reichen, sie erst im folgenden Winter wiederzusehen.

Doch dieser Zustand hält nicht lange an, denn immer, wenn er sich im Bett ausruht, sehnt er Albertine herbei, »*um unsere Spiele von ehedem mit ihr wieder aufzunehmen*«. Was tut man, um sich vom störenden Verlangen nach Spielen mit einer Freundin abzulenken? Marcel tritt ans Fenster und betrachtet das Meer. Ob das ein probates Mittel ist? Was tatsächlich funktionieren könnte, wäre eine Lektüre von Prousts Meeresbeschreibungen, denn die scheinen wie das Meer, vom Ufer betrachtet, unendlich. (Aber kann Lesen vom Verlangen nach Spielen wirklich ablenken? Jemand hat ja einmal behauptet, ein aufgeschlagenes Buch sehe aus wie ein Hintern, woran ich seitdem immer denken muß, auch wenn ich nie darauf gekommen wäre.)

»*Einmal, als ich meinem Verlangen nicht widerstehen konnte, kleidete ich mich an, anstatt mich wieder hinzulegen, und machte mich auf, um Albertine in Incarville aufzusuchen.*« Ob er damit gut beraten ist? Würde man sich doch immer wieder hinlegen, statt sich anzukleiden … Zum Glück fällt ihm in der Straßenbahn beim Schließen der Vorhänge die Großmutter wieder ein, die damals, bei der ersten Abreise nach Balbec nicht mitansehen konnte, wie Marcel im Zug gegen seine Nervosität Bier trank. Die aufkommenden Schuldgefühle tun ihm gut: »*Eine solche Erinnerung hatte mir wie mit einem Zauberstab die Seele wieder verliehen, die ich seit einiger Zeit zu verlieren im Begriff gewesen war.*« Sofort ändert er den Plan und steigt schon in Maineville-la-Teinturière aus, wo ein »*Vergnügungslieferant*« neuerdings ein »*öffentliches Haus für anspruchsvolle Gäste*« betreibt, das einzige seiner Art in Frankreich, nicht zu vergleichen mit den Hafenbordellen für »*Seeleute und Liebhaber malerischer Eindrücke*«, vor deren übelbeleumundeter Pforte immer eine »*patronne*« steht, »*verehrungswürdig und von Verwitterung bedroht*«.

Er kehrt aber nicht im Bordell ein, sondern wandert auf den Dünen zurück nach Balbec, den »*Ruf der Weißdornhecken*« vernehmend. Im Hotel liest er eine Todesanzeige für »*Eléonore-Euphrasie-Humbertine de Cambremer, Gräfin von Criquetot*«. Vielleicht soll das nur das Bild komplettieren, Versuchung in Maineville-la-Teinturière, die Mahnung des seit der Kindheit geliebten Weißdorns und ein Memento mori aus der Zeitung.

Schließlich kann er aber nicht mehr anders, er bittet Françoise, nach Albertine zu schicken. Noch liebt er sie nicht, noch hat nicht »*das schmerzliche und unaufhörliche Mißtrauen eingesetzt, das ich Albertine gegenüber hegen sollte*«. Albertine läßt ihn aber warten, sie muß sich noch frisieren und pomadisieren. Dann erscheint sie heiter gestimmt, und es ist keine Rede mehr von einer vorzeitigen Abreise. Aber Françoise, die personifizierte Unbestechlichkeit der französischen Volksseele, sagt zu ihm: »*Monsieur sollte dieses Fräulein nicht sehen. Ich kenne genau ihre Art von Charakter, sie wird Monsieur Kummer machen.*« Aber vielleicht ist es ja gerade das, was ihn an ihr reizt.

Später spielt jemand im Hotel Klavier: »*Trotzdem gibt es etwas, was eine Macht besitzt, zur Verzweiflung zu treiben, die nie ein Mensch erreichen wird: das ist ein Klavier.*« Er meint mit Verzweiflung sicher die seelische, aber der Satz stimmt auch, wenn man dabei an seine Nerven denkt. Außerdem ist da dieser seltsam impertinente Liftboy, der sich konsequent weigert, die Anstrengung auf sich zu nehmen, die Zimmertür zu schließen, so daß Marcel sie schließlich selbst mit aller Macht zuschlagen muß.

Albertine hat ihm aufgeschrieben, wann sie bei welchen Freundinnen zu Besuch sein wird. Und immer, wenn er sie dort sucht, scheint er ein wenig abseits des Wegs zu grasen, denn von diesen »*entgegenkommenden jungen Kameradinnen*« haben ihm in dieser einzigen Saison nicht weniger als zwölf »*ihre schmächtigen Reize zur Verfügung gestellt*«. Man sehnt sich eben nicht immer mit der gleichen Macht nach Frauen, »*nach großer physischer Verausgabung*« schweben uns ganz andere Frauen vor »*in unserer vorübergehenden senilen Kraftlosigkeit*«.

Als kleine Vorschau wird uns die Szene geliefert, in der sich die schon so oft angedeutete krankhafte Eifersucht endgültig Marcels Herzen bemächtigen soll. Wie immer beginnt alles mit einem Unfall: Mit der Straßenbahn ist er unterwegs zu Madame Verdurin, muß aber wegen einer Betriebsstörung aussteigen. Er trifft Doktor Cottard und geht mit ihm in ein kleines Kasino, wo er Albertine und ihre Freundinnen weiß, die dort »*aus Mangel an Kavalieren untereinander tanzten*«. Heftiges Verlangen nach Albertine erfaßt ihn in dem Moment, als er sie lachen hört. Andrée tanzt mit Albertine einen Walzer, Marcel ist davon angetan. Der Doktor aber, »*der die Sache von dem speziellen Gesichtspunkt des Mediziners ansah und mit einem Erziehungsmangel behaftet war*«, meint dazu: »*Ja, aber die Eltern sind sehr unklug, daß sie ihre Töchter solche Gewohnheiten annehmen lassen. [...] bestimmt befinden sich die beiden jetzt auf der*

Höhe des Genusses. Es ist nicht genügend bekannt, daß die Empfindung bei Frauen vor allem durch die Brüste geht. Sie sehen ja, wie vollkommen beide sich mit ihren berühren«. Jetzt fällt auch Marcel die »*unaufhörliche leise Reibung zwischen denen Andrées und Albertines*« auf. Plötzlich klingt ihm ihr Lachen grausam. Und wir merken uns, daß Mißtrauen angebracht ist, wenn zwischen zwei Frauen eine unaufhörliche leise Reibung ihrer Brüste stattfindet. Cottard, der sich neuerdings als Spezialist für Intoxikationen versteht, einer neuen Apothekermode, hat an diesem Abend mit seiner Bemerkung das Gift der Eifersucht in Marcel geträufelt. Man braucht anscheinend immer die Vermittlung Dritter, um angemessen zu leiden.

Aber das war ein Ausblick, noch ist es nicht soweit, noch bringt ihm die Gewißheit, daß Albertine nicht kommen wird, »*eine vollständige Ruhe, eine Erfrischung beinahe*«. Überhaupt ist das Angstgefühl solcher einsamer, mit Warten verbrachter Abende oft genug auf irgendein Medikament zurückzuführen und wird von dem Leidenden nur fälschlich als Liebe interpretiert. »*Die Liebe entwickelt sich in diesem Fall wie gewisse Erkrankungen aus einer ungenauen Deutung eines peinvollen Unbehagens, einer Deutung übrigens, die klarzustellen nichts nützt, wenigstens nicht, soweit es sich um die Liebe handelt.*«

Katalog kommunikativer Knackpunkte:
- »*Endlich wollte er immer den Eindruck erwecken, er habe in der ersten Sekunde schon alles verstanden, so daß er, sobald man ihm irgend etwas ans Herz legen wollte, auf der Stelle erklärte: ›Jajajaja, ich verstehe schon‹.*«

Bewußtseinserweiterndes Bild:
- »*Ein Schleppdampfer, von dem man nur den Schornstein sah, rauchte in der Ferne wie eine weit vorgeschobene Fabrik.*«

101. So, 29.10., Berlin

Heute bin ich unruhig, weil mir schon morgens wieder klar geworden ist, daß ich emotional keinen Schritt weiter bin als Proust, und das fast hundert Jahre nach seinem Tod. Ich habe mich zum Beispiel immer noch nicht ganz von dem Gedanken verabschiedet, irgendeine Hollywoodschauspielerin könnte sich bei einem Berlin-Besuch in mich verlieben, wenn sie mich in der U-Bahn ein Buch lesen sieht. Sie würde sich dann wie vom Pferd gefallen fühlen, sich aus ihrer Entourage lösen und mir ihr Leben zu Füßen legen, als gehe sie ins Kloster.

Vielleicht wird das aber nie passieren, oder ich bin, wenn es soweit ist, schon verheiratet, oder ich kenne die Schauspielerin gar nicht, weil ich nicht mehr ins Kino gehe, oder sie sieht nicht aus wie Elizabeth Taylor, oder ich habe das Buch vergessen, oder ich bin beim Lesen eingenickt, oder an dem Tag unserer Begegnung ist Pendelverkehr zwischen Senefelder und Danziger. Vor meinem Lebensglück stehen zu viele Fragezeichen.

Außerdem werde ich heute keine Zeit für meinen Mittagsschlaf haben. Leider gilt der Mittagsschlaf in Deutschland immer noch als Müßiggängerprivileg oder Zeichen von Senilität, dabei teilt er den Tag in zwei gleichwertige Hälften, in denen man sich doppelt so intensiv für die Gemeinschaft aufopfern kann. Für mich ist Schlaf Arbeit, man kann auch kein Rennpferd dauernd gleich stark belasten, also warum dann mein Gehirn? Regeneration ist ein wichtiger Bestandteil des Trainings, das weiß jeder Ausdauersportler. Die Ohren verstöpselt, die Augen von einer Outdoor-Schlafmaske abgeschirmt, bin ich wenigstens einmal am Tag konzentriert. In den Minuten vor dem Einschlafen ergibt plötzlich alles einen Sinn. Ich denke dann an meine künftigen Erfolge, rechne meine Jahreseinnahmen aus, zähle durch, wieviel Bücher ich bis vierzig noch veröffentlichen kann, halte provokante Preisreden und nehme versöhnliche Ehrendoktorwürden entgegen. Ich sehe mich ein harmonisches Leben im Kreise meiner Assistentinnen führen, die mir zujubeln, während ich, für einen Amateur völlig überraschend, den New-York-Marathon gewinne. Diese Bilder aus so unterschiedlichen Lebensbereichen fügen sich in den kostbaren Minuten vor dem Einschlafen zu einem erstaunlich harmonischen Ganzen. Eine Viertelstunde nachdem ich eingeschlafen bin, tauche ich dann, wie aus einem Strudel gerissen, wieder auf. Das leichte Kopfweh, das mir den

Vormittag verdorben hatte, ist verflogen, die vom Training müden Beine brennen nicht mehr. Ich sehe ungläubig auf die Uhr, dem Gefühl nach habe ich Stunden geschlafen, so weit weg war ich von allem, es sind aber nur fünfzehn Minuten vergangen. Und der heutige Tag, an dem ich diese fünfzehn Minuten nicht haben werde, erscheint mir jetzt schon verloren.

Sodom und Gomorra, S. 253–273

Genau wie ich muß Albertine in fünf Minuten los, allerdings um eine Dame in Infreville zu besuchen, die jeden Tag um fünf Uhr empfängt. Natürlich macht Marcel das eifersüchtig, zumindest regt sich in ihm die *»latente Liebe, die man unentwegt in sich trägt«*. Er nimmt Albertine vier Seiten lang ins Kreuzverhör und beweist ihr, daß es keinen Grund gibt, ihm diese mysteriöse Dame vorzuziehen. Dabei hat Albertine ihn eben noch *»aufs leidenschaftlichste«* ihrer Liebe versichert. Natürlich hindert einen das nicht, kurz darauf zu einem von einer kleinen Lüge gedeckten Rendezvous zu verschwinden. Er weist ihr ihre Widersprüche nach, aber es ist auch ein bißchen ungerecht, der Autor läßt ihm ja das letzte Wort, so daß die Sympathien bei ihm liegen. Man träumt von der sehr unwahrscheinlichen Konstellation, daß ein Autor vom Rang Prousts mit einer gleichrangigen weiblichen Autorin zusammenlebt und am Ende ihres Lebens zwei ebenso umfangreiche und einander ebenbürtige Romanzyklen vorliegen, in denen nichts die gleiche Deutung erfährt.

Marcel wechselt in seiner Haltung zu ihr von Zorn zu einem *»Zustand der Waffenruhe«* bis zu *»freundlicher Geneigtheit«*, die aber auch nicht lange anhält. Inzwischen ist er nämlich hellhörig geworden für ihre latenten lesbischen Anwandlungen, und er registriert genau, wenn ihr Blick, sobald sie ein entsprechendes Mädchen sieht, *»die jähe und tiefe Aufmerksamkeit verriet, die manchmal dem Gesicht des schelmischen jungen Mädchens ein gesetztes, ja ernstes Aussehen gab«*. Oder wenn Andrée *»schmeichelnd den Kopf an Albertines Schulter lehnte und sie mit halbgeschlossenen Augen in die Beugung des Halses küßte«*. Andere Männer mögen solche Kleinigkeiten zur Kenntnis nehmen, *»ohne daß ihre Gesundheit oder ihre Stimmung dadurch beeinträchtigt wird, während sie Krankheits- und Leidensträger für in dieser Hinsicht anfällige Wesen darstellen«*. Aber sein Gedächtnis spielt seiner Leidensbereitschaft zu, weil er retrospektiv noch Albertines kleinste Gesten umdeutet. Für diese

Form von Eifersucht braucht man dann gar keine Realität mehr, es ist eine »*Selbstintoxikation*«. Sollte er Albertine jemals lieben, so wird er viel zu leiden haben, das ist ihm jetzt schon klar. Also nichts wie weg und auf die nächsten drei Bände verzichten?

Nun kommt für Marcel und seine Mutter ebenso wie für den Leser eher ungelegen der Besuch Madame de Cambremers, die über die Vor- und Nachteile ihrer beiden Landsitze und über ihre Lieblingsmaler reden will. Man geht dazu ins Hotel: »*Der bequemste Raum im Hotel, um jemanden zu empfangen, war der Lesesaal, jener einst so erschreckende Ort, den ich jetzt zehnmal am Tage betrat und als mein freier Herr wieder verließ, wie jene leichtkranken Irren, die schon seit langer Zeit Pensionäre eines Heimes sind und denen der Arzt den Schlüssel des Hauses anvertraut hat.*«

Die Madame hat – was bisher als einziges ihre Aufnahme ins Buch entschuldigt – ein schadhaftes Gebiß: »*Jedesmal, wenn sie von Ästhetik sprach, traten ihre Speicheldrüsen, wie diejenigen gewisser Tiere im Augenblick der Brunst, in eine Phase der Hypersekretion ein, so daß der zahnlose Mund der alten Dame im Winkel ihrer mit einem leichten Bärtchen bedeckten Lippen ein paar Tropfen durchsickern ließ, die nicht dort hingehörten. Sofort schluckte sie sie auch schon wieder mit einem tiefen Seufzer zurück wie jemand, der eben zu atmen beginnt.*« So eine körperliche Eigenheit hat den Vorteil, daß die durch die Lippen sickernden und aufgeschluckten Tropfen das Echtheitssiegel ihrer Äußerungen sind.

Monet, Manet oder gar Le Sidaner, wer ist das größere Genie? Sogar man selbst ändert ja im Lauf der Zeit seine Meinung: »*Sie bewies ebensoviel Gewissenhaftigkeit wie Entgegenkommen darin, mich über die Entwicklung ihres Geschmacks zu informieren. Man hatte dabei das Gefühl, daß die Phasen, durch die dieser ihr Geschmack hindurchgegangen war, ihrer Meinung nach nicht weniger wichtig waren als die verschiedenen Manieren von Monet selbst.*«

Aber wie soll man Menschen in Geschmacksfragen überzeugen, wenn sie den langen Weg zu dem uns eigenen verfeinerten Geschmack selbst zurücklegen müßten, um mehr als nachzuplappern? Man kann ihnen diese Arbeit am eigenen Urteil ja nicht abnehmen. Deshalb ist es eigentlich sinnlos, darüber zu sprechen. »*Dennoch mußte sie sich ja bewußt sein, daß sie mit den Worten: ›Aber nein, es ist ein kleines Meisterwerk‹ bei der Person, die sie damit zurechtwies, nicht den gesamten Ablauf einer künstlerischen Kultur improvisieren konnte, an deren Ende sie sich dann geeinigt hätten, ohne noch weiter diskutieren zu müssen.*«

Ach, wenn Proust sich doch öfter auf seinen Humor verlassen würde! »›*Das ist ganz wie in Pelléas*‹, *sagte ich, um ihrer Neigung zur* ›*Moderne*‹ *entgegenzukommen,* ›*dieser Rosenduft, der bis zu den Terrassen aufsteigt. Es kommt einem so machtvoll aus der Partitur entgegen, daß ich selbst, da ich an Heuschnupfen und an Rosenfieber leide, jedesmal niesen mußte, wenn ich diese Szene hörte.*‹« Vielleicht kommt einem das aber nur komisch vor, weil solche kostbaren Frechheiten von narrativen Schlackebergen umstanden sind.

Zuletzt wird Albertine wieder ein wenig vorgeführt, weil sie die Frage, ob sie in Holland »*die Vermeers*« gesehen habe, verneint, »*sie glaubte, es handle sich um irgendwelche lebenden Menschen*«. Ja, wir verlieben uns immer unter Niveau.

Unklares Inventar:
- Dolman.

Katalog kommunikativer Knackpunkte:
- »›*Es ist ganz merkwürdig*‹, *setzte sie hinzu, während sie einen durchdringenden und entzückten Blick auf einen unbestimmten Punkt im Weltall heftete, wo sie offenbar ihr eigenes Denken abgezeichnet fand.*«

Verlorene Praxis:
- Sich nicht anmerken lassen, wie man nicht ohne Vergnügen einzelne Tränen in ihren Augen hängen sieht, von den schonungslosen Dingen hervorgelockt, die man ihr gesagt hat.
- Jeden Morgen im Morgenkleid durch ein Pförtchen das Pfarrgärtchen aufsuchen, um die Pfauen zu pfüttern.

102. Mo, 30.10., Berlin

Die Redaktionssitzung der kleinen Literaturzeitschrift, für deren aktuelle Ausgabe ich Gastredakteur bin, fand im Wedding statt. Der Flur des Hauses wirkte wie unsere Flure früher im Osten, als hätte man einfach die Seiten vertauscht, was man durch Umbenennung der Himmelsrichtungen auch einfacher hätte haben können. Das Abendlicht, das durch die gemusterten Preßglasscheiben fiel, der Geruch von abgestandener Erbsensuppe, das alte, blankgescheuerte Linoleum, die Fassade auf dem Hinterhof, von der der Putz abblätterte. So hatte ich es haben wollen, als ich aus dem Neubau in den Altbau zog, und so war es damals auch noch bei uns.

Da die anderen Redakteure seit fast zwanzig Jahren mit Einsendungen für ihr Heft zu tun haben, kennen sie ihre Pappenheimer. Es gibt, das kann man sagen, wenige Texte, die nicht so sind, wie sie nicht sein sollten. Ich weiß jetzt, was nicht gut ankommt: Texte, in denen über die Bahn geschimpft wird, Texte, in denen der Autor behauptet, die Welt wäre besser, wenn alle Menschen wären wie er, Texte über junge Väter, Texte, in denen am Ende aufgewacht wird, Katzentexte, Märchen, Texte über peinliche Prominente, Texte über Drogen, Texte übers Schreiben, lange Texte.

Prousts Text ist ja lang, es wird hier und da aufgewacht, es geht ganz entschieden ums Schreiben, es kommen viele peinliche Prominente vor, der Autor denkt mit Sicherheit, die Welt wäre besser, wenn alle Menschen wären wie er (wie könnte man andernfalls auch weiterleben?), allerdings wird die Bahn mit Wohlwollen betrachtet, der Text ist kein Märchen, der Held wird voraussichtlich nicht Vater werden und Katzen kamen bisher erfreulich selten vor. Wenn man ihn überreden könnte, alles auf drei- bis viertausend Zeichen zu kürzen, hätte er eine Chance, von uns gedruckt zu werden.

Sodom und Gomorra, S. 273–293

Madame de Cambremer und ihre Schwiegertochter Madame de Cambremer-Legrandin sind sich uneinig über Chopin, die ältere ist »*noch in der Verehrung Chopins erzogen worden*« und hat ihren Anschlag bei einer Lehrerin erlernt, die Chopin noch hat spielen hören.

Marcel möchte sich gegenüber Madame de Cambremer-Legrandin für Chopin einsetzen und wendet dabei eine interessante Gesprächstechnik an:

»Ich machte mir ein Vergnügen daraus, sie darüber zu belehren – doch nur, indem ich mich in dieser Absicht an ihre Schwiegermutter wendete, so wie man beim Billardspiel, um eine Kugel zu treffen, über die Bande spielt –, daß Chopin, weit entfernt, aus der Mode zu sein, der Lieblingskomponist Debussys sei.«

Madame de Cambremer-Legrandin hat bei den Cambremers übrigens eingeheiratet, um das Vergnügen auskosten zu können, dann einen Onkel namens »*de Chenouville*« zu haben, und ihn, einer Familientradition gemäß, »*Onkel de Ch'nouville*« auszusprechen. Ein etwas dürftiger Anlaß für eine Eheentscheidung, möchte man meinen.

Leider kann niemand verhindern, daß die Madame Marcel eine Einladung ausspricht, sie will ihm Chopin vorspielen. Vielleicht findet er ja noch eine Ausrede, es würde dem Buch guttun. Als sie schließlich endlich in ihre Kalesche steigt, heißt es: »*Der Gerichtspräsident erwies mir, ohne es zu wollen, einen sehr großen Dienst, indem er die Marquise am Arm faßte, um sie zu ihrem Wagen zu führen.*«

Albertine folgt ihm auf sein Zimmer und will wissen, was er gegen sie habe, weil er so oft unfreundlich zu ihr sei. Der Schlingel sucht aber nicht die Versöhnung, sondern setzt noch einen drauf, mit dem Ziel, »*meine Freundin zu mir in eine Situation von Furcht und demütigem Flehen zu bringen*«. Er lügt ihr nämlich vor, insgeheim eine große Leidenschaft für Andrée zu hegen, ein falsches Geständnis, bei dem ihm dennoch die Tränen kommen. Um noch glaubwürdiger zu erscheinen, gesteht er zudem ein, sich früher einmal fast in Albertine verliebt gehabt zu haben. Dieses widersprüchliche Verhalten findet er typisch für Menschen wie ihn, die zu sehr an sich selbst zweifeln, um an die Liebe einer Frau glauben zu können. Sie wissen, »*daß ihre Gefühle, ihre Handlungen in keinem nahen und notwendigen Zusammenhang mit der geliebten Frau stehen, sondern neben ihr herlaufen, sie zuweilen mit kleinem Wellenschlag berühren oder sie rings umfluten wie die Woge, die sich an den Felsen bricht; das Gefühl ihrer eigenen Wandelbarkeit aber vermehrt bei ihnen noch die mißtrauische Befürchtung, daß diese bestimmte Frau, von der sie so gern geliebt sein würden, sie gewiß nicht liebt*«. Und wenn der Zufall dem »*Anbranden unserer Wünsche*« so ein beliebiges Objekt bereitgestellt hat, verwirrt einen zudem, »*daß die Sprache, die wir ihr gegenüber verwendet haben, nicht eigens für sie erschaffen ist, sondern uns schon für andere gedient hat und wieder dienen wird*«. Und es ist ja nicht nur immer dieselbe »*Sprache*«, die uns bei jeder aufs neue dienen muß! Man kann sich natürlich immer in Frauen aus dem Ausland verlieben, dann muß man sich wenigstens sprachlich nicht wiederholen. Oder man lernt gemeinsam mit seiner Geliebten eine ausgestorbene Sprache, die man dann ausschließlich zu zweit spricht, nur um die ärgerlichen Klischees und Tautologien der Liebessprache zu vermeiden. Oder man verzichtet aufs Sprechen und drückt seine Gefühle anders aus, zum Beispiel mit Stepptanz.

Unklares Inventar:
- Ranunculacee, Chiné-Seide.

Verlorene Praxis:
- Mit einer sanften Freundlichkeit zu ihr sprechen, die man sich seit so langer Zeit versagt hat und die einem nunmehr köstlich scheint.

103. Di, 31.10., Berlin

Zur traditionellen »Traumzaubernacht«, in der die Kinder von Freitag bis Sonnabend im Kindergarten übernachten werden, sollen getrocknete Blätter mitgebracht werden. Es regnet aber, und ich bin zu faul, Laub zu sammeln. Ich weiß auch gar nicht, wo man Löschpapier zum Pressen kaufen kann. (Sachen, von denen ich nicht weiß, wo man sie bekommt: Schaumgummiüberzug für Kopfhörer, Schlafmützen.) Diese Maßnahme erinnert mich an die Methode, mit der einem in der Schulzeit immer die großen Ferien verdorben wurden, weil man zum ersten Schultag für den Biologieunterricht ein Herbarium anfertigen sollte. Ich habe das bis zum letzten Ferientag vor mir hergeschoben, um dann an einem trüben Sonntagnachmittag über nasse Wiesen zu irren, in der Hoffnung, vielleicht doch noch mehr als nur das gemeine Wiesengras zu finden, alles andere hätte man früher sammeln müssen. Zu Hause mußte man die kümmerlichen Fundstücke pressen und bestimmen.

Pflichten schob man prinzipiell vor sich her, so daß man eigentlich immer bedrückt war und sich nie richtig frei fühlte. Heute sind es andere Pflichten, aber das Gefühl ist dasselbe, es liegt immer irgend etwas Unangenehmes an. Denkt man an damals, fragt man sich, warum man so gelitten hat, es war doch alles nicht so wichtig. Die anderen hatten natürlich die schöneren Herbarien (vom Familienurlaub im Ausland), manche hatten West-Tesafilm (der sogar klebenblieb), meine Schrift war die krakeligste von allen, die Bleistifthilfslinien ließen sich nicht richtig wegradieren. Aber wer spricht heute noch von seinen Herbarien?

Ein ähnlich bedrückendes Gefühl kam auf, wenn man seine Mütze vergessen hatte und noch einmal zur Schule gehen und den Hausmeister danach fragen sollte. So einen schrecklichen Gang war mir eine Mütze natürlich nicht wert, aber meine Eltern fanden, ich müßte das lernen. Dabei gab es in unseren Schränken Mützen wie Sand am Meer. Aber man wurde dazu erzogen, unangenehme Pflichten hinter sich zu bringen, danach würde man sich besser fühlen, hieß es. Zweifellos fühlt man sich besser, wenn man es hinter sich hat, aber noch besser fühlt man sich, wenn es jemand anderes für einen macht.

Dieselben Pflichten kehrten Jahr für Jahr wieder: sich eine Erfindung für die »Messe der Meister von Morgen« ausdenken, ein Objekt für die »Galerie der Freundschaft« basteln, Dankesbriefe für die Geburtstags- und

Weihnachtsgeschenke schreiben, beim Erntedankfest nach dem Gottesdienst mit den anderen Gemeindekindern singend durch die Altersheime ziehen und Obstkörbe verteilen, Geburtstagsbriefe an die Paten schreiben, am Klamottenaussortiertag stundenlang zu enge, knisternde Pullover überstreifen. Dazu jede Woche fünf Mülleimer und Papierkörbe, die einen schon auf dem Hausflur erwarteten, wenn man am Sonnabend aus der Schule kam, und die man leeren und auswaschen mußte, weil sie nach ausgelaufener Milch und Kartoffelschalen stanken, trotz Zeitung am Boden. Besser, man brachte sie gleich runter, aber man konnte es auch aufschieben und erstmal fernsehen. Oder man versuchte, den Müll irgendwie zu komprimieren oder heimlich in der Wohnung zu verteilen, was viel länger dauerte, als ihn wegzubringen, aber darum ging es nicht, es war irgend etwas am Müllwegbringen, was einen existenziell quälte, vielleicht, daß man dafür die Wohnung verlassen mußte.

Faulheit? Oder wollte mich eine innere Stimme in die richtige Richtung lenken, nicht daß ich am Ende an solchen Dingen Freude empfände und vergäße, wozu ich eigentlich bestimmt war? Aber wenn man sich einmal ansieht, zu welchen Tätigkeiten ich nicht erst mühsam angetrieben werden mußte, was wollte mir meine innere Stimme dann damit sagen? Es waren Fußballspielen, Fernsehen, Kokeln und Topfschlagen. Wie konnte man aus diesen Interessen ein passendes Berufsbild ableiten?

Sodom und Gomorra, S. 293–313

In dem Moment, wo in Albertines Gesicht Trauer und Niedergeschlagenheit verschmelzen und es nicht mehr »*die wache, lebensfrische Miene einer widerspenstigen, verderbten Katze mit kleiner rosa Stupsnase zeigte*«, fühlt er, wie Güte ihn durchströmt. Das ist die Strategie von Zuckerbrot und Peitsche, dem »*rhythmischen Schwanken zwischen Liebeserklärung und Bruch (dem sichersten, dem so außerordentlich wirksamen und gefährlichen Mittel, um durch aufeinanderfolgende, entgegengesetzte Bewegungen einen Knoten zu schürzen, der sich nicht mehr lösen läßt und uns fest an eine Person bindet)*«.

Er wirft ihr und Andrée offen vor, wie gewisse lasterhafte Frauen von »*schlechtem Genre*« zu sein. Aber was nützt es, sie zur Rede zu stellen? Sagt sie die Wahrheit, glaubt man ihr nicht, lügt sie, läßt man sich gern belügen. Gespräche mit der Geliebten laufen außer Konkurrenz: »*Es liegt übrigens im Charakter der Liebe, daß sie uns gleichzeitig mißtrauischer und leichtgläubiger macht, uns dazu bringt, leichter als jede andere die Geliebte zu beargwöhnen, ihren Beteuerungen aber auch desto bereitwilliger Glauben zu schenken.*« Soll er sie so beurteilen, wie er sie erlebt oder sich daran erinnern, wie es Swann mit Odette ergangen ist? Jeder Mensch will ja einzigartig sein, aber gibt es wirklich so viele unterschiedliche Charaktere? Die Szene, die er ihr gemacht hat, hat sich jedenfalls gelohnt, denn am Ende ihres Zerwürfnisses »*fuhr sie leicht mit der Zunge über meine Lippen, die sie dabei ein wenig zu öffnen versuchte*«. Und ich hätte gedacht, sie wären eigentlich schon viel weiter gewesen.

Noch ist es nicht zu spät! Er kann sich immer noch ein nettes, unkompliziertes Mädchen suchen: »*Ich hätte an jenem Abend abreisen sollen, um sie nie mehr wiederzusehen. Damals schon fühlte ich voraus, daß man in einer nicht erwiderten Liebe – man kann ebensogut sagen, in der Liebe überhaupt, denn für manche Wesen gibt es keine erwiderte Liebe – vom Glück nur dies Trugbild erleben kann, wie es mir in einem jener einzigartigen Augenblicke zuteil wurde, bei dem die Güte einer Frau, oder ihre Laune, oder der Zufall unseren Wünschen in vollkommener Harmonie mit den gleichen Worten und Handlungen entgegenkommt, als würden wir wirklich geliebt.*«

Fürchte die heißen Tage, denn bei Marcel ist es so, daß, wenn es so heiß ist, daß »*von der Stirn der auf dem Hof arbeitenden Knechte in der Sonnenhitze ein Tropfen Schweiß ganz senkrecht regelmäßig in gewissen Abständen niederfiel wie ein Wassertropfen aus einem Reservoir*« – man könnte vielleicht auch kürzer sagen: »bei vierzig Grad im Schatten« –, er dazu neigt, Verabredungen abzusagen, um die Bekanntschaft einer Frau zu machen, von der man ihm bisher lediglich erzählt hat. In der Stadt und bei kaltem Wetter würde man sich in die gleiche Frau nicht verlieben.

Aber, wenn er ein geeignetes Opfer ausmacht, »*so befand sich doch zwischen meinem Wünschen und dem Handeln, das in diesem Falle in der Bitte, sie küssen zu dürfen, bestanden hätte, ein undefinierbarer weißer Fleck aus Zögern und Schüchternheit*«. Dafür gibt es natürlich Abhilfe. Er geht zum Konditor und nimmt acht (!) Glas Portwein zu sich. Danach scheint es ihm, »*daß das junge Mädchen mir einfach zufliegen müsse*«. Der Nachteil an dieser Methode ist lediglich, daß das junge Mädchen ja seinerseits keinen Portwein getrunken hat und deshalb nicht so klar wie der Junge erkennt, was ansteht.

Technikgeschichte: Die ersten Briefe einer Frau, als man noch Briefe schrieb: »*Man möchte sie unaufhörlich bei sich haben wie Blumen, die man noch ganz frisch als Geschenk erhalten hat und die man unaufhörlich betrachten und deren Duft man aus immer größerer Nähe genießen kann.*« Man liest sie immer wieder, man möchte »*von neuem feststellen, in welchem Maße der eine oder andere Ausdruck von geheimer Zärtlichkeit zeugt*«. Und man löscht sie erst vom Handy, wenn die nächste Frau aktuell wird, dann aber radikal und ohne Bedauern. Dabei sind die Arten des Verlangens weniger zahlreich als die Mädchen, denen sie gelten, so auch die anschließenden »*Enttäuschungen und […] Traurigkeiten, die große Ähnlichkeit untereinander hatten*«.

Zwei private Bedienungen von ländlicher Abstammung kommen manchmal auf sein Zimmer und reden auf ihn ein, während er sein »*Hörnchen in die Morgenmilch tauchte*«. Aber die »*mit ungebärdiger Natürlichkeit*«, und dadurch schon fast »*literarisch*« vorgebrachten »*aufrichtigen kritischen Bemerkungen*« über ihn lesen wir erst morgen. Wenn dazu dann Zeit ist, wir müssen ja noch buntes Laub für die »Traumzaubernacht« pressen, den Müll trennen und dem Hausmeister zum Geburtstag gratulieren.

Unklares Inventar:
- Ballettratte.

Verlorene Praxis:
- Als Mutter fürchten, in ungeschickter Weise in das Leben des Sohns einzugreifen.
- Als Frau die Lektüre eines jungen Mannes nicht nach dem beurteilen, was einen selbst schockiert.
- Lust bekommen, ein herrliches Geschöpf in eine Tamariskenallee zu führen.
- Sich in einer dunklen Ecke des großen Tanzsaals auf einem Sofa genausowenig genieren, als sei man zu Hause in seinem Bett.

104. Mi, 1.11., Berlin

Von heute auf morgen ist ein Kommando von Bauarbeitern aufgetaucht, um am Kollwitzplatz meine Laternen auszutauschen, ohne die ich nicht mehr leben kann. Die RSL 1 (Rostocker Straßenleuchte) ist seit den Sechzigern vom VEB »Pößnecker Außenleuchten« hergestellt worden. Die neuen Masten stehen schon, sind aber noch in Zellophan verpackt, als seien sie ein Geschenk an die Bürger. Ich würde dem für diese Maßnahme Verantwortlichen gerne den Hals umdrehen. Vom Preis einer einzigen Laterne könnte ich einen Dreipersonenhaushalt vermutlich ein Jahr lang zum Essen einladen, und es bliebe am Ende sogar noch etwas übrig. Ich frage mich, warum ich ständig wählen gehen soll, wenn ich gegen solche Eingriffe in mein Leben nichts tun kann. Wie soll man die Klagen über die wirtschaftliche Misere dieser Stadt ernst nehmen, wenn man auf Schritt und Tritt beobachten muß, wie Dinge gegen Dinge ausgetauscht werden?

Von mir aus können sie die ganze Stadt mit ihren Laternen spicken, aber müssen die alten Laternen verschwinden, wo es schon nur noch so wenig gibt, was es schon gab? Oft haben gerade die Laternen überlebt, weil sie dort oben keiner beachtet hat, sonst wäre der Fernsehturm vermutlich auch nicht mehr da. Vor unserem Haus in Berlin-Buch stand natürlich auch eine RSL 1, und wir haben immer vom Balkon aus versucht, den runden Blechdeckel mit Kartoffeln zu treffen. Sie hatte etwas Anthropomorphes, ein einbeiniger Mann mit Blechscheibe als Mütze. Es gibt ja kaum Lampen, die nicht scheußlich aussehen, und Laternen sind oft so abstoßend, daß man sich nicht mal daran aufknüpfen würde. »Nein! Nicht die Laternen!« möchte man rufen, wie im Film, wenn Soldaten eine Wohnung plündern und sich die Mutter schützend vor ihre Kinder stellt. Sie werden trotzdem verschleppt, und die Mutter sinkt schluchzend zusammen, sie wird ab jetzt nichts mehr essen und im Lauf des Films den Verstand verlieren. Ich habe kurz überlegt, ob ich es mit so einer Nummer beim Verantwortlichen der Laternenliquidierung versuchen sollte, aber ich finde immer, die Menschen sollen ihre Fehler selber einsehen und sich schämen, das ist doch wirksamer, als wenn man sie belehrt.

Mit solchen Themen begeistert man vermutlich kein Massenpublikum. Ich habe mal vorsichtig in der Branche angefragt, ob Interesse bestände, diesen Proust-Kommentar eines Tages zu drucken. Nein, hieß es, höchstens, wenn ich alles über Proust weglasse. Es wird wohl darauf hinauslaufen, daß ich mit »Suchen und Ersetzen« für »Proust« und »Recherche« überall »Hitlerbrüste« und »Nazi-Diät« einsetze, man muß ja sehen, wo man bleibt. Die wenigen, die das Buch wegen Proust kaufen sollten, könnten das dann ja wieder rückgängig machen.

Sodom und Gomorra, S. 313–333

Endlich erfährt man, wie Marcel aussieht, und zwar aus dem Mund von Céleste, einer der beiden Dienerinnen ländlicher Abstammung, die ihn so gern auf seinem Hotelzimmer besuchen: »›*Ach, diese Stirn, die so rein aussieht und doch so viele Dinge verbirgt, diese Wangen, die so freundlich und frisch sind wie das Innere einer Mandel, die kleinen samtweichen Hände, die dabei doch Nägel haben wie Krallen … Sieh nur, Marie, jetzt trinkt er seine Milch mit einer Andacht, die mir Lust macht, ein Gebet zu sprechen.*‹« So etwas hat noch keine zu mir gesagt, dabei sehe ich bestimmt genauso aus beim Milchtrinken.

Außerdem erfahren wir, daß er es nicht leiden kann, wenn man ihm eine Serviette umbindet. Aber zu wissen, was jemand nicht leiden kann, sichert einem natürlich noch nicht unbedingt seine Sympathien, er weiß ja nicht, daß man es unterläßt und ihm ganz bewußt keine Serviette umbindet, wenn man ihm begegnet, es ist eine dieser heimlichen Aufmerksamkeiten, die immer unentdeckt bleiben werden. »Was für ein angenehmer Zeitgenosse, er hat mir keine Serviette umgebunden«, so denkt man ja nicht.

Marcels »*sorgenvolle Voreingenommenheit in Richtung Gomorra*« wird noch befestigt, weil sich eine schöne, schlanke, bleiche junge Frau am Strand aufhält, die eigentlich etwas für ihn wäre: »*Ich stellte mir vor, wieviel schöner sie eigentlich sei als Albertine und wieviel vernünftiger es doch wäre, auf diese zu verzichten.*« Aber im Kasino wirft diese Person Albertine sehr intensive Blicke zu: »*Man hätte meinen können, sie gebe Signale wie ein Leuchtturmwärter.*« Er ist sich sicher, daß sich die beiden schon von früher kennen, für ihn sind es nämlich »*erinnerungsgesättigte Blicke*«. Außerdem ist er ja ein großer Kenner der weiblichen Kommunikation, und er weiß deshalb, daß, wenn zwei junge Mädchen »*diese ganz spezielle Art von Interesse*« füreinander zeigen, sich ein optisches Phänomen vollzieht, »*indem eine Art von phosphoreszierender Bahn von einer zur anderen lief*«.

Aber Albertine reagiert nicht, und so empfindet die schöne, schlanke, bleiche junge Frau das Erstaunen eines Ausländers in Paris, der »*seinen ständigen Wohnsitz nicht in dieser Stadt hat und, wenn er dort einmal wieder einige Wochen zu verbringen gedenkt, an der Stelle des kleinen Theaters, in dem er so hübsche Abende zu verleben gewöhnt war, den Neubau eines Bankgebäudes erblickt*«. Ich erkenne dich gar nicht wieder. Wo früher ein kleines Theater war, steht heute eine Bank.

Listig, wie er ist, rät Marcel Albertine, wieder zu malen: »*Wenn sie arbeitete, würde sie sich nicht fragen, ob sie glücklich sei oder nicht.*« Deshalb hat man ja früher so viel gestrickt. Das hätte die Frau von Mika Häkkinen ihm mal vorschlagen sollen, aber statt dessen hat sie ihm geraten, wieder ins Tourenwagengeschäft einzusteigen, weil er zu Hause so trübsinnig wurde.

Marcel freut sich darauf, Albertine in der Bahn die ganze Fahrt über zu küssen, er kommt aber dann nicht dazu, weil im Waggon eine Frau sitzt, die er dem Aussehen nach für eine Puffmutter hält. Da diese weder in Egreville, noch in Montmartin-sur-Mer, noch in Parville-la-Bingard, noch in Incarville, noch schließlich in Saint-Frichoux aussteigt, beginnt er, Albertine einfach trotzdem zu umarmen.

Auf dem Bahnsteig sehen sie Monsieur Nissim Bernard, Blochs Onkel, der jeden Mittag ins Hotel kommt, um sich von einem Diener, auf den er ein Auge geworfen hat, das Essen bringen zu lassen. Nun hat er es außerdem auch noch auf einen Bauernburschen abgesehen, dessen Gesicht wie eine Tomate aussieht und der einen für ältere Herren unempfänglichen Zwillingsbruder hat. Da Monsieur Nissim Bernard die beiden nicht auseinanderhalten kann, holt er sich immer wieder eine Abfuhr vom Falschen, was ihn verdrießt, und: »*Auf die Dauer faßte er auf Grund einer Ideenassoziation eine [...] Abneigung gegen Tomaten.*« So wird uns Gemüse auf Gemüse verleidet, weil die eine Verflossene wie ein Kürbis aussah und die andere wie eine Kartoffel. Es ist traurig, am Ende werden wir uns geschmeidig und ähnlich akrobatisch durchs Leben bewegen müssen wie Vincent Cassel in »Ocean's Twelve« durch die Lichtschranken des Bankgebäudes, um den Assoziationen auszuweichen, die uns an Frauen erinnern, mit denen wir nicht glücklich geworden sind.

Unklares Inventar:
- Coldcreme.

Verlorene Praxis:
- Nie die Hand gegen jemanden erheben müssen, weil man mit seinen Augen alles erreicht, was man will.

– Wege finden, während man sich mit einem Hund abgibt, immer wieder dessen Herrn zu streifen.

105. Do, 2.11., Berlin

Ohne Grund fiel mir gestern ein, wie der Schienenersatzverkehrbus auf dem Weg von Kahla nach Jena immer in Göschwitz hielt und die Fahrgäste geduldig warteten, während der Busfahrer am Kiosk einen Kaffee trank, und man durchs Fenster den Mechanikern von der Autowerkstatt nebenan zusah, die gemeinsam einen Abschleppwagen einwiesen und danach noch beieinanderstanden, um Männergespräche zu führen. Als sich die Runde aufgelöst hatte, ging der Chef wieder nach hinten, blieb aber noch einmal kurz stehen, bückte sich mit seinem kaputten Rücken und sammelte ein paar Zigarettenkippen aus der mickrigen Blumenrabatte. Ich stelle mir dann immer zwanghaft vor, wie ich mich in solch einem Leben machen würde. Vermutlich habe ich mir das Bild nur gemerkt, weil ich ein Jahr lang an den Kippen vorbeigegangen wäre, ohne den Entschluß zu fassen, mich danach zu bücken. Wenn man sich immer nur merkt, was für einen nicht selbstverständlich ist, hat man am Ende natürlich ein eigenartiges Bild der Welt im Kopf.

Der Bus fuhr dann weiter durch den Industriepark vor Jena, und man sah mit Bedauern, wie sich heute in solchen Gewerbegebieten, die früher einmal Gegenden mit Charakter waren, nur noch mit Firmen gefüllte Schuhkartons aneinanderreihten. Gewindefabrik. Feuerverzinken. Jenoptik. Spedition. Präzisionsteile. Lithotec. Für das Angenehme im Leben gab es einen »Schlemmer-Treff« und einen »Vicious-Loveclub«.

Nach Jena mußte ich, weil ich wieder am Rumänisch-Intensivkurs teilnahm. Bei Rumänisch gucken immer alle ungläubig und wollen einen plausiblen Grund wissen, warum man diese Sprache lernt. Ich sage dann, daß »vrajitor« auf Rumänisch »der Zauberer« ist, und wenn man bedenkt, daß »wratch« im Russischen der Arzt ist, aber in den anderen slawischen Sprachen der Arzt immer etwas Ähnliches wie »lekar«, dann reicht das doch als Grund. Wie sich die Semantik verschiebt, Wörter »frei« werden, und andere Bedeutungsnuancen in den Mittelpunkt rücken. Es wäre doch traurig, wenn man nur die Hälfte der Geschichte kennen würde, weil man sich die Nachbarsprachen nicht ansieht.

Auf dem Hof der Uni in Jena verrosten verklumpte Schrottberge, die von Frank Stella zusammengeschweißt wurden und die er dieser Kleinstadt in einem sicher von den Nachwendewirren verursachten Moment der Unaufmerksamkeit andrehen konnte. Ich habe immer Angst, daß der normale, Kunst nicht für selbstverständlich nehmende Mensch denken könnte, er müßte das jetzt respektieren. Gerade die, die mit Kunst nichts am Hut haben, glauben ja oft noch daran, daß es so etwas wie Kunst gibt. Die Kunst wird von den Künstlern diskreditiert.

Auf einem Bücherwühltisch vor der Mensa gab es die Memoiren von Simone Signoret: »La nostalgie n'est plus ce qu'elle était«. Und die Frau am Kaffeestand im Parterre der Mensa hat sich schon am zweiten Tag mein Gesicht gemerkt und kesse Bemerkungen gemacht: »Bei dem jungen Mann zuckt nichts mehr, der braucht Zückli.«

Bei unserer rumänischen Lehrerin konnte ich ein paar Deutschfehler sammeln, die ich so mag, weil sie mir nie einfallen würden. Richtig reden kann ja jeder, dafür gibt es schließlich Regeln. Sie sagte »das Gespül« für »das Geschirr« und »Adler« für »Adliger«, »Das war sehr beeindrucksvoll«, »Das ist schwer durchzuschauen«. Ich habe ihr zum Abschied zwei Tassen mit Samtgriff aus der Kahlaer Porzellanfabrik besorgt, aber weil ich rechtzeitig zur Brillenschlangenparty nach Berlin mußte, habe ich mich bei der schriftlichen Prüfung beeilen und vor dem Schluß gehen müssen und mich nicht getraut, ihr vor den Augen aller Teilnehmer mein Geschenk zu überreichen. Jetzt stehen die Tassen im Küchenschrank. Ich habe auch noch eine eingewickelte Barock-CD (ein Geschenk meiner Mutter für meine erste Freundin), und, ebenfalls in Geschenkpapier, »Murphy« von Beckett, in dem vorne steht: »Viel Spaß mit meinem Lieblingsbuch«, aber ich weiß nicht mehr, wem ich dieses Geschenk am 12. Februar 2000 nicht gegeben habe.

Sodom und Gomorra, S. 333–353

Kümmerlich wird man für seine Geduld belohnt, schon die Hälfte von »Sodom und Gomorra« ist vorbei, und nach starkem Auftakt war weder von Sodom noch von Gomorra viel zu lesen. Zum Glück hat es damals in Frankreich ab und zu geregnet: »*Beim Anblick von Albertines Regenmantel, in dem sie eine andere Person geworden zu sein schien, die unermüdliche Wandrerin der Regentage, dieses Mantels, der dicht an ihr haftend, geschmeidig und grau, in diesem Augenblick weniger ihr Kleid gegen Nässe zu schützen als vielmehr von ihr selbst durchweicht dem Körper meiner Freundin sich anzulegen schien, als wolle ein Bildhauer danach einen Abdruck von ihren Formen nehmen, riß ich die Hülle von ihr fort, die so eifersüchtig ihre ersehnte Brust umschmiegte, und zog Albertine dicht an mich heran.«* So weit so gut, aber was tut er jetzt mit ihr? Er nimmt ihren Kopf zwischen seine Hände und zeigt ihr die stummen Wiesen, »*die sich im sinkenden Abendlicht bis an den Horizont erstreckten*«. Das ist doch pervers, aber auf eine ganz perverse Art.

Am Mittwoch darauf fährt Marcel mit der Bahn zu Madame Verdurin, und »*der kleine Kreis*« ihrer Getreuen steigt zu, angeführt von Doktor Cottard. Es sind immer noch dieselben Gestalten, und man weiß immer noch nicht, was der Reiz an solch einem Salon sein soll. Die strenge Patronin hat es nicht gern, wenn jemand, weil seine Mutter stirbt, weil er Grippe hat oder weil er verliebt ist, einen der Besuchstage verpaßt. Gerade bei den Verliebten versteht sie sich darauf, »*die Wunde auszubrennen*«, damit sie bald wieder vollwertige Salongäste sind.

Saniette, der wegen Langweiligkeit aus dem Kreis vergrault worden war, ist wieder mit von der Partie, wenn sich an seiner Langweiligkeit auch nichts geändert hat. Immerhin kann die Beschreibung der Langweiligkeit eines Langweilers kurzweilig sein: »*Da er sich bewußt war, daß er oft langweilig wirkte und daß man ihm nicht zuhörte, versuchte er, anstatt, wie Cottard es getan hätte, seine Rede zu verlangsamen und die Aufmerksamkeit durch eine gebietende Miene zu erzwingen, für den zu ernsthaften Charakter seiner Gespräche durch einen scherzhaften Ton Verzeihung zu erlangen, auch sprudelte er seine Erzählungen viel zu rasch hervor, haspelte sie herunter, gebrauchte Abkürzungen, um weniger langatmig oder auch vertrauter mit den Dingen, von denen er sprach, zu erscheinen, erweckte aber dadurch nur, indem er sie vollends unverständlich machte, den Anschein, als vermöge er nie ein Ende zu finden.*« Es kommt durchaus einmal vor, daß ein gutherziger Mitgast ihm für einen seiner mißlungenen Scherze ein Lächeln schenkt, »*aber nur ganz verstohlen, ohne die Aufmerksamkeit der anderen zu erregen, so wie man jemandem einen Geldschein zusteckt. […] Lange nachdem die Geschichte beendet und unter den Tisch gefallen war, sah man Saniette noch betrübt und einsam in sich hineinlächeln, als genieße er in sich selbst und ganz für sich allein noch deren Köstlichkeit, die ihm, so tat er wenigstens, genügte, auch wenn die anderen nichts daran gefunden hatten*«.

Neu im Kreis ist der Bildhauer Ski, den man so nennt, weil sein polnischer Name zu schwer auszusprechen ist. Er hat mit Elstir ein paar wenige Äußerlichkeiten gemein: »*Sie genügten jedoch, damit Elstir, der ihm einmal begegnet war, gegen Ski eine tiefe Abneigung faßte, welche uns, mehr noch als extrem andersgeartete Wesen, diejenigen einflößen, die uns ähnlich sind, nur in geringerer Ausführung, bei denen alles offen zutage liegt, was wir an Unerfreulichem in uns haben, die unsere inzwischen abgelegten Fehler noch einmal vor uns ausbreiten und uns aufs fatalste in Erinnerung rufen, wie wir wahrscheinlich in den Augen anderer gewirkt haben, ehe wir wurden, was wir nunmehr sind.*« Diejenigen, die unsere inzwischen abgelegten Fehler ständig vor uns ausbreiten, sind ja eigentlich unsere Eltern, die einerseits einfach so bleiben, wie wir nicht sein wollten, und uns andererseits dauernd erzählen, wie wir angeblich einmal waren.

Unklares Inventar:
– Supraporten, Piston.

Katalog kommunikativer Knackpunkte:
– »*Er suchte beim Sprechen seine Worte, um glauben zu machen, daß es sich um einen ganz besonderen Eindruck handle, den er beschreiben wolle.*«

Verlorene Praxis:
– Von dem Eisenbahnbeamten in Doville sehr tief gegrüßt werden.
– Für jemanden einen »*Nachsommer der Zuneigung*« empfinden.

106. Fr, 3.11., Berlin

Warum muß ich, wenn ich »9.« und »10.« lese, immer noch kurz nachdenken, um welchen Monat es sich dabei handelt?

Kann man jemanden lieben, der Loriot und die Sesamstraße nicht mag?

Wieso kann ich mir den Unterschied zwischen »succubus« und »incubus« nicht merken?

Warum steht fast immer ein Blutspendebus vor den Schönhauser-Allee-Arcaden, mit einem Stromkabel, das quer über den Fahrradweg führt und von einem Plastebalken geschützt wird, über den man mit dem Rad stürzt. Demnächst pieksen sie einen einfach ungefragt auf der Straße an und zapfen einem Blut ab, das wäre ja vielleicht sogar die elegantere Lösung.

Warum gibt es bei Extra den Haloumi zum Braten nicht mehr, nachdem ich ihn zum ersten Mal gekauft habe und er aus meinem Leben nicht mehr wegzudenken schien?

Wie oft muß man sich sehen, um noch zusammen zu sein? Wo liegt der Rekord in dieser Disziplin? »Als erstes Paar weltweit haben Gregor und Peggy es geschafft, sich freiwillig zwanzig Jahre nicht zu sehen, und trotzdem noch zusammen zu sein.«

Sollte man ein Video von der eigenen Geburt besitzen?

Lohnt es sich »De la grammatologie« zu lesen?

Warum lerne ich immer nur eingefleischte Vegetarierinnen kennen?

Wie kann ich verhindern, daß mein Kollege an seine Hämorrhoiden denkt, während er mit mir spricht?

Warum sind alle Gesellschaftsspiele von 6–99, und man wird von allem ausgeschlossen, was Spaß macht, sobald man 100 ist?

War Celan clean?

Ist es nicht viel anstrengender, der erste Mohikaner zu sein?

HABE ICH DIE CAPS_LOCK_TASTE JE ABSICHTLICH GEDRÜCKT?

Soll ich heute noch aus dem Haus gehen und wird dann alles anders?

Sodom und Gomorra, S. 353–373

Cottard ist ein treuer Getreuer von Madame Verdurins *»kleinem Kreis«*, er würde nur für eine sehr wichtige Konsultation auf den wöchentlichen Besuch verzichten, *»wobei die Wichtigkeit im übrigen mehr von der sozialen Stellung des Kranken als von der Schwere des Falles abhing. Denn obwohl ein guter Mensch, verzichtete Cottard auf die Annehmlichkeit des Mittwochs nicht zugunsten eines Arbeiters, der vom Schlag getroffen war, wohl aber wegen eines Ministers, der am Schnupfen litt«*. Während einer einzigen Fahrt mit der Bahn ruft Cottard gleich zweimal *»Sapristi!«* aus, einmal wegen der bemerkenswerten Höhe der von Madame Verdurin gemachten Erbschaft und einmal, als er hört, daß Madame de Cambremer ebenfalls heute abend bei den Verdurins erwartet wird. »Sapristi« war eines der Wörter, die mir zuerst in »Tim und Struppi« begegnet sind, dem anderen großen Epos aus dem französischen Sprachraum. Andere Wörter und Konzepte, die ich von »Tim und Struppi« kenne: Saufaus, Fata Morgana, Yeti, Elmsfeuer, Boxeraufstand, Syndikat, Cahare-Gift, liquidieren, Guano, Tapir, Chloroform, Komplott, Piranhas, Pipeline (damals noch wie ein weiblicher »Piepel« gesprochen) und Steward (damals noch wie »stehen« und »warten« gesprochen).

Ein Beispiel dieses emblematischen Erlebnisses der Moderne, wenn man einem Menschen begegnet, nicht mit ihm spricht, schon weiß, daß man ihn nie wiedersehen, aber nie vergessen wird: Ein Mädchen mit *»magnolienhaftem Teint«*, schwarzen Augen und *»wundervollen Formen«* steigt zu, öffnet das Fenster, raucht eine Zigarette und springt an einer der nächsten Stationen *»gewandt vom Trittbrett«*. *»Oft noch, wenn ich an sie denke, fühle ich mich von tollem Verlangen erfaßt«*, sagt Marcel/Proust, und man denkt an Heiner Müllers »Quartett«: »die Parade der jungen Ärsche [...] alle können wir nicht haben.«

Mit ein bißchen Glück könnte das Mädchen mit den wundervollen Formen ja heute noch leben, aber natürlich sei sie schon bei der Niederschrift dieser Episode, zehn Jahre später, wohl nicht mehr ganz so frisch gewesen (man muß also wohl schon noch weitere zehn Jahre warten und hoffen, ihrer Tochter zu begegnen). Aber man muß sich ja nicht wiederbegegnen, man findet sowieso mit zunehmendem Alter in den Gesichtern der Menschen Züge anderer Gesichter wieder und fühlt sich ihnen deshalb manchmal auf irrationale Weise verbunden oder von ihnen abgestoßen. Tragischer als das Altern der anderen ist auch immer noch das eigene.

Denn es kommt der Tag, »*der so unabsehbar und traurig wie eine Winternacht ist, [...] da man weder diese junge Person noch eine andere sucht, ja, wo es einen sogar erschrecken würde, wenn man sie wiederfände. Denn man spürt, daß man nicht mehr über genügend Reize, um zu gefallen, noch über genügend Kraft, um sie zu lieben, verfügt*«. Dann sitzt man, wie Trintignant in »Drei Farben: Rot«, in seinem Haus und wartet auf den Tod. Woody Allen hat auch gerade wieder einmal in dieser erschreckenden Weise über das Alter geredet, aber immerhin hat er täglich Scarlett Johansson vor der Kamera und, wenn er so alt wird wie seine Eltern, kann er auch noch mit ihrer Tochter drehen.

Ein bitterer Moment, man spürt richtig, wie die Verfassung des Autors durchschlägt. Als Vorbote des Todes lege »*die ewige Ruhe*« schon Intervalle bei uns ein, Zeiten, während derer man nichts mehr unternimmt: »*Einen Fuß auf eine Stufe setzen, wenn es nötig ist, scheint bereits ein Erfolg, als wäre einem ein gefahrvoller Absprung gelungen.*« Aber irgendwann gibt man auf und setzt keine Füße mehr auf Stufen: »*Man kann nicht mehr die ermüdende Anstrengung auf sich nehmen, mit der Jugend Schritt zu halten.*« Zumal die Jugend ja in die falsche Richtung rennt.

Aber ich habe auch einmal irgendwo gelesen, daß man durch Tippen geistig länger frisch bleibt, weil die Finger durchblutet werden oder durch die Bewegung der Finger das Gehirn. Man muß also nur immer fleißig tippen, dann hält man Schritt mit der Jugend. Man hat dann zwar nicht mehr viel Zeit für diese, aber man könnte die Jugendlichen ja zum Beispiel zu sich einladen und Partys für sie geben, bei denen man natürlich ununterbrochen tippen müßte, um nicht auf der Stelle zu Staub zu zerfallen.

Daß dieser »kleine Kreis« etwas Besonderes ist, erfährt man immer nur als Behauptung, nie aus der Anschauung, denn gewöhnlicher, hartherziger und dümmer als die Getreuen kann man eigentlich nicht sein. Die Patronin »*hielt den ›kleinen Kreis‹ für etwas so Einzigartiges auf der Welt, eine jener vollkommenen Gemeinschaften, wie sie nur alle Jahrhunderte einmal zustande kommen, daß sie bei dem Gedanken zitterte, irgendwelche Leute aus der Provinz bei sich eindringen zu sehen, die nichts vom Ring und den Meistersingern wußten, die sicherlich in dem Konzert der allgemeinen Unterhaltung ihren Part nicht durchzuführen verstanden und womöglich, wenn sie Madame Verdurin besuchten, einen der berühmten Mittwochabende, das heißt ein unvergleichliches und so empfindliches Meisterwerk, daß, ähnlich wie bei den zarten venezianischen Glaswaren, ein falscher Ton genügte, um es zu zerbrechen, gründlich verderben könnten*«. Meine Partys waren dagegen immer eher aus Jenaer Glas gemacht, falsche Töne konnten ihnen nichts anhaben. In diesem Jahr wird es gar keine geben.

Marcel fragt Professor Brichot nach seiner Meinung zum ortsnamenkundlichen Werk dieses Priesters aus Combray, und Brichot führt sechs Seiten lang aus, wie fehlerhaft die Broschüre sei. Es geht dabei darum, wie man Namensendungen wie »bricq«, »fleur«, »vieux«, »hon«, »dun«, »ai«, »tuit«, »graignes« richtig entschlüsselt.

Wieder ein Beispiel für die Technik, mit der Proust Figuren einführt: Oft begegnen sie Marcel ein erstes Mal, bevor er erfährt, um wen es sich gehandelt hat. Man weiß also nie, ob eine Nebenfigur, die kurz porträtiert wird, später einmal ganze Bände erforderlich machen wird. So war es bisher mit Gilberte, Charlus und Albertine. Und jetzt zeigt sich auch, daß die vermeintliche Puffmutter, die ihn am anderen Tag beim Küssen von Albertine im Zug gestört hatte, in Wirklichkeit die russische Fürstin Scherbatow war. Es hat also schon Tradition, den Bekleidungsstil bestimmter russischer Frauen als leicht nuttig zu empfinden.

Wozu wird das alles berichtet? Eigentlich passiert nicht mehr, als daß der »kleine Kreis« für den Rest der Fahrt im Abteil der russischen Fürstin Platz nimmt. Ich weiß bis jetzt noch nichts über die Genese der »Recherche«, aber ich will hoffen, daß der Verfasser sich, je mehr er sich der Gegenwart nähert und je besser er sich an das Geschehene erinnert, nicht auch entsprechend ausführlich äußert.

Unklares Inventar:
– Einen »*Kasten*« bekommen, Botokuden.

Katalog kommunikativer Knackpunkte:
– »*Ah! Wir werden also die Marquise de Cambremer sehen? sagte Cottard mit einem Lächeln, das er mit einem gewissen Zug von sentimentalem Schwerenötertum zu untermalen für nötig hielt, obwohl er gar nicht wußte, ob Madame de Cambremer hübsch sei oder nicht.*«

Selbständig lebensfähige Sentenz:
– »›*Liegt Néhomme*‹, *fragte ich*, ›*nicht ganz nah bei Carquethuit und Clitourps?*‹«

107. Sa, 4.11., Berlin

Als ich 2003 über die Bretagne schreiben mußte und mich dort – während das Mädchen, in das ich verliebt war, mit einem Freund durch Andalusien reiste und meine E-Mails nicht beantwortete – wochenlang von Kreisverkehr zu Kreisverkehr katapultierte, von einer »petite ville de caractère« zur nächsten, habe ich im von Studenten und Touristen überschwemmten Schmuckkästchenzentrum von Rennes in einem Comicgeschäft »Pjöngjang« von Guy Delise entdeckt und trotz des Preises sofort kaufen müssen. Es war ein Trost, im Paradies des Tourismus diesen Comic über einen Aufenthalt in der touristischen Hölle zu lesen. Der Autor hatte eine sympathische Perspektive, weil er in einem Buch über Nordkorea das Vergnügen, sich im Hotel mit Schuhen aufs Bett legen zu dürfen, für mitteilenswert hielt. Weil kaum einer meiner Freunde französisch sprach, hätte ich das Buch gerne übersetzt, es ist so traurig, seine Freuden nicht teilen zu können. Der einzige in Frage kommende Comicverlag, den ich vom Namen her kannte, war Reprodukt, und es stellte sich heraus, daß sie sowieso planten, »Shenzhen« zu machen, das vorige Buch von Guy Delisle, in dem der Autor in eine boomende chinesische Metropole reisen muß, um dort französische Trickfilmproduktionen zu überwachen. Ich durfte »Shenzhen« übersetzen und habe bei Besuchen im Kreuzberger Büro das Programm von Reprodukt entdeckt und schon auf dem Heimweg verschlungen. Es ist traurig, daß diese Comics in deutschen Buchhandlungen nicht unter »Literatur« stehen, sondern, wenn überhaupt, irgendwo in der Ecke für infantil gebliebene Erwachsene.

Nächstes Jahr nun soll bei Reprodukt endlich auch »Pjöngjang« erscheinen, das Buch zum Atombombenversuch. Man bekommt seltene Informationen über dieses Land. Ich sammle ja immer Extravaganzen von Diktatoren. Es ist nicht einfach, sich im Wettstreit der Exzentriker hervorzutun. Ryszard Kapuściński, der dieses Jahr beim Nobelpreis wieder übergangen worden ist: »Wenn ich über meine Diktatoren schreibe, lese ich Lehrbücher über Kinderpsychologie.«

Kim Il-Sung, der Vater des jetzigen Präsidenten Kim Jong-Il, ist 1994 gestorben, gilt aber der Verfassung nach auch nach seinem Tod noch als Präsident. Die Zeitrechnung in Korea beginnt mit seiner Zeugung (was skurril klingt, aber womit beginnt eigentlich unsere Zeitrechnung?). Man darf ins Land keine Radios einführen, es gibt nur ein (staatliches) Fernsehprogramm (sonntags auch zwei), das vorwiegend Aufmärsche und raubkopierte Dokumentationen sendet (andererseits: Braucht man Fernsehen? Ich habe keines mehr). Jeder Ausländer wird ständig von einem Dolmetscher und einem Führer begleitet (in anderen Ländern bezahlt man für solch einen Service). Überall arbeiten »Freiwillige« an der Verschönerung der Stadt oder helfen bei der Reisernte aus (bei uns helfen »Freiwillige« bei der Spargelernte und pflegen Grünflächen). Die internationalen Hilfslieferungen werden vom Regime, nachdem man genug zum eigenen Profit abgezweigt hat, je nach Loyalität an die Bevölkerung verteilt (in anderen Ländern sind die Ungerechtigkeiten nicht staatlich monopolisiert). Kim Jong-Il hat seinem Vater zum Siebzigsten einen Turm aus 25 550 Granitblöcken geschenkt, für jeden Lebenstag ein Block. Dieser »Juche-Turm« ist der höchste seiner Art weltweit. Er steht für die »Juche«, die offizielle Ideologie, die Kim Il-Sung »um die Erwartungen seines Volks zu erfüllen« als Weiterentwicklung von Marxismus und Maoismus ausgearbeitet hat. Aus Pjöngjang heraus führt eine fast unbefahrene Autobahn (kaum jemand hat Autos, nachts gibt es keine Straßenbeleuchtung), hin zum »Museum der Freundschaft«, wo die Geschenke für Kim Il-Sung aus aller Welt gezeigt werden. Das Museum ist atombombensicher in einen Berg gebaut. Kim Jong-Il soll angeblich während des Studiums 1 200 Bücher publiziert und sechs Opern geschrieben haben. Bei seiner ersten Partie Golf soll er elf von achtzehn Löchern mit einem Schlag getroffen haben. Überall finden sich Stilisierungen seines »perfekten Gehirns« in Form einer Blume, der Kimjongilia. Offiziell gibt es keine Behinderten, weil Korea eine sehr homogene Nation sei und alle Menschen gesund geboren würden. Weil Kim gesagt hat, daß Fahrradfahren ungesund für Frauen sei, fahren sie auf Dreirädern. Während seine Bevölkerung von der Außenwelt abgeschirmt ist, soll er ein großer Fan des französischen Kinos sein.

Jedenfalls habe ich die Übersetzung jetzt fertig (zuletzt war noch zu klären, was »Lé la?« heißt) und kann mich nun endlich dem Nachruf auf Frau Vampiros Schützling widmen. Vielleicht bleibt ja nebenbei sogar noch die Zeit, mich endlich mal wieder zu waschen.

Sodom und Gomorra, S. 373–393

Im von den Verdurins zum Bahnhof geschickten Wagen nähert man sich der Steilküste. Marcel hat »*noch niemals etwas so Schönes gesehen*«. Er läßt sogar die Scheibe herab, wobei man vor allem darüber staunt, daß man das in damaligen Wagen schon konnte. Sein Enthusiasmus fällt auf, Cottard sagt, er lasse sich »*zu sehr von Gefühlen beherrschen*«, und es würde ihm »*guttun, Beruhigungsmittel einzunehmen*« oder sich »*mit Stricken zu beschäftigen*«. Man stutzt etwas, wenn Marcel plötzlich behauptet: »*Ich liebte die Verdurins.*«

Madame Verdurin leidet nicht nur an »*den unvermeidlichen Verheerungen des Alters*«, zudem hat die Musik, die ja im Mittelpunkt ihrer Salons steht, ihren Gesichtsausdruck zu einer dauerhaft überwältigten Miene geformt: »*Unter der Einwirkung der zahllosen Neuralgien, deren Ursache jeweils die Musik von Bach, von Wagner, von Vinteuil, von Debussy gewesen war, hatte die Stirn von Madame Verdurin enorme Proportionen angenommen wie Glieder, die der Rheumatismus schließlich deformiert.*« Das Ergebnis ist ein »*grandios verwüstetes Antlitz*«.

Der »kleine Kreis« ist eine Institution zur Verdrängung des Todes. Das Verscheiden selbst der langjährigsten Getreuen wird übergangen, da diese ja nicht mehr teilnehmen können und man sie mit Worten auch nicht wieder lebendig macht. Ein anderer natürlicher Feind des »kleinen Kreises«, den Madame Verdurin bekämpft, ist die Familie mit ihren irrationalen und nicht durch individuelle Wahl geknüpften Banden.

Der neue Stern bei den Verdurins ist Charles Morel, Violonist und Sohn eines Dieners von Marcels Onkel. Auch er scheint mit Charlus ein Verhältnis zu haben. Jedenfalls benimmt er sich Marcel gegenüber eigenartig, was diesem aber nichts ausmacht, da er »*Vergnügen an der Vielfalt der Menschen fand, ohne etwas von ihnen zu erwarten oder ihnen deswegen böse zu sein*«. Im Idealfall erreicht man als Autor dieses Niveau von Gelassenheit, man steht dann nur noch in der Ecke wie diese Luftfeuchtigkeitsmeßgeräte in Museen und registriert ganz emotionslos die Stimmungsschwankungen anderer.

Unklares Inventar:
– Camyeumalerei.

Katalog kommunikativer Knackpunkte:
– Er war ein Bursche »*mit einem jener melancholischen Gesichter, deren allzu starker Blick darauf hinweist, daß sie sich um ein Nichts furchtbar grämen, ja in Schwermut verfallen können*«.

Verlorene Praxis:

- Weil es einen langweilt, über einen Todesfall zu sprechen, so tun, als sei man so erschüttert davon, daß man aus gesundheitlichen Gründen nicht darüber sprechen könne.
- Als Klaviervirtuose Freund Hein mit einem Triller begrüßen.
- Als Hausherr einen Gast, der keine Tischdame hat, scherzhaft unter den Arm fassen.
- Jemanden im Theater lorgnieren und ihn beim Inhaber des Nachbarfauteuils verleumden.

Heilsame Praxis:

- »*[...] sich von der Schönheit eher umspülen zu lassen, als daraus ein tiefergehendes Anliegen zu machen.*«

Selbständig lebensfähige Sentenz:

- »*Wenn die Medizin nicht wirklich zu heilen vermag, gibt sie sich damit ab, den Sinn der Verben und Pronomina abzuwandeln.*«

108. So, 5.11., Berlin

Seit ich vor sieben Jahren dort selbst einen guten Tag hatte, sehe ich mir manchmal den jährlichen Open-Mike-Literaturwettbewerb an, um mich ein wenig in dem Gefühl zu sonnen, ihn schon gewonnen zu haben. Ich bin natürlich immer enttäuscht, daß ich es in den Presseankündigungen, die sie vorher verschicken, nie in die Aufzählung der ehemaligen Preisträger schaffe, geschweige denn einmal für die Jury eingeladen werde. Wahrscheinlich gibt es solche Sehnsüchte in jedem Beruf, und auch der russische Zollbeamte, der einen extra lange warten läßt, will nur beachtet werden. Nur daß es nicht viel bringen würde, wenn ich die Leser extra lange auf meine Texte warten lassen würde. Man braucht ein wenig Anerkennung, selbst der Mann von der freiwilligen Feuerwehr träumt von einem zusätzlichen Pickel auf seinem Schulterstück. Wenn Autoren Schulterstücke tragen würden, wäre meins vermutlich noch ganz glatt, und ich müßte immer für die anderen das Klo schrubben.

In diesem Jahr fand der Open-Mike in der Wabe am Thälmannpark statt, wo gleich Erinnerungen an ganz verschiedene Epochen hochkamen. Tiefster Osten, weil dort Bands auftreten, von denen man gar nicht wußte, daß es sie noch gibt. Und in den Neunzigern habe ich hier einmal mit Deborah Salsa getanzt, wir hatten den großen Saal für uns und konnten die Schritte nicht, aber sie hat sich immer so schön herumwirbeln lassen. Im letzten Herbst habe ich hier die Choreographin Sommer Ulrickson bei den Proben zu einer neuen Inszenierung begleiten dürfen. Ich bin immer zu spät gekommen, war erkältet und hatte Angst vor den Schauspielern.

Die Tür zum Saal, in dem jetzt gelesen wurde, befand sich praktisch direkt neben dem Lesepult, man mußte sich durch die auf dem Boden Sitzenden einen Weg zum Rand bahnen, um aus dem Blickfeld der Zuschauer zu kommen. Weil ich nicht wollte, daß die vorlesenden Autoren es auf sich bezogen, wenn ich gleich wieder ging, mußte ich bis zum Ende stehen und bekam sofort Schweißausbrüche, weil mir das so peinlich war. Andere gehen in meinem Alter gar nicht mehr unter Menschen. Obwohl die Vorauswahl bei diesem Wettbewerb aus anonymen Einsendungen getroffen wird, kamen fast alle Teilnehmer von den großen Literaturschulen und schrieben ihre Texte im Präsens. Gewonnen haben drei Mädchen, wobei man keiner der drei vorwerfen kann, daß die anderen beiden auch Mädchen waren.

Hinterher habe ich jemanden kennengelernt, der in den achtziger Jahren nach einem abgelehnten Ausreiseantrag in der Stadtbibliothek Mitte als Pförtner untergekommen ist. Ich hätte ihn gern überredet, sofort darüber ein Buch zu schreiben. Ich war in der Zeit dauernd in der Stadtbibliothek, um für eine Arbeit über jüdische Mathematiker zu recherchieren, die ich mir aufgehalst hatte. Das Thema der Arbeit war ein Trick, eigentlich galt solches Philologenzeug an unserer mathematisch orientierten Schule nicht als wissenschaftlich, und ich hätte irgendwelche komplexen Gleichungen lösen oder chemische Elemente entdecken sollen, aber ich setzte darauf, daß sie nichts dagegen sagen durften, wenn ich etwas über Juden machte. Heute befremdet es mich, wie befriedigend ich es in diesem Alter schon fand, mich bis in den späten Abend hinein, wenn schon die letzten den Lesesaal verlassen hatten, in Lexika und alte Zeitschriften zu vertiefen, statt in der Zeit mit den anderen Jugendlichen vor der Kaufhalle zu sitzen und Prasselkuchen zu essen.

Die Karteikästen, das Gefühl, alles Wissen der Welt zur Verfügung zu haben, einen eigenen Schreibtisch mit Büchern füllen zu dürfen, vielleicht fand ich das ja erwachsen. Kopiergeräte gab es natürlich nicht, man mußte seine Kopien einzeln bestellen und holte sie am nächsten Tag ab. Es war so eigenartig bläuliches Papier, das nach Chemie roch. Der Mann an der Garderobe wirkte ein wenig durchgedreht, manchmal schrie er eine Klotür an, ich ahnte ja nicht, daß hier eine stadtbekannte Klappe war. Im Lesesaal saß immer ein dicker Junge mit Hasenscharte, der Tag für Tag murmelnd große Stapel einer Eisenbahnerzeitschrift studierte.

Mein neuer Bekannter, an dem ich damals vielleicht Dutzende Male vorbeigegangen bin (Pförtner waren ja irgendwie Prominente, spätestens, wenn man sah, daß sie in ihrer Bude oppositionelle Schriften lasen, bestimmt ist der Rockmusiker oder Dichter, dachte man dann), hat mir nun geschildert, wieviele Verrückte und Aussteiger die Bibliothek damals bevölkert haben, irgendwo mußte ja jeder unterkommen in der DDR, denn arbeitslos durfte man nicht sein. Es sollen sogar welche im Gebäude gelebt haben. Oben sei immer einer in Frauenkleidern rumgelaufen. Die Kopierer seien aus Russland gewesen. Er hat immer morgens um vier Zeitschriften gelesen, die man sonst nicht bekam. Es ist faszinierend, etwas über einen Ort zu hören, an dem man zu dieser Zeit auch war. Das ist eben Heimat, solchen Menschen zu begegnen.

Schade, daß ich das Material nicht für mich habe, eine Bibliothek in der Endzeit der DDR, das wäre ein gutes Thema. Ich war neidisch, weil ich damals zu jung gewesen bin, um in der DDR tiefer in solche Mikrokosmen eingedrungen zu sein. Aber ich hatte ja noch die Hoffnung auf ein Studium, und meine Eltern hatten mir die Angst vor dem Aussteigen eingeimpft. Dabei war die späte DDR vielleicht die beste Zeit für Hilfsarbeiter und Pförtner in der Geschichte der Menschheit. Aber genau kann ich es nicht wissen, weil ich es nicht erlebt habe. Ich habe nur diese kümmerlichen achtzehn Jahre DDR. Bestimmt gibt es zur Zeit schon Journalisten, die an Projekten recherchieren, für die sie sich länger als achtzehn Jahre irgendwohin begeben oder sogar ins Gefängnis stecken lassen, um hinterher darüber einen Bestseller zu schreiben. *Immersion journalism*, damals war es mein Leben.

Gerade leuchtet der Himmel über die ganze Breite des Horizonts rosa, mit violetten Wolkentupfern. Jedesmal, wenn ich zu den Bäumen auf dem Platz vor dem Haus sehe, wippen ihre Spitzen ein wenig als würden sie sich wünschen, daß ich sie mehr beachte. Mit meiner neuen Maus fühlt sich die Arbeit an, als sei ich von einer chronischen Arthritis geheilt, die alte hatte noch so eine altmodische, klemmende Kugel im Boden. Jetzt gehorcht der Pfeil, ich kann genau die Links anklicken, die ich sehen will, und muß nicht mehr irgendwo rumsurfen, nur um überhaupt etwas zu machen. Das macht das Leben einfacher, aber natürlich auch berechenbarer.

Sodom und Gomorra, S. 393–413

Der »kleine Kreis« ist bei den Verdurins eingetroffen, die ihren Salon in den Ferien im von den Cambremers gemieteten Anwesen »La Raspelière« betreiben, das zweihundert Meter über dem Meer liegt. Auch Charlus ist anwesend und zieht Marcel in eine Ecke, »*um ein Wort zu mir zu sagen, wobei er meine Muskeln abtastete, was eine deutsche Sitte ist*«. Diese Sitte kenne ich eigentlich nur aus Westdeutschland.

Während Madame Verdurin ihre Vermieter nur eingeladen hat, um eventuell für die Zukunft Vergünstigungen herauszuschlagen, sind sie ihr für ihren kleinen Kreis eigentlich nicht würdig genug. Madame de Cambremer-Legrandin, die angeheiratete Schwiegertochter der Chopin-Liebhaberin Madame de Cambremer, ist wiederum nur sehr unwillig mit von der Partie, denn für sie sind die Verdurins unter ihrem Niveau: »*Sie trat hochmütig und mürrisch mit der Miene einer großen Dame ein, deren Schloß im Verlauf eines Krieges von Feinden besetzt worden ist, die sich aber gleichwohl darin zu Hause fühlt und den Siegern zu zeigen gedenkt, daß sie Eindringlinge sind.«* Die Begegnung von Vermietern und Untermietern fühlt sich für beide Seiten seltsam an. Madame de Cambremer beschäftigt sich damit, »*die Veränderungen festzustellen, welche die Verdurins in La Raspelière vorgenommen hatten, damit sie die einen kritisieren, andere davon in Féterne einführen, vielleicht auch angesichts der gleichen alles beides tun könne*«.

Charlus wird neben Cottard plaziert, und Cottard zwinkert ihm zu, um das Eis zu brechen. »*Der Baron, der sehr leicht überall seinesgleichen vermutete, zweifelte nicht, daß Cottard einer davon sei und ihm schöne Augen zu machen versuche. Sofort legte er dem Professor gegenüber die Härte des Invertierten an den Tag, der ebenso verachtungsvoll denjenigen entgegentritt, denen er selbst gefällt, wie er sich eifersüchtig um die anderen bemüht, welche ihm gefallen.*« Das ist zwar eigentlich ein Klischee, aber Proust muß es ja wissen.

»*Zweifellos ist es, obwohl jeder heuchlerisch von der immer vom Schicksal verwehrten Wohltat des Geliebtwerdens spricht, dennoch ein allgemeines Gesetz, dessen Herrschaft sich keineswegs auf Leute wie Monsieur de Charlus beschränkt, daß uns ein Wesen, das wir selbst nicht lieben, welches aber uns liebt, unerträglich erscheint.*« Wir ziehen solch einer Frau »*die Gesellschaft jeder beliebigen anderen vor, auch wenn sie weder deren Charme noch ihre angenehmen Umgangsformen, noch ihren Geist besitzt*«. Und da uns in der Regel die charmanten, angenehmen und geistvollen Frauen lieben, sind wir dazu verurteilt, unsere Zeit mit unausstehlichen Schnepfen zu verbringen.

Madame de Cambremer vertieft sich auf ihrem Wohnsitz Féterne übrigens in immer esoterischere Philosophie und in immer schwierigere Musik. Sie setzt »*in dem Maße, wie ihr Glaube an die Realität der Außenwelt abnahm, ein immer leidenschaftlicheres Bemühen daran, sich vor ihrem Tode in dieser letzteren noch eine gute Stellung zu sichern*«. Und einen Platz in »Sodom und Gomorra« hat sie sich ja immerhin gesichert.

Unklares Inventar:
- Ein Beschließer, Chintzbezüge, Araukarien, Hauswurz, Barbedienne-Bronzen.

Verlorene Praxis:
- Sich des öfteren einen Scherz erlauben, durch den man, gleichzeitig bescheiden und schlagfertig, seine Unwissenheit bekennt und sein Wissen dartut.

- Zur Begrüßung zwei Finger ausstrecken.
- In einem Urlaubsort auf jemanden, der unter den vielen Touristen, die seine Kreise nicht kennen, zu ersticken meint, wie ein Riechsalzflakon wirken.
- In dem Bewußtsein, eine einem selbst geistig überlegene Frau geheiratet zu haben, sehr wenig sprechen.
- In seinem Schloß im Osten Frankreichs von der Invasion überrascht werden und »*vier Wochen lang den Kontakt mit den Deutschen ertragen müssen*«.
- Als vollkommene Gastgeberin an allen Unterhaltungen gleichzeitig teilnehmen.

109. Mo, 6.11., Berlin

Andere verreisen, um eine unglückliche Liebe zu vergessen, das geht für mich zeitlich und emotional nicht mehr. Aber bei Wohlthats gab es Gustav Fischers »Landmaschinenkunde«, ein Buch aus den Zwanzigern, und Fachwortschatz ist ja für einen Autor auch so etwas wie Urlaub: Glockengöpel, Sielengeschirr, Schwungkugelregler, Klauenkupplung, Rübenköpfer Siedersleben, Zentralschmierapparat mit Tropfölern, Staufferbuchse, Schmierpumpe, Vorgelege mit Riemenausrücker, Stotzsche Stahlbolzenkette, Dibbelmaschine, Dauermilcherhitzer, Ringschmierlager, Fuderablader, Haspelheuwender, Hordentrocknung, Ölkuchenbrecher, Schwingschüttler, Pommritzer Rübenrodepflug, Hederichspritze, exzentrisches Planetengetriebe, Auflöseapparat, Kettendüngerstreuer mit Streudüngerkette, Tiefkrümelpflug, Entleerungsstellung …

Man atmet richtig auf. Die deutsche Sprache kann so viel mehr, als meine Seele zu beschreiben.

Aber wenn man dann Sätze liest, wie: »*Da die Streuwelle den Dünger nicht immer sicher durch den unter ihr liegenden Schlitz hindurchschiebt*«, wird einem plötzlich der Subtext klar. »*Von der Bodenwalze wird der Dünger unterhalb des Streuschlitzes durch einen straff gespannten, starken Draht abgestreift und der noch haftende Rest durch eine angeschärfte Messerschiene entfernt. Damit sich die Lage der Rührwelle zum Schlitz nicht verändert, wird der Stellschieber nicht geradlinig verschoben, sondern um die Rührwelle geschwenkt.*« Wer fünfhundert Seiten in diesem Stil schreibt, der dürfte eine gewaltige sexuelle Sublimierungsleistung vollbracht haben. Offensichtlich hat Gustav Fischer keine glückliche Ehe geführt. Diese Landmaschinenkunde ist in Wirklichkeit nichts als ein rührender Schrei nach Liebe: »Jedesmal, wenn ich das Sielengeschirr anlege und in Entleerungsstellung gehe, kommt dieser Fuderablader mit seinem Glockengöpel und führt sich auf wie eine Dibbelmaschine. Das nächste Mal kriegt er es mit meiner Stotzschen Stahlbolzenkette zu tun! Ich bin ein exzentrisches Planetengetriebe und kein Ringschmierlager für seinen Schwingschüttler! Der wird sich wundern, wie schnell aus einem Dauermilcherhitzer ein Rübenköpfer wird!«

Sodom und Gomorra, S. 413–435

Soll man in Albertine verliebt sein oder nicht? Die Frage muß man sich immer dazudenken, denn sie geht Marcel vermutlich nicht aus dem Kopf, auch wenn er nicht darüber spricht. Die Mutter würde diese Bindung begrüßen, wenn sie ihn glücklich macht. Aber genau das macht ihn unglücklich, wie schon damals, als der Vater sich so überraschend einverstanden erklärte, ihn ins Theater gehen und Literat werden zu lassen. Plötzlich war er selbst für sein Schicksal verantwortlich und spürte *»die gewisse Schwermut, die einen überfällt, wenn man nicht länger Befehlen gehorcht, die von einem Tag zum anderen die Zukunft verdecken«*. Vielleicht hätte er sich in Nordkorea ja wohler gefühlt, wo es nie an Befehlen mangelt, die einem die Zukunft verdecken.

Professor Brichot, einer von Madame Verdurins Getreuen, die sie *»meine Kinder«* nennt, kommt nach seinen Ausführungen zu den Ortsnamen nun auch auf die Etymologie der Personennamen zu sprechen. In vielen Familiennamen stecke ein Baum, wie etwa in Freycinet »fraxinetum«, die Esche. Da wir nicht mehr im neunzehnten Jahrhundert leben, dürfen wir es uns erlauben, den Monolog in Form einer Liste abzukürzen:

Saulces – salix – Weide
Selves – silva – Wald
Houssaye – Stechpalme
d'Ormesson – Ulme
La Boulaye – Birke
d'Aunay – Erle
Bussière – Buchsbaum
Albaret – Splint (helles, junges Holz)
Cholet – Kohl
La Pommeraye – Apfelbaum

Ein berühmter norwegischer Philosoph ist übrigens auch zugegen, wurde aber bisher noch nicht erwähnt. Er spricht wie viele Ausländer sehr langsam, weil er *»bei jedem Ausdruck ein inneres Wörterbuch zu Rate ziehen mußte«*. Dafür zeichnet er sich durch das Tempo aus, mit dem er sich immer davonmacht, nachdem er Adieu gesagt hat: *»Seine überstürzte Eile rief beim ersten Mal den Eindruck hervor, er leide an einer Kolik oder einem noch dringenderen Bedürfnis.«*

Die Beschreibung des Abends läuft so ein bißchen wie in »Short Cuts«, Schnitt folgt auf Schnitt. Jetzt erfährt Cottard von Ski, daß Charlus *»einer von* *der Bruderschaft*« ist, »*der das Leben auch von der anderen Seite kennt*«. Aber Cottard konstatiert: »*Immerhin hat er keine Speckröllchen um die Augen.*« Die Geschichte der Vorurteile ist um eine interessante Unterstellung reicher.

Saniette läßt man konsequent auflaufen, man braucht ihn ja nur, um ihn zu quälen. Wenn er einmal einen halbwegs gelungenen Spruch anbringt, dann wird er des Plagiats beschuldigt, weil die Runde diesen Spruch bereits aus dem Mund eines anderen kennt, dem er ihn früher einmal verraten hatte.

Schließlich wird Elstirs gedacht, der dem »kleinen Kreis« früher einmal angehört hatte, dessen Heirat mit einer von ihr als unwürdig erachteten Frau Madame Verdurin nicht verhindern konnte und der seitdem als abtrünnig gilt. Im übrigen habe er sein Talent an Riesenschinken verschleudert, sagt sie. Schon damals war er damit negativ aufgefallen, daß er Cottard mit lila Haaren porträtiert hatte.

Die Frage des Abends ist, ob Charlus oder Monsieur de Cambremer an der Hand des Hausherren zu Tisch gehen soll, wer also vom Rang her der erste Ehrengast ist. Charlus betont mit scheinheiliger Bescheidenheit, daß es doch keine Bedeutung habe, wenn er nach Monsieur de Cambremer plaziert worden sei: »*Er hängte ein kleines Lachen an, das eine Besonderheit von ihm war – ein Lachen, das wahrscheinlich von irgendeiner bayerischen oder lothringischen Großmutter stammte, welche es in ganz der gleichen Form von einer Ahnin übernommen hatte, so daß es dergestalt unverändert seit vielen Jahrhunderten an alten kleinen Höfen Europas aufgeklungen war und man seinen kostbaren Ton wie den gewisser, überaus selten gewordener alter Instrumente genoß. Es gibt Fälle, in denen zur Vervollständigung der Personenbeschreibung eine phonetische Wiedergabe unerläßlich wäre.*« Oder der Link zu einer Sound-Datei.

Unklares Inventar:
- Odeonien, Pikettpartie, Toile-de-Jouy-Bezüge.

Verlorene Praxis:
- Sich »*an verworrenen Reminiszenzen*« berauschen.

Selbständig lebensfähige Sentenz:
- »*Fast jede Neuigkeit, die wir erfahren, bewirkt, daß wir irgendeine unserer Äußerungen bedauern.*«
- »*Er weiß zuviel, er langweilt mich.*«

110. Di, 7.11., Berlin

Als ich einmal in Petersburg über eine Newa-Brücke ging, strich ich mir durchs Haar und hatte plötzlich einen Angelhaken in der Hand. Es war auch noch ein bißchen Sehne dran. Ich konnte mir nicht erklären, wie der Haken auf meinen Kopf gekommen war. Ich konnte bisher auch niemandem davon erzählen, die Beobachtung paßte einfach in kein Gespräch.

Sodom und Gomorra, S. 435–456

Es gibt also eine »*Regel der drei Adjektive*«, wenn man einem lobenden Adjektiv zwei weitere folgen läßt. Bei Madame de Cambremer bilden diese Adjektive ungewöhnlicherweise keine Steigerung, sondern ein Diminuendo. Wenn Marcel zum Abendessen komme, werde sie »›*entzückt – glücklich – zufrieden*‹« sein, schreibt sie. Ein Adjektiv mehr, vermutet er, und von der Eingangsliebenswürdigkeit würde nichts mehr übrigbleiben.

Charlus spricht sich ganz freundlich über Kaiser Wilhelm aus, diesen »*Edelmann letzten Ranges*«. Allerdings verstehe er nichts von Malerei und habe »*Herrn Tschudi angewiesen, die Elstirs aus den nationalen Museen zu entfernen*«. Das ist nun eine eigenartige Vermischung von Fiktion und Realität, weil es doch keinen Herrn Elstir gibt, aber einen Herrn Tschudi. Außerdem ist der Vorgang ja nachprüfbar. Man kann aber als Autor nicht erwarten, daß der Leser deshalb den fiktiven Maler für echter halten würde. Wenn Proust konsequent wäre, müßte er zu Balbec, Elstir, Combray, Bergotte, Vinteuil und Charlus eigentlich auch einen eigenen deutschen Kaiser für seinen Roman erfinden.

Korrekterweise dürfte man ja die ganze Zeit nicht »Marcel« sagen, der Name ist bis jetzt noch nicht gefallen. Aber mein Ich und das meiner Figuren sind doch in gleichem Maß fiktiv. Es irritiert, wenn der Erzähler behauptet, er könne »*heute*« nicht sagen, wie Madame Verdurin »*an jenem Abend*« gekleidet war, »*über Beobachtungsgabe verfüge ich nicht*«. Ist das kokett?

Madame Cottard erliegt, mitten im Raum sitzend, der »*unweigerlich bei ihr auftretenden Wirkung der Stunde nach dem Essen*« und überläßt sich nach vergeblichem Widerstand einem leichten Schlummer. »*Sei es, daß ein Wille, dem Schlaf zu widerstehen, bei Madame Cottard weiterbestand, sogar wenn sie schlief, sei es, daß der Fauteuil nicht genügend Stütze für ihren Kopf bot, jedenfalls schaukelte dieser mechanisch von links nach rechts und von oben nach unten im Leeren wie ein willenloses Objekt, und derart schwankenden Hauptes erweckte Madame Cottard bald den Eindruck, sie höre eine musikalische Darbietung an, bald aber, sie befinde sich in der letzten Phase der Agonie.*« Dieses Schwanken, das ich in der S-Bahn so oft bei anderen beobachtet habe, wenn sie in den Mittelgang zu kippen drohten, sich aber ohne aufzuwachen immer wieder aufrichteten. Ich bin selbst so müde, wenn ich jetzt auch noch über Müdigkeit nachdenken soll, schaffe ich mein Seneca-Pensum für morgen nicht mehr, und ich will doch meinen Ruf als Streber festigen, jetzt, wo ich nicht mehr darauf angewiesen bin, bei meinen Mitschülern beliebt zu sein, sondern so viele Freunde im Internet habe.

Unklares Inventar:
- Affäre Eulenburg, die Ingalli, Trional.

Katalog kommunikativer Knackpunkte:
- Jemandem »*den rasch wieder abgewendeten Blick eines Kurzsichtigen und eines Philosophen*« zuwerfen.
- Verstohlen einen Blick gleiten lassen, »*den ein Redner heimlich jemandem spendet, der in einer Versammlung sitzt und dessen Name er gerade zitiert*«.

Verlorene Praxis:
- Anderen fossil vorkommen.
- Zu jemandem mit Vorreitern mit erhobenem Stab anreisen.
- In der gleichen Art wie gute Parlamentsredner niemals auf einen Zwischenruf antworten.

111. Do, 9.11., Berlin

Sollte man am Geburtstag einfach aufs Dach steigen und nicht mehr mit dem Psychologen reden, bis das Urteil gegen einen aufgehoben wird? Wie immer kamen gleich morgens mit der Post die ersten Glückwünsche vom Sparkassenberater, aber auch web.de ließ sich nicht lumpen: »Als kleine Überraschung möchten wir Sie einladen, 3 Monate lang alle Vorteile des WEB.DE Club zu genießen: Premium E-Mail, exklusive Funktionen, Sicherheitspaket und vieles mehr.« Aber wenn man auf »Überraschung auspacken« klickt, mußte man die Nutzungsbedingungen für das Geschenk akzeptieren, bevor man überhaupt erfuhr, wie es aussah.

Der traditionelle Anruf des Ahnungslosen kam diesmal von einem Redakteur. Er riet mir, kein Staatsbegräbnis anzustreben, sonst würde ich nie eines bekommen. Ich weiß nicht, wieso ich mit allen immer gleich auf dieses Thema zu sprechen komme. Neu war in diesem Jahr der eiskalte Regen, der mich auf dem Fahrrad erwischte. Dafür wußte ich bei Latein den PPP-Abl.abs. von »Sole occidente«. Wenn ich mich statt in die Uni in die Vorschule setzen würde, hätte ich noch viel mehr solcher Erfolgserlebnisse. Leider driften irgendwann im Leben die Ansprüche, die an einen gestellt werden, und die Fähigkeiten, die man hat, auseinander, man müßte sich mal wieder an der richtigen Stelle eintakten.

Meine Mutter hat gefragt, ob ich denn ein Grammophon hätte, sie meinte einen Plattenspieler. Ich hatte nämlich erzählt, daß ich mit ihrer Enkelin unsere alte »Der Wolf und die sieben Geißlein«-Platte gehört habe. Wir haben damals immer den Schluß hören wollen, wo die Geißlein singen: »Der Wolf ist tot, der Wolf ist tot, määääh!« Was in der Erinnerung ein längerer Spottgesang ist, war in Wirklichkeit ein rasch ausgeblendetes leises Meckern. Außerdem identifiziere ich mich inzwischen natürlich mit dem Wolf. Trotzdem ist es eine hervorragende Platte, die heute zu Unrecht kaum noch gespielt wird. Der Sprecher ist Joseph Offenbach, der Vater aus »Die Unverbesserlichen«. Rätselhaft, daß man einen Text, in den man ja kaum seine tiefsten Gefühle legen kann, so mitreißend sprechen kann. Vielleicht ist es auch nur seine Stimme, die man gerne hört, und der Schauspieler muß gar nichts machen.

Am Morgen einen Bekannten auf dem Fahrrad gesehen und nicht angesprochen. Er war mal ein Idol, weil er Malerei studierte, jetzt programmiert er Webseiten und ist damit viel glücklicher, weil es besser bezahlt ist. Die Fähigkeit, Menschen zu idealisieren, nimmt im Alter ab. Beim Zeitunglesen überlegt, ob ich meinen Geburtstag dazu nutzen sollte, mal die US-Bundesstaaten auswendig zu lernen, das wäre wenigstens etwas Konkretes und an einem Tag zu schaffen. Auf der Post stellte sich die Frage: Pritt oder Uhu? Warum können zwei identische Produkte auf demselben Markt überleben? Irgendwie war ich den ganzen Tag über zittrig, weil meine Tochter morgens geschrien hatte, ich hatte den Turm nicht noch mal bauen wollen, den sie eingerissen hatte: »Ich kann das nicht!« sagt sie immer, ohne es überhaupt probiert zu haben. »Sie will, daß du dich mit ihr beschäftigst«, erklärt man mir. Aber es wäre doch viel effektiver, nett zu mir zu sein, als mich gleich morgens anzuschreien. Die nächste Frau, die zu mir sagt: »Was rumpelt und pumpelt in meinem Bauch herum?« schmeiße ich in einen Brunnen.

Sodom und Gomorra, S. 456–477

Als Madame Cottard wieder aufwacht, streicht sie sich mit der Hand über die Stirn, mit »*der Geschicklichkeit einer Frau, die ihr Haar wieder ordnet*«. Sie ist bemüht, die Peinlichkeit, eingenickt zu sein, zu entschuldigen: »*Ihr Lächeln aber wurde schnell traurig, denn der Professor, der wußte, daß seine Frau ihm zu gefallen suchte und zitterte, es möge ihr nicht gelingen, rief ihr soeben zu: ›Sieh dich nur im Spiegel an, du bist so rot, als littest du an einem Ausbruch von Akne, du siehst aus wie eine alte Bäuerin.‹*« Madame Verdurin verbucht das unter »*schalkhafter Gutmütigkeit*«. Ein trauriges Bild, solche Eheleute, und irgendwie wurde einem davon ja schon immer die Lust aufs Zusammenleben genommen.

Viel hat die Schlafende nicht verpasst, höchstens Gespräche darüber, was so alles in Familienwappen vorkommen kann: Wiederkreuze, Fasces, Wechselzinnen, Kleeblattschnitt, fußgespitzter Pfahl, Hermelin.

Die Herren spielen Écarté. Charlus versucht, Morel, »*da er es mit der Hand nicht konnte, mit Worten zu berühren, die ihn gleichsam abtasteten*«. Cottard macht fade Wortspiele. Madame Verdurin möchte Marcel vom Besuch bei den Cambremers in Féterne abhalten. Lungenentzündung und dauerhaften Rheumatismus würde er riskieren, und die Luft sei dort nicht gut für seine Erstickungsanfälle. Alles aus Angst, man könne sie versetzen. Deshalb rät sie auch Charlus ab, in Rivebelle zu essen. Von dem »*Dreckzeug*«, das sie einem dort als »*galette normande*« vorsetzten, habe ein armes Mädchen eine Bauchfellentzündung bekommen und sei innerhalb von drei Tagen gestorben.

Beim Abschied ist der norwegische Philosoph, wie angekündigt, spurlos verschwunden, vielleicht von einem »*Aeroplan entführt*« oder »*auf übernatürliche Weise in den Himmel entrückt*« oder er hatte wieder »*einen Kolikanfall*«.

Das alles berührt mich weniger, als daß Marcel sich eine Seite lang darüber ärgert, daß Madame de Cambremer d.J. Saint-Loup »*Saint Loupp*« ausspricht, mit hörbarem p am Ende.

Unklares Inventar:
- Siele.

Katalog kommunikativer Knackpunkte:
- »*›Bleiben Sie noch einige Zeit in dieser Gegend, Madame?‹ fragte Monsieur de Cambremer Madame Cottard, was als eine unbestimmte Absicht, sie einzuladen, gelten konnte, aber für den Augenblick eine präzisere Form der Verabredung überflüssig machte.*«

112. Fr, 10.11., Berlin

In der Urania in Westberlin bei einem bunten Revue-Nachmittag für Senioren. Der Saal ist auch am zehnten Tag hintereinander bis auf den letzten Platz ausverkauft. Nirgends wurde die Veranstaltung angekündigt, es läuft alles über die Bezirksämter, eine richtige Subkultur. Den Conférencier kennt man irgendwie von Fernsehabenden aus der Kindheit, aber sicher ist man nicht. Es sei schon die 248. Ausgabe dieser bunten Nachmittage. Das Publikum lacht herzlich, sobald es schlüpfrig wird. Es sind ja Individuen, aber als Rentner ist man doch in der Wahrnehmung ein Kollektivwesen, genau wie Jugendliche. Die Band lädt ein zu »einer kleinen musikalischen Reise um die Welt«, und wenn man ehrlich ist, geht die Musik sogar in die Beine. »Im Sommer scheint die Sonne und im Winter da schneit's, in der Schweiz, in der Schweiz, in der Schweiz.« Alle anderen kennen den Text, ich fühle mich ausgeschlossen. Was werde ich hier in fünfzig Jahren mit meinen Altersgenossen singen? Oder auch: »Das ist Berlin, Berlin, Berlin … genau im Mittelpunkt der Welt, hat dich der Herrgott hingestellt«?

Der Conférencier zitiert Jean Paul: »Erinnerungen sind das einzige Paradies, aus dem man nicht vertrieben werden kann.« Wer solche Sprüche klopft, hat es verdient, bis ans Ende aller Tage in Rentner-Variétés zitiert zu werden. Zustimmendes Raunen, die gehbehinderte Oma neben mir, die unförmig wie eine Qualle in ihrem Sessel zerfließt, sagt: »Ditt stimmt.« An welche Paradiese sie wohl dabei denkt?

Chris Howland, der als »cleverer englishman« angekündigt wurde, singt: »Dann hau ich mit dem Hämmerchen mein Sparschwein kaputt.« Wieder kenne ich den Text nicht. '48 sei er nach Deutschland gekommen und habe hier eine phantastische Erfindung entdeckt, über die man überall in der Welt spreche. »Kennen Sie nicht?« Jemand ruft: »Arbeit!«, aber er meinte »Das deutsche Fräulein«, von dem sein nächstes Lied handelt. Danach wieder Scherze: An den Euro könne man sich nicht gewöhnen, das Kleingeld sei so schwer, »das hängt so tief in meiner Hose. Nein, gnädige Frau, nicht, was sie meinen, das Geld.« Der Saal tobt.

Meine Pankowerin tanzt auf der Bühne, und ich bin sprachlos vor Bewunderung, zögere aber, sie zu filmen, weil mir diese Aufnahmen eines Tages, sollte ich wirklich kein Glück bei ihr haben, wehtun könnten.

Sodom und Gomorra, S. 477–498

Das dritte Kapitel des Bandes beginnt mit: »*Ich fiel um vor Müdigkeit*«, ein Satz, mit dem jedes Kapitel beginnen sollte. Wieder ein guter Titel für meine Memoiren.

Manchmal fragt man sich, ob man sich zuviel dazudenkt oder im Gegenteil zu harmlos ist. Der schielende Page erzählt von seiner Schwester, »*witzig ist sie auch. Nie verläßt sie ein Hotel, ohne daß sie dem Zimmermädchen, das hinterher aufräumen muß, in einem Schrank oder einer Kommode ein duftendes Andenken hinterlassen hat*«. Eben will ich mich genüßlich über die Stelle hermachen und böswillig eine skatologische Anspielung herauslesen, aber dann geht es weiter: »*Manchmal macht sie das sogar in einem Wagen, nachdem sie die Fahrt bezahlt hat; dann versteckt sie sich in einer Ecke und lacht sich tot, wenn der Kutscher tobt, weil er noch einmal von vorn anfangen muß, seine Kutsche zu waschen.*« Also was nun? Scheißt sie wirklich in Hotels und Autos?

Diese Schwester hat einen reichen Liebhaber gefunden und würde es deshalb bedauern, wenn es keine Armen mehr gäbe: »›*[…] damit ich, jetzt, wo ich reich bin, sie gelegentlich ansch… kann.*‹« Fortschrittlich sind natürlich immer nur die Reichen, die anderen wollen nicht die Verhältnisse ändern, sondern lediglich selbst zu ihren Nutznießern gehören.

Zurück von La Raspelière ist Marcel immer müde, »*ich trat dann in den Schlaf ein, der wie eine zweite Wohnung ist, über die wir verfügen und in die wir, nachdem wir die erste verlassen, uns für die Nacht begeben*«. Und mitten in den Überlegungen über die verschiedenen Arten des Aufwachens und darüber, daß man kurz danach zwar noch seinen Plotin kenne, aber noch nicht »*das Vermögen, in kleinen Dingen zu handeln*« wiedererlangt habe, heißt es: »*[I]ch selber bürge dafür, ich, das seltsame Wesen, das, während es darauf wartet, daß der Tod es erlöst, bei geschlossenen Fensterläden, abgeschieden von der Welt, unbeweglich wie eine Eule lebt und wie jene einigermaßen klar nur im Dunkel sieht.*« Ein verstörender Einschub, plötzlich meldet sich der Autor zu Wort. Als würde ein Monitor eingeschaltet, auf dem man ihn bei der Arbeit sieht, wie sich in »The Rocky Horror Picture Show« immer dieser Mann einmischt, um die Tanzschritte zu erklären.

Alte Verwicklungen klären sich auf, Charlus war also beim letzten Aufenthalt in Balbec hinter dem Oberkellner Aimé hergewesen. Marcel zitiert einen Brief, den Aimé von Charlus erhalten und nicht verstanden hat. Darf man in seinen Romanen aus fremder Post zitieren? Jedenfalls bedient sich Charlus einer riskanten Liebesbrieftechnik, indem er gleich am Anfang verrät, »*daß mir beim ersten Mal, als ich Sie in Balbec bemerkte, Ihr Gesicht schlechthin unsympathisch war*«. Aber dann habe er an ihm eine Ähnlichkeit mit einem verstorbenen Freund bemerkt, und die »*brachte sogar die unerträgliche Ausbildung ihrer Kinnpartie [...] zum Verschwinden*«. Das soll man mal einer Frau sagen: Du erinnerst mich so sehr an eine andere, die mir sehr nah war, daß du mir gar nicht mehr so häßlich vorkommst, wie du bist.

Aimé ist »*ein wenig gealtert bereits durch den reichlichen Genuß von Champagner und der Stunde nicht mehr fern, da der Brunnen von Contrexéville notwendigerweise dessen Stelle werden einnehmen müssen*«. Contrex bekam Herr Tatziet immer kistenweise aus dem Westen geschickt, es stand im Keller, und wir durften die Flaschen nicht anrühren. Ich hoffte immer, das heilsame Westwasser würde ihn wieder rüstiger machen.

Albertine malt und sucht sich dafür eine abgelegene Kirche, zu der Marcel sie im Wagen begleitet. Aber dort angekommen, fühlt er sich außerstande, das Gelände mit ihr zusammen zu besichtigen. Vergnügen empfindet er »*angesichts von schönen Dingen nur, wenn ich allein war, oder mich verhielt, als ob ich es sei, das heißt schwieg*«. Aber hinterher schreibt man dann umso flotter.

Verlorene Praxis:
- Eine richtige Dame werden und Spanisch sprechen.
- Einen gewissen Stolz dareinsetzen, Fragen nicht zu beachten und geradeaus seinen Weg fortzusetzen.
- Die Plebejer duzen, ohne sich ihnen vorgestellt zu haben.

113. Sa, 11.11., Berlin

Wecken, Joghurtmüsli mit Sojamilch, Kaffee, Ciceros »Cato maior de senectute«, die ersten fünf Absätze. (So langsam, wie das geht, werde ich noch bis zu meiner eigenen senectus dafür brauchen.) Schnell zur Uni, wo vier Stunden Latein rascher vergehen, als in der Schule fünfundvierzig Minuten irgendeines anderen Fachs. Warum konnten sie nicht schon damals versuchen, den Unterricht so zu gestalten, daß man gerne lernte? Ich habe zwölf Jahre Lebenszeit darauf verschwendet, mich zu drücken. Immer hat man im Unterricht heimlich die Hausaufgaben für die nächste Stunde gemacht. Ich war meine ganze Schulzeit genau eine Stunde hinterher. »Hoc enim onere te levari volo«, Ablativus separationis erkannt, was für ein Glücksgefühl!

Bei Dussmann nun doch Jason Lutes »Berlin«, Huysmans »Ganz unten« und einen »Texte und Übungen«-Band Latein, sicher besser als die Lehrbücher aus der Nazizeit, die ich bisher immer benutze. Einer dieser Momente, in denen man denkt, daß man vollkommen glücklich wäre mit nichts als Lektüren und Sprachstudien. Im Nieselregen nach Hause geradelt. Immer eine Art Kontrollgang, welche meiner Erinnerungsorte noch existieren und welche der geistlosen Bautätigkeit zum Opfer gefallen sind. Während ich den Rest von diesem griechischen Fertigteller von Extra esse, Proust zu übertragen versucht, aber ich kann nicht gleichzeitig essen und tippen. Schokolade wäre da praktischer, wie Luhmann sagt, denn dabei könne man umblättern.

Fußball in der »Bornholmer Hütte«, Kartoffelsalat, Boulette, Kaffee »weiß«. In der Pause die Berliner Zeitung überfliegen. (Wieder dieser Koch, der Gemüse geliert und Kaviar in rohe Eier spritzt. Sein Restaurant bekommt jährlich zwei Millionen Anmeldungen. Ich bin immer neidisch auf Menschen, die ihr Leben so konsequent einer Sache opfern.) Daß der 11.11. ist, merkt man an den langen Nasen, die sich manche Kneipengäste aufgesetzt haben. Als ich nach dem Spiel rausgehe, sehe ich draußen einen Opa, der sich langsam der Kneipe nähert. Wollen wir hoffen, daß er nicht vorhatte, es noch zum Anpfiff zu schaffen.

Einkaufen, was braucht man für eine Kartoffelsuppe? Wieviel von den Stier-Untersetzern, die es zum Osborne-Rioja gibt, habe ich schon? Kurze Neidattacke, weil im tip eine Kollegin, die »schon zweimal zu Lesungen dorthin eingeladen war«, über Bukarest schreiben darf. Zu verkünden, daß Rumänisch den anderen romanischen Sprachen ähnele, hätte ich mich nicht getraut. Es sei sogar dem Latein am ähnlichsten. Der Trick ist, ausreichend unreflektiert zu sein, dann bringt man es auch zu etwas. Sicher arbeitet sie schon an einem Rumänien-Roman, während meiner dieses Jahr abgelehnt wurde.

Beim Kassenroulette ein seltener Volltreffer, denn die, an der ich stehe, wird hinter mir zugemacht, ich muß mich also mit dem Einpacken nicht so beeilen wie sonst. Die Verkäuferin mit der tiefen Stimme ist wohl doch eine Frau, ich werde das weiter beobachten. Meinen Bon von der Flaschenannahme wieder einzulösen vergessen. Zu Hause Texte für das »Kantinenlesen« raussuchen. Schnell den Proust-Beitrag durchgehen und das hier schreiben.

Sodom und Gomorra, S. 498–519

Das Auto, dieser »*Riese in Siebenmeilenstiefeln*«, erlaubt es einem, mehrere Ausflugsziele an einem Tag zu schaffen: »*Es wurde uns klar, als der Wagen in einem Ruck zwanzig Schritte eines ausgezeichneten Pferdes zurücklegte.*« Wenn Punkte, die früher für sich existierten, in dieser Weise zusammenrücken, was bedeutet dann noch Entfernung? Die verschiedensten Orte gruppieren ihre Türme »*rings um unseren Nachmittagstee*«. Und was ist dann eine Stadt? Von Buch nach Zehlendorf braucht man mit der S-Bahn länger als von Brest nach Quimper oder Morlaix. Die Landschaft dazwischen ist eigentlich eine Art Park.

Die Verdurins zwingen ihre Gäste nach Likören und Zigaretten zu Ausflügen, »*ungeachtet der durch Hitze und Verdauungstätigkeit erzeugten Schläfrigkeit*«. An allen Aussichtspunkten steht eine Bank, bis hin zur letzten, »*von der aus man die ganze Rundsicht über das Meer beherrschte*«. (Wo außerdem der meiste Müll herumliegt und man aufpassen muß, daß man nicht in die Haufen und Klopapierreste der anderen Touristen tritt.)

Das Land stellt einen veränderten Rahmen dar, in dem flüchtige Bekannte, denen man in Paris ausweichen würde, plötzlich unterhaltsam erscheinen und schäbige Jagdwagen das Herz derer, die in Paris edle Gespanne fahren, höher schlagen lassen. Alles, was »*die Öde solcher allzu isolierten Daseinsformen unterbricht, in denen sogar die Stunde, wenn der Briefträger kommt, zu einer Annehmlichkeit wird*«. Umgekehrt muß man befürchten, daß einem eine Madame Bovary, wenn man ihr außerhalb eines Romans begegnen würde, vielleicht »*wie alle übrigen auch*« erschiene.

Für Schiffahrt und Eisenbahn bedarf es des Bahnhofs, »*jener großen Wohnung, welche niemand bewohnt und die von der Stadt nur den Namen hat*«. Mit dem Automobil kommt jeder an, wo er will. »*Aber die Kompensation für ein so geheimnisloses Eindringen bilden auf der anderen Seite die tastenden Bemühungen sogar des Chauffeurs, der seines Weges nicht sicher ist und manchmal wieder umkehren muß*«. Jede technische Neuerung entzaubert einerseits ein bißchen von der Welt und ermöglicht andererseits neue Erfahrungen.

Charlus und Morel sitzen im Restaurant. Charlus möchte die drei verwelkten Rosen vom Tisch entfernt wissen. »›*Mögen Sie Rosen nicht?*‹« fragt ihn Morel. »›*Ich würde durch das in Frage stehende Anliegen im Gegenteil beweisen, daß ich sie liebe, da das hier ja gar keine Rosen sind*‹«, antwortet Charlus, der ein schwieriger Gast zu sein scheint. Auch den Schaumwein läßt er zurückgehen: »›*Dies ist ein Brechmittel mit dem Namen "cup", bei dem gewöhnlich drei verweste Erdbeeren in einer Mischung aus Essig und Selterswasser schwimmen […]*‹«. Er sollte sich vorsehen, Kritik hat dem Gast noch nie etwas gebracht, die Kellner sitzen am längeren Hebel und werden ihm in den Champagner spucken.

Die beiden mutmaßen über Invertierte in ihrem Blickfeld, und Morel verrät seinen unmoralischen Traum, ein Mädchen zu entjungfern und ihm noch am gleichen Abend den Laufpaß zu geben, worauf Charlus sich nicht enthalten kann, »*Morel zärtlich ins Ohr zu kneifen*«. Schon die Vorstellung hat ihm »*im Nu zu einem Gefühl vollkommener Lust verholfen*«. Danach beruhigt sich seine sadistische Seite wieder und er kommt auf Höheres zu sprechen, Chopin und Beethoven.

Dann versetzt er dem Selbstbewußtsein des Obers den Todesstoß, indem er eine Birne bestellt. Sie führen aber weder die »*Doyenné des Comices*« noch die »*Triomphe de Jodoigne*«, die »*Virginie-Dallet*« oder die »*Passe-Colmar*«. Nach der »*Duchesse-d'Angoulême*« muß er gar nicht fragen, die sei ja noch nicht reif. Da muß ich doch gleich damit protzen, schon oft »Josephine von Mechelen« gegessen zu haben.

Während Albertine in der abgelegenen Kirche malt, die Marcel aber nur Genuß verschaffen könnte, wenn er allein wäre, fährt er mit dem Auto durch die Gegend. »*Angeblich mit ganz etwas anderem beschäftigt und genötigt, sie zugunsten sonstiger Vergnügungen sich selbst zu überlassen, dachte ich gleichwohl nur an sie.*« Und er stellt sich vor, wie dieselbe

Meeresbrise, die ihn im Vorbeistreichen berührt, zu ihr gelangt und ihr das Antlitz umfächelt.

Aber die Straßen, die zu ihr führen würden, erinnern ihn an frühere Straßen und Obsessionen, »*daran, daß es mein Schicksal war, immer nur Phantome zu verfolgen, Wesen, deren Wirklichkeit zu einem guten Teil nur in meiner Einbildungskraft bestand*«. Damit ist er ja schon sehr weit in seiner Selbsterkenntnis, ob es aus diesem Muster einen Ausweg gibt? Andernfalls passiert immer das gleiche. Wenn man ihr Freund geworden ist, hat man »*nichts Eiligeres zu tun*«, als an eine andere zu denken. Warum dann überhaupt der Aufwand, sie zu gewinnen? Der verstorbene Swann würde nicht so fragen. Wenn Marcel denkt, daß die Birnbäume und Büsche ihn überleben werden, »*meinte ich von ihnen den Rat zu empfangen, mich endlich an die Arbeit zu machen, solange die Stunde der ewigen Ruhe noch nicht gekommen war*«.

Unklares Inventar:
- Diplomatenschnittchen, »*chemin de table*« herstellen, Natterkopf, Coreopsis, Wattman, Stamati.

Katalog kommunikativer Knackpunkte:
- Eine jener »*kollektiven und universalen Arten des Lächelns, welche bei Bedarf – so wie man die Eisenbahn oder für einen Umzug den Möbelwagen benutzt – alle Menschen verwenden*«.

Bewußtseinserweiterndes Bild:
- »*Wir fuhren ab und wurden einen Augenblick noch von den kleinen Häusern begleitet, die mitsamt ihrem Blumenschmuck an den Weg geeilt kamen.*«

114. So, 12.11., Berlin

Weil wir die Eltern zum ersten Mal seit Jahren überreden konnten, zu Weihnachten nach Berlin zu kommen, hat meine Mutter schon seit drei Tagen Migräne, es seien nämlich nur noch vier Wochen, und sie müsse noch so viel einpacken. »Es sind sechs Wochen«, sage ich. »Für mich sind es vier.« Ihr Gepäck soll ja vom Gepäckdienst der Bahn abgeholt werden, aber das Ticket gelte doch erst ab dem 23.12., ob die das Gepäck dann auch einen Tag vorher holen würden? Am selben Tag, das wäre viel zu aufregend, falls sie nicht kommen. »Ruf doch mal an, ob sie das machen.« »Wir haben aber keine Zeit! Papa fährt im Januar zehn Tage nach Japan.« »Dann mach dir nicht jetzt schon Sorgen deswegen, sondern erst zwei Tage vorher.« »Ich hatte das ganze Wochenende Migräne.« »Soll ich mal anrufen?« »Papa will ja auch nur Handgepäck, damit wir nichts aufgeben müssen.« »Also hast du Migräne wegen einer Frage, die man mit einem Anruf klären könnte, und die überhaupt nicht relevant ist für euch?« »Ihr vergeßt immer, daß wir zweiundsiebzig sind.« Sie müsse noch so viel einpacken, die ganzen Medikamente. »Die kannst du doch auch hier kaufen, wenn du welche brauchst.« »Die gibt es doch in Berlin nicht.« »Aber das ist die Hauptstadt.« Im Januar fängt sie eine chinesische Kräuterbehandlung gegen ihre Migräne an, sechzig Euro die Sitzung. Akupunktur wirke nur ein Jahr. Bei Migränepatienten wolle »das Gehirn sich Luft verschaffen«. Am Wochenende hat sie nämlich schon wieder so viele Geschichten von anderen Leuten anhören müssen, die schwirren ihr dann immer alle im Kopf rum, wenn sie die Augen schließt. Es sei so unbequem, nach Berlin zu kommen, weil sie hier für alles verantwortlich sein würden. »Aber bei euch doch auch.« »Aber das ist was anderes. Außerdem die Treppen.« »Aber es gibt einen Fahrstuhl.« »Und wenn der kaputtgeht?« »Aber ihr seid doch gar nicht verantwortlich.« »Und dann ist nichts zu essen da.« »Dann ist eben nichts da.« »Wir schenken sowieso nicht viel, nur eine Kleinigkeit für die Enkel.« »Ich will aber nicht, daß die Enkel alles kriegen.« »Und ihr habt doch keinen Baumschmuck, ach, ich konnte schon wieder ab vier nicht schlafen.«

Sodom und Gomorra, S. 519–540

Marcel und Albertine sehen sich Kirchen an, ganz nebenbei wird die Information eingestreut, daß wir uns im zwanzigsten Jahrhundert befinden, gut zu wissen. Das »*lässige Behagen*«, das Albertines neuer Seidenschal ihr offensichtlich verschafft, findet er nicht ohne Anmut. Für Architektur entwickele sie erstaunlich schnell Geschmack, »*im Gegensatz zu dem jammervollen, den sie in der Musik besaß*«. Wie sich die Zeiten gleichen, der Mann klagt über den Musikgeschmack seiner Frau. Viel zu selten sucht man sich ja seine Partnerin nach ihrem Gebäudegeschmack aus.

An einem Bauernwirtshaus wird gehalten, der Cidre aber im davor geparkten Auto getrunken (wenn mit »*Zider*« Cidre gemeint ist). Der Cidre spritzt sie voll, »*die Flaschen brachten wir zurück*«. Muß man in einem Roman erwähnen, daß man die Flaschen zurückgebracht hat? »Es war Winter, das Land war im Aufruhr, bald würde es Krieg geben, gleich morgens brachte ich die Flaschen zurück«.

Der Alkohol bewirkt, daß Albertine sich an ihn drängt, blaß, »*rot nur an den Jochbeinen unter den Augen, mit etwas Glühendem und Verwelktem dabei, wie es die Mädchen aus den Vorstädten haben*«. Was ist das heutige Pendant zu diesen Mädchen aus den Vorstädten?

Der arme Marcel: »*Ich konnte Eifersucht sogar verspüren, wenn ich mich neben ihr befand.*« Ein Kellner mit schwarzem Haar, »*das wie eine Flamme emporzüngelte*«, läuft mal näher, mal weiter entfernt durch ihr Blickfeld. »*Die beiden sahen aus, als befänden sie sich in einem geheimnisvollen Zwiegespräch, das gleichwohl stumm verlief infolge meiner Anwesenheit und vielleicht bereits eine Fortsetzung früherer Begegnungen war, von denen ich nichts wußte, oder auch nur eines Blickes, den er ihr zugeworfen hatte, bei dem ich aber jedenfalls der störende Dritte war, vor dem man sich verbirgt.*« Wieder überlegt er, ob der Augenblick nicht gut gewählt wäre, um endgültig auf sie zu verzichten.

Seine Mutter würde ihn ja gerne zur Arbeit antreiben, aber allein die Ermahnung dazu versetzt ihn schon in solche Aufregung, daß sie ihn am Anfangen hindert, zu dem es aber auch nicht käme, wenn die Mutter schwiege. Keine leichte Ausgangssituation für einen Pädagogen.

Kehrt er am frühen Morgen von Albertine zurück, ist er »*noch immer ganz umwebt von der Gegenwart meiner Freundin, und mit einem Vorrat an Küssen bedacht, von dem ich noch lange hätte zehren können*«. Zu Hause findet er ein Telegramm von ihr vor, das sie von unterwegs geschrieben hat (»Telegramm« klingt auch besser als »SMS«), und er sagt sich, daß sie sich doch wohl lieben müssen, wenn sie die ganze Nacht mit Küssen zubringen. Aber weiß man's?

Wenn da nicht ihr Antlitz wäre, das »*das Rätsel ihrer Absichten barg*«, all ihre Pläne, von denen er ausgeschlossen ist. »*Ohne ein Datum dafür festzulegen, wünschte ich, daß dies Leben ein Ende hätte.*« Wenn man kein Datum setzt, kann man natürlich getrost davon ausgehen, daß sich dieser Wunsch auch erfüllen wird.

Aus einem Fluchtbedürfnis reitet er einen Wildpfad. Die Felsen erinnern ihn an Elstirs Aquarelle: »*Dichter einer Muse begegnend*« (was schon hinreißend genug wäre als Bildtitel) und »*Junger Mann einem Zentauren begegnend*« (was zugegebenermaßen sogar noch etwas neugieriger macht). »*Plötzlich scheute mein Pferd.*« Er hebt seine »*tränenerfüllten Blicke*« zur Sonne und sieht ein Flugzeug: »*Ich war tiefbewegt, wie es ein Grieche gewesen sein mag, der zum ersten Mal einen Halbgott erblickte. Ich weinte, denn ich war schon in dem Augenblick, als ich das Geräusch über meinem Kopf wahrnahm – Aeroplane waren noch selten in jenen Tagen –, bei dem großen Gedanken zum Weinen bereit, daß das Wesen, das ich zum ersten Mal sehen würde, ein Aeroplan sein müsse.*« So wie ich geweint habe, als ich zum ersten Mal eine externe Festplatte gesehen habe. Technische Neuerungen sollten viel öfter mit Tränen begrüßt werden.

Er beneidet den Piloten, weil vor ihm »*alle Straßen des Weltenraumes, des Lebens offenlagen*«. Minutenlang kreist das Flugzeug wie unentschlossen über ihm und steigt dann senkrecht zum Himmel empor.

Katalog kommunikativer Knackpunkte:
- »*Doch jedesmal, wenn sie sich seit dem Tode meiner Großmutter so weit vergaß, daß sie lachte, stockte dies Lachen, gleich nachdem es eingesetzt hatte, und endete in einem fast schluchzenden Ausdruck der Qual.*«

Verlorene Praxis:
- Sich beruhigende Kompressen aufs Herz legen.
- Sich, um ihrer Vorliebe für den Reitsport zu genügen, mit Mietpferden behelfen.

Selbständig lebensfähige Sentenz:
- »*Mir scheint, du könntest auch jemand Besseren zum Freund haben als einen Automechaniker.*«

115. Mo 13.11., , Berlin

Ende der Woche beginnt das achte Balkan-Black-Box-Festival, und ich soll für die taz darüber schreiben, wovon ich früher als deren Abonnent nicht zu träumen gewagt hätte. Vor zwei Jahren habe ich mich viele Monate fast ausschließlich mit Jugoslawien und den Jugoslawienkriegen beschäftigt. Ähnliche Phasen gab es mit Bulgarien und Rumänien. Mit einem Festival zu tun zu haben, das die ganze Region abdeckt, sollte mich glücklich machen, alleine schon die Gelegenheit, Gleichgesinnte kennenzulernen. Ich habe damals sogar einmal vor dem Kino »Babylon« ganz nahe neben den Organisatoren gestanden, mich aber nicht getraut, sie anzusprechen.

Jetzt habe ich einen Stapel kopierter DVDs mit Filmen und Dokus aus Bosnien, Serbien und Bulgarien bekommen, die auf dem Festival laufen werden und die ich für den Artikel ansehen will. Vor zwei Jahren habe ich ganze Tage in der Uni-Mediothek vor einem kleinen Fernseher gesessen, mir Dokus zum Balkankrieg und alte jugoslawische Spielfilme angesehen und Notizen gemacht. Jetzt bekomme ich sie mit der Post geliefert und müßte sie nur einlegen, aber alles in mir sträubt sich dagegen anzufangen. Es war immer so: Sobald eine Arbeit nicht mehr freiwillig war, begann man, sie aufzuschieben. Auch wenn der serbische Spielfilm schwach sein sollte, spielt er doch genau zu der Jahreszeit in Belgrad, zu der ich auch dort war, und man sieht dieses eigenartige Genex-Hochhaus in Neu-Belgrad im Winternebel stehen. Und dann gibt es eine autobiographische Doku eines Filmemachers aus Sarajevo, in der er über seine Kindheit und Jugend unter Tito nachdenkt. Es gibt auch einen Film über die Initiatoren des weltweit ersten Bruce-Lee-Denkmals in Mostar und über ein interaktives Computerspiel »Balkan Wars«, bei dem der Krieg nachgespielt werden kann. Nichts wäre leichter, als sich die Filme anzusehen und ein bißchen mitzuschreiben. Aber ich könnte vorher auch nochmal meine Mails checken und gucken, ob es endlich ein »Schmidt liest Proust«-Beitrag vom November in die Top 25 der meistangeklickten Seiten dieses Blogs geschafft hat. Das werde ich jetzt auch tun und mit den Filmen morgen beginnen. Wird das bis an mein Lebensende so weitergehen, immer nur Selbstüberwindung, Versagen und schlechtes Gewissen?

Sodom und Gomorra, S. 540–561

Immer öfter spürt Marcel den Wunsch, sich an die Arbeit zu machen, wobei nicht gesagt wird, was er unter Arbeit versteht. Aber man geht vielleicht nicht zu weit, wenn man vermutet, daß das Ergebnis dieser Arbeit das Buch sein könnte, das wir in den Händen halten.

Dann wieder so eine nebenher eingestreute überraschende Eröffnung, die uns wie unaufmerksame Leser dastehen läßt. Als er sich im Hotel in den Smoking wirft, pfeift er unbewußt eine Melodie und ist »*glücklich über die Vielfalt, die ich in dieser Weise auf drei Ebenen meines Lebens feststellen konnte*«, denn dieselbe Melodie hatte er auch schon früher auf dem Weg zu den Gelagen in Rivebelle gepfiffen, dann an dem Abend, an dem er Mademoiselle de Stermaria auf der Insel im Bois zu verführen gedachte, und eben auch »*ein paar Tage, nachdem ich sie [Albertine] zum ersten Mal besessen hatte*«. Ach so?

Auf dem Weg aus dem Hotel macht einer der Gäste eine Bemerkung zu ihm, die jene Befriedigung erkennen läßt, »*welche die – wäre es auch durch die dümmste Tätigkeit – beschäftigten Leute daraus ziehen, daß sie ›keine Zeit‹ haben, Dinge zu tun, die andere unternehmen*«. Meistens sind es gerade die Beschäftigungen dieser Leute, die einem Zeit rauben, und die ganze Welt würde Zeit gewinnen, wenn sich alle mehr Zeit dafür nehmen würden, weniger zu tun.

Weil er eifersüchtig würde, wenn Albertine nach ihrer Ankunft bei den Verdurins die Treppe hochging, um nach der anstrengenden Anfahrt »*Toilette zu machen*«, hat er ihr ein Necessaire von Cartier geschenkt, denn damit ist gewährleistet, daß sie sich in Zukunft in seiner Gegenwart pudern kann. Als nächstes wird sie eine Brotbüchse um den Hals gehängt bekommen, damit sie nicht mehr zum Essen verschwinden muß, eine Thermoskanne und schließlich Windeln, um auch diese Abwesenheitszeiten auszuschließen. Dann muß man ihr nur noch Aufputschmittel ins Essen mischen, damit sie sich nicht mehr in den Schlaf verabschiedet, wobei man die Mittel natürlich auch selber nehmen muß, damit man nichts verpaßt.

Wenig später heißt es übrigens: »*[I]ch, der ich keine Eifersucht und kaum noch Liebe für sie empfand.*« Und kurz darauf: »*Aber da ich ganz an das tägliche Bedürfnis, Albertine zu sehen, versklavt war.*«

Charlus, der sich die Lippen rot pomadisiert, denkt einerseits immer noch, niemand ahne etwas von seiner Orientierung, unterstellt aber andererseits jedem genau das. Außerdem hat er das Problem jener, die schlecht über andere reden, denn er vermutet, »*sobald jemand ihm gegenüber in Gedanken versunken schien, daß man dieser Person irgendeine Bemerkung zugetragen habe, die er selbst über sie gemacht habe*«. Da aber in Wirklichkeit alle über seine Vorliebe für Männer Bescheid wissen, wirkt er auf die Gesellschaft wie ein exotisches Gewürz, man sucht seine Nähe, »*wegen der einzigartigen, geheimnisvollen, raffinierten und monströsen Erfahrung, aus der er schöpfte*«.

Unklares Inventar:
- Hydrophobie, Bajaderenwimpern.

Verlorene Praxis:
- Ängstlich darauf bedacht sein, daß nichts Abträgliches über einen in der Flöten- und Kontrapunktklasse verlautet.
- Sich als Dame, um die Unterhaltung nicht einzuengen, in einer gewissen Entfernung halten.

116. Di, 14.11., Berlin

Ich habe keine Zeit mehr, über den heutigen Tag zu schreiben, zum Beispiel darüber, daß wir auf einem Spielplatz in der Kollwitzstraße ein Lagerfeuer entdeckt haben und beim Abendbrot meine Kartoffelsuppe vom Montag endlich alle geworden ist, daß es so seltsam mild draußen ist und die Bauarbeiter auf dem neuen Gerüst in der Ramlerstraße »Eins ... zwo! Eins ... zwo!« gerufen haben, als ich morgens vorbeigejoggt bin und gerade Led Zeppelin hörte. Aber ich kann mir dazu heute nichts ausdenken, weil ich schon zu müde bin, die Übersetzung des Seneca-Textes für morgen hat zu lange gedauert, und einen Satz habe ich immer noch nicht verstanden. Da ich seinetwegen jetzt kaum noch Zeit für Proust habe, soll er wenigstens hier wiedergegeben werden: »...nemo iam divum Augustum nec Ti. Caesaris prima tempora loquitur nec, quod te imitari velit, exemplar te quaerit.«

Sodom und Gomorra, S. 561–582

Charlus glaubt also immer noch, daß seine Umwelt nichts von seiner Orientierung ahnt: »*So lebte Monsieur de Charlus in Täuschungen dahin wie der Fisch, welcher meint, das Wasser, in dem er schwimmt, breite sich auch jenseits der Glasscheibe seines Aquariums aus.*« Ein guter Hinweis, warum sollte der Fisch auch denken, wir schwämmen nicht im Wasser, dann würden wir uns schließlich sofort zu ihm ins Aquarium retten.

Charlus und Brichot streiten, ob Balzac überschätzt ist oder vielmehr wundervoll, was ich auch gerne einmal wüßte, bevor ich mich in das nächste Leseabenteuer stürze. Cottard schaltet sich wie immer nur in fremde Gespräche ein, um irgendeine vermeintlich witzige Floskel anzubringen oder einen der wenigen lateinischen Sprüche, die er beherrscht. Aber so dumm ist es diesmal gar nicht, wenn er bemerkt, daß Sokrates noch für Allerweltssprüche unsterblich werden konnte, während das heute doch etwas schwieriger wäre: »*Wenn man bedenkt, daß Charcot und andere tausendmal bedeutendere Arbeiten gemacht haben, die sich wenigstens auf etwas stützen, wie die Aufhebung des Pupillarreflexes als Nebenerscheinung der allgemeinen Paralyse, und daß sie doch fast vergessen sind!*«

Die Qualen, die der Emporkömmling Morel seinem Gönner und Verehrer Charlus bereitet, wenn er den beleibten Herrn in geziertem Ton vor Freunden vom Militär oder vor Musikern verleugnet, oder sich sogar selbst öffentlich über ihn lustig macht. Für den Gedemütigten ein Teufelskreis, da »*derjenige, welcher liebt, gezwungen ist, immer von neuem einen Versuch zu machen und sein Gebot dauernd zu erhöhen*«, während es »*im Gegenteil dem andern, der nicht liebt, leichtfällt, eine gerade, unbeugsame und von Eleganz geprägte Linie zu verfolgen*«. Dazu kommt die Selbsttäuschung des Liebenden, der, wenn der Geliebte, sobald man dazutritt, geniert den Blick senkt, darin »*einen ganzen Roman*« sehen will, während der Grund dafür in Wirklichkeit »*Gereiztheit und Scham*« ist.

Unklares Inventar:
- Cheviotjacke.

Verlorene Praxis:
- Jemandem durch seine graue Toilette die Idee nahelegen, daß man dem Leben abgewandt ist.
- Die Rue Bergère hoch über den Faubourg Saint-Germain stellen.

117. Mi, 15.11., Berlin

Während ich hier im Internetcafé schreibe, starrt mich ein elektronisches Zyklopenauge an, auf dem »Genius« steht. Kann man aus meinem Gesichtsausdruck den Text ablesen, den ich gerade tippe? Das wäre vielleicht auch wieder etwas für »Wetten, dass …?«. Andere Produktnamen in meinem Blickfeld: ein Bildschirm namens »Captiva«, »Die Gefangene«. Da horcht man natürlich als Proust-Leser auf. Welcher Zufall war hier am Werk, daß ich ausgerechnet an »Die Gefangene« meinen Proust-Beitrag schreibe, von »Genius« beobachtet? Neulich war schon eine ähnliche Koinzidenz aufgetreten, als ich, von Eifersucht getrieben wie zuletzt vor fünfzehn Jahren, nachts um drei Klingelschilder nach einem bestimmten Namen absuchte und sofort ausgerechnet auf »Montesquiou« stieß. Man fühlt sich, wie in »The Game«, irgendwann kommt die Auflösung, und wir werden alle aufatmen. Man wartet ja in seinem Leben sowieso ständig darauf, daß sich endlich der Moderator zu erkennen gibt und es heißt: »Verstehen Sie Spaß?«

Die Botschaft des dritten Produkts, das mir heute etwas sagen will, habe ich noch nicht entschlüsselt, ein orangefarbener Kugelschreiber, auf dem »acora – Hotel und Wohnen« steht. Auf der Homepage heißt es: »Cor kommt aus dem Lateinischen und bedeutet ›Herz‹, cordial aus dem Französischen und heißt ›herzlich, freundlich‹. Von diesen Gedanken haben wir uns im Jahr 1993 leiten lassen, einen Firmennamen für unsere Hotelgruppe zu definieren. Gastfreundschaft von Herzen – das ist acora.« Warum nicht einfach »aherza«? Wenn unsere Vorfahren auch so unbefangen mit den Wortbildungsregeln umgegangen wären, müßten sich Deutschlernende heute ganz schön strecken. »Diese Definition ist nicht nur Platzhalter auf unserer Homepage und in unseren Prospekten, sondern wir bemühen uns täglich, diese Philosophie im Umgang mit unseren Gästen und Mitarbeitern umzusetzen.« Wenn »Gastfreundschaft von Herzen« eine Philosophie ist, dann nenne ich mich in Zukunft auch Philosoph. Sollte der Kugelschreiber darauf hinauswollen? »Der Gast soll sich in jedem acora Hotel und Wohnen einfach wohl fühlen – wie zu Hause.« Hier steckt ein fataler Denkfehler, »wohl fühlen« und »wie zu Hause«? Und selbst, wenn: Warum sollte ich Geld dafür bezahlen, mich in einem Hotel wie zu Hause zu fühlen?

Vielleicht richtet sich mein Kugelschreiber aber auch gar nicht an ein spezielles Publikum, sondern eher an die breite Leserschaft. Dann ist die Botschaft womöglich ganz schlicht: Wenn du irgendwann einmal in Bochum, Bonn, Düsseldorf oder Karlsruhe bist und ein Hotel suchst, das »acora« heißt, dann hol deinen Kugelschreiber hervor, auf dem die Internetadresse von acora steht, sie lautet www.acora.de. Unter dieser Adresse findest du dann auch die richtige Adresse. Bitte schreib nicht so viel, damit der Stift lange hält und du nicht irgendwann in Bochum, Bonn, Düsseldorf oder Karlsruhe auf der Straße übernachten mußt.

Sodom und Gomorra, S. 582–603

Hinweise an die Leser, Marcel wolle demnächst mit Albertine brechen, häufen sich und werden dadurch nicht glaubwürdiger. Denn zugleich findet er *»eine gewisse Süße darin [...], ihr ganz, als ob sie meine Frau gewesen wäre, in sanftem Ton zu befehlen: ›Geh du nur nach Hause, ich komme heute abend wieder zu dir‹«*. Anscheinend kann selbst die gefürchtete Eheroutine als Vorlage für ein erregendes Rollenspiel herhalten.

»Mit der sentimentalen Erfindungsgabe, in der unglückliche Liebe sich gefällt«, phantasiert Charlus ein Duell herbei, in dem er Morels Ehre bei einem Offizier verteidigen will. Das alles, um Morel, den so ein Duell kompromittieren müßte, zu einem Besuch bei ihm zu bewegen. Morel spricht von ihm in seiner Abwesenheit als *»altem Widerling«*, aber da er durch das Duell in eine peinliche Situation geraten würde, eilt er zu Charlus, um ihn zu beschwichtigen. Wäre Morel nicht gekommen, hätte Charlus sich vielleicht tatsächlich mit irgendwem duelliert, *»um seine Trauer wenigstens in Wut auszuleben«*. Wie kann er an diesem Mann hängen, er, dessen Blut *»reiner als das des Hauses Frankreich war«*? Nie wird er sich an die Gepflogenheiten des Pöbels gewöhnen, zum Besipiel an *»die tiefeingewurzelte Gewohnheit dieser Leute, auf einen Brief nicht zu antworten«*. Weil er erreichen kann, daß Morel ihn anfleht, wird er *»von einem Taumel des Entzückens erfaßt«*. Zum Schein gibt er nicht sofort nach und schwärmt vom bevorstehenden blutigen Ereignis, das ihn in die Tradition seiner kriegerischen Vorväter stellen wird. Marcel soll gleich Elstir telegraphieren, damit dieser das Ganze im Bild festhält als ein *»Beispiel solchen Wiederauflebens alter völkischer Kräfte [...]. Es gibt dergleichen in jedem Jahrhundert vielleicht nur ein einziges Mal«*.

Unklares Inventar:
– Aufwärterin, Kontraquarten. Mazagran, Gloria (Getränke).

Verlorene Praxis:
– Jemandes Hand einen Augenblick lang mit der Güte eines Herrn streicheln, »*der sein Pferd am Maule krault und ihm Zucker gibt*«.

Selbständig lebensfähige Sentenz:
– »*Die Liebe bringt auf diese Weise im Denken Umwälzungen hervor, wie sonst nur die Erdgeschichte sie kennt.*«

118. Do, 16.11., Berlin

Auf der Innenbahn im Stadion lag rücklings eine tote Maus, ein Bein in die Luft gestreckt. Vielleicht war jemand draufgetreten? Oder war sie im Kreis gelaufen und hatte nicht gemerkt, daß der Weg auf diese Art kein Ende nehmen würde? Sollte man sie wegräumen? Aber warum? Damit alles wieder seine Ordnung hat und man nicht an den Tod erinnert wird, während man seine Runden dreht? Wenn ich eines Tages auf der Innenbahn zusammensinke, will ich auch nicht, daß man mich einfach wegzieht und weitermacht, als sei nichts gewesen. Eigentlich beneide ich die Maus, ich quäle mich hier, um meinen Körper zu verbessern, und sie kann relaxen und muß niemandem mehr zu gefallen versuchen.

Sodom und Gomorra, S. 603–624

Geht dem Autor die Luft aus? Oder uns Lesern? Das vierte Buch schleppt sich etwas uninspiriert ins Ziel. Der Erzähler nimmt eine Eisenbahnfahrt mit der normannischen Bahn zum Anlaß, mit jeder Station Episoden aus der Vergangenheit zu assoziieren, deren Erwähnung an sich nicht besonders einleuchtet. Es kommt auch zu keinem der *»für jede Eisenbahnfahrt charakteristischen Zwischenfälle«*. Das läßt mir Zeit, noch einmal auf den wiederholt angewandten Trick hinzuweisen, mit dem Proust historische Persönlichkeiten einbaut, die wir eigentlich schon in Figuren des Romans porträtiert gefunden zu haben meinten. So behauptet Marcel, Sarah Bernhardt bislang nicht in »Phädra« gesehen zu haben, was schon ein dreistes Manöver ist nach dem Theater um seinen Besuch einer Vorstellung der Berma in ebendiesem Stück.

Die Eifersucht zwischen den Cambremers und den Verdurins: geschenkt.

Marcel richtet es bei der Rückfahrt von den Gesellschaften so ein, daß er im Wagen neben Albertine sitzt, *»denn wir beide konnten so mancherlei in einem dunklen Wagen tun, in dem das Holpern bei der Abwärtsfahrt uns im übrigen entschuldigte«*. Von mir ist er sowieso entschuldigt, wenn er sich an sie klammert, das ist nicht das Problem.

Unklares Inventar:
- Krätzer. Périer, Comaglia, Dehelly (Schauspieler).

Verlorene Praxis:
- Weine chambrieren lassen.
- Als Hoteldirektor mit einem Blick veranlassen, daß eine Korkscheibe unter den Fuß eines Tisches geschoben wird, der nicht ganz fest steht.
- Als Prinzessin von Geblüt die Herzoginnen zwar hinausgeleiten, jedoch nur bis zur Mitte des nächstfolgenden Zimmers.
- Sich die Puffen überkämmen.

Selbständig lebensfähige Sentenz:
- *»[E]r kannte alles, was Paris betraf, bis ins Detail, wie nur Leute, die selten dorthin kommen.«*
- *»[E]s gibt etwas, was noch schwieriger ist als eine ärztliche Vorschrift strikt zu befolgen, das ist, es anderen nicht auch aufzwingen zu wollen.«*

119. So, 19.11., Berlin

Vergangenheit und Gegenwart, wer kann das schon noch unterscheiden? So lesen sich meine Aufzeichnungen vom 20.11. aus den letzten Jahren:

2002
Im Fernsehen ein Toilettenmann von Hagenbeck in Hamburg. Er trinkt ein Glas Wasser aus seiner Kloschüssel, um zu beweisen, wie sauber es bei ihm ist.

2003
18.00 Uhr Sauna, drei Gänge, nach dem zweiten ein Budweiser.

2004
Zug von Chemnitz nach Berlin. Mir gegenüber hört eine Frau ziemlich laut ihre neue Wolfgang-Petry-CD. Mein ungläubiger Blick wandert über dieses Geschöpf. Auf ihrer Trainingsjacke steht »Wolfgang Petry«, sie hat ein Wolfgang-Petry-T-Shirt an, und ihre Sauerkrautlocken sehen bestimmt auch nicht zufällig so aus. Nur Freundschaftsbänder trägt sie nicht. Sie wirkt glücklich, wie sie dort mit geschlossenen Augen der Musik lauscht. Vielleicht ist sie ja glücklich. Kommt es dabei zu anderen chemischen Reaktionen im Gehirn als bei einem Weinkenner, der den Wein seines Lebens verkostet?

2005
Sehnenscheidenentzündung vom ersten Mal Kickern in den letzten zehn Jahren. Telefonieren mit vier Orthopäden, hier müßte ich drei bis vier Stunden warten, dort ginge es nächsten Montag. Ist das nicht unterlassene Hilfeleistung? Alles, weil ich nicht privat versichert bin. In der »Marietta-Bar« unter Schmerzen Notizen. Jedes Wort ein Bekenntnis zum Geist und ein Aufschrei gegen die Diktatur des Leiblichen. Zudem (auch vom Kickern?) flüssiger Stuhl. So habe ich das nicht gegessen.

Sodom und Gomorra, S. 624–644

»Oft, wenn Monsieur de Cambremer mich auf dem Bahnhof anrief, hatte ich bei Albertine die Dunkelheit genutzt, etwas mit Mühe freilich, da sie sich

ein wenig sträubte und Bedenken trug, ob die Finsternis auch vollkommen sei.« Was heißt das nun wieder, *»bei ihr die Dunkelheit genutzt?«* In einem Buch mit dem Titel »Sodom und Gomorra« ist das doch eher mager.

Die ständigen Belehrungen Brichots über die Etymologie der Ortsnamen bringen ernüchternde Erkenntnisse: »Honfleur« kommt nicht von *»fleur«* wie Blume, sondern *»fleur«* wie Fjord, also dem normannischen Wort für »Hafen«, und aus »Briqueboeuf« verschwindet der Ochse, wenn *»boeuf«* von *»budh«* kommt, das für »Hütte« stehen soll. Wird mit den die Phantasie anregenden Ortsnamen irgendwann auch das Vergnügen an den Orten schwinden?

Als einmal Saint-Loup in ihre Kleinbahn zusteigt, will Marcel Albertine und ihn aus Eifersucht keine Sekunde allein lassen und kann deshalb nicht aussteigen, um Blochs Vater kurz zu begrüßen, was ihm Bloch, der ihn darum gebeten hatte, nie verzeihen wird. So kombiniert das Leben in verzwickter Weise die Umstände und zwingt einen dazu, ein Mißverständnis nicht aufzuklären, um einen Freund nicht noch mehr zu verletzen, indem man zugibt, dass es Absicht gewesen war.

Dafür ist Charlus auf den ersten Blick von Bloch angetan und fragt ganz unbeteiligt: *»Wohnt er in Balbec?«* Für diese so stark wie möglich im Ton der Teilnahmslosigkeit geäußerte Frage müsse es im Französischen ein eigenes Satzzeichen geben: *»Allerdings würde ein solches Zeichen wohl fast ausschließlich für Monsieur de Charlus Verwendung finden.«* Und das ist noch keinem Autor gelungen, seiner Sprache ein neues Satzzeichen aufzuzwingen.

Manchmal wartet Monsieur de Cambremer am Bahnhof und versucht, Marcel für ein paar Tage zu ihnen nach Féterne zu entführen, *»wo eine ausgezeichnete Musikerin, die den ganzen Gluck singen würde, von einem berühmten Schachspieler abgelöst werden sollte, mit dem ich ausgezeichnete Partien spielen könnte«*. Warum nur geben sich alle solche Mühe, Marcel zu sich einzuladen? Ist er besonders amüsant, charmant oder intelligent? Bis jetzt hat man als Leser davon nicht viel gemerkt, und doch reißt man sich um seine Gesellschaft. Eine Musikerin, die den ganzen Gluck singt, mit so etwas bin ich noch nie gelockt worden.

Der *»herabziehende Einfluß«* der Gegend um Balbec, die ihm jetzt vertraut und ein Zuhause ist, das er ringsherum von Freunden und Bekannten bewohnt weiß. *»Die Atmosphäre dort weckte keine Ängste mehr, sondern war einzig mit menschlichen Emanationen erfüllt, leicht einzuatmen und zu beruhigend fast.«* Das Kapitel endet mit dem Satz: *»Eine Heirat mit*

Albertine kam mir jetzt wie eitel Torheit vor.« Aber es wird noch ein kurzes Kapitel folgen, das mit der Feststellung schließt: »*[E]s geht nicht anders: ich heirate Albertine.*« Den Schwankungen nach, denen seine Haltung in diesem Punkt unterliegt, werden die Kapitel irgendwann vielleicht nur noch einen Absatz lang sein und mit der jeweils sich widersprechenden Beteuerung enden.

Noch wartet er auf eine Gelegenheit zum endgültigen Bruch. Außerdem liebt er ja angeblich Andrée. Die will er allerdings auch nicht heiraten, weil er dann nicht mehr frei wäre, nach Venedig zu gehen. Im Zug bemüht er sich, grob zu Albertine zu sein, vielleicht werde er sie morgen versetzen, kündigt er an. Sie ist ihm nicht böse, »*denn ich spüre, du bist nervös*«. Am nächsten Tag wolle er sich von Madame Verdurin Auskunft über andere Kompositionen Vinteuils erbitten, von dem er nicht glaubt, daß Albertine ihn kennen könnte. Aber hier ist der Moment für eine fatale Wendung gekommen, die die »Recherche« um drei Bände verlängern wird: »*Wir können alle nur möglichen Ideen in unserm Kopf haben, die Wahrheit hat sich nie in ihm Bahn gebrochen, aber von außen her, wenn man am wenigsten darauf gefaßt ist, versetzt sie uns ihren furchtbaren Streich, mit dem sie uns für immer verwundet.*« Denn Albertine kennt nicht nur die Tochter Vinteuils, sondern hat auch mit deren Freundin eine Seereise unternommen und wird sie wiedersehen. Jetzt versteht der Leser endlich, warum wir im ersten Band Zeugen der lesbischen Szene in Vinteuils Haus geworden sind, denn diese Enthüllung dürfte Marcels Eifersucht befeuern, ist er doch ohnehin schon davon überzeugt, daß Albertines Neigungen nach Gomorra streben, und dort sind ihm als Mann bekanntlich die Hände gebunden.

Unklares Inventar:
– Lamoureux-Konzert.

Selbständig lebensfähige Sentenz:
– »*[…] daß die Gewohnheit so sehr unsere Zeit ausfüllt, daß uns nach ein paar Monaten kein freier Augenblick mehr in einer Stadt verbleibt, in der bei unserer Ankunft der Tag uns seine zwölf Stunden zur Verfügung hielt.*«

120. Mo, 20.11., Berlin

Der Brief kam vom SOS-Kinderdörfer-Fonds aus München: »Sehr geehrter Herr Schmidt, Weihnachten ist die Zeit, in der kein Mensch gerne alleine ist.«

Und da mußte ich lachen, weil sie mich so freundlich an mein Unglück erinnerten.

Sodom und Gomorra, S. 644–664 (Schluß)

Marcel hatte ja damals in Montjouvain die sadomasochistische Szene zwischen Vinteuils Tochter und ihrer Freundin durchs Fenster beobachtet und in seinem Gedächtnis verwahrt. Als Albertine nun beiläufig erwähnt, daß sie mit ebendieser Freundin befreundet war, taucht das Bild wieder auf, *»zu meiner Marter, zu meiner Züchtigung, wer weiß?«* Vielleicht eine Strafe für den Tod der Großmutter, den er nicht zu verhindern gewußt hat? *»Es war eine furchtbare ›terra incognita‹, in der ich hier landete, eine neue Phase ungeahnter Leiden, welche sich mir eröffnete.«* Das klingt schlimm, und man möchte ihm so gerne helfen, aber wahrscheinlich könnte das nicht mal Albertine. Die ahnt nichts von seiner Beunruhigung, geht zur Wagentür und möchte aussteigen: *»Aber diese ihre Bewegung, die sie machte, um auszusteigen, zerriß mir unerträglich das Herz, [...] daß ich nach ihr griff und sie verzweifelt am Arm zog.«* Sie ist auch sofort bereit, die Nacht im Hotel in Balbec zu verbringen, wo Marcel in seinem Zimmer sein Schluchzen unterdrückt, damit ihn die Mutter nebenan nicht hört. Er muß daran denken, wie Albertine Mademoiselle Vinteuil *»mit einem Lachen in die Arme fiel, das wie die unbekannte Stimme ihrer Lust zu mir drang«*. Er sieht sie vor sich, wie sie *»mit keckem Näschen, zusammengerollt wie eine mollige Katze, den Platz der Freundin von Mademoiselle Vinteuil einnahm«* und ihre Stimme wollüstig girren läßt.

»Noch hing ich am Leben, dennoch wußte ich, daß ich nur Grausames weiterhin von ihm zu erwarten hätte.« Er läßt Albertine rufen und erklärt ihr, abreisen zu müssen. Eine absurde Geschichte bekommt sie zu hören, etwas von einer Hochzeit mit einer anderen, die er gerade hat platzen lassen, weswegen er sich schlecht fühle. Noch einmal wirkt Albertine als Gegengift gegen sich selbst. Zwei Gifte, *»eines süß, eines quälend, kamen sie*

beide doch von Albertine«. Aber sie ruft in ihm »*die weiche Stimmung eines Genesenden*« wach. Dennoch begeht er nicht »*die Unvorsichtigkeit (falls es eine solche war), die zu Gilbertes Zeiten mir unterlaufen wäre, ihr zu sagen, daß sie, Albertine, das Wesen sei, das ich liebte*«. Er glaubt ja inzwischen, daß er sich damit seiner Chancen berauben würde.

Die Eifersucht auf Mademoiselle Vinteuil erweist sich als viel größere Qual als die kurze auf Saint-Loup, denn die Vinteuil »*führte andere Waffen*«. Mit einer Frau kann man nicht konkurrieren. Der Gedanke, Albertine könne demnächst ohne ihn in ihre Heimatstadt Triest fahren und ihren Neigungen frönen, verströmt eine »*feindliche und unerklärliche*« Atmosphäre, wie sie damals aus dem Eßzimmer in Combray aufgestiegen war, aus dem die Mutter nicht hochkommen wollte, um ihn noch einmal zu küssen. Die verzweifelte Liebe zur Mutter als Muster lebenslanger Verlustängste, wie verhält man sich da als Mutter richtig, wenn man dem Kind solche späteren Torturen ersparen will?

Er wird also abreisen, und die halbe Welt setzt sich in Bewegung, um diese Tatsache zu betrauern oder zu verhindern. Marie Gineste und Céleste Albaret, seine beiden Verehrerinnen, laufen »*mit roten Augen umher*« und lassen »*das unterdrückte Schluchzen eines Gießbachs hören*«. An der Bahn trifft er Monsieur Cambremer, der »*beim Anblick meiner Koffer erbleichte*«. Monsieur de Crécy würde ihn unweigerlich anflehen zu bleiben, wenn er ihn sähe, ebenso Madame Verdurin. Dazu »*die verzweifelten Klagen des Direktors*«. Dieser Mensch hinterläßt eine Spur des Begehrens, ohne auch nur einen Finger zu rühren.

5. Buch

Die Gefangene

121. Di, 21.11., Berlin

Auch daß der Drucker sozusagen »Kanon« heißt, ist eigentlich ein gutes Zeichen.

Die Gefangene, S. 5–25

Ein neuer Band, offenbar hat sich die wirtschaftliche Lage der DDR damals verschlechtert, denn das Papier ist etwas grauer und grober geworden. Ich bin ein wenig mutlos, wenn es jetzt nur noch um Marcels Eifersucht auf Albertine geht, wäre das für mich im Moment nicht die richtige Lektüre.

Er ist zurück aus Balbec, die Mutter ist für ein paar Wochen nach Combray gefahren, und Albertine hat ein Zimmer in der Wohnung von Marcels Eltern bezogen, wo sie »*jeden Abend sehr spät, bevor sie mich verließ, noch ihre Zunge in meinen Mund schob wie das tägliche Brot, eine stärkende Nahrung*«. Am Morgen hört er sie schon durch die dünne Badezimmerwand, sofern er denn aufsteht: »*Zu andern Malen blieb ich auch liegen und träumte, solange ich wollte, denn ich hatte angeordnet, daß niemand in mein Zimmer kommen dürfe, bevor ich geläutet hätte; das aber dauerte, weil die elektrische Klingel über meinem Bett recht unbequem angebracht war, oft so lange, daß ich, müde, nach ihr zu tasten, und ganz zufrieden, allein zu sein, fast wieder eingeschlummert noch ein paar weitere Minuten liegenblieb.*« Zu faul, nach der Klingel zu tasten, die den Diener herbeiruft. Was soll ich da sagen? Ich muß mich ja sogar alleine anziehen, sogar die Socken.

Er wird immer noch nicht müde, sein Desinteresse an Albertine zu betonen, »*die ich übrigens kaum noch hübsch fand, bei der ich mich langweilte und die ich im Grunde nicht mehr liebte, wie ich deutlich empfand*«. Der für einen Menschen wie Marcel sicher prekäre Zustand ehelichen Zusammenlebens wird also in der Wohnung der Eltern erprobt. »*Ihr etwas unbequemer Charme bestand darin, im Hause nicht eigentlich wie ein junges Mädchen, sondern eher wie ein Haustier anwesend zu sein, das in ein Zimmer eintritt und es wieder verläßt, sich überall befindet, wo es nicht erwartet wird.*« Sie stört, sieht häßlich aus und ist auch noch geistig unter seinem Niveau. Was reizt ihn an Albertine, die »*ungeachtet törichter Sprachgewohnheiten, die sie noch beibehielt, sich doch erstaunlich entwickelt hatte. […] Es war mir an sich völlig gleichgültig, denn überlegene geistige Qualitäten haben mich bei einer Frau immer sehr wenig interessiert«.*

Bewußtseinserweiterndes Bild:
– Wenn sie ihre blauen Augen schloß, »*so war es, als hinderten einen Vorhänge daran, auf das Meer zu blicken*«.

Verlorene Praxis:
– Als Mutter in so sanftem Ton mit der Schwiegertochter sprechen »*wie eine Mutter, deren Sohn gerade schwer verwundet worden ist, und die der jungen Geliebten Dank weiß, daß sie ihn mit Aufopferung pflegt*«.

Selbständig lebensfähige Sentenz:
– »*Jede gesellschaftliche Klasse hat ihre eigene Pathologie.*«

122. Mi, 22.11., Berlin, Internetcafé Netzwerk, Knaackstraße

Seneca hat gut reden mit seiner despicientia rerum externarum. Wie man die erwirbt, würde ich gerne einmal wissen. Er soll ja zur Übung immer auf einer harten Matratze geschlafen und dadurch am Ende sogar seinen vom Kaiser angeordneten Selbstmord mit Gleichmut hingenommen haben. Allerdings hatte er eine Frau, die freiwillig mit ihm sterben wollte und von Nero gegen ihren Willen wiederbelebt werden mußte. Ob die auch auf der harten Matratze geschlafen hat? Hier eine harte Matratze, da eine Frau fürs Leben und nicht zu vergessen der Sklave, der immer in die Thermen mitkommt, um auf die Sachen des Herrn aufzupassen. (Wozu also noch das Vorhängeschloß erfinden?) Die Römer waren ein widersprüchliches Volk.

Die Gefangene, S. 25–46

»*[D]afür, daß ich es abgelehnt hatte, mit meinen Sinnen diesen Vormittag in mich aufzunehmen, genoß ich in der Einbildung alle gleichen vergangenen oder auch nur möglichen Vormittage.*« Ein gefährliches Verfahren, und die Frage ist, ob das auch mit Schnitzel und Bratkartoffeln funktioniert, vor allem mit möglichen.

»*Da unser Wohlbefinden sehr viel weniger aus unserem guten Gesundheitszustand als aus dem ungenutzten Überschuß unserer Kräfte resultiert, können wir ebensogut wie durch Vermehrung der letzteren durch Beschränkung unserer Aktivität dazu gelangen.*« Das habe ich unbewußt immer so gehalten, aber ich hatte dabei auch manchmal den Verdacht, daß es eine Milchmädchenrechnung ist. Man wird doch eher krank, wenn man wenig tut. »*Diejenige, von der ich überströmte und deren Potential ich in meinem Bett liegend intakt erhielt, machte mich springlebendig im Innern, so wie eine Maschine, die sich nicht vom Platz rühren kann, in sich selber schnurrt.*« Und das vor der Erfindung der Fernbedienung!

Marcel fragt sich, »*ob eine Heirat mit Albertine nicht mein Leben ruinieren würde, einerseits, weil ich damit die für mich zu schwere Aufgabe übernehmen müßte, mich einem anderen Wesen zu widmen, andererseits aber auch dadurch, daß sie mich zwang, infolge der unaufhörlichen Gegenwart einer Frau, abwesend von mir selbst zu leben und mich für immer der Freuden der Einsamkeit beraubte*«. Irgendwie scheint für Autoren um die Jahrhundertwende das Heiraten problematisch geworden zu sein. Dabei kann man doch auch bei unaufhörlicher Gegenwart der Frau einsam sein.

Nicht nur der Freuden der Einsamkeit sähe er sich beraubt, sondern auch des Zuwachses an Freude, der einem durch den Anblick von Frauen zuteil wird, die man sich »*unmöglich a priori hätte vorstellen können*«. Es reicht ein Blick aus dem Fenster, denn da sind eine Wäscherin, eine Bäckersfrau, ein Milchmädchen und »*irgendein hochgemutes blondes junges Mädchen in Begleitung der Erzieherin*«. Ihnen allen folgt Marcels Blick, und er leidet darunter, daß er ihnen seinen Körper nicht wie aus einer Arkebuse geschossen hinterherschleudern kann.

Unklares Inventar:
- Tragreff, Kleider von Fortuny.

Katalog kommunikativer Knackpunkte:
- »*[...] jene mehr als gleichgültige, feindliche, verächtliche Miene [...], die das Zeichen ohnmächtigen Wünschens bei stolzen, leidenschaftlichen Naturen ist.*«

Verlorene Praxis:
- Sich versöhnen und die Bande »*in einer anderen, elastischeren Form*« knüpfen.

Selbständig lebensfähige Sentenz:
- »*Die Sonne kam bis zu meinem Bett und durchdrang die durchscheinende Wandung meines überzart gewordenen Körpers, wärmte mich und machte mich glühend wie Kristall.*«
- »*Ich fühlte, daß das Gespräch eine unangenehme Wendung nahm und bemühte mich schnellstens, es wieder auf die Kleiderfrage zu bringen.*«

123. Do, 23.11., Berlin

Es ist wieder soweit, die Bibliothek stellt schriftlich Geldforderungen. Ich hatte lange nichts mehr ausgeliehen und war froh, von diesem Joch befreit zu sein, denn ich kann nichts pünktlich zurückbringen. Ich habe deshalb in meinen Jahren als Bibliotheksnutzer schon so hohe Mahngebühren bezahlt, daß ich mir für das Geld alle ausgeliehenen Bücher hätte kaufen können. Aber ich hätte mir nie träumen lassen, daß ich einmal Machwerke wie »Du hast angefangen – Nein du«, in denen absurde Wendungen wie »Du Schmarrer!« vorkommen, verlängern würde. Auch das in der Erinnerung hell leuchtende »Wie Putzi einen Pokal gewann« erwies sich bei der Revision als leistungsverherrlichend und faschistoid. Die Behauptung, daß man besser Dame spielen könne, wenn einem nicht mehr die Nase laufe, was man wiederum durch Sport und Übungen in »bewußter Muskelentspannung« erreiche, ist unsympathisch, auch wenn sie nur für Mäuse aufgestellt wird. Am Ende benutzt die Mäusemutter den von Putzi gewonnenen Pokal als Suppenschüssel, ganz wie es der praktische Sinn einer Hausfrau gebietet. Kein Wunder, daß man so geworden ist und bei den modernen Frauen auf Granit beißt.

Die Gefangene, S. 46–67

Zwei Dinge sind heute hervorzuheben, zunächst, daß die Nichte des Westenmachers Jupien den Ausdruck »*einen Tee spendieren*« benutzt und sich damit angeblich in peinlicher Weise kompromittiert, und dann, daß Marcel von Andrée erfährt, daß Albertine keinen Jasmingeruch mag, was damit auch geklärt wäre.

Sonst bleibt nicht viel zu sagen. Albertine ist wahrscheinlich die Frau, über die in der Geschichte der Literatur am meisten und mit dem geringsten Gewinn für die Allgemeinheit reflektiert wurde. Und wenn die Zellteilung fortschreitet, wird bald noch über wesentlich mehr Albertines zu berichten sein, denn »*ich hatte eine erste Albertine gekannt, dann hatte sie sich plötzlich in eine zweite verwandelt, die gegenwärtige. Für die Verwandlung aber konnte ich einzig mich selbst verantwortlich machen*«.

Sie hat übrigens sein »*inquisitorisches Verlangen […], das wissen will, dennoch aber darunter leidet, daß es weiß, und gleichwohl mehr in*

Erfahrung zu bringen versucht« schon bemerkt und sagt ihm deshalb nicht mehr alles.

Wäre Andrée eine Alternative? Auch sie hat ihre Fehler: »*Genoß ich aber eine so bedeutungslose Befriedigung wie die, mich mit behaglicher Miene zu strecken, ein Buch zu schließen und dabei zu sagen: ›Ah! ich habe eben zwei bezaubernde Stunden mit Lesen zugebracht, was für ein amüsantes Buch!‹, so riefen diese Worte [...] bei Andrée eine Art von Mißbilligung, vielleicht auch einfach von nervösem Unbehagen hervor.*« Kann man sich ein Zusammenleben mit einer Frau vorstellen, die ein nervöses Unbehagen erfaßt, wenn man sich einmal behaglich streckt? Da ich das bereits ausprobiert habe, kann ich sagen: Nein.

Unklares Inventar:
– Goldchevreau, Tuberose.

Selbständig lebensfähige Sentenz:
– »*Was gibt es Poetischeres als Xerxes, den Sohn des Darius, wenn er mit Ruten das Meer peitschen läßt, dem seine Schiffe zum Opfer gefallen sind.*«
– »*Man kann im übrigen feststellen, daß die Beständigkeit einer Gewohnheit im allgemeinen im direkten Verhältnis zu ihrer Sinnlosigkeit steht.*«

124. Fr, 24.11., Berlin

Ich sehe eine Dokumentation über den Fall von Vukovar und muß die ganze Zeit denken, wie schrecklich es wäre, im Krieg auch noch Liebeskummer zu haben. Wie ein Gift wirkt die tägliche Dosis Proust im Moment, dieses mit phantasmatischer Monotonie ausagierte Psychodrama. Wenn man noch an so etwas wie die Möglichkeit von Glück zwischen zwei Menschen geglaubt hat, muß man vor Prousts Argumenten die Waffen strecken. Gibt es eine Welt, in der Proust nicht recht behält? Ist irgendein Leser hier, der mit seinem Partner glücklich ist und bestätigen kann, daß es so etwas wie reziproke Gefühle gibt?

Die Gefangene, S. 67–88

Wir freuen uns immer noch gemeinsam mit Albertine und Marcel über ihre neuen, goldenen Hausschuhe und die hübschen Morgenröcke. Je ärmer man sei, umso eher könne man sich ja auch noch freuen, weil »*die Armut, großherziger als der Überfluß, den Frauen viel mehr schenkt*«, nämlich das Verlangen nach Toiletten, die man gar nicht beachten würde, wenn man sie besäße.

Endlich sagt sie auch die Worte, die jeder Mann gerne hört: »*Ich bin ganz entsetzt bei dem Gedanken, wie dumm ich ohne dich geblieben wäre.*«

Solange man liebt, kann man sich kein richtiges Bild von der Geliebten machen: »*Immer wieder gleicht ein junges Mädchen so wenig dem, was sie das letzte Mal war [...]. Ein unverrückbares Bild von ihr wird aus unserer Gleichgültigkeit geboren, die sie der Beurteilung durch den Verstand anheimgibt.*« Im Gedächtnis sind die verschiedensten Bilder aufbewahrt, die dem Wesen, das man kennt, ziemlich unähnlich sind, und »*man begreift dann, welche Modellierarbeit täglich die Gewohnheit vollzieht*«. Die verschiedenen Albertines aus Balbec I und Balbec II. Wenn ich denke, daß ich sechsmal nach Bulgarien gefahren bin und meine Freundin bei jedem Aufenthalt jemand anderes war, dann müßte ich, wenn ich das wie Proust protokollieren wollte, mit ein paar Jahren Arbeit rechnen.

Man weiß nie, ob ein Satz wie der folgende noch eine Schlüsselfunktion haben wird, im Moment scheint er mir das Buch nur unnötig aufzublähen: »*An den Abenden, an denen Albertine mir nicht vorlas, musizierte sie oder fing mit mir eine Partie Dame oder ein Gespräch an, die ich alle beide unterbrach, um sie zu herzen und zu küssen.«*

Ein schöner Titel für ein Buch wäre: »*Das schläfrige Anschlagen der Brandung an den Strand in Vollmondnächten*«.

Eine Möglichkeit, das Bedürfnis nach ihr und nach der »*Macht zu träumen, die ich nur in ihrer Abwesenheit besaß*«, zu versöhnen, ist, sie im Schlaf zu beobachten. Dann ruht ihr Blick nicht länger auf ihm, und »*ich hatte nicht mehr nötig, an meiner eigenen Oberfläche zu leben*«. Dann schmiegt er sich manchmal an sie und ihr Atem hebt ihn leicht empor, »*ich hatte mich auf dem Schlummer Albertines eingeschifft*«. Aber nicht nur das, manchmal läßt er sein »*Bein an dem ihren entlanggleiten wie ein Ruder, das man schleppen läßt und dem man von Zeit zu Zeit eine leise Schwingung mitteilt*«.

Und endlich geschieht es zum ersten Mal in diesem Buch, daß offiziell der Name »Marcel« fällt, allerdings eigenartig verklausuliert: »*[S]ie sagte ›Mein‹ oder ›mein lieber‹, jeweils gefolgt von meinem Taufnamen, was, wenn man dem Erzähler denselben Vornamen verliehe, den der Verfasser dieses Buches trägt, ergeben hätte: ›Mein Marcel‹.«*

Unklares Inventar:
- Ein Mantel aus Zibeline, ein Morgenrock von Doucet, die siamesischen Schwestern Rosita und Doodica.

Verlorene Praxis:
- Sich aus einer Schar blühender junger Mädchen mit nicht geringer Genugtuung die schönste Rose pflücken.

Selbständig lebensfähige Sentenz:
- »*Vielleicht müssen menschliche Wesen imstande sein, uns viele Leiden zu bereiten, damit sie uns in den Stunden, da diese nachlassen, einmal die gleiche befriedigende Ruhe schenken wie die Natur.«*

125. Mo, 27.11., Berlin

In diesem Jahr verzichte ich auf alle Maßnahmen zur Stärkung meines Immunsystems, die im letzten Jahr so kläglich versagt haben: täglich Echinacea, frischgepreßter Saft von zwei Orangen am Morgen (mit einer Messerspitze Vitamin-C-Pulver), dreimal die Woche Joggen, viel Obst und Gemüse, Wechselduschen, einmal die Woche Sauna, Schlafen mit den Füßen zur Wand, weil dort immer ein leichter Luftzug von oben zu kommen und meinen Kopf zu verkühlen schien. Obwohl ich das alles in diesem Jahr vernachlässige, bin ich so wenig krank wie lange nicht. Gestern war ich aber, um mich von meinem Kummer abzulenken, nach einem halben Jahr wieder einmal in der Sauna und habe dort Proust gelesen, was im Bademantel eine bessere Sauna-Lektüre ist als Houellebecqs »Plattform«, bei dem man ständig in der Auto-Bild blättern muß, um sich von den »Stellen« abzulenken. Das künstliche Vogelgezwitscher im Saunaraum, die nun schon im dritten Jahr laufende »Oh, Champs-Elysées …«-CD im Ruhebereich, die alten BUNTE-Ausgaben im Zeitungsständer, die schlechten Witze beim Aufguß, die Salzstangen, all das hatte mir doch gefehlt. Bei den kalten Wassergüssen aus dem unter der Decke hängenden Eimer fiel mir ein, daß Wasser ja früher eine beliebte Behandlungsmethode bei psychischen Erkrankungen war, und ich hätte gerne mit Eis und Elektroschocks alle Emotionen aus mir herausgefräst. Zumindest hat mich die Sache müde gemacht, schlafen zu können ist ja ein Segen, aber den folgenden Vormittag mußte ich dann doch wieder mit E-Mail-Schreiben verbringen, weil ich mich wegen einer Frau nicht auf mein an sich beneidenswertes Dasein konzentrieren konnte. Dabei ist mir aufgefallen, daß ich manchen Bekannten nur schreibe, wenn ich in ein aussichtsloses Geschlechterschlamassel geraten bin, also inzwischen ungefähr alle ein bis zwei Jahre. Monate später werde ich diesen Mails, wie auch diesem Eintrag hier, mit Unverständnis begegnen. Es ist alles Biochemie, und es hört, wie mir meine Mutter versichert hat, mit vierzig langsam auf (andere Koryphäen aus meinem Sozialleben behaupten allerdings das Gegenteil). Aber wozu schleppt man sich immer weiter durch dieses Leben? Zu Markus Wolfs Begräbnis sind eintausendfünfhundert Menschen gekommen, wieviele würden es bei mir sein? Und werden es mehr, wenn ich noch etwas durchhalte, oder kann man den Moment zum Absprung auch verpassen? Vielleicht sollte man, wie beim Blog, Subscriber für sein Begräbnis sammeln, damit man weiß, wann der beste Zeitpunkt gekommen ist?

Die Gefangene, S. 88–109

Ein Beispiel, welcher Gehirnwäsche ich mich hier unterziehe, kein Wunder, wenn man dann immer das Falsche macht: »*[D]adurch weist das Leben der Liebe die größten Kontraste auf, es ist dasjenige, bei dem ein unvorhersehbarer Pech- und Schwefelregen nach den strahlendsten Augenblicken niedergeht und bei dem wir, ohne Mut und Kraft, aus dem Unglück eine Lehre zu ziehen, unmittelbar an den Wänden des Kraters, aus dem die Katastrophe kommen kann, von neuem zu bauen beginnen.*«

Es ist jetzt immer öfter von der Arbeit die Rede, an die er sich nicht begibt. Sogar der Begriff »Prokrastinieren« fällt. Aber kein Tag scheint der richtige zu sein. Nicht einmal der Morgen, an dem er sich »*zu einem Duell begibt*«, der zwar die plötzliche Einsicht in den Wert des Lebens schenkt und den Vorsatz, in Zukunft jede Minute zu nutzen, aber, unverletzt vom Duell heimgekehrt, begegnen dem Duellanten die gleichen Hindernisse wie vorher. Außerdem wird man sich gerade am Abend nach einem glücklich überstandenen Duell am ehesten mit gutem Gewissen eine Pause zugestehen.

Statt zu arbeiten, liegt er im Bett: »*An diesem strahlenden Sonnentag von morgens bis abends mit geschlossenen Augen liegenzubleiben war eine ebenso erlaubte, gebräuchliche, heilsame, angenehme, der Jahreszeit entsprechende Sache, wie die Fensterläden gegen die Hitze geschlossen zu halten.*« In dieser Zeit schifft er »*träge von Tag zu Tag*« und läßt sich von Gedächtnisbildern überraschen.

Eine Liste von Wünschen, die er noch hegt:

- ein wohlerzogenes Mädchen
- ein Mädchen, das Stundenhotels besucht
- schöne Kammerjungfern, insbesondere die der Baronin von Putbus
- Frühlingsanfang auf dem Land
- Weißdorn, blühende Apfelbäume, Stürme
- Venedig
- sich an die Arbeit zu setzen
- ein Leben wie alle anderen zu führen

Aber die nagende Eifersucht: »*Daher hat man auch in der Liebe nicht wie im gewöhnlichen Leben nur die Zukunft zu fürchten, sondern sogar die Vergangenheit, die oft erst nach der Zukunft Gestalt annimmt, und wir denken dabei nicht nur an eine Vergangenheit, von der wir erst nachträglich etwas erfahren, sondern an diejenige, die wir schon lange in uns getragen haben, in der wir aber mit einem Male erst zu lesen lernen.*« Ja, die gemeinsame Vergangenheit plötzlich entziffern zu können, ist eine quälende Angelegenheit. Erst recht, wenn man die Tendenz hat, alles immer gegen sich auszulegen. Dann braucht man nicht einmal zu beobachten, daß sie jemand anderem Blicke zuwirft, es reicht schon, zu beobachten, daß sie es nicht tut. Denn daraus schließt man, wie angestrengt sie zu verbergen versucht, was in ihr vorgeht.

Selbständig lebensfähige Sentenz:
– »*O große Gebärden des Mannes und der Frau …*«

126. Mo, 27.11., Berlin

Noch 1991 bin ich mit einer blutenden Hand in die benachbarte Apotheke gerannt statt zum Arzt, so groß war mein Respekt vor diesen Damen im weißen Kittel, die einem zu helfen vorgeben, während sie einen doch nur ausnehmen. Ein eigenartiges Zwischenwesen, nicht befugt zu heilen, aber doch eher als andere Händler dazu verpflichtet, sich mit dem Leid des Kunden zu identifizieren. Je nach Schwere des Falls werden einem dann ungefragt eine oder mehrere Packungen Gratis-Taschentücher in die Tüte gesteckt.

Gestern habe ich in einem dieser Geschäfte spätabends verräterische Dinge eingekauft: »Weleda Balsamischer Melissengeist«, Acesal, Baldrian-Dispert mit Hopfen, und dazu wollte ich Johanniskraut-Kapseln. Die junge Apothekerin sah mich mitfühlend an, und wir überlegten gemeinsam, welche Dosierung die richtige wäre, es gab nämlich verschiedene, von schwach bis äußerst stark. Wie schlimm es denn sei, fragte sie und vermied das böse Wort »Depression«. »Das ist es gar nicht«, sagte ich lächelnd, wie ein Alkoholiker, der noch nicht zu seiner Krankheit steht. Aber wofür dann das Johanniskraut? »Ja, ich weiß auch nicht, eigentlich kam der Tip von meiner Mutter.« »Die kleinere Dosierung reicht eigentlich bei normalen Herbstdepressionen.« »Die hab ich ja gar nicht, das soll gegen Liebeskummer sein.« Sie ließ sich nichts anmerken und nahm eine fast noch diskretere Haltung an als sonst, wenn ich Perenterol, Immodium und Tannacomp kaufe.

Eigentlich war mir das Mittel ja viel zu teuer, 35 Euro für 60 Pastillen, und die Wirkung stellt sich erst nach drei Wochen ein. Die geringere Dosierung war etwas billiger, aber als ich ihr verraten hatte, worunter ich leide, pochte sie mit dem Finger auf die Baldrian-Dispert-Packung, das sei schon das Richtige. Mir fiel im übrigen auf, daß es nicht so schlimm um mich bestellt sein kann, wenn ich bei meinen Heilmitteln noch um den Preis feilsche.

Die nette junge Dame hat mir dann noch unbemerkt ein ausgleichendes »Bagno effervescente aromatico« mit Lavendelgeruch dazugesteckt und ein »Gute-Nacht-Einschlaf-Tuch« mit ätherischen Ölen. »Anwendung: Legen Sie das getränkte Tuch vor dem Schlafengehen auf die Brust oder befestigen Sie es am Hemd.« Und so lag ich wenig später statt mit einer duftenden Frau im Arm mit einem stinkenden Tuch auf der Brust im Bett und wartete auf den auf der Packung versprochenen »erholsamen Schlaf«.

Eifersucht, wie wenig es doch dazu braucht: »*Eine Frau aber, die uns während einer gewissen Zeit gesagt hat, wir seien alles für sie, ohne daß sie dabei auch alles für uns gewesen wäre, eine Frau, die wir mit Vergnügen sehen, küssen, auf unseren Knien halten, versetzt uns in größtes Erstaunen, wenn wir auch nur an einem plötzlichen Widerstand spüren, daß wir nicht ganz und gar über sie verfügen.*« Am besten man ist ganz unsensibel für ihre Regungen, dann hat man auch keinen Ärger, außer, daß sie einen irgendwann aus heiterem Himmel verläßt. Aber bis dahin hatte man ein ruhiges Leben.

»*Die Enttäuschung weckt dann manchmal in uns die vergessene Erinnerung an eine frühere Angst, von der wir gleichwohl wissen, daß sie nicht durch diese, sondern durch andere Frauen hervorgerufen worden war, deren treulose Handlungen sich in unserer Vergangenheit aneinanderreihen.*« Und die jetzige muß dann stellvertretend für alle vorigen büßen. Nicht mehr lange, und wir werden »*selber List anwenden und uns hassenswert machen*«.

Noch einmal wird über das Telefon nachgedacht und die Frage gestellt, warum die Salonmaler nicht statt Bildern wie »Am Spinett« Szenen in der Art von »Am Telephon« malen. Marcel ruft Andrée an und schweigt eine Weile, bis das Telefonfräulein sagt, daß sie die Verbindung trennen wird, wenn er nichts sagen will. Das waren noch Zeiten, als die Telefonfräulein mitgehört haben. Heute könnte man tagelang Anrufe führen, ohne ein Wort zu sagen, der Telefongesellschaft ist das ganz gleich. Es ist doch eigentlich eine Frechheit, daß der Tarif nach Zeittakt berechnet wird und nicht nach der Bedeutung des Besprochenen. Ein denkbares System wäre, für banale Gespräche, die es in großen Stückzahlen gibt, Rabatt einzuführen oder solche zu subventionieren, die von Interesse für die Allgemeinheit sind. Auf jeden Fall müßte jedes Gespräch von einem hochqualifizierten Telefonfräulein mitgehört werden, das darüber entscheidet, was es kosten soll und ob man es fortsetzen darf.

Und noch etwas Technikgeschichte, die »*an mythologische Vorzeiten erinnernde Begegnung mit einem Flieger, bei der mein Pferd gescheut hatte*« (aus dem vorigen Band), war nur die Ankündigung eines ganz neuen Wirtschaftszweigs gewesen: Inzwischen sind »*rings um Paris Flugzeughallen entstanden*«, und seltsamerweise wird gerade für solche Menschen, die das Meer lieben, das »*Herumbummeln an der Peripherie von Luftlandeplätzen*« zu einem – heute undenkbaren – Freizeitvergnügen.

Aber zurück zum Menschen und seinem Elend. »*Ich glaube wirklich, daß ich an diesem Tage soweit war, unsere Trennung zu beschließen und nach Venedig zu reisen.*« Was ihn aber wieder an sie »*kettete*«, ist die Entdeckung einer kleinen Lüge aus Balbec. Bei Proust wird die Liebe nämlich ausdrücklich aus der Lüge geboren. Der Betrogene, der die Wahrheit wissen will, nimmt eine interessante Verhaltensweise an, denn er dreht sich auf der Türschwelle noch einmal um und stellt ganz beiläufig eine Frage. Die »*geistesabwesende Miene und die gleichsam in Klammern und in der letzten Minute hingeworfene Frage*« kennt man ja von Inspektor Columbo. Hätten dessen Opfer Proust gelesen, wären sie nicht darauf reingefallen.

127. Di, 28.11., Berlin

Der Serotonin-Spiegel soll schuld sein, vor allem an den abendlichen Krisen. Um mehr davon zu verstehen, müßte man allerdings noch einmal auf die Welt kommen, dann aber mit einem Gehirn, das in der Lage ist, sich für Chemie zu interessieren. Jedenfalls scheint es ein Neurohormon zu sein, das in der »Raphe« ausgeschüttet wird, eines der Organe, die man bisher nie vermißt hatte. Wenn es eine Tablette gegen diesen Zustand gäbe, würde man sie nehmen? Vielleicht gleich auch gegen alle anderen unangenehmen Gefühle wie Neid, Angst, Ungeduld, Gier? Als Mensch, der vollständig davon befreit wäre, müßte man auf die anderen wie ein Roboter wirken. Aber ich weiß nicht, warum man sich alles Schlechte im Leben immer dadurch schönreden muß, daß es angeblich den Reiz unserer Existenz ausmacht, ich wäre lieber eine Pflanze oder ein Otto-Motor. Es ist doch wie mit Zahnschmerzen, man hat längst verstanden, was der Körper einem sagen will, man hat sogar schon einen Zahnarzttermin, also ist es doch nicht nötig, die ganze Zeit an seine Karies erinnert zu werden. Wenn Emotionen sinnlos sind, warum können sie nicht einfach aufhören?

Was alles nicht hilft:

- Die Namen der römischen Kaiser wiederholen
- Zwanzig Klimmzüge
- Baldrian-Dispert
- Rotwein
- Abitur
- Sich selbst auf einer Videoaufnahme Fußball spielen sehen
- Die neue C&A-Dessous-Kampagne
- Schokolade
- Sätze wie: »Es ist doch schön, wieder zu spüren, daß man noch Gefühle hat.«
- Einmal die Woche an ihrem Fenster vorbeijoggen
- Ein neues Handy
- Nichtraucher sein
- Proust lesen

Die Gefangene, S. 130–152

Jeden Abend bekommt er einen Gutenachtkuß von Albertine, aber Kuß ist nicht gleich Kuß: »*Heute abend jedoch ließ mich ihr Kuß – in dem nichts von ihr selber lag und der mich innerlich nicht bewegte – so angstvoll, mit so heftig pochendem Herzen zurück*«, daß er nach einem Vorwand sucht, sie zurückzurufen. Wird er auf diese Weise unweigerlich zum emotionalen Bettler? »*[I]ch sprang aus dem Bett, als sie bereits in ihrem Zimmer war, ich ging im Korridor auf und ab, in der stillen Hoffnung, daß sie mich rufen werde*« (nur ein Wahnsinniger kann solche absurden Hoffnungen hegen, sie weiß ja von nichts und selbst wenn, dann hat sie schon ihre Gründe), »*ich stand reglos vor ihrer Tür, um beileibe nicht eine noch so leise Aufforderung zu überhören*« (sollte eine Aufforderung ihrerseits nicht klar und deutlich geäußert werden? Sie würde schon dafür sorgen, daß er sie nicht überhört, wenn ihr wirklich etwas daran läge), »*ich kehrte einen Augenblick in mein Zimmer zurück, um nachzusehen, ob meine Freundin nicht zu meinem Glück dort etwas vergessen hätte*«, aber er findet nichts, und so steht er regungslos Posten vor ihrer Tür, »*von Hoffnung auf ich weiß nicht was erfüllt, was jedenfalls nicht eintrat; erst lange danach kehrte ich durchfroren zurück, streckte mich unter meine Decke und weinte die ganze Nacht*«.

Um solche Situationen zu vermeiden, greift er zu einer List, er lädt sie abends in sein Zimmer, wo sie sich, wie er weiß, auf sein Bett legen wird, sobald er unter einem Vorwand kurz hinausgeht. Da sie sehr schnell einzuschlafen pflegt, liegt sie bei seiner Rückkehr schlafend da, und er kann sich in ihre Arme mogeln. Sobald sie morgens »*die Augen lächelnd halb geöffnet hatte, bot sie mir ihren Mund, und ehe sie noch etwas sagte, hatte ich schon seine kühle Frische gespürt, die so friedevoll war wie ein Garten, der noch schweigend ruht vor dem Erwachen des Tages.*« Der aufmerksame Leser wird hier zweifelnd anmerken, daß niemandes Mund beim Erwachen eine »*kühle Frische*« birgt.

Wieder wird über die Natur des Schlafs nachgedacht. Daß man beim Aufwachen noch nicht weiß, wer und wo man ist. Spricht man dann ein paar vernünftige Worte zu jemandem, statt einfach das zu sagen, was einem traumbedingt noch auf den Lippen liegt, bedeutet das »*die gleiche Anstrengung einer Wiederherstellung des Gleichgewichts für mich wie für einen Menschen, der aus einem bereits fahrenden Zug abspringt, dann, wenn er einen Augenblick in der Fahrtrichtung weiterläuft, der Akt, trotzdem nicht hinzufallen*«. Das hat meine Tochter noch nicht verstanden, wenn sie mit mir morgens gleich nach dem Aufwachen lange Gespräche führen will.

Ein überraschendes Bekenntnis: »*In jedem Augenblick muß man zwischen der Gesundheit, der Vernunft auf der einen und den subtilen Genüssen des Geistes auf der anderen Seite wählen. Ich habe immer die Feigheit besessen, mich für die ersteren zu entscheiden.*« Ich weiß nicht, ob es Feigheit ist. Der Schluß liegt nahe, daß der Autor in Marcel spürt, daß er so etwas wie ein Schicksal braucht. Und statt sich zu diesem Zweck wie andere freiwillig für den Ersten Weltkrieg zu melden, läßt er sich mit einer Frau ein, die ihn nicht liebt. Man könnte sich ihr sicher auch entziehen, aber das darf man nicht, wenn man die Abgründe menschlicher Leidensfähigkeit studieren will. Zum Glück müssen wir das nicht mehr tun, die Erkenntnisse, die Proust gewonnen hat, liegen für alle Zeiten vor. Man kann sich heute statt dessen anderen Themen widmen und zum Beispiel einfach wieder über Kriege schreiben statt über Beziehungen.

Unklares Inventar:
- Kartenschlägerin, Volubilis, Porzellankitter.

Selbständig lebensfähige Sentenz:
- »*[S]o bleibt die Welt des Wachseins doch darin überlegen, daß sie jeden Morgen eine Fortsetzung finden kann, nicht aber allabendlich der Traum.*«

128. Mi, 29.11., Berlin

Das Mädchen, das letztes Jahr nicht wollte, hatte dann am Ende doch gewollt, als ich nicht mehr richtig wollte. Ich weiß nicht, wie ich sie überzeugt habe und warum sie mich irgendwann nicht mehr überzeugt hat. Aber der Kummer ist eigentlich vergleichbar, so wie man wahrscheinlich dasselbe fühlt, egal an welchen Gott man glaubt. Das ist ja, was Proust dauernd behauptet, daß die Liebesgefühle gar nichts mit demjenigen zu tun haben, der sie auslöst. Ich weiß nicht, ob das stimmt, vielleicht ist »Liebe« in dem Fall das falsche Wort. Ich wüßte nur gerne, wie man das Drama beim nächsten Mal vermeidet.

Es war damals von Anfang an aussichtslos, man brauchte ein Flugzeug, um sich zu sehen, aber man glaubte an ein Recht auf Unvernunft, wenn es um »Höheres« ging, also Gefühle, die heutzutage und in meinem Alter doch eine seltene Ressource sind. Es wäre sozusagen Gotteslästerung gewesen, diesen nicht alles zu opfern. Ob sie mich in Berlin besuchen würde, hatte ich sie am Anfang gefragt: »Too cold«, war ihre Antwort gewesen, die mich natürlich traf, weil ich ihr sofort glaubte, daß sie schon aus klimatischen Gründen kein Interesse an meiner Stadt hatte, außerdem stand der Winter vor der Tür. Statt ins langweilige Deutschland zu fahren, wollte sie bei nächster Gelegenheit ihre Cousins im sonnigen Argentinien besuchen, die wie der Che aussähen. Mehr Pläne für die Zukunft hatte sie nicht.

Man sollte bei Frauen, in die man sich verlieben möchte, immer darauf achten, daß sie keinen gut googlebaren Namen haben, sonst kann man sich später nie von ihnen lösen. Von ihr gibt es nur wenige Einträge, anfangs gab es sogar gar keinen. Jetzt liefert Google aber ein neues Ergebnis, dem ich entnehme, daß sie seit November für acht Monate als Sprachlektorin an einer Schule arbeitet, in einer der nördlichsten norwegischen Provinzen. Nordnorwegen! Wo man einen Schuhfön braucht! Ich las in dem Blog-Eintrag einer Person, die dort anscheinend ihre WG-Nachbarin ist, mehrmals ihren Namen, konnte mir das Geschriebene aber nicht übersetzen, weil ich nur ein Dänisch-Wörterbuch hatte, mit dem ich nicht hinkam.

Norwegen …

Die Gefangene, S. 152–173

»*Als Albertine sich entfernt hatte, spürte ich, wie ermüdend für mich ihre unaufhörliche Gegenwart, ihr unersättliches Verlangen nach Bewegung und Leben war, das meinen Schlaf in Frage stellte, mich wegen der ständig geöffneten Türen in dauernder Erkältungsgefahr leben ließ.*« Oh, in dieses Horn möchte man auch stoßen, diese Frauen mit ihrer Manie, sich auch am Wochenende den Wecker auf acht Uhr morgens zu stellen, ihrem unausrottbaren Bedürfnis, trotz draußen stattfindender Bauarbeiten bei offenem Fenster zu schlafen (und womöglich mit elektronischer Musik im Hintergrund), ihrem ständigen Drang, einen bei ihren Appetitschüben mit ins Verderben zu reißen! Aber die hormonellen Vorteile, die eine stabile Partnerschaft für das Immunsystem mit sich bringt, könnten die Risiken von Zugluft eventuell ausgleichen.

Nun hat Albertine einen Tag in Versailles verbracht, und in seiner Eifersucht phantasiert Marcel deshalb schon wieder. Er läßt sich vom Chauffeur beruhigen, der dabei gewesen war und ihm versichert, sie sei die ganze Zeit nur mit dem Führer vor Augen die Bilder abgegangen. »*Ich glaube dennoch, daß jene Erklärungen des Chauffeurs, die mir Albertine, in dem sie sie unschuldiger darstellten, gleichzeitig langweiliger erscheinen ließen [Unglücklicher!], nicht genügt hätten, mich so rasch zu beruhigen. Zwei kleine Pickel, die meine Freundin ein paar Tage lang an der Stirn hatte, brachten es noch besser zuwege, die Gefühle meines Herzens ein wenig zu dämpfen.*« Gesegnete Hautunreinheiten, letzte Rettung der Liebeskranken!

Dummerweise hat sie ihm Ansichtskarten aus Versailles mitgebracht, und jedesmal, wenn er diese beim Aufräumen findet, hat er »*ein unangenehmes Gefühl*«. Und so wird durch eine kurze, unglücklich verlaufene Affäre ein großer Teil unserer Welt zu einer Gefahr für die Nerven. Man staunt, von wievielen Seiten man an sie erinnert wird, denn nur weil man einmal über Pilates gesprochen hatte, schreit es jetzt von allen Wänden »Pilates«, nur weil sie einen Schal gestrickt hat, tragen alle Menschen Stricksachen, und wenn sie Spanierin war, wird man immer wieder von spanischen Reisegruppen angerempelt. Man muß sich sein Leben mühsam wieder zurückerobern, und vielleicht hilft dabei nur die von Proust so oft erwähnte anästhesierende Wirkung der Gewohnheit.

Vielleicht, denkt er, kann es aber auch hilfreich sein, sich eines der Milchmädchen, der Putzfräulein oder eine der Lieferantinnen näher anzusehen, die die Wohnung frequentieren und die er nie beachtet hat?

Berufstätige Frauen haben ihren eigenen Reiz. Man wünscht sich, daß die Frau »*einem ganz speziellen Beruf obliegt, so daß wir mit ihrer Hilfe in eine Welt entweichen können, von der wir auf Grund ihrer besonderen Kostümierung romantischerweise annehmen, daß sie eine ganz andere ist*«. Sie soll so weit wie möglich von uns entfernt sein, sich dann aber vollständig erobern lassen. »*Wir wollen Bildhauer sein. Wir wollen eine Frau zu einer Statue modeln, die sich vollkommen von dem unterscheidet, was sie selber schon ist.*« Und das geht so: »*Wir haben ein gleichgültiges, schnippisches junges Mädchen am Strande erblickt, wir sind einer ernsthaften, geschäftigen Verkäuferin begegnet, die an ihrem Ladentisch steht und uns vielleicht sehr spröde Auskunft gibt, wäre es auch nur, um nicht zum Gespött ihrer Kolleginnen zu werden, oder haben es mit einer Obsthändlerin zu tun, von der wir mit Mühe eine Antwort erhalten. Dann aber geben wir keine Ruhe, bis wir ausprobiert haben, ob das hochfahrende junge Ding am Strande, ob die Verkäuferin, die nur daran denkt, was jemand von ihr sagen könnte, oder die uns so zerstreut bedienende Obsthändlerin nicht möglicherweise doch nach geeigneten Maßnahmen von unserer Seite ihre geradlinige Haltung verlassen, unseren Hals mit den Armen, die eben noch Fruchtkörbe trugen, umschlingen, auf unseren Mund mit gewährendem Lächeln bislang eisigkühle oder andern Dingen zugewandte Blicke lenken werden.*«

Ob es so wünschenswert wäre, wenn uns die Obsthändlerinnen plötzlich umschlängen? Jedenfalls scheint solch eine Inszenierung etwas Pathologisches zu haben, und ich wüßte gerne, wie man dieses Syndrom bezeichnet.

So übel ist das Milchmädchen nicht, das er sich aufs Zimmer kommen läßt: »*Ich hob den Blick zu ihrem gelblich quellenden, künstlich gelockten Schopf und spürte, wie sein Wirbel mich mit klopfendem Herzen in die lichtdurchzuckten Stürme eines Orkans der Schönheit entführte.*« Doch unglücklicherweise bringt ihm diese rettende Nymphe den Figaro, in dem er ja Tag für Tag vergeblich nach seinem ersten kleinen Text sucht, und in dem er jetzt liest, daß eine »Léa« bei der Matinée auftreten wird, zu der er Albertine geschickt hat. »*Es war, als risse jemand in brutaler Weise von meinem Herzen den Verband, unter dem es seit meiner Rückkehr von Balbec zu vernarben begann.*« Denn Léa war mit den beiden freizügig lesbischen jungen Mädchen aus Balbec befreundet gewesen. Gegen solch eine Einladung zur Eifersucht kann das Milchmädchen nichts ausrichten. Eile ist geboten, aus der Entfernung muß verhindert werden, daß Albertine hinter den Kulissen des Theaters auf Léa trifft.

Selbständig lebensfähige Sentenz:
– »*O Schönheit der strengen Augen in den Stunden der Tagesfron.*«

129. Do, 30.11., Berlin

Vor meinem Fenster wird ein Film gedreht, sie haben vor einer leeren Kaufhalle eine Dönerbude aufgebaut, in Berlin ist das, als würde man für Dreharbeiten in der Wüste Sand aufschütten. Wieviel Aufwand Filme verlangen und wie schwer es für den Regisseur sein muß, sich bei der Verantwortung für solch einen Apparat an Menschen und Technik noch auf den Film zu konzentrieren, von dem er träumt. Eine gigantische Scheinwerferbatterie beleuchtet von einem Kran aus quer über den Platz den Drehort. Das Licht hat jedenfalls etwas Tröstliches. Sie kommen zu mir, um hier zu drehen, also kann mein Leben ja nicht ganz bedeutungslos sein. Man sieht mich zwar nicht im Bild, aber der Film wäre ohne mich trotzdem ein anderer.

»Feras, non culpes, quod mutari non potest.« Wie gut, daß ich mit Latein schon so weit bin, sonst hätte ich selbst darauf kommen müssen. Im Lateinkurs bin ich bis auf zwei Sechzigjährige der Älteste, immerhin jünger als der Lehrer. In der Namensliste habe ich meine Semesterzahl und meine Studienfächer trotzdem ausgespart als sei es eine Schande, im Alter noch neugierig zu sein. Man nimmt niemandem den Platz weg, denn nach wenigen Wochen kommt nur noch die Hälfte. Das Vergnügen am Lernen ist so groß, daß ich mir Sorgen mache, was einmal werden soll, wenn ich im Februar die Latinumprüfung bestehen sollte. Wo soll ich dann hin? Vielleicht setze ich die Prüfung einfach in den Sand, dann kann ich den Kurs nochmal machen.

Steigerung im Ausdruck des Wünschens (»Grundwortschatz Latein nach Sachgruppen«): optare – desiderare – cupere – velle – appetere – petere.

Worunter leide ich also im Moment? Voluntas, studium, cupido, libido, appetitus oder impetus?

Die Gefangene, S. 173–194

»[I]ch knackte mit den Fingergliedern […], sei es, daß ich meinen Körper ganz und gar bereithielt […] als sei er nur mehr eine Waffe, aus welcher der Schuß losgehen müsse, der Albertine von Léa und ihren beiden Freundinnen würde trennen können.« Nicht viele Autoren vor ihm werden das Motiv des Fingerknackens bemerkt haben, um es dann gleich so kühn umzudeuten.

Wieder fällt ihm ein, wie intensiv Albertine schon in Balbec immer Mädchen angeschaut hatte, »*ein so nachdrücklicher, derart zehrender Blick, daß man meinte, er müsse, wenn er sich wieder abwendete, die Haut der Passantin mitnehmen*«. Im Grunde kommt seine Eifersucht gerade im rechten Moment, denn seine Glut droht ja ständig zu erkalten. Die »*Heftigkeit meines Schmerzes*« ist dann wieder ein Beweis.

Mit Françoises Hilfe gelingt es dem kleinen Intriganten, der er ja ist (auch wenn er als Autor bisher noch daran scheitert, eine Intrigue zu schürzen), Albertine aus der Matinée zu holen. Die beiden sind auf dem Heimweg, bald wird Albertine eintreffen, und da die Gefahr einer Begegnung mit Léa erfolgreich abgewendet wurde, scheint es ihm sofort wieder, als würde er seine Zeit lieber alleine verbringen. All die kleinen Arbeiterinnen, Putzmacherinnen und Kokotten aus dem Bois, die er wegen Albertine auch heute nicht besuchen können wird …

In dieser Zwickmühle setzt er sich ans Klavier und spielt noch einmal Vinteuils Sonate, wodurch Erinnerungen an die Spaziergänge nach der Seite von Guermantes wachwerden, damals, als er selbst Künstler werden wollte. »*Als ich in der Tat auf diesen Ehrgeiz verzichtete, hatte ich da etwas Wirkliches aufgegeben? Konnte das Leben mich über den Verlust der Kunst trösten?*« Oft wird man gefragt, warum man schreibt, aber mich interessiert eher, wie man es aushält, es nicht zu tun. »Was wird aus den Menschen, die keine Künstler werden? Nichts wird aus ihnen, das Nichts wird aus ihnen« (E. E. Cummings).

Nach Vinteuil spielt er Tristan: »*Von Wagner durch eine Wand von Tönen getrennt, hörte ich verstärkt sein Frohlocken, vernahm ich seine Aufforderung, seine Freude zu teilen.*« (Wann hat er eigentlich Klavier geübt? Ist uns das entgangen? Man fühlt sich ja wie eine Ehefrau, die nach vierzig Jahren, also vermeintlich im Besitz erschöpfender Kenntnisse über sein Leben, zu ihrem Gatten sagt: »Das hast du mir nie erzählt, daß du früher mal ein Motorrad hattest!«) Wagner intonierend wandern seine Gedanken zu diesem eigenartigen Morel, der sich, zu Charlus' Mißvergnügen, abends frei nimmt, um an einem Algebrakursus teilzunehmen. So eine Ausrede hört wohl kein Liebhaber gerne.

Selbständig lebensfähige Sentenz:
– »*Eine halbe Stunde darauf läutete das Telephon, und in meinem Herzen erhob sich ein Tumult von Hoffnung und von Angst.*«

Nichts läutet, das Nichts läutet.

130. Fr, 1.12., Berlin

Meine Beraterinnen sind sich nicht einig, welche Politik in meinem Fall zum Erfolg führen könnte. »Wenn man was will, hat man das Recht, sich zum Klops zu machen«, »Sich mit Absicht nicht mehr melden, so was steht doch nur in alten Mädchenhandbüchern«, »Hak sie ab«. Das Gute ist, daß man ja tatsächlich keinen Einfluß hat, weil man es Menschen, bei denen man im richtigen Moment das Richtige tun muß, auch in Zukunft nie recht machen würde. Man müßte ja auch eigentlich, statt in Kontaktforen Profile zu verfassen, Geruchsproben versenden, wenn der Geruch tatsächlich so entscheidend ist.

An größere Zusammenhänge zu glauben, ist ein paranoider Zug. Aber es gibt faszinierende Zufälle. Man hält es tagelang durch, sich nicht zu melden, und dann trifft man sich zum ersten Mal zufällig, an einer Stelle, an der man einmal in der Woche vorbeikommt auf dem Weg zum Stadion, noch dazu rasend schnell auf dem Fahrrad. Sie hat Bastelzeug für Weihnachtsgeschenke gekauft und sieht traurig aus. Ich soll sie umarmen. Danach geht sie, ohne sich noch einmal umzudrehen, nach Hause. Immer noch kann sie mir beim Abschied nicht sagen, wann wir uns wiedersehen werden. Ich bin danach die drittschnellste Zehn-Kilometer-Zeit meines Lebens gelaufen. Das brachte mich nach dem Zieleinlauf für ungefähr dreißig Sekunden auf andere Gedanken.

Die Gefangene, S. 194–215

Er sitzt mit ihr im Auto und bedauert, daß er nicht halten kann, um sich eine junge Obsthändlerin, ein Milchmädchen, die an der Kasse stehende Tochter des Weinhändlers oder eine Wäscherin näher anzusehen, die alle *»allein durch mein Verlangen in köstliche Abenteuer verstrickt, gleichsam an der Schwelle eines Romans zu stehen schienen, den ich niemals kennenlernen würde«*. Das Problem des modernen Menschen, die paralysierende Vielfalt der Optionen. Und jede für sich ist unwiderstehlich! »*Wir waren jetzt in volkstümlichere Viertel gelangt, in denen das Standbild einer ›dienenden Venus‹ jeden einzelnen Ladentisch zu einem suburbanen Altar umschuf, vor dem ich gern mein Leben hätte verbringen mögen.*« Möglicherweise ist sein Beziehungsmodell auch einfach zu konservativ: »*Wie man* *es am Vorabend seines vorzeitigen Todes macht, stellte ich bei mir die Liste der Vergnügungen auf, die mir dadurch vorenthalten wurden, daß Albertine einen Schlußpunkt hinter meine Freiheit setzte.*« Vielleicht hätte sie ja gar nichts dagegen, wenn er einmal in der Woche mit den Kumpels Skat spielt oder am Wochenende im Keller Balsaholzflugzeugmodelle bastelt, wenn sie ihn liebt, wird sie das schon verstehen.

»*Wer den Wunsch weiterzuleben und den Glauben an etwas, was köstlicher ist als die gewohnten Dinge, in sich unterhalten will, muß spazierengehen, denn Straßen und Avenuen wimmeln von Göttinnen.*« Nur Pech, wenn man in Nienburg oder Nauen lebt, dann sind die Straßen und Avenuen nicht ganz so dicht von Göttinnen bevölkert.

Eigentlich scheitert Proust immer wieder an denselben Aporien, die bis heute in jeder Liebeskomödie verhandelt werden: »*Man findet harmlos, daß man selbst nach etwas verlangt, aber unerträglich, daß ein anderer es tut.*« Wenn ich das richtig verstanden habe, sieht Houellebecq ja in Swingerclubs einen Ausweg aus diesem Dilemma.

Und nun kommen wir zu einem Kernsatz, den man sich in einen Wandteppich weben kann: »*Die Wesen aber, die uns nicht verstehen, sind die einzigen, bei denen es für uns von Nutzen sein kann, ein Prestige zu wahren, das bei höher gearteten Menschen schon unsere Intelligenz uns verschafft.*« Am besten man lernt das auswendig und sagt es sich auf, wenn man das nächste Mal zu einem beruflichen Termin muß.

Heute geht es kreuz und quer: »*[D]as Mißgeschick eines entflammten Liebhabers besteht darin, daß er sich nicht darüber klar ist, wie, während er ein schönes Gesicht vor sich sieht, seine Geliebte nur das seine vor sich hat, das nicht schöner, sondern ganz im Gegenteil von der Lust entstellt wird, welche der Anblick der Schönheit in ihm erregt.*« Das ist auch das Mißgeschick des enthemmten Gelegenheitstänzers, der meint, seine Losgelöstheit von den Fesseln der Selbstkontrolle würde ihn schöner machen. Leider ist das bei uns Europäern nicht der Fall.

Der Künstler kann, was ihm vorschwebt, immerhin zuweilen in seinem Werk sichtbar machen: »*Daher kommt es, daß die Bewunderer dieses Werkes von seinem Urheber enttäuscht werden, in dessen Antlitz so viel innere Schönheit nur unvollkommen widergespiegelt erscheint.*« Es wäre ja auch bedenklich, wenn mein Antlitz mehr bewundert würde als mein Werk. – Allerdings habe ich eben doch noch einmal im Spiegel nachgesehen, und ich finde, ein geschultes Auge kann durchaus eine Menge innerer Schönheit auf dem Antlitz des Autors dieser Zeilen widergespiegelt sehen.

Unklares Inventar:
- Midinette, Peri.

Verlorene Praxis:
- Als Frau zum Freund sagen: »*Wie nett du bist! Wenn ich jemals so klug werde, so verdanke ich es nur dir!*«

131. So, 3.12., Berlin

An der Pinnwand des Sprachenzentrums hing die auf Russisch verfaßte Anzeige eines Franzosen, der eine gute und anziehende russische Frau zur Gründung einer Familie sucht. Ob das wirklich die beste Idee ist, sei einmal dahingestellt, aber wenn ich schon selbst kein Glück in der Liebe habe, kann ich ja wenigstens für andere den *postillon d'amour* spielen, weshalb ich die Anzeige hier veröffentlichen möchte:

»FRANZUS (GOWORIT PO-NEMJETZKIJ), ISCHTSCHOT DOBRUJU, PRIWLJEKATJELNUJU RUSSKUJU SCHENSCHTSCHINU DLJA SOZDANIJA SEMI. TEL: *030-0615570*«

So einfach kann es sein, zwei Menschen glücklich zu machen!

Die Gefangene, S. 215–236

Wenn Albertine sich gefügiger zeigt, quält ihn sofort wieder der Gedanke, sich an sie gebunden zu wissen: »*Es ist furchtbar, wenn man die Existenz einer anderen Person an sich geheftet sieht wie eine Bombe, die man festhalten muß und nicht fallen lassen darf, ohne damit ein Verbrechen zu begehen.*« Wollen wir hoffen, daß sie nicht heimlich in seinen Aufzeichnungen liest, die Stelle findet und selbst eine Bombe wirft.

Für die Leichtigkeit, mit der sie lügt, hat er inzwischen Beweise: »*Was sie sagte, was sie gestand, trug so sehr den Charakter der Evidenz [...], daß sie dergestalt in die Zwischenräume ihres Daseins Episoden eines anderen Lebens säte.*« Aber ist es Lüge, wenn man selbst daran glaubt?

Der Tod von Swann war zwar angekündigt, dann aber so beiläufig vermeldet worden, daß man dachte, es würde noch ausführlicher darauf eingegangen, was aber nicht der Fall war. Man darf gespannt sein, welche der Figuren das Romanende überleben werden. Die Eltern, Gilberte, Saint-Loup, Charlus, Albertine, Marcel selbst? Von einem neuen Opfer wird nun berichtet, denn Bergotte ist verstorben, aber – wie es sich für einen Künstler gehört – auf exzentrische Weise. Der Tod ist ja nur dann gelungen, wenn er die gängigen Interpretationen des Werks auf den Kopf stellt, wenn man mit der Todesgeste seine Verehrer verunsichert und seine Feinde nachdenklich stimmt.

Bergotte hat die letzten Jahre zum größten Teil in seiner Wohnung verbracht und nur manchmal viel Geld für kleine Mädchen ausgegeben, weil die Liebe, oder wenigstens das etwas tiefer gehende Vergnügen, auch wenn sie mit Enttäuschungen enden, seine schriftstellerische Tätigkeit vor der Stagnation bewahrt haben. Und die Rechnung geht ja auch ökonomisch auf: »*Ich gebe mehr als Multimillionäre für kleine Mädchen aus, aber die Freuden und Enttäuschungen, die sie mir bereiten, ermöglichen mir, ein Buch zu schreiben, das mir Geld einbringt.*« Dafür schlief er nur noch schlecht, in seinen Alpträumen wischte ihm eine böse Frau das Gesicht mit einem feuchten Lappen ab, oder ein wütender Kutscher stürzte sich auf ihn, zerbiß ihm die Finger und sägte sie ab – »*einige Jahre relativer Besserung hatte er nur dem Umstand verdankt, daß er sich vollkommen auf seine Wohnung beschränkte*«.

Eine Leihgabe des Museums Den Haag, das für eine Ausstellung Vermeers »Ansicht von Delft« zur Verfügung gestellt hat, lockt ihn schließlich doch noch einmal aus dem Haus. Ein Kritiker hatte auf dem Bild eine bemerkenswerte »*kleine gelbe Mauerecke*« erwähnt, die ihm selbst entgangen war. Vor dem Bild bekommt er einen Schwächeanfall, muß sich setzen und rollt schließlich auf den Boden, wo Museumsaufseher den Verstorbenen umstehen.

Verlorene Praxis:
- Bei seinem Gegenüber einen raschen Rückfall in den Zustand der Ungebändigtheit fürchten.

132. Mo, 4.12., Berlin

Nun doch eine Staffel von »Curb Your Enthusiasm« besorgt und nicht widerstehen können, mir hintereinander alle zehn Folgen und das Bonus-Material anzusehen. (Enthu-siasm heißt es also, nicht enthusi-asm. Enthu-siasm, enthu-siasm …) Ich hatte die ganze Zeit ein schlechtes Gewissen, obwohl ich es als Englischübung oder einfach als Recherche verbuchen könnte. Außerdem hat es ja Spaß gemacht.

Eine neue Sitcom zu entdecken ist ein eigenartiger Moment, dessen historische Bedeutung einem erst später bewußt wird, wie bei einer ersten Begegnung mit einem Menschen. Man erinnert sich noch genau, wie das war, und daß man womöglich gar kein Interesse am anderen hatte und dann noch ein halbes Jahr verstrichen ist, bis man plötzlich Feuer fing. Ich bin der Serie jedenfalls schon verfallen und laufe seitdem so staksig durch die Wohnung wie Larry David. Leider versteht niemand die Anspielung, weil »Curb Your Enthusiasm« (enthu-siasm …, enthu-siasm …) in Deutschland nicht gezeigt wird, diesem Neandertal der Television.

Nachher schaltete mein Kopf beim Proust-Lesen automatisch auf Sitcom, so daß ich ständig Motive sah, die vom Autor nicht genutzt wurden. Die »Recherche« wäre mit Sicherheit für zehn Staffeln gut, für eine Million Dollar würde ich das Skript schreiben. Allerdings brummt mir erstmal der Kopf vom Fernsehen, und ich kann für heute nichts mehr machen, weil mir alles minderwertig vorkommt. Larry David verwirklicht ja eigentlich, wovon ich immer geträumt habe: Er verwandelt sein Leben in eine Sitcom und wird reich mit seinen Ticks, seinem radikalen Gerechtigkeitssinn und seiner sozialen Unflexibilität. Bei »Curb«, wie die Macher es anscheinend nennen, werden alle Szenen improvisiert, es gibt nur eine von Larry David genau ausgearbeitete »Outline«. Die Dialoge sind also nicht vorformuliert, und man fragt sich, warum das nicht bei mehr Filmen so ist.

Es war wie in alten Zeiten, man sieht ausländisches Fernsehen, lernt Wörter und vergißt seine Sorgen. Ich verstehe nicht, wie die Amerikaner es schaffen, wie selbstverständlich Vokabeln zu benutzen, die sie vielleicht einmal alle fünf Jahre brauchen und die mir noch nie begegnet sind. Heute habe ich gelernt: *hell-bent, hitman, harbor a grudge, tampering, huff, pew, eulogy, to pry into, henchman, unbeknownst.* Dazu kommt, daß im Englischen manche Wörter eine absurde Bandbreite an Bedeutungen haben, bei

»pit« stand noch nicht mal »Olivenkern«, sondern nur: »Grube«, »Pokkennarbe«, »Tierfalle«, »Box«, »Maklerstand« – wo ist da der Zusammenhang?

Das Konzept der Show ist, daß der Autor sich selbst spielt. Wahrscheinlich spielt er gar nicht, er zeigt sich nur so kompromißlos, wie man es im Leben nicht sein kann. Das ist die Verwirklichung der von Kafka am Ende von »Amerika« beschriebenen Utopie eines Theaters, in dem jeder sich selbst spielt. Ich hatte sofort den dringenden Wunsch, so etwas mit der »Chaussee der Enthusiasten« ein paar Wochen lang auszuprobieren, wobei solche einleuchtenden Ideen ja nicht sehr widerstandsfähig sind.

Die Gefangene, S. 236–257

»Aber andererseits hatte ich auch wie am Nachmittag das Gefühl, daß ich eine Frau bei mir zu Hause vorfinden und bei der Heimkehr nicht die beschwichtigende Kräftigung durch Einsamkeit würde erfahren können.« Ein echter Proust-Satz, aber würde ich ihn vorlesen, würden die Zuhörer lachen.

Mitten ins Gespräch zwischen Marcel, Charlus und Brichot zwängt sich eine klein gedruckte, fast dreiseitige Fußnote, die nicht viel zur Handlung beiträgt, die man aber als zwanghafter Mensch (fluchend) Wort für Wort lesen muß. Es soll wohl eine Lücke zwischen zwei Sätzen geschlossen werden, die wir gar nicht bemerkt hätten, also wird eigentlich auch keine Lücke geschlossen, sondern eher eine Falltür geöffnet, unter der sich ein Unterboden mit einer Welt von Details und noch genaueren Ausführungen befindet, die der Autor sonst anscheinend ausspart. Man schaudert bei dem Gedanken, was er in der »Recherche« alles *nicht* gesagt haben könnte und wie lang das Buch dann wäre, wo er doch kaum den Eindruck vermittelt, viel weggelassen zu haben.

Unklares Inventar:

- Fotografien von »Otto«, Frisuren von »Lenthéric«, Kakoschnik. Peridot, Markasit, Labrador (Steine). Ataxie.

133. Di, 5.12., Berlin

So! Nach und nach paßt sich der Körper meiner seelischen Misere an. Beim Fußball einen Moment nicht aufgepaßt und umgeknickt, jetzt ist mein linker Knöchel dick angeschwollen, und ich humpele durch die Wohnung wie Jack Nicholson in »Shining«. Und das, wo in den nächsten zwei Wochen zwei Großfeldspiele und ein Hallenturnier mit der Autorennationalmannschaft angestanden hätten. Ich weiß gar nicht, wie ich ohne Sport leben soll, ich kann doch nichts anderes. Vielleicht sieht man mich demnächst auf dem rechten Bein hüpfend durch den Humboldthain joggen.

Wenigstens kann man bei Zerrungen, Verstauchungen und Muskelfaserrissen ziemlich genau voraussagen, wie lange die Heilung dauern wird. Und auch die Mittel sind erprobt: hochlegen, kühlen, ruhigstellen. Bei emotionalen Verletzungen sieht das anders aus. Mein Cousin, der in einer psychiatrischen Klinik arbeitet, sagte mir, daß sie viele Durchgangspatienten hätten, die nur kurz bei ihnen bleiben, der längste Fall war jemand, der nach zwei Jahren entlassen wurde. Sollte ich einfach zwei Jahre in eine Klinik gehen und danach von vorn anfangen?

Der Fuß hätte natürlich auch gebrochen sein können oder eine Sehne gerissen. Deutschland könnte der Welt morgen den Krieg erklären und ich einen Einberufungsbefehl bekommen. Meine Wohnung könnte abbrennen, ein Meteorit könnte meinen Computer treffen, bevor ich abgespeichert habe, der Fernsehturm könnte in Westberlin stehen. Ich könnte zwanzig statt sechs Lipome in den Armen haben und immer noch Jungfrau sein. Ich könnte kein Englisch und »Curb Your Enthusiasm« nicht sehen können. Ich könnte im Ruhrgebiet geboren sein, hinter einer Autobahnschallschutzmauer, als fünfter Sohn des Betreibers eines Bowling-Paradieses.

Man müßte es schaffen, dankbar zu sein, ohne sich deshalb gehirngewaschen zu fühlen.

Die Gefangene, S. 257–278

Liegt es daran, daß man anderes im Kopf hat? Der heutige Abschnitt war für mich der bisher unergiebigste. Man fühlt sich wie bei einem

Verwandtenbesuch, wo man endlos Geschichten anhören muß, während man in Gedanken bei Dingen ist, die man niemandem erklären könnte.

Interessant war immerhin, daß nun auch die Pariser Untergrundbahn zum ersten Mal erwähnt wurde.

Albertine hat wieder einmal gelogen, sie hatte ja zu den Verdurins gewollt, was ihr von Marcel ausgeredet worden war. Statt dessen ist er selbst dorthin unterwegs um herauszufinden, aus welchem Grund es Albertine dorthin gezogen hatte. Nun erfährt er, daß für heute bei den Verdurins die Tochter Vinteuils und ihre Freundin angekündigt sind, also die beiden fatalen Mädchen, die ihm schon längere Zeit Kopfzerbrechen bereiten. Die Nachricht setzt ihm zu: »*Sie werden ja ganz grün*«, sagt der Baron.

Nun hat er wieder einen neuen Grund gefunden an Albertines Tugend zu zweifeln. »*Bei jedem neuen glaubt man, das Maß sei voll, man könne ihn nicht mehr ertragen, dann aber findet man trotz allem auch noch für ihn einen Platz.*« Wir haben nun mal dieses übersensible Herz bekommen. »*Von unserm Gehirn wollen wir gar nicht reden, denn unser Denken mag während dieser Anfälle zwar unendlich lange mit sich selbst debattieren, es hat keinen größeren Einfluß auf sie als unsere Aufmerksamkeit auf einen Zahnschmerz, der uns namenlos quält.*«

Die Freunde, die einen womöglich sogar bewundern, leiden darunter, daß einen solche Nichtigkeiten ins Grab bringen: »*Aber was können sie dabei tun? Wenn ein Dichter an einer infektiösen Lungenentzündung dahinsiecht, kann man sich dann vorstellen, daß seine Freunde den Pneumokokken erklären, dies sei ein hochbegabter Mann und sie müßten ihn Heilung finden lassen?*« Allerdings sollte man es vielleicht, nur weil es so verrückt klingt, ja doch nicht unversucht lassen, man weiß ja nie. Also, liebe Freunde, erklärt den Influenza-Viren bitte, welche Bedeutung ich für euch habe, und daß es ihnen keine Ehre macht, sich an einem kranken Mann zu vergreifen.

Dieses elende Hin und Her: »*Nachdem die im Trocadéro lauernde Gefahr gebannt war, hatte ich ein Gefühl vollkommenen Friedens verspürt, ich glaubte, ihn für immer wiedergewonnen zu haben.*« Das ist das Eigenartige an diesen beiden Zuständen, daß sie immer absolut auftreten. Als Eifersüchtiger oder Liebeskranker kann man sich, obwohl man es besser weiß, nicht vorstellen, jemals wieder zu gesunden, erlebt man aber einmal einen Moment des Friedens, weil von ihr das richtige Wort kam (oder weil man es im Moment noch nicht so interpretiert, daß das Gutgemeinte einen verunsichert), dann schüttelt man den Kopf, wie man erwogen haben konnte, sein Leben hinzugeben, nur um sich eine Woche Leiden zu ersparen.

Es gibt wieder ein paar Todesfälle unter unseren Roman-Bekanntschaften. Morel hat für Charlus kleine Gemeinheiten über die Gräfin Molé in die Zeitungen lanciert. »*Die junge Frau starb darüber.*« Auch der Tod der Fürstin Scherbatow wird nebenher erwähnt, allerdings hatte sie die Unhöflichkeit, um sechs Uhr zu sterben, also vor dem Salon bei den Verdurins, weshalb ihr Ableben erst einmal ignoriert wird, um die Stimmung nicht zu trüben.

Unklares Inventar:
- Entrefilets.

Katalog kommunikativer Knackpunkte:
- »›*Aber sicherlich wird er wiederkommen, wir verlangen es einfach, er darf nicht fehlen*‹, *erklärte Monsieur de Charlus mit dem autoritativen und verständnislosen Egoismus der Liebenswürdigkeit.*«

Verlorene Praxis:
- In jedem Restaurant vom Kellner zärtliche Briefchen von mindestens drei Damen gebracht bekommen.

Selbständig lebensfähige Sentenz:
- »*Da er im übrigen sehr klug war, lag ihm an der Unterhaltung eines ebenfalls klugen Menschen nicht viel.*«

134. Mi, 6.12., Berlin

Wegen der »Curb«-Staffel stand der Fernseher noch aufgebaut, ich habe also schließlich doch noch die WM-Dokumentation gesehen und bin unter meinem Niveau gerührt gewesen. Es gab doch auch gute Kriegsbücher von reflektierten Menschen, warum gibt es keine Fußballer, die sich zu dem, was sie erleben, anders als mit Floskeln äußern können, die sie selbst aus dem Fernsehen übernommen haben? Wenn ich eine Gruppe von Menschen um ein gemeinsames Ziel kämpfen sehe, werde ich aber immer weich. Erstaunlich, wie die Erinnerung an die Zeit der WM schon wieder verblaßt, unsere Gegenwart hallt einfach nicht nach, es ist alles zu banal.

Je herrlicher der Sommer leuchtete, umso mehr machte er mir Angst vor dem kommenden Winter, ich hatte also wenig Freude daran. Man bekam nur Panik, das Geschenk einer solchen Pracht nicht richtig zu nutzen. Jeder allein verbrachte Abend weckte Schuldgefühle. Immerhin konnte man diesmal Fußball gucken gehen, und der Rest war die Zeit zwischen den Spielen. Ich habe fast alle Spiele am selben Tresen gesehen, und es war hart, danach allein nach Hause zu gehen, wenn die Straßen sich mit immer mehr Frauen füllten, die immer weniger anhatten. Aber die Zuteilung stimmte nicht, denn schon rein rechnerisch mußte irgendeine davon mit mir zusammen sein. Im Stadion schwenkte die Kamera ständig auf ekstatische Frauen, die Bikinis in den Farben der beteiligten Nationen trugen, und man zählte im Kopf ängstlich die verbleibenden Spiele durch, weil für die Zeit danach noch keine Lösung gefunden war.

Es war eigentlich eine sehr bedrückende Zeit, was durch die Perfektheit der äußeren Bedingungen noch unterstrichen wurde. Ohne Liebe fehlte die Lebensfreude. Deshalb muß man es sportlich sehen, wenn es jetzt nicht klappt, und für die Gefühle dankbar sein, auch wenn sie einem den Schlaf rauben, wenigstens hat man mal wieder mitgespielt. Es gehört eben auch Glück dazu, ein großes Turnier zu gewinnen. Und es gibt keine leichten Frauen mehr.

Mir tut es nur leid für meinen Trainer, dem ich so viel verdanke. Er hat hier wirklich einen tollen Job gemacht, auch wenn es am Ende nicht ganz gereicht hat. Wie er mich immer wieder motiviert hat: »Junge, die hat die Hosen voll! Die spürt deinen Atem im Nacken! Das ist dein Ding hier, und das läßt du dir von niemandem nehmen, von niemandem auf der

Welt! Die anderen, die da auch noch mitmachen dürfen, die interessieren uns gar nicht, weil das deine Party ist! Wichtig ist, daß du deine Gefühle durchsetzt. Du hast dir sieben Wochen den Arsch aufgerissen, und jetzt willst du die Belohnung dafür! Und wenn du hundertzehn Prozent gibst, dann packst du das auch. Du bist ein Team! Du bist ein Team! Du bist ein Team!«

Und auch nach der kurz vor dem Ziel erlittenen Niederlage (einen Moment der Unaufmerksamkeit hatte sie genutzt, um sich meiner Bewachung zu entziehen), fand er noch in der Kabine die richtigen Worte: »Ich weiß, wie du dich jetzt fühlst, du bist natürlich wahnsinnig enttäuscht. Aber es gibt gar keinen Grund, den Kopf hängenzulassen. Ich bin wirklich stolz auf dich, wie du hier aufgetreten bist, und du merkst ja, was du für eine Euphorie ausgelöst hast, das gab's noch nie in Deutschland, das ist der Hammer! Aber wirklich der Hammer! Vielleicht wirst du später mal sehen, daß es dir wahnsinnig was gebracht hat, wie du hier an ein Ziel geglaubt hast und wie du dich reingehängt hast. Und egal, ob du sie nun bekommst oder ob du Dritter oder Vierter wirst, da ist was entstanden in diesen Wochen, das spürt man einfach. Und jetzt komm, da draußen warten 70000 Verrückte, die dich feiern wollen. Und das kann dir niemand mehr nehmen.«

Die Gefangene, S. 278–299

Madame Verdurin reagiert auf Musik nicht nur seelisch, sondern auch physisch. Hört sie Vinteuils Kompositionen, muß sie weinen. Böse Zungen behaupten allerdings, in Wirklichkeit schlafe sie, »*was niemand übrigens genau entscheiden konnte, denn sie hörte solche Musik mit dem Kopf in den Händen an, und gewisse schnarrende Geräusche mochten immerhin als verhaltenes Schluchzen passieren*«. Jedenfalls behauptet sie, weinen zu müssen und davon Schnupfen zu bekommen, wodurch ihre Schleimhaut anschwelle und sie tagelang inhalieren müsse. Die Lösung ist einfach: Jemand fettet ihr, bevor die Musik beginnt, die Nase ein.

Wieder wird ganz beiläufig ein Tod vermeldet: Doktor Cottard hat es erwischt. Madame Verdurins Kommentar dazu: »*Ja, aber was wollen Sie, er ist gestorben, wie alle Menschen sterben; er hat genug Leute umgebracht, daß es nun Zeit für ihn war, seine Streiche gegen sich selbst zu führen.*« Und weiter im Text, ein Salon kennt keine Sentimentalitäten.

Die eigenartige Stimmung auf einer Party, wenn man nicht richtig weiß, wie man das Verhalten der Gäste einordnen soll: »*Es gibt keine große gesellschaftliche Veranstaltung, die nicht, wenn man einen Schnitt in gehöriger Tiefe hindurchlegt, sich jenen Soireen ähnlich erweist, zu denen Ärzte ihre Patienten einladen, die dann höchst vernünftige Reden führen, ausgezeichnete Manieren an den Tag legen und ihre Verrücktheit nur dadurch offenbaren, daß sie einem mit einem Blick auf einen vorübergehenden alten Herrn zuraunen: ›Das da ist Jeanne d'Arc‹.*« Komischer Typ, der Napoleon für Jeanne d'Arc hält. Vielleicht sollte man auch noch einen Zug nehmen.

Marcel ist hier, weil er wissen will, warum Albertine kommen wollte. Aber alle anderen wollen Morel spielen hören. Bevor es losgeht, schleudert Charlus den Gästen flammende Blicke zu, um ihnen »*das religiöse Schweigen, jene Loslösung von jeder Beschäftigung mit weltlichen Dingen, nahezulegen, die hier am Platze sei*«. Das funktioniert auch, man verstummt. Und die Hausherrin, Madame Verdurin, »*saß ganz für sich allein wie eine Gottheit da, die ein musikalisches Weihefest durch ihre Anwesenheit konsekriert, eine Muse des Wagner-Kultes und der Migräne zugleich*«.

Unklares Inventar:
- Rhinogomenol, Die Mauern von Gaëta.
- Überaus viele Namen: Reinach, Hervieu, Madame Pipelet, Madame Gibou, Madame Joseph Prudhomme, Herr Alberti, Fürstin Jurbeletschew, Picquart, Labori, Zurlinden, Loubet, Oberst Jouaust, Potel und Chabot (Festbankettlieferanten), die Herzogin von Alençon, Prinz Albert von Belgien.

Verlorene Praxis:
- Unter Ludwig XIII. aus der Hefe des Volkes aufsteigen.
- Nicht zur Nacht essen, um gelenkiger zu sein.
- Als Opernhaushabitué Tänzerinnen subventionieren.
- Als junges Mädchen die Atmosphäre mit Lächeln durchweben.
- Seine weißbehandschuhten Hände zur Stirn emporführen und so zu einem Symbol ernster Sammlung werden.

135. Do, 7.12., Berlin

Mit der Post kam die neue Ausgabe einer kleinen Literaturzeitschrift, mit einer längeren Erzählung von mir »Ein Leben ohne Phlox ist ein Irrtum«. Eigentlich hatte ich damit in diesem Jahr den Bachmannpreis gewinnen wollen, aber ich bin wieder nicht eingeladen worden und habe auch nicht erfahren, ob es am Text lag, an mir oder am fehlenden Glück. Im Moment wüßte ich nicht, wie ich noch einmal ein so großes Thema finde. Jeder Absatz sollte in größter Verdichtung eine der brutalen Pointen erzählen, aus denen das Leben besteht. Kindheit, Tod, Krieg, Natur, Schreiben, Zeit, Nostalgie. Ich glaube, ich habe noch nie so lange an einem Text gefeilt.

Jetzt steht er in diesem Heft, das kaum jemand kennt, und wird die Welt nicht verändern. Das würde er natürlich auch nicht, wenn er jeden Abend in den Nachrichten verlesen würde. Das Traurige ist aber, daß man überhaupt nichts mehr empfindet, während ich mich bei meiner ersten Publikation in der Zeitschrift »Boxsport« (»Die Ballade vom Eisernen Mike, der seinem Gegner Heiligfeld ein Ohr abbiß«) vor Aufregung erst zu Hause getraut hatte, das Blatt aufzuschlagen. Die Realität des Literaturbetriebes hat den Büchern ihre Aura genommen. Ich muß wieder lernen, von meinen eigenen Büchern zu träumen.

Die Gefangene, S. 299–320

Eine neue Kategorie: Bücher, in denen fiktive Kompositionen detailgenau beschrieben werden. Über Musik zu schreiben ist ja schon eigenartig genug, aber dann auch noch über Musik, die gar nicht existiert? Für meinen Geschmack fällt die »Recherche« in diesem Punkt gegen »Doktor Faustus« ein bißchen ab. Immerhin hat Proust einen ironischen Blick auf die spitzweghaften Musikfreunde, die dem Werk lauschen: »*Ich blickte auf die Padrona, deren leidenschaftliche Unbewegtheit dagegen zu protestieren schien, daß die Damen des Faubourg die jeder Ahnung baren Köpfe wiegend den Takt angaben.*«

Genauso habe ich neulich bei Yo La Tengo im Postbahnhof gestanden, vor mir wie immer ein Bataillon nach Aftershave riechender Zwei-Meter-Kerle, zu denen ich gerne Abstand gehalten hätte, wenn die Lücke, also der Raum um mich, der meiner Meinung nach zu mir gehört wie mein Körper, nicht immer sofort wieder gefüllt worden wäre. Da mich die Musik nicht richtig berührte, konnte ich nicht verhindern, daß mich das Mit-dem-Kopf-Wippen der anderen aggressiv machte. Manche schlossen sogar die Augen, was ich auch irgendwann tat, aber aus Müdigkeit und weil mein Rücken schmerzte. Meine größte Angst war, man könnte das pathetische Die-Augen-Schließen der anderen mit meinem verwechseln. Meine leidenschaftliche Unbewegtheit war ein einziger Protest. Ich glaube, ich habe dadurch auf die Bewegungen der gesamten Zuhörerschaft eingewirkt, wie sich das Wasser ja auch schon weit vor der Klippe kräuselt.

Die musiktheoretischen Überlegungen wirken etwas abgestanden. Vinteuils Septett, wie kommt ein Komponist zu seinem Tonfall, »*getrennt von dem anderer Komponisten durch einen weit größeren Unterschied, als wir ihn zwischen den Stimmen zweier Personen oder zwischen dem Brüllen und dem Schrei zweier Tierarten wahrnehmen können*«? Die musikalische Spekulation des Komponisten, ein nichtanalytisches Denken aus der Welt der Engel, das wir »*ebenso wenig in eine menschliche Sprache zu überführen vermögen, wie vom Körper längst befreite Geister es könnten, wenn sie von einem Medium beschworen und nach dem Geheimnis des Todes befragt werden*«.

Muß man sich in den Pausen wieder den Menschen zuwenden, empfindet man die Diskrepanz zwischen deren ungeheurer Banalität und der »*Offenbarung eines unbekannten Freudentyps*« in der Musik. Verspielt wie das Leben ist, verdankt Marcel diese Offenbarung ausgerechnet der Freundin von Vinteuils Tochter, die die hieroglyphengleichen Notizen des verstorbenen Komponisten rekonstruiert hat. Das heißt, Marcel leidet wegen dieser Frau und ihrer vermuteten früheren Beziehung zu Albertine Höllenqualen, aber andererseits verdankt er ihr das Höchste. Denn er versteht den »*seltsamen Anruf*« durch das Stück, »*der wie ein Versprechen war, daß es noch etwas anderes gebe – etwas, was zweifellos die Kunst verwirklichen kann, etwas anderes als das Nichts, das ich in allen Vergnügungen und in der Liebe selbst gefunden hatte – und daß, wenn mein Leben mir eitel schien, es wenigstens noch nicht an seinem Ende angekommen war*«. Also adé, Hoffnung auf Glück, auf Liebe, ja, auch nur auf Vergnügen, ab jetzt ist das alles nur noch im künstlerischen Schaffen zu finden.

Zum Schluß gibt es noch einen weiteren Tod zu vermelden, die Unglücksfälle in der Bekanntschaft häufen sich, wie bei alten Menschen, man würde sonst auch kaum merken, wie im Roman die Zeit vergeht. (Ist uns der Erste Weltkrieg eigentlich unterschlagen worden?) Den gebeutelten, von den Verdurins immer wieder in sadistischer Weise gedemütigten Saniette trifft, nachdem er wegen einer angeblich unpassenden Bemerkung über Vinteuils Musik des Hauses verwiesen worden war, im Hof der Schlag.

Unklares Inventar:
- Theorbe, Drommete.

Bewußtseinserweiterndes Bild:
- Der Cellist »*neigte sich über die Saiten, er betastete sie mit der gleichen hausfraulichen Geduld, als putze er einen Kohlkopf ab*«.

Selbständig lebensfähige Sentenz:
- »*Jeder Künstler scheint so der Bürger eines unbekannten Vaterlandes zu sein, das er selbst vergessen hat und das von jenem völlig verschieden ist, aus dem ein anderer großer Künstler zur Erde herniedersteigt.*«

136. Fr, 8.12., Berlin

Es war mir immer wichtig, möglichst unabhängig zu sein, erst die Zentralheizung hat mich bestechlich gemacht. Aber auch die Bedeutung, die die »Chaussee der Enthusiasten« inzwischen für meine Psychohygiene hat, ist beunruhigend. Gestern habe ich jede Minute der Show genossen und versucht, mir das Gefühl für die kommenden Tage zu merken, in denen man wieder der an allem zweifelnde Einzelkämpfer sein würde, der sonnabends freiwillig vier Stunden Lateinkurs mitmachen muß, um seine Dämonen zu besänftigen. Wenn es die Römer nie gegeben hätte und ich ihre Sprache nicht lernen könnte, müßte ich Tabletten nehmen. Meine Klagen sind natürlich eigentlich ein Mißverständnis, ich vergesse immer, daß ich als Autor Glück nur im Schreiben erwarten darf.

Als wir vor sieben Jahren die »Chaussee« gegründet haben, war ich am Tag nach der Show immer niedergeschlagen. Lief es gut, hatte man Angst, es nie wieder so hinzukriegen, und wenn nur zwanzig Zuschauer gekommen und die Texte verpufft waren, grübelte man, wie es weitergehen sollte. Außerdem ging schon am Freitag die Suche nach den beiden Texten für die nächste Woche los. Heute bin ich traurig, wenn die Show vorbei ist und alle gehen. Für mich mit meiner leisen Stimme ist es eine große Erleichterung, durch ein Mikrophon zu sprechen, ich würde mir das auch im Alltag wünschen. Wenn ich auf dem Alexanderplatz die Republik ausrufen würde, bekäme es niemand mit. Manchmal wird man gefragt, ob es einem nicht peinlich sei, auf der Bühne zu stehen und vorzulesen, dabei ist das eine der wenigen Sachen im Leben, die mir nicht peinlich sind. Es ist viel leichter, als im Café die Kellnerin heranzuwinken. (In »Curb« stattet Larry David in seinem Restaurant jeden Tisch mit verschieden tönenden Klingeln aus, weil er auch immer vom Personal ignoriert wird.)

Im Winter wärmt einen auf der Bühne angenehm das Scheinwerferlicht, und man kommt ja sonst kaum noch unter Menschen. Es ist doch absurd, daß so viele Zuschauer kommen, um so wenigen zuzuhören, dabei bin ich überzeugt, daß die Zuschauer viel interessanter sind als wir. Die Aufhebung der Trennung von Bühne und Zuschauerraum ist ja eine Utopie des Theaters, nur daß man sich das als Zuschauer gar nicht wünscht. Wir haben schon einen Zuschauer ausgelost, der als Ehrengast auf der Bühne sitzen mußte, wir haben Zuschauer interviewt, es gibt das Offene Mikrophon, wir haben ein Gästebuch und gucken an der Kasse jedem in die Augen, um zu ergründen, was ihn zu uns treibt. Aber das wird mir irgendwann nicht mehr reichen, und dann werde ich die Zuschauer wirklich von zu Hause abholen, wie wir es manchmal im Scherz ankündigen.

Die Gefangene, S. 320–341

Die von Charlus für Madame Verdurin organisierte musikalische Soiree war ein Erfolg. Er übersieht aber, daß die von ihm geladenen Gäste, von denen er sich die Verbreitung von Morels Ruhm als Solist erhofft, die Hausherrin bei der Begrüßung und beim Abschied ignorieren und statt dessen ausschließlich ihm Komplimente machen. Und dann kritisiert er auch noch die »*Eiskaffeetassen*« der Verdurins. Wenn man die im Salon sehe, könne man »*sich vergessen und meinen, man habe sich im Raum getäuscht, sie sehen wie Nachttöpfe aus*«. Die Gäste, die er eingeladen hat, sind enttäuscht über die Räumlichkeiten und halten sich »*in Ermangelung von etwas Besserem an die Bilder von Elstir, vor denen sie in mühsam unterdrücktes, prustendes Lachen ausbrachen*«.

Charlus gesteht Madame Verdurin gerade noch »*die Rolle eines Bindestrichs*« bei der »*Fusion zwischen Vinteuils Werk und seinem genialen Interpreten*« zu. Berauscht von seiner gesellschaftlichen Position, provoziert er Madame Verdurin. Denn ihr geht es wie vielen, »*sie fand für ihren Kummer einzig Trost darin, das Glück der anderen zu zerstören*«. Schon ist sie entschlossen, Morel und Charlus auseinanderzubringen, indem sie den Geiger zwingt, zwischen Charlus und ihr zu wählen. Sie wird Morel warnen, daß Charlus' Homosexualität für seine Reputation eine ernste Gefahr darstellt (sogar von Polizei ist die Rede). Sie hat eben Beziehungen nicht gern, die ihre Getreuen außerhalb des »kleinen Kreises« unterhalten. Sie hatte ja damals schon Brichot und seine Wäscherin auseinandergebracht, wofür dieser ihr auch noch dankbar ist, obwohl er in der Folge »*beinahe völlig erblindet und, wie man behauptete, Morphinist geworden war*«.

Aus persönlichen Gründen setzen mir die über das Buch verstreuten Schicksale Eifersüchtiger besonders zu. Zum Beispiel Monsieur d'Argencourt, »*der sehr eifersüchtig, aber nicht auf der Höhe seiner Manneskraft war*«. Er vernachlässigt seine Frau zugunsten einer Dame der Gesellschaft und umgibt sich mit »*ungefährlichen*«, also homosexuellen Männern, die diese Geliebte zerstreuen, ohne ihm gefährlich zu werden. So wird aus dem einstigen Schwulenhasser ein Vorbild an Toleranz.

Wie kommt es eigentlich, daß der bereits vor etlichen Seiten verstorbene Cottard wieder lebt? Ein General bricht auf, »*nachdem er noch Cottard um einen Rat gebeten*« hat. Nur ein Pedant könnte das hier erwähnen.

Verlorene Praxis:
- Wissen, daß jeder glücklich ist, einen Augenblick länger mit einem zu sprechen.
- Seinen Fächer zerbrechen, wenn Wagner ausgepfiffen wird.

137. So, 10.12., Berlin

Dann steht man auf einer Party direkt neben der Anlage und kämpft mit seiner Stimme gegen die eines lächerlichen Rocksängers an, um jemandem, den das gar nicht interessiert, zu erklären, worüber man schreibt. Immerhin ein Gespräch, eben hatte man sich noch zwischen den Grüppchen hin- und herbewegt, wie ein freies Elektron im Metallgitter, und sich gefragt, ob es nicht doch besser gewesen wäre, heute zu Hause zu bleiben. In solchen Momenten leidet man darunter, nichts aufschreiben zu können, weil das eigenartig wirken würde. Man müßte, wie die Russen ihren Machorka in der Hosentasche drehen, mit den Händen in den Taschen heimlich Notizen machen können.

Meine frühere Flamme, wegen der ich hier bin, trifft viel später als angekündigt ein, sie hat jetzt ihr eigenes Sozialleben und man genießt nicht mehr das Privileg, auf Partys als erster begrüßt zu werden. Es kann auch passieren, daß sie mitten im Gespräch die Gläser füllen geht und verschwunden bleibt. Später findet man sie draußen im Garten mit einem Bekannten, und sie zeigt mit dem Finger auf das Glas, das sie für einen irgendwo abgestellt hat.

Es war wie früher mit ihr, man konnte nichts sagen, ohne daß sie es wertete. Sie hält sich für den einzig wahren Smiths-Fan und rümpft bei Morrisseys Soloplatten die Nase. Sein Konzert, zu dem ich gehen will, interessiert sie nicht. Früher haben mich diese apodiktischen Urteile immer provoziert, jetzt erinnern sie mich daran, warum wir nicht mehr zusammen sind.

Seit Dienstag hatte ich auf einen Anruf gewartet und es schon damit versucht, das Telefon stundenweise auszuschalten, um nicht ununterbrochen zu hoffen. Und so stehe ich, die Hand am Handy, in einem Mädchen-Kinderzimmer mit Pferdebüchern und bunten Mädchengegenständen und erörtere einer Verflossenen endlos meinen traurigen Zustand (und das noch ohne den geschwollenen Knöchel zu erwähnen), worauf es heißt, ich würde wie immer nur von mir reden.

Dann stehe ich auf der Rykestraße, enttäuscht, weil es mal wieder nichts gebracht hat, sich unter Leute zu begeben. Ich erinnere mich, Ende der Achtziger zum ersten Mal hier gestanden zu haben, eine meiner von mir heimlich Verehrten feierte in der Wohnung ihrer großen Schwester Geburtstag. Die Gegend war für mich ein einziges Versprechen, ich wohnte ja im Neubauviertel und sah zum ersten Mal eine Wohnung im Prenzlauer Berg. Wir hatten PVC-Linoleum mit Holzmaserung, hier waren die Dielen weiß gestrichen. (Es gab ja nur zwei Dielenfarben in der DDR: Ochsenblut und das seltenere Weiß.) Daß ein Nachbar nachts an der Tür des Mädchens zu scharren pflegte, konnte mich nicht abschrecken, es war klar, daß ich hier wohnen wollte, schon weil nicht alle Wände rechtwinklig zueinander standen.

Ich trank roten und weißen Sekt durcheinander. Mir wurde schlecht, ich ging an die Luft, weil man immer nachts rausgehen wollte, auf Dächer steigen oder einsam an ausgesuchten Punkten der Stadt stehen, um höhere Einsichten zu empfangen. Ich setzte mich in den Torbogen der Synagoge, die einen ja immer anzog, weil die jüdische Gemeinde wie ein Biotop in der DDR wirkte, man wäre gerne Jude gewesen, um auch so interessante Gemeindemitglieder zu haben. Von der Kälte wachte ich auf und ging ohne neue Klarheiten zurück in die Wohnung. Die Zukunft war eine einzige Drohung. Am nächsten Morgen, es war Sonntag und die anderen schliefen noch, mußte ich um sechs aufstehen, weil meine Schule irgendwo südlich von Berlin eines dieser vormilitärischen Manöver durchführte. Die Lehrerin registrierte mißbilligend, daß ich die grüne ZV-Uniform, die aussah wie Gefängniskleidung, erst vor Ort anzog und nicht schon in der S-Bahn getragen hatte. Leider waren die Gewehre nur aus Holz.

Die von ferne Angebetete soll übrigens gar nicht so uninteressiert gewesen sein, habe ich später erfahren. Schade, daß einen die guten Nachrichten immer erst mit zwanzig Jahren Verspätung erreichen.

Den Vorwurf wiederkäuend, ein Egozentriker zu sein, enttäuscht über die Grobheit der alten Freundin, stehe ich auf der Rykestraße (deren Anblick nach den Renovierungen für mich nur zu ertragen ist, weil ich sie noch vor mir sehe, wie sie früher war), neben dem Elefanten, den meine Tochter so gerne hat, schiebe das Fahrrad an den beiden nackten Männerskulpturen vorbei (»Ein Papa! Ein Papa!«) und bin emotional auf dem Niveau eines Siebzehnjährigen, nur daß ich mir den Alkohol inzwischen besser einteilen kann und deshalb immer nüchtern bleibe. Außerdem ist die Synagoge jetzt nachts bewacht.

Die Gefangene, S. 341–362

Noch einmal Betrachtungen über die identitätsstiftende Qualität des Gedächtnisses. Jener Teil der Welt, der »*Zuflucht in unserer Seele*« findet, »*die durch ihn einen Wertzuwachs erhält*«, weil Gegenstände, Menschen, Häuser sich mit ihr vermischen und sich alles »*in jenen durchscheinenden Alabaster unserer Erinnerungen verwandelt, dessen Farbton wir nicht vermitteln können, da nur wir ihn sehen*«. Und sieht man etwas wieder, sieht man eben mindestens zwei Rykestraßen und fragt sich, welche realer ist, »*wir selbst aber vermögen diese Dinge in uns nicht ohne eine gewisse Ergriffenheit zu betrachten, wenn wir daran denken, daß ganz und gar von der Existenz unsres Bewußtseins das Weiterleben – noch für eine gewisse Zeit – des Widerscheins längst erloschener Lampen und des Duftes von Weißbuchenhecken abhängig ist, die nie mehr blühen werden*«. Schon deshalb muß man jeden Menschen achten, weil er das Speichermedium solcher nur noch in ihm lebendigen Wahrnehmungen ist.

Professor Brichot gedenkt auf diese Art des alten Salons der Verdurins, vor ihrem Umzug in die neue Wohnung. Seine Erinnerung setzt dem neuen Salon »*in den Augen des Professors eine Schönheit hinzu, die er für einen Spätergekommenen aus sich selbst nicht zu entfalten vermochte*«. Er sieht ja auch genau, welche Möbelstücke schon damals da waren, so daß der neue Salon für ihn durchsetzt ist von Teilen des alten. (So geht mein Vater durch meine Wohnung und interessiert sich nur für die Sachen, die noch von ihm stammen. Aber ich bin ja genauso, wenn ich durch Deutschland gehe.)

Der Abend neigt sich dem Ende zu, der Baron möchte die Unterhaltung aber noch in die Länge ziehen, er gehört zu den Menschen, die, da sie »*ihrer Intelligenz keine andere Betätigungsmöglichkeit eröffnen als die der Konversation, das heißt eine nur sehr unvollkommene Betätigung, auch nach in Gesellschaft verbrachten Stunden unbefriedigt bleiben und sich immer begieriger an den erschöpften Zuhörer heften*«. – Bis der die Gläser füllen geht …

Um mit Albertine wenigstens so lange zusammenzusein, bis er seine Seelenruhe wiedergefunden hat, faßt Marcel den Plan, jeder Anwandlung bei ihr, mit ihm zu brechen, zuvorzukommen und vorzugeben, selbst mit ihr brechen zu wollen.

Fast drängt sich eine neue Rubrik »Verstorben« auf, denn jetzt ist plötzlich auch Elstir tot, und wenige Seiten später erfahren wir dasselbe über

Madame de Villeparisis. Jeweils ohne erzählerische Ausbeute, abgesehen vom Effekt der schockierenden Beiläufigkeit, mit der vermeldet wird, daß so gute Bekannte uns plötzlich verlassen haben sollen.

Unklares Inventar:
- Die Philosophen von Couture, Leute »*von der Art eines Vaquerie oder Meurice*«, der von Leverrier entdeckte Planet.

Katalog kommunikativer Knackpunkte:
- Er ließ sich am Flügel nieder »*mit lächelndem Brauenrunzeln, einem in die Ferne schweifenden Blick und leichtem Verziehen des Mundes (was alles zusammen er für ›die‹ Künstlermiene hielt)*«.
- »*Sowie Brichot angefangen hatte, über den guten oder schlechten Ruf von Männern zu sprechen, hatte Monsieur de Charlus auf seinem Antlitz jene besondere Art von Ungeduld gezeigt, die man bei einem Experten auf medizinischem oder militärischem Gebiet konstatiert, sobald Laien, die nichts davon verstehen, törichte Meinungen über gewisse therapeutische oder strategische Einzelheiten zu äußern sich unterfangen.*«

Erstaunliche Behauptung:
- »*Ich hatte von meiner Großmutter die Eigenschaft geerbt, in einem Maße, das leicht zu Mangel an Würde hätte führen können, frei von Eigenliebe zu sein.*«

Verlorene Praxis:
- Ein Fis spielen, bei dem Enesco, Capet und Thibaut vor Neid erblassen.
- Bezaubernde, immer wiederkehrende Rückfälle in Einfachheit und Ergebenheit zwischen seine rauschhaften Anfälle von Größen- und Verfolgungswahn schieben.

138. Mo, 11.12., Berlin

Meine Proust-Erfahrung läßt mich Bekannten Fragen stellen, die ich ihnen sonst nie gestellt hätte, nämlich ob sie Proust gelesen haben oder bei welchem Band sie steckengeblieben sind. Ich kenne bis jetzt drei Komplettleser und könnte mir vorstellen, daß sie sich in der Straßenbahn instinktiv erkennen würden, so wie Charlus »Invertierte« ausmachen kann. Komplettleser sind die Ausnahme, aber erstaunlich viele haben es einmal versucht. Einer hat beim fünften Band aufgehört, kurz vor dem Ziel, manche schon im zweiten. Ein Kollege hat sogar die Uni mit einer Arbeit über Proust abgeschlossen, er hat das Buch zweimal gelesen, erst auf Deutsch, dann in Paris im Original. (So habe ich es mit »Borat« gemacht, allerdings war das nicht geplant, ich hatte nur nicht auf den fehlenden OmU-Hinweis geachtet, weil ich nie darauf gekommen wäre, daß man diesen Film synchronisieren könnte. Er war auf Deutsch nicht komisch, wogegen Proust auf Deutsch vielleicht sogar noch an Komik gewinnt.)

Mein Kollege hat sich damals so intensiv mit Proust befaßt, daß er ihn eifersüchtig für sich allein haben wollte. Zum Glück gehen solche Gefühle Büchern gegenüber meist nicht so weit wie bei Menschen, sonst würde man in fremden Wohnungen Proust-Ausgaben nachspionieren und erst beruhigt sein, wenn sie offensichtlich unberührt im Regal verstauben. Buchhandlungen wären dann so etwas wie Bordelle, in denen sich das käufliche Buch einer Unzahl von Kunden zur Schau stellt, für jeden, der einen Autor liebt, eine unerträgliche Vorstellung. Man könnte wie Jack Lemmon in »Irma la Douce« enden und nachts im Schlachthof arbeiten, um mit dem Geld die Exemplare der Bücher seines Lieblingsautors aufkaufen zu können, bis sie sich geschlagen geben und endlich keine neuen mehr drucken.

Mein Kollege hat zur Zeit der Lektüre die für ihn intensivste Liebesgeschichte erlebt und wie ich fragt er sich, ob das am Buch lag. Während wir darüber sprechen, gehen wir in der Dämmerung die Kastanienallee entlang, und er bleibt plötzlich stehen, weil die Paletten des Obsthändlers so intensiv nach Holz riechen. Das hätte ich mal wieder gar nicht bemerkt, was bin ich für ein plumper Mensch.

Er hat damals für seine Proust-Arbeit stapelweise Karteikarten beschrieben, deren Rückseite er inzwischen als Notizzettel verwendet. Jetzt dreht er manchmal in der Kaufhalle seinen Einkaufszettel um und liest ein

Proust-Zitat. Das ist eine gute Verwendung für die eigenen Werke, vielleicht sollte ich meine Manuskripte, statt sie an Verlage zu schicken, auch zerschneiden und als Schmierzettel benutzen, auf diese Art würde sich Proust noch auf Jahre in meinen Alltag mischen. Man könnte natürlich auch das Buch zerschneiden. Oder ich versteigere Ende Januar meine annotierte Proust-Ausgabe bei eBay und finanziere mit dem Erlös den Druck (mindestens meine Eltern würden ja aus Mitleid heimlich mitsteigern).

Die Gefangene, S. 362–382

Das Buch ist noch nicht zu Ende gelesen, und schon verblaßt die Erinnerung an die ersten Teile. Ich weiß noch, daß Swann seinen Freund Charlus früher dazu abgestellt hatte, mit Odette auszugehen, aber der Charlus des ersten Bands ist inzwischen ein ganz anderer für mich, wir sind gemeinsam alt geworden. In beschwingter, nachfestlicher Laune deutet Charlus im Gespräch an, er habe mit Swann in Internatszeiten … »*nun, Sie werden mich nicht dazu bringen, Dummheiten zu erzählen*«. Das sind Neuigkeiten! Wieder einmal wird beiläufig eine Information eingestreut, die alles bisherige in ganz neuem Licht erscheinen läßt, immer mehr Gründe sammelt man, das Buch noch einmal von vorn zu lesen.

Nichts von der drohenden Verdurinschen Verschwörung gegen sich ahnend, läßt Charlus sich auf ein gelehrtes Gespräch mit Professor Brichot über die Geschichte der Homosexualität ein und erweist sich auf diesem Gebiet als wahrer Kenner. Er ist weiß gepudert, hat rot geschminkte Lippen und glaubt einerseits, daß niemand ihn durchschaut, kann aber dem Bedürfnis sich mitzuteilen im Alter immer schlechter widerstehen. Im übrigen fühlt er sich inzwischen schon etwas aus der Zeit gefallen, wenn sogar schon im Kreise seiner Familie Tango getanzt werde. Auch die Kubisten werden erwähnt, wohl damit man ungefähr weiß, in welchem Jahr wir uns befinden.

Nach allen Regeln der Kunst wird intrigiert, um Morel von Charlus' Falschheit zu überzeugen und die Trennung der beiden zu erreichen. Madame Verdurin harrt »*mit Ungeduld der Emotionen*«, die der geplante Schlag gegen Charlus ihr bereiten würde, auf den sie nicht einmal mehr verzichten könnte, wenn sie es sich noch einmal überlegen würde: »*Es gibt gewisse, häufig auf den Mund beschränkte Wünsche, die, wenn man sie einmal hat anwachsen lassen, nach Befriedigung lechzen, welches auch immer die Folgen sind. Ebensowenig, wie man darauf verzichten kann, eine dekolletierte Schulter zu küssen, die man allzulange angeschaut hat und auf die schließlich die Lippen wie der Vogel auf die Schlange niederfallen, oder unter der Faszination des Heißhungers in ein Stück Kuchen zu beißen, kann man sich versagen, durch unvorhergesehene Mitteilungen Staunen, Verwirrung, Schmerz oder Heiterkeit in einer Seele zu entfesseln.«* In eine dekolletierte Schulter könnte ich auch mal wieder beißen.

Unklares Inventar:
– Heliogabal, sich auf Französisch empfehlen.

Verlorene Praxis:
– Im Voraus von dem Drama trunken sein, das man heraufbeschwört.

Selbständig lebensfähige Sentenz:
– »*Man erträgt nicht immer leicht die Tränen, die man anderen erpreßt.*«

139. Di, 12.12., Berlin

Wo man auch hinsieht, dieselbe Geschichte. Sogar die Beispielsätze aus dem Kapitel Verabredung/Flirt im Marco-Polo-Sprachführer »Polnisch« ergeben ein bedrückendes Dramolett, wenn man sich die fehlenden Repliken dazudenkt:

– »Hast Du für morgen schon etwas vor?« (»Co robisz jutro?«)

– …

– »Wollen wir zusammen hingehen?« (»Czy moglibyśmy pójść tam razem?«)

– …

– »Ich habe mich den ganzen Tag auf dich gefreut.« (Cały dzień cieszyłem się na spotkanie z tobą.«)

– …

– »Du hast wunderschöne Augen.« (»Ty masz prześliczne oczy.«)

– …

– »Ich habe mich in dich verliebt.« (»Zakochałem się wo tobie.«)

– »Es tut mir Leid, aber ich bin nicht in dich verliebt.« (»Przykro mi, ale ja nie jestem w tobie zakochana.«)

– »Gehen wir zu dir oder zu mir?« (»Czy pójdziemy do ciebie, czy do mnie?«)

– …

– »Ich möchte mit dir schlafen.« («Chciałbym się z tobą przespać.«)

– »Ich habe keine Lust dazu.« (»Nie mam na to ochoty.«)

– …

– »Hör sofort auf.« (»Natychmiast przestań!«)

– …

– »Aber nur mit Kondom.« (»Ale tylko z kondomem.«)

– …

– …

– »Darf ich dich nach Hause bringen?« (»Czy mogę cię odprowadzić do domu?«)

– »Bitte geh jetzt.« (»Proszę idź teraz!«)

– …

– »Laß mich in Ruhe!« (»Proszę zostawić mnie w spokoju!«)

– …

– »Hau ab!« (»Odwal się!«)

– …

Die Gefangene, S. 382–402

Was für ein Schlag! Als der nichtsahnende Charlus in bester Laune an Morel herantritt, bricht dieser öffentlich mit ihm. Einmal im Leben scheint Charlus seine Beredsamkeit im Stich zu lassen. »*Was ihn verstummen ließ, war vielleicht (als er Monsieur und Madame Verdurin die Blicke wegwenden und niemand ihm zu Hilfe kommen sah) das gegenwärtige Leiden und vor allem das Grauen vor allem, was noch kommen würde.*« Einen seiner hilfreichen Zornesausbrüche hätte er innerlich vorbereiten müssen, man hat ihn auf dem falschen Fuß erwischt. Statt dessen stammelt er, vor dem immer alle gezittert haben: »*Was soll denn das bedeuten? Was ist denn los?*« Und auch im Moment größter Erschütterung verfügt man als Mensch nur über ein begrenztes Arsenal von Ausdrucksmöglichkeiten. Man könnte sich auch Masken aufsetzen: »*Die ewige Pantomime panischen Schreckens aber hat sich so wenig gewandelt, daß dieser alte Herr, dem in einem Pariser Salon ein unangenehmes Erlebnis zustieß, unbewußt in das Schema der nur wenige Figuren umfassenden Attitüden verfiel, in welchen die griechische Bildkunst der ersten Jahrhunderte das Entsetzen der vom Gotte Pan verfolgten Nymphen stilistisch festgelegt hat.*«

Rührend, wie die Königin von Neapel noch einmal erscheint, um ihren vergessenen Fächer zu holen, die Szene überblickend sofort alles durchschaut, die Verdurins durch Nichtachtung straft und ihrem armen, alten Vetter den Arm reicht: »*Lehnen Sie sich auf meinen Arm. Seien Sie gewiß, daß er Sie immer stützen wird.*« Ach, wie schön es sein muß, noble Freundinnen zu haben, die so vergeßlich sind, daß sie immer noch einmal auftauchen, wenn man sie braucht.

Anders als man hätte erwarten können, wird Charlus in der Folge keine Repressalien gegen die Verdurins in die Wege leiten. Er zieht sich eine lebensgefährliche Lungenentzündung zu. In diesem Zustand ist ihm seine Rache gleichgültig, »*nachdem Monsieur de Charlus einen Augenblick an die Verdurins gedacht hatte, fühlte er sich zu erschöpft, wendete sich zur Wand und dachte an gar nichts mehr*«.

Marcel verläßt nun endlich das Haus der Verdurins, er denkt ja ohnehin schon die ganze Zeit nur an die bei ihm wartende Albertine. So auch unterwegs, wo er nur sehr oberflächlich auf das Gerede von Professor Brichot achtet (was Proust nicht davon abhält, es Wort für Wort zu protokollieren). Er sieht Albertines von elektrischem Licht schwach beleuchtetes Fenster. Gleich wird er das Zimmer betreten. Früher, wenn

»für mich die Stunde der Zärtlichkeit kam«, wäre er nach Venedig gefahren oder wenigstens in einen Winkel des nächtlichen Paris, jetzt findet er das Gewünschte zu Hause. Das ist für ihn eine äußerst bemerkenswerte Reform der Lebensführung. Kehrte man früher heim von Menschen, *»die von außen her dem Denken Nahrung zutrugen«*, und war dann zu Hause gezwungen, diese Nahrung in sich selbst zu suchen, so wartet nun die Person, *»bei der ich am vollständigsten aufs Denken verzichtete«*, hinter der Wohnungstür. Und deshalb sehen die von den Fensterläden herausgeschnittenen parallelen, hellen Streifen aus wie *»das leuchtende Gitterwerk, das sich hinter mir schließen würde und dessen unverbiegbare goldene Stäbe ich für eine ewige Knechtschaft selbst geschmiedet hatte«*.

Eine Liebeserklärung klingt anders.

Unklares Inventar:
- Eine toryhafte Form der Güte, der Teich Bethesda, Peary, spanische Kreide, Monseigneur d'Hulst.

Verlorene Praxis:
- Den Namen des Athleten, den man liebt, in den Ring der Zeusskulptur ritzen, die man geschaffen hat.

140. Mi, 13.12., Berlin

Wenn man mit siebzehn schon wüßte, was das Liebesleben für einen bereithält, vielleicht würde man dann wie Michel in »Elementarteilchen« gleich verzichten. Wenn ich zurückschaue, kommt es mir rätselhaft vor, wie ich so viele Niederlagen überstanden haben soll. In der Jugend dachte man vielleicht, der Kummer gehöre dazu und man müsse sich das spätere Glück verdienen, an das man glaubte wie an eine Erlösung. Heute sorgt das Schmerzgedächtnis dafür, daß man Frauen, die einen überfordern könnten, aus dem Weg geht, aber natürlich findet man vor allem solche Frauen reizvoll. Früher dachte ich immer, ich könnte alle Frauen von ihren Dämonen befreien, ich müßte ihnen nur die Hand auf die Stirn legen, dann würden sie schon so berechenbar wie ich, vernünftig essen und sich nicht die Arme aufritzen. Aber man weiß nichts von anderen Menschen. Ich habe in einem Buch das Foto einer sehr attraktiven Serienmörderin gesehen, wie kann diese Frau gemordet haben? Ich glaube, selbst bei ihr hätte ich mir eingebildet, sie durch meine beruhigende Ausstrahlung zur Vernunft zu bringen.

Die Pankowerin hat mir mein schönstes Geburtstagsgeschenk seit dem Schaumstoffußball von meiner Tante aus Hamburg gemacht, ich sollte die Kerzen auspusten und erst Tage danach ist mir aufgefallen, daß ich mir in dem Moment nicht gewünscht habe, daß es mit ihr klappt, sondern daß nach zwei Mißerfolgen mein nächstes Manuskript angenommen wird. Jetzt denke ich, daß es vielleicht an dieser Unaufmerksamkeit gelegen hat, denn gestern haben wir unser letztes Gespräch geführt, das sich immer noch anfühlte wie ein Gespräch zwischen Liebenden, nur daß sie danach vermutlich erleichtert war.

Und heute kam mit der Post mein neuer Vertrag.

Die Gefangene, S. 402–422

Was nun zwischen Albertine und Marcel folgt, klingt sehr verwirrend, es ist schade, daß wir nur seine Version kennen. Er lügt, um sie zu halten, und weil er lügt, geht er davon aus, daß auch sie lügt. Aber lügt sie wirklich, oder ist er nur unfähig, ihr zu vertrauen? Es geht immer noch um weit zurückliegende Episoden aus Balbec. Tatsächlich hatte sie dort dem

Chauffeur zuliebe, der etwas erledigen mußte, eine Reise vorgetäuscht und war drei Tage irgendwo untergeschlüpft, um sich schrecklich zu langweilen. Doch bei ihm bewirkt das Geständnis, »*daß ich mich nun wie in einer völlig zerstörten Stadt fühlte, in der kein Haus mehr steht*«. Denn er kann einfach nicht glauben, daß Albertine in den drei Tagen Langeweile nicht auf den Gedanken gekommen sein soll, kurz zu ihm zurückzukehren oder ihm zu schreiben. Reicht das, um an ihrer Liebe zu zweifeln? Selbstverständlich.

Und was hatte sie nun mit der Freundin von Mademoiselle Vinteuil? Angeblich hat sie ihr gutes Verhältnis übertrieben, um sich interessant zu machen, weil er über Vinteuils Kompositionen so begeistert gewesen war und sie sich zurückgesetzt fühlte. Aber gleich darauf sagt sie ein Wort, das ihn seitenlang nicht losläßt. Sie würde sich nicht mit den Verdurins treffen wollen, »*dann wäre mir schon lieber, ich wäre einmal frei und könnte es mir besorgen …*«. Errötet hält sie sich die Hand vor den Mund. Wie hätte sie den Satz beenden wollen? Hat sie ein »… *lassen*« unterdrückt? Er wird es nicht erfahren.

Er will Schluß machen, angeblich, um ihr zuvorzukommen. Er verbietet ihr, ihm in diesem Leben wiederzubegegnen. (Daß ich das an dem Tag lese, an dem mit mir Schluß gemacht wurde, wer soll mir das glauben?) Und sie sagt: »*Besser, als sich einen Finger nach dem andern abschneiden zu lassen, ist es, man legt gleich den Kopf auf den Block.*«

Dieser gerissene Wortklauber, Intrigant und Zwecklügner behauptet, die Lehrmeisterin solcher Doppelzüngigkeit sei gerade die Liebe, die einen zwinge, nie das zu sagen, was man empfindet, weil man damit nichts erreichen würde: »*Was ich als Kind mir als das Süßeste an der Liebe vorgestellt hatte und was mir zu ihrem innersten Wesen zu gehören schien, war, daß man bei der Geliebten seine Zärtlichkeit, seine Dankbarkeit für ihre Güte, sein Verlangen nach einem immerwährenden gemeinsamen Leben freimütig verströmen könne. Aber auf Grund eigener Erfahrung sowie der meiner Freunde war ich mir nur allzuschnell darüber klargeworden, daß der Ausdruck solcher Gefühle keineswegs ansteckend ist.*« Und auch ich werde den Teufel tun, noch einmal auszuplaudern, was ich empfinde.

Erstaunliche Behauptung:

– »*[D]u weißt, daß ich nicht die Fähigkeit habe, mich lange zu erinnern.*«

141. Do, 14.12., Berlin

Oder Lutze, der in der Krebsforschung arbeitet, vielleicht, weil sein Vater an dieser Krankheit gestorben ist (auch wenn er das nie so sagen würde). Als Lutzes Freundin eine Stelle als Cellistin in London bekam, hat er sich dort ein Promotionsstipendium besorgt. Wenig später hat sie ihn verlassen, und er blieb allein in London. (Neulich hatte ich eine Diskussion, Menschen welcher Berufsgruppen schwieriger sind. Anscheinend eindeutig Musiker, danach Schauspieler, Tänzer, Maler und Schriftsteller.) In den Urlaub nach Griechenland mußte er jetzt allein fahren. Auf der Akropolis setzen sich zwei Tamilinnen neben ihn. Er zählt rückwärts, bis er den Mut faßt, sie anzusprechen. Bei »eins« fällt sein Blick auf seine nackten Arme und er fragt sie nach der Zeit. Sie gehen einen Kaffee trinken, dann verabschiedet er sich und bereut es sofort. Er nimmt sich vor, sie am nächsten Tag wie zufällig in der Altstadt zu treffen und tigert treppauf treppab von Restaurant zu Restaurant. Drei Tage hält er Wache auf der Akropolis. Er weiß, daß sie nach Mykonos wollten, doch er fährt auf seine Lieblingsinsel, auf der er einmal mit einer Freundin war, aber der Strand ist inzwischen zugebaut worden. Mit Ouzo und Wein verbringt er die Nacht auf einem Berg in einer leerstehenden Hütte. Er fühlt sich elend und fährt auf die Insel, auf die die beiden Tamilinnen am Ende ihrer Reise wollten, wo es den schönsten Sonnenuntergang der Welt gibt. Aber die Fähre verspätet sich um Stunden, und er sieht vom Schiff aus die Sonne versinken. Dann ist es wie eine Vorahnung, sie am Ende einer Straße zu treffen, und tatsächlich entdeckt er sie dort. Es stellt sich heraus, daß die beiden in Athen in einem deutschen Restaurant essen gewesen waren, und er hatte die griechischen abgesucht! Sie gehen in einen Irish Pub, und die beiden führen indische Tänze auf, so daß Griechen und Italiener sie umschwärmen. In dem Trubel steckt ihm die Richtige kommentarlos ihr Portemonnaie in die Brusttasche. Als sie gehen, summt sie unterwegs ein Lied aus der Bar. Er sagt, er achte bei Liedern nie auf den Text. Plötzlich nimmt sie ihm ihr Portemonnaie wieder weg und steigt in einen Bus. Er versteht die Welt nicht mehr, verbringt noch einen Tag auf der Insel und irgendwann fällt ihm das Lied aus der Bar ein: »Do you wanna come with me?« Er schlägt sich dreißig Mal mit der flachen Hand an die Stirn, fährt auf eine andere Insel, steigt dort auf den höchsten Berg und schreit eine halbe Stunde lang Flüche in die antike Landschaft. Braungebrannt und blond von der Sonne kehrt er nach London zurück und atmet auf, weil alles sehr kräftezehrend gewesen ist. Er fühlt sich wie der Messias, weil ihm die Passanten auszuweichen scheinen. Er erinnert sich nicht mehr an ihren Namen, er weiß nur noch, daß er »Gnade« bedeutete. Er sucht zwei Wochen im Internet nach einem tamilischen Wörterbuch, findet die Übersetzung von »Gnade« und findet auch eine Spur des Mädchens im Internet, einen Brief an einen Guru. Anscheinend hatte sie es doch ernst gemeint mit dieser Sekte, von der sie gesprochen hatte.

Die Gefangene, S. 422–442

Ein schmerzhaftes Prüfen der Möglichkeit einer Trennung, ein Durchleben des Kummers, obwohl es sich nur um eine »*Trennungskomödie*« handelt. Die Unmöglichkeit zusammenzuleben und die Unmöglichkeit, allein zu bleiben, aufgelöst in ein (von Marcel inszeniertes) Wechselspiel von vollständiger Unterwerfung der Frau (»*Versklavung*«), Eifersucht und Unsicherheit, die der Mann ihrer vermeintlichen Lügenhaftigkeit wegen durchlebt. Oder waren »*nicht dennoch meine argwöhnischen Vermutungen Fühlfäden gleich, die die Wahrheit ertasteten*«? »*Außerdem spüren wir sehr wohl, daß in solchen Lügen ein Stück Wahrheit liegt, daß, wenn das Leben in unsere Liebeserfahrungen keine Veränderungen trägt, wir selbst eine solche hineinbringen oder wenigstens erfinden und von Trennung sprechen möchten, so sehr fühlen wir, daß alle Liebeserlebnisse und alle Dinge überhaupt in rasender Eile dem Abschied entgegentreiben*«.

Für ihn ist diese Trennungskomödie »*die große Schlacht*«, in der er ein »*Scheinmanöver*« unternimmt. Er darf nur nicht zu hoch pokern, sonst nimmt sie seine Behauptung ernst, sich gleich morgen für immer trennen zu wollen. Tatsächlich verspricht sie ihm, ihn nie wiederzusehen, wenn er das doch wünsche, denn sie wolle ihm keinen Kummer bereiten. Im letzten Moment wird aber die Reißleine gezogen und Zusammenleben für weitere Wochen vereinbart. »*Ich setzte sie auf meine Knie, nahm das Manuskript von Bergotte, das sie sich so sehr wünschte, und schrieb auf den Deckel: ›Für meine kleine Albertine zur Erinnerung an die Erneuerung unseres Abkommens.‹*« Wofür Manuskripte so alles gut sein können …

Sie geht zu Bett und möchte ihn in fünf Minuten noch einmal sehen, aber als er dazutritt, schläft sie schon: »*Bald hörte ich ihre regelmäßigen Atemzüge. Ich ließ mich am Rande ihres Bettes nieder, um die beruhigende*

Kur einer nur von diesem Hauch gewiegten Kontemplation auf mich wirken zu lassen.« (Mit anderen Worten: Er sieht ihr beim Schlafen zu.) »*Ich versuchte, mir klarzumachen, welches die wirkliche innere Verfassung Albertines wohl sei.«* Das ist wohl überhaupt der Kern der Angelegenheit, man kann in den anderen nicht hineinsehen, vielleicht gibt es dort drinnen gar keine »echte« Albertine, schließlich besteht sie auch aus dem, was er sich über sie denkt. Vielleicht kann man deshalb so schwer erklären, was man fühlt, weil es gar keine buchbare Gefühlssubstanz gibt, nur das Reden darüber.

Er sieht sich aber in guter Gesellschaft mit Nationen, die sich mit Krieg bedrohen, um Zugeständnisse zu erzwingen, während keine der beiden Seiten weiß, ob die andere wirklich ernsthaft zum Krieg bereit gewesen wäre, wenn man nicht eingelenkt hätte.

Unklares Inventar:
– Monsieur Delcassé, Tattersall.

Selbständig lebensfähige Sentenz:
– »*[...] weil bei einer Trennung derjenige, der nicht mit wahrer Liebe liebt, die zärtlichen Dinge sagt, während wahre Liebe sich nicht deutlich ausspricht.«*

142. Fr, 15.12., Berlin

Die Kunstgeschichte läßt sich wie folgt zusammenfassen: Die Megalithkulturen stellen Steine in die Landschaft, Phallussymbole. Dann bekommen die Steine Köpfe gemeißelt und es handelt sich um Krieger oder Götter. Dann sieht man genauer hin und bildet den Menschen nach. Bilder bleiben nur erhalten, wenn sie auf Haushaltsgeschirr gemalt werden. Die Römer kopieren noch einmal alles. Dann beschränkt man sich darauf, vorwiegend Jesus und seine Familie zu malen. Die individuelle Sicht des Künstlers auf unsere Existenz drückt sich darin aus, welchen Winkel der Oberkörper des Jesuskinds zum Kopf der Maria einnimmt. Die Avantgarde amüsiert sich damit, auch Jesus Hände leicht anzuwinkeln. Dann malt man wieder Götter, diesmal die antiken. Dann wird in Holland, statt auf Geschirr zu malen, Geschirr gemalt. Dann kommen Bilder von Naturkatastrophen, Vulkanausbrüchen, Unwettern, Schiffsuntergängen, eine Art Hollywood für die Wände. Und dann kommt das zwanzigste Jahrhundert, jeder, der eine Idee hat, walzt sie sein Leben lang aus, nur Picasso hat ungefähr fünf Ideen und walzt sie jeweils für zehn Jahre aus.

Heute läßt sich, was in den Galerien angeboten wird, nicht mehr von Designermöbeln unterscheiden, die ja auch möglichst keinen Zweck erfüllen, sondern bei Partygästen Fragen aufwerfen sollen. Jede neue Bildsprache erinnert nur an einen Video-Clip, den man noch nicht gesehen hat. Yves Klein hat sein Leben lang Leinwände blau angemalt und behauptet, der Himmel sei sein Meisterwerk, weshalb er über jedes Flugzeug beleidigt war. Das ist natürlich sehr originell und richtig, aber ich halte seine Leistung trotzdem für begrenzt.

So dachte ich, bis ich vor zwei Jahren in der großen Sophie-Calle-Ausstellung war und Werke wie »Countdown to Unhappiness« sah. Sophie Calle hatte ein dreimonatiges Japan-Stipendium bekommen und es, weil sie gerade frisch verliebt war, ausschlagen wollen. Sie beschloß, eine möglichst lange Anreise zu wählen, um möglichst wenig Zeit in Japan verbringen zu müssen, und nahm die transsibirische Eisenbahn. In der Ausstellung sieht man nun ihr Fototagebuch, in dem sie die neunzig Tage rückwärts zählt und jedes Bild ein Stempel schmückt: »90 days to unhappiness«, »89 days to unhappiness«, und so weiter. Sie fotografiert die Landschaft, Abteilnachbarn, einmal hat sie ein aufgeschlagenes Buch archiviert, ihre Reiselektüre dieses Tags. Dazwischen liest man Briefe an ihren Geliebten. Man spürt wie sie immer ungeduldiger die Tage zählt. Aber die Aktion heißt nicht umsonst »Countdown to Unhappiness«, denn einen Tag vor ihrem vereinbarten Treffen in New Dehli schreibt ihr der Geliebte, daß er nicht kommen wird, und im Hotel erhält sie einen Anruf, daß er sie verläßt. Deshalb ist ihr Reisetagebuch, ohne daß sie es geahnt hatte, ein Countdown ins Unglück gewesen.

Sie reagiert mit einer Aktion: »Countup to Happiness«. Denn sie bleibt in New Dehli und fotografiert jeden Tag das verfluchte Telefon, über das sie die Nachricht erhalten hatte. Neben das Bild kommt die Beschreibung dieses Moments. Immer der gleiche Bericht ein bißchen anders, wie man sich solche Dinge eben ständig wiederholt. Dazu protokolliert sie jeden Tag, was ihr ein Passant als seinen größten Schmerz im Leben schildert. Während ihr eigener Schmerz langsam nachläßt, wird die Schrift der Berichte immer blasser, bis am Ende nur die graue Fläche bleibt.

Die Ausstellung hat das Beste erreicht: daß man Lust bekommt, auch so etwas zu machen. Man braucht kein Geld, man muß nichts können, man muß nur Ideen haben.

Auf dem Nachhauseweg dachte ich mir Aktionen aus: Man könnte den Passagieren eines U-Bahnwagens ihre Lektüre abkaufen und alle zu einem Abend einladen, bei dem sie die Bücher der jeweils anderen lesen müssen.

Man könnte aus den Wohnungen seiner Freunde unbemerkt Gegenstände entwenden und daraus ein geheimes Schatzkabinett arrangieren.

Man könnte beim Großelterndienst anrufen und sich als Großvater für ein fremdes Kind verpflichten, denn dafür gibt es doch sicher kein Mindestalter.

In den nächsten Wochen empfahl ich jedem die Ausstellung mit dem Resultat, daß niemand hinging. Die Kunst hat sich anscheinend nachhaltig diskreditiert. Oder meine Empfehlungen waren nichts wert. Ich traf einen Bekannten, der selbst freischaffender Künstler ist. Er fand Sophie Calle »ganz gut«, es war ihm aber suspekt, daß sie sich »so wichtig nimmt«, ihr Privatleben auszustellen. Für mich ist es eher ein Zeichen dafür, daß mich jemand besonders wichtig nimmt, wenn er aus Schrott Objekte schweißt, sie an gutgläubige Gemeinden verkauft und auf diese Art öffentlichen Raum besetzt.

»Jedesmal, wenn ich eine Tür gehen hörte, zuckte ich in ganz der Weise zusammen wie meine Großmutter in ihrer Agonie, sobald geläutet wurde.« Denn er muß immer befürchten, Albertine könnte ihn verlassen haben. Ach, wäre die Großmutter doch noch am Leben …

Überraschenderweise ist plötzlich von ein paar Blättern zwischen seinen Papieren die Rede, *»in denen ich eine Erzählung über Swann und die Unmöglichkeit seines Verzichts auf Odette aufgezeichnet hatte«*. Die Arbeit, an die er sich angeblich nie begibt, scheint also nicht mehr ganz ergebnislos gewesen zu sein.

Ebenso überraschend, daß nach Cottard nun auch Elstir aufersteht, um die beiden bei der Innenausstattung einer eventuell zu kaufenden Jacht zu beraten. So ein gottgleicher Umgang mit dem Romanpersonal verwundert doch etwas.

Und als drittes ist zu bemerken, daß ein kompletter Gedanke aus einer Fußnote auf der gegenüberliegenden Seite im Text auftaucht, was die Fußnote überflüssig macht. Ich hoffe, es gibt darüber schon eine Doktorarbeit.

Etwas für meine Sammlung unnützen Wissens, also Wissens, das nicht mit anderem Wissen vernetzt ist: *»Aber antikes Tafelsilber ist – da es in Frankreich zweimal eingeschmolzen wurde, zuerst nach dem Frieden von Utrecht, als der König selbst, dem seine großen Herren darin folgten, das seine opferte, dann 1789 – außerordentlich selten.«*

Um Albertine die Gefangenschaft angenehmer zu gestalten, werden Kleider besorgt, die ihn an Venedig erinnern, wohin er ja angeblich ihretwegen nicht reisen kann. Dennoch war sie *»nicht mehr die gleiche Albertine, weil sie nicht mehr wie in Balbec unaufhörlich auf ihrem Rad zur Flucht gerüstet schien«* und *»weil der Wind des Meeres nicht mehr ihre Kleider schwellte«*. Jetzt war sie *»zu einer beschwerlichen Sklavin geworden, von der ich mich am liebsten frei gemacht hätte«*.

Albertine spielt ihm auf dem Pianola Stücke von Vinteuil vor, und er erklärt ihr im Gegenzug das Wesen der Kunst, das darin bestehe, *»daß die großen Schriftsteller immer nur ein einziges Werk geschaffen oder vielmehr ein und dieselbe Schönheit, die sie der Welt bringen, gebrochen durch verschiedene Medien, uns vor Augen geführt haben«*. Wichtigstes Beispiel ist Dostojewski, aber beim kurzen Streifzug durch die »Brüder Karamasow« beunruhigt mich, daß ich mich an fast nichts erinnere, wozu habe ich das

Buch dann überhaupt gelesen? Vielleicht ja nur, damit sich mir der Ort fest einprägen konnte, an dem ich es gelesen habe. Ein winziges Zimmer in einem Haus auf dem Dorf, das vom Kachelofen schon fast ausgefüllt wurde, das Bett, in dem ich schon als Kind geschlafen hatte, schwer lastendes Winterdunkel, ein alter Wartburg, mit dem ich nur am Wochenende zurück nach Berlin fuhr, so daß meine Freundin sich leichter ihre Zeit zwischen mir und ihrem aktuellen Verehrer einteilen konnte. Das Gute war, daß ich nicht an Eifersucht litt, mir wurde eher eine Entscheidung abgenommen. Vielleicht sollte man immer nur Beziehungen mit Menschen führen, die man nicht richtig liebt, dann leidet man weniger unter diesen anscheinend unvermeidlichen Dreiecksgeschichten.

Schließlich wird der beglückende Geruch von altem Holz auf den Champs-Elysées erwähnt, und ich frage mich, ob mein Kollege, der neulich auf der Kastanienallee neben mir stehenblieb, um den Geruch von Holzkisten vor einem Obstgeschäft einzuatmen, mit dieser Geste nur Proust imitiert hat.

Unklares Inventar:
- Die Silberschmiedemanufaktur von Pont-aux-choux. Theaterdekorationen von Sert, Bakst und Benoist. Dogaresse.

Erstaunliche Behauptung:
- »*Ich bin kein Romancier.*«

Verlorene Praxis:
- Werke über die Silberschmiedekunst und die Echtheitszeichen der alten Ziseleure studieren.
- Nie so gut aussehen, wie wenn man schwarzen Samt mit Diamanten trägt.
- Über seine Miene wachen.

Selbständig lebensfähige Sentenz:
- »*[…] wobei ich nicht weiß, ob ich mich nun an seine Häßlichkeit gewöhnt oder seine Schönheit entdeckt hatte.*«
- »*Komm, kleines Mädchen, ich muß dich erst küssen, weil du dich noch so gut an meine Worte erinnerst; du darfst dann wieder zurück an dein Pianola.*«

143. So, 17.12., Berlin

Die als Trost gemeinte Versicherung, er werde eines Tages glücklich sein, ist für den Unglücklichen natürlich eine Beleidigung, weil sie die Aufrichtigkeit und Haltbarkeit seiner Gefühle in Frage stellt. Lieber verwandelt man sich in ein Mahnmal seiner Leiden und widmet sein Leben wie der letzte Überlebende eines Völkermords dem Gedenken an die mißachteten Gefühle. Die Tatsache, daß man allein durch die Zeit darüber hinwegkommen könnte, scheint die Empfindungen zu relativieren. Wie kann man ernsthaft verliebt gewesen sein, wenn man es irgendwann nicht mehr ist? Man sieht es vor sich, wie sie einen dann zufällig trifft und sagen wird: »Na, siehst du …«, in demselben Ton, wie die Mutter, wenn man seinen Widerstand gegen ein Kleidungsstück aufgegeben hatte. Man zieht es an und ist vielleicht sogar schon halb überzeugt, daß es ja wirklich nicht so schlimm aussieht, aber gegen dieses »Na, siehst du …« lehnt man sich noch einmal mit gespielter Gereiztheit auf. Man will einfach nicht glücklich sein mit dieser Schlaghose.

Als könnte die Echtheit der Gefühle sie zum Einlenken bewegen. Ein Fußballtrainer muß ja auch gehen, wenn er »die Mannschaft nicht mehr erreicht«, egal ob seine Methoden modern sind und er der ideale Mann für den Verein ist. Man sollte nicht warten, bis man entlassen wird. Aber wie kann man das einseitige Verhältnis beenden und sie gleichzeitig durch die übermenschliche Anstrengung beeindrucken, die dieser Schritt bedeutet? Daß man dazu fähig war, scheint ja zu beweisen, daß alles nicht so dramatisch gewesen ist, ein Widerspruch in sich. Man kann sich ja auch nicht entscheiden, nicht mehr krank zu sein. Manchmal ist man aber so verrückt zu denken, eine Krankheit könnte einem Gerechtigkeit verschaffen. Ein hartnäckiger Husten wäre das mindeste. Zu oft ist man als Hypochonder belächelt worden, endlich ist der Beweis erbracht, daß man nicht übertrieben hat. Aber selbst, wenn man aus Liebe sterben würde, würde sie einen deshalb nicht lieben, sondern im Grunde erleichtert sein.

Man könnte die letzte SMS, die man von ihr erhalten hat, und von der man sich immer noch eine Wende erhofft, einfach ungelesen aufbewahren. Wozu soll man sich vergewissern, daß sie nichts Hoffnungsvolles enthält? Solange man sie nicht liest, kann sie ja alles enthalten. Also warum dann nicht die vagen, unbegründeten Hoffnungen auf das feste Fundament einer nicht gelesenen SMS stellen? Man könnte dann sein Leben mit der Hoffnung verbringen, daß sie doch noch zur Vernunft gekommen ist, daß man eben nur leider nie davon erfahren hat.

Wie kann man es überwinden, ohne damit seinen Zustand zu verraten wie ein Renegat? Warum erntet immer nur derjenige Bewunderung, der seinen Überzeugungen treu bleibt, während der Reformwillige vermeintlich Schwäche zeigt? Der anästhesierende Einfluß der Gewohnheit, ist er nicht in Wirklichkeit ein Geschenk des Himmels? Warum wird er dann so selten gewürdigt? In der Kunst widmet man sich immer nur dem Ausnahmezustand, warum gibt es so wenig Literatur über die segensreiche Macht der Gewohnheit?

Die Gefangene, S. 462–482

Manchmal spielt Albertine auch Rameau oder Borodin, und er fühlt sich dann entweder ins achtzehnte Jahrhundert versetzt, oder es breitet sich für ihn auf den Wänden des Zimmers die östliche Steppe aus, »*in der alle Klänge in der Unendlichkeit der Entfernungen und der weichen Dämpfung durch den Schnee ersticken*«. Komponiert man eigentlich anders, wenn man in einem Land lebt, wo Geräusche im Schnee ersticken? Kann man die Räume und Gerüche, das Klima und die akustischen Verhältnisse ihrer Zeit aus den Kompositionen von Beethoven oder Bach extrahieren?

Und da sitzt sie, »*ein gezähmtes Wild, ein Rosenstock, dem ich Stab und Stütze, das Spalier gleichsam, lieferte, an dem sein Leben sich festranken konnte*«. Es folgt das Hohelied des Marcel auf seine Freundin Albertine: »*Ihre Schultern, die ich immer nur herabhängend und schmollend weggewendet gesehen hatte, wenn sie die Golfschläger heimtrug, lehnten sich jetzt an meine Bibliothek.*« Oh wie schön das aussehen muß! Eine an eine Bibliothek gelehnte Golfspielerin! Ihre Beine, die »*während ihrer ganzen Kindheit die Pedale eines Fahrrads bedient haben mochten*«, stecken in den Schuhen, die er ihr herstellen lassen hat. Was sie natürlich auch nicht endgültig zu seinem Besitz macht, aber es ist nur konsequent für den Liebenden, über die Kleidung der Geliebten bestimmen zu wollen. Wie fühlt sich eigentlich Karl Lagerfeld, wenn er Frauen seine Kreationen tragen sieht? Oder jemand, der Dessous entwirft und sich vorstellen darf, daß täglich hunderttausende schöner Frauen in sein Werk schlüpfen und dabei eine Gänsehaut bekommen?

Ihre Finger, ihr Hals, ihre Augen, ihr Haar … Sein Zimmer ist jetzt *»eine Krippe für diesen musizierenden Engel«*, der wie ein Kunstwerk auf ihn wirkt. Aber wenn er sich auch *»zu ihrem Besitz beglückwünschte, dauerte es nicht lange, bis sie mir wieder gleichgültig wurde. Ich langweilte mich sehr rasch mit ihr, doch hielt auch dieser Zustand nicht allzulang an. Man liebt nur da, wo man einem Unzugänglichen nachspürt, man liebt nur, was man nicht besitzt«*.

Vielleicht könnte er sich ihre Untreue ja gar nicht vorstellen, wenn er nicht selbst unter Formen von Untreue leiden würde (was für ihn heißt: Blicke auf junge Radfahrerinnen zu werfen). *»So wie es keine Kenntnis gibt außer der, die man aus sich selber hat, gibt es beinahe auch keine andere von der Eifersucht. Beobachtung spielt keine Rolle dabei. Nur aus der Lust, die man selbst verspürt hat, kommt einem Wissen und Schmerz.«*

Diese elende Distanz zwischen den Menschen. Es gibt Regionen in ihren Augen, die ihm *»unzugänglich wie der Himmel waren«*. Leider kann man sich nicht aufessen, man muß sich also mit dem Betasten der Oberfläche begnügen. *»Ich konnte sie streicheln, meine Finger lange über sie hingleiten lassen, doch, als betastete ich einen Stein, der noch den Salzgehalt unvordenklicher Ozeane oder den Strahl eines Sternes in sich birgt, spürte ich, daß ich nur die undurchdringliche Hülle eines Wesens berührte, das sich im Innern ins Unendliche verlor.«* Der Fehler liegt bei der Natur, die zwar eine Art körperlicher Vereinigung vorgesehen hat, aber *»nicht darauf bedacht gewesen ist, eine gegenseitige Durchdringung der Seelen vorzusehen«*. Wäre es also besser wie von Swann empfohlen das Leben eines Sammlers zu führen und auf Frauen zu verzichten? Aber Skulpturen und Kunstwerke hätten ihn nie wie die Frau *»aus mir selbst hinaus auf jenen ganz privaten Verbindungsweg zu der großen Stadt gewiesen, auf welcher vorüberzieht, was wir erst von dem Tage an kennen, da wir gelitten haben: das Leben der anderen«*. Man muß also leiden, um ein Mensch zu werden.

Wie schön, sie bei sich zu haben und nachts wecken zu können! Sofort schlingt sie ihm heiter lachend die Arme um den Hals: *»Als ich sie weckte, bewirkte ich nur, wie bei einer Frucht, die man aufbricht, daß der erquickende Saft daraus hervorgequollen kam.«* Es sei denn, sie sagt: »Wollen wir nicht schlafen, ich muß morgen früh raus, bitte, ich bin so müde, ist das ok für dich, wenn der erquickende Saft heute nicht hervorquillt?«

Jeden Tag ist er sicher, *»daß ich am folgenden mich gleichzeitig an die Arbeit machen, mich aus dem Bett erheben, das Haus verlassen und die Abreise nach irgendeiner Besitzung vornehmen könnte«*. Und es bleibt rätselhaft, warum er sich eines Tages wirklich an die Arbeit gemacht hat und das ohne die Notwendigkeit, Geld zu verdienen, Frauen zu beeindrucken oder seiner Familie etwas zu beweisen.

Immer noch forscht er ihren alten Lügen nach. Was hat er schon gewonnen, wenn er herausbekommt, daß sie also doch in einem Ort namens »Buttes-Chaumont« war? Aber das Gedächtnis ist geräumig: »*Es ist wie eine Apotheke oder ein chemisches Laboratorium, in dem man durch Zufall ebensogut eine beruhigende Droge wie ein gefährliches Gift in die Hand bekommt.*« Wieder einmal wird die Vergangenheit umgedeutet. War sie zur gemeinsamen Abreise aus Balbec nur so plötzlich bereit gewesen, weil sie in Paris Andrée treffen wollte? Er erinnert sich an diesen Tag, »*wie sie den Direktor beiseite gestoßen hatte, durch dessen Bemühungen, uns zurückzuhalten, wir um ein Haar den Omnibus verpaßt hätten*«. Das Den-Direktor-beiseite-Stoßen der Freundin ist doch wieder eine echte Kafka-Geste.

Angeblich wartet er nur noch auf den richtigen Moment zur Trennung. Die Jahreszeit muß passen, damit er möglichst wenig leidet und sie nicht an irgendwelche Orte reisen kann, wo sie Vergnügungen ohne ihn erleben würde. »*Ich fühlte, daß mein Leben mit Albertine, soweit ich nicht eifersüchtig war, nichts als Langeweile, soweit ich es aber war, nur Leiden bedeutete.*« Und vor die Wahl zwischen Langeweile und Leiden gestellt, wofür wird man sich wohl entscheiden?

Unklares Inventar:
– Ein Opal, der noch in der Matrix ruht.

Erstaunliche Behauptung:
– »*[…] da ich über keine Gabe der äußeren Beobachtung verfügte und niemals wußte, was ich eigentlich sah.*«

144. Mo, 18.12., Berlin, Schwedter Straße, Café Haliflor

Morrissey in der »Arena«, das Begehren von 10 000 Zuschauern richtet sich auf einen Menschen. Immer noch gelingt es mir nicht, meine Identifikation auf Konzerten so weit zu treiben, mit den anderen Zuschauern mitzusingen. Wenigstens kann man Lieder immer wieder singen, während mir noch kein Text gelungen ist, den ich nicht nach einem Dutzend Vorträgen satt gehabt hätte.

Dreimal wechselt er sein Hemd. Eigenartig gedrungene Figur, aber anscheinend nicht zur Jugend verurteilt. Selbst die Treue zur Frisur hat Stil. Einmal wischt er sich mit seinem Hemd den Schweiß von der Stirn und wirft es ins Publikum. Wenn die Menschen sich darum prügeln, von einem mit schmutziger Wäsche beworfen zu werden, hat man es wahrscheinlich geschafft. Die Zuschauer revanchieren sich, Geschenke fliegen auf die Bühne: »Thats how I receive gifts, they don't hand them to me, they throw them.«

Eine Stimme zu besitzen, die man gegen keine andere austauschen könnte, was ist das Pendant dazu beim Schreiben?

Es war überstürzt gewesen, sich zwei Monate vorher schon zwei Konzertkarten zu kaufen.

Die Gefangene, S. 482–502 (Schluß)

Eigentlich klingen die Gründe, die in Marcels Augen für Albertines Bleiben sprechen, nicht sehr überzeugend: In acht Tagen sollen ihre neuen Kleider von Fortuny eintreffen, seine Mutter wird am Wochenende zurückkehren (es wäre unhöflich, vorher zu gehen), und sie wollten sich in den nächsten Tagen venezianische Glaswaren ansehen. Wenn man bedenkt, daß eine Karte für ein Morrissey-Konzert eine Frau nicht dazu bewegt, eine Trennung um eine Woche zu verschieben, ob man es mit venezianischen Glaswaren hätte versuchen sollen? Oder zur Sprache bringen, daß meine Mutter diese Woche nach Berlin kommt?

Aber sein Instinkt weiß schon mehr als sein Verstand. Er spürt, daß sie seinen Kuß nicht auf die gewohnte Art erwidert. »*Angstvolles Grauen*« erfaßt ihn, und er ruft sie noch einmal zurück, denn »*solange sie da war, hatte ich das Gefühl, ich könne der Zukunft gebieten*«. Als sie dann aber auf ihrem Zimmer ist, pocht sein Herz so stark, daß er nicht einschlafen kann: »*Wie ein Vogel, der von der einen Ecke des Käfigs zur anderen flattert, schwankte ich unaufhörlich zwischen der Beunruhigung, daß Albertine fortgehen könne, und relativer Ruhe hin und her.*« Immer wieder geht er im Kopf die Kette der Argumente durch, die für ihr Bleiben oder ihr Gehen sprechen: »*So wie ein Kranker unaufhörlich in einer im Innern vollzogenen Bewegung das Organ betastet, das ihm Schmerzen bereitet.*« So wie ich die letzten zwei Wochen immer wieder meinen linken Knöchel betastet habe.

Dann geschieht etwas Unerhörtes, mitten in der Nacht wird ihr Fenster jäh geöffnet. Dabei war es »*eine Übereinkunft unseres gemeinsamen Lebens, daß, da ich mich vor Luftzug fürchtete, niemals des Nachts ein Fenster geöffnet wurde*«. Vielleicht will sie ja damit sagen, daß sie bei ihm zu ersticken droht? So aufgelöst war er nicht mehr, seit ihm die Mutter in Combray den Kuß verweigert hat. Er geht »*die ganze Nacht im Korridor auf und ab in der Hoffnung, ich werde durch das Geräusch meiner Schritte die Aufmerksamkeit Albertines auf mich lenken und erreichen, daß sie mich mitleidig zu sich rief*«. Aber solche Selbstdarstellung als Schmerzensmann hilft nicht viel. Vor Jahren habe ich einmal eine Nacht auf den kalten Dielen neben dem Bett verbracht, von dem ich gerollt war, nachdem die Frau eingeschlafen war. Ich dachte, sie müßte vor meinem Extremismus erschaudern. Aber sie hat es gar nicht gemerkt. Es wäre der richtige Moment gewesen, um von Außerirdischen entführt zu werden.

Inzwischen trifft der Frühling ein, die Lust auf Venedig, den Louvre und das Luxembourg erwacht. Man geht nach Versailles, in luftiger Höhe zeigt sich wieder ein Aeroplan. Bei der Rückkehr scheint hell der Mond: »*Ich wagte ihr nicht zu sagen, daß ich ihn allein oder auf der Suche nach einer Unbekannten stärker genossen hätte.*« Schade, man hätte gerne gewußt, wie sie auf solch eine Bemerkung reagiert hätte. Stattdessen hält er ihr einen Vortrag über das Motiv des Monds in der französischen Dichtung und zitiert am Ende zu diesem Thema ganze Gedichte aus dem Gedächtnis. Das hat der Mond nicht verdient.

Früh wacht er auf und spürt den Benzingeruch eines Automobils: »*Er mag zartempfindenden Menschen […] als ein bedauerliches Übel erscheinen, ebenso wie gewissen Denkern, die […] sich einbilden, der Mensch würde glücklicher und zu höherer Poesie imstande sein, wenn seine Augen mehr Farbe zu sehen […] vermöchten.*« Nein, der Benzingeruch »*beruhigte mich wie ein Landduft*«. Und nicht nur das, er gibt sogar eine überraschende

Madeleine ab, denn er erinnert ihn an Ausfahrten, die er in Balbec unternommen hat, während Albertine Kirchen zeichnete und er das Gefühl hatte, »*an neuen Stätten einer unbekannten Frau in Liebe zu nahen*«. So ist das mit der *mémoire involontaire*, auch Benzingeruch kann dafür herhalten. Oder in »Oedipus Wrecks«, wo Woody Allen ganz selbstvergessen an einem fettriefenden Hühnerschenkel riecht, weil er ihn an seine Geliebte erinnert.

Immer noch liegt er im Bett, und der Benzingeruch leitet ihn weiter zu einem Tagtraum von Venedig. Venedig! Wo das in Arme zerteilte Meer »*eine aufs höchste entwickelte städtische Zivilisation umschlang, die sich aber, hinter ihrem azurblauen Gürtel isoliert, völlig abseits entwickelt*«. Wenn das kein Selbstporträt des Autors als Stadt ist. »*Jetzt, da das Leben mit Albertine wieder möglich geworden war, fühlte ich, daß mir daraus nur Unglück erwachsen könnte, da sie mich nicht liebte: besser war es, sich in der milden Süße ihrer Einwilligung von ihr zu trennen*«. Ja, er geht so weit, nach Françoise zu schellen, die ihm einen Reiseführer von Venedig kaufen soll. Aber was erfährt er von dieser? Weil er den ganzen Morgen von Venedig geträumt hat, hat er nicht mitbekommen, daß Albertine das Haus verlassen hat, und zwar mit ihren Koffern! Françoise, die ja schon immer gegen das Fräulein war, hat nicht gewagt, Marcel zu wecken, weil das einen Tabubruch bedeutet hätte. So ist das Mädchen ohne Abschied verschwunden. Da aber »*stockte mir der Atem, ich mußte mein Herz mit beiden Händen festhalten*«. Albertine ist fort und der Band zu Ende.

Unklares Inventar:
- Gruyèrekäse.

Verlorene Praxis:
- Nicht wagen, ihr zu nahe zu kommen, »*um den schönen Stoff nicht zu zerdrücken*«.
- Fürchten, daß gewisse laszive Posen auf Gemälden ihr »*Verlangen oder Sehnsucht nach volkstümlichen Genüssen einflößen könnten*«.

6. Buch

Die Entflohene

145. Di, 19.12., Berlin

Habe mich wieder breitschlagen lassen, Aufträge für Texte anzunehmen, die zu wenig einbringen für die Mühe, die sie mir machen, weil ich darin objektiv tun muß. Als fiele mir Schreiben leicht, wo das Gegenteil der Fall ist, jedenfalls sobald ich nicht weiß, was ich sagen soll, denn dann kann ich nicht mal mehr die Grammatik. Aber die Alternative wäre, mehr Zeit für Gedanken an mein ungerechtes Schicksal zu haben, dann doch lieber arbeiten.

Bis Freitag muß ich den vierten Teil eines Weihnachtsfortsetzungskrimis für den Tagesspiegel schreiben, schon die Lektüre der von anderen Autoren verfaßten ersten drei Teile hat mich eine Stunde gekostet, und ich habe ständig den Faden verloren. Weihnachtskrimis und Fortsetzungsgeschichten, schlimmer geht es eigentlich gar nicht, könnte man denken, wenn man nicht wüßte, daß der Text nebenbei von Berlins Schuldenberg handeln soll. Ich glaube, eine Magisterarbeit zu einem beliebigen Thema würde mir leichter fallen. Bis jetzt geht es in der Geschichte um einen Wessi und einen Ossi (Konrad und Kevin, die Namen kann ich wahrscheinlich als Autor des abschließenden vierten Teils nicht mehr ändern), die eine »Baut« einführen wollen, eine Zwangszahlung für Berlinbesucher, um die Stadt zu entschulden. Dann engagiert sie ein Scheich, Vater von sechs Töchtern, sie sollen in seinem Land für Kultur sorgen, aber das Flugzeug wird von Abfangjägern zurückgeholt, weil Berliner nicht mehr verreisen dürfen, die Stadt will ihr Geld zusammenhalten. Die Idee mit der Baut ist plötzlich von anderen umgesetzt worden, denn die BVG, die in Wirklichkeit ein Geheimdienst ist und die Stadt regiert, hat über »Cybertechnologie« die Gedanken aller Berliner Weihnachtsmänner abgehört, also auch die von Kevin und Konrad.

Wer schreibt mir achttausend Zeichen, die das zu einem Schluß führen, dem man meine Unlust nicht anmerkt? Ich bin im Moment bei hundert Zeichen und am Verzweifeln.

Als wäre das nicht schon genug, habe ich heute auch noch, weil ich einfach nicht nein sagen kann, der taz tausend Zeichen zum alljährlichen Thema: »Was kann man zu Weihnachten machen?« versprochen. Ich würde sagen: sich mit einem Bier vor den Computer setzen, die Festplatte defragmentieren und beobachten, wie sich die kleinen Kästchen langsam sortieren. Oder endlich den Text für das Irland-Heft von

MERIAN schreiben, für den sie mir »als Inspiration« (billigen) irischen Whiskey, eine Tüte Grassamen, ein Foto von einer Abtei und eine CD mit keltischer Esoterik-Musik geschickt haben. Diesmal nur fünftausend Zeichen bis Ende des Jahres, aber »literarisch«. Wie früher sind mir die Ferien von Hausaufgaben verdorben worden, mit denen ich am letzten Abend beginnen werde, den Blick auf im Schneematsch verrottende Silvesterknaller.

Der Plan ist also: Mittwoch früh Kind zum Kindergarten, Einkaufen, Joggen, Proust lesen, Proust tippen, Steuererklärungsunterlagen vorsortieren, Kind vom Kindergarten holen, auf den Spielplatz, Trampolin springen, mit Absicht bei Memory verlieren, Seneca »De clementia« vorbereiten. Donnerstag: Kind zum Kindergarten, Proust lesen, Proust tippen, zwei Texte für »Chaussee« schreiben, Latein-Kurs, Auftritt bei »Chaussee«. Freitag: Proust lesen, Proust tippen, Tagesspiegel-Text abgeben, beim Umzug vom Kollegen helfen, Latein für Sonnabend vorbereiten, die eingetroffenen Eltern begrüßen, Text für taz schreiben. Sonnabend: Text für taz durchgehen und abgeben, Latein-Kurs, Essen mit C., Geschenke für alle kaufen, die mir etwas schenken werden, Proust lesen, Proust tippen, zwanzig Seiten Proust kopieren und zu Annett Gröschner bringen, die den Weihnachtstag übernehmen will und das Buch nicht hat.

Die Entflohene, S. 5–25

»*Wieviel weiter führt das Leiden in die Psychologie hinein als bloße Psychologie!*« Aber Psychologen sind ja auch nicht dafür da, einen zu verstehen, sondern einem zu helfen. Immerhin wird hier wieder ein heimliches Motiv des Romans deutlich: eine Leidensinitiation, ohne die Marcel nicht schreiben können wird. Weil er kaum sonstige Probleme hat, wird die Frau zum Schicksal.

Er versucht es mit Verleugnen, sie wird sowieso zurückkommen, sie will ja sicher nur erreichen, daß er sie heiratet. Der Vorgang beweise wieder, wie wenig man sein Herz mit dem Verstand durchdringen könne. Gestern dachte er ja noch, ohne Albertine auskommen zu können. Aber der Schmerz belehrt ihn eines Besseren. »*Bisher hatte ich in ihr vor allem eine zerstörerische Macht gesehen, wie sie alle Originalität und sogar das Bewußtsein von unseren Wahrnehmungen in uns unterdrückt.*« Also eine Anti-Muse, wie Beethovens Frau bei Monty Python, die in dem Moment, als ihm das Motiv für die 5. Sinfonie einfällt, mit dem Staubsauger ins Zimmer platzt, und hinterher hat er das Motiv vergessen.

Wie eine Selbstmörderin hat Albertine einen Abschiedsbrief geschrieben, und dieser läßt eigentlich keinen Raum für Zweifel an ihrer Entschlossenheit, aber Marcel denkt immer noch, daß sie nichts von alledem wirklich ernst meint. Er wird die Hochzeit in die Wege leiten, er wird ihr noch heute morgen eine Jacht und einen Rolls-Royce bestellen. Außerdem wird sie »*fern von mir Vergleiche ziehen, mich doch besser finden und bei der Rückkehr zu mir ganz zufrieden sein*«. Heirat würde dann natürlich auch den Verzicht auf Venedig bedeuten (wohin man anscheinend zu zweit nicht fahren kann).

Es ist so, daß »*Männer, die von mehreren Frauen verlassen worden sind, es eben wegen ihres Charakters und immer auf Grund ganz gleicher Reaktionen wurden, die im voraus berechenbar sind, da jeder seine Art betrogen zu werden so wie seine spezifische Art sich zu erkälten hat*«. Ich muß sagen, ich habe viele Arten, mich zu erkälten, im Grunde funktioniert bei mir jede. Entsprechend bin ich auch nicht pingelig bei den Arten, verlassen zu werden, solange es nicht am Abend vor dem Berlin-Marathon über SMS geschieht wie beim vorletzten Mal.

Immer noch liegt er im Bett, aber man muß Pläne schmieden, um das Leiden zu lindern. »*Ich stellte mich also wieder auf die Füße*«, was schon ein existenzieller Vorgang ist, der viel zu selten gewürdigt wird. Sich auf die Füße zu stellen ist doch eine Handlung von derselben Kategorie, wie ein Flugzeug zu starten oder in See zu stechen. Man wird ein anderes Wesen, vom stationären zum mobilen Gehirn. Und so steht er nun auf seinen Füßen, aber von überall droht Gefahr, denn noch erinnert ihn alles in seinem Zimmer an Albertine. Er muß es vermeiden, ihren Stuhl anzusehen, das Pianola, alle ihre Dinge. Ohne Pause spricht er ihren Namen, eigentlich existiert sie nur in Form dieses Namens, der das Gehirn nie verläßt: »*Hätte ich laut gedacht, so hätte ich ihn unaufhörlich vor mich hingesagt, und mein Geschwätz wäre ebenso einförmig und engstirnig gewesen, als sei ich in einen Vogel gleich jenem der Fabel verwandelt, dessen Ruf unaufhörlich den Namen derjenigen wiederholt, die er vordem als Mensch geliebt.*«

Verlorene Praxis:
– Mit Vernunft ihren Regungen nachgehen.

146. Mi, 20.12., Berlin

Niemand dankt es mir, daß ich das Leben durchschaue und deshalb nichts für die Welt tun könnte, ohne mir dabei lächerlich vorzukommen. Der Humoralpathologie zufolge habe ich zuviel schwarze Galle (melas cholé), vielleicht bräuchte ich aber auch nur mal wieder Sex. Andererseits ist man hinterher meistens genauso melancholisch, also wozu der Aufwand? Melancholie ist ja kein Defekt, sondern die Konsequenz jeder geistigen Auseinandersetzung mit unserer Existenz. Aber wir haben diesen philosophischen Zustand zur »endogenen Depression« degradiert, die »Mönchskrankheit« ist zur Volkskrankheit geworden. Es ist deprimierend zu erfahren, daß man als Melancholiker nichts als ein Mitläufer ist.

Beunruhigendes stand heute in der Zeitung: Grönland, also ein Land, das so dünn besiedelt ist, daß man ihm kaum mit einem Bombenkrieg drohen können wird, hat angekündigt, verstärkt den Narwal zu jagen. Im Mittelalter hat man Pulver vom Stoßzahn des Narwals (der sich diesem Tier durch die Oberlippe schraubt, bis zu zehn Kilo wiegt und drei Meter lang wird) als Mittel gegen die Melancholie verwendet. Man wußte nicht, wozu der Zahn dem Narwal diente, also lag es nahe anzunehmen, daß er von der Natur als Medizin für die Menschen gedacht war. In Renaissance-Schatzkammern wurde er aufbewahrt, wie auch ein anderes Gegenmittel, der Bezoarstein, eine kugelförmige Mineralisierung unverdauter Fasern aus dem Magen von Wiederkäuern. So etwas hatten wir zu Hause in unserem Museumsschrank, ich habe aber nie versucht, daran zu nagen, ich wäre eine Art Obelix der Seelenruhe geworden. Vielleicht hilft gegen Melancholie ja alles, was hinreichend schwer zu beschaffen ist, wie zum Beispiel ein Ticket für das Finale der Champions-League oder Gruppensex mit den Pussycat Dolls? Solange man weder das noch eine Dose Narwalzahnpulver auftreiben kann, bietet sich fremdes Elend zum Trost an, wie etwa der Weltschmerz alternder Menschen in Tschechow-Stücken. Aber Tschechow ist auch nicht ungefährlich, denn wenn ich ihn lese, befällt mich schnell der Verdacht, daß ich vielleicht nie so etwas Schönes schreiben werde. Mein Talent als Autor reicht gerade dazu zu erkennen, wieviel besser Tschechow war.

Die Entflohene, S. 25–46

Wenn sich der Band so fortsetzt, dann widmet er sich einem der für Außenstehende ermüdendsten Themen: den endlosen Überlegungen eines frisch Verlassenen. Die Sache ist gelaufen, will man ihm sagen, hak es ab. Aber in der Verleugnungsphase wird jede von Albertines Gesten noch einmal einer Revision unterzogen und jedes Wort nach einer versteckten Bedeutung abgeklopft auf der Suche nach Hinweisen dafür, daß sie ihn in Wirklichkeit gar nicht verlassen hat.

Man muß Schritte unternehmen, denn das tröstet, weil kurzzeitig wieder Hoffnung aufkommt. Saint-Loup wird herbeizitiert, der gute Freund. Er soll zu Albertines Tante fahren und ihr die Hochzeit ihrer Nichte mit Marcel in Aussicht stellen. Damit er weiß, von wem die Rede ist, bekommt er ein Foto der Frau gezeigt, die seinen Freund in solch einen jämmerlichen Zustand versetzt hat. »*Da er in mir ein höheres Wesen sah, stellte er sich vor, daß ein Geschöpf, dem ich so ergeben war, etwas ganz Außergewöhnliches sein müsse.*« Da sieht man, wie wenig er von Marcels künstlerischer Programmatik verstanden hat, im Grunde ist die reale Gestalt der Frau für diesen so nebensächlich, daß man sich fragt, warum er die Frau nicht wirklich per Zufall aus dem Telefonbuch ausgewählt hat, um ihr seine Liebe zu schenken. Saint-Loup kann sich aber für Marcel nur eine Art Minnedienst vorstellen: »*Ich bin ihr böse, daß sie dir Kummer macht, aber man kann sich ja denken, daß ein Wesen wie du, das künstlerisch bis in die Fingerspitzen ist und in allem die Schönheit so leidenschaftlich liebt, vorbestimmt sein muß, mehr als ein anderer zu leiden, wenn sie ihm in einer Frau entgegentritt.*«

Als Saint-Loup das Foto erblickt, ist er sogar noch schockierter, als wir gedacht hätten: »*Sein Gesicht drückte eine Bestürzung aus, in der er fast töricht wirkte.*« Das ist bisher der einzige Hinweis darauf, wie attraktiv Albertine wirklich ist, denn bis jetzt kennen wir sie ja nur aus Marcels widersprüchlichen Schilderungen. (Es sei denn, der törichte Gesichtsausdruck bedeutet, daß Saint-Loup in ihr eine seiner früheren Affären wiedererkannt hat.)

Ist sie wirklich häßlich? Jedenfalls verliert das mit der Dauer einer Beziehung an Bedeutung, weil man Sinneseindrücke mit ihr verbindet. Die Frau ist am Ende eines solchen Prozesses »*nur der Entstehungskern einer unermeßlichen Konstruktion, die sich über der Ebene meines Herzens erhob*«.

»Lassen wir die hübschen Frauen den Männern, die über keine Phantasie verfügen!« Hier bietet sich ein doppelter Umkehrschluß an:

1. Sieht man jemanden mit einem auffallend unattraktiven Partner, kann man spekulieren, worin dessen sonstige Qualitäten liegen.

2. Sieht man jemanden mit einem ungewöhnlich attraktiven Partner, kann man schließen, daß er selbst ein oberflächlicher Mensch ohne Phantasie ist.

Nicht einmal die frisch eintreffende Liebeserklärung einer Nichte der Herzogin von Guermantes, des hübschesten jungen Mädchens von Paris, noch dazu einer Adligen, kann ihn aufheitern, sobald *»ich erwacht war und meinen Kummer an der Stelle, an der ich vor dem Einschlafen stehengeblieben war, wieder aufschlug gleich einem vorübergehend zugeklappten Buch, dessen Lektüre mich nun bis zum Abend begleiten würde«*. 37mal klappen wir noch zu …

Verlorene Praxis:
- Damit prunken, einer Schönheit zu gebieten.
- Der geliebten Frau bis zur Stunde, da sie einschläft, das Haar ordnen und wieder lösen.

147. Do, 21.12., Berlin

Im Land der ungebremsten Leidenschaften arbeitet niemand, weil es zu gefährlich wäre, einem Verliebten ein Werkzeug anzuvertrauen, ihn ein Fahrzeug lenken oder Fenster putzen zu lassen. Wem nützen Straßenfeger, die sich während der Arbeitszeit nachdenklich auf ihre Besen stützen? Der Service ist schlecht, das Essen immer versalzen, den Friseusen mißglücken die Frisuren. Alle lassen dauernd alles fallen, deshalb ist Plaste der beliebteste Werkstoff. Männer werden vermißt, weil sie fremden Frauen nachlaufen und den Rückweg nicht finden. Die Frauen können von den Geschenken leben, die ihnen von anonymen Verehrern gemacht werden. In den Parks findet man sich spontan zusammen, um sich mit speziellen Dehnübungen Linderung zu verschaffen. Alkohol ist verpönt, weil es als unehrenhaft gilt, seine Gefühle zu betäuben. Bricht jemand in Tränen aus, sagt man »Liebe!«, so wie man anderswo »Gesundheit!« sagt, wenn jemand niesen muß. Lange habe ich mich in diesem Land bewegt wie ein Arzt unter Pestkranken. Ich habe die Verheerungen der Leidenschaft studiert und jungen Männern aufmunternd gegen die Brust gepufft. Eine Geste, zu der ältere Herren neigen, die beim Militär waren.

Die Entflohene, S. 46–67

Saint-Loups Besuch bei ihrer Tante bleibt von Albertine nicht unbemerkt, sofort schreibt sie Marcel, er solle solche Schritte unterlassen. Dieser antwortet ihr ausufernd. Mit diplomatischem Geschick wird die Jacht erwähnt, die er ihr kaufen will, auch das schöne Automobil, was soll er jetzt damit anfangen? Ihr zu schreiben ist natürlich nicht das richtige Mittel, sie zu vergessen. »*Doch das psychopathologische Universum ist so fatal konstruiert, daß die ungeschickte Handlung, diejenige, die man vor allem vermeiden müßte, gerade die beruhigende ist, die Handlung, die für uns, bis wir das Ergebnis kennen, neue Perspektiven der Hoffnung eröffnet und uns für kurze Augenblicke von dem unerträglichen Schmerz befreit, den eine Weigerung in uns hat aufkommen lassen.*«

Er bietet ihr also seine Hand an. Aber was, wenn sie einwilligt? Sofort fallen ihm wieder die mit einer Ehe verbundenen Kalamitäten ein, und er überlegt, ob er den Brief zurückbeordern soll. Aber da bringt Françoise ihn schon herbei, sie hatte nicht gewußt, wie sie ihn frankieren sollte. Jetzt könnte er ihn ja zerreißen, aber er schlägt die ebenfalls von Françoise gebrachte Zeitung auf und liest, daß die Berma tot ist. »Phädra« fällt ihm ein, und plötzlich wird ihm bewußt, daß das Stück Szenen enthält, die »*eine Art von Prophezeiung der Liebesepisoden meiner eigenen Existenz*« sind. Diese *mise en abîme* ist sicher sehr kunstvoll ausgeführt, nur daß ich mich an »Phädra« trotz Lektüre kaum erinnern kann. Für Marcel reicht der kurze Rückblick auf seine Leidenschaft, den Brief doch abzuschicken. Ein bemerkenswertes Oszillieren seiner Entschlüsse. Es gibt nun einmal keine Lösung, das warme Gefühl der Evidenz, von dem alle träumen, wird sich nie einstellen. Mit der gesunden Doppelmoral der Männer seiner Epoche wäre ihm sicher geholfen. Warum wurde die Wahl der richtigen Frau damals zu solch einer existenziellen, die autonome Künstlerexistenz bedrohenden Frage?

»*Seitdem Albertine fort war, schellte ich sehr häufig, wenn mir schien, man könne nicht sehen, daß ich geweint hatte, nach Françoise.*« Und wenn es noch mehr nicht sehen sollen, schreibt man ein Buch. Nun entdeckt Françoise beim Aufräumen einer Schublade in Albertines Zimmer zwei Ringe mit eingraviertem Adler. Geschenke von einem fremden Mann? Marcel ist, als hätte er statt Veronaltabletten Koffeintabletten genommen. Der Schnabel des Adlers hält sein Herz in den Zangen, die Flügel tragen das Vertrauen fort, in den Fängen schmachtet sein verwundeter Geist!

Ihr schließlich eintreffender Antwortbrief enthält (für uns unbeteiligte Leser) nichts Hoffnungspendendes. Aber ihn inspiriert er zum nächsten Schritt. Er kündigt ihr an, mit Andrée leben zu wollen. Sie so zu belügen, scheint ihm das einzige Mittel, sie zur Rückkehr zu bewegen. Ein Schlagabtausch auf höchstem Niveau.

Verlorene Praxis:
- Sich als Frau beim Freund mit Vorzügen anreichern, die einen zu einem vollkommeneren Wesen umgestalten.

148. Fr, 22.12., Berlin

Verlorenes Glück hat auch seine stolze Seite. Man konzentriert sich wieder auf die lange vernachlässigte Welt. Unter den Linden, nachts auf dem Fahrrad, wenn die Bäume mit Lichterketten geschmückt sind, die Erinnerung daran, wie man hier als Kind manchmal zehn Minuten auf eine Lücke im Verkehr gewartet hat, um die Straße zu überqueren und in einem trübe beleuchteten Raum im Hauptgebäude der HU bei der Mathematischen Schülergesellschaft Aufgaben zu lösen. Wir waren fast nur Jungs, die Mädchen gingen in den Chor oder zum Russischklub, und ich konnte ja nicht wissen, daß mich diese Sprache zwanzig Jahre später einmal interessieren würde. Sie machen es einem leicht, sich in seine Erinnerungen zurückzuziehen, wenn sie Gebäude wie den Palast der Republik schon zu meinen Lebzeiten abmontieren wie eine Kulisse, die nicht mehr gebraucht wird.

Bei Dussmann vor dem Regal mit Fernsehserien. Ich hätte meine Kindheit mit etwas anderem verbringen und mir die Serien jetzt, wo ich so lange aufbleiben darf, wie ich will, am Stück ansehen können. Wenn man sich vorstellt, daß es diese Schätze noch nicht geben würde und man Woche für Woche auf die neue Folge warten müßte! Die Gnade der späten Geburt. Und was wird es in fünfzig Jahren geben, wovon wir noch nichts ahnen? Oder wird das Fernsehen dann auch ein sterbendes Medium sein, wie heute die Oper, und niemand schaltet mehr ein?

Warum man gerade in der Schlange bei Dussmann, wo sie ohne etwas leisten zu müssen, das Geld tausender Kunden entgegennehmen – die sogar anreisen, um es persönlich abzuliefern, anstatt daß derjenige, der es haben will, sich zu ihnen bemüht –, die Nerven verliert und bei ihr anruft, obwohl ein so selten gewordenes Gespräch doch gut vorbereitet sein sollte. Und wenn dann keiner rangeht, merkt man gleich, daß man noch keinen Schritt weiter war, weil man immer noch Hoffnungen hatte. Vielleicht sollte ich bei den »Sopranos« einsteigen, das wären noch einmal neunzig Stunden Realitätsflucht, jetzt wo ich mit »Curb« durch bin.

Meine Schrumpfform von Glück wird sich wieder einstellen, wenn die intellektuelle Neugier das Regime übernimmt, wenn man wieder ein zurückgezogenes Leben mit Büchern und seltenen Ausflügen in die Realität führt. Für bestimmte Zeiten geht das ja auch. Im Film werden schrullige, herzensgute Intellektuelle immer gegen ihren Willen von sagenhaft schönen Frauen wachgeküßt und entdecken durch sie eine Wahrheit, die ihnen in den Büchern verborgen geblieben war. Wahrscheinlich, weil diese Filme genau von solchen Typen geschrieben werden. Was einen zur Zeit quält, sind alle Formen von Formen in der Öffentlichkeit, wie die Plakate für diese Berliner Erotik-Show mit Luxus-Anspruch. Und die New-Yorker-Werbung aus dem Kino: eine junge Frau heiratet einen reichen, alten Mann, in der Hochzeitsnacht erspäht er durchs Schlüsselloch, wie sie in Unterwäsche auf dem Bett tanzt. Die Vorfreude führt bei ihm zum Herzinfarkt, das Anwesen gehört ihr. Wie zynisch, über sexuelles Verlangen Witze zu machen, man wirbt auch nicht mit den Qualen eines Alkoholikers für Bier. Ich bin natürlich der alte Mann. Und es würde nichts nützen, in den Tavernen der Stadt ein Heer von Griechen auszuheben, um ihr Haus zu belagern, weil die Frau heutzutage selbst entscheiden darf, in welchem Land sie Königin sein will.

Die Entflohene, S. 67–88

Auch Proust spricht von einem Schmerz, »*der aus Mangel an konkreten Bildern erträglich war*«. Warum will man dann wissen, was sie macht, wer einen ersetzt hat und wie es ihr geht? Man würde die Wahrheit gar nicht ertragen. Der Kranke zieht seine Hoffnung aus einem Nichts, auf die konstruierteste Weise: Wenn sie einen Unfall hätte, »*so hätte ich, anstatt daß mein Leben für immer von dieser nie endenden Eifersucht vergiftet wäre, auf der Stelle nicht vielleicht gerade das Glück, aber doch durch Beendung des Leidens die Ruhe wiedergefunden*«. Eine etwas hastig hingeworfene Andeutung, denn wenig später wird ja genau das passieren. Und natürlich kurz vor der Versöhnung. Er schickt Albertine ein Telegramm und formuliert seine Bedingungen neu: »*Sie könne tun, was sie wolle, ich bäte sie einzig darum, mich dreimal in der Woche, bevor sie schlafen gehe, eine Minute zu küssen.*« Diese drei Küsse würden sich für sie rechnen …

Aber nun kommt die Wendung, die etwas nach Drehbuchseminar klingt: Albertine ist bei einem Ausritt gegen einen Baum geschleudert worden. Sofort wird Marcel klar, daß er nie ganz daran geglaubt hatte, daß sie nicht wiederkehren werde. »*Mein ganzes zukünftiges Leben war aus meinem Herzen gerissen.*« Wie es das Drehbuch verlangt, treffen auch noch zwei posthume Briefe von ihr ein. Im ersten beglückwünscht sie ihn zu seinen Plänen mit Andrée. Aber im zweiten fleht sie ihn an, ihn zu sich zurückzurufen. Damit ist das Melodram vollkommen, das Glück war greifbar und es ist ihm entglitten.

Und natürlich hilft ihr Tod ihm nicht weiter: »*Damit der Tod Albertines meine Leiden hätte hinfällig machen können, hätte der Unglücksfall sie nicht nur in der Touraine, sondern auch in mir selbst ums Leben bringen müssen. Niemals aber war sie gerade dort lebendiger gewesen.*« Bilder von ihr erscheinen vor seinem inneren Auge wie bei Old Shatterhand, als er den sterbenden Winnetou in den Armen hält und an glücklichere Tage denkt: »*Um mich zu trösten, hätte ich nicht eine, sondern unzählige Albertinen zu vergessen nötig gehabt.*« Das »*durch die Reizwirkung identischer Augenblicke unaufhörlich erneuerte Wiederaufleben irgendwelcher früher durchmessenen*«, das ihm in seiner Einsamkeit immer ein Vergnügen gewesen war, wird jetzt zum täglichen Spießrutenlauf. Das Geräusch des Regens (Einnerung an Combray), das Spiel der Sonne auf dem Balkon, die erfrischende Kühle von Kirschen, das Rauschen des Windes (Bretagne), die Osterzeit (Venedig). Es wird Sommer, und er liegt in seinem verdunkelten Zimmer, wo schon ein durch die Vorhänge dringender Lichtstreifen ihm einen unterdrückten Schrei abzwingt, weil er ihn an einen Sonnenstrahl erinnert, den er mit Albertine gesehen hat. So gehen tausend Erinnerungen in jedem Augenblick »*im Dunkel ringsumher auf mich nieder*«. Und es gibt noch kein Fernsehen, selbst die Kinobilder sind noch wacklig und schwarz-weiß, also keine große Hilfe dabei, »*meinem Gedächtnis Augen und Ohren zu verstopfen*«. Françoise ist zwar offenbar glücklich über Albertines Tod, aber: »*In ihrem Bemühen, meinen Tränen Einhalt zu gebieten, wirkte sie derart besorgt, als handle es sich um Ströme von Blut.*« Und manche haben noch nicht mal eine Haushälterin.

Wollte er die Erinnerung an Albertine auslöschen, müßte er die Jahreszeiten vergessen und alles von neuem kennenlernen, »*so wie ein von halbseitiger Lähmung betroffener Greis noch einmal lesen lernt; ich hätte auf das ganze Universum vorerst einmal Verzicht leisten müssen*«. Am besten, man fährt für seine Liebesgeschichten nach Neukaledonien oder ins ewige Eis, dann hält sich der spätere Assoziationsterror vielleicht in Grenzen.

Eine Frage stellte sich mir heute: Wo ist eigentlich Marcels Vater? Seit ein paar Bänden scheint er wie vom Erdboden verschluckt. Ich hoffe, meine Verwandten gehen einmal anders mit mir um.

Verstorben:
– Albertine.

Verlorene Praxis:
– Die Augen eines Menschen haben, dessen Geist aus den Fugen gerät.

149. Sa, 23.12., Berlin

»Deconstructing Harry« war immer einer meiner Lieblingsfilme von Woody Allen gewesen (im übrigen beschreibt er darin den Vorzug von Prostituierten: »Man muß nicht über Proust und Filme diskutieren …«), jetzt kann ich den Film kaum ertragen, ein ständiges Fremdgehen und sich gegenseitig jemanden Ausspannen und im Mittelpunkt ein gequälter, zur Lieblosigkeit verurteilter Mensch, dessen Trost in seiner Fähigkeit liegen soll, Geschichten zu erzählen. Was für ein erbärmlicher Ersatz für die Realität eines geliebten Menschen. Welchen Sinn hat es, immer alles zu sublimieren, damit dann fünfhundert Leute ein Buch kaufen, das vielleicht noch nicht einmal gut ist? Aber anderen geht es nicht besser, und sie haben noch nicht mal die Möglichkeit, sich durch Schreiben Luft zu verschaffen. Aber ist es wirklich so, verschafft man sich Luft oder reitet man sich nur immer tiefer rein, wenn man in der Vorstellung lebt, Leiden würden einen zu einem tieferen Menschen und damit auch zu einem besseren Autor machen? Eine masochistische Illusion, diese Manie, seine Fehler schönzureden. Wann hat das angefangen, daß man sich damit tröstete, alles als Material zu sehen? Ein Mann der Tat sein, mit einer Narbe im Gesicht, deren Geschichte niemand erfährt, statt jemand, der schreibt und den Glücklichen nachwinkt.

Die Entflohene, S. 88–102

Inzwischen zieht sich sein Herz schon beim »*Glucksen der Dampfheizung*« zusammen, weil es ihn an den Nachmittag von Albertines Besuch bei ihm erinnert, als er sie das erste Mal geküßt hat. Man muß wirklich aufpassen, mit wem man sich einläßt und was einen später an ihn erinnern wird, wenn man zum Beispiel von einem Bäcker verlassen wird, wird man den Geschmack von Brot nicht mehr ertragen.

»*Immer auch hatte ich, aus Furcht, Albertine zu verderben, an Abenden verständnislos getan, an denen sie mir Formen der Lust anzubieten schien, die sie vielleicht nicht bei anderen gesucht hätte und die jetzt ein wütendes Verlangen in mir weckten.*« Das kommt überraschend. Er hätte auf Formen der Lust verzichtet, um sie nicht zu verderben? So kennen wir ihn gar nicht.

»*Die Kunst ist nicht das einzige, was die unbedeutendsten Dinge mit dem Zauber und Geheimnis zu umhüllen vermag; die gleiche Macht, sie in tiefin-*

nerliche Beziehung zu uns zu setzen, ist auch dem Schmerz gegeben.« Noch mehr davon, und ich gehe in die Knie. Ich war schon drauf und dran, mir ein Leben ohne seelischen Schmerz zu wünschen, »*denn eine Frau ist von großem Nutzen für unser Leben, wenn sie darin anstatt eines Glückselements für uns ein Werkzeug des Leidens ist, und es gibt keine einzige, deren Besitz so köstlich ist wie der jener Wahrheiten, die sie uns entdeckt, indem sie uns leiden macht*«. Ein Besitz, auf den ich gerne verzichte, dann werde ich eben nicht unsterblich, aber dafür lebe ich wenigstens ohne den Wunsch, vor meiner Zeit zu sterben. Wenn es nicht ohne Erinnerungen an sie geht, die sich anfühlen, »*wie ein Chirurg, dessen Hand etwa nach einem Geschoß in unserem Herzen sucht*«, schreibe ich in Zukunft lieber für den Kicker statt für das Marbacher Literaturarchiv.

Die eigenartige Übertragung der eigenen Zärtlichkeitswünsche auf den anderen: »*Wenn wir von der ›Liebenswürdigkeit‹ einer Frau sprechen, projizieren wir vielleicht nur das Vergnügen aus uns heraus, das wir bei ihrem Anblick empfinden, wie Kinder es tun, wenn sie sagen: ›Mein liebes Bettchen, mein liebes Kopfkissen‹*«. Am Ende hat man noch Mitleid mit ihr, weil sie mit einem Schluß gemacht hat und man sich vorstellt, wie schwer ihr die Entscheidung gefallen ist, statt sich klar zu machen, daß sie jetzt ein Problem weniger hat.

An dieser Stelle muß ich heute abbrechen, ich schaffe es nicht, die letzten sieben Seiten zu lesen. Ich kann mich nicht konzentrieren und habe auch das Gefühl, daß ich mich mit Proust vergifte. Sie heute anzurufen und wiederzusehen, war natürlich ein Fehler gewesen. Ich dachte, ich hätte mich im Griff, und jetzt fühlt man sich, als würden einem die Innereien ausgewrungen. So hat man also seinen Meister gefunden und denkt mal wieder, daß es nie so schlimm war, obwohl man weiß, daß es immer am schlimmsten ist. Natürlich war man gerade deshalb von ihr angezogen, weil ihr »Verhängnis« auf die Stirn geschrieben war. Vielleicht gehört Reife dazu, den zu lieben, von dem man geliebt wird.

Verlorene Praxis:
- Sein Unrecht darin sehen, nicht stärker den Versuch gemacht zu haben, sie in sich selbst zu begreifen.

Selbständig lebensfähige Sentenz:
- »*Und doch zuckt aus der Schwäche, die man jahrelang mit sich schleppt, zuweilen einem Blitzstrahl gleich etwas wie Tatendrang auf.*«

150. So, 24.12., Berlin

Annett Gröschner hat sich für ihren Gastbeitrag den Weihnachtstag gewünscht.

Heiligabend zu Gast bei Jochen (virtuell) und in Magdeburg-Werder, Mittelstraße (ernsthaft)

Lange Zeit hatte ich eine Armbanduhr, auf deren Ziffernblatt die ersten zwei Sätze aus Prousts »À la recherche du temps perdu« gedruckt waren: »*Longtemps, je me suis couché de bonne heure. Parfois, à peine ma bougie éteinte, mes yeux se fermaient si vite que je n'avais pas le temps de me dire: ›Je m'endors.‹*« Da ich ständig und ganz profan auf der Suche nach der verlorenen Zeit bin, kam mir die Uhr gerade recht. Man sah damit auch wesentlich kulturbeflissener aus als mit der Geschenkabo-Uhr der Zeitschrift RUND, auf deren Zifferblatt sich die Zeiger um ein Stück Rasen drehen. Mit der Übersetzung ließen sich langweilige Minuten überbrücken. Irgendwie fehlte mir aber immer eine der bei Madame Scheibe im Französischunterricht der Humboldt-EOS gelernten Vokabeln, die sich aus meinem Gehirn verabschiedet hatte oder nie dort angekommen war. Auf den Gedanken, mal in der deutschen Ausgabe nachzusehen, bin ich nie gekommen. Leider legte sich die Uhr nach zehn Jahren die Angewohnheit zu, nur noch zu gehen, wenn sie sich an meinem Handgelenk befand. Sie blieb augenblicklich stehen, wenn ich sie ablegte. Jetzt ist sie im Ruhestand und hängt an der Erkerwand unter dem Hochwasserpanoramafoto des Magdeburger Werders, aufgenommen in der Minute, als das Hochwasser zum Stillstand kam und wir im Anschluß an die Aufnahme die Sachen meiner Schwester wieder aus dem Treppenhaus in die Hochparterrewohnung schleppen konnten. Und auf ebendieser Insel befinde ich mich gerade. Das Wasser der Elbe schleppt sich träge und ordentlich im Bett befindlich in Richtung Hamburg. Es ist so neblig, daß der Dom am anderen Ufer nicht zu sehen ist.

Fast jeder aus meiner Familie, der hier an meinem Computer vorbeigeht und beiläufig mitliest, fragt, ob ich schon «Little Miss Sunshine» gesehen habe. Habe ich nicht. Das muß so eine Art Abschreckung für Leute sein, die sich ernsthaft mit Proust beschäftigen wollen. Man soll auf lange Dauer selbstmordgefährdet sein (was sich ja gestern irgendwie auch so halb bestätigt hat, hey Jochen, geht's dir wieder besser?).

Ich muß keine Madeleine in meinen Tee tauchen, um mich zu erinnern, ich bin am Ort meiner Kindheit und Jugend wie jedes Jahr Heiligabend, das spart den Weihnachtsbaum in der eigenen Wohnung. Hier falle ich, wo ich gehe und stehe über *temps perdus* und Erinnerungen an all die Marcels und Albertines und Saint Loups und watweeßickewennoch. Sie hießen damals aber Jens, Thomas, Simone oder Antje, während sich mein Sohn und seine Freunde nach Annas, Lenas, Ronjas, Saras oder Antonias verzehren, die heutzutage praktischerweise per SMS Schluss machen. Mich wundert, dass es neben JA und NEIN und ICH KOMME ERST UM … nicht schon die vorformulierte Antwort LASS UNS FREUNDE BLEIBEN in diesen Handys gibt.

Heute nachmittag bin ich mit meinem Neffen Carl (9), der superschlau ist, aber noch an den Weihnachtsmann glaubt, mit der Linie 4 von einem Ende der Stadt zum anderen Ende gefahren, da lagen am Straßenrand und am Ufer der Elbe 136 Madeleines, 56 davon hatte ich schon in Texten verwendet. Ich gab ein paar zum besten, zum Beispiel die Geschichte von der aufgedunsenen Wasserleiche in der Alten Elbe, die wir beim Taubenfüttern auf dem Weg vom Hort nach Hause entdeckten, und die, warum die Sandsteinputten der Anna-Ebert-Brücke bis auf den Löwen alle im Wasser der Alten Elbe liegen, aber die erzähle ich jetzt nicht.

Eine Haltestelle weiter fiel mir auf, dass ich die seltsame und unwillkürliche Angewohnheit habe, Schauplätze fremder Bücher an Stellen zu verorten, die zu meinen persönlichen Erinnerungen gehören. Es fiel mir deswegen ein, weil ich auf dem Weg nach Cracau an der Karl-Marx-Schule vorbeikam (heute heißt sie, folgerichtig, nach Immanuel Kant) und mir einfiel, daß ich immer, wenn ich Uwe Johnson lese, an diese Schule denke. Ja, ein Teil der Mecklenburger «Jahrestage» spielte in meinem Kopf auf dem Schulhof der Karl-Marx-Schule. Armer Johnson – das Ensemble ist scheußlich. Es wurde in der Nazizeit aus roten Klinkersteinen in Anlehnung an die Burgen in Mitteldeutschland gebaut. In der Mitte ein abgesenkter Thingplatz. Hierhin wurden immer die Schüler meiner Schule strafversetzt, wenn sie Hakenkreuze in die Schulbänke geritzt hatten. Ich kann mir nicht vorstellen, daß sie in dieser Schule davon geheilt wurden.

Auf dem Rückweg fuhren wir mit der 4 über die Strombrücke. Das Bauwerk ist so alt wie ich und schon auf Dauer halbseitig gesperrt. Wir hatten Zeit, denn wir durften erst wiederkommen, wenn der Weihnachtsmann weg war. Also machten wir noch einen Abstecher zur Endhaltestelle der 4 in Neu-Olvenstedt, wo sämtliche Jungs, die einstiegen, uniformiert waren: Glatze, Lonsdale, Springerstiefel. An der Wendeschleife standen Plattenbauruinen mit leeren Fensterhöhlen im diesigen Nebel. Die Bahn verschwand und kam so schnell nicht wieder. Carl sieht auf dem Video so traurig aus, als würde er auf den Kindernotdienst warten. Die Aufnahmezeit stand auf »1 h 08 min«.

Mist, jetzt macht meine Schwester die Weihnachtsmusik an (»Jauchzet, frohlocket, auf preiset die Tage«), das ist das Signal für die Bescherung und wir müssen uns dem Alter nach aufstellen und dürfen im Gänsemarsch ins Weihnachtszimmer. Meine Schwester singt und ist als Engel verkleidet. Ich bin die drittälteste, daran hat sich seit meiner Geburt nichts geändert, nur wurde die Schlange nach vorne immer länger. Ich stehe inzwischen ziemlich weit hinten und habe so noch Zeit für zwei Sätze:

Lieber Jochen: Frohe Weihnachten! Und laß Dir einen guten Rat von einer älteren Frau geben: Such nicht nach dem Meister, such nach Margarita.

In diesem Sinne

Annett

Dieses Schreiben wurde maschinell erstellt und ist ohne Originalunterschrift gültig.

Die Entflohene, S. 119–129

Jetzt weiß ich auch wieder, warum ich über den ersten Band der »Suche nach der verlorenen Zeit« nicht hinausgekommen bin, obwohl ich doch »Der Mann ohne Eigenschaften«, die »Ästhetik des Widerstands« und sogar »Ulysses« geschafft habe. Ich habe »Combray« angefangen, aber die Lektüre auf Seite 66 abgebrochen, dort steckt jedenfalls der Fahrschein, der als Lesezeichen diente. Einer aus einer Zahlbox der BVB, ist also fast zwanzig Jahre her, daß ich das Buch weggestellt habe. Ich denke, ich fand Marcel doch seltsam überspannt und voller Vorurteile in seiner eitlen Ich-Bezogenheit. Eigentlich sind immer die anderen schuld. Zum Beispiel Albertine. Man könnte sie ja mit heutigen Maßstäben für eine Metrosexuelle halten. Die Beziehung zu Marcel war ihr nicht genug, wahrscheinlich hat er die ganze Zeit nur über sich geredet, also hat sie sich eben zur Abwechslung noch mit Frauen vergnügt. Unter der Dusche. Allerdings ist eine einzige Zeugin dafür, die von Aimé bestochene Badefrau, doch ein wenig dürftig, aber Marcel nimmt ja jeden kleinen Strohhalm, um leiden zu können, obwohl er gleich am Anfang meint, daß seine Beziehungen und sein Vermögen es ihm erlassen würden zu leiden, »*dieser Vorteil werde mich auch darum bringen zu fühlen, zu lieben und meine Phantasie zu betätigen; ich beneidete ein armes Mädchen vom Lande, dem das Fehlen aller Verbindungen und sogar eines Telegraphenbüros lange Monate des Träumens nach einem Kummer schenkt, den es nicht mit künstlichen Mitteln zu betäuben vermag*«. Danach folgt übrigens ein Satz, der das Herz jedes Grammatikers höher schlagen läßt: sechzehn Zeilen, ein Ungetüm aus Hauptstraßen und Nebenpfaden, dem Stadtplan einer mittelalterlichen Stadt mit Winkeln und Gassen gleich, wo man leicht die Orientierung verliert. Wahrscheinlich gibt es zig Doktorarbeiten allein über dieses Satzungetüm. Und das alles nur wegen des oppositionellen, unbeugsamen Willens Albertines, über den kein Druck etwas vermocht hatte. Diese Empörung zwischen den Zeilen! Albertine, dieses untreue Wesen, die dann folgerichtig sterben muß und die, so glaubt der Held, jetzt noch leben würde, wenn sie Marcel nicht hintergangen hätte. Dabei hat der Gute sich selbst nicht entscheiden können zwischen den Gilbertes, Albertines, Andrées und all den Mademoiselles. Er hegt eine Verachtung für Frauen, die sich von ihm trennen, um dann doch wieder zurückzukehren, und himmelt jene an, die ihn für immer verlassen. »*Denn sehr oft ist, damit wir entdecken, daß wir verliebt sind, vielleicht sogar, damit wir es tatsächlich werden, erst einmal notwendig, daß der Tag der Trennung erscheint.*« (So oft ich mich an diesem Tag geärgert habe, daß ich ausgerechnet Heiligabend als Schreibtag vorgeschlagen habe, so muß ich doch sagen, es ist gut, Jochen, daß Du in Deinem Zustand das gerade nicht lesen mußt. Du würdest sonst noch die Kunst mit der Realität verwechseln. »Aber bist du denn wahnsinnig? In was für neuen Vorstellungen lebst du, noch dazu unter so vielen Schmerzen? Alles das ist ja doch das wirkliche Leben nicht«, sagt der Verstand bei Proust.) Marcels Rechnung, daß Albertine eine leichte Beute wäre, war nicht aufgegangen. Gerade Albertine, die im Gegensatz zu Madame de Guermantes arm und unbekannt war und eher darauf bedacht gewesen sein musste, ihn zu heiraten, hatte sich ihm entzogen. Ganz klar, es geht hier um eine Niederlage unseres Helden, den aber neben seiner eifersüchtigen Raserei auch immer wieder lichte Augenblicke des Verstandes überwältigen: »*Ob man nun gesellschaftliche Vorteile oder weise Voraussicht ins Treffen führen kann, Tatsache ist, daß man keine Macht über das Leben eines anderen Wesens hat.*« Albertine hat eben für sich in Anspruch genommen, genauso zu leben wie die Männer. Zur Strafe mußte sie, da ist der Roman noch ganz neunzehntes Jahrhundert, wie Effi Briest und Anna Karenina sterben, zu allem Überfluß auch noch bei einem Reitunfall, diese böse Amazone, bevor sie, wie in der letzten Depesche angekündigt, zum Helden zurückkehren konnte, reuig versteht sich. »*Hätte sie wissen können, was geschehen würde, so wäre sie bei mir geblieben. Aber das würde heißen, daß sie, nachdem sie erst einmal ihren Tod erlebt hätte, doch lieber bei mir und lebendig gewesen wäre.*« Ja klar. Marcel hätte bald, siehe oben, das Interesse an ihr verloren.

Natürlich kreisen seine Gedanken immer wieder um die lesbische Liebe, der Albertine sich, so die Aussage der Badefrau, regelmäßig und mit alt und jung hingab. Das wurmt Marcel mächtig, er gibt es aber nicht zu. »*Warum hatte sie mir nicht gesagt: Ich habe solche Neigungen? Ich hätte nachgegeben, ich hätte ihr erlaubt, sie zu befriedigen, und würde sie noch in diesem Augenblick küssen.*« Albertine war schon ein kluges Mädchen, ihre Klappe zu halten. Der Held versucht, jede seiner und ihrer Regungen im nachhinein zu analysieren und mit philosophischem Zuckerguß zu überziehen. »*Vielleicht hätte sie, wenn sie es gewußt hätte, mit Rührung im Herzen gesehen, daß ihr Freund sie nicht vergaß, jetzt, da ihr Leben beendet war, und wäre vielleicht für Dinge empfänglich gewesen, die sie früher kaltgelassen hätten.*«

Statt dessen muß der Held, wie ungerecht, sich Gedanken machen, ja er fühlt sich eigentlich von Albertine bestraft. Wenn er sie nämlich nicht mehr geliebt hätte, wäre sie für ihn schon gestorben, bevor sie tot war. So ist er gezwungen, ihrem Doppelleben nachzuschnüffeln. Liebeserlebnisse in einem Duschraum. Welche Verderbtheit. Unser Held wälzt sich dann noch ein paar Seiten in Eifersucht und Sexprotzereien. Siegerin nach Punkten bleibt Albertine, da kann sie tot sein, wie sie will.

Aimé, der dienstbare Geist, »*der über gewisse Bildungsansätze verfügte*«, wird auch noch entlarvt, indem Marcel seine Rechtschreibschwäche in einer Fußnote groß und breit auswälzt.

Ich denke, ich lese erst einmal »Moby Dick« zu Ende und dann den neuen Pynchon.

Unklares Inventar:
– Präzipitat.

Verlorene Praxis:
– Letzte Depeschen schicken.

Selbständig lebensfähige Sentenz (schenke ich Dir, Jochen, zu Weihnachten, als Sinnspruch in Sütterlin, eingerahmt und unter Glas):
– »*Man verlangt um so mehr nach einer Person, wenn sie dicht daran ist, sich uns hinzugeben; die Hoffnung nimmt den Besitz vorweg; die Sehnsucht wirkt als eine Verstärkung des Verlangens.*«

151. Mo, 25.12., Berlin

Zur Sedierung morgens ein bißchen Latein. Bei römischen Triumphzügen stand auf dem Wagen des gefeierten Feldherrn ein Sklave, der ihm von hinten zurief: »Respice post te, hominem te esse memento!« (»Schau dich um und denke daran, daß du ein Mensch bist!« – mit ACI und Imperativ II, nicht schlecht für einen Sklaven.) Das wäre eigentlich mein Traumjob, hinter gefeierten Persönlichkeiten aus dem Kultur- und Geistesleben herzugehen und ihnen diesen Satz ins Ohr zu flüstern. Heiner Müller hat das Prinzip Rom verachtet, aber immerhin hatten die Römer solche ungewöhnlichen Institutionen (abgesehen von ihrem sympathischen Sinn für Bequemlichkeit).

Dann im Internet meine alte »Kleine Meise«-Aufnahme gehört und der verführerischen Eigenrührung gefrönt. Als sie mich noch nicht persönlich kannte, hat sie das immer gehört, wenn es ihr schlecht ging. Ich hab einfach den Fehler gemacht, nicht vier Jahre alt zu bleiben.

In der Gethsemane-Kirche, wo ich seit Oktober '89 nicht mehr war. Der Organist machte wieder Tempo, sie mögen es nicht, wenn man in den Klängen schwelgt. Wahrscheinlich führt so ein Organist einen lebenslangen einsamen Kampf gegen die schleppend singende Gemeinde. Immerhin hatten sie den Mut, auf »Stille Nacht« zu verzichten, dieses »Katzeklo« der Weihnachtszeit. Unangenehm, daß dauernd von Liebe die Rede war, »geliebte Menschen können nicht anders als glücklich sein, denn Gott liebt uns«. Nachgedacht über Gottes Versuch, durch das Martyrium seines Sohns zum Menschen zu werden. Seitdem denken Künstler, ihr Leid sei von allgemeinem Interesse.

Darf man aus einer evangelischen in eine katholische Kirche simsen?

Mir fiel wieder ein, daß wir als Konfirmanden immer während des Gottesdienstes die schwenkbaren Jackenhaken von den Kirchenbänken abgeschraubt haben, um sie den Mädchen zu zeigen, die sich entsetzt die Hand vor den Mund hielten. Wir schraubten sie natürlich wieder an, wir waren ja Christen.

Am Ausgang führen wir einen theologischen Disput, weil angesagt worden war, daß man nur den offiziellen Kollektesammlern Geld geben solle, es habe schon Betrüger gegeben. Aber wo ist der Unterschied? Als Christ müßte man doch auch einem Betrüger mit Freuden geben, gerade ihm!

Wir feiern in einer Wohnung, deren Vormieterin ausgezogen ist, weil ihr Ex-Mann in derselben Straße wohnte und ihr das zu naheging.

Vielleicht nochmal »Quartett« lesen: »Wir sollten unseren Part von Tigern spielen lassen.« Angeblich hat Müller das Stück in einer Villa bei Rom geschrieben, während eine Etage tiefer seine Frau mit einem Mann fremdging, der heftig in sie verliebt war. Vielleicht geht es mir noch zu gut für die wirklich großen Texte.

Unter welchen Bedingungen dann wohl »Drei Haselnüsse für Aschenbrödel« entstanden ist? Die hübsche Hauptdarstellerin, schon als Kind bekam man demonstriert, daß die Deutschen höchstens die Könige stellen – wenn eine schöne Frau gebraucht wurde, kam die Schauspielerin aus Osteuropa. Sie sieht aus wie Emanuelle Béart und zieht die Oberlippe immer so arrogant hoch wie Billy Idol. Happy-End: Es war eigentlich nie anders im Leben, die Hübschen sortieren sich am Ende zu den Hübschen, die Drolligen zu den Drolligen. Bei diesem tschechischen Schauspieler, der in allen tschechischen Kinderfilmen dabei war, die Stimme von Kurt Böwe erkannt. Einmal habe ich ihn in einem Kinderfilm gesehen, der enttäuschenderweise gar nicht lustig war. Er spielte im Zweiten Weltkrieg, man wartete die ganze Zeit, daß sich dieser bedrückende Ernst verflüchtigte. Der Schauspieler war doch eigentlich eine Garantie für Spaß. Ein Paket Feldpost war in einen Fluß gefallen und die Kinder lasen sich lachend die Liebesgrüße der armen Soldaten vor, die ihren Adressaten nie erreichen würden. Wie unreif man als Kind ist, für niveauvolle Kindergeschichten hat man noch gar keinen Sinn.

Weil das Sofa so eng war, neben meiner Mutter gesessen und über den Begriff »menschliche Wärme« nachgedacht, warum sie sich anders anfühlt als Ofenwärme. In der Altenpflege lernt man, daß alte Menschen Berührungen vermissen, die irgendwann unbemerkt aus ihrem Leben verschwinden. Ob ich mir eine Altenpflegerin engagieren sollte? Oder gibt es dafür ein Mindestalter?

Die Entflohene, S. 129–149

»Ich versuchte an nichts zu denken, ich griff nach einer Zeitung. Aber die Lektüre dieser Artikel, welche von Leuten verfaßt waren, die niemals echten Schmerz erlebt hatten, war mir unerträglich.« Ich lese immer gern üble Nachrede gegen Journalisten, aber ich neige inzwischen doch eher zu der Annahme, daß jeder Mensch echten Schmerz erlebt hat, selbst Rolf Eden, selbst Journalisten.

»Im übrigen konnte ich gewöhnlich diese Zeitungen gar nicht einmal lesen, denn die einfache Bewegung des Entfaltens erinnerte mich zugleich daran, daß ich eine ähnliche oft vollzogen hatte, als Albertine noch lebte, und daß sie nicht mehr am Leben war; ich ließ das Blatt sinken und hatte nicht mehr die Kraft es vollends durchzusehen.« Ein andermal knotet er sich einen Seidenschal hinten statt vorne zusammen, was ihn an eine Spazierfahrt mit Albertine erinnert, auf der sie ihm das Tuch so zugeknotet hatte. Ich warte noch darauf, daß er sagt: »Es wurde mir immer schwerer, meine Lungen mit Luft zu füllen, denn das einfache Einatmen der Luft erinnerte mich zugleich daran, daß ich oft geatmet hatte, als Albertine noch lebte, und daß sie nicht mehr am Leben war; ich schloß den Mund, hatte nicht mehr die Kraft ihn zu öffnen und erstickte.«

Aimé war ja nach Balbec entsandt worden, um Albertines mutmaßlichen Ausschweifungen in einer Badeanstalt nachzuforschen, über die Marcel Genaueres wissen will, seit ihm wieder eingefallen ist, daß Albertine bei der Erwähnung ihres Bademantels einmal errötet war. Aimé hatte herausgefunden, daß Albertine sich tatsächlich lange mit Frauen in der Umkleidekabine aufgehalten hat, und nach den Worten der Zeugin hatten sie *»dort nicht den Rosenkranz gebetet«*. Jetzt ist Aimé in Marcels Auftrag in der Touraine, an Albertines letztem Aufenthaltsort, und erfährt von einer kleinen Wäscherin, Albertine habe ihr immer *»auf eine ganz besondere Art den Arm gedrückt«*. Sie habe sich nach dem Baden mit den Wäscherinnen am Ufer im Gras getrocknet, sie *»streichelten, kitzelten sich gegenseitig und spielten miteinander«*. Die Wäscherin bietet Aimé an, mit ihm dasselbe wie mit Mademoiselle Albertine zu machen, und dieser gewissenhafte Ermittler schreckt auch davor nicht zurück, er bringt jedes Opfer, um seinem Auftraggeber die gewünschten Informationen zu liefern. So bekommt er das Mal auf dem Arm der kleinen Wäscherin zu sehen, die Stelle, wo Albertine sie gebissen hat, und er kommt nach Prüfung ihrer Fähigkeiten zu dem Schluß: *»[D]iese Kleine ist wirklich geschickt.«*

Wenn Marcel Albertines Geist nun in einer spiritistischen Sitzung noch einmal sprechen könnte, würde er ihr sagen, er habe die Stelle gesehen, wo sie die Wäscherin gebissen hat. Was für eine Verschwendung von Sendezeit! Man spricht eine Verstorbene noch einmal und macht ihr Vorhaltungen, so sind wir Männer.

Er geht jetzt so weit, sich zu fragen, *»ob das Wiedererstehen meines Schmerzes nicht auf rein pathologischen Ursachen beruhe und ob nicht das,* *was ich für das erneute Aufleben einer Erinnerung und die letzte Periode einer Liebe hielte, vielmehr der Beginn eines Herzleidens wäre«.*

Selbständig lebensfähige Sentenz:
– »*Man kann von einem Leiden nicht genesen, wenn man es nicht in ganzer Stärke durchlebt.*«

152. Di, 26.12., Berlin

Die Eltern besuchen, seit Jahren mußte man dafür den ICE nehmen, für die zwei Wochen, die sie hier sind, reicht ein Fahrrad. Wenn ich heute noch bei ihnen wohnen würde, würde ich wahrscheinlich nie ausziehen, alle Vorteile einer eigenen Wohnung haben sich verflüchtigt, es bleibt nur die hohe Miete und die abendliche Einsamkeit. Der Wechsel zwischen Gesellschaft und Alleinsein fällt schwer, vor allem, wenn man sich keinen Fernseher gestattet, der mit einem redet. Nein, in meiner Welt dürfen Wunden nicht heilen.

Wir haben unser altes Haus im Friedrichshain besucht, gegenüber vom Sargkonsum, der so hieß, weil nebenan ein Bestattungsinstitut war. Der kleine Friedhof hinter der Kirche ist jetzt ein Kinderspielplatz, die Toten aus der Nachkriegszeit hatten nur dreißig Jahre Liegerecht. Es war anstrengend mit den Menschen, und ich wollte abends allein sein, aber sofort erscheint wieder das Gespenst einer Junggesellenexistenz, und man fühlt sich wie der Mann der Menge von Poe.

Nach Prag fahren und sich drei Wochen in Tschechisch vertiefen? Oder gleich Japan?

Aber ich muß erst diesen Text über Irland schreiben.

Vielleicht würde ich mich sonst auch gar nicht so nach Gesellschaft sehnen, es sind doch immer unerledigte Aufgaben, die einen anfällig machen. Nach einer alten Theorie von mir verliebt man sich ja auch nur, weil man sich in einer professionellen Krise befindet, die das emotionale Immunsystem schwächt.

Musik ist im Gegensatz zu Fernsehen in meiner Welt erlaubt, obwohl das inkonsequent ist. Dafür spielt mein CD-Player nur noch jede dritte CD, alle anderen scheinen zu dick zu sein. Sehr laut »Des Visages des Figures« von Noir Désir gehört und nach Jahren eingesehen, daß Frankreich tatsächlich eine Rockgruppe von Rang hat. Dabei fiel mir ein, daß ich 2003, als ich in der Bretagne recherchieren war, überall in der Presse über Bertrand Cantat, den Sänger von Noir Désir, gelesen habe, der gerade seine Freundin umgebracht hatte. Mit dreiunddreißig ist er zum ersten Mal Vater geworden, sechs Jahre später, 2002, ist seine Frau wieder schwanger, als er nach einem Konzert Marie Trintignant vorgestellt wird, der damals vierzigjährigen Schauspielerin. Sie verlieben sich sofort, und kurz darauf, nach der Geburt seiner Tochter, verläßt er Frau und Kinder und geht zu

Marie nach Paris, während diese ebenfalls ihren Ehemann und vier zum Teil noch kleine Kinder verläßt. Ein Jahr später sind sie in Vilnius, wo sie mit ihrer Mutter dreht. Abends sind sie wohl beide ziemlich betrunken und bekifft, sie erhält eine SMS von ihrem Noch-Ehemann, Cantat ist eifersüchtig, schlägt sie und bekommt erst am Morgen mit, wie schwer er sie verletzt hat. Sein Selbstmordversuch mißlingt, sie stirbt im Krankenhaus an ihren Gehirnverletzungen. Er kommt ins litauische Gefängnis und wird zu acht Jahren verurteilt. Der Sänger der wichtigsten französischen Band der Neunziger, die gerade den wichtigsten französischen Musikpreis gewonnen hatte und eine Art moralische Instanz war. Und nebenbei ein echter Künstler, wenn man hört, wie er die zweite Strophe von Leo Ferrés »Des armes« singt, die Stimme wie eine Rasierklinge: »*Des armes bleues comme la terre des qu'il faut se garder au fond de l'âme dans les yeux, dans le coeur, dans les bras d'une femme qu'on garde au fond de soi comme on garde un mystère.*«

Eine französische Bekannte sagte damals, es sei eben eine große Liebe gewesen. Ihr schien das als Erklärung völlig ausreichend. Wie kann man im Gefängnis überleben, nachdem man als Idol einer Generation im Affekt seine Geliebte erschlagen hat? Und steckt solch ein Ende potentiell in jeder Liebe? Wahrscheinlich ist die Zahl von Eifersuchtsmorden überraschend hoch und man merkt nur auf, wenn es mal einen Prominenten betrifft.

Die Entflohene, S. 149–170

Die Phase der unwillkürlichen Assoziationen, die ihn an Albertine erinnern, hält immer noch an. Ein Name reicht und ruft »*bei mir schmerzliche Reaktionen hervor, die ich nicht mehr für möglich gehalten hatte, so wie bei Sterbenden, wenn schon das Hirn nicht mehr denkt, dennoch ein Glied noch zusammenzuckt, in das man die Nadel senkt*«. Manchmal reicht eine zwei Substantiven gemeinsame Silbe, »*wie ein Elektriker sich mit dem geringfügigsten Körper begnügt, wofern er ein ›guter Leiter‹ ist – um den Kontakt zwischen Albertine und meinem Herzen herzustellen*«.

Dann die Träume. In einem plaudert er mit Albertine, während seine Großmutter im Hintergrund des Zimmers auf und ab geht. »*Ein Teil ihres Kinns war zerfallen wie verwitterter Marmor*«. (In seiner Vorstellung ist er ja am Tod beider schuld. An Albertines, weil sie ohne ihn kein Pferd gehabt hätte.) Er schlägt einen der früher so geschätzten Romane von Bergotte auf, und »*meine Augen netzten sich mit Tränen, als endlich das Glück der Verlobten gesichert war*«. Oder wenn er auf einer Karte Frankreichs die Touraine sieht, Albertines letzten Aufenthaltsort. Der Gipfel dieser Gefühle wäre, wieder in Balbec im selben Bett zu liegen. Um sich abzulenken, schlägt er die Zeitung auf, aber der Schmerz ist erfinderisch. Vom »*Karfreitag*« kommt das Gedächtnis auf Golgatha, von dort auf »*Calvus mons*« und zu »*Chaumont*«, wohin Albertine mit Andrée gefahren war, ohne daß Marcel etwas davon gewußt hatte: »*Von einem gewissen Alter an sind unsere Erinnerungen derart durcheinandergewirrt, daß die Sache, die man im Sinne hat, oder das Buch, das man liest, ganz dahinter verschwindet. Überallhin hat man etwas von sich ausgestreut, alles ist ergiebig, alles birgt Gefahren in sich, und ebenso kostbare Entdeckungen wie in Pascals Pensées kann man in einer Seifenreklame machen.*« Es gibt also keinen würdigeren Gegenstand für einen Künstler, es kommt allein auf seinen inneren Reichtum an.

Andrée ist zu Besuch und gesteht freimütig ihre Vorliebe für Frauen ein. Er will sie nach Albertine ausfragen, doch dabei »*verengte sich immer mehr der Raum, den ich der Unschuld Albertines noch allenfalls zugestehen konnte*«, und so gibt er bei seinen Nachfragen »*das erstarrte Bild eines Tieres ab, um das ein Vogel mit lähmendem Blick langsam immer engere Kreise zieht, ohne es eilig zu haben, weil er ja sicher ist, wann immer er will, auf sein Opfer niederstoßen zu können*«.

Um seine Neugier zu befriedigen, möchte er bei Liebkosungen zwischen ihr und Albertines Freundinnen zusehen dürfen, aber jetzt lügt Andrée (jedenfalls ist er davon überzeugt) und behauptet, Albertine hätte ihre Neigungen nicht geteilt.

Wegen Albertine bleibt er in der Folge auf brünette Mädchen aus dem Kleinbürgertum fixiert. Einmal tut er in einer Gegend der Stadt, in die sich Albertine häufig begeben hatte, zwei kleine Wäscherinnen auf. Die beiden liebkosen sich, und er hört zum ersten Mal einen urtümlichen Laut, »*der einer Empfindung Ausdruck gibt, die wir selbst nicht kennen*«. Und solch einen Laut hat der Unglückliche bei Albertine nie gehört?

Verlorene Praxis:

- Einen Zipfel des schweren Schleiers jener verdummenden Gewohnheit aufheben, »*die uns unser ganzes Leben hindurch fast das gesamte Universum verbirgt*«.

153. Mi, 27.12., Berlin

Ich bin immer beleidigt, aber auch stolz gewesen, von den durch meine Steuern mitfinanzierten Kulturinstitutionen weitestgehend ignoriert zu werden. Ich konnte immer sagen, mich hat noch nie ein Goethe-Institut eingeladen (außer einmal) und kein Literaturhaus (außer einmal). Aber jetzt ist es passiert, ich soll im Mai nach Sofia. Es war Glück, eine bulgarische Mitarbeiterin war auf der Suche nach jungen Autoren in Berlin unterwegs und über Umwege zur »Chaussee« gekommen. Ein Kollege wollte sie an der Kasse gerade abwimmeln, weil er ihr Englisch nicht verstand, zufällig bekam ich das mit und konnte ihr deutlich machen, wie tief ich mich Bulgarien verbunden fühle. Es war etwas peinlich, so offensichtlich Eigenwerbung zu betreiben, aber ich sagte mir, daß ich zumindest keinen deutschen Autor kenne, dem eine Einladung dorthin mehr geben würde. Und jetzt habe ich Angst vor meinen Gefühlen bei der Wiederbegegnung. Vielleicht lehrt mich das, meine Mutter zu verstehen, die sich standhaft weigert, mit mir ihre ostpreußische Heimatstadt zu besuchen.

Bei meinen Reisen nach Bulgarien hatte ich immer den Traum, einmal offiziell wiederzukommen, sozusagen im Triumphzug. Ich ging ja immer zum Aushang des Goethe-Instituts in Sofia und sah mir an, welche deutschen Nachwuchsautoren sie wieder eingeladen hatten. Ich war stolz, auf eigene Faust hier zu sein, denn als Eingeladener macht man keine Erfahrungen. Aber trotzdem hat es mich gewurmt.

Meine letzte Reise liegt fast vier Jahre zurück, vorher war ich ein paar Jahre lang immer mindestens einen Monat dort gewesen und bin mit Steffka 12 000 Kilometer in ihrem Auto durchs Land gefahren (eine Freundin, die ein Auto hat, aber nicht fahren kann, erwies sich als ideal). Es war keine schöne Situation für sie, weil sie nicht wußte, was ich wollte, ich wußte es ja auch nicht, nur daß ich an Bulgarien hing und in ihr einen einzigartigen Schlüssel zu diesem ungehobenen Schatz besaß. In Biographien anderer Autoren registrierte ich, wenn jemand zum Beispiel eine Rumänin geheiratet hatte und in Bukarest lebte, aber ich konnte mich nicht entscheiden, ich wollte auch noch in so viele andere Länder. Trotzdem paukte ich Bulgarisch, bis ich die Telefongespräche verstand, die Steffka täglich mit ihrer Mutter führte, und in denen sie sich auf ihre rührend-trotzige Art über mich beschwerte. Vor meiner ersten Fahrt hatte ich die Buchläden in Berlin verzweifelt nach einem Bulgarisch-Wörterbuch abgesucht, es gab damals nichts dergleichen zu kaufen, nur in einem Antiquariat ein sehr altes aus der DDR. Der Besitzer erinnerte sich bei der Gelegenheit, vor langen Jahren einmal eine bulgarische Freundin gehabt zu haben. Mir kam das wie ein Menetekel vor: Eines Tages stehst du hier, und was du gerade erst im Begriff zu erleben bist, wird eine Ewigkeit her sein.

Inzwischen gucke ich routinemäßig in den Buchhandlungen, es gibt neue Bulgarien-Führer und sogar das große, zweibändige Wörterbuch, alles ist einfacher geworden, aber für mich kommt das zu spät. Außerdem will ich ja im Grunde nicht, daß sich andere für mein Lieblingsland begeistern und die Sprache lernen. Trotzdem bin ich empört, wenn es niemanden interessiert.

Ich freue mich über jeden bulgarischen Spieler in der Bundesliga und muß gleich ein bißchen für seinen Klub sein (wobei sich diese Sympathie mit anderen überschneidet, ich muß ja auch für die von ostdeutschen Trainern trainierten Mannschaften sein und für die, bei denen Bosnier mitspielen). Jedesmal kam ich völlig aufgekratzt zurück aus dieser Welt, die mich in eigenartiger Weise an meine Kindheit erinnerte, wobei man diese schon erlebt haben mußte, um sie in Bulgarien noch wiederzuentdecken, wo die Gegenwart ganz auf Coca Cola ausgerichtet ist. Aber man hatte dort noch nicht wie bei uns die Mittel, alle Spuren zu tilgen. Außerdem war da die Sprache, eine Schwester des Russischen, ähnlich und doch ganz anders, was wie bei Familienmitgliedern eine unendliche Faszination ausübt.

Wollte ich Steffka oder ihr Land? Was macht man, wenn man das Land weiterliebt, aber mit der Frau nicht auskommt? Ich hatte auch immer Angst, in Wirklichkeit dieser peinlichen Piroschka-Romantik anzuhängen.

Die lange Trennung hatte mir nie etwas ausgemacht, ich muß sie sehr gequält haben, weil ich fast nie anrief. Und wenn, dann erzählte ich ihr, daß ich in einem Reiseführer aus den Fünfzigern gelesen hatte, man dürfe sich bei ihnen auf der Straße nicht küssen, was sie aufregte, weil ich die wertvolle Telefonzeit für so dummes Zeug verschwendete. Wir hatten bestimmt nicht den gleichen Humor.

In der U-Bahn bilde ich mir immer ein, Bulgarinnen an ihrer Kleidung und am Haarschnitt zu erkennen. Im Kindergarten holt eine bulgarische Mutter manchmal gleichzeitig mit mir ihr Kind ab, und ich habe mich noch nie getraut, ihr zu sagen, daß ich die Sprache ganz gut kann. (»Shyness is nice, but shyness can stop you from doing all the things in life that you'd like to«, singt Morrissey.) Bei der Rückkehr von der letzten Reise habe ich im Bus meine Tasche vergessen, mit einer Scherzkakerlake, die aus einer Schachtel sprang (ich hätte den Dieb gerne dabei gesehen), und meiner ersten Digitalkamera. Ob es die Fotos noch irgendwo gibt? Sie müssen ja in meinem Gedächtnis sein, denn wenn ich sie wiedersehen würde, kämen sie mir bekannt vor, aber ich habe keine Möglichkeit, sie aus eigener Kraft hervorzulocken.

Bis auf ausufernde Notizen und ein paar eher satirische Texte habe ich nie etwas zu dieser Passion geschrieben. Wie soll man ein Land in Worte fassen? Zumal, wenn man es kaum kennt?

Ich weiß nicht, ob ich im Mai in Sofia die ganze Zeit leiden werde, weil ich meinem Gespenst von vor fünf Jahren begegne, oder ob ich einfach nur glücklich sein werde. Die Verantwortung, in Worte zu fassen, was mich dort fasziniert, hat mich immer belastet. Inzwischen hat das Land sich ja auch verändert, und meine ersten Eindrücke liegen fast zehn Jahre zurück, damals sah man noch viele Trabants und Wartburgs, die bei uns schon ausgestorben waren.

Die Unsicherheit, ob Steffka wirklich die Richtige und es ein Fehler war, nicht zuzuschlagen und froh zu sein, jemanden wie sie zu bekommen. Aber sie war auch kein leichter Mensch, man vergißt die Konflikte und erinnert sich an die rührende Art, wie sie sich beim Spazieren unterhakte. Bei meiner letzten Ankunft hatte ich ihre leere Wohnung betreten (sie hatte mir ja ihren Schlüssel nach Berlin mitgegeben). Sie war übers Wochenende weggefahren. Alles war noch, wie ich es im Jahr davor erlebt hatte. Ihre Anwesenheit in den Dingen. Der Deckel der Wasserflasche, die sie morgens immer offengelassen hatte. Im Flur standen ihre bläulich-durchsichtigen Plastesandalen, die sie bei unserer letzten Fahrt zum Schwarzen Meer gekauft hatte, daneben ihre anderen Schuhe, die ich alle noch kannte. Der Anblick der Schuhe, nicht ganz parallel nebeneinanderstehend, weil sie sie eilig von den Füßen gestreift hatte. Dieses fremde Leben, in dem man hier stand und das man aufgegeben hatte.

Wenn ich nicht irgendwann darüber schreibe, bin ich ein Verräter. »*Wissend der ungeschriebene Text ist eine Wunde / Aus der das Blut geht das kein Nachruhm stillt*« (Heiner Müller).

Die Entflohene, S. 170–191

Was eine neue Frau ihm alles bieten müßte! Nämlich genau dasselbe wie Albertine: einen Schwesternkuß am Abend, ein zu starkes Parfüm, sie müßte im Spiel ihre Wimpern mit seinen vermischen, ihm Musik von Vinteuil vorspielen und mit ihm über Elstir und die Memoiren Saint-Simons reden. Denn die Erinnerung ist ohnmächtig, »*etwas anderes, sogar Besseres zu verlangen als das, was wir besessen haben*«. Eine neue Frau weckt in ihm nur das Verlangen nach Albertine, oder nicht einmal nach ihr, sondern nach der eigenen Vergangenheit.

Hoffnung kommt nur vom Vergessen, »*das ein so gewaltiges Werkzeug der Anpassung an die Wirklichkeit ist*«. (Vielleicht verliebe ich mich deshalb immer so heftig, weil ich mir von Anfang an jedes Detail merke, ja, mich sogar dazu zwinge. Gestern gingen wir durch die Samariterstraße, und meine Familie wußte meinen Erinnerungen kaum etwas hinzuzufügen. Und ich würde so gerne noch mehr wiederfinden von der Zeit vor dreißig Jahren, mich auf ein schattenhaftes Bild konzentrieren, bis ich neue Details erkenne.)

Für ihn aber kommt eine bessere Zeit, in der alles, was mit Albertine in Beziehung stand, in ihm »*eine Neugierde erzeugte, in der mehr Zauber als Leiden lag*«. So ging es mir neulich auf dem Weg zum Morrissey-Konzert, weil ich mich vor ein paar Jahren schon darauf eingestellt hatte, daß die Straße mit den hohen Platanen (leider hieß sie doch nicht Bulgarische Straße, wie ich mir eingebildet hatte) eine besondere Bedeutung für mich bekommen würde, denn meine neue Freundin war dorthin gezogen, ich sah mich schon monatelang diesen Weg zu ihr nehmen und dort in einem fremden Berlin übernachten. Es blieb bei einer Nacht, die schon die spätere Zurückweisung erahnen ließ, worauf ich, wie so oft im Leben, mit einem langen Brief reagierte, der natürlich nichts bewirkte. Der Schmerz ist vergessen oder an neuere Erlebnisse geheftet worden, aber die Gegend ist aufgewertet worden, weil sie für mich eine Geschichte hat, »*denn fast alle meine Erinnerungen an sie befanden sich jetzt in jenem zweiten chemischen Zustand, in welchem sie dem Herzen keine ängstliche Bedrängung mehr, sondern ein Gefühl der Annehmlichkeit bereiten*«.

Drei Mädchen kommen ihm entgegen, eines davon wirft ihm einen Blick zu, der ihn entflammt. Nun hört er vom Hausmeister, es sei Mademoiselle d'Eporcheville, also das Mädchen, von dem Saint-Loup einmal erzählt hatte, sie suche Stundenhotels auf, und von dem er deshalb geträumt hatte. Sofort sieht er sie als halb die seine an, und der Tag bekommt für ihn eine rasende Dynamik. Er kann sich gar nicht an ihr Gesicht erinnern, ist aber bereits verliebt. Er telegraphiert Saint-Loup und erfährt, daß das bewußte Fräulein in Wirklichkeit »de l'Orgeville« heißt und zur Zeit in der Schweiz weilt.

Etwas anderes, noch Erregenderes geschieht, denn die Mutter bringt den Figaro, in dem nun doch Marcels erste Publikation erschienen ist. Und schon ist die Zeitung ein »*Wunderbrot*«, denn ein einziger Text nährt Zehntausende. Um zu testen, ob der ahnungslose Leser den Artikel überhaupt sehen wird, entfaltet er scheinbar zerstreut die Zeitung und nimmt sogar eine Miene an, als wolle er nur eilig den politischen Teil überfliegen. Nein, kein Zweifel, der Artikel ist zu lang, um übersehen zu werden. Seine Gedanken werden also zu dieser Stunde ihren Glanz über soundso viele Leute ergießen, und wenn sie ihnen nicht folgen können, wird zumindest sein Name mehrfach genannt, was »*ihre eigenen Gedanken mit einer Morgenröte tränken würde, die mich selbst mit mehr Kraft und triumphierender Freude erfüllte als jene in unzähliger Wiederholung allen einzelnen aufgehende, die zu gleicher Zeit rosenfingrig an jeglichem Fenster erschien*«. Aus eigener Erfahrung muß ich dazu sagen: Morgen fault der Fisch drin.

Verlorene Praxis:

- Wegen eines Bedürfnisses nach kundigeren Liebkosungen wieder nach der anderen Frau verlangen.
- Als junges Mädchen den schönen Tag mit seiner Blüte schmücken.
- In der lebhaften Erregung des von Hoffnung glühenden Menschen eine Depesche aufgeben.
- Als Mutter dem Sohn erfreuliche Post bringen, aber sein Zimmer verlassen, in dem Wissen, daß er sonst aus Eigenliebe das Vergnügen, das er empfindet, verbergen und dadurch weniger stark erleben würde.
- Wie eine zähflüssige Substanz philosophische Ironie ausscheiden, mit der man die Wunde seiner verletzten Eigenliebe heilend überzieht.

154. Do, 28.12., Berlin

Daß mir andere immer leid tun müssen, wenn ich von ihren Dramen lese, deren Hintergründe ich gar nicht kenne. Klausjürgen Wussow, dreißig Jahre älter als seine vierte Frau, wegen Altersschwäche im Altersheim lebend, darf sie zu Weihnachten besuchen, bekommt dort einen Kreislaufkollaps und wird ins Krankenhaus gefahren. Sie will nicht, daß er wieder ganz zu ihr zieht. Sofort bin ich froh, nicht Schauspieler geworden zu sein, ein Beruf wie ein Verhängnis. Oder Uschi Obermaier, die mit ihrem Freund in London ist und natürlich sofort von Mick Jagger aufgegabelt wird, der sie unter den Tisch küßt. Sie geht nur deshalb nicht mit, weil sie Angst hat, ihre Füße würden wegen der neuen Lederstiefel stinken. Weil Mick Jagger es nicht gewohnt ist, auf Widerstand zu stoßen, hakt er nach und bekommt sie natürlich doch. Gut, daß ich kein Rockmusiker bin, dann würde ich unter dem Fluch leiden, alle Frauen haben zu können, was es schwer machen würde, mit einer glücklich zu werden. Und gut, daß ich nicht der Freund eines Groupies bin, ohne die Macht, ihr die Lust auf Eroberungen zu nehmen, sie sammelt ja Prominente wie Hirschgeweihe. Wie gewinnt man die Seelenruhe, diesen Zug als Marotte zu sehen, schrullig wie jede andere Sammelleidenschaft? Ich muß momentan auch bei Bildern von Gogo-Tänzerinnen, Fernsehballett-Damen, Autoshow-Häschen, Ballerinen, Background-Girls, Katalog-Schönheiten an die armen Männer denken, die eine Frau lieben, deren Beruf darin besteht, begehrt zu werden (weshalb sie sie natürlich begehren). Nimm die Floristin oder das schüchterne Mädchen aus der Korrekturabteilung! Oder die Trockenbauerin! Laß andere ihre verzweifelten Exzesse feiern, sie haben sonst nichts und morgen sind sie verblüht.

Sich fremde Eifersucht auch nur vorzustellen, reizt schon die eigene. Will man denn ein Wesen, das man so an sich gebunden hat, daß es nicht mehr wegläuft, selbst wenn es könnte? Infantile Verfügungsgewalt über die Mutter? Kann die Mutter das Kind vor solchen späteren Qualen bewahren, indem sie es frühzeitig an Verluste gewöhnt?

Oder ich lese, daß Tschechows Brüder keinen starken Charakter hatten und halbkreative Alkoholiker geworden sind. Sofort fühle ich mich angesprochen, dabei ist es ein Essay von Thomas Mann, er kann gar nicht mich meinen. Wer zwingt einen heute eigentlich noch, sein friedliches Leben von überschaubarem öffentlichen Nutzen einem aus Depression und Selbstüberforderung geborenen, monströsen Werk zu opfern? Andererseits, wie monströs müssen die Leiden gewesen sein, die solche Werke notwendig gemacht haben?

Sich aus Einsicht, daß man auf dem Gebiet von Liebe und Eifersucht mit Selbsterkenntnis nicht weiterkommt, den heimischen Orchideen zuwenden? Eine Jugendmannschaft trainieren? Seen in Mecklenburg fotografieren? General werden? Ein Weltraumprogramm begründen? Wenn es gegen die Eifersucht helfen würde, den Inhalt dieses Blogs als SMS zu verschicken, ich hätte schon zu tippen begonnen, wenigstens hätte ich dann eine Perspektive. Aber solange man etwas nur tut, weil man hofft, daß es hilft, geht es einem vielleicht noch nicht so schlecht, wie man behauptet.

Die Entflohene, S. 191–212

Nachdem er den Mut aufgebracht hat, seinen eigenen Text im Figaro zu lesen, möchte er gleich mehrere Exemplare der Zeitung kaufen lassen, um den Text in jedem noch einmal zu lesen. Er stellt sich die Leserinnen vor, in deren Schlafzimmer er gern eingedrungen wäre, die zwar seine Gedanken aus der Zeitung nicht verstehen können (wovon er natürlich ausgeht), aber denen so zumindest sein Name zugetragen wurde. Vielleicht kann er auf diesem Weg, wenn er sich einst aus der Gesellschaft zurückgezogen haben sollte, weiterhin die Aufmerksamkeit seiner Freunde auf sich ziehen.

Er besucht Madame de Guermantes, um ihre Meinung über den Artikel zu hören und erfährt, daß das Fräulein, von dem er aufgrund einer Namensverwechslung einen Tag lang geträumt hatte, in Wirklichkeit noch anders geheißen hatte, nämlich Mademoiselle de Forcheville, und daß sich hinter dieser seine Freundin Gilberte verbirgt, die er seit Jahren nicht gesehen hat! Er hat ihr nachgestellt, ohne sie wiedererkannt zu haben! Was für ein deprimierendes Zeugnis für die Monotonie des Begehrens. Nach Swanns Tod war sie von Odettes neuem Mann adoptiert worden, der sie von ihrem jüdischen Namen erlösen wollte (der sich im übrigen mit englischem »w« ausspricht, wie wir jetzt erfahren). Und Madame de Guermantes hatte ihre Politik überdacht und Gilberte (die sie, wie auch Odette, ja immer abgelehnt hatte) doch empfangen.

Verlorene Praxis:

- In einem Akt von Nächstenliebe eine Prostituierte von der Straße auflesen und sie aus dem Elend der Gosse ziehen.
- Mit ernster Miene antworten: »*China macht mir Sorge.*«
- Jemandem die köstliche Sensation schenken, einem widerstehen zu können.
- Verletzen, ohne grob zu sein.

155. Fr, 29.12., Berlin

Man müßte auf Partys Handouts mit den wichtigsten Angaben über jeden verteilen, damit man schneller auf gemeinsame Bekannte kommt oder feststellen kann, ob man vielleicht sogar verwandt ist. Gestern hatte ich eine Begegnung dieser Art, es war wie bei Ionesco, wo sich zwei Fremde schrittweise klarmachen, daß sie aus derselben Stadt kommen, aus derselben Straße, aus demselben Haus und schließlich sogar, daß sie Mann und Frau sind. Bei einer Frau, die ich erst vor kurzem kennengelernt habe und über deren Leben ich nur aus ein paar kleinen Texten, die sie mir geschickt hat, etwas weiß, stellte sich durch Zufall heraus, daß ich sie in Wirklichkeit schon seit Jahren kenne, aber nicht persönlich, sondern nur als einen der Namen, die in dem Haus auf dem Dorf, in dem ich in meiner Kindheit und Jugend so oft wie möglich war, immer noch präsent waren, und wo sie als verloren galt, weil sie seit ihrer Flucht in den Westen nicht mehr zu Besuch kam. Aber ich hatte die Fotoalben studiert, die bis in die Zeit vor dem Ersten Weltkrieg zurückreichten, und ich kannte jeden aus der Familie der Bewohner und aus dem großen Kreis von Freunden und Bekannten, die zu Besuch kamen oder hier die Ferien verbrachten. Deshalb kannte ich auch vierzig Jahre alte Fotos meiner Bekannten, und nun stehe ich neben ihr und stelle fest, daß sie die Person auf den Bildern ist. Ich hatte ihren Namen sogar in einer Erzählung über dieses Haus verwendet.

Seit es 1920 von der Mutter der Besitzerin gebaut worden war, hat das Haus etliche Menschen aus verschiedenen Generationen geprägt. Manche kamen als Kind nach dem Krieg zum Aufpäppeln, manche über Wandervogelfreundschaften, und viele waren Lieblingsschüler des Hausherrn, der Latein- und Kunstlehrer war. Meine Bekannte ist dort in den sechziger Jahren sehr oft gewesen und kannte die Besitzerin, die eine Art Großmutter für mich war, noch als relativ junge Frau. Sie weiß sogar Dinge von ihr, die ich nie erfahren habe. Meine Wahlgroßmutter hat sich zu jedem, den sie auch noch so kurz gesehen hatte, irgend etwas Markantes gemerkt, eine Anekdote oder einen Kinderspruch, der dann immer wieder zitiert wurde, weil sie ein phänomenales Gedächtnis hatte und ganz im Erzählen dieser verschiedenen Lebensgeschichten lebte, während sie selbst das Haus und den Garten fast nie verließ. Sie spann an einer Art Epos, das sie ständig aktualisierte, natürlich hätte sie nie etwas aufgeschrieben.

Meine Bekannte hat also auch meine Eltern vor meiner Geburt getroffen und könnte mir erzählen, wie sie damals waren, was mich etwas irritiert.

Warum wartet man auf solche zufälligen Begegnungen, statt sie zu forcieren und bewußt Menschen aufzusuchen, die zu Orten gehören, die einem wichtig waren? Herausfinden, wer in der Samariterstraße in unserem Haus gewohnt hat, als ich klein war, vielleicht lebt man in diesen Familien ja auch noch als Geist weiter? Oder nachprüfen, welche Frauen im selben Krankenhauszimmer wie meine Mutter entbunden haben, vielleicht erinnern sie sich noch, wie man geschrien hat oder was damals geredet wurde? Oder nur die Mädchen besuchen, bei denen man nie den Mund aufgekriegt hat und sich anhören, wie die Sache auf sie gewirkt hat? Vielleicht würden sie ihren Fehler ja jetzt einsehen? Man könnte eine kleine Monte-Christo-Phantasie ausspinnen.

Die Tante meiner Bekannten hat sich totgesoffen, ich hatte darüber in einem ihrer kleinen Texte gelesen, aber natürlich nicht gewußt, daß es sich um Tante Sabine handelte, die ich auch als Kind erlebt habe und deren schwierige Art uns bedrückte. Sie war Malerin ohne großes Talent gewesen, und dann hatte sich auch noch ihre Tochter erhängt. Ich habe mal ein schlechtes Gedicht über diese Geschichte geschrieben, »Die Leiche meiner Mutter«, wobei der Witz in der Zweideutigkeit des Satzes lag, denn so hatte die Selbstmörderin ihren letzten Willen formuliert. Es ist sogar so, daß wir die Malerin einmal in den siebziger Jahren im Zug von Weimar nach Berlin getroffen haben, ich war durch die Waggons gerannt, wie immer auf der Suche nach der Mitropa, da stolperte ich über Tante Sabine, die ich aus Alt-Lipchen kannte. Sicher war meine Mutter nicht scharf darauf, ihr hier zu begegnen und sich dazusetzen zu müssen, aber als Kind durchschaut man die Verhältnisse zwischen den Erwachsenen nicht, für mich war es eine Bekannte, was ich freudig vermeldete. Meine Mutter weiß noch, daß Tante Sabine damals aus Erfurt kam, wo ihre Schwester, also die Mutter meiner Bekannten, gestorben war. Was sich dort abgespielt hatte, habe ich nun in einem Text meiner Bekannten gelesen, ich bin also praktisch fast durchs Bild gelaufen. Tante Sabine hatte mich damals »jedoch« sagen hören und sich gewundert, daß man als Kind so ein Wort benutzte, was mich stolz gemacht hatte.

Wenn man nur etwas kratzt, hat jeder ein Schicksal, hat meine Wahlgroßmutter immer gesagt, und ihr Haus mit dem großen Garten hat so viele verschiedene Menschen beeindruckt und angezogen, weil es wie eine

Insel wirkte, vor der diese menschlichen Dramen haltmachten. Dabei hat es in dieser Beziehung auch dort an nichts gefehlt. Wir wußten, daß sie schlimm unter den Russen gelitten hatte, aber man fragte nicht nach. Und ihr Mann hat nie erzählt, wo genau er im Zweiten Weltkrieg gedient hat und was er dort machen mußte (außer Andeutungen, zum Beispiel daß er oft auf Bäumen saß. War er Scharfschütze gewesen?). Das waren Dinge, die man ruhen ließ. Ich fand immer, man darf so etwas Entscheidendes nicht aussparen, wenn man einen Menschen beschreibt, aber andererseits sind es Dinge im Leben, die sich der Mensch nicht ausgesucht hat, und vielleicht hat man das Recht, sich mit seinem Schicksal nicht zu identifizieren und nicht damit in Bezug gesetzt werden zu wollen, wie man ja auch unabhängig von seiner Familie verstanden werden will.

Im letzten Jahr ist meine Wahlgroßmutter gestorben, eigentlich hatte ich in der Kirche sprechen sollen, aber das habe ich nicht gekonnt. Ich wollte wenigstens eine Art Nachruf schreiben, aber einerseits gab es zu viel zu sagen, andererseits wußte ich zu wenig, und seitdem bedrückt mich die unerledigte Aufgabe.

Ich hatte immer die Angst, meine Kinder würden, wenn ich sie nicht rechtzeitig bekäme, meine Wahloma und ihr Haus nicht mehr kennenlernen, und dadurch würde ihnen etwas Unersetzliches entgehen. Vielleicht müßte man seine Kinder schon kurz nach der eigenen Geburt bekommen, dann könnten sie alles miterleben, was man selbst erlebt, und man müßte es ihnen nicht später mühsam erklären.

Die Entflohene, S. 212–234

Die Wandlung seines Ich zeigt sich darin, daß er Madame de Guermantes gegenüber zum ersten Mal mit einem gewissen Vergnügen von seiner Trauer über Albertines Tod sprechen kann. Das Erlebte wird also langsam zum Text, denn er beginnt auch, aller Welt von seinem Kummer zu schreiben und »*fortan bedrückte er mich nicht mehr*«. Aber: »*Das Verschwinden meines Leidens und alles dessen, was dazugehörte, ließ mich in einem gewissermaßen verarmten Zustand zurück.*«

Die Frage ist, ob man sich seiner Emotionen schreibend entledigen kann. Ich habe mir ja auch schon oft vorgenommen, über bestimmte Beziehungen nicht zu schreiben, um sie nicht in Text zu verwandeln, den man scheinbar kontrolliert. Aber beim vorletzten Mal war es ein großes

Glück, wieder Herr meiner selbst zu werden, als ich darüber schreiben konnte. Ich hatte mich der Frau nie so nah gefühlt wie in der Zeit dieser Arbeit, während sie plötzlich eifersüchtig wurde und es dann ja auch in die Brüche ging. Die Arbeit hatte ich im letzten Januar begonnen, wie ein Mönch, nach Verbannung des Fernsehers aus meinem Leben. Ich hatte sozusagen alles auf den Text gesetzt und mich von ihr verabschieden müssen. Umso größer war der Schock, als der Text vom Verlag abgelehnt wurde. Inzwischen erscheint mir diese fast körperliche Krise wegen eines Textes schwer nachvollziehbar, aber es war, als hätte jemand mit mir Schluß gemacht. Es ist auch nur verdrängt, irgendwen muß ich dafür noch foltern.

»*Daß in mir eine alte Geneigtheit zu arbeiten, die verlorene Zeit aufzuholen, ein anderes, überhaupt erst das richtige Leben anzufangen, auch weiterhin bestand, schenkte mir die Illusion, ich sei noch immer genauso jung.*« – Das richtige Leben noch anzufangen, wann wird man einsehen, daß man kein anderes Leben führen wird? Aber warum sollte man das tun, solange man noch einen Tag hat?

Aufs neue gefällt er sich unter Weltleuten, die eigentlich uninteressant sind, und stattet sein Dasein aus »*mit einer lebendigen, aber schmarotzerhaft wuchernden menschlichen Flora*«. Das neue Ich sollte einen anderen Namen tragen als das vorhergehende. Man tauscht es periodisch aus, aber man gibt nur darauf acht, »*wenn das alte Ich einen großen Kummer in sich eingeschlossen hatte, der einem Fremdkörper gleich uns Schmerzen bereitete und den wir nicht mehr wiederfinden, wenn wir entzückt feststellen, daß wir ein anderer geworden sind, ein anderer, für den das Leiden seines Vorgängers nur mehr das Leiden eines anderen ist, das man mitleidsvoll erwähnt, weil man es selbst nicht mehr verspürt*«. Man erinnert sich nur noch undeutlich an diese alten Leiden. »*Nicht weil die anderen tot sind, läßt unsere Zuneigung zu ihnen nach, sondern weil wir selbst sterben.*«

Er tändelt ein wenig mit Andrée, eine wiederauferstandene Albertine hätte er lieber nicht in seiner Nähe, »*denn Andrée konnte mir mehr Dinge über Albertine sagen, als Albertine mir selbst mitgeteilt haben würde*«. Und das tut sie auch, »*während ich sie streichelte*«. Angeblich hatte Albertine sich mit Morel zusammengetan, der ja gerne junge Mädchen verführt, um sie dann fallenzulassen. Er habe solche Mädchen dann an einen sicheren Ort gebracht, sie Albertine überlassen und zugesehen. Sie habe diese in ihren Augen fast schon kriminellen Gelüste nicht beherrschen können, aber Gewissensbisse empfunden und gehofft, durch eine Heirat mit Marcel gerettet zu werden. Selbst das Unglück kommt manchmal zu spät, so auch diese Eröffnung, die ihm jetzt nutzlos erscheint und nur Trostlosigkeit erzeugt. Wobei es immer noch eine unbewiesene Hypothese bleibt, daß Andrée überhaupt die Wahrheit sagt.

Unklares Inventar:
- Echte Nattiers.

Verlorene Praxis:
- Seine Reitstiefel ablegen und dicke Wollpantoffeln anziehen.
- Ängstlich-schüchterne Hoffnung auf ein Nachleben nach seinem Tode vermittels seiner Tochter setzen.
- Sich als kleine Tänzerin nach dem Tod seines reichen Gönners Kapital, Liegenschaften und Automobile zunutze machen, aber das Monogramm des ehemaligen Besitzers entfernen lassen.

Selbständig lebensfähige Sentenz:
- »*Ich habe nichts übrig für die unnützen jungen Leute, diese Narrenzunft, die nur Wichtigtuer und Unruhestifter hervorbringt.*«

156. So, 31.12., Berlin

Heute fiel mir auf, daß Marcels wahre Gefangene nicht Albertine ist, sondern ich. Schließlich bin ich gezwungen, meine Tage zu Hause zu verbringen und kann nicht mehr verreisen, weil ich dann zu fürchten hätte, durch irgendeine Naturkatastrophe aufgehalten zu werden und mit einem Band fertig zu sein, ohne den nächsten dabei zu haben. Und alle kann ich nicht mitnehmen, denn ohne optimiertes Gepäck kann ich nirgendwohin aufbrechen.

Ich gehe nicht einmal mehr spazieren, weil ich jemanden treffen könnte, der mich dazu verleitet, durch die Zeit, die ein Gespräch kostet, meine Tagesplanung umzuwerfen, so daß es zu Fehltagen kommt, auf ewig untilgbare Makel. Und natürlich kann ich über nichts anderes mehr schreiben als über Proust, und was eigentlich als eine Art geistiger Morgengymnastik gedacht war, um besser über den deprimierenden Winter zu kommen, fordert mir nun alles ab, und selbst einen Monat vor Schluß bin ich nicht sicher, ob ich es überhaupt schaffe. Und der kritischste Moment droht mit dem Ende der Lektüre, wenn die Anspannung nachläßt und das Immunsystem wie bei Migränikern besonders anfällig ist.

Ich könnte mich damit rächen, die letzten zwanzig Seiten des letzten Bandes nicht zu lesen, wäre das nicht wie einen Menschen zu verlassen? Aber wir wissen beide, daß ich das nicht tun werde, Proust kann sich meiner ganz sicher fühlen, er weiß ja, daß nur bestimmte Menschen auf ihn hereinfallen und daß sie von selbst kommen.

Während den Tag über Raketen knallten und mein Viertel zu verwüsten schienen, während das Donnern von Detonationen Berlin erschütterte, als würde sich der Stadt eine Frontlinie nähern, habe ich hier meinen einsamen Dienst getan, und es fiel mir schwer wie nie, weil die Lektüre meine Dämonen heraufbeschwört und es mir immer unausweichlicher vorkommt, so zu enden wie Marcel, allerdings selbstverständlich ohne vorher seine künstlerischen Leistungen erbracht zu haben. Nostalgie, Bindungsangst und eine krankhafte Fixiertheit auf die eigene Seele, was echte Liebe ausschließt, das sind die Aussichten. Wenn die Mauer nicht gefallen wäre, ich würde als Mathematiker arbeiten und hätte mich nie kennengelernt. Und weil diese Bürgerbewegten den Wert der Freiheit überschätzt haben, habe ich jetzt das Bedürfnis, mir den ganzen Tag mit einer stimmungsaufhellenden Naturlichtlampe ins Gesicht zu leuchten, wie andere sich mit einem Fächer Luft zuwedeln.

Vielleicht wird mein Leben von der Lektüre aber auch profitieren, und ich kann, ohne die gewonnenen Einsichten zu verraten, das tun, was meine Mutter »seßhaft werden« nennt. Man muß eine Erfahrung nicht zweimal machen, der Welt genügt ein Proust. Vielleicht wird man lernen, daß Marcel mit seiner deprimierenden Liebeskonzeption nur einen kleinen Ausschnitt aller Möglichkeiten beschrieben hat. Vielleicht wird man eines Tages weiser sein, schon weil man ein höheres Alter erreicht hat. Man wird andere Bücher lesen, »Don Quichotte«, »Das Kapital«, Descartes, noch einmal Beckett, Rabelais, die »Italienische Reise«, zur Zerstreuung einen Philip Roth, zur Konzentration einen Handke, und vielleicht wird man sogar einen Weg finden, als Autor zu arbeiten, ohne dabei wie Marcel vorzugehen, in einer ungleich inkonsequenteren Weise. Man muß nur einmal den Mut haben, eine wirkliche Entscheidung zu treffen und sich fallen zu lassen, ohne auf eine Gruppe depressiver Mitpatienten zu hoffen, die einen auffangen könnten. Man hat ja immer noch die Hoffnung, nie aufzuprallen, zumindest für die Zeit des Sturzes.

Die Entflohene, S. 234–255

Düstere Aussichten: »*Man lügt sein ganzes Leben lang, auch und vor allem, vielleicht einzig sogar den Leuten gegenüber, die uns ihrerseits lieben. Nur diese in der Tat bringen uns dazu, daß wir für unser Vergnügen fürchten und zugleich nach ihrer Achtung verlangen.*« Andrée macht neue Eröffnungen über Albertines Neigungen, die Marcel zu der Überzeugung bringen, daß er sie von der ersten Begegnung an instinktiv richtig eingeordnet hatte, wobei es ihn im Grunde befriedigt, »*daß die Wahrheit mit dem übereinstimmte, was mein Instinkt von Anfang an geahnt hatte*«, und eben nicht »*dem jämmerlichen Optimismus entsprochen hätte, dem ich später feige erlegen war*«.

Aber diese Wahrheit über sie hat er nicht etwa verdrängen müssen, um sie zu lieben, sondern im Gegenteil, seine Liebe hat danach gesucht. Denn ist es nicht so, daß »*das Verlangen sich immer auf das richtet, was uns am konträrsten ist, und uns das zu lieben zwingt, was uns Leiden schafft?*« Man tut also unrecht, »*in der Liebe von schlechter Wahl zu sprechen, da, sobald überhaupt eine Wahl vorliegt, diese nur schlecht sein kann*«.

Und nun der Todesstoß für unsere Hoffnungen auf ein erfülltes Liebesleben: »*Andererseits ist es kein Zufall, daß intellektuelle und sensible*

Menschen sich immer fühllosen und geistig unterlegenen Frauen unterwerfen und trotz allem auch sehr an ihnen hängen, und daß der Beweis dafür, daß sie nicht geliebt werden, sie keineswegs davon abhält, alles dafür herzugeben, um eine solche Frau bei sich zu behalten.« Bleibt nur zu hoffen, daß man kein intellektueller und sensibler Mensch ist.

Unklares Inventar:
- Mustererziehung à la Broglie.

Verlorene Praxis:
- Ein Vermögen besitzen, in das unsere Torheiten nur eine Bresche schlagen können.
- Sich von einem Maler porträtieren lassen, bevor man Kinder bekommt, solange man also noch vorteilhaft aussieht.

157. Mo, 1.1.07, Berlin, Haliflor, Schwedter Straße, abends

Beim Nachhausekommen halte ich der älteren Frau aus dem ersten Stock die Tür auf. Nun bin ich Silvester schon pflichtbewußt bis sechs Uhr morgens »feiern« gewesen (das heißt, ich stand auf einer Tanzfläche zwischen betrunkene, vorwiegend männliche Jugendliche gezwängt und bin Ellbogen ausgewichen, während ich mir leid tat, weil sie mir keinen Gruß zum neuen Jahr schickte), und trotzdem komme ich noch früher heim als die Rentner aus meinem Haus. Hätte ich noch einmal ums Karree gehen sollen, um wenigstens das zu vermeiden?

Nachmittags schläft das Mädchen, das sich freut, wenn es mich sieht, nebenan auf dem Sofa, der Papa soll später auch kommen. Sie wacht kurz auf und reicht mir ein Gummibärchen, das sie vor dem Einschlafen für mich auf den Nachttisch gelegt hatte. Ich liege neben dieser Wattejacke für die väterliche Seele und versuche mit aller Kraft, die meinem verkümmerten Gemüt zur Verfügung steht, mich vom Trost ihrer Existenz durchströmen zu lassen und im Rhythmus mit ihrem Schnaufen den Kummer dieser Wochen auszuatmen, der keine Bedeutung haben darf neben ihr.

Jetzt ist sie längst im Bett, morgen ist wieder ein Tag, auf den sie sich freut, wie auf jeden Tag, weil sie noch kein »Gewachsener« ist. Ich darf noch nicht schlafen, ich muß noch an den »Laptopf«.

Die Entflohene, S. 255–276

Nun geht es doch noch nach Venedig, und Marcel übt sich darin, die Stadt in Worte zu fassen und Parallelen zu Combray zu ziehen. Er reist mit der Mutter: »*Die Zärtlichkeit, die sie mir im Übermaß bewies, war wie jene unerlaubten Speisen, die man Kranken nicht mehr vorenthält, wenn man weiß, daß sie doch nicht wieder gesund werden können.*« In ihrem Blick sieht er, wie sie ihm aus der Tiefe ihres Herzens ihre Liebe entgegenschickt.

Sie treffen Madame Sazerat, »*sie war die unerwartet und lästigerweise auftauchende Bekannte, die man auf jeder Reise trifft*«. Beim Essen in einem Hotel stößt Marcel auf die alte Madame de Villeparisis und ihren Liebhaber, den Marquis de Norpois, der immer noch von einem wichtigen

Diplomatenamt träumt. Wenn sie etwas nicht ganz Exaktes sagt, fixiert er »*streng die bedrückte und gefügige Marquise mit der unbeirrbaren Intensität eines Magnetiseurs*«.

Für Madame Sazerat ist die Marquise eine Obsession, auch wenn sie ihr nie begegnet ist. Denn ihr Vater hat sich einst von ihr, die schön wie ein Engel und böse wie der Teufel war, um den Verstand bringen lassen und sich ruiniert, weshalb die Familie der Sazerat in kleinen Verhätnissen in Combray leben mußte. Immerhin hat es sie immer getröstet, daß ihr Vater die schönste Frau seiner Zeit geliebt hat. Aber die Frau, die Marcel ihr zeigt, ist eine »*kleine, abscheuliche, bucklige Person mit einem ganz roten Gesicht*«.

Unklares Inventar:
– Skizzen von Maxime Dethomas.

Katalog kommunikativer Knackpunkte:
– »*Madame de Villeparisis bewahrte während einiger Minuten das Schweigen einer alten Frau, der es infolge der Müdigkeit des Alters schwerfällt, sich aus der Rückerinnerung an die Vergangenheit von neuem zur Gegenwart zu erheben.*«

Verlorene Praxis:
– Zum ersten Mal andere Werte haben als ein dem Sport gewidmetes Dasein.
– Sich mit jener senilen Beharrlichkeit gewisser Achtzigjähriger über die eine oder andere auslassen, die von einem nichts mehr zu befürchten hat.

158. Di, 2.1., Berlin

In unserer Wohnung stand ein Museumsschrank, der an besonderen Tagen aufgeschlossen wurde, damit wir die Schätze betrachten konnten. Wie bei den Renaissance-Wunderkammern war der Inhalt nicht unbedingt wertvoll, aber kurios und lehrreich, vor allem hatten alle Gegenstände etwas mit unserer Familie zu tun.

Ein Stück vom ersten Atlantikkabel.

Mit Sanssouci-Motiven bemaltes KPM-Geschirr aus dem achtzehnten Jahrhundert.

Morgensternförmige Wassernußkerne, die der Urgroßvater in der Umgebung seines Dorfes ins Wasser warf, weil er diese Pflanze für nützlich hielt.

Ein getrocknetes Seepferdchen.

Eine Spielzeugwanduhr und Polsterstühlchen von der Großmutter.

Eine fischig stinkende Krabbe.

Zwei winzige Heiligenbildchen in Öl aus dem achtzehnten Jahrhundert.

Ein Lederetui mit dem Schwanzende und dem Giftzahn einer Klapperschlange.

Ein Steinbeil.

Verschiedene Siegel, darunter ein barockes aus Messing mit einem roten Halbedelstein, in den die Arche Noah geschnitzt war.

Eine silberne Taschenuhr zum Aufklappen vom Großvater.

Eine südafrikanische Silbermünze.

Eine Dollarmünze.

Eine echte Lappenmütze, von einem Volk, das tatsächlich so hieß.

Ein runder, federleichter Bezoarstein aus dem Magen einer Kuh.

Eine Dose mit unseren Milchzähnen.

Die Gipsabgüsse unserer Füße vom Orthopäden.

Ein Stück blauweißer japanischer Stoff.

Chinesisches Porzellan mit kleinen Reiskorn-Ornamenten.

Vom Großonkel meines Vaters geerbt: emaillierte Salzschüsseln aus Rußland.

Eine Litophanie, mit der das Kerzenlicht am Krankenbett gedämpft wurde. Mit einem Berliner Eisenständer und einer gerahmten Porzellanscheibe, auf der die Platane zu sehen war, die immer noch dort steht, wo das DDR-Außenministerium früher stand.

Eine Elle mit Perlmuttknöpfen als Maßangabe.

Ein gewebtes Band von bolivianischen Andenindianern.

Ein langer Weihnachtsbaumkerzenlöscher.

Eine Lichtschere mit angelötetem Näpfchen für den Docht.

Tassen aus einer Nebenfabrik von KPM, mit Ansichten vom schlesischen Schloß Carlsruhe, wo der Urururgroßvater Schloßkastellan war.

Aus Omas Nähkästchen knöcherne Gerätschaften zum Sticken und Klöppeln.

Ein Pfeifenputzsatz.

Ein Rasiermesser.

Ein Porzellanpfeifenkopf von einer Deckelpfeife mit einer Handmalerei von Burg Giebichenstein.

Eine im Ersten Weltkrieg von russischen Kriegsgefangenen gebastelte Holzscheibe, auf der Hühner pickten, wenn man die an einer Schnur befestigte Kugel schwang.

Vom Urgroßvater Bergkristalle aus den Dolomiten, die aussahen wie Edelsteine, aber nichts wert waren.

Ein Schlagring, den die Großmutter in der Nachkriegszeit immer auf dem Nachttisch hatte.

Ein weißes Porzellanbein, das als Votivgabe für die Kirche gedacht war, wenn man für seine Gliedmaßen beten wollte.

Ein metallener Reliefkopf von Leibniz aus der Schinkelzeit.

Eine Porzellantasse mit einem gemalten »Vielliebchen«, einer Doppelmandel.

Eine echte römische Öllampe (auf die der Urgroßvater »römische Öllampe?« geschrieben hatte)

Eine Handspindel aus einem Holzstab und einem runden, tönernen Wirtelstein zur Stabilisierung.

Ein Opernglas.

Der Schrank hatte Bohrwürmer, und mein Vater hat ihn damals mit DDT-haltigem DDR-Holzschutzmittel behandelt. Wir haben sogar daran geleckt, weil es so interessant schmeckte. Später erfuhr man von der verheerenden Wirkung von DDT, und wir glauben seitdem, daß wir alle vergiftet sind.

Börsengeschäfte, die Marcel, um Albertine Annehmlichkeiten zu ermöglichen, von einem Makler hatte unternehmen lassen, haben sein Vermögen auf ein Fünftel reduziert. Das würde die Leute in der Combrayer Sphäre schockieren, während man in der Welt der Guermantes »*die Armut zwar gleichfalls als unangenehm, jedoch keineswegs als abträglich, vielmehr als etwas betrachtete, was die soziale Stellung nicht mehr berührte als ein Magenleiden*«. Gern würde er eine venezianische Glaswarenverkäuferin, die ihm schön wie ein Tizian erscheint, nach Paris mitnehmen und dort aushalten, aber reicht das Geld dafür noch?

Außerdem kommt, was man schon geahnt hatte: Albertine ist keineswegs tot. Eine Depesche von ihr vermeldet, daß sie ihn heiraten will, sie schließt: »*Alles Liebe Albertine*«, als wäre nichts gewesen. Aber Marcel bekommt keinen Nervenzusammenbruch, er ist auch nicht tief getroffen, sondern er empfindet nichts. Sie war für ihn ein Bündel von Vorstellungen gewesen, die ihren Tod überlebt hatten, bis das Vergessen die Bilder in einer Art Verlies tief in ihm eingemauert hat. Nur weil sie wieder lebt, ersteht sie nicht auch in ihm zu neuem Sein.

Statt seine Liebe wiederzuerwecken, bewirkt die Nachricht das Gegenteil, sie beschleunigt die Rückkehr zur Gleichgültigkeit, wie die Nachricht vom Tod die Liebe gesteigert hatte. Sie interessiert ihn nicht mehr. Und soll er ihretwegen auf die Glaswarenverkäuferin verzichten? Für beide reicht das Geld bestimmt nicht. Außerdem: »*Wir glauben ein junges Mädchen zu lieben und lieben doch – ach! – in ihr nur die Morgenröte, deren Schein für ganz kurze Zeit ihr Antlitz jeweils erhellt.*« Er retourniert die Depesche, sie sei nicht für ihn gewesen.

Erschreckende Konsequenz dieser Erfahrung: Wenn man aufhört, einen Menschen zu lieben, weil man aufhört, ihn zu sehen, droht einem das womöglich auch für den eigenen Körper, wenn die Bande, die einen daran knüpfen vom Tod getrennt werden. »*Unsere Liebe zum Leben ist nur eine alte Liaison, von der wir nicht loskommen können.*« Erst der Tod wird uns vom Verlangen nach Unsterblichkeit heilen.

Die Mutter setzt den Tag der Abreise fest, und er fühlt sich sofort um die vielen Frauen betrogen, denen er in Venedig noch hätte begegnen können. Als sei er wieder das trotzige Kind, behauptet er, bleiben zu wollen, und die Mutter tut lieber so, als glaube sie ihm nicht, antwortet nicht einmal und begibt sich zum Bahnhof, während er auf der Terrasse sitzen bleibt, sich ein Erfrischungsgetränk bringen läßt und einen Gondoliere »O sole mio« singen hört. Aber kaum ist die Mutter fort, zerfällt Venedig für ihn wieder in eine rein physische Angelegenheit, er fühlt sich fremd. Trotzdem kann er nicht aufbrechen: »*Ich hätte mich entscheiden müssen, ohne auch nur eine Sekunde zu verlieren. Doch das gerade konnte ich nicht.*« In einer seltsamen Erstarrung hört er das endlose belanglose Lied an. Ohne Vergnügen, nur mit tiefer, fast verzweifelter Trauer, folgt er den Strophen. Statt sich zu sagen »*ich reise nicht*«, harrt er, was dasselbe bedeutet, bis zum Ende aus. Und weil das Lied ihm die Entscheidung abzunehmen scheint und für die Zeit steht, die er noch hätte, der Mutter hinterherzueilen, trifft ihn »*jeder Ton, den die Stimme des Sängers mit einer vom Muskelapparat her erzeugten Kraft und Ostentation hervorbrachte*« mitten ins Herz.

Endlich rennt er doch zum Zug, den er kurz vor der Abfahrt noch erreicht. Die Mutter kann mit Mühe ihre Tränen unterdrücken: »*Deine Großmutter hat immer wieder gesagt: ›Es ist merkwürdig, niemand kann zugleich so unerträglich und nett wie dieser Kleine sein.‹*«

Unklares Inventar:
– Korduanleder, Calzabrüder

Bewußtseinserweiterndes Bild:
– »*Im Vorbeifahren sahen wir vom Zug aus Padua, dann Verona uns entgegeneilen und zum Abschied fast bis an den Bahnhof kommen, denn während wir uns entfernten, kehrten beide, da sie nicht ebenfalls sich in Bewegung setzten, sondern ihr Leben weiterführten, das eine zu seinen Feldern, das andere zu einem Hügel zurück.*«

Verlorene Praxis:
– Als Mutter dem Sohn, der sich einer längeren, verträumten Betrachtung von Mosaiken, die die Taufe Christi darstellen, hingeben will, wegen der eisigen Kühle, die von der Decke des Baptisteriums fällt, einen Schal um die Schultern legen.
– Sich als Schüler von Garros im Schwebeflug üben.

159. Mi, 3.1., Berlin

Wieviele Dinge man in der kurzen Zeit mit ihr gestreift hatte, zeigt sich hinterher, wenn einen alles an sie erinnert:

Pilates-Werbung, weil wir einmal darüber gesprochen haben, ob die Methode funktioniert.

Tanzstudios, Plakate für Tanztheater, der Berlin-Kultur-Teil der taz, weil dort dauernd Tanztheater besprochen wird, Filme, in denen getanzt wird, generell Frauen mit stumpfwinklig gespreizten Füßen.

»The Science of Sleep«, weil sie damals nicht mit ins Kino gekommen ist.

Dönerbuden und Ayran, weil sie gleich am Anfang eine Woche in der Türkei war und keine Milchprodukte ißt.

Wollsachen, weil sie sich einen Beutel für ihren iPod gestrickt hat.

Thomas Doll, weil ihr seine blauen Augen gefielen.

Die neue Moschee in Pankow, weil auf der Orientierungskarte in der Zeitung der Name ihrer alten Straße auftauchte, die ich mir mit ihr noch ansehen wollte.

Vegetarisches Essen, weil sie kein Fleisch ißt.

Sportwagen, weil sie ein Porsche-Schlüsselband um den Hals trug.

Der Wedding, weil sie der erste Mensch war, den ich dort kannte.

Café Balzac, weil wir da das einzige Mal zusammen Kaffee getrunken haben.

Dieser aufdringliche Sportreporter, weil er ihr nach einem Länderspiel eine SMS schrieb, was angeblich gar nichts zu sagen hatte.

Keksdosen, weil sie erzählt hat, wie sie die als Kind mit ihren Fingern nicht aufbekam.

»Keane«, weil sie, ohne daß ich es wußte, zum Konzert gegangen war. Ich kannte die Band gar nicht.

Avocados, weil sie mir beigebracht hat, daß die neben Äpfeln schneller reifen.

»Nußknacker«, weil sie in dem Ballett mal eine Maus war.

»Baywatch«, weil sie einmal mit David Hasselhoff auf der Bühne gestanden und Cancan getanzt hat.

Campari, weil wir den im Sommer auf dem Balkon getrunken haben.

Die Entflohene, S. 297–307

Außerdem kommt, was man schon geahnt hatte: Albertine ist keineswegs lebendig. Die Depesche stammte in Wirklichkeit von Gilberte und enthielt die Ankündigung ihrer Vermählung mit Saint-Loup. Ihre Mädchenschrift mit Bögen, Arabesken und verirrten I-Punkten war falsch interpretiert worden, und schon war aus »Gilberte« »Albertine« geworden. Außerdem liest man ja oft, was man lesen will. Ich erinnere mich an eine Nacht, in der ich eine SMS erhalten gehabt zu haben meinte, sie aber wie ein Weihnachtspaket nicht gleich öffnen wollte und wieder schlafen ging. Am nächsten Morgen war der kleine Briefumschlag vom Display verschwunden, den ich nachts zu sehen geglaubt hatte. Ich bin in dieser Zeit oft nachts aufgestanden, um nach SMS zu sehen. Warum hatte ich diese eine SMS nicht gleich gelesen? Hatte ich mich nicht ein wenig zu sicher gefühlt und beim Einschlafen schon wieder Zweifel verdrängt, ob ich nicht doch lieber frei wäre?

Nun wird also Gilberte, die reiche Tochter eines Juden und einer Kokotte, eine der angesehensten Partien heiraten, in deren Stammbaum sich französische Könige tummeln, Stoff für lange Erörterungen. Andererseits heiratet die Tochter Jupiens, die inzwischen aus Barmherzigkeit von Charlus adoptiert worden ist, einen Cambremer. Marcels Mutter versucht *»sich gleichzeitig so gut wie möglich vorzustellen, was meine Großmutter beim Erfahren dieser Nachrichten empfunden hätte, und zu gleicher Zeit für unmöglich zu halten, daß wir es mit unseren um so viel weniger erhabenen Geistern je erraten könnten«*.

Marcel überfällt bei diesen Nachrichten eine abgrundtiefe Traurigkeit *»trübe wie ein Umzugstag«*. Allerdings ist das Glück der anderen relativ, denn von Saint-Loup heißt es plötzlich aus dem Munde einer Puffmutter, er sei auch *»so«*, was ihn nicht daran hindern würde, ein guter Ehemann zu sein. Und die Nichte Jupiens wird schon am Tag der kirchlichen Trauung von einem gastrischen Fieber befallen, schleppt sich mühsam zum Traualtar und stirbt wenige Wochen später.

Verlorene Praxis:

- Unaufhörlich mit jungen Leuten im Freudenhaus Champagner trinken, um hinreichend fettleibig zu werden, damit man, falls Krieg ausbricht, nicht eingezogen wird.
- Sich ständig in Marienbad aufhalten, um sein Gesicht seiner schlanken Taille zum Opfer zu bringen.

- Das gelenkige Äußere eines Kavallerieoffiziers erlangen, um beim Aufsuchen gewisser Häuser unbemerkt hineingleiten zu können.
- Zum Diner mit Federn auf dem Kopf erscheinen.
- Sich Dank des Vermögens seiner Frau alles leisten können, was man zu seinem Behagen braucht.

160. Do, 4.1., Berlin

Morgens weckt sie mich, indem sie mir glucksend ihren Finger vor die Nase hält, den sie dem Geruch nach gerade im Po hatte. Aber im Grunde mache ich ja beim Schreiben auch nichts anderes mit den Lesern.

Die Eltern lange nicht im Schlafanzug gesehen. Soll man sie überreden, doch wieder nach Berlin zu ziehen? Meine Mutter hat aber Angst vor dem holprigen Berliner Gehwegpflaster.

Der Sohn ihrer ältesten Cousine sei auch »so« und habe seinem Geliebten, als der sich von ihm trennen wollte, sein Haus in Wuppertal geschenkt. Hing so an seiner Mutter, daß er ihr Grab selbst gestaltet und aufgehäufelt habe. Als sie dort zu Gast war, sei sie zum Frühstück mit »Don Giovanni« geweckt worden. Für mich hatte er ihr damals einen schönen, braunen Wollpullover mitgegeben, den ich jeden Mittwoch zur Konfirmandenstunde trug, wenn es darauf ankam, bestimmte Mädchen zu beeindrucken.

Wie es wohl wirkt, wenn man in Amerika sagt: »I like Beuys«?

Dann sehen meine Eltern diese Serie über das dramatische Leben einer Porzellangestalterin, alle Szenen sind mit Musik unterlegt und ständig wird unglücklich geliebt. Ein Mädchen ist von zu Hause abgehauen, weil sie Fotos gesehen hat, die beweisen, daß ihre Mutter etwas mit ihrem Freund hat. Sofort quält mich die Vorstellung, als sei ich selbst betroffen.

Einen Königsberg-Bildband angesehen und mich an bessere Zeiten erinnert, die schönen Tage in Kaliningrad, Joggen um den Schloßteich, in der Nachmittagssonne auf dem Rückweg vom Russischkurs allein durch die halbverlassenen Hafenanlagen streifen, es war das reine Glück. Plattenbaubalkons voller Sperrmüll, das Dom Sowjetow in der Abendsonne, Bier aus Flaschen am Panzerdenkmal vor dem Wohnheim. Aber dort war ich auch zum ersten Mal L. begegnet, die mir später solchen Kummer bereitet hat. Vielleicht hat mich die Selbstverständlichkeit gereizt, mit der sie als Gruppensprecherin auftrat, weil sie ein Jahr in Rußland studiert hatte. Später sagte sie, ich hätte wie ein Eigenbrötler gewirkt, dabei war ich die ganze Zeit bestrebt gewesen, ihren Weg zu kreuzen.

Im »Schwarzsauer« den begehrten Fensterplatz ergattert, aber kaum sitze ich, kommt eine zehnköpfige Touristengruppe herein, und ich werde gefragt, ob ich umziehen würde, damit sie die Tische zusammenrücken können. Diese Art Angebote, die man nicht ablehnen kann. Murrend wechsle ich mit meiner Zeitung den Platz, ich könnte ja auch überall zu zehnt anrücken, um sicher zu gehen, meinen Lieblingsplatz zu bekommen.

Zeitung:

- Der »Danziger Kant« ist Streuobst des Jahres. In Alt-Lipchen stand ganz hinten im Garten ein Baum, besonders beliebt für Apfelkartoffeln. Verführerischer Gedanke, alles hinzuwerfen und in einer Baumschule zu lernen, aber die Bar spielt »My Hump«, und ich muß sofort an das Video und den Hüftschwung der Sängerin denken, und dagegen kommt kein Apfel an.
- 1966 fand die letzte WM im Feldhandball statt, ein Spiel BRD gegen DDR vor 10 000 Zuschauern. Der US-Spieler Joe Kaylor hat einmal eines der im Handball so seltenen Eigentore geworfen, weil ihm nach der Halbzeitpause entgangen war, daß die Seiten gewechselt worden waren, er traf zum 0:18.
- Krankenschwestern seien berufsbedingt eine bevorzugte Klientel von Partnerschaftsdiensten. Und mich wollte meine damals nicht!
- Zahnärzte seien eine besonders suizidgefährdete Berufsgruppe, weil sie irgendwann merkten, daß Geld nicht glücklich mache.

Verdächtig, wenn mir die Zeitung interessant vorkommt, da sie ja objektiv gesehen immer gleich interessant ist. Es muß also an mir liegen.

Der Kellnerin mit viel Überwindung ein »gesundes Neues« gewünscht, und sie hat es sogar gehört. Das mache ich nächstes Jahr wieder.

An der Buchholzer vorbei, wo ich damals bei meiner Schwester gewohnt habe. Einmal mehrere Stunden zunehmend verzweifelt nach einem Schlüssel für den Dachboden gesucht, weil ich mir einbildete, in einer Sommernacht auf einem Häuserblock sitzen zu müssen wie der Gott der Stadt bei Heym, um dort oben von den Sternen die Eingebung für ein Gedicht zu empfangen. Sogar in den Nachbaraufgängen geklingelt. Schließlich lange nach Mitternacht müde ins Bett gefallen und das Gedicht nie geschrieben.

Spontan zu H&M, inzwischen habe ich ja kaum noch andere Kleidungsstücke. In der Kabine wieder geschockt von meiner Frisur, nur nach langem Modellieren ist ein akzeptabler Zustand zu erreichen, der aber realistisch gesehen unter normalen Bedingungen, also Wind, Mützen, heftige Kopfbewegungen, falsche Blickwinkel des Betrachters, nie besteht. Immerhin sehen alle Sachen gut aus, was aber daran liegen könnte, daß die alten so schlecht aussehen. Leider ist die EC-Karte abgelaufen, und ich muß noch einmal nach Hause, die neue holen, und, weil ich das Schreiben dazu nicht finde, zur Sparkasse, wo ich erfahre, daß sich die Geheimzahl diesmal gar nicht geändert hat. Dann mit drei Kilo Kleidung nach Hause. Drei Kilo mehr, die ich beim nächsten Umzug zu schleppen hätte.

Anruf bei Judith Hermann, die per Mail für die »Weltchronik« absagen wollte, weil sie schreiben müsse. Meinen Anruf hätte sie gerne vermieden, ich wolle sie mit meiner »Schwejkstimme« bestimmt überreden, was ich dann ja auch versuche. Sie könne auf der Bühne alles machen, Musik vorspielen, die ihr in dem Monat gefallen hat, ein Paniktagebuch vorlesen, wir können im Selbstversuch ihre Beruhigungstabletten schlucken, ich könne ihre Texte vorlesen und sie meine, sie könne auch die ganze Zeit hinter der Bühne bleiben, und wir projizieren ihre Hände auf die Leinwand. Als redete ich auf eine abtrünnige Geliebte ein, und genau wie dabei spüre ich schon, daß es keine Hoffnung gibt. Sie verschiebt die Entscheidung auf den Abend. Hinterher fällt mir ein, daß ich ihr hätte sagen können, daß ich mich bei H&M neu eingekleidet habe. Das ist ja auch das Problem mit der anderen: Wenn ich ihr zufällig wiederbegegne, will ich die neuen Sachen anhaben, aber ich weiß nicht, wann und wo das sein wird.

Abends bei Helge Schneider im »Admiralspalast«, die Eltern hatten hier vor unserer Geburt zehn Jahre lang Konzerte des BSO abonniert und noch Igor und David Oistrach gesehen. Noch früher ist hier die SED gegründet worden. Wie fasziniert ich in der Oper immer vom Deckenleuchter war, wen es erwischt, wenn er runterfällt. Vielleicht habe ich die Pankowerin ja als Kind mal im »Nußknacker« als Maus oder Spielzeugsoldat gesehen und seitdem gesucht?

Die neue Cordhose hat schon ein Loch.

Zu Hause ein Anruf von Judith Hermann, sie hat eine Münze geworfen und wir haben verloren. Bestimmt werde es auch ohne sie ein Erfolg. Sie klingt genau wie die andere, der mitfühlende Ton, als sie mir mein Todesurteil verkündete. Bei der Nächsten werde es bestimmt klappen. Die ganze »Weltchronik« wieder auf der Kippe, neuen Gast finden, Flyer und Plakate neu gestalten. Und die Enttäuschung, wenn man eine geniale Idee hat und keiner läßt sich darauf ein.

In einem Internetforum wird ein Text von mir kommentiert, ich könne es doch, warum ich dann immer diese »Ich lese jetzt was Langweiliges«-Texte lesen würde.

Am Morgen doch wieder bei ihr angerufen und einen Rückfall erlitten. Es gibt also einen anderen, mit dem sie sich »wohl fühlt«, man hätte es wissen müssen. Daß man jedesmal denkt, es sei noch nie so schlimm gewesen. Vielleicht empfindet man es im Alter auch als schlimmer, weil sich nichts zu ändern scheint und nur immer weniger Zeit bleibt. Unter der DDR hätte ich ja heute auch mehr gelitten als mit neunzehn.

Die Entflohene, S. 317–337 (Schluß)

Der junge Marquis de Cambremer ist übrigens auch »*so*«. Inzwischen wäre es schon sinnvoller mitzuteilen, wenn einer es nicht ist.

Mit Gilberte freundet Marcel sich wieder an. So ist es mit alten Freundschaften, die wie ehemalige Minister in der Politik »*und auf dem Theater vergessene Stücke wieder vorgeholt werden. [...] Nach zehn Jahren existieren die Gründe, weshalb der eine zu einem allzu anspruchsvollen Despotismus neigte und der andere diesen nicht ertragen konnte, im Bewußtsein nicht mehr*«.

Und auch an Gilberte wird bewiesen, daß Liebe das größte Hindernis auf der Suche nach Glück ist: »*Was ihr immer unerträglich und unmöglich erschienen war, tat sie jetzt: ohne daß wir uns jemals über den Grund der Veränderung ausgesprochen hätten, war sie immer bereit, zu mir zu kommen, und hatte es niemals eilig, mich wieder zu verlassen; das kam daher, daß ein Hindernis seither verschwunden war, nämlich meine Liebe.*«

Im übrigen hält er sich inzwischen eine junge Person in seiner Wohnung, die er zum Schlafen in der Nähe braucht, wie andere »*das Murmeln eines Sees*«. Es handelt sich aber nicht um Liebe, sondern eher um eine Kopie der Beziehung zu Albertine und ist dem Autor nur eine Fußnote wert.

Zustände wie bei »Dallas«, denn Morel verführt, nachdem er Charlus abserviert hat, nunmehr Saint-Loup, der gerade Gilberte geheiratet hatte. Wie kann er nur, ein Mann wie Saint-Loup? Aber man sollte nicht moralisch über die Seitensprünge anderer urteilen, weil »*die ›Dummheit‹, die ein Mann begeht, wenn er eine Köchin oder die Geliebte seines besten Freundes heiratet, im allgemeinen die einzige poetische Handlung darstellt, die er im Laufe seines Lebens begeht*«.

Wie lange Saint-Loup schon »*so*« sein könnte, wird nun ausgiebig erörtert. Jedenfalls gibt er viel Geld für Morel aus und kann, seit er weiß, daß er Männer begehrt, keine freundschaftlichen Gefühle mehr für Marcel empfinden. Marcel hat Mühe, seinen Tränen zu gebieten, wenn er an den Moment von Saint-Loups einem Liftboy zuliebe erfolgter Konversion denkt, der ihm in Balbec entgangen ist.

Unklares Inventar:
- Arnault, Ponceaurot.

Verlorene Praxis:
- Als junger Leser, »*der wenig auf dem laufenden ist*«, den Irrtum begehen zu glauben, daß der Baron und die Baronin Forcheville als Verwandte der Schwiegereltern des Marquis de Saint-Loup, das heißt von der Seite der Guermantes her, auf der Traueranzeige von Mademoiselle d'Oloron vertreten sein müßten.
- Den als angenehm empfundenen Vorzug besitzen, Whist zu spielen.
- Als Bürgermeister ein Radikaler sein und den Pfarrer nicht grüßen.
- Nachdem man jemanden angesehen hat, noch eine Weile mit verlorenem Blick dastehen, »*wie jemand, der, bevor er sich wieder an eine Kartenpartie oder zu einem Abendessen in die Stadt begibt, an eine jener sehr weiten Reisen denkt, von denen er annimmt, daß er sie niemals machen wird, nach denen er aber gleichwohl einen Augenblick Sehnsucht verspürt*«.
- In eine Periode endgültiger Keuschheit hinüberwallen.

7. Buch

Die wiedergefundene Zeit

161. Fr, 5.1., Berlin

Seit ein paar Jahren schon konnte ich meinen teuren Steuerberater nicht wechseln, weil ich fürchtete, daß die mit meinem Fall betraute Angestellte dann enttäuscht wäre. Jetzt hat sie selbst gekündigt, vielleicht war ich ihr lästig. Nicht mal meine Sachbearbeiterinnen halten es lange aus mit mir, und das, obwohl sie nur einmal im Jahr Post von mir bekommen. Vielleicht habe ich ihnen nicht genug verdient? Ein finsterer Gedanke, den meine Mutter aus ihrer Lebenserfahrung heraus immer wieder einmal äußert: »Frauen wollen Sicherheit«. Ein Mann müsse Geld mitbringen und unkündbar sein, dann habe er die Wahl.

Meine Mutter hat aber keine Zeit, sich meinem Liebeskummer zu widmen, weil sie gerade »Sturm der Liebe« gucken und mein Vater wegen seiner Ohren so laut gedreht hat. Später tröstet sie mich, Kathrin sei todunglücklich aus Amerika zurückgekehrt, wo der Versuch, den langjährigen Freund zu heiraten, gescheitert sei, und prompt habe sie im Fahrstuhl den Mann ihres Lebens getroffen. Wer weiß, was ich verpasse, weil ich, um schlank zu bleiben, immer die Treppen nehme? Während die Faulenzer dieser Welt die Schwäche der enttäuschten und auf Fahrstühle angewiesenen Frauen ausnutzen!

Meine Mutter ist froh, daß sie ihre großen Lieben nicht bekommen hat, bei dem einen wäre sie schon seit dreißig Jahren Witwe, die anderen sind inzwischen glatzköpfig oder aufgeschwemmt. Mit einem hätte sie elf Jahre nach Afrika gemußt, und ich wäre jetzt schwarz. Aber immerhin hat sie schon mit siebenundzwanzig geheiratet. Das solle mich aber nicht beunruhigen, ihr Vater war vierundfünfzig bei der Hochzeit. Allerdings hat von seinen sechs Brüdern außer ihm nur noch Onkel Ernst geheiratet, mit dreiundfünfzig. Fritz ist gefallen. Franz, Emil und Alfred sind Junggesellen geblieben, ihre Schwester Lieschen hat ihnen in Insterburg den Haushalt geführt. Erst im Alter haben die Brüder zugegeben, daß sie immer die Bewerber von diesem hübschen Mädchen ferngehalten haben, weil sie nicht auf sie verzichten wollten. Es habe Lieschen aber gefreut zu erfahren, daß es Bewerber um sie gegeben habe.

Franz hat meiner Mutter als hochbetagter Mann aus dem Westen an ihre Arbeitsstelle geschrieben und sich beschwert, daß er nie heiraten konnte, weil ihr Vater Albert ihm als ältester Bruder die Tanzstunde nicht bezahlt habe. Außerdem hat er ihm keinen Koffer geliehen, weshalb er nicht verreisen konnte, um sich woanders eine Frau zu suchen. Den Brief hat mein Vater lesen müssen, meine Mutter liest unangenehme Post nicht, sie hat noch Briefe, die seit dreißig Jahren ungeöffnet sind, weil es sie so quält, daß sie sie noch nicht beantwortet hat.

Die wiedergefundene Zeit, S. 5–25

Wieder ist er in Combray, aber er vermißt den Reiz, obwohl er dieselben Spaziergänge unternimmt wie als Kind. »*Ich werde zum Schreiben niemals befähigt sein*«, kein guter Satz für die erste Seite eines Buchs, würde man heute sagen. Wo ist »*das unmittelbare, köstliche, alles erfassende Aufzucken der Erinnerung*«, fragt er sich.

Er wohnt bei Gilberte, und sie rekapitulieren die Wendepunkte ihrer Bekanntschaft, wobei sich herausstellt, daß sie ihn von Anfang an wollte, während er vom Gegenteil ausgegangen war. Entscheidende Gesten waren falsch interpretiert worden. Und zu manchen Zeiten konnte sie auch nicht, denn »*da liebten Sie mich zu sehr, ich fühlte, wie Sie allem nachspürten, was ich tat*«.

Letztlich ist es aber ernüchternd, wie wenig ihn das noch berührt: »*Und steht nicht tatsächlich zwischen uns und den Frauen, die wir nicht mehr lieben und denen wir nach Jahren von neuem begegnen, der Tod, ganz so, als gehörten sie dieser Welt nicht mehr an, da ja die Tatsache, daß unsere Liebe nicht mehr existiert, aus denen, die sie vordem waren, oder aus dem, der wir selber gewesen sind, etwas wie Verstorbene macht?*« Oder Neugeborene?

Dabei war doch damals die Sache mit der für Blumen versetzten Chinavase gewesen, die Blumen hatte er ihr nie überreicht, weil er sie auf der Straße mit einem anderen gesehen hatte. Das rührende Bild, das der großherzige Betrogene in dem Moment abgegeben hat, muß ihn selbst so begeistert haben, daß er noch lange davon träumte, ihr eines Tages von seiner Geste zu erzählen. »*Mehr als ein Jahr danach noch leitete, wenn ein Wagen auf meinen aufzufahren drohte, mein Verlangen, nicht umzukommen, sich einzig aus dem Wunsche her Gilberte davon zu erzählen.*«

Saint-Loup hat als Ehemann eher verloren. Um zu vertuschen, daß er »*so*« ist, umgibt er sich mit Geliebten, die er gar nicht liebt, und macht seine Frau eifersüchtig. Aber mit Marcel spricht er über die bewußten Neigungen nicht, davon verstehe er nichts, besser man frage ihn nach den Balkankriegen.

Unklares Inventar:
- Verdüregemälde.

Verlorene Praxis:
- Sich vor seiner Frau »*teils aus wirklicher Traurigkeit, teils aus nervöser Unlust an diesem Leben*« mit kaltem Wasser übergießen, von seinem nahen Tod sprechen und sich aufs Parkett niederfallen lassen.
- Seinen Fortpflanzungseifer verdoppeln.
- Mit so betonter Uninteressiertheit reagieren, daß man sein Monokel fallen läßt.
- Einen alten Balzac durchackern, um sich auf dem Gesprächsniveau seines Onkels zu halten.
- Depeschen schicken: »*Kommen unmöglich, Lüge folgt.*«

162. Sa, 6.1., Berlin

Heute denke ich, daß es vielleicht ein Fehler war, mich nie für Autos zu interessieren und versucht zu haben, die Sprache der Frauen zu lernen statt die der Ingenieurskunst, wie man sie in der Autobeilage der Berliner Zeitung findet:

Roter Kombi, Dieselmotor, S-Type-Nachfolger, Modellprogramm, »*Dabei stimmt der XK hoffnungsvoll*«, E-Klasse-Kontrahent, »*Abschied von der klassischen Limousine*«, »*Trend zum viertürigen Coupé*«, »*in seiner flachen Kabine aber auch viel Platz bieten*«, »*Kühlergrill, in Richtung Motorraum zurückversetzt*«, ein 420 PS starker 4,2-Liter-V8, serienmäßig 18-Zoll-Räder, tiefer gelegtes Sportfahrwerk, Kurvenlicht, Leichtmetallräder, Leder-Stoffpolsterung, 1,6-Liter-Turbo, »*Peugeot hat die Baureihe 307 gestrafft*«, Ausstattungslinien, Einstiegsversion, Dreitürer, Allradantrieb, »*eine 4x4-Version des 9-3 einführen*«, Modellportfolio, Klimaanlage, City-Klappe, Vario-Modul, Spurhalte-Assistent, Faltdachversion, Motorhaube aus gebürstetem Edelstahl, Zwölfzylinder-Benzin-Direkteinspritzer, »*das legendäre Hubraummaß von sechsdreiviertel Litern*«, V12-Biturbo, Luftmassenmesser, Automatikgetriebe, fahrdynamische Eigenschaften, bevorzugte Flottenmodelle, Climatronic, Unfaller, Motormanagement, Einspritzmengen, Drehmoment, Abgasreinigungssystem Bluetec, Zwei-Liter-Common-Rail-Triebwerk, Stickoxid-Speicherkatalysator, Brennstoffzellenfahrzeug, Reibwert, nachlassender Grip, Offroad-Optik, Dachreling, Seitenschweller, Türtafeln, gefederte Schwingsessel, Command-System, Zierteile aus echtem Carbon, »*ein wenig Riffelblech und ein Überrollbügel aus poliertem Edelstahl auf der Pritsche*«, Hubraum, »*mit einem wilden Brüllen erwacht der Diesel zum Leben*«, Differenzialsperren, 7,5-Tonner, 12-Volt-Bordspannung, Beleuchtungsenergie, gestalterische Möglichkeiten in Heck- und Frontbereich durch LED-Technik, Einparkhilfe, Notlaufeigenschaften, Tempomat, Durchladesystem, Servopumpe, Klimakompressor, die Spannrolle des Zahnriemens, »*mit dieser klebrigen Lösung werden dann die Riemenflanken bestrichen*«, Lichtmaschinenlager, Austausch des Aggregats, Benziner, Nachrüstmöglichkeit, B-Xenon-Licht, LM-Rad, DSTC, ZV+FB, BC, ABS, WFS, TC, eFH, ESP, AHK, WR, NSW.

Die wiedergefundene Zeit, S. 25–45

Weil er Gilberte ihren Balzac nicht wegnehmen will, borgt er sich von ihr einen Band der Tagebücher der Brüder Goncourt, in dem er zum Einschlafen an seinem letzten Abend bei Gilberte lesen will. Über der Lektüre scheint ihm seine »*fehlende Disposition zum Schriftstellerberuf*« weniger bedauerlich. (Immerhin schiebt er ja auch ein brillantes, zehnseitiges Goncourt-Pastiche ein, genau den Text, den er noch gelesen habe, bis seine Augen zugefallen seien, und den man ohne eine Disposition zum Schriftstellerberuf wohl kaum verfassen könnte.)

In diesem Text singt vermeintlich einer der Goncourts das Hohelied des Salons der Madame Verdurin, der darin keineswegs mehr so lächerlich erscheint wie bei Marcel, sondern als Gesamtkunstwerk aus Mobiliar, Speisen und Konversation. Der Bericht ist überaus detailliert und zeugt von der Beobachtungsgabe, die Marcel sich immer abgesprochen hat. Er hat ja denselben Salon ausgiebig besucht und für belanglos gehalten. Was soll man von der »*trügerischen Magie der Literatur*« halten, wenn sie den Salon nun als etwas so Erlesenes darstellt? Spielt es eine Rolle, ob das Original ganz anders war?

Vielleicht sei seine Unfähigkeit zu sehen und zu hören ja doch nicht so umfassend. Was ihn sofort interessiere, sei »*das gemeinsame Element zwischen einem Wesen und einem anderen*«. Nicht was gesagt wird, sondern die Art, wie es geäußert wird. Die psychologischen Gesetze im Liniensystem, das er zwischen den Gästen zeichnet. Außerdem ist er lediglich »*unfähig, selber etwas zu sehen, wonach nicht durch meine Lektüre das Verlangen in mir wachgerufen wäre und wovon ich mir nicht im voraus eine Skizze angefertigt hätte*«. So ist es immer beim Reisen, man muß von den Orten schon geträumt haben, und auch der Tag gewinnt an Reiz, wenn man gewohnt ist, alles aufzuschreiben. Aber wie weit ist der Horizont der Dinge, die einen im Leben interessieren können? Kommen alle Interessen aus einem selbst und müssen sie mit der eigenen Herkunft in Beziehung stehen (wird mich Asien jemals interessieren)? Wie bezeichnet man die Momente im Leben, in denen man sich aus seinem Kreis löst und zunächst nicht viel empfindet, aber das Fundament für spätere Nostalgien legt?

Man kann also schließen, daß man den Wert der Lektüre geringer veranschlagen muß, weil die Wirklichkeit ganz anders aussieht, oder aber, daß der Wert des Lebens durch die Lektüre steigt, weil einem erst Bücher die Augen öffnen.

Für Marcel stellt sich auch das Problem, Menschen zu schildern, die mehr als ein paar Anekdoten verdienen, die einem aber nicht wie bekannte Künstler ihre Werke als Hilfsmittel geben, sondern die diese Werke lediglich inspiriert haben. Nicht der Geistreichste oder Belesenste wird einmal ein Bergotte, »*sondern derjenige, der sich selbst zum Spiegel zu machen und daraufhin sein Leben, wäre es selbst ganz mittelmäßig, zu reflektieren versteht*«. Es geht also nicht darum, das Erlesene und Exotische zu porträtieren, sondern etwas verhältnismäßig Bescheidenes, das gerade dadurch herausstechen könnte.

Unklares Inventar:
- Bilder von Guardis, Miramionen, Frottis-Vignetten von Gabriel de Saint-Aubin, Teller aus der Yung-chêng-Epoche mit kapuzinerfarbenen Tönungen am Rande, »*Sèvres-Teller mit der feinen Guilloche-Arbeit der weißen, goldliniierten Gitterung, die manchmal auf dem cremefarben ausgesparten Grund des hauchzarten Porzellans tändelnd das Relief eines goldenen Bandes zusammenhält*«, die Dubarry, ein außergewöhnlicher Léoville, eine Ch'ing-Hon-Platte, ein Duft à la Lawrence, eine Bronzeziselierung von Gouthières, Nymphenburger Porzellan

Katalog kommunikativer Knackpunkte:
- Hinter der Animiertheit seiner scheinbar angeregten Konversation vor den anderen eine völlige geistige Erstarrung verbergen.

Verlorene Praxis:
- Jemanden in Paris durch einen Nimbus der Verderbtheit blenden.
- Eine wissende Miene annehmen, wenn in einem Gespräch die Rede auf Tobolsk kommt.
- Zornigen Unmut über die gegen einen gerichtete Verschwörung der Universität empfinden, wenn sie in Gestalt eines Professors ihren feindseligen Widerstand gewollten Schweigens sogar in das liebenswürdig gastliche Haus hineinträgt, in dem man als Autor gefeiert wird.
- Als Liebhaber solcher Dinge bei einem deliziösen Mahl mit angenehm geschmeichelter Aufmerksamkeit den künstlerischen Insinuationen eines Porzellanmalers in seinen Bildungen willig lauschen.
- Sich an gewisse Kalbsschnitzel von Jean d'Heurs erinnert fühlen.

- Eine Althaea nicht von einer Kornrade unterscheiden können.
- Auf dem Schlachtfeld jederzeit Lakritzpastillen in der Hand haben, um seine Leberschmerzen zu beschwichtigen.
- Lust auf eine Flasche Apfelwein bekommen, wie man ihn in der etwas gewöhnlichen Atmosphäre einer normannischen Bauernwirtschaft trinkt.
- Als Schriftsteller im intimsten Leben einer Frau eine Rolle spielen.

163. So, 7.1., Berlin

Ich bin der, neben den sich die Frauen nachts auf dem leeren Bahnsteig setzen, weil sie von ihm nichts befürchten.

Ich bin der, der die Vokabeln gelernt hat, auch die nicht zum Lehrstoff gehörenden mit dem Sternchen.

Ich bin der, dem alle Reißverschlüsse reißen.

Ich bin der, der dem Paketboten auf der Treppe entgegenkommt.

Ich bin der, der sagt »stimmt so«.

Ich bin der, der auch noch auf dem Foto ist, und von dem dir der Name nicht mehr einfällt.

Ich bin der, der deinen Blick bemerkt hat, als der große, stattliche Mann hereinkam und sich den Schnee seiner letzten Reise von den breiten Schultern klopfte.

Ich bin der, dem du die Sicht verdeckst, wenn du im Kino deinen Freund küßt.

Ich bin der, der seinen Müll in der Hand behält, bis er einen Papierkorb findet.

Ich bin der, bei dem du dich nach zwanzig Jahren fragst, warum er dir nie aufgefallen ist.

Ich bin der, der bei »Cinema paradiso« weinen muß.

Ich bin der, der sich beim Kondomaufziehen immer so unter Druck fühlt, wie ein unter Beschuß stehender Aufständischer, dem nur Sekunden bleiben, um schneller als sein Gegner das Magazin seiner Maschinenpistole zu wechseln.

Ich bin der, bei dem man denkt, es geht ihm gut.

Ich bin die Nummer Drei im deutschen Tor.

Ich bin der, der an Aussichtspunkten immer pinkeln muß.

Ich bin der, den man fragt, ob er mal rückt.

Ich bin der, der jedesmal nachdenkt, ob es »tod« oder »tot« heißen muß.

Ich bin der, der sich fragt, ob man im Café ein zweites Mal »Tschüß« zur Kellnerin sagen soll, wenn man nach dem Bezahlen noch einmal aufs Klo gegangen ist.

Ich bin der, der gerne Sprayer wäre, sich aber für kein Alias entscheiden könnte.

Ich bin der, der sich fragt, warum nicht alle sind wie er.

Ich bin der, der nie einen Drachen hatte, der geflogen ist.

Ich bin der, der das Radio leiser drehen würde, wenn er beim Radio anrufen würde.

Ich bin der, der die Stelle kennt, wo in der Samariterstraße früher eine grüne Wasserpumpe gestanden hat.

Ich bin der, der erst eine Tochter hatte und dann Sex.

Ich bin der, der sich, wenn er dich kennenlernen und mit zu sich nehmen würde, nicht die Mühe machen würde, sein Auto einzuparken, sondern es, ohne sich noch einmal danach umzudrehen, in den Abgrund rollen ließe um mit dir fortzugehen.

Ich bin der, dem es die Lust am Leben nimmt, wenn er merkt, daß er sein T-Shirt am Morgen aus Versehen falschrum angezogen hat.

Ich bin der, der bei Prüfungen so aufgeregt ist, daß er nicht mal seinen Vaterschaftstest bestehen würde.

Ich bin der, der daran, daß sein Duschkopf nicht am Halter hängt, merkt, daß eine Frau in der Wohnung war.

Ich bin der, der Melonen erfinden möchte, die man erst zu Hause mit Wasser füllt.

Ich bin der, der so nostalgisch ist, daß er sogar seine Obstfliegen vermißt, wenn sie nicht mehr da sind.

Ich bin der, der sich fragt, ob Kinder so klein sind, damit die Sachen nicht kaputtgehen, die sie immer fallenlassen.

Ich bin der, dessen Freundinnen immer eine verstopfte Nase haben.

Ich bin der, der im Vorbeigehen an einem Blatt zupft, und dann fällt der Baum um.

Ich bin der, dem es völlig gereicht hätte, wenn die Kamera in diesem Film statt dessen einfach nur zwei Stunden Penélope Cruz gezeigt hätte.

Ich bin der, der überlegt, ob er noch ein Kind machen soll, weil noch eine halbe Packung Windeln übrig ist.

Ich bin der, der Dinge sammelt, die die Form von dem haben, was sie enthalten.

Ich bin der, der es genauso unromantisch findet, vor dem Sex das Handy auszuschalten, wie es nicht zu tun.

Ich bin der, der sich fragt, ob er auf den einen Cent Rückgeld warten soll, wenn das Brot 2,99 gekostet hat, oder ob es arrogant wirken würde, darauf zu verzichten.

Ich bin der, dessen Kuß auf deinen Lippen landete wie die Rettungskapsel eines Raumschiffs in Kasachstan.

Ich bin der, von dem du dich immer fragst, warum es ihn nicht gibt.

Die wiedergefundene Zeit, S. 45–65

Eine der seltenen zeitlichen Einordnungen lesen wir jetzt. Demnach befinden wir uns im Jahr 1916, mitten im Ersten Weltkrieg, »*der einzigen Sache, die mich damals interessierte*«. Die Frauen würdigen die Entbehrungen der Frontsoldaten mit ihrer Mode, mit Schmuck, der in seiner Ornamentik an die Armee erinnert, hohen Gamaschen, die denjenigen der Soldaten ähneln, Ringen und Armbändern aus Granatsplittern. Alles spricht von einer tiefen Wandlung, einer Kluft zwischen der Vorkriegszeit und dem Krieg. Wer gewohnt ist, sich im Innern eine eigene Welt zu schaffen, für den vollziehen sich solche Wandlungen allerdings eher in eigentlich bedeutungslosen Dingen: »*[E]in Vogellied im Park von Montboissier oder ein mit Resedaduft beladener Lufthauch sind offenbar Ereignisse von geringerer Tragweite als die größten Daten der Revolution und des Kaiserreichs. Dennoch haben sie Chateaubriand in seinen* Memoires d'Outretombe *Seiten von unendlich größerem Wert eingegeben.*«

Etwas verräterisch erscheint es und wie eine Selbstbeschwörung, daß über den Text wieder Beteuerungen verstreut sind, wie wenig er noch an Albertine denke (nämlich gar nicht).

Aus Mangel an Kohlen und Licht macht der Salon der Verdurins in großen Hotels Quartier, was den Reiz aber eher noch erhöht, da sich die vielen Vergnügungen dort »*auf kleinem Raum zusammendrängten gleich den Überraschungen, die man in einem Weihnachtsstrumpf entdeckt*«.

Am Himmel sieht man insektenkleine Flugzeuge über Paris wachen, und Soldaten auf Urlaub blicken vor ihrer Rückkehr zu den Schützengräben durch die beleuchteten Fensterscheiben der Restaurants, worunter Marcel angeblich leidet. Der besondere Reiz dieser Tage ist die Verdunkelung der Stadt, denn »*die Besuche, die man machte, bekamen Ähnlichkeit mit denen, die man Nachbarn auf dem Lande abstattet*«. Wie herrlich wäre es, sich jetzt im Freien mit Albertine zu treffen! »*Zunächst hätte ich nichts gesehen, ich hätte die Aufregung durchgemacht zu glauben, sie habe das Rendezvous versäumt.*« Man geht durch die Dunkelheit von Haus zu Haus, als besuche man einen Gutsnachbarn auf dem Lande. Naturelemente, die bis dahin in Paris nicht existierten, geben einem das Gefühl, die Ferien im Freien zu verbringen, alleine schon der Kontrast von Licht und Schatten an hellen Mondscheinabenden. Und wenn der Wind eisigen Hagel vor sich hertreibt, wähnt Marcel sich »*weit mehr am Ufer des wütenden Meeres, von dem ich einstmals träumte, als seinerzeit in Balbec*«.

Unklares Inventar:
- Madame Tallien, ein vornehmes Cachet, Percin.

Katalog kommunikativer Knackpunkte:
- »*Ich hatte bereits bei verschiedenen Personen bemerkt, daß das Zurschautragen lobenswerter Gefühle nicht die einzige Art ist, schlechte zu verbergen, sondern daß eine neue Methode im offenen Bekennen dieser minderwertigen besteht, wobei man dann wenigstens nicht den Anschein erweckt, als wolle man etwas verbergen.*«

Verlorene Praxis:
- Mit einer kleinen Grimasse zu verstehen geben, daß man gar nicht zuverlässig wisse, ob eine Dame verheiratet sei oder nicht.
- Menschen, die man noch nicht kennt, von seiner Einbildungskraft als Vergnügen dargestellt sehen, als würden sie möglicherweise anders als die bisherigen sein.
- Feststellen, daß jemand sein Haus von Bakst hat einrichten lassen, während einem selbst Dubuffe lieber wäre.
- Als Frau Zugang zu geistigen Kreisen haben, die dem derben Gatten verschlossen bleiben.

164. Mo, 8.1., Berlin

Die Geschichten aus den Lateinlektionen gehen mir im Moment nahe. Den Römern fehlt es an Frauen, deshalb laden sie die Sabiner zu Spielen nach Rom ein. Während die Sabiner sich über ein Spektakel freuen, betrachten die Römer schon gierig die mitgebrachten Frauen, die sie schließlich in ihre Häuser entführen werden. Die Sabiner drohen Rom mit Krieg, aber die Sabinerinnen stellen sich zwischen ihre Familien und ihre neuen Ehemänner, es gelingt ihnen, beide Völker zu versöhnen. Ich denke natürlich sofort, was für korrumpierbares Pack, natürlich hatten die Römer den größeren Komfort zu bieten, die Stadt war schließlich das Zentrum der Welt, in vielen Häusern gab es fließend Wasser, das war nichts anderes, als heute einen reichen Mann zu heiraten. Wie demütigend, seine Frauen so an eine Weltmacht zu verlieren. Oder Dido, die den vor Karthago gestrandeten Aeneas mit seinen Leuten aufnimmt, sich in ihn verliebt, bis »Jupiter ihm befiehlt«, weiter nach Italien zu segeln, weil das »sein Fatum« sei. Die arme Verlassene begeht Selbstmord, während Aeneas die salzige Meeresluft einatmet und sich schon auf neue Abenteuer freut. Man gebe einmal als Begründung, warum man eine Frau sitzenläßt, an: »Jupiter hat es mir befohlen.« Oder Lucretia, die während ihr Mann Kriegsdienst leistet, vom Sohn des Königs bedrängt wird, der ihr droht, ihren Leichnam neben den eines toten Sklaven zu legen und sie der Unzucht zu beschuldigen, woraufhin sie ihn gewähren läßt und er sie vergewaltigt. Sie schickt nach ihrem Mann, der nach Hause eilt und erleben muß, wie sie sich vor seinen Augen umbringt. Immerhin kommt es zum Sturz der Monarchie. Oder die beiden Legionäre, die sich darum streiten, wer von seinen Soldaten mehr geliebt wird, die sich deshalb in die Schlacht stürzen und schließlich gegenseitig retten. Oder Coriolan, der sich, vom Ehrgeiz mitgerissen, mit den Plebejern anlegt, verbannt wird, und daraufhin mit den Volskern, den schlimmsten Feinden Roms, gegen die Stadt zieht, und dann kommt ihm seine Mutter entgegen und hält ihm eine Standpauke, woraufhin er abzieht, aber von den Volskern wegen Verrats zum Tode verurteilt wird! Oder Romulus und Remus. Da zieht man eine heilige Furche und markiert die Grenzen der neuen Stadt, die man gründen will, und der Bruder verspottet einen, indem er immer über den Graben springt. Vor Wut tötet Romulus Remus, sonst würde die Stadt ja auch Rem heißen und nicht Rom. »So möge es jedem ergehen, der über meine Mauern springt!« sagt Romulus. Solche Wut kann man nur gegen den eigenen Bruder empfinden! Oder Vergil, der in seinem Garten eine Fliege bestattet, damit das Gelände offiziell als Friedhof gilt und er keine Steuern zahlen muß. Irgendwie fand ich auch, daß das Foto der schwangeren Franziska van Almsick hierher paßte, neben ihrem neuen Mann, einem Unternehmer aus Heidelberg. Ich weiß nicht, warum mich der Anblick der beiden traurig stimmt. Dieses scheue Mädchen, das immer von falschen Beratern umgeben gewesen war und in der Liebe kein Glück fand. Erst ein proletenhafter Handballer, der sie sicher ständig mit Volleyballerinnen betrogen hat, und jetzt ein Unternehmer aus Heidelberg, der mit seinem Geld den Hockenheimring unterstützt. Das ist doch ein Irrweg, der Mann sucht doch nur eine Trophäe aus dem Osten. Warum wirft sie sich so weg? Warum habe ich nie eine Chance bekommen? Nur weil ich nicht kraulen kann?

Die wiedergefundene Zeit, S. 65–85

Saint-Loup dient inzwischen an der Front, würde es aber, als echter Guermantes, selbst unter Folter nicht über sich bringen, Kaiser Wilhelm einfach nur »Wilhelm« zu nennen: »*Würden zwei Männer der Gesellschaft als einzige Überlebende auf einer öden Insel übrigbleiben, auf der sie niemandem gegenüber durch gute Manieren sich auszuweisen hätten, würden sie einander doch an solchen Spuren guter Erziehung erkennen, ebenso wie zwei Latinisten am korrekten Zitieren Virgils.*« Das ist für Marcel aber keineswegs nur positiv zu sehen, sondern, obwohl »*etwas ganz Wundervolles*«, doch auch »*ein Zeichen großer Behinderung für den Geist*«.

Offenbar fühlt Saint-Loup sich im Kreis seiner Kameraden an der Front gut aufgehoben, und Marcel sieht einen Zusammenhang zwischen Homosexualität und der Begeisterung für das Ideal männlichen Zusammenlebens. Denn Saint-Loup empfinde ja wie Charlus Grauen vor jeglicher Verweichlichung und deshalb einen wahren Rausch »*beim Kontakt mit der Männlichkeit*«, eine »*zerebrale Wollust*« beim Zusammenleben unter freiem Himmel mit anderen Soldaten (zum Beispiel den berühmten Senegalesen), die mit einem Kokainrausch vergleichbar sei. Diese Haltung zeige sich auch beim Menschentyp »*rauh, aber mit goldenem Herzen*«, der beim Abschied zwar »*eine Neigung zu Tränen verspürt*« (von der niemand etwas ahnt), sein goldenes Herz aber »*unter wachsendem Zorn verbirgt*« und schließlich poltert: »*Los jetzt, zum Donnerwetter, du blöder Hund. Umarme mich und nimm diese Börse hier, die mich in meiner Tasche stört, verdammter Dummkopf du.*«

Marcel nennt diese Form sorgsam unterdrückter Neigung zur Männlichkeit »*hassenswert*«. Rührung werde erzeugt, indem man sie verberge, das sei »*widerwärtig und häßlich, weil nur solche Leute in dieser Art trauern, die der Meinung sind, daß Kummer nicht zählt, daß das Leben ernster als Trennung und alles übrige ist*«. Das Ideal der Männlichkeit bei Homosexuellen wie Saint-Loup sei »*verlogen, weil sie sich selbst nicht eingestehen wollen, daß physisches Verlangen auf dem Grunde der Gefühle ruht, die sie aus anderen Quellen herleiten*«. (Vielleicht spricht hier aber auch ein bißchen der geprellte Zivilist, denn der Krieg mache »*die Hauptstädte, in denen es nur noch Frauen gibt, zu einem verzweiflungweckenden Aufenthalt für Homosexuelle*«.) Obwohl Marcel die Haltung von Saint-Loup unendlich mehr bewundert als die von Charlus, ist doch des einen Verlangen »*an den gefährlichsten Punkt gestellt zu werden*« im Grunde nichts anderes als das Bestreben des anderen, helle Krawatten zu vermeiden. Ein interessanter Gedanke, den man Ernst Jünger ins Grab nachrufen möchte.

Gilberte reist auf ihr Gut in Tansonville bei Combray und wird dort von den Deutschen überrascht. Sie läßt sich in einem Brief an Marcel (der die meiste Zeit des Kriegs im Sanatorium verbringt) über die vollendete Erziehung der deutschen Stabsoffiziere aus und lobt die deutschen Soldaten, »*die nur um die Erlaubnis nachgesucht hatten, sich eines der Vergißmeinnicht abzupflücken, die am Teiche wuchsen*«.

Um die Wege und Hügel, die Marcel in Combray geliebt hat, wird jetzt erbittert gekämpft. Méséglise wird berühmt für eine achtmonatige Schlacht, bei der die Deutschen sechshunderttausend Mann verlieren. Der Weißdornweg, wo Marcel sich in Gilberte verliebt hat, führt zur »*berühmten Höhe 307*«, die immer wieder in den Tagesbefehlen auftaucht. Man möchte gar nicht daran denken, für welche melodramatischen Bilder die Filmindustrie solch eine Entwicklung nutzen würde: den Himmel verdunkelnde, heranheulende Jagdflieger, Kindheitsorte, von Bomben verwüstet, ein Schaukelpferd, das eine Treppe herabrollt, hinein in die Feuersbrunst, das halb zerrissene Kleid der einstigen Gespielin unter den Stiefeln der Soldateska.

So bekommen die persönlichen Erinnerungsorte durch den Krieg im Nachhinein eine historische Bedeutung, wie es bei mir oft genau umgekehrt geschieht, wenn man um den Schloßteich in Kaliningrad joggt und später nachliest, daß hierher die Patienten aus dem benachbarten, brennenden Krankenhaus geschafft wurden. Oder wenn man sich vorzustellen versucht, wie das Kriegsgeschehen in der dörflichen Gegend ausgesehen hat, die man als Kind geliebt hat.

Unklares Inventar:
- Rumplertauben.

Verlorene Praxis:
- Aus einer Art von seelischem Zartgefühl, das dem Ausdruck allzu tiefer Empfindungen, die einem noch dazu ganz natürlich erscheinen, aus dem Wege geht, gewisse Erklärungen nicht abgeben können.
- Das eigene Leben leichthin jenem wirklichen inneren Anliegen opfern, unserem wahren Lebenskern, den unsere individuelle Existenz nur wie eine schützende Epidermis umgibt.
- Sterben und seinen Leuten im Tode noch fanatische Liebe einflößen.
- Auf ihren Lippen das reinste Französisch erblühen sehen.
- Durch den Kugelregen laufen, um einen verwundeten Vorgesetzten wegzutragen, dann aber, selbst getroffen, noch im Sterben lächeln, wenn der Stabsarzt sagt, der Graben sei den Deutschen schon wieder entrissen worden.
- Sich daran gewöhnen, daß der Kopf eines Kameraden, der gerade zu einem spricht, plötzlich von einer Granate getroffen oder ihm sonstwie von der Schulter gerissen wird.

165. Di, 9.1., Berlin

Vielleicht hätte sie lieber einen Mann wie Ulf gewollt, der sich zu DDR-Zeiten von einer Pauschalreise in die Sowjetunion abgeseilt hat und mit einem grünen SV-Ausweis als Paß durchs halbe Land gefahren ist, die sowjetischen Beamten waren von dem Dokument überfordert und ließen ihn überall durch. Im Pamir hat er mit Honig einen Bären angelockt, um ihn zu fotografieren, und wäre dabei fast umgekommen. In der Jugend war er Stürmer. Er schlingt beim Essen, weil er mehrere Brüder hatte und bei ihnen die Regel galt, daß wer seinen Teller leer hatte, bei den anderen mitessen durfte. Er hat inzwischen neun Kinder von sechs Frauen und irgendwann das Schachspielen entdeckt, seit er fünfzig ist, trainiert er wie besessen, jeden Tag fünf Stunden. Er hat im Central Park um Geld gespielt, die russischen Männer dort hatten Großmeisterniveau und lebten vom Schach. Sie besiegten ihre Gegner immer so knapp, daß sie sie nicht entmutigten.

Unter Ulf wohnte einmal ein Knasti, der nachts immer betrunken nach Hause kam und Radio mit DDR-Nachrichten aufdrehte. Weil er wußte, daß Knastis auf Hierarchien geeicht sind, hat Ulf gar nicht erst gefragt, sondern ihm gleich die Tür eingetreten und den im Bett Liegenden verdroschen. Daraufhin hatten sie Ruhe, und der Mann bestand darauf, Ulfs Frau die Einkaufsbeutel zu tragen. (Die Geschichte hat er mir erzählt, als ich selbst Ärger mit einem Nachbarn hatte, ich bin aber schließlich umgezogen.)

Ulf war lange Kulissenschieber und hat noch mit Heiner Müller gezecht und ihn fotografiert. Weil er dazu neigt, sich zuviel aufzuladen, hat er sich den Rücken verhoben. Deshalb lebt er jetzt vom Fotografieren, auch darin ist er Autodidakt. Vor der Wende durfte er einmal mit dem DT zu einem Gastspiel in den Westen reisen und ist abgehauen. Seine Frau hatte ihm für ein Jahr freigegeben, danach wollte er versuchen, irgendwie wieder ins Land zu kommen. Er vagabundierte gerade durch Frankreich und Spanien, als die Mauer fiel. Weil er trotzdem nicht zurückkam (das Jahr war ja noch nicht um), trennte sich seine Frau von ihm.

Mit der Tochter einer Verflossenen hat er jetzt wieder zwei Kinder. Mit ihr war er auch in Indien, wo er fast gestorben wäre. Bauchspeicheldrüse, Leber, falsche Diagnose, fast hätten sie ihn vergiftet, er mußte aus dem Krankenhaus fliehen und wog zu Hause nur noch die Hälfte. Manchmal packt es ihn, und er fährt spontan mit einem alten Damenfahrrad nach Litauen. Obwohl er kein Polnisch kann, wird er unterwegs überall eingeladen. Einmal mußte er so viel Wodka trinken, daß er die Nacht quer auf der Fernstraße liegend verbrachte und nur durch Glück nicht überfahren wurde. Er würde für solch eine Reise nie ein besseres Fahrrad benutzen, es gefällt ihm ja gerade, sich abzukämpfen. Ein Mann aus dem Osten, wie sie nicht mehr nachwachsen.

Oder hat sie einen aus dem Westen? Mit Cabrio, Dachgeschoßwohnung und Lieblingswein? Und ich konnte ihr nur ein Stück Quietschpappe zu Weihnachten schenken. Aber es hatte doch geklungen wie früher.

Die wiedergefundene Zeit, S. 85–105

Nicht nur für die Soldaten ist Urlaub eine verstörende Erfahrung, auch den Daheimgebliebenen beschert die Begegnung mit ihnen seltsame Empfindungen: »*Als Saint-Loup in mein Zimmer getreten war, hatte ich mich ihm mit einem Gefühl der Befangenheit und unter dem Eindruck von etwas Übernatürlichem genähert, das einem im Grunde alle Urlauber einflößen und das man sonst verspürt, wenn man zu einer von tödlicher Krankheit befallenen Person mitgenommen wird, die noch immer aufsteht, sich ankleidet und spazierengeht.*« Seine Narbe auf der Stirn erscheint Marcel »*erhabener und geheimnisvoller […] als die vom Fuß eines Riesen auf der Erde zurückgelassene Spur*«.

Es gab inzwischen einen Zeppelinangriff auf Paris (die Kriegsgeschichte hat ihre Kuriosa), und Saint-Loup »*fragte mich, ganz als rede er von irgendeinem ästhetisch höchst bedeutsamen Schauspiel, ob ich auch alles gut gesehen habe*«. Dreißig Jahre später steht Ernst Jünger auf dem Dach eines Hotels mit einem Glas Burgunder in der Hand (in dem Erdbeeren schwimmen) und betrachtet einen Bombenangriff auf Paris, das ihm schön wie ein Kelch, »der zu tödlicher Befruchtung überflogen wird«, erscheint. Aber er hat diese Pose nicht erfunden, Saint-Loup diskutiert auch schon, ob Flugzeuge beim Start oder bei der Landung besser aussehen. Bei der Landung hätten sie den apokalyptischen Effekt von sich aus ihrer Bahn lösenden Sternen. Schon das Sirenengeheul erinnerte ja an Wagner.

Monsieur de Charlus wird immer mehr zur tragischen Gestalt. Aufgrund seines »*Lasters*« hat sich eine maximale Distanz zwischen den beiden Seiten seiner Persönlichkeit eingestellt, dem ererbten Teil und dem

»*persönlichen Makel*«. Den Verdurins erscheint er als »*Vorkriegstyp*«, was als schlimme Charakterisierung gemeint ist. »*Er sieht keinen Menschen, niemand empfängt ihn mehr.*« Reicht das denn schon, um »*schrullig*«, oder »*erledigt*« zu sein? Eigentlich müßten sich doch die Menschen, die niemanden mehr sehen, untereinander recht gerne sehen. Charlus hat seine adlige Mischpoke immer verachtet, er ist ja eigentlich ein Künstler ohne Werk, aber Menschen wie Bergotte hatten an ihm gerade seine Verwandtschaftsverhältnisse gereizt.

Dazu kommt, daß Madame Verdurin Charlus als Spion verdächtigt, da in ihm bayerisches Blut fließt. Warum hat er sie damals überhaupt auf La Raspelière besucht? »*Sicher war er von den Deutschen beauftragt, dort einen Stützpunkt für ihre U-Boote vorzubereiten.*« Auch der ehemalige Geliebte Morel verfolgt Charlus mit Haß, obwohl er seine tiefe Güte, Großzügigkeit, sein Zartgefühl und sein eines Heiligen würdiges, ungewöhnliches Feingefühl durchaus begriffen hat. Aber trotzdem schreibt er für die Zeitung parodistische Pamphlete gegen Charlus, die von Madame Verdurin vervielfältigt und weiterverbreitet werden.

Madame Verdurin betrachtet den Krieg im übrigen »*als eine Art von gigantischem ›Langweiler‹*«, der ihr ihre Getreuen abspenstig macht, zum Beispiel Cottard (der ja seit ein paar hundert Seiten wieder lebt), er stirbt offiziell im Krieg, in Wirklichkeit aber an Altersschwäche.

Durch die Frauen hat Marcel gelernt, daß man Worten nicht immer glauben darf. Das gilt im menschlichen Bereich wie in der Politik. »*Aber seitdem das Leben mit Albertine und mit Françoise mich daran gewöhnt hatte, bei beiden Gedanken und Pläne zu vermuten, die sie nicht in Worte kleideten, ließ ich mich durch keine auch noch so überzeugend klingenden Reden von Wilhelm II., von Ferdinand von Bulgarien, von Konstantin von Griechenland in meinem Instinkt mehr täuschen.*« Das schlichte, männliche Gemüt bekommt von den Frauen komplexes Denken gelehrt.

Verstorben:
- Madame de Villeparisis, Cottard (zum zweiten Mal), Monsieur Verdurin.

Unklares Inventar:
- Bressant, Delaunay (Schauspieler). Mangin, Arthur Meyer, Zuaven, die Schärpe der Marienkinder, Deschanel.

Verlorene Praxis:

- Kühne Vorstöße zur Kunst unternehmen.
- In die Sitzung der Académie Française gelaufen kommen, wenn Deschanel spricht.

166. Mi, 10.1., Berlin

Falko Hennig war einer der ersten Autoren, die mir auf den Berliner Lesebühnen aufgefallen sind, als ich noch ausschließlich Zuschauer war. Um Papier zu sparen, las er seine Texte vom Laptop ab und trug dabei oft kurze Hosen und Sandalen. Manchmal verschenkte er an Interessierte aus dem Publikum Kram aus seiner Wohnung, der ihm zu schade zum Wegwerfen war. Sein erstes Buch »Alles nur geklaut« präsentierte die DDR über eine Kleinkriminellenkarriere, wie wir sie damals zwangsläufig alle hatten. Der erste Satz lautet: »Bei mir hat es im Kindergarten angefangen.« Bei mir auch! Einmal berichtet der Held, wie er sich beim Altstoffhändler heimlich im Altpapierberg eine Höhle baut, in der er ganze Tage umgeben von alten Zeitungen verbringt (sogar welchen aus dem Westen). Und beim Versuch, im Palast der Republik einzubrechen, um in die ausverkaufte Loriot-Vorstellung zu kommen, landet er in der Volkskammer. Bei den meisten Episoden stand ich sozusagen direkt daneben, Loriot habe ich zum Beispiel damals durch Zufall vom Palasthotel (inzwischen abgerissen) zum Palast (bald abgerissen) gehen sehen, die Kartensuchenden standen bis zur Spandauer Straße, einer fragte sogar Loriot selbst nach einer Karte.

Was mir Falko Hennig so sympathisch macht, ist seine fast makellose Erfolglosigkeit, wenn man einmal davon absieht, daß er unverwechselbare Texte schreibt. Ich glaube, er gehört zu den wenigen Autoren, denen Geld nichts anhaben könnte. Dann würde er vielleicht auch wieder Gedichte schreiben, die er inzwischen für ökonomisch unsinnig hält.

Alle Maßnahmen, den Erfolg zu erzwingen, mißlingen ihm: Wenn er 1 000 Werbekarten verschickt, kommen 999 zurück, weil die Straßen umbenannt worden sind. Wenn er für eine Pressekonferenz ein Buffet organisiert, ist gerade Champions-League-Finale. Seine Filmkamera und die Fototasche, die er immer mit sich führt, falls ihm das Pressefoto des Jahrhunderts gelingen sollte, läßt er alle paar Tage irgendwo liegen. Wenn er sich an einen Cafétisch setzt, gehen die Gläser an den Nachbartischen zu Bruch. Er nutzt die Gelegenheit, um die Geschädigten mit Flyern für seine nächsten Veranstaltungen zu trösten.

Falko Hennigs Tagebuch ist ein Epos von Katastrophen, Zumutungen und Selbstbeschwörungen zur Arbeit, es enthält aber auch herrliche Beschimpfungen, Drohbriefe und Krankenberichte, die von der Komik des Lamentos leben. Daß ich vor fünf Jahren selbst angefangen habe, nach einer längeren

Pause wieder Chronik zu schreiben, geschah auf seine Anregung hin. Mein Traum war es immer, beide Versionen der Wirklichkeit in einer Lesung gemeinsam zu präsentieren, daraus entstand die Idee der »Weltchronik«.

Seit einem Jahr denken wir nun über diese Veranstaltung nach. Zunächst gab es keinen Raum, weil die in Frage kommenden Orte abenteuerliche Konditionen bieten. Dann hatten wir endlich die Zusage vom »Tränenpalast«, aber eine Woche später erfuhr ich aus der Zeitung, daß er abgerissen werden sollte. Ich hätte es wissen müssen, ich arbeitete schließlich mit Falko Hennig zusammen! Dann kamen die Absagen von Gästen, denn der Clou sollte ein Stargast sein, der für uns einen Monat lang Tagebuch schrieb. Karl Dall führte fadenscheinige Gründe an, Sven Regener behauptete, das Konzept sei ihm zu exhibitionistisch, Judith Holofernes wurde von ihrem Management abgeschirmt, Charlotte Roche und Sarah Kuttner reagierten nicht, Wladimir Kaminer wollte »vom Vorlesen wegkommen«. Rühmliche Ausnahme war Judith Hermann, die sofort zusagte, aber als ich ihr irgendwann erklärte, daß wir nicht unter Ausschluß der Öffentlichkeit lesen würden, sondern vor möglichst viel Publikum, bekam sie Angst, was ja eigentlich sehr sympathisch ist, aber schlecht für uns, denn sie warf wie erwähnt eine Münze, und wir hatten Pech (das heißt, wahrscheinlich hatte Falko Pech, bei mir wäre die Münze sicher richtig gefallen). Am liebsten hätte ich ja die Oma aus meinem Haus eingeladen, deren Tagebuch mich in der Tat interessieren würde, aber würden wir mit ihr den Saal füllen? Und war es überhaupt möglich, mit Falko eine erfolgreiche Zusammenarbeit zu realisieren?

Am 31. Januar soll es endlich soweit sein, wenn Falko sich nicht vorher wieder beim Kauf einer Bockwurst das Genick bricht wie vor zwei Jahren. Am Ende sitze ich allein im »Babylon«, und sie halten mich für ihn und bewerfen mich mit Tomaten! Warum machen wir das überhaupt? Erniedrigende Anrufe und demütigende Treffen mit Sponsoren, die nie von uns gehört haben und auf Anfragen zehn Mal nicht reagieren, um beim elften Mal zu fragen, worum es nochmal ging? Tausend Entscheidungen über Flyergestaltung, Pressetexte, Fotoauswahl, Termine. Endloser Mailverkehr mit vergeßlichen Gästen, beängstigende Auslagen für Licht, Ton, Technik, Werbematerial, Grafiker, Gasthonorar! Ich wollte doch nur unsere Chroniken vorlesen! Und jetzt planen wir eine Multimediashow, wobei wir noch nicht wissen, ob unsere Computer S-Video oder VGA haben, was wohl wichtig sein soll für eine Multimedia-Show. Warum macht man das? Weil es schade wäre, es nie versucht zu haben? Oder weil ich eine Pankowerin mit einem Erfolg doch noch überzeugen könnte?

Die wiedergefundene Zeit, S. 105–126

Eine früh im Jahrhundert beschriebene Erfahrung, »*daß der Tod von Millionen Unbekannten kaum und beinahe weniger unangenehm als ein Luftzug unsere seelische Epidermis berührt*«. Madame Verdurin leidet zum Beispiel weit mehr unter ihrer Migräne, die sie bekommt, »*weil sie morgens keine Hörnchen mehr in ihren Milchkaffee tauchen konnte*«. Cottard, der zum zweiten Mal wiederauferstanden ist, schreibt ihr ein Attest, und sie darf sich die rationierten Croissants aus einem Restaurant kommen lassen.

Aus reinem Widerwillen gegen die patriotischen Floskeln der Franzosen und ihrer Presse, hält Charlus eher zu den Deutschen. Die Fehler der eigenen Leute fallen einem eben unangenehmer auf. In den Zeitungen literarisieren Autoren das Zeitgeschehen, die die Länder und Herrscher, von denen sie schreiben, nie gesehen haben. Ausdrücke fallen, wie der von der Notwendigkeit einer »*wissenschaftlichen Barbarei, wenn wir den Krieg gewinnen wollen*«. Monsieur Norpois fordert in seinen Artikeln den Kriegseintritt Rumäniens oder Bulgariens: »*Es ist augenscheinlich, daß die Völker, die erst dem Siege zu Hilfe eilen, dessen strahlendes Morgenrot sich bereits am Horizont abzuzeichnen beginnt, nicht auf die Belohnung rechnen können.*« Natürlich sehen die Menschen alles durch die Brille ihres jeweiligen Blatts. Charlus kennt dagegen die beteiligten Herrscher persönlich oder ist mit ihnen verwandt. Und Kaiser Franz-Joseph, der ihn als Vetter behandelt, hat er seit Kriegsbeginn nicht mehr geschrieben, »*fuhr er fort wie jemand, der kühn einen Fehler eingesteht, von dem er weiß, daß man ihn nicht wohl deswegen tadeln kann*«.

Hinzu kommt, daß er auch über ihre sexuellen Absonderlichkeiten auf dem laufenden zu sein behauptet. Mit Konstantin von Griechenland ist er vor seiner Hochzeit »*recht gut bekannt gewesen*«. Kaiser Nikolaus soll »*eine große Schwäche für ihn*« hegen. Der Zar von Bulgarien »*ist mir sehr zugetan*«. Sie sind also alle »*so*«. Und so erklärt es sich auch, daß Ferdinand von Coburg, der Zar von Bulgarien, der »*mutmaßlich ähnliche Beziehungen*« zu Kaiser Wilhelm unterhält, sich mit seinem Land auf die Seite Deutschlands und der »*Raubstaaten*« geschlagen hat. Eine unorthodoxe Erklärung für das Zustandekommen internationaler Allianzen.

Unklares Inventar:
- Einfliegende »Gothas«, Berloque (Militärsignal), Vauquois (Schlacht), Germano-Turanier (Schimpfwort), Caillaux (mutmaßlicher Verräter und ein »Giolitti Frankreichs«), Giolitti, Venizelo.

Zeitgenössische Gesten:
- Der Zeitung kleine Stupse geben, damit man sie aufgeschlagen halten kann, ohne die mit dem Eintauchen des Hörnchens beschäftigte Hand zu benutzen.

Verlorene Praxis:
- Jeden Abend nicht nur die Situation der Armeen, sondern auch der Flotten durchsprechen.

167. Do, 11.1., Berlin

Nachtfahrt aus Neubrandenburg nach Berlin. Von einem Aufprall wache ich auf, wir haben einen Fuchs überfahren. Beim Halt entferne ich mich ein paar Schritte aus dem Scheinwerferlicht, es ist windig und man kann sich vorstellen, wie wenig man der Situation gewachsen wäre, wenn man hier ausgesetzt würde. Den Kopf gegen die kühle Scheibe lehnen, ins Dunkel sehen und auf das Brummen des Motors hören wie auf den langen Busfahrten durch Bosnien, nur daß der Fahrer keinen Turbo-Folk hört und mein Sitznachbar nicht raucht. Ich bin niedergeschlagen, weil ich bei unserer Lesung im Vergleich zu den anderen nicht angekommen bin. Die Zuschauer schlucken mich wie eine bittere Pille. Erfolg ist immer ein Mißverständnis. Es fällt mir immer schwerer, vor Menschen aufzutreten, die offensichtlich nicht lesen.

Aus Angst vor Zurückweisung wählt man dann seine zynischsten Texte aus, weil man weiß, daß man mit Emotionen befremden würde. Den Fehler macht man ja auch bei Frauen, die meist nicht durchschauen, warum man so abweisend ist. Allerdings heißt es von Larry David, er habe bei manchen seiner frühen Stand-up-Auftritte das Publikum gemustert, »I don't think so« gesagt und sei ohne ein Wort wieder von der Bühne verschwunden. Dafür ist er heute legendär. Aber er hat es auch geschafft, eine ganz von seinem Geist geprägte Sitcom zu produzieren, deren letzte Folge ein Drittel aller Amerikaner geguckt hat.

Man kämpft im Unterhaltungsbereich nicht weniger um seine künstlerische Integrität, als wenn man neo-expressionistische Inzestdramen für deutsche Stadttheater schreibt. Nur daß man wirtschaftlich denken und trotzdem glücklich werden muß mit seiner Arbeit.

Ein Zuschauer sagte nach der Lesung zu mir: »Der eine von euch ist doch viel besser angekommen als die anderen, da solltet ihr vielleicht nicht zusammen lesen.« »Ich will aber gar nicht ankommen.« »Und noch ein Tip: Axel Hacke.« »Was ist mit dem?« »Der macht das gut.« »Ich will es aber schlecht machen.«

Er meinte wohl, ich sollte mal bei Axel Hacke nachlesen, wie man schreiben muß, damit es ihm gefällt. Wie tief ist man gesunken, daß man überhaupt so eingeordnet wird. Ich nehme mir dann immer vor, nur noch Texte zu schreiben, die niemand gut findet. Andererseits muß man doch jeden irgendwie erreichen können, wie Arznei oder Alkohol ja auch in die Blutbahn gelangen, unabhängig von Bildung oder Persönlichkeit. »Multi te laudant, ecquid habes cur placeas tibi, si is es quem intellegant multi? Introrsus bona tua spectent.«

Bis man plötzlich losrennt wie ein Fußgänger, der seine Bahn kommen sieht und sich freut, wenn er sie noch schafft, denn er hat etwas erreicht im Leben, wenn auch nur eine Bahn. Dann schreibt man wieder einen neuen Text, der einen für eine Weile elektrisiert und von dem man glaubt, daß die Zuschauer ihn lieben werden. Aber vorerst muß ich noch an den Fuchs denken, den ich einen Moment lang beneidet hatte, weil es für ihn vorbei war.

Die wiedergefundene Zeit, S. 126–146

Marcel geht mit Charlus über die Boulevards, und Charlus bedauert den Verlust an lebendiger Schönheit durch die vielen Opfer, die der Krieg unter den jungen Männern fordert. Man werde beim Nachtmahlen im Restaurant nur noch *»von rachitischen, kneiferbewehrten Gestalten«* bedient, die aus offensichtlichen Gründen zurückgestellt worden seien, oder gar von Frauen. Nichts Erfreuliches, um sein Auge darauf ruhen zu lassen. Schuld ist *»das Abströmen aller Männer an die Front, durch das infolge einer Saugwirkung während der ersten Mobilmachungszeit in Paris eine Art von Leere entstanden war«*. Auch unbelebte Schönheit hat zu leiden, die Kirche von Combray ist von den Franzosen gesprengt worden, weil sie den Deutschen als Beobachtungsposten diente. Unerträglich sei, daß jedes Land dasselbe sage. Mit denselben Argumenten, die man dem Gegner vorwirft, wird eigenes Handeln gerechtfertigt. Außerdem herrscht eine Stimmung, in der es schon Verrat ist, sich immer noch mit ziviler Kultur zu befassen.

Aus seiner Verachtung für die Passanten heraus schreit Charlus geradezu beim Sprechen, so wie er auch niemandem ausweichen würde. Er hat ja nie etwas geschaffen und muß seine Eindrücke *»wie ein Flieger seine Bomben, und wäre es auf freiem Feld, sogar da loswerden [...], wo seine Worte niemanden erreichten, erst recht aber, wenn er sich in Gesellschaft befand, wo dann alles, was er sagte, zufällig irgendwo einschlug«*. Währenddessen drücken sich in ihrer Nähe zwielichtige Gestalten herum, die sich Charlus anbieten würden, wenn er allein wäre. Marcel fragt sich, ob er bei ihm bleiben soll, um ihn zu beschützen, oder ob er Charlus im Gegenteil stört. Genau wie bei einem Epileptiker, dessen Anfall sich andeute, wisse man nicht, ob die Anwesenheit eines Helfers erwünscht sei oder ob dessen Abwesenheit den Betroffenen nicht vielleicht sogar soweit beruhigen würde, daß der Anfall ausbleibt.

Immer noch sind ständig Flieger am Himmel, eine der Neuerungen für das Auge, die dem Krieg zu verdanken sind: »*Der große Eindruck von Schönheit, den diese menschlichen Sternschnuppen uns boten, lag vielleicht darin, daß sie uns veranlaßten, zum Himmel aufzuschauen, zu dem man sonst nur selten die Augen erhebt.*« Für sich selbst sieht Marcel keine Gefahr durch die Bomben: »*Da meine Trägheit mir die Gewohnheit mitgeteilt hatte, meine Arbeit immer von einem Tag auf den folgenden zu verschieben, stellte ich mir zweifellos vor, es könne mit dem Tode ebenso sein.*« Ob man das kann, aus Faulheit am Leben bleiben?

Unklares Inventar:
- Cuvier, Combes, Jomini, Apollonius von Tyana, Père Didon, Morand, Syveton, Becque, Saint-Vallier, Saint-Mégrin.

Katalog kommunikativer Knackpunkte:
- Jemandem durch ziemlich lautes Sprechen zu verstehen geben, daß von ihm die Rede ist, während man sich gleichzeitig bemüht, durch eine gewisse Dämpfung der Stimme anzudeuten, daß man von ihm nicht gehört werden will.

Verlorene Praxis:
- Die Aufmerksamkeit durch die Fruchtbarkeit seiner Intelligenz und die Hilfsquellen seines Gedächtnisses dauernd zu fesseln vermögen.
- Allein mit dem Hinweis auf alles, was man nicht sagen wird, einen umfänglichen Band zusammentragen.

Selbständig lebensfähige Sentenz:
- »*Lenin spricht, doch der Wind der Steppe trägt seine Rede davon.*« (Brichot)

168. Fr, 12.1., Berlin

Ich hoffe, daß spätere Generationen an diesen Notizen nicht vor allem das interessiert: der Müll, den ich heute runtergebracht habe (in einer Tüte mit der Aufschrift »Mehr extra zum Leben«):

1 leeres Glas Halberstädter Würstchen
1 Plasteverpackung Speckziegenkäse
1 verschimmelte Wiener
1 Bananenschale
1 Apfelschale
1 Zellophanverpackung von 1,684 kg Bananen für 3,01 Euro
Verkohlte Krümel von irgend etwas aus dem Backofen
1 Verpackung Hohes C »milde Orange«
1 Kohlrabischale
1 Verpackung Dr. Oetker Vitalis Knusper Müsli
1 Verpackung Tip Takis Balkankäse
2 Bananenschalen
1 Clementinenschale
¼ Landbrot in einer Papiertüte
1 Verpackung Landliebe Grießpudding Vanille
1 Verpackung Kalinka Kefir
1 Verpackung Alpro Soya Vanille
1 Clementinenschale
1 flüssig gewordene Banane in einer zugeknoteten Plastetüte
1 Verpackung Landliebe Grießpudding Vanille
1 Beutel Meßmer-Tee »Quelle der Entspannung«
1 Hohes-C-Deckel
1 Salat-Plasteschale
1 »Matiss«-Antipasti-Schale (»Aus Liebe zur Tradition!«) (Oliven)
1 »Matiss«-Antipasti-Schale (»Aus Liebe zur Tradition!«) (gefüllte Peperoni)
1 Papiertaschentuch
1 Salatschale Tomate-Feta
1 Plastetüte
1 Bananenschale
10 Papiertaschentücher
1 Packung Garnier Fructus »Anti-Schuppen/Anti-Rückfall«

1 Schneekoppe-»MüesliPause«-Mandel-Nuß-Papier
1 Bananenschale
1 Lecrobag-Gummibärchentüte
1 Salatschale »Salat mit Champignons«
1 Verpackung Tip Takis Balkankäse
1 Obst-Cocktail-Schale
1 leeres Glas Tip Kaffeeweißer
1 Packung Garnier Fructis »Für häufiges Haarewaschen«
1 leere Packung Zewa Softis
1 leere Packung Tempo
1 Bananenschale
1 Klorollenpappe
1 Schneekoppe-»MüesliPause«-Mandel-Nuß-Papier
1 Bananenschale
½ Stück Tip Deutsche Markenbutter
1 goldenes Geschenkband
5 Papiertaschentücher
1 Beutel Bad Heilbrunner Magen-Darm-Tee
1 Bananenschale
1 Tomatenblüte
1 Beutel Meßmer-Tee »Quelle der Entspannung«
1 leere Packung Tempo

Die wiedergefundene Zeit, S. 146–166

Zur Phänomenologie des Händeschüttelns: »*Einen Augenblick jedoch noch, während er sich von mir verabschiedete, drückte Monsieur de Charlus mir die Hand, als wolle er sie zerquetschen, was eine deutsche Eigentümlichkeit aller Leute ist, die so geartet sind wie der Baron, und ein paar Sekunden noch ›massierte‹ er sie mir, wie Cottard es ausgedrückt hätte, als wolle er meinen Gelenken eine Geschmeidigkeit wiedergeben, die sie durchaus noch nicht eingebüßt haben.*«

Unter der makellosen Sichel des Monds geht Marcel wie ein Kalif aus seinem geliebten »Tausendundeine Nacht« durch das verdunkelte Viertel, und gelangt schließlich auf der Suche nach Bewirtung zu einem zwielichtigen Hotel, das auf ihn wie ein Spionagenest wirkt. Ist es Saint-Loup, der eben aus dem Gebäude tritt? In einer Bewegung, die

»*wie der Ausfallversuch eines Belagerten wirkte*«? Im Foyer unterhalten sich Männer über den Krieg und über einen Gefangenen, den sie mit Schlägen traktiert haben. Ihr Chef sei losgegangen, um längere Ketten zu besorgen. Hier wird anscheinend jemand gequält, und »*mit dem Stolz eines Rechtsbringers und dem Lustgefühl des Poeten trat ich entschlossen in das Hotel*«.

Marcel spioniert ein wenig und sieht den Gefangenen, »*an sein Lager gefesselt wie Prometheus an seinen Felsen*«, die Schläge einer nagelbewehrten Peitsche entgegennehmen und in seinem Blut schwimmen, es ist der Baron de Charlus. Jupien ist auch anwesend und berichtet Charlus, was für Kerle er für ihn aufgetrieben hat. Einen, der Passanten zu Krüppeln geschlagen hat, einen, der bei der Fremdenlegion seinen Sergeanten umgelegt hat. Charlus sind sie aber alle nicht brutal genug, auch nicht der, der in den Mord an seiner Hausmeisterin verwickelt ist, aber da ist noch der, »*der in den Schlachthäusern die Ochsen tötet*«. Sie alle ähneln für Marcel ein wenig Morel, vielleicht auch einem Idealbild, »*dessen Gestalt in den Saphir von Charlus' Augen eingeschnitten*« ist.

Unklares Inventar:
– Ambrine, Klopfpeitsche, in Fresnes gewesen sein.

Überraschende Information:
– Marcel läßt nebenbei fallen, daß er irgendwann beim Militär war.

Verlorene Praxis:
– Wie in Irrenhäusern die Leute nur mit Vornamen nennen.

Selbständig lebensfähige Sentenz:
– »*Die Frivolität einer Epoche wird, wenn zehn Jahrhunderte darüber vergangen sind, zur Materie profundester Gelehrsamkeit.*«

169. So, 14.1., Berlin

Noch im Bett die nächste Woche durchgehen, den Zeitplan nach Lücken absuchen, undichte Stellen im Deich des Verdrängens, den man um sein Gemüt errichtet und durch die Erinnerungen brechen könnten.

Ich denke nicht, daß Menschen, nur weil sie nicht schreiben, stumm bleiben. Viele Bauwerke, die in den letzten Jahren in Berlin errichtet wurden, kommen mir vor wie der Hilfeschrei eines unglücklichen Architekten. Da hat jemand seinen ganzen Kummer und Weltekel in seine Entwürfe gelegt. Und vielleicht kommt deshalb auch manchmal die Bahn zu spät. Oder man wird auf einem Amt schlecht behandelt. Nur daß, was den einen unsterblich macht, den anderen zur Plage für den Kunden werden läßt.

Ich bin so dankbar, daß mir manchmal ein Satz gelingt, man wird ganz demütig. Manche Frau, mit der ich zu tun hatte, nahm es persönlich, wenn ich die Arbeit (mit achtzehn haben wir noch »Werk« gesagt) kategorisch über alles stellte. Ist es nicht schön, mit jemandem zu leben, der ein Ziel hat? Ich versuche zum Beispiel gerade über einen Kosmonauten zu schreiben. Je intensiver ich an ihn denke, umso besser geht es mir.

Es kommt vor, daß man ungewollt die Seiten wechselt und plötzlich jemandem gegenüber in der Position ist, die die Frau zu einem selbst eingenommen hatte. Ein erhellender Perspektivwechsel, wie wenn man sich bückt und durch die Beine guckt. Oder man führt einen Besucher durchs Viertel und muß ihm bei jeder Richtungsänderung kleine Stupse geben, damit er weiß, wohin es geht. Die Reize des eigenen Viertels fallen einem wieder auf. Eigentlich müßte ich Fremdenführer sein, dann würde man mir auch nicht vorwerfen können, zuviel zu reden.

Plötzlich sieht man, wie bedrückend es ist, jemanden verletzen zu müssen. Ich habe allerdings auch immer meine Lehrer verstehen können, sogar meine Offiziere. Irgendwie haben doch alle ihre Gründe.

Sie kommt erst wieder, wenn sie spürt, daß du dich endgültig von ihr gelöst hast, hieß es. Das klingt, als sei meine Leidenschaft ein Grippevirus, das man auskurieren kann. Dabei denke ich immer noch an meine Krankenschwester von vor siebzehn Jahren und sehe sie regelmäßig um die Ecke biegen, und dann ist sie es gar nicht. Das geht doch nie vorbei. Es wäre eine reizvolle Situation, wenn all die Mädchen, die man unbedingt wollte, einen einmal überraschend besuchen kämen. Das Eigenartige ist ja, daß sie sich gar nicht kennen. Dabei haben sie so viel gemeinsam.

Die wiedergefundene Zeit, S. 166–187

Das von Jupien geleitete Hotel, in dem masochistisch veranlagte Aristokraten die Begegnung mit Lakaien, Chorknaben, »*Negerchauffeuren*«, Angehörigen jeglicher Waffengattungen, Alliierten jeglicher Nationalität suchen. Auch Kanadier sind beliebt, wegen ihres archaischen Akzents, sowie Schotten, wegen der Röcke. Ganz verdorbene Greise verlangen gar nach Kriegskrüppeln.

Charlus weiß zwar, daß ihm alles nur vorgespielt wird, aber bis zu einem gewissen Grad kann er sich der Illusion hingeben, er werde tatsächlich von Schwerverbrechern gezüchtigt. Nur wenn diese eigentlich arglosen Kerle bei der Verabschiedung zu ungeschickt lügen, und man »*die Absicht wie in Büchern von Verfassern, die im Apachenjargon schreiben wollen*«, bemerkt, bricht alles zusammen, und Charlus ist enttäuscht, es mit braven Jungs zu tun zu haben, die ihr Honorar für die Schläge dem Bruder an der Front oder den Eltern schicken.

Die Gäste sind dabei keineswegs zwielichtig, sondern geistreiche, feinfühlige und liebenswürdige Männer verschiedenster Profession. Das Haus ist sozusagen ein Mittelpunkt des geistigen Lebens. Natürlich tobt unweit von Paris der Krieg, und ab und zu taucht ein deutsches Flugzeug über den Dächern auf und wirft Bomben. »*Aber was machen Sirenen und deutsche Flugzeuge Leuten aus, die ihr Vergnügen suchen? Der gesellschaftliche und natürliche Rahmen, der unsere Liebeserlebnisse umgibt, beschäftigt uns beinahe gar nicht.*« Modell zahlloser Melodramen, in denen die Helden, noch wenn ihnen das Wasser bis zum Hals steht, die Zeit für einen Kuß finden, der sie ihre völlig aussichtslose Situation für Momente vergessen läßt. »*Es ist nämlich falsch zu glauben, daß die Stufenleiter der Ängste derjenigen der Gefahren entspricht, durch die jene hervorgerufen werden. Man kann fürchten, nicht einzuschlafen, weit weniger Angst aber vor einem ernsthaften Duell verspüren, vor einer Ratte wiederum mehr als vor einem Löwen.*«

Bei Bombenangriffen begeben sich diese Pompejaner in die Katakomben, wo die Dunkelheit den Lustgewinn noch steigert, weil man die Präliminarien der Annäherung über Blicke und Gespräche überspringen kann, um »*unmittelbar in eine Phase der Zärtlichkeit einzutreten*«. Der Luftschutzkeller als Darkroom! Die archaische Welt des Krieges trifft auf die ebenso archaische Welt geheimer Riten der Lust unter dem »*vulkanischen Grollen der Bomben*«.

Unklares Inventar:
- Lupanar.

Katalog kommunikativer Knackpunkte:
- Jemandem so unendlich lange lächelnd in die Augen schauen, »*wie einen früher die Photographen stillsitzen ließen, wenn das Licht nicht gut war*«.

Verlorene Praxis:
- Sich daran gehindert sehen, bei einer nur ironischen und äußerlichen Sicht der Dinge stehenzubleiben, weil sich einem unaufhörlich Gelegenheiten für schmerzliche Erfahrungen eröffnen.
- Sich mit der Dunkelheit entschuldigen, wenn der Vorstoß der Hände und Lippen schlecht aufgenommen wurde.

170. Mo, 15.1., Berlin

Anfang der Neunziger pilgerten wir in Tarkowskij-Filme, auch wenn viele dieser Kinoabende im »Babylon« etwas Bleiernes hatten. Aber man war bereit, für seine Erleuchtung zu leiden, massentaugliche Kulturprodukte wurden verachtet. Man war noch zu jung für diese Filme, aber umso mehr respektierte man sie. Statt nebenan in der Oranienburger Straße mit den zugezogenen Westdeutschen die ersten improvisierten Kneipen zu bevölkern, saß man, während irgendwo zu Techno getanzt wurde, in dunklen Sälen und sah immer wieder »Stalker«, »Nostalgia« oder »Solaris«. Während ich mich an den Schluß dieses Films wie immer nicht erinnere, sehe ich genau die Szene vor mir, in der die Frau mit bloßen Händen eine Stahltür zerfetzt, weil sie es nicht erträgt, auch nur einen Moment von ihrem Mann getrennt zu sein.

Seit über zwanzig Jahren steht Stanisław Lems Buch bei mir im Schrank (vielleicht ein Konfirmationsgeschenk, weil jemand dachte, ich würde mich als Junge für Weltraumliteratur interessieren und nicht wußte, daß es in »Solaris« eigentlich um Liebe ging). In den letzten Tagen habe ich den Roman verschlungen, ein schönes Gefühl, sich Bücher doch noch anzueignen, die man schon lange besitzt. Das bestärkt einen in der Vorstellung, im Ernstfall bereits jetzt die Pforten schließen und mit den angesammelten Schätzen auskommen zu können. Und was sind schon zwanzig Jahre im Leben eines Buchs?

Beeindruckend, wie Lem charakteristische Beispiele vom Topos »Forschername« anhäuft. Wenn ich keinen übersehen habe, sind es auf zweihundertvierzig Seiten: Gibarian, Snaut, Moddard, Sartorius, Gamow, Shapley, Hughes, Eugel, Ottenskjold, Shannahan, Berton, Le Chatelier, Civita-Vitta, Veubeke, du Haart, Thexall, Ravintzer, Carucci, Fechner, Archibald Messenger, Timolis, Trahier, Giese, Uyvens, Maartens, Ekkonai, Hamaleas, Fermont, Tsanken, Nilin, Cayatt, Awalow, Siona, Erg, Frazer, Cajolla, Gravinsky, Magenon, Panmaller, Strobla, Freyhouss, le Greuille, Ossipowitsch, Franck, Holden, Eonides, Stoliwa, Sevada, Proroch, Grattenstrom, Muntius, Cho-En-Min, Ngyalla, Kawakadze, Bergmann, Reynolds.

Obwohl alles in der fernen Zukunft spielt, könnte man das Buch mit Proust vergleichen (ein seltsamer Effekt, Bücher parallel zu lesen, man geht noch mit der Erwartung des einen in das andere Buch, als ob man eine Bank betritt und im Kopf auf eine Apotheke eingestellt war). Ein Planet, der von einem gallertartigen Ozean bedeckt ist, den man als riesigen Organismus beschreiben könnte, der in der Lage ist, die Gehirne seiner Besucher zu analysieren und aus Neutrinostrukturen »Gäste« zu generieren, die den verdrängten Gedanken der Wissenschaftler nachgebildet sind. So daß der Held von einer Gefährtin verfolgt wird, die identisch mit der Frau ist, die sich vor Jahren seinetwegen umgebracht hatte.

Er versucht zuerst, sie mit einer Rakete in den Orbit zu schicken, aber sobald er sie dort eingeschlossen hat, vibriert der Apparat auf entsetzliche Weise, denn das Wesen in seinem Innern, das die Trennung nicht erträgt, hämmert in unvorstellbarer Panik gegen die Wände. Natürlich entsteht die Gefährtin nach ihrer Vernichtung neu und erinnert sich an nichts. Sie bemerkt nur ihr unbezwingbares Verlangen, bei ihm zu sein. Was für ein Bild für diesen Zustand, unter dem wir manchmal leiden. Was erzeugt diese traurige, durch nichts zu beherrschende Macht in uns, die sich zuverlässig immer wieder das falsche Objekt sucht? Wegen der die mittelalterlichen Mystikerinnen halluziniert haben, Jesus Herz zu essen oder von ihm schwanger zu sein? (Eine Freundin erzählte mir, man hätte sie zeitweise festbinden müssen, um sie daran zu hindern, zum Telefonhörer zu greifen und ihren sich ausschweigenden Partner anzurufen.) Und warum hat diese Macht so wenig Überzeugungskraft auf andere?

Die wiedergefundene Zeit, S. 187–207

Sind Männer, die sich aus Lustverlangen prügeln lassen, unzurechnungsfähig? Und diejenigen, die sie prügeln? Hat die »*Krankheit von Monsieur de Charlus*« ein neues Stadium erreicht? Dabei wisse »*der Irre*« doch, daß er Opfer eines Wahns sei, denn die Schläger sind ja bezahlt. Aber ist nicht schon jede individuelle Liebe zu einer Person eine »*Abirrung*«? Genaugenommen wäre jeder, der als einziger eine Frau liebt, ein Irrer, insofern dieses Wort für jemanden steht, der anders als alle anderen ist. So wie unsere Organe ihre »*Spezialneigungen*« haben und man »*bei bestimmten Wetterlagen ein Grauen*« empfindet, so kann man auch eine Neigung »*zu Frauen, die einen Kneifer tragen, oder zu Kunstreiterinnen*« empfinden. (Wie schwer fiele es allerdings, diese heute zu befriedigen!) Hinter dem Verlangen von Charlus nach schwer aufzutreibenden

Folterinstrumenten, wie sie selbst an Bord von Schiffen, auf denen härteste Disziplin herrscht, außer Gebrauch gekommen sind, verberge sich vielleicht nur der »*Traum von Männlichkeit*«. So enthalte jede Sehnsucht eine Wahrheit über uns.

In der Welt der Pornographie fällt die Ausdifferenzierung der Angebote auf. Eine fast schon systematische Kategorisierung der Lust, wie ein großes Kaufhaus, in dem für jedes Bedürfnis ein Produkt angeboten wird. Wobei mir diese Befriedigung von Bedürfnissen immer zweifelhaft vorkam, wie es doch auch verlogen scheint, Pizzen Namen zu geben, wenn sie sich nur in der Kombinatorik ihrer Zutaten unterscheiden. Eine Pizza besitzt doch keine zu einem Namen berechtigende Individualität, wenn sie statt mit Pilzen, Oliven und Schinken mit Pilzen, Oliven und Tomaten serviert wird.

Das Totenlied auf den beim Versuch, den Rückzug seiner Leute zu decken, gefallenen Saint-Loup wird konterkariert von der Information, daß er sein Kriegskreuz verloren hat, das ja ein paar Seiten vorher in Jupiens Lupanar aufgetaucht war. Der siegfriedhafte Saint-Loup hatte also auch zu den Besuchern dieser Züchtigungsanstalt gehört. Abgründe, in die man schauen muß, will man den Menschen verstehen. Oder kann man sie ebenso aussparen, wie man auch nicht unbedingt zusehen muß, wenn die Freundin sich das Gebiß mit Zahnseide reinigt?

Aus Kummer schließt sich Marcel mehrere Tage in seinem Zimmer ein. Er fragt sich, ob er nicht intensivere Bilder sieht als bei Personen, »*die man mehr geliebt, aber auch in so unaufhörlicher Folge vor sich gesehen hat, daß das Bild, welches man von ihnen behält, nur noch eine unbestimmte Mitte zwischen einer Unzahl von unmerklichen verschiedenen Bildern bezeichnet*«. Denn bei diesen ist »*unsere Zuneigung [...] ganz auf ihre Kosten gekommen*«, und man fürchtet nicht, daß man allein durch die Umstände um mehr betrogen wurde.

Wie das Leben so spielt, hatte Saint-Loup noch kurz vor seinem Tod nach Morels Aufenthaltsort an der Front geforscht. Zu spät für Saint-Loup ist er wiederaufgefunden, aber bei der Gelegenheit gleich als Deserteur enttarnt worden. Um seine Haut zu retten, denunziert Morel Charlus und Monsieur d'Argencourt, die daraufhin eingesperrt werden.

Verstorben:
– Robert de Saint-Loup.

Verlorene Praxis:

- Sich mit ohne Anleitung gepflegter Zufallslektüre eine so treffende Redeweise bilden, daß in ihr ein vollendetes Gleichgewicht der Sprache sichtbar wird.
- Eine Person, die man liebt, mit Vergnügen jeden Tag zur Weißglut bringen, indem man sie beim Domino schlägt.
- Selbst beim Durchschreiten eines Salon stets den Schwung des Angriffs in sich tragen.

171. Di, 16.1., Berlin

Ach, es gäbe noch so viel zu sagen, aber es sind nur noch zehn Tage, und danach ist es zu spät. Alles gewinnt seinen Zauber durch seine Endlichkeit, man muß loslassen können.

Wird es mich in einem Jahr noch geben? Werde ich dann unter unwillkürlichen Tränenausbrüchen leiden und von Tabletten abhängig sein? Oder bin ich dann plötzlich Luhmannianer? Werden mir die jungen Leute aus dem Weg gehen, weil ich nach Bitterkeit und Niedergang rieche? Oder wird sich ein ausbalanciertes, seelisches Gleichgewicht herstellen lassen? Treffe ich eine Physiotherapeutin mit Sinn für Sitcoms, Proust, sowjetisches Kino, Ausdauersport und Blödeln, die findet, daß trotz solch freudespendender Interessen ausgerechnet ich ihr in ihrem Leben noch fehle? Oder eine ganz andere, bei der mir egal ist, was sie macht und wie sie aussieht, weil sich durch sie ein geheimer Mechanismus in mir in Gang setzt, als würde einem Schläfer sein Losungswort zugeflüstert, das ihn vom Familienvater in eine Mordmaschine verwandelt?

Ist die »Recherche« eigentlich eine Erfolgsgeschichte? Oder wäre es eher ein Erfolg, ein stabiles, halbwegs ausgeglichenes Leben zu führen, in dem einen nichts dazu zwingt, 4000-Seiten-Bücher zu schreiben? Bis jetzt handelt das Buch vom Scheitern, aber wie bei Lance Armstrongs »Tour der Leiden« weiß man ja schon, daß der Autor am Ende ganz oben stehen wird. Die Irrwege zu beschreiben, auf denen der Autor zum Werk gelangt, gilt heute in der Literatur als Tabu, weil schon zu oft statt eines Buches die Schwierigkeit, ein Buch zu schreiben, thematisiert worden ist. Aber an den meisten Filmen ist das Making-of doch das Beste. Ich interessiere mich ja auch für das Ringen des Automechanikers um die Rettung des Getriebes oder für den Kampf des Kochs um sein Soufflé und nicht für Getriebe und Soufflé.

Was hat das Happy-End in unserer Kultur diskreditiert? Wenn Dido, während sie noch am Strand steht und sich wegen Aeneas in die Klinge stürzen will, plötzlich von einem Fremden angesprochen würde, der ihr viel besser gefällt? Wenn Werther ein Erasmus-Jahr in Salamanca macht, sich dort in eine aufgeweckte Finnin verliebt und nicht mehr versteht, was er von Lotte wollte? Wenn Jesus gar nicht sterben wollte, sondern in Wirklichkeit einen Verrückten vorgeschickt hat, während er sich mit einer Verehrerin aus dem Staub gemacht und zehn Kinder bekommen hat? Warum denkt man, daß das die Geschichten schwächen würde?

Viele Jahre hat Marcel im Sanatorium verbracht, nun kehrt er zurück nach Paris. Wieder einmal ereilt ihn »*die Vorstellung meines Mangels an literarischer Begabung*«, weil er vom Zug aus so ganz teilnahmslos eine reizvoll im Licht stehende Baumreihe sieht, zu deren Beachtung er sich erst anhalten muß. Früher hätte er das Bedürfnis verspürt, sie irgendwie lyrisch zu feiern, das hat er nicht mehr, weil es ihm ja auch nie gelungen ist. Und wenn man statt der Natur die Menschen beobachten würde? Dafür braucht man ja keine Inspiration, man kann einfach mitschreiben, was sie tun. Wozu hat er sich so lange von der Gesellschaft zurückgezogen, wenn es ihn nicht zum Künstler gemacht hat? Warum soll er nicht wieder auf Empfänge gehen, wenn er doch mit der Arbeit ohnehin nie beginnen wird? Die Einladungen treffen ja immer noch ein.

Unterwegs zu einer Soiree des Prinzen von Guermantes erreicht er im Wagen die Champs-Elysées. Dort ist er auf vertrautem Gelände und hat das Gefühl »*eines Wegfalls von äußeren Hindernissen*«. Er bewegt sich direkt durch »*eine gleitende, traurige, weiche Vergangenheit*«. Diese besteht »*aus so vielen verschiedenen Vergangenheiten*«, daß er in sich nachforschen muß, welche dieser Erinnerungsschichten für seine momentane Schwermut verantwortlich ist. Die täglichen Gänge, die dem Zweck dienten, Gilberte zu begegnen? Die Nähe eines Hauses, in das Albertine sich mit Andrée begeben hatte? Die Straße, in der er immer die Plakate zu den Stücken der Berma gesucht hat?

In einer Kutsche sitzt ein Mann mit weißem Haar und langem weißen Bart, es ist Charlus, der sich nach einem Schlaganfall aufrecht zu halten bemüht, »*wie ein Kind, das man zum Bravsein ermahnt hat*«. Sein Snobismus überlebt in der übertriebenen Anstrengung, mit der er Madame de Saint-Euverte grüßt, die doch immer unter seinem Niveau war. Wie grausam, irgendwann von den Jüngeren als solch ein fossiles Phänomen beschrieben zu werden. Er spricht sehr leise, hat aber seinen Geist noch beisammen und zählt genußvoll die Angehörigen seiner Familie und seiner Kreise auf, die vor ihm gestorben sind. Kaum läßt Jupien ihn einen Moment allein, ist er schon wieder im Gespräch mit einem Gärtnerburschen. Im übrigen hat er es, selbst als zeitweise Erblindeter, immer noch geschafft, auf irgendeine Art die attraktiven Hotelbediensteten herauszukennen.

Wie so oft in diesem Buch entwickeln sich die Dinge durch einen kleinen Unfall. Im Hof vom Palais muß Marcel einem Wagen ausweichen und tritt dabei auf zwei unterschiedlich hohe Pflastersteine. Balancierend empfindet er das gleiche Glück wie bei seinen anderen Madeleines. Die Empfindung scheint zu ihm zu sagen: »*Hasche mich, wenn du die Kraft in dir hast, und versuche das Rätsel des Glücks, das ich dir aufgebe, zu lösen.*« In dem Fall gelingt es ihm, die Quelle ausfindig zu machen: Es ist Venedig, wo er im Baptisterium von San Marco schon einmal auf zwei unebenen Bodenplatten gestanden hat. Mit dieser Empfindung kommen auch alle »*an jenem Tage mit dieser einen verknüpften Empfindungen*« zurück. Die Bilder schenken ihm eine Freude, die selbst dem Tod seinen Schrecken nimmt.

Kurz darauf überfluten ihn »*Empfindungen von großer Wärme*«, als ein Diener mit einem Löffel gegen einen Teller schlägt. Das Geräusch erinnert ihn an das Hämmern eines Bahnarbeiters auf der ersten Fahrt nach Balbec. Er fühlt sich weniger mutlos. Auch als er sich den Mund mit der Serviette abwischt, denn sie hat »*genau die Art von Steifheit und den Stärkegehalt des Handtuchs, mit dem ich mich am ersten Tage meiner Ankunft in Balbec mit solcher Mühe am Fenster abgetrocknet hatte*«. Er genießt den vergangenen Augenblick, den er damals nicht genießen konnte, weil ihn in Balbec »*irgendein Gefühl der Müdigkeit oder der Trauer*« daran gehindert hatte. Nunmehr ist er von allem befreit, »*was es an Unzulänglichem in der äußeren Wahrnehmung gibt, die rein und vom Stoff entschlackt, mich mit Beschwingtheit erfüllte*«.

Die beängstigende Aussicht, nie etwas Unmittelbares empfinden zu können, sondern dazu verurteilt zu sein, immer auf die Erinnerung warten zu müssen. Aber ist es nicht immer so gewesen? Das muß man wissen, damit man sich nicht ständig gegenseitig eine übertriebene Emphase abverlangt, wo die Empfindungen sich später umso intensiver einstellen werden, sobald das Gedächtnis seine Arbeit aufgenommen hat.

Überraschend wiederauferstanden:
– Die Berma.

Unklares Inventar:
– Lakaien, von Potel & Chabot vermittelt. Etwas bei Bernheim junior erstehen.

172. Mi, 17.1., Berlin

Die Welt der Kneipengespräche, von der ich aufgrund meiner angeborenen Alkoholunverträglichkeit immer weitgehend ausgeschlossen geblieben bin. Ich weiß zwar inzwischen, daß man zum Gruß auf den Tisch klopfen muß, aber ich mache es sicher trotzdem irgendwie falsch. (Einmal? Zweimal?) Außerdem müßte ich ständig aufs Klo, um mir heimlich Notizen zu machen, wenn Formulierungen fallen, wie: »So bremst der Hase!« (Im Sinne von: »Da gibt's nichts zu diskutieren!«) Man kann ihnen nichts vormachen. Sie haben ein genaues Ohr für den richtigen Ton.

Die Freude am *mot juste*, wenn man über seine Vergangenheit schreibt, kann schnell esoterisch werden, weil die damalige Sprache außer für einen selbst ausgestorben ist. Manchmal fallen mir Wörter ein, die ich als Kind benutzt habe (»kafietsche«, »funktionopelt«, »Erbsenkatschie«, »Zuckersand«), allein die Wirkung von »geheim-«, das einem alles veredelte. Ein »Geheimfach« war etwas ganz anderes als ein gewöhnliches Fach, ebenso »Geheimtinte«, »Geheimversteck«, »Das ist geheim!« Das Gefühl, das sich mit Wörtern verbindet, und das man nicht kommunizieren kann, wenn man sie nicht von damals kennt. Übersetzen dürfte unmöglich sein. Es hat mich immer viel zu sehr behindert, bei ausländischen Freundinnen nicht berlinern zu können. Ich sammle seit einer Weile Wörter, bei denen ich noch weiß, wann ich sie zum ersten Mal gehört habe:

- »Bestseller« stand auf der Banderole eines Buchs von Thor Heyerdahl, das im Schlafzimmer meiner Eltern lag. Ich habe lange an dem Wort herumgerätselt und einen Druckfehler vermutet, weil es doch eigentlich »Besteller« heißen müßte. Sicher habe ich mir den Moment und wie das Schlafzimmer damals aussah nur wegen dieser Irritation gemerkt.
- »Du hast doch ne Macke«, hat ein auf einem Klettergerüst sitzendes dunkelhäutiges Mädchen zu einem Jungen gesagt, als wir einmal auf einem Spielplatz im Tierpark waren.
- »Ditt is urst«, hat mein Bruder gesagt, als wir auf dem Forckenbeckplatz mit aus Stöcken gebauten Gewehren Tiefflieger abschossen. Wobei ich dachte, daß es sich bei dem Stoffetzen, den er und seine Freunde sich zur Tarnung an ihre Gewehrläufe gebunden hatten, um dieses »Urst« handelte.

- »Ditt macht Lunte«, hat am ersten Tag im Ferienlager »Schneckenmühle« ein Junge gesagt.
- Frau Steinbach, die Katechetin der Kirchengemeinde, spielte im Kindergarten auf dem Klavier Flohwalzer, und wir tanzten dazu um einen Haufen Zettel mit bunten Stempelbildern. Wenn Frau Steinbach zu spielen aufhörte, durfte man sich eine Karte nehmen. Auf einer war ein Mann mit Sombrero zu sehen, mein bester Freund sagte: »Das ist ein Rowdy.«
- »Das geht dich einen feuchten Kehricht an«, habe ich ein Mädchen zu seiner Schwester sagen hören, die wissen wollte, wo wir beide so lange gewesen seien.
- »Bastonade« stand in einem Mosaik-Heft.
- »Oxer«. Im Urlaub gab es im Dorf ein Turnier im Springreiten, und über Lautsprecher wurden vorher die Hindernisse angesagt. Ich war enttäuscht, weil ich den Rasen vergeblich nach einem Ochsen absuchte.
- »Striptease«, war in einem Hase-und-Wolf-Film zu lesen, den die Mutter einer Klassenkameradin beim Kindergeburtstag mit einem russischen Projektor zeigte. Der Wolf geriet in dem Film auf die falsche Bahn, rauchte, trank und landete schließlich beim Striptease (natürlich Schtrip-te-a-se gesprochen).

Die wiedergefundene Zeit, S. 227–247

Analyse der Natur des Glücks, die ihm die Madeleine-Eindrücke verschaffen, nämlich daß er in ihnen »*die Essenz der Dinge genießen konnte, das heißt außerhalb der Zeit*«, wodurch er »*eine unbändige Lust zu leben verspürte*«. Die Wirklichkeit hatte ihn oft enttäuscht, weil seine Einbildungskraft, »*die mein einziges Organ für den Genuß der Schönheit war, sich nicht dafür verwenden ließ: auf Grund des unumstößlichen Gesetzes, daß einzig das Abwesende Gegenstand der Imagination sein kann*«. Während er bei den Madeleines nicht nur die Einbildungskraft genießt, sondern auch die Sinne aktiviert werden.

Für diese Momente müssen aber unwillkürliche Erinnerungen verantwortlich sein, die man nicht selbst forcieren kann, was gerade »*das Zeichen ihrer Echtheit war*«. Alles andere ist nur das Blättern eines Sammlers in seiner Kollektion von Gedächtnisbildern.

Sonstige Vergnügungen, wie große Gesellschaften oder Freundschaft, sind nur Täuschung. Wer mit Freunden redet, erliegt dem Irrtum eines Narren, »*der etwa glauben würde, die Möbel könnten leben und mit ihm sprechen*«.

Und wie klammert man sich an »*die Betrachtung der Essenz der Dinge*«, wozu er jetzt schon entschlossen ist? Es habe keinen Sinn, die Erinnerungsorte wieder aufzusuchen, die Eindrücke würden dort eher verlorengehen. »*Die einzige Art, sie nachhaltiger zu genießen, bestand in dem Versuch, sie vollständiger da zu erkennen, wo sie sich befanden, das heißt in mir selbst.*« Soll man sich dann vorstellen, daß die jahrelange Klausur in seinem Zimmer für Proust gar kein Opfer war, das er für sein Werk erbracht hat, sondern die intensivste Existenzform und das dabei entstandene Werk nur ein Abfallprodukt?

Nur das Lesen des Buchs in unserem Innern ist ein Schöpfungsakt, und was die Autoren in ihren Programmen formulieren, wenn sie Kriegen, Arbeitskämpfen oder Naturkatastrophen hinterherschreiben, aus dem unsouveränen Bedürfnis heraus, den vermeintlichen Elfenbeinturm zu verlassen, sind Ausflüchte, »*um nur jenes Buch nicht entziffern zu müssen*«. Wir sind dem Kunstwerk gegenüber keineswegs frei, da es »*in uns bereits präexistiert*«. Einen künstlerischen Sinn besitzen diejenigen, die »*bereit sind, sich der inneren Wirklichkeit zu unterwerfen*«. Genie heißt, sich vom Instinkt leiten zu lassen. »*Der Instinkt diktiert die Pflicht, der Verstand aber liefert die Vorwände, um sich ihr zu entziehen.*« Wenn man sich vornimmt, auf seinen Instinkt zu lauschen, wird die Kunst »*das Wirklichste, was es gibt, die strengste Schule des Lebens und das wahre jüngste Gericht*«.

Im übrigen habe seine Mutter früher die falschen Bücher geschätzt, »*bevor sie langsam ihren literarischen Geschmack nach dem meinen bildete*«. Es ist doch schön, wenn man Kinder hat, die sich nicht zu schade sind, einen auf ihr Niveau hinaufzuziehen.

Unklares Inventar:
– Perkalvorhang.

Selbständig lebensfähige Sentenz:
– »*Denn die wahren Paradiese sind die Paradiese, die man verloren hat.*«

173. Do, 18.1., Berlin, Warschauer Straße, Firstbase-Internet, Orkanböen

Meine Mutter rief an und wollte wissen, wo ich im August sein werde, als könnte ich in die Zukunft sehen. Orkanwarnung für Berlin. Zum Mittag brennt mir der Haloumi an, aber ich esse ihn trotzdem, weil nichts anderes da ist. Auf der Straße ein Mann mit Malerrolle, der aussieht, als würde er zum Fasching als Tonmann gehen. Mit dem Fahrrad zur Uni, noch ist es ganz windstill, wie wenig ich an Katastrophen glaube, selbst wenn sie von Experten prognostiziert werden. Latein: Es heißt eigentlich »Videothek«, nicht »Viedeothek«. Warum habe ich überhaupt Spanisch gelernt, wo es doch nur verkorkstes Latein ist? Unterwegs zur »Chaussee« starker Regen auf der Frankfurter Allee. Mein Regenüberzug funktioniert wie ein Segel, aber in die falsche Richtung. Die Hosenbeine sind durchgeweicht. Wegen wassergefüllter Spurrillen, in die mich die Busse drängen, sind auch die Schuhe klitschnaß. Wenn sie mich so sehen könnte, würde sie mich vielleicht aus Rührung lieben. Im Internet-Café ganz allein, der Wind reißt die Türen auf. Korrigiere meinen Proust-Eintrag, während der Betreiber höllisch laut Death Metal hört, als könnte die Welt nicht untergehen, solange solche Musik läuft.

Gestern rief eine frühere Mitschülerin an, die Stimme sagte mir nichts, aber mein altes Viertel habe ich aus der Berliner Diktion herausgehört. Es wird also in diesem Jahr unser erstes Klassentreffen geben. Ich habe Angst davor, die anderen nicht zu erkennen und vor allem, selbst nicht erkannt zu werden, wo ich mich doch innerlich überhaupt nicht verändert habe.

Ich hatte nicht geahnt, wie wenig man von den Mädchen wußte, obwohl man jeden Tag zusammen war! Weder, daß der Sportlehrer als attraktiv galt, noch, daß alle auf diesen einen Mitschüler scharf gewesen sind. Der Sportlehrer war doch ein Lehrer und der Mitschüler spielte keinen Fußball! Ich staune auch immer, wieviel andere vergessen haben. Ist mein Gedächtnis für diese Zeit wirklich besonders ausgeprägt? Aber vielleicht bildet sich meine Identität ja durch das, was die anderen vergessen haben, weil wir sonst alle gleich wären?

Manche erinnern sich an komplette Klassenfahrten nicht mehr. Im Geist gehen sie die leeren Stellen in den Bankreihen ab, wo Mitschüler saßen, die für sie verschwunden sind wie Kriegstote. Ich könnte jeden von ihnen mit einem persönlichen Erinnerungskonfekt beschenken, mit einem

Spruch oder einer Anekdote, die ich unbewußt für ihn aufgehoben habe. Es sind allerdings völlig bedeutungslose Szenen oder zusammenhanglose Sätze (wobei man sich fragt, ob sie nicht doch eine Bedeutung haben, wenn das Gedächtnis sie für einen ausgewählt hat). Vielleicht liegt sie im Bildhintergrund, den man nicht mehr deutlich genug erkennt? Ich sehe, wie ein Mitschüler mir am ersten Schultag im neuen Wohngebiet auf dem Nachhauseweg seinen Pfannkuchen von der Schulspeisung schenkt. Dann beschließt er, daß wir rennen müssen, und wir rennen, obwohl es keinen Grund dafür gibt. Warum habe ich mir das gemerkt? Und die Art, wie er sich dabei vornüber in den Wind warf, der durch die Lücken zwischen den Neubauten blies? Es war so einfach, Freundschaften zu schließen.

Das Material der innen schwarz gestrichenen Preßholzschulbänke im Biologieraum, in denen man mit der Zirkelspitze Bohrungen vornahm. Das sonnenwarme Parkett in der Turnhalle. Der von der Hitze aufgeweichte Teerbelag auf dem kleinen Bunker im Maisfeld. Die Stimme der »Netten«, einer Kassiererin im Konsum, die immer bei der Arbeit redete. Das strenge Dirigieren der Klassenlehrerin, wenn wir morgens ein Lied sangen, bevor wir uns setzen durften. Die Minilikörflaschensammlung in der Schrankwand von A.s Eltern. Jeder aus der Familie durfte sich zu Geburtstagen mit Schnapszahl eine Flasche aussuchen, bei ihrem elften war ich dabei. Man rechnete sich aus, wieviele Flaschen A. im Leben noch bekommen würde und dachte: Die hat's gut!

Von meiner Anruferin hatte ich noch den Geruch des Credo-Parfüms in der Nase, das sie auf den Klassendiskos trug. Wir waren uns auch einig, daß die Neubau-Wohnungen jeder Familie verschieden rochen. Aber wie soll man solche Gerüche beschreiben?

Für wen ist das noch relevant? Ich soll beim Klassentreffen etwas vorlesen, wie beim Veteranentreffen einer U-Boot-Besatzung, hoffentlich sind wir wenigstens noch vollzählig. Nicht einmal die jetzigen Bewohner unseres Viertels haben noch etwas mit uns zu tun. Wenn, dann sind die Eltern geblieben und die Kinder ausgezogen. Bei ihrem Einzug waren sie jünger als ich heute bin. Ich hatte mir nie klargemacht, daß auch meine Mitschüler aus dem Altbau stammten, wir haben nie darüber gesprochen, woher wir kamen.

Wenn ich etwas vorlese, was ich wirklich gut finde, heulen hinterher alle oder sind beleidigt. Ich träume immer noch von dieser Klasse. Natürlich spielen wir Fußball auf dem Asphaltplatz im Hof, der inzwischen abgerissen wurde und wo jetzt ein Basketballkorb hängt. Das Scheppern des Zauns sagte einem, daß unten jemand spielte. Vielleicht sollten wir einfach wieder dorthin ziehen und weiter zusammen Fußball spielen. Ich dachte damals immer, daß ich ein unschlagbares Team aus den Jungs im Viertel zusammenstellen könnte. Einer der Kleinen spielte später beim 1. FC Union. Die Autorität, die einem damals zwei Jahre Altersunterschied verschafften, ist allerdings längst aufgebraucht.

Was haben die Mädchen eigentlich in den langen Nachmittagsstunden gemacht, wenn wir Fußball spielten? Mit irgend etwas müssen sie sich doch beschäftigt haben? Manchmal sah man sie am Horizont in bunten Kleidern vorüberhuschen, aber wohin gingen sie?

Die wiedergefundene Zeit, S. 247–267

Die einzigartige Macht der Erinnerung, ohne die man nichts ist. »*Meine Person von heute ist nur ein aufgelassener Steinbruch, dem selber alles, was er enthält, untereinander gleich und monoton erscheint, während aus ihm jede Erinnerung gleich einem Bildhauer Griechenlands unzählige Statuen zieht.*«

Man soll die Orte nicht aufsuchen und auch die alten Bücher nicht wieder in die Hand nehmen, weil »*solche vom Geiste hinterlassenen Bilder vom Geiste ausgelöscht werden. Den alten schiebt er neue unter, die nicht mehr die gleiche Macht der Wiederauferweckung haben*«.

Was ist, wenn das Kunstwerk sich so verfeinert, daß der Arbeiter es nicht mehr versteht, sondern nur noch der »*Müßiggänger*«, der die Zeit dafür hat? Alles Unsinn, sagt Proust, er hat »*genügend mit Damen und Herren der Gesellschaft verkehrt, um zu wissen, daß sie die wahrhaft Ungebildeten sind und nicht die Elektrizitätsarbeiter*«. Ein bemerkenswerter Optimismus! Es »*langweilen volkstümliche Bücher die Leute aus dem Volke ebensosehr, wie sich Kinder mit Büchern langweilen, die speziell für sie geschrieben sind*«. Das Volk, von dem er spricht, ist inzwischen aber leider auch nicht mehr dasselbe.

Traurig, die auf ihre Gelehrsamkeit beschränkten Künstler, die nicht auf ihre Instinkte hören. »*Diese eigenwilligen und unfruchtbaren Abenteurer sollten uns rühren wie die ersten Flugzeuge, die noch nicht die Erde verlassen konnte, denen zwar das geheime, noch unentdeckte Mittel fehlte, doch das Verlangen des Fliegens schon innewohnte.*« Aber sollen denn alle wie

Proust vorgehen? Wer sollte die ganzen Bücher lesen, die dabei entstehen? Vielleicht war er ja ein Vorläufer der Popularisierung der Psychoanalyse und des autobiographischen Romans?

Eines hat sich bis heute nicht geändert: »*Man zog einem Bergotte, dessen gefälligste Sätze in Wirklichkeit eine viel tiefere Selbsteinkehr erfordert hatten, Schriftsteller vor, die tiefer schienen einfach deshalb, weil sie nicht so gut schrieben.*« Die Themen werden von den Romanschriftstellern überschätzt, es geht um den Stil, der »*seine Art zu sehen*« ist. Um den zu finden, muß man die »*Windstille des Glücks*« verlassen. Man muß vielleicht auch das Leben verlassen, aber sie bedeutet keine Verarmung, »*jene Wirklichkeit, deren wahre Kenntnis wir vielleicht bis zu unserem Tode versäumen und die doch ganz einfach unser Leben ist. Das wahre Leben, das endlich entdeckte und aufgehellte, das einzige infolgedessen von uns wahrhaft gelebte Leben, ist die Literatur*«. Wie sollte er auch etwas anderes sagen, wenn er kein anderes Leben hatte?

Und jetzt begreift Marcel endlich, warum er nie ein Thema für seine Bücher finden konnte, nicht etwa, weil er ein zerstreutes und unbedeutendes Leben geführt hat, sondern weil, ganz gleich wie es ausgesehen hat, das Material seines Werks sein Leben ist.

Unklares Inventar:
– Schüler Foucquets, peremptorischer Ton, Selbstkritik im Geiste Port-Royals.

174. Fr, 19.1., Berlin

Mein gieriges Interesse an Kriegsfilmen, natürlich kann ich es mir nur leisten, weil ich nie einen Krieg erleben mußte. Menschen, die wirklich darunter gelitten haben, sehen sich das vielleicht nicht an. Im Moment scheint mir, daß mir auf ähnliche Weise mein Vergnügen an französischen Eifersuchtsdramen abhanden kommen könnte. Meistens spielt darin Romy Schneider eine Frau, der ihr Mann nicht genügt und die deshalb manchmal nächtelang zu kürzlich wieder aufgetauchten Ex-Freunden verschwindet, um anschließend kommentarlos wieder in der Wohnung zu erscheinen. Oder »La piscine«, wo sie mit Alain Delon einen Glutsommer in einem Haus im Süden Frankreichs verbringt. Schon wie sie ohne weiteres das Geturtel abbricht, um zum Telefon zu eilen und aufblüht, als ihr reicher Ex-Mann am Apparat ist, den sie natürlich sofort einlädt, ihnen für ein paar Tage Gesellschaft zu leisten. Und wie sich bei seinem Eintreffen schon in der ersten Sekunde in den kleinsten Gesten der unvermeidliche Verrat ankündigt. Vielleicht weiß sie es ja tatsächlich selbst in dem Moment noch gar nicht, das sagen sie ja immer hinterher. Sie braucht einfach etwas Unbestimmbares im Leben. Trotz aller Beteuerungen liegt man doch am Ende immer richtig mit eifersüchtigen Vermutungen und leider beschleunigt man dadurch auch noch den Gang der Dinge. Alain, der Versager, dem sein einziges Buch mißglückt ist, ein Selbstmordversuch schon mit achtzehn. Bevor er Romys Ex-Mann umbringt, rät dieser ihm: Versuch nicht deine Umwelt zu verändern, ändere dich.

Oder Madame Bovary, dieses gelangweilte Miststück, mit dem ich mich immer identifiziert habe, weil sie für den an der Dumpfheit seiner Umgebung leidenden Künstler zu stehen schien. Aber mit einem Grafen aus der Nachbarschaft anzubandeln! Oder dieses anstrengende Scheusal aus »Das Piano« ... Immer sind es treusorgende, einfältige Ehemänner, die ihren nach Höherem strebenden Frauen auf die Nerven gehen. Und selbst bei »Ironia sudbij«, dem sowjetischen Silvesterklassiker, den ich jedes Jahr sehe, identifiziere ich mich plötzlich mit dem biederen, betrogenen Bräutigam, der anfangs noch völlig übertrieben zu reagieren scheint, als er am Silvesterabend einen Fremden in der Neubauwohnung seiner Zukünftigen antrifft, der dort aber nur sturzbetrunken gelandet war, weil sein Schlüssel zufällig paßte. Der Bräutigam glaubt seiner Braut nicht, daß sie den Fremden ja aus der Wohnung schmeißen wollte, was ihr nicht gelungen war.

Am Ende kriegen sich natürlich der Betrunkene und die schöne Braut, und man ist tief bewegt über die Ironie des Schicksals. Hatte der Eifersüchtige schon vor den beiden geahnt, was in ihnen vorging? Oder hat er es durch sein hysterisches Verhalten provoziert? Ach, Liebespaare, ihr seid so öde in eurem vorhersehbaren Glück, die eigentlichen Helden sind die Betrogenen, und zwar die, denen niemand aus dem Publikum etwas gönnen würde!

Neue Geschäftsidee: Ich könnte mein Geld damit verdienen, aus dem Bild zu gehen, wenn jemand für ein Foto freie Sicht braucht.

Die wiedergefundene Zeit, S. 267–287

Das heikle Verhältnis von Leben und Werk, Modell und Figur. »*Selbst noch die – in ihren Gebärden, ihren Reden, ihren unwillkürlich ausgedrückten Gefühlen – einfältigsten Menschen künden Gesetze, die sie selbst nicht erkennen, die aber der Künstler an ihnen erspäht.*« Nur, daß niemand sich gerne ausspähen und zum Gegenstand eines Werks machen läßt. Die wenigsten teilen ja die abstrakte Haltung des Autors zum Material. Wenn ich eine Peinlichkeit beschreibe, die jemandem passiert ist oder mir zu einer Person eine Sehnsucht denke, von der niemand wissen darf, setze ich mich dem Vorwurf aus, mein Umfeld auszunutzen. Dabei sind das nur Beispiele, die für etwas Allgemeines stehen. »*Wegen dieser Art des Beobachtens hält die rohe Masse den Schriftsteller für boshaft, sie hält ihn aber zu Unrecht dafür, denn in einer Lächerlichkeit erkennt der Künstler einen schönen allgemeingültigen Zug, er legt ihn der beobachteten Person ebensowenig zur Last, wie der Chirurg sie deswegen geringschätzen würde, weil sie an einer ziemlich häufig auftretenden Form von Kreislaufstörung leidet.*« Der Autor mokiert sich in Wahrheit sogar viel weniger als andere über solche Lächerlichkeiten, er wertet sie ja nur danach, ob sie als Material taugen. Jede Art, auf die jemand im Werk vorkommt, ist eine Hommage, die einzige Beleidigung wäre, nicht vorzukommen.

Und auch, was uns zustößt, lernen wir abstrakt und als Material zu sehen. Noch wenn eine Frau ihm Leiden verursacht, stehe sie »*dem Schriftsteller nur Modell*«. Sie »*sitzt*« ihm sozusagen für ein bestimmtes Gefühl, das er studieren will. Aus diesem Verhältnis zur Wirklichkeit (hat man es sich frühzeitig antrainiert oder war man schon immer dazu verdammt?) resultiert natürlich eine tiefe Trauer, weil man seine intensivste Beziehung zu den Dingen und Menschen erst hat, wenn man sie zu Spielzeugen oder

Modellen machen kann. (Und das betrifft nicht nur die Künstler, Proust lehrt ja, daß Entfremdung eine allgemeine, menschliche Eigenschaft ist, nur daß sie vom Autor radikal offengelegt wird, während die meisten Menschen andere Wege des Trosts beschreiten. Dem unmittelbaren Empfinden und dem Rausch laufen wir doch alle hinterher.) Autor und Leser sitzen im selben Boot. »*In Wirklichkeit ist jeder Leser, wenn er liest, ein Leser nur seiner selbst. Das Werk des Schriftstellers ist dabei lediglich eine Art von optischem Instrument, das der Autor dem Leser reicht, damit er erkennen möge, was er in sich selbst vielleicht sonst nicht hätte erschauen können.*«

Die Liebe verführt einen zeitweise dazu, diesem Mechanismus entkommen zu wollen. Vielleicht infiziert man sich mit ihr gerade in Zeiten kreativer Zweifel. Goethe war in der Lage (oder dazu verurteilt), sich bis ins hohe Alter immer wieder in der für seine Seelenruhe gefährlichsten Weise zu verlieben. Andererseits hat er krank im Bett gelegen, während seine Frau Christiane allein gelassen einen tagelangen, qualvollen Tod starb. Statt sie zu besuchen, hat er in dieser Zeit Tagebuch über ihr Sterben und seine Stimmung geführt. Hinterher hat er ihr ein Gedicht gewidmet: »Du versuchst, o Sonne, vergebens / Durch die düsteren Wolken zu scheinen! / Der ganze Gewinn meines Lebens / Ist, ihren Verlust zu beweinen.« Ist das nun rührend oder erbärmlich?

Es kommt dann zu diesen beunruhigenden Momenten, da man bei der Arbeit, wenn man also einen erlittenen Schlag detailliert zu beschreiben versucht, »*mit dem Mut des Arztes, der immer wieder an sich selbst die gefährliche Spritze erprobt*«, um das Allgemeingültige daran herauszuarbeiten und sich durch diese »*Gymnastik*« dagegen »*immun*« zu machen, erleben muß, »*wie das geliebte Wesen sich in einer umfassenderen Wirklichkeit verliert, daß man es über der Arbeit schließlich für Augenblicke vergißt*«. Man kann vielleicht nur mit einem Menschen leben, der auf solch eine Tätigkeit nicht eifersüchtig ist, aber welches Maß an Souveränität gehört dazu?

Das Glück hat überhaupt nur einen nützlichen Zweck, »*das Unglück möglich zu machen*«, dessen Grausamkeit einen sonst »*fruchtlos treffen*« würde. Proust hält zur Eile an, denn angeblich sind die Leiden flüchtig, und man müsse sich schnell an die Arbeit machen, um seinen Vorteil daraus zu ziehen. Denn es ist nur das Leiden, das »*das Unkraut der Gewohnheit, der Skepsis, des Leichtsinns, der Gleichgültigkeit ausrottet*«. Diese Leidensepisoden sind am Ende auch verantwortlich für »*jene furchtbar verwüsteten Gesichter wie die des alten Rembrandt, des alten Beethoven*«.

Sicher hätte Marcel sich mehr dem geistvollen Elstir widmen können, aber stattdessen hat er Albertine in die Wohnung gelassen, die sein Leben und sein Zimmer durcheinander gebracht hat, weil er natürlich genau gespürt hat, daß er als Autor ein Schicksal brauchte. »*Dadurch, daß ich meine Zeit mit ihr vergeudete und sie mir Kummer bereitete, war mir Albertine vielleicht selbst in literarischer Hinsicht nützlicher gewesen als ein Sekretär, der meine Papiere in Ordnung gehalten hätte.*«

Eigentlich dürfte man diese Seiten Frauen nicht zu lesen geben. Wie kann sich sonst jemals wieder eine in einen Schriftsteller verlieben?

Und wie sein Leben eine einzige Abfolge von Zufällen war, an deren Anfang Swann stand! Swann lenkte ihn nach Balbec, dort kam Albertine, die Großmutter traf Madame de Villeparisis wieder, das führte ihn zu den Guermantes, Saint-Loup und Charlus. Jetzt steht er in der Bibliothek des Prinzen von Guermantes und ihn überfällt ganz plötzlich die Vision seines Werks. Ein wenig bedauert er sofort die vielen anderen Bilder, mit denen er sein Gedächtnis nicht hat anreichern können, weil er nunmal dieses Leben geführt hat und kein anderes.

Unklares Inventar:
- Artesischer Brunnen, Cythere, Roques, Sarrail.

Verlorene Praxis:
- Ein rein körperlich lebender Mensch und beglückt über Sport sein, vergossenen Schweiß und Bäder.
- Ansehen müssen, wie die Schönheit ihren Sitz auf die mützengekrönte Stirn eines Omnibusschaffners verlegt.

175. Sa, 20.1., Berlin

Man sollte sich nicht zu sehr auf etwas freuen. Das heutige Fußballspiel mit der Autorenmannschaft hat mich eine Woche lang motiviert, aber das Spiel war schrecklich, mein Fußgelenk ist seit sieben Wochen entzündet, ich müßte wohl einmal länger aussetzen oder wie Sebastian Deisler gleich die Konsequenzen ziehen und meinen Rücktritt erklären, wenn Fußball zur Qual wird, wie er es ausgedrückt hat.

Jetzt ist die Laune schwarz, wobei ich mich frage, ob es sein kann, daß ich ein emotionales Wellental erreicht habe, denn dann hätte ich ja vorher etwas von einem Hoch bemerken müssen. Oder war das Hoch schon die gestrige Lesung im »Admiralspalast«? Kann ich mich nur noch bei Auftritten besser fühlen? Aber es war natürlich sehr intensiv. Hinterher hat mich eine Zuschauerin daran erinnert, daß die Frau in Schnitzlers »Traumnovelle« Albertine heißt. Dafür wußte ich, daß die Donau in der Nähe ihrer Heimatstadt Villingen entspringt, wir hatten nämlich auch zwei Stunden BRD im Geographie-Unterricht. Mir kam die Idee, einen Text darüber zu schreiben, daß ich noch nie paddeln war, obwohl ich mir einmal eine wasserfeste Wasserwanderkarte für die DDR gekauft und im Atlas schon eine durchgehende Strecke nach Masuren herausgesucht hatte, aber meine damalige Freundin hatte Angst vor Mücken. Ich habe weiter an meiner Studie »Weibliches Geheimwissen« gearbeitet und von drei Zuschauerinnen erfahren, daß Tomaten Äpfel schneller reifen lassen. Damit ergibt sich eine interessante Kette, da ja, wie ich inzwischen weiß, Äpfel Avocados schneller reifen lassen. Wenn man jetzt Avocados züchten würde, die Tomaten schneller reifen lassen, hätte man ein Perpetuum mobile. Jemand sagte, »in dem Punkt bin ich altmodisch«, weil er, wenn seine Freundin ihn für einen anderen verlassen würde, sie und sich erschießen würde. Aber dann war es nur eine Szene aus einem französischen Film mit … Romy Schneider! Während ich diese Gespräche führte, kam mir die Idee für einen »Chaussee«-Text über die richtige lateinische Betonung, der so anfangen könnte: »Warum lernst du Latein?« »Ich brauch das für mein Ego«. Wobei »Ego« korrekt, also mit kurzem »e« auszusprechen wäre, einen Moment lang fand ich das sehr komisch. Ein Text des Kollegen Tube brachte mich auf eine großartige Geschäftsidee: Man legt einfach morgens lauter Hüte vor verschiedene Statuen in der Innenstadt, und die Touristen, die die Statuen mit verkleideten Stillhaltekünstlern verwechseln, werfen ihr Geld hinein. Niemand würde die Hüte klauen, man muß abends einfach nur das Geld wieder einsammeln gehen. Es dürfte sogar so viel dabei herauskommen, daß man für diese Arbeit jemanden anstellen könnte.

Der Blick vom Hof des »Admiralspalasts« auf den S-Bahn-Bogen war wegen der ungewohnten Perspektive überraschend schön. Gleich um die Ecke habe ich früher immer nach der Mathematischen Schülergesellschaft auf die Straßenbahnlinie 22 gewartet, dort sind jetzt nur noch ein paar Gleisreste im Pflaster geblieben. Das tröstliche Quietschen der um die Kurve biegenden S-Bahn. Es ist schön, daß es noch Geräte gibt, deren Klang man nicht attraktiver für die jugendlichen Konsumenten gestalten kann.

Die wiedergefundene Zeit, S. 287–307

Zwar hat ihn die Epiphanie seines Werks ausgerechnet in einem Moment ereilt, als er sich aus der Einsamkeit wieder einmal in die Gesellschaft begeben wollte, aber der genaue Ort dieses Erlebnisses war immerhin eine Bibliothek, soviel Inszenierung muß sein. Wobei Bücher ja vielleicht auch nur eine Form gesellschaftlicher Zerstreuung sind. Es ist gar nicht notwendig, sich als Künstler aus psychohygienischen Gründen von der mondänen Gesellschaft fernhalten zu wollen, denn sie ist »*ebenso außerstande, einen mittelmäßig zu machen, wie ein heroischer Krieg einen schlechten Dichter zu einem erhabenen macht*«.

Die Erfahrung, die mich auf meinem Klassentreffen in drei Monaten erwartet, finde ich bei Proust schon beschrieben. Denn jetzt geht er hinab in den Saal zu den alten Bekannten, die er ein paar Jahre nicht gesehen hat. Im ersten Moment denkt er, er sei auf einem Maskenball und die Gäste hätten sich weiße Bärte umgehängt. Mancher scheint ein Mittel gefunden zu haben, »*sein Gesicht mit Runzeln und seine Brauen mit struppigen Haaren zu versehen*«. Monsieur d'Argencourt, Marcels alter Feind, ist »*zu einem gar keine Achtung mehr einflößenden alten Bettler geworden*«. Er scheint nicht mehr er selbst, und dabei stand ihm für diese Verwandlung nur sein Körper zur Verfügung. »*Es war dies offenbar der äußerste Punkt, bis zu dem er ihn hatte bringen können, ohne daran zu sterben.*« Wie grausam! Und welche Genugtuung für den das im nachhinein ausformulierenden Autor! Viele Einladungen hätte Proust nach der Veröffentlichung wohl nicht mehr bekommen.

Das Beunruhigendste an dieser Verwandlung ist aber, daß man in dem jetzigen Mann den früheren immer noch erkennt und umgekehrt nunmehr auch in dem früheren den jetzigen, weil die Möglichkeit »*dieses an einen trotteligen alten Kleiderhändler gemahnenden Lächelns in dem korrekten Gentleman von ehedem schon vorgezeichnet war*«. Wie in einer Komödie gibt hier einer die »*Inkarnation als possenhafter Todeskandidat*«. Der arme Mann gleiche einer »*molluskenhaften, mehr zuckenden als kriechenden Larve*«.

Aber der eigentliche Schock ist, daß Marcel seinerseits von diesen »*spukhaften Greisen*« genausowenig erkannt wird. Jetzt, wo ihm bewußt wird, wieviel Zeit für die anderen vergangen ist, muß das gleiche natürlich auch für ihn gelten. Und »*wie die Posaunen des Jüngsten Gerichts*« erreichen sein Ohr verstörende Bemerkungen. Die Madame de Guermantes nennt ihn »*meinen ältesten Freund*«. (Ist er denn so alt?) Jemand anders tituliert sich »*ihr sehr ergebener junger Freund*«. Oder man beruhigt ihn, die Grippe bekämen eher junge Menschen. Das sadistische Siezen sich für jugendlicher haltender Personen ist ja inzwischen ein Topos.

Aber er ist doch gar nicht älter geworden! Er meint ja »*seit jenem Augenblick nicht weitergelebt zu haben*«, als er Bloch »*an der Schwelle des Lebens*« kennenlernte. Und wie alt Bloch ist! »*Tatsächlich sah ich auf Blochs Gesicht übereinandergelagert jene schwächliche, immer Zustimmung ausdrückende Miene und die zittrigen Kopfbewegungen, die so schnell am Bremspunkt angelangt sind, Züge, die ich als eine geschickt bemäntelte Müdigkeit liebenswürdiger Greise gedeutet haben würde.*« Man muß schon alle, die einen von früher kennen, rechtzeitig umbringen, damit sie nicht wie Spiegel sind, die einem den eigenen Verfall vor Augen führen. Auch seinen Partner sollte man an sich ketten und keine Sekunde allein lassen, damit er blind bleibt für die Veränderungen, die man durchmacht.

Verstorben:
- Vater Bloch.

Verlorene Praxis:
- Sich an gewisse Stellen bei Baudelaire zu erinnern versuchen.
- In Ermangelung der physischen Mittel, um die auf dem Grunde seiner Seele ruhende Schlechtigkeit zum Ausdruck zu bringen, gut erscheinen.

176. So, 21.1., Berlin

Ach, wie schön ist es manchmal, kein Niemand mehr zu sein, der nicht erklären kann, was er mal machen will, obwohl er sich schon als etwas Besonderes fühlt. Damals hat man auf die Frage trotzig mit »Nichts!« geantwortet, schließlich wäre jede konkretere Antwort eine Einengung der Ansprüche gewesen. Überhaupt war es verpönt, Menschen danach zu beurteilen, was sie »machten«, es ging doch darum, was man »war«. Trotzdem gebe ich nur in Ausnahmefällen zu, daß ich Autor bin, weil das einen jämmerlichen Beigeschmack hat. Das Schöne am Beruf ist, wenn sich einem Türen für Projekte öffnen, weil man sozusagen seine Qualifikation schon nachgewiesen hat. Heute war ich bei Mawil, um mit ihm eine meiner Kurzgeschichten als Comic-Szenario umzuschreiben. Sie heißt »Und einen Fetzer«, es geht darin um die erste große Traurigkeit im Leben, nach der Rückkehr aus dem Ferienlager, wenn sich die Gruppe auf dem Bahnhof auflöste und man wieder mit seiner Familie mitging. So ein Comic-Strip nach einem Text von mir wäre für mich ein Traum, fast wie ein eigener Film. Wie man sich freut, wenn einem ein Satz einfällt, der genau den Tonfall von damals trifft! Zum Beispiel beim Tischtennis, wenn ein Mädchen sagt: »Paß uff, der schmettert!« Es gibt beim Schreiben immer nur genau eine richtige Lösung, und seltsamerweise kann man sie sich nicht ausdenken.

Mawil wohnt in der Kastanienallee, wo ich im September/Oktober '89 meine erste Wohnung hatte, eine Küche und ein Zimmer, aber mir erscheint das heute immer noch ideal. Ich hatte alles mit dadaistischen Müll-Objekten ausgestattet, weil man seine Besucher mit Kreativität beeindrucken wollte und die Wohnung ein Kunstwerk sein mußte. Inzwischen weiß ich, wie schwer ich mich von Sachen trenne, die ich zu lange besitze, und werfe lieber gleich alles weg. Bei anderen gefällt es mir, wenn die Wohnung zusammengebastelt wirkt und hinter jedem Detail ein Gedanke steckt. Bei Mawil sieht es aus wie in einem Kinderzimmer für Erwachsene, man hat in solchen Wohnungen gleich das Gefühl, in Sicherheit zu sein. Überall hängt irgendetwas Spannendes, man bräuchte lange, um überhaupt alles zu überblicken, dabei sind es kaum fünfunddreißig Quadratmeter. Der Monsator-Durchlauferhitzer und die Gamat-Gasheizung sind noch aus der DDR, der Spülschrank hat diese beiden schwarzen, konischen, eng zusammenstehenden Griffe und quietscht – das Geräusch hatte ich schon vergessen, weil mein IKEA-Schrank Schiebetüren hat. Das Plakat einer tschechischen Band »Jiří Brabec & his Country Beat«, genau der Typ Ost-Musiker, die mit ihren Schnurrbärten für uns schon damals so uralt aussahen, daß man sich vor ihrer Musik fürchtete. Inzwischen ist man vielleicht sogar schon älter als sie. Ein Plakat »Oznaki turysticzno krajoznawcze«. Ein mit Lichterkette beleuchteter Plattenspielerschrein mit Mini-Diskokugel. Für die Stifte ein kleines Papp-Tönnchen, die Verpackung von »Luckanum-Einfaßband – selbstklebend gummiert« vom VEB Isofol Leipzig/Lucka.

Eigenartig, gerade gestern war ich auf der Party einer Ex-Freundin aus München, die ebenfalls ganz in der Nähe wohnt, und deren WG-Wohnung, in der sich fast nur Zugezogene trafen, gehorchte genau der entgegengesetzten Ästhetik, es gab nichts Überflüssiges, die Wände waren weiß und man wäre beim Putzen gut in die Ecken gekommen. Eine längliche DDR-Plattenschrank-Kommode paßte gut zu den sparsam verteilten Design-Möbeln. Ich wüßte nicht, was mir lieber wäre, Reduktion oder Unübersichtlichkeit? Es wäre sowieso schöner, wenn man Swinger-Wohnen betreiben würde, also immer für eine Weile mit anderen die Wohnungen tauschte. In fremden Wohnungen stört es einen nicht, wenn alles mit Erinnerungsstücken überladen ist, es sind ja nicht die eigenen, man muß bei nichts entscheiden, ob es einen belastet oder stabilisiert. Vielleicht sollte man nach dem gleichen Prinzip auch gleich den Körper tauschen?

Die wiedergefundene Zeit, S. 307–327

Marcel ist immer noch auf dieser für ihn so gespenstischen Matinée beim Prinzen von Guermantes, wo den Anwesenden »*das Alter Sohlen aus Blei angeheftet hatte*«. Sie stehen vor ihm wie Bildnisse auf einer Porträt-Ausstellung, zu denen man sagt: »*Nein, nicht dieses hier, da sind Sie weniger gut getroffen, das sind Sie ja gar nicht.*«

Manche Herren scheinen nach einem Schlaganfall zu hinken, als stünden sie tatsächlich, wie man sagt, mit einem Fuß im Grab, und »*während das ihre ebenfalls schon halb geöffnet vor ihnen lag, schienen gewisse halbgelähmte Frauen nicht mehr völlig ihr bereits am Grabstein hängengebliebenes Kleid losmachen zu können; sie vermochten sich nicht mehr gerade aufzurichten*«.

Er sieht Männer, und »*ihre beständig bebenden Lippen schienen Sterbegebete zu murmeln*«. Und Frauen, bei denen man sich fragt, wie das Leben diese Veränderungen an lebendigem Fleisch hatte vornehmen können. Um eine »*leichtfüßige Blondine*« durch »*einen beleibten Dragoner*« zu ersetzen, »*hatte es größere Zerstörungen und Neubauten vornehmen müssen, als wenn man einen schlanken Kirchturm durch eine Kuppel ersetzt*«. Es ist einfach nicht zu begreifen, wie jemand so alt geworden sein kann.

Immerhin besteht für manche die Chance einer zweiten Schönheit, so wie man auch spät ein neues Handwerk lernen könne oder »*Boden, der zum Weinbau nicht mehr taugt, Rüben abgewinnt*«. Aber sie wird weder den zu häßlichen noch den zu schönen Frauen geschenkt. Das Gesicht zu schöner Frauen ist wie eine Marmorskulptur ein für allemal festgelegt und kann sich nur abnutzen. Zu häßliche Frauen aber »*waren Monstren und schienen sich nicht stärker ›verändert‹ zu haben, als es Walfische tun*«.

Heldenhaft und ohne zu ermatten, kämpfen die Frauen gegen das Alter »*und boten der Schönheit, die sich von ihnen entfernte wie ein Sonnenuntergang, dessen letzte Strahlen sie leidenschaftlich noch bewahren wollten, den Spiegel ihres Antlitzes dar*«.

Unklares Inventar:
- Sekondeleutnant; Fregoli, ein Mime; Panamaschieber.

Katalog kommunikativer Knackpunkte:
- Beim Zurückgrüßen nicht hindern können, daß einem das geistige Bemühen anzusehen ist, weil man zwischen drei oder vier Personen zu entscheiden versucht, wessen Gruß man da erwidert.

Verlorene Praxis:
- Eine reiche Heirat machen, dank derer man Kampf oder Ostentation nicht mehr nötig hat.
- Dadurch, daß man allmählich andere Werte als diejenigen erwirbt, an die man in einer frivolen Jugend geglaubt hat, seinen Charakter aus der Verkrampfung lösen und seine Vorzüge wirksam herauskehren.
- Gleich einer schwerfälligen Schwimmerin, die das Ufer nur noch in großer Entfernung erkennt, mit Mühen die Wellen der Zeit zerteilen, die über einen hinwegfluten.
- Als Besucher einer Elektrizitätsausstellung nicht glauben können, daß der Phonograph sogar die unmittelbar aufgenommene Stimme einer Person unverändert wiedergibt.

- Sich aus Kummer über den Tod des Vaters ein Jahr in einem Sanatorium aufhalten und anschließend versuchen, den Zweispänner dieses bedeutenden Mannes einem historischen Museum zum Geschenk zu machen.
- Einem Herrn, um ihn zu demütigen, als Sekundanten seinen Hausmeister oder den Butler schicken.

177. Mo, 22.1., Berlin

Mit Achtzehnjährigen habe ich keine gemeinsame Sprache mehr, obwohl ich mich doch selbst kaum erwachsener fühle. Wenn ich sie verstehen will, muß ich als Ethnologe in ihre Welt reisen. Aus einem E-Mail-Wechsel mit einer jungen Leserin entnehme ich, wie ich mir heutige Achtzehnjährige vorstellen muß:

Sie guckt bei Männern auf die Nase, die Schuhe und die Hände.

Sie stellt Kassetten zusammen mit guten Liedern, Lieblingsliedern und Risikoliedern. Aber dann traut sie sich nicht, sie dem Jungen zu geben und hört sie selber, während sie ihn von weitem beobachtet.

Sie wäre gerne dünner, weil sie von starken Armen in die Luft gehoben und einmal im Kreis geschleudert werden will. Aber eigentlich behauptet sie das nur, weil sie weiß, daß es ein Klischee ist.

Sie schreibt Aufsätze, bei denen der Lehrer viele Haken setzt, aber die meisten davon in Klammern.

Sie findet es komisch, wenn ihr Name in ganz normale Sätze eingebunden wird, die an sie gerichtet sind.

Sie fragt sich, ob man auf dem Schlagzeug einen traurigen Rhythmus spielen kann.

Sie macht Abitur und hält im Kunst-Leistungskurs ein Referat über ostasiatische Landschaftsmalerei.

Sie verspürt, wenn sie bestimmten Männern begegnet, das Bedürfnis, sich heimlich auf den Boden zu legen, um nicht zu kollabieren.

Sie stellt sich dann immer im Profil auf, weil sie so am besten aussieht.

Sie klopft sich die Schuhe ab, bevor sie in den Bus steigt, und sie sagt dem Busfahrer »Guten Morgen«.

Sie hat zu ihrem zehnten Geburtstag in einer Blindenbar ein selbstgeschriebenes Gedicht aufgesagt.

Sie mag keine Schauspieler mit klobigen Nasen.

Sie lernt Gitarre, weil sie in einen Jungen verliebt ist, der auch Gitarre kann. Sie wird von ihm enttäuscht und verliebt sich in ihren Gitarrenlehrer, der die moderne Gesellschaft haßt und sich in ihre beste Freundin verliebt, die ein großes Klaviertalent ist.

Sie will am liebsten Comic-Zeichnerin werden und mag Donald Duck, aber nur von Carl Barks gezeichnet.

Sie kann beim Joggen keine Musik hören, nur »Drei Fragezeichen«, weil sie sonst immer zu atmen vergißt.

Sie trifft nach langer Zeit ihre alten Freundinnen wieder, wundert sich, daß sie sie immer noch mögen, und verschüttet aus Versehen Orangensaft über einem Laptop.

Sie will ein bißchen unglücklich sein.

Sie kennt das letzte Bild von Candy Darling.

Sie findet, daß Mawil immer nur nackte Frauen mit kleinen Brüsten zeichnet.

Sie mag keine Comics mit sprechenden Tieren.

Sie ist genervt, wenn ihre Schwester ständig »König der Löwen« singt.

Sie findet es schön, daß ihre Freundinnen sich daran erinnern, daß sie keine Paprika mag.

Sie mag als einzige den »Mönch am Meer« von Caspar David Friedrich nicht.

Sie ist genervt, wenn ihr Banknachbar bei »Analysis« immer kichern muß.

Sie läuft am Strand einem wildfremden Jungen hinterher, weil er aussieht wie Jim Morrison, und teilt ihm mit, daß sie ihn im Lauf dieser Woche noch küssen wird.

Sie bekommt manchmal Angst, wenn ein Junge, in den sie eigentlich verliebt war, ihr plötzlich vorkommt wie von einem anderen Stern.

Sie mag keine Milch, keinen Pfeffer und bei Joghurt nur solchen mit gelben Früchten.

Sie schreibt eine Facharbeit über die Rezeption der Psychoanalyse bei David Lynch.

Sie wird ohnmächtig, wenn sie Blut sieht, auch im Theater. Die anderen Zuschauer denken dann, sie schläft.

Sie wünscht sich, daß jemand ihr ein Minnelied schreibt.

Sie putzt ihr Bad und hört dabei ein Hörbuch über Timothy Leary.

Sie spielt »Bomberman« auf dem Gameboy.

Sie weint, wenn sie Ärzten von ihren körperlichen Leiden erzählen muß.

Sie zuckt beunruhigend mit den Händen, weil sie immer eine bestimmte Tonfolge im Kopf hat, die sie mit den Fingern nachspielt.

Sie fragt sich, warum sie so gerne andere Menschen ärgert.

Sie hat als einzige in ihrem Bekanntenkreis keinen Führerschein.

Sie hat einen kleinen Bruder, der das Mädchen, in das er verliebt ist, beim Spazierengehen vor jedem Bordstein hochhebt und unten absetzt. Das Mädchen findet deshalb, er sei eine Klette, und sie muß ihren Bruder trösten.

Sie gibt einem Mädchen Französischnachhilfe, das ihr immer von ihrem Pferd und dem Reitstall erzählen will.

Sie kann sich nicht mehr erinnern, wie es war, zum ersten Mal mit einem Jungen zu schlafen.

Sie besucht jeden Mittwoch ihre Oma, bringt ihr eine Überraschung mit und liest ihr aus der Biographie von Günter Grass vor, wobei sie sich über dessen Stil ärgert. Ihre Oma legt ihr immer einen Schokoladentaler auf einen Teller, den sie ihr aufgehoben hat, obwohl sie Schokolade selber so gerne mag. Sie sieht genauso aus wie ihre Oma.

Wenn sie verliebt ist, stellt sie sich vor, wie sie unter seinem Bett liegt und die Unterseite vom Lattenrost beim Einatmen ganz leicht ihren Bauch berührt.

Sie hatte mit zwölf viele Pickel, die ihr Vater, um sie zu trösten, mit Photoshop retuschiert hat.

Sie behauptet, riechen zu können, wenn im Essen Salz fehlt.

Sie kann nicht mit Geld umgehen.

Sie fragt sich, warum niemand mehr mit Füller schreibt.

Wenn sie sich mit einem Jungen verabredet, gibt es einen Orkan, und sie kann nicht aus dem Haus.

Sie bekommt seine Adresse heraus, schleicht in sein Treppenhaus und betrachtet seine Tür, um zu sehen, durch was für ein Treppenhaus er läuft und was er dabei denkt.

Sie tauscht in Gesprächen gerne unauffällig die Position, um zu sehen, was der andere die ganze Zeit in seinem Blickfeld hatte.

Sie wirft gerne die Frage »Hat wer eine kleine Patrone?« in den Raum, obwohl sie weiß, daß inzwischen alle mit Kuli schreiben.

Sie mag es, wenn in der Oper fünfstimmig gesungen wird.

Sie spricht in Comicläden immer den Typen an, der keine Ahnung hat und sie zu dem anderen schickt, der aber gerade nicht da ist. Wenn der, der Ahnung hat, da ist, spricht sie trotzdem zuerst den an, der keine Ahnung hat.

Sie wäre gerne eine Ärztin, zu der sie auch selbst hingehen würde.

Sie findet Trenchcoats weiblich und meint, daß es wegen Audrey Hepburn eigentlich »die Trenchcoat« heißen müßte.

Sie würde für den Mann, den sie liebt, alles anziehen, sogar ihr Skelettkostüm, für das sich noch nie eine Gelegenheit gefunden hat.

Die wiedergefundene Zeit, S. 327–347

Mit den Jahren treten die Familienzüge in den Gesichtern der Menschen hervor, als hätten sie bis dahin unsichtbar in ihrem Inneren gekeimt. So bekommen manche mit fünfzig die gekrümmte Nase der Mutter, die Haut der Bankierstochter färbt sich kupfern, wie ein Widerschein des Goldes, das durch die Hände ihres Vaters gegangen ist, oder das Gesicht paßt sich dem Stadtviertel an, in dem man lebt. Wie würde man dann nach vierzig Jahren Prenzlauer Berg aussehen? Wie Wolfgang Thierse?

Was ist die Gesellschaft ohne Gedächtnis? An das komplizierte Beziehungsgeflecht der Menschen erinnert sich nur noch Marcel. Die Identität der Guermantes ist nicht mehr immun gegen »*tausend Fremdkörper*«, »*unverschämte Domestiken*« dringen in die Salons ein und trinken dort Orangeade. Das Gefühl, daß ein Teil seiner Vergangenheit vollständig verloren ist, bekommt Marcel »*durch die völlige Auflösung der Kenntnis jener tausend Gründe, jener tausend Nuancen […], um derentwillen dieser oder jener, der sich dort jetzt noch befand, ganz naturgegeben an seinem Platze schien, während ein anderer, der sich Ellbogen an Ellbogen mit ihm bewegte, wie eine höchst fragwürdige Neuerscheinung wirkte*«.

Täglich sterben weitere Kenner der Genealogie, die noch wissen, wie verachtet jemand war, der heute hoch geschätzt wird, und welche viel höhere Stellung als dieser der verstorbene Swann einst hatte. Marcel plaudert zwar mit einer jungen verständigen Frau, aber beide können nichts mit den Namen anfangen, die der andere anführt. Ihm wird durch »*die Unmöglichkeit der Verständigung, die sich im Gespräch mit der jungen Frau aus der Tatsache ergab, daß wir in einer bestimmten Gesellschaft mit einem Abstand von fünfundzwanzig Jahren gelebt hatten, ein wirklicher Eindruck des Historischen zuteil*«. Eine Erfahrung, die man durch die Wende in ungewöhnlich jungen Jahren gemacht hat, da man mit der Frau vielleicht nicht fünfundzwanzig Jahre auseinander gelebt hat, aber fünfundzwanzig Kilometer.

Verstorben:
- Prinzessin von Guermantes, Monsieur Verdurin.

Verlorene Praxis:
- Wie manche Dichter, die die Inspiration packt, seine Umgebung völlig vergessen, um in der Gesellschaft an seinem Werk

weiterzuschaffen, und, während man »*am Arm einer etwas erstaunt blickenden Dame zu Tisch*« schreitet, »*die Brauen runzeln und Grimassen schneiden*«.

- Eine Dame sein, zu der hinauf der steilste soziale Aufstieg führt.
- Sein Gesicht durch den Zug von Mechanisierung, den ein Monokel darin einführt, allen den schwierigen Verpflichtungen entziehen, denen ein menschliches Antlitz sonst untersteht.
- Einen Salon führen, dessen Besucher sich auf eine einzige Person beschränken.
- Gegen jemanden, der sich einem gegenüber mit hartnäckiger Unverschämtheit beträgt, als eine Art von Repressalie eine beleidigende Haltung einnehmen.

178. Di, 23.1., Berlin

Meine Eltern haben heute ihre Skatrunde zu Gast, mein Vater hat Graupensuppe gekocht und meine Mutter Nudelsalat gemacht. Ich wäre gerne dabei, aber seit ich mit achtzehn ausgezogen bin, habe ich im Grunde kein Zuhause mehr. Meine erste wirkliche Freundin hat noch im Haus ihrer Eltern gewohnt, ich bin damals praktisch dort mit eingezogen und habe mir nichts dabei gedacht, es war so angenehm, wieder eine Familie zu haben. Sie hatten viel mehr Platz, als wir jemals gehabt hatten, und es gab sogar einen Garten, wo man im Sommer mit dem Fußball jonglieren üben konnte. Und auf dem Gästeklo lag immer ein interessantes Buch. Tagelang bin ich nicht mehr zu mir gefahren, weil mich meine Wohnung bedrückte und ich den Ofen nicht warm bekam. Man dachte doch, man müßte seinem Alter angemessen exzessiv leben, aber andererseits mußte man diszipliniert sein, um im neuen System nicht unter die Räder zu kommen. Ich war natürlich auch viel zu faul für wirkliche Arbeit, Freizeit war doch ein Menschenrecht. Man hatte Ambitionen, aber das Farbband der alten Vorkriegsschreibmaschine vom Opa klemmte immer, und selbst Papier würde bald nicht mehr zu bezahlen sein. Außerdem wußte man gar nicht, was man schreiben sollte und schlief immer mit dem Kopf auf der Tischplatte ein, während aus den anderen Wohnungen auf dem Hinterhof laute Partymusik zu hören war. Also zur Sicherheit wenigstens das Studium beenden, auch wenn es das falsche ist? Nur daß man so neugierig auf die ganzen Bücher war, die nichts mit den Seminarthemen zu tun hatten, meistens nicht mal mit dem Studium. Andererseits konnte man nicht ewig nur fremde Erfahrungen konsumieren, man mußte doch die Welt bereisen und eigene sammeln! Oder aufs Dorf, weil Bodenständigkeit am Ende vielleicht mehr zählte als oberflächliche Kontakte mit der Fremde? Und überall, wo man hinkam, dachte man: Könnte man hier leben? Wie müßte die perfekte Wohnung aussehen? Oder sollte man konsequent sein und sich als Nomade verstehen, mit einem Koffer und kahlen Wänden, dann wäre man unkorrumpierbar? Aber andererseits wäre es wünschenswert, an einem Ort zu leben, der solch eine Ausstrahlung hatte, daß er die Texte praktisch selbst schrieb. Aber man hatte ja gar kein Geld! Nur als Reserve dieses längliche, mit Pfennigen gefüllte Glas im Flur.

Weil wir Angst hatten, allein zu sein, fiel es uns so schwer, uns zu trennen, obwohl wir dauernd stritten. Ich träumte von anderen Mädchen und sie ging fremd, so war die Arbeitsteilung. Das hat eine langjährige Phobie begründet, in Beziehungen den richtigen Moment zu verpassen und, weil man aus Angst vor Endgültigkeiten zu lange gewartet hat, sich nicht mehr trennen zu können. Aber man wußte ja nicht, ob die Geduld sich nicht später noch auszahlen würde, mit achtzig ist es doch schön, jemanden an seiner Seite zu haben, der einen seit sechzig Jahren kennt. Aber woran soll man mit zwanzig sehen, wer das sein könnte? Ist dafür ein Instinkt nötig, den wir zwar haben, der sich aber so selten zeigt wie der Halleysche Komet? Wie soll man ihn dann erkennen? Vielleicht hat man ihn ja immer mit normalem Seitenstechen verwechselt?

Ich weiß nur eins: Ich will mit siebzig auch Graupensuppe kochen für meine Frau und unsere Skatrunde.

Die wiedergefundene Zeit, S. 347–367

Wie es jetzt Neulinge in der Gesellschaft gibt, die die Alten mit ihrer Unkenntnis der Geschichte dieser Kreise schockieren, so ist auch Marcel als junger Mann einmal in den Salons aufgetaucht. Im Alter vergißt man aber sowieso immer mehr und wird dadurch fast milde, auch wenn man immer verbittert gewesen war. Man erinnert sich nicht mehr genau, ob man mit jemandem seit zehn Jahren nicht mehr spricht oder ob man sich das nur einbildet. Der Tod wird *»quasi gesellschaftsfähig«* und zu einem Zwischenfall, *»der eine Person mehr oder weniger deutlich charakterisierte«*. Man sagt dann *»der Soundso ist ja tot«*, wie man sagen würde: *»Er verbringt den Winter im Süden.«* Es ist überhaupt bei Menschen, die man länger aus den Augen verloren hat, schwer zu entscheiden, ob es sich um *»Krankheit, Abwesenheit, Zurückgezogenheit auf dem Lande oder Tod«* handelt. Der Tod der anderen ist für viele das einzige Mittel, *»auf angenehme Weise ein Bewußtsein ihres eigenen Lebens zu erhalten«*.

Grimmige Pointe unserer Existenz, Marcel erkennt *»eine dicke Dame«* nicht gleich, die ihn begrüßt, und legt deshalb übertriebene Liebenswürdigkeit in sein Lächeln, während er ihr Gesicht einzuordnen versucht. Dabei ist es Gilberte, seine Jugendliebe!

Verstorben:
– Marquise d'Arpajon, Gräfin d'Arpajon.

Unklares Inventar:

- Ein Aufbruch »*à l'anglaise*«, Mounet-Sully, Coquelin, Henry Bidou, General Townsend, General Goringer, Bellonen, der Graben der Madame de Sévigné.

Katalog kommunikativer Knackpunkte:

- Beim vorzeitigen Aufbrechen von einem Konzert die mimische Verzweiflung über eine Trennung demonstrieren, die nicht endgültig sein wird.

Verlorene Praxis:

- Aus den in der Gesellschaft vollzogenen Wandlungen Wahrheiten entnehmen, die würdig sind, einen Teil seines Werkes zu untermauern.
- Seine vordem säuerliche Natur mit dem Zucker der Güte versetzen.
- Sich, sobald eine Person der eigenen Altersklasse verschieden ist, vorkommen, als habe man bei einem Wettbewerb über einen seiner beachtlichsten Konkurrenten den Sieg davongetragen.
- Sich nicht mehr erinnern können, ob es mit jemandem früher einmal, auf der Rückfahrt von einer Gesellschaft, im Wagen zu einem Zärtlichkeitsaustausch gekommen ist.
- Seitdem man nur noch für geistige Dinge lebt, gern sein Wissen zur Schau stellen.

Selbständig lebensfähige Sentenz:

- »*[J]eder Sterbefall bedeutet für die anderen eine Vereinfachung ihrer Existenz, er nimmt einem alle Skrupel wegen des Erzeigens von Dankbarkeit ab und hebt den Zwang zum Besuchemachen auf.*«

179. Mi, 24.1., Berlin

Das Schöne an einem Kind ist, daß man seinetwegen wieder seine alten DDR-Märchenplatten hören darf. Fred Düren, Rolf Ludwig, Klaus Piontek, Elsa Grube-Deister, Kurt Böwe, Dieter Mann, Dietrich Körner, Jutta Wachowiak, diese wohltuenden Stimmen, die, weil man sie so früh in sich aufgenommen hat, auch heute noch direkt ins Unterbewußtsein dringen wie Musik oder Alkohol. Außerdem ist man erst jetzt in dem Alter, den eigentlichen Sinn dieser Märchen zu verstehen:

Der Froschkönig oder der eiserne Heinrich

In den alten Zeiten, als das Wünschen noch geholfen hat, lebte einmal ein Meßingenieur, der hatte eine wunderschöne Tänzerin als Tochter. Sie war so schön, daß die Sonne selber, die doch so vieles schon gesehen hat, sich verwunderte, sooft sie ihr ins Gesicht schien, also natürlich vor allem, wenn das Mädchen mit seiner Truppe eine Autoshow in Saudi-Arabien oder Pakistan dekorierte. Nahe bei dem Haus war der Humboldthain, und mitten darin, unter einer von den Miniermotten zerfressenen Kastanie, ein Gully. Wenn nun der Tag recht heiß war, ging die junge Tänzerin in ihrem Tiger-Top hinaus in den Humboldthain und setzte sich an den Rand des kühlen Gullys. Und wenn sie Langeweile hatte, nahm sie einen Flummy, warf ihn in die Höhe und fing ihn wieder auf. Das war ihr liebstes Spiel.

Nun trug es sich einmal zu, daß der Flummy der Tänzerin gerade in den Gully hineinrollte. Und der war tief, so tief, daß man keinen Grund sah.

Da fing die Tänzerin an zu weinen und weinte immer lauter und konnte sich gar nicht trösten. Als sie so klagte, rief ihr plötzlich jemand zu: »Was hast du nur, Tänzerin? Du schreist ja, daß sich ein Stein erbarmen möchte.«

Sie sah sich um, woher die Stimme käme, da erblickte sie einen Frosch, der seinen dicken, häßlichen Kopf aus der Jauche streckte. »Ach, du bist's, alter Wasserpatscher«, sagte sie. »Ich weine über meinen Flummy, der mir in den Gully hinabgefallen ist!«

»Sei still und weine nicht«, antwortete der Frosch, »ich kann wohl Rat schaffen. Aber was gibst du mir, wenn ich deinen Flummy wieder heraufhole?«

»Was du haben willst, lieber Frosch«, sagte sie, »meine Klamotten, meinen iPod, Glitzersteine, auch noch das Porsche-Schlüsselband, das ich trage.«

Der Frosch antwortete: »Deine Klamotten, deinen iPod, die Glitzersteine und dein Porsche-Schlüsselband, die mag ich nicht. Aber wenn du mich liebhaben willst und ich dein Geselle und Spielkamerad sein darf, wenn ich an deinem Tischlein neben dir sitzen, von deinem Stullenbrett essen, aus deiner Campari-Flasche trinken, auf deiner Matratze schlafen darf, dann will ich hinuntersteigen und dir den Flummy heraufholen.«

»Ach, ja«, sagte sie, »ich verspreche dir alles, was du willst, wenn du mir nur den Flummy wiederbringst.« Sie dachte aber, der einfältige Frosch mag schwätzen, was er will, der glaubt doch selber nicht, was er sagt.

Als der Frosch das Versprechen der Tänzerin erhalten hatte, tauchte er seinen Kopf unter, sank in die Jauche, und über ein Weilchen kam er wieder heraufgerudert, hatte den Flummy im Maul und warf ihn ins Gras. Die Tänzerin war voll Freude, als sie ihr schönes Spielzeug wiedererblickte, hob es auf und sprang damit fort.

»Warte, warte!« rief der Frosch. »Nimm mich mit, ich kann nicht so schnell hüpfen wie du!« Aber sie hörte nicht darauf, eilte nach Hause und hatte den Frosch bald vergessen, denn es rief ja ständig jemand auf ihrem Handy an.

Am andern Tag, als sie sich mit dem Vater und ihren vielen Freunden zur Tafel gesetzt hatte und eben frühstückte, da kam, plitsch platsch, plitsch platsch, etwas den Hausflur entlanggekrochen. Als es oben angelangt war, klingelte es und rief: »Tänzerin, mach mir auf!«

Sie lief und wollte sehen, wer draußen wäre. Als sie aber aufmachte, saß der Frosch vor der Tür. Da warf sie die Tür hastig zu, setzte sich wieder an den Tisch, und es war ihr ganz ängstlich zumute, der Frosch hätte ja wenigstens mal vorher anrufen können.

Der Meßingenieur sah wohl, daß ihr das Herz gewaltig klopfte, und sprach: »Ei, was fürchtest du dich? Steht etwa die GEZ vor der Tür und will dich holen?«

»Ach, nein«, antwortete sie, »es ist nicht die GEZ, sondern ein garstiger Frosch.«

»Was will der Frosch von dir?«

»Ach, lieber Vater, als ich gestern im Humboldthain bei dem Gully saß und spielte, fiel mein Flummy in die Jauche. Als ich deshalb weinte, hat ihn mir der Frosch heraufgeholt. Und weil er es durchaus verlangte, versprach ich ihm, er sollte mein Spielgefährte werden. Ich dachte aber nimmermehr, daß er aus seiner Jauche käme. Außerdem bin ich über meine letzte Beziehung noch nicht hinweg. Nun ist er draußen und will zu mir herein. Wenn ich das geahnt hätte, hätte ich ihm nie meine Adresse gegeben!«

Da klopfte es zum zweiten Mal, und eine Stimme rief: »Tänzerin, mach mir auf!« Da sagte der Meßingenieur: »Was du versprochen hast, das mußt du auch halten! Geh nur und mach ihm auf! Schönheit ist vergänglich, auf die Dauer kommt es auf andere Eigenschaften an. Außerdem bin ich deiner Mutter damals auch nachgelaufen, sonst gäbe es dich jetzt gar nicht.«

Sie ging und öffnete die Tür. Da hüpfte der Frosch herein und hüpfte ihr immer nach, bis zu ihrem Stuhl. Dort blieb er sitzen und rief: »Heb mich hinauf zu dir!« Sie zauderte, bis es endlich der Meßingenieur befahl. Als der Frosch auf dem Stuhl war, wollte er auf den Tisch, und als er da saß, sprach er: »Nun schieb mir dein Stullenbrett näher, damit wir zusammen essen können.« Der Frosch ließ sich's gut schmecken, ihr aber blieb fast das Joghurt-Müsli im Halse stecken.

Endlich sprach der Frosch: »Ich habe mich satt gegessen und bin müde. Nun trag mich in dein Kämmerlein und mach deine Matratze zurecht!« Die Tänzerin fing an zu weinen und fürchtete sich vor dem kalten Frosch, den sie sich nicht anzurühren getraute und der nun auf ihrem schönen neuen Spannlaken schlafen sollte. Außerdem mußte sie morgen früh raus.

Der Meßingenieur aber wurde zornig und sprach: »Wer dir geholfen hat, als du in Not warst, den sollst du hernach nicht verachten!«

Da packte sie den Frosch mit zwei Fingern, trug ihn hinauf in ihr Kämmerlein und setzte ihn dort in eine Ecke. Als sie sich eine halbe Stunde die Zähne geputzt hatte, war er immer noch da, und als sie im Bette lag, kam er gekrochen und sprach: »Ich will schlafen so gut wie du. Heb mich hinauf, oder ich sag's deinem Vater!«

Da wurde sie bitterböse, holte ihn herauf und warf ihn gegen die Wand. »Nun wirst du Ruhe geben«, sagte sie, »du garstiger Frosch!« Als er aber herabfiel, war er kein Frosch mehr, sondern ein Publizist mit schönen, freundlichen Augen. Der war nun nach ihres Vaters Willen ihr lieber Geselle und Gemahl. Er erzählte ihr, er hätte unter einer seltenen Erbkrankheit gelitten und niemand hätte ihn aus dem Gully erlösen können als sie allein, und morgen wollten sie zusammen in sein Viertel zu den Steinplatten fahren und Tischtennis spielen mit seinem Drei-Sterner.

Und wirklich, am anderen Morgen kam ein Fahrrad herangefahren, mit einundzwanzig Gängen, buntem Lenkerband, Spritzschutz mit Katzenaugen und einem Sattel für Mädchen auf der Stange. Hinten auf dem Gepäckträger aber saß ein Kollege des jungen Schriftstellers, das war der treue Heinrich.

Der treue Heinrich hatte sich so gekränkt, als sein Freund in einen Frosch verwandelt worden war, daß er drei eiserne Bänder um sein Herz hatte legen lassen, damit es ihm nicht vor Weh und Traurigkeit zerspränge.

Das Fahrrad sollte nun den jungen Publizisten in sein Viertel holen. Der treue Heinrich hob ihn und seine junge Gemahlin hinauf, setzte sich wieder auf den Gepäckträger und war voll Freude über die Erlösung seines Freundes. Als sie ein Stück des Weges gefahren waren, hörte der Publizist, daß es hinter ihm krachte, als ob etwas zerbrochen wäre. Da drehte er sich um und rief: »Heinrich, wir haben einen Platten!«

»Nein, Freund, keinen Platten. Es ist ein Band von meinem Herzen, das da lag in großen Schmerzen, als Ihr in dem Gully saßt, als Ihr eine Fretsche was't.«

Noch einmal und noch einmal krachte es auf dem Weg, und der Publizist meinte immer, sie hätten einen Platten. Doch es waren nur die Bänder, die vom Herzen des treuen Heinrich absprangen, weil sein Freund nun erlöst und glücklich war.

Die wiedergefundene Zeit, S. 367–388

Für Marcel soll es der letzte Abend in Gesellschaft sein. »*Gleich morgen*« will er sich zur Arbeit in die Einsamkeit zurückziehen. »*Selbst in meine Wohnung würde ich in meinen Arbeitsstunden keine Leute vorlassen.*« Das Dumme ist nur, daß irgendwann sowieso keine mehr kommen … »*Ich aber würde den Mut finden, denen, die mich besuchen würden oder mich abholen ließen, zu antworten, ich hätte wegen wichtiger Dinge, über die ich mich unverzüglich unterrichten müsse, ein dringendes, überaus bedeutsames Rendezvous mit meinem eigenen Ich.*« Seltsamerweise werde einem die Bereitschaft zum Verzicht, die sich in solch einer Haltung äußert, als Egoismus ausgelegt. Dabei will er doch fern von den Menschen leben, »*um mich mit ihnen zu beschäftigen*«, um »*die Kurve zu definieren und das Gesetz herauszustellen, das die Gebärden, die sie machten, die Worte, die sie sagten, ihr Leben, ihre Natur bestimmte*«. Was er Askese nennt, wäre für mich allerdings schon ein Fortschritt, denn »*leichte Liebesbegegnungen mit eben erblühten jungen Mädchen«* würden die einzige *»erlesene Nahrung«* darstellen, *»die ich allenfalls noch meiner Einbildungskraft gestatten könnte, die somit jenem berühmten Pferde glich, das nur mit Rosen gefüttert werden durfte«*. Gilberte solle ihn doch hin und wieder einladen, wenn sie solche jungen Mädchen zu Besuch habe, allerdings würde er von diesen nur wollen, daß sie ihm *»die Träumereien und Traurigkeiten von ehedem wiederschenkten, höchstens eines unwahrscheinlichen Tages einen keuschen Kuß«*.

Der Reiz langer Serien und dicker Bücher, man kann die erstaunlichsten Werdegänge inszenieren: die ehemalige Prostituierte Rahel ist inzwischen eine berühmte Schauspielerin, für deren Rezitationen man sogar die Berma versetzt. Allerdings erkennt Marcel die *»abscheuliche alte Frau«* nicht sofort, als die sich ihm Rahel darstellt.

Die hoffnungslose Vereinsamung der großen Berma, zu deren Einladung niemand kommt, weil am selben Tag alle wie durch die Wirkung einer Saugpumpe zu den Guermantes gezogen werden, wo Rahel spielen soll. Die todkranke Berma geht im übrigen wieder auf Tournee, um mit dem Honorar die Luxusbedürfnisse ihrer Tochter zu befriedigen, die allerdings darin bestehen, ständig ihr neben dem der Berma gelegenes Haus ausbauen zu lassen, *»unaufhörliche Hammerschläge unterbrachen daraufhin den Schlaf, den die große Tragödin so sehr nötig hatte«*.

Unklares Inventar:
- die Balthy, die Mistinguett, die Réjane (Schauspielerinnen); Erechtheion.

Bewußtseinserweiterndes Bild:
- *»Die sterbenden Augen standen noch verhältnismäßig lebendig in der damit kontrastierenden furchtbaren Knochenmaske und glänzten schwach wie eine Schlange, die zwischen Felsen schläft.«*

Verlorene Praxis:
- Sein Geld mit der Keckheit eines Kinds der Straße gewohnheitsmäßig im Strumpf verbergen.
- Es für eine Form intellektueller Überlegenheit halten, leicht an Langeweile zu leiden.

180. Do, 25.1., Berlin

Warum hört man lieber Schriftstellern zu, wenn sie von sich erzählen, als Verwandten oder Freunden? Warum projiziert man seine Gefühle in die Worte von Wildfremden und bekommt bei Nahestehenden den Mund nicht auf? Liegt es wirklich an der Qualität der Texte? Aber warum führen wir dann überhaupt noch Gespräche, wenn wir dabei ständig unter unserem Niveau bleiben? (Oder sollten wir tatsächlich immer singen, wie in »On connaît la chanson«? Ist nicht jede Äußerung, die kein Zitat enthält, ohne Würze? Aber kann man sich überhaupt äußern, ohne zu zitieren?) Was unterscheidet einen Fremden, der einen auf einer Party mit sentimentalen Erinnerungen quält (vielleicht sogar an etwas, was einem selbst wichtig ist), von einem Autor, der in einem Text seinen verlorenen Paradiesen nachtrauert? Ist es die radikale Offenheit, die im direkten Gespräch peinlich berühren würde? Die formale Leistung? Von jemandem, den man als ausgeglichen und standhaft schätzt, möchte man doch nicht erfahren, daß er in Wirklichkeit seit Jahren unter Depressionen leidet, während ein Autor scheinbar immer für eine Erfolgsgeschichte steht, schon weil wir ihn lesen.

Was macht man, wenn man einsehen muß, daß man in der Skala seiner Empfindungen und in der Struktur, die man der Selbsterzählung des eigenen Lebens täglich gibt, unbewußt immer eine tapsige und inkonsequente Version von Proust war? Wozu soll man Prousts Experiment wiederholen? Der Rückzug in die Erinnerung ist ja eher ein menschliches Schicksal als eine freie Entscheidung. Wenn man vorhat, die Zeit festzuhalten, kann man aber nur scheitern. Man versteht, wie stark Beckett Proustianer war, in »Das letzte Band« die verführerische Schockwirkung alter Tonbandaufnahmen, in »Oh les beaux jours« die senile Beschwörung der Vergangenheit. Maria Schell, die auf ihrem Berghof die letzten Jahre von Fernsehern umgeben im Bett verbringt und sich ihre alten Filme ansieht. Oder Kane, dem ein Medienimperium und ein Anwesen von orientalischer Pracht den Schwung der Jugend und die verpaßte Kindheit nicht ersetzen können.

Auf dem Spielplatz ein Junge, dessen ferngesteuertes Flugzeug sich in einem Baum verfangen hatte. Am Baumstamm kam er nicht hoch, er warf eine Weile vergeblich ein Stöckchen nach dem Flugzeug, es wurde schon dunkel. Ich hatte mir einmal vorgenommen, nicht zu sterben, bevor ich mir ein ferngesteuertes Spielgerät gekauft hätte. Als Kind habe ich lediglich einmal ein Buch »RC-Flugmodelle und RC-Modellflug« aus dem VEB Verlag für Verkehrswesen besessen (»Als Lehr- und Lernmaterial für den Modellsport vom Zentralvorstand der Gesellschaft für Sport und Technik anerkannt und empfohlen«). Ich war so gemein gewesen, im Buchladen auf das einzige vorhandene Exemplar zu bestehen, obwohl ein größerer Junge, der bestimmt mehr damit anfangen konnte, mich anflehte, es ihm zu überlassen. Natürlich nützte mir das Buch nichts, ich konnte mit meinen Elektronik-Kenntnissen keinen Sender bauen.

Wir haben das Flugzeug dann wieder freibekommen, und der Junge rannte damit nach Hause. Vielleicht war meine Seele in letzter Zeit wie dieses Flugzeug und hatte sich in einem Baum verfangen. Und eines Tages wird es heißen: »Eine schwere Proust-Lektüre setzte ihm zu, von der er sich aber schließlich doch noch einmal erholen konnte«.

Die wiedergefundene Zeit, S. 387–407

Rahel rezitiert, wie Schauspieler es so oft tun, etwas befremdlich, aber man kann sich daran gewöhnen, auch wenn man sich erst entscheiden muß, ob man es entsetzlich oder genial findet. Bloch hat bei diesen Versen »*in Gedanken ausschließlich seine Vorbereitungen getroffen, um, gleich nachdem das Gedicht zu Ende war, wie ein Belagerter, der einen Ausfall versucht, hervorzustürzen und, wenn auch nicht über die Leichen, so doch wenigstens über die Füße seiner Nachbarn hinwegstürmend, die Vortragende zu beglückwünschen, sei es aus einer irrigen Vorstellung von seinen Verpflichtungen gegen sie, sei es aus bloßem Bedürfnis, sich zu bekunden*«.

Die Herzogin von Guermantes ist nicht mehr so geistreich und boshaft-witzig wie einst: »*Wenn der Moment für ein witziges Wort gekommen war, unterbrach sie sich für die gleiche Zahl von Sekunden wie früher, sah aus, als zögere sie, als gehe etwas Schöpferisches in ihr vor, aber der Ausspruch, den sie zustande brachte, taugte dennoch nicht viel.*« Vielleicht werde ich so meine Tage als vorlesender Autor beschließen, einfach nur noch die Bühne betreten, schweigen und damit noch einmal den Glanz früherer Darbietungen heraufbeschwören.

Die Herzogin fühlt sich übrigens fast geschmeichelt, daß ihr Mann sie wieder betrügt, »*weil es mich quasi jünger macht.*« Eine schöne Pointe des Ehelebens. Sie erinnert sich nur sehr ungenau an den Zeitpunkt von Marcels erster Bekanntschaft mit ihr, was ihm nicht gefallen kann, da so eine Laxheit in der Geschichtsschreibung ihres Lebens die wichtige Zeit der Schwärmerei und der zu ihr aufstrebenden Hoffnungen geringschätzt.

Unklares Inventar:
– Zuckerreibe; Fagon, ein Arzt; Géraudel-Pastillen.

Streitbare These:
– »*Frauen finden es nett, wenn man noch ihrer Schönheit gedenkt, so wie Künstler gerührt sind, wenn man ihre Werke bewundert.*«

181. Fr, 26.1., Berlin

Eisiger Wind blies mir ins Gesicht, Schnee wehte über den glatten Fahrradweg, meine Bremsbacken sind abgenutzt, ich hatte die Nacht nach der »Chaussee« schlecht geschlafen und das Gefühl, mich unter so vielen Menschen erkältet zu haben. Außerdem trug ich eine Unterhose und eine Trainingshose unter der Jeanshose, zwei Pullover, drei Hemden und Wanderschuhe, was meinen Bewegungen etwas Schwerfälliges gab. Ein Vorgeschmack darauf, wie ich eines Tages mit meinen Gelenken zu kämpfen haben und wieviel Willenskraft ich brauchen würde, um auch nur den Arm nach meinem Teller auszustrecken und den Löffel festzuhalten. Es half aber nichts, ich war mit Falko Hennig zum Plakatieren für unsere »Weltchronik«-Premiere verabredet, wir mußten jede Möglichkeit nutzen, ein ökonomisches Fiasko zu verhindern. Wegen der vielen Kleidungsschichten hatte ich Mühe, auf dem Klo zu pinkeln. In Outdoor-Läden gibt es ja ein spezielles Beutelchen, mit dem man sich im Schneesturm erleichtern kann, ohne sich auszuziehen, daran werde ich beim nächsten Mal denken müssen. Die Plakate wogen Zentner, das Klebeband versagte in der Kälte, der Wind zerrte das wertvolle Druckmaterial in den Matsch, und wir hatten keine Videokamera dabei, um diese Clownsnummer zu dokumentieren. Die Tour führte von der Lottumstraße zum Kino »Babylon«, unterwegs überklebten wir rücksichtslos alle fremden Plakate. Falko meinte, wir könnten den überall zu lesenden Warnhinweis ignorieren. Die Werbefirma, die die Flächen bereitstellte, würde es nicht wagen, uns zu verklagen, weil sie uns dann als potentielle Kunden verlieren würde.

Im »Babylon« trafen wir zufällig Judith Hermann, die dort mit ihrem Sohn zum Kinderkino ging. Berlin war ein Dorf. Sie fragte mich, was ich als nächstes lesen werde, ein Bekannter von ihr hätte nach Proust gar nichts mehr lesen können, und ich sagte, daß ich gerade eine Thomas-Mann-Biographie angefangen hätte, weil es immer so tröstlich sei, sich von Zeit zu Zeit mit dieser Familie zu befassen. Sie selbst fresse sich gerade durch Thomas Manns Romane und sei ganz benebelt, sagte sie, eine schöne Koinzidenz. Wie oft man sich anhören müsse, Thomas Mann sei langweilig, meinte ich. Ja, sagte sie, aber es sei doch auch wieder schön, wenn man ihn ganz für sich habe. Ich hatte mich im Dezember einmal mit ihr getroffen und befürchtet, alle im Café würden uns anstarren, weil sie so berühmt ist. Es nahm aber niemand Notiz von uns und mir wurde bewußt, daß sie hundertmal berühmter sein kann als ich, damit aber immer noch zehntausendmal unbekannter ist als irgendeine Serienschauspielerin von Pro7. Es ist ein grundlegender Irrtum von Autoren zu denken, die Welt warte auf ihr nächstes Buch.

Auf dem Rückweg sah ich, daß viele unserer Plakate schon vom Wind zerfetzt oder von der Konkurrenz heruntergerissen worden waren, hier und da hing noch ein Rest, und man war stolz. Es hatte letztlich Spaß gemacht, sein Schicksal in die eigenen Hände zu nehmen. Wozu habe ich mir damals meine Gesundheit ruiniert, werde ich meinen Kindern einmal sagen, damit ihr mein Erbe mit Füßen tretet?

Ich fuhr am Haus vorbei, in dem meine Tochter wohnt, immer ein seltsames Gefühl. Trotz meiner Kopfschmerzen mußte ich Proust lesen, und es zeigte sich wieder, daß das Buch einem je nach der eigenen Verfassung spannend oder langweilig vorkommt. Vielleicht bin ich unkonzentriert, aber ich habe den Eindruck, daß er auch vierzig Seiten vor dem Ende noch keine Anstalten macht, den Schlußakkord zu setzen. Als hätte er noch weitere tausend Seiten Zeit, ergeht er sich in geschwätzigen Details. Und die zahlreichen Fußnoten fügen dem Text nichts Wesentliches hinzu. Als ich endlich am Rechner saß, waren die Kopfschmerzen aber schnell vergessen. Daß man immer noch denkt, man müßte sein Glück jenseits des Schreibens finden, wo man doch schon privilegiert ist, wenn man wenigstens eins im Schreiben hat! Wenn ich nicht arbeite, vergesse ich aber immer, daß ich Autor bin oder kann es mir nicht vorstellen. Ich kann nur beim Tippen denken.

Ich habe so lange Jahre herumgestochert und das eigentlich Aufzuschreibende nicht gesehen. Und jetzt, wo ich so schreibe, wie ich schreibe, müßte es doch kinderleicht für jeden sein, das einfach nachzumachen. Aber der eigene Stil ist auch ein Gefängnis, man will doch nicht festgelegt sein. Paul Klee ist ein wundervoller Maler, aber er ist eben nur Paul Klee. So, wie man Frauen liebt, die nicht zu einem passen, bewundert man auch Bücher, bei denen jeder denken würde, man könne nichts damit anfangen, und wünscht sich, so zu schreiben.

Ich wünsche mir eine Zeit, in der ich wieder von der Dusche zum Schreibtisch haste, weil ich keine Zeit verlieren will, so eilig habe ich es, Vokabeln zu lernen oder einen Text zu redigieren. Eigentlich muß ich dafür nur in irgendein Land fahren, die Zeitung kaufen und den Gedanken verdrängen, daß das eine Flucht sein könnte und daß ich nicht mein Leben lang neue Interessen anhäufen kann. Endlich einmal nach Griechenland, um die Topographie der klassischen Orte körperlich zu erleben? Und auch noch Griechisch lernen? Das dürfte meine wenig ausgeprägte Begabung für schwerelos über allen Sachthemen schwebenden Party-Smalltalk noch weiter unterminieren. Wer heute noch ein Fremdwort kennt, ist ja schon ein Paria. Alles lesen, alles wissen, alles sehen, ohne zu irgend etwas verpflichtet zu sein. Mehr will ich doch gar nicht.

Die wiedergefundene Zeit, S. 407–427

Ich sagte es schon, der Reiz langer Serien, die unerschöpflichen Möglichkeiten, im Lauf der Jahre jeden mit jedem zu verbandeln. Auf seine alten Tage ist nun der Herzog von Guermantes in Odette verliebt, die ja inzwischen Madame de Forcheville heißt. »*Er war nur noch eine Ruine, aber eine großartige, oder eigentlich weniger noch als eine Ruine, eher das romantische Bild eines Felsens im Sturm. Auf allen Seiten von Wogen des Leidens, des Zorns über seine Leiden und der steigenden Flut des Todes, die ihn rings einzuschließen drohte, gepeitscht, bewahrte er auf seinem gleich einem Felsblock verwitterten Gesicht den Stil, den Schnitt, den ich immer bewundert hatte.*« Warum diese Fixierung mancher Männer auf Frauen, die »*nicht ihr Genre*« sind? »*Eine Frau, die ›unser Genre‹ ist, wird selten gefährlich, denn sie will von uns nichts, sie stellt uns zufrieden, verläßt uns schnell und nistet sich nicht in unserem Leben ein.*«

Die Synthese der Wege nach Guermantes und nach Méséglise in der Tochter von Gilberte (Swann, Odette …) und Saint-Loup (Charlus, Herzogin von Guermantes …). Vier Seiten braucht Marcel inzwischen, um stichpunktartig seine Beziehung zu den einzelnen Figuren des Buchs, und wie er von der einen zur anderen gelangt ist, zu rekapitulieren. Das Schlimme ist, daß ich das alles in einem halben Jahr vergessen haben werde.

Unklares Inventar:
– Nacaratfarbene Seide, Vertiko.

Katalog kommunikativer Knackpunkte:
– »*Ich sah, wie auf dem Gesicht von Madame de Guermantes jene leichte Verzerrung entstand, die andeutet, daß man auf dem Wege der Überlegung etwas, was man soeben gehört hat, mit wenig angenehmen Gedanken in Beziehung setzt.*«

Verlorene Praxis:

- Als Frau »*Tanz und Vergnügen und alles übrige für das hergeben, was einem Mann Vergnügen macht oder ihm auch nur Sorgen erspart, wofern er einen wirklich liebt.*«
- Weil man von allem Snobismus frei ist, einen unbekannten Literaten zum Gatten wählen und die Familie so wieder unter das Niveau hinabführen, von dem sie emporgestiegen war.

182. Sa, 27.1., Berlin

– Was ham wirn heute gemacht?
– Ich hab mich mit Mama gestreitet, da hat sie eine schlechte Laune.
– Und dann?
– Du weißt doch, ich war im Kindergarten, da hab ich eingepullert, aber nur ein bißchen, is nich schlimm, da hat Heike mir einen neuen Schlüpfer und neue Strumpfhosen gegeben und dann ham wir »Appepip« gesagt, dann hat Heike »Ärmel« gesagt, die man zum Essen hochkrempelt, dann is Papa gekommen, dann hab ich mit der Matti im Flur kurz ganz viel gedrückt, dann sind wa umgefallen, hat nich wehgetan, war nur ein Spaß, war lustig, dann sind wa losgegangen zum Spielplatz, da waren die frechen Jungs, der eine Junge hat mir gehaut, und der andere hat mir umgeschubst auf dem Trampolin drin, dann bin ich auf dem Hochklettergerüst gestiegen, dann sind wa zum Puppentheater gegangen, da war aber nicht auffen, dann ham wa ein Zopfeis gegessen und Papa hat ein Kaffee getrunken, der is aber nur für Gewachsene, dann sind wa nach Hause gegangen, dann hab ich mich noch kurz im Flur gedreht, dann war ich eine Bummelliese, dann haben wa uns ausgezogen, dann hab ich Zähne geputzt mit Zahnputze, dann hast du mir den Schlafanzug angezogen, dann hast du mir das Buch vorgelesen mit dem Krokodil, wo alles falschrum ist, und jetzt laß mich mal bitte gucken, ich will auch mal was aufschreiben in dein Buch, laß mich mal ein bißchen in Ruhe, siehste, klappt doch.
– Soll ich die Tür noch ein bißchen auflassen?
– Ja.
– Gute Nacht.
– Gute Nacht.

Die wiedergefundene Zeit, S. 427–447 (Schluß)

Die sechzehnjährige Tochter Gilbertes wird ihm vorgestellt, die er noch nie gesehen hat. Die Zeit »*hatte sie wie ein Meisterwerk geformt*«. Sie »*sah meiner Jugend gleich*«. Außerdem hat sie ja Ähnlichkeit mit dem verstorbenen Saint-Loup, »*was alle, die ihren Vater gekannt hatten, zu langen*

Träumereien bewog«. Diese Materialisierung der verflossenen Jahre in einer jungen Person ist nur noch ein weiterer Anstoß zu der Überlegung, *»daß dieses Leben, das man unaufhörlich fälscht, in einem Buch verwirklicht werden könnte«*. Denn was wir unser Leben nennen, ist nur eine unaufhörliche Fälschung der wirklichen Version, die wir eigentlich in uns spüren, und der man nur in einem Buch Gerechtigkeit widerfahren lassen kann! *»Wie glücklich würde der sein, dachte ich, der ein solches Buch zu schreiben vermöchte, doch welche Arbeit liegt auch vor ihm.«* Eine Arbeit, die alle erdenklichen Kulturleistungen des Abendlandes zusammenführt und erforderlich macht, man muß es nämlich *»unter unaufhörlicher Umgruppierung der Kräfte wie eine Offensive vorbereiten«* (als Feldherr), *»es ertragen wie die Qual der Ermüdung«* (als Märtyrer), es *»wie eine Ordensregel auf sich nehmen«* (als Asket), es *»wie eine Kirche erbauen«* (als Architekt), *»ihm folgen wie einer ärztlichen Weisung«* (als Patient), *»es überwinden wie ein Hindernis«* (als Entdecker), *»es erobern wie eine Freundschaft«* (als Werbender), *»es pflegen wie ein Kind«* (als Mutter), *»es schaffen wie eine Welt«* (als Künstler/Demiurg). Und dabei muß man auch noch alles andeuten, was von Menschen nicht erkannt werden kann.

Wie soll das gehen? Unter der Obhut der zwar schon fast blinden, aber mit einer Intuition für Marcels Werk ausgestatteten Françoise, vielleicht sogar genau in der Art, wie diese *»ein Kleid entstehen läßt«*? So würde er das Buch zusammenflicken und ausbessern. Aber *»war es wirklich noch Zeit und war ich selbst noch imstande dazu?«* Man darf ja nicht vergessen, daß der Autor zwar an der Schreibmaschine arbeitet, aber als Gefäß für seinen Geist nur einen vergänglichen Organismus besitzt: *»Man mußte in der Tat davon ausgehen, daß ich einen Körper hatte.«* Traurige Tatsache. *»Einen Körper zu haben aber ist die große Bedrohung für den Geist.«* Man fühlt sich in seinem Körper nicht mehr wohl, wenn man das Werk, das man schaffen will, schon vor sich sieht und fürchten muß, jederzeit auf den Champs-Elysées von einem Ast erschlagen zu werden oder beim Durchschwimmen des Atlantiks zu ertrinken. Als ich heute mit dem Fahrrad auf die Torstraße bog und ein Laster mit Anhänger scharf an mir vorbeiraste, war es mein Proust-Kommentar, für den ich erschrak, weil er so kurz vor dem Ziel unvollendet geblieben wäre: *»Daß ich mich als Träger eines Werkes fühlte, machte jetzt einen Unfall, bei dem ich den Tod finden könnte, fürchtenswerter für mich, ja […] geradezu absurd.«* Deshalb hat Heiner Müller auf Flugreisen immer unfertige Manuskripte mitgenommen, weil ihm dann ein Absturz unwahrscheinlicher erschien. Man hat vielleicht die

Blindheit des Schicksals noch nicht verstanden, wenn man glaubt, Werke würden von ihm verschont. Wir denken das, weil wir nur kennen, was erhalten ist, und man sich nicht vorstellen kann, daß viel Bedeutenderes fehlt. »Noli perturbare circulos meos« kann vielleicht als paradoxe Reaktion bei manchen Soldaten Verwirrung auslösen, aber die Schwerkraft oder die Zeit werden sich davon nicht beeindrucken lassen.

Niemand anderes kann die Arbeit tun, die vor einem liegt. Das ist vielleicht doch ein Unterschied zu anderen Arbeiten, die Spiegel-Bestsellerliste könnte auch jeder andere vollschreiben, Journalisten wird ja sogar beigebracht, einen austauschbaren Stil zu pflegen. Aber die »Recherche« kann nur einer schreiben. Umso größer die Angst vor einem Gehirnschlag. So, wie man ja auch, wenn man unglücklich liebt, das Ende dieser Liebe fürchtet, weil es sich erst einstellen kann, wenn man ein anderer geworden ist. Selbst die Heilung von einer unglücklichen Liebe bedeutet Tod.

Also schnell an die Arbeit! Aber wieviele Werke muß man hinter sich auftürmen, um sich über die verlorene Lebenszeit zu trösten? Was für eine heroische Geduld, sich nicht in Aktivitäten zu verlieren, die das eigene Talent gestatten würde, sondern zu warten, bis alles in einem gereift ist. Wobei Marcel hier seine Trägheit zu Hilfe gekommen ist, die ihn »*vor allzu leichtem Schreiben geschützt hatte*«. Und man ist einsam! »*Niemand verstand das Geringste davon.*« Man vernachlässigt seine sozialen Pflichten, man ist einfach nicht mehr in der Lage, Briefe zu beantworten. Man wird mißverstanden, es wird einem unterstellt werden, man grabe »*nach Einzelheiten*«, wo man »*große Gesetze*« sucht.

Und auch die Bücher, die man abergläubisch liebt, sind keine Führer. Man kann, »*was man liebt, nur wiedererschaffen, indem man ihm entsagt*«. Nicht einmal der Verstand ist immer ein guter Wegweiser. Denn man muß die Töne an die richtige Stelle setzen und sich enthalten, »*sie von ihrer Ursache loszulösen, der unser Verstand sie nachträglich koordiniert*«. Es gilt »*tiefer in mich selbst hinabzusteigen*«. (Wie oft hört man: »Du mußt von dir loskommen.« »Denk dir mal was aus.« »Du interessierst niemanden.« »Die jungen Autoren kreisen nur um ihr Ich.«)

»*Weil aber die Menschen in dieser Weise noch alle Stunden der Vergangenheit enthalten, können sie denen, die sie lieben, so viel Leid antun, denn damit hegen sie in ihrem Innern auch viele Erinnerungen an Freuden und Wünsche, die für sie schon ausgelöscht sind, aber so grausam noch für den, der den geliebten Leib, um dessentwillen er an Eifersucht krankt – an einer solchen Eifersucht, daß er seine Zerstörung wünscht – betrachtet und in seiner gesamten Erstreckung über die Ebene der Zeit erblickt.«* Schlechte Aussichten für eine späte Altersheimromanze, es sei denn, die Frau wäre vorher noch nie verliebt gewesen.

Er ist also verurteilt, nicht nur tiefer in sich hinabzusteigen, sondern sich an alles zu erinnern, denn sein Werk wird »*die durch das Gedächtnis vollzogene Wiederschöpfung von Eindrücken*« sein. Bei dieser Vorstellung aber befällt ihn schon jetzt »*ein Gefühl der Ermüdung und des Grauens*«. Es ist, als habe sich die Zeit unter ihm abgelagert, der er »*auf ihrem schwindelnden Gipfel hockte und mich nicht rühren konnte*«. Deshalb bewegen sich alte Menschen so zittrig, als ob sie »*alle auf lebendigen, unaufhörlich wachsenden, manchmal mehr als kirchturmhohen Stelzen hockten, die schließlich das Gehen für sie beschwerlich und gefahrvoll machten, bis sie plötzlich von ihnen herunterfielen*«.

Verlorene Praxis:

- Jene Barbarenfeste besuchen, die man als Abendessen in der Stadt bezeichnet.
- Ein Werk schreiben, das wie eine Kirche ist, in der die Gläubigen nach und nach Wahrheiten entdecken, Harmonien und den großen Plan erkennen, der dem Ganzen zugrunde liegt.
- Ein Werk schreiben, das wie ein Druidenmal auf dem Gipfel einer Insel für immer unbesucht dastehen wird.
- Dem Beifall der jetzt lebenden Elite völlig indifferent gegenüberstehen.
- Soweit man die Bewegung seiner Lippen noch verspürt, ein kleines Lächeln in einem winzigen Winkel seines Mundes zustande bringen, wenn eine Dame einem schreibt: »*Ich war sehr erstaunt, keine Antwort auf meinen Brief zu erhalten.*«
- Sich nicht ohne Grauen ein Werk vorstellen können, das von seinen Lieblingsbüchern verschieden ist.
- Versuchen, seine gegenwärtige Liebenswürdigkeit noch auf der Höhe derjenigen zu halten, die andere Leute für einen aufwenden.

Selbständig lebensfähige Sentenz:

- »*Wie viele gewaltige Kathedralen bleiben unvollendet!*«